헌사

한국어판《대망》첫판이 나왔을 때 명역(名譯)이라고
아낌없이 칭찬해 주신 김소운 선생님,
한국의 정서를 걱정하셔서《도쿠가와 이에야스》등을
한국어판 책이름《대망》으로 지어주신 김천운 선생님,
명필《大望》제자(題字)를 써주신
원곡 김기승 선생님,
창춘사도 대학에서 일문학을 전공하고
《대망》번역을 주도해 주신 박재희 선생님,
니혼대학에서 일문학을 전공하고
《대망》을 번역해 주신 김문운 선생님,
와세다 대학에서 일문학을 전공하고
《대망》을 번역해 주신 김영수 선생님,
게이오 대학에서 일문학을 전공하고
《대망》을 번역해 주신 문호 선생님,
조지 대학에서 일문학을 전공하고
《대망》을 번역해 주신 유정 선생님,
서울대학에서 사회학을 전공하고
《대망》을 번역해 주신 추영현 선생님,
경남대학에서 불교학을 전공하고
《대망》을 번역해 주신 허문영 선생님,
숙명여대에서 미술과 일문학을 전공하고
《대망》을 번역해 주신 김인영 선생님,
선생님들의 집필 열정이 동서문화사《대망》을
국민적 애독서로 만들어주셨습니다.
깊은 감사를 올립니다.
고정일

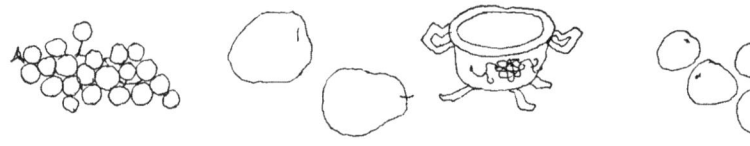

대망 29 사무라이 2 / 불타라검 1
차례

사무라이 2

도바 후시미(鳥羽伏見) …… 13
에도(江戶) …… 49
요코하마 풍경 …… 96
월후행(越後行) …… 177
고향(故鄉) …… 199
전운(戰雲) …… 238
서군(西軍) …… 274
소천곡(小千谷) 담판(談判) …… 312
결기(決起) …… 347
월(越)의 산풍(山風) …… 362
비원(悲願) …… 385
최후(最後)의 불길 …… 394

불타라검 1

피와 칼—테라다 히로시

다시 새벽이 …… 431
참살(斬殺) …… 444
적수(敵手) …… 455

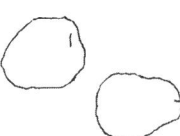
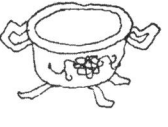

와글와글 천왕(天王) …… 465
결투 작전 …… 476
달과 진흙 …… 486
도전 …… 497
선기(先機) …… 507
역(逆)의 역(逆) …… 517
탈출계(脫出計) …… 527
운명의 실 …… 537
낭사대(浪士隊) …… 547
무(武)의 배신 …… 557
탄생 …… 567
모사(謀士) 도시조 …… 578
검에는 검 …… 588
내분(內紛) …… 598
사도(士道) …… 608
정(情) …… 618
근왕열녀(勤王烈女) …… 629
사율서(死律書) …… 639
정보(情報) …… 649
피바람 …… 660

도바 후시미(鳥羽伏見)

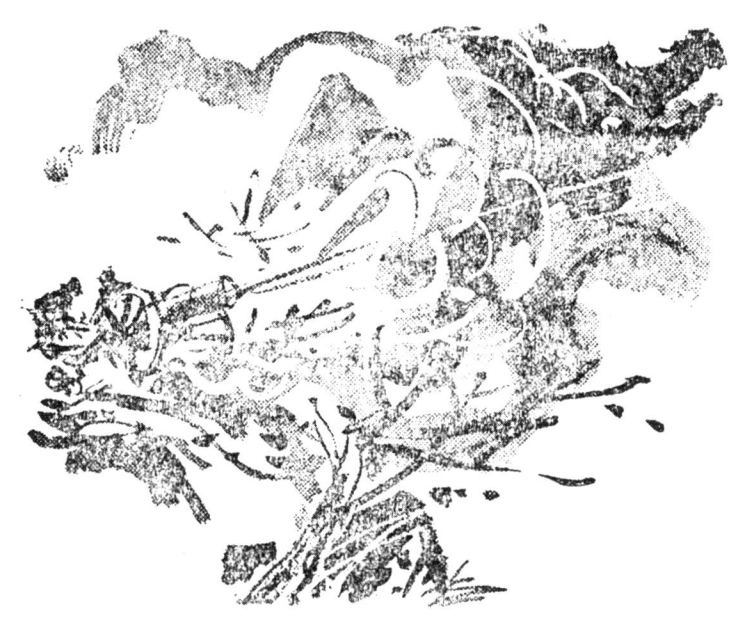

——죽을지도 모른다.

그런 각오로 쓰기노스케는 건백서를 올렸으나 공경들은 의외로 둔감했다. 이렇게 격렬한 문장을 보고도 별다른 반응이 없었다.

"분명히 읽었다. 모든 것을 잘 알겠다."

단지 통인(通引)을 시켜 하세 산미(長谷三位)의 대답만을 전했을 뿐이었다.

——모든 것을 잘 알겠다.

이 말은 사쓰마, 조슈를 몰아내고 도쿠가와 요시노부의 명예를 회복시키도록 노력하겠다는 말인가.

'그렇다면 굉장한 효과야.'

쓰기노스케는 그렇게도 생각했으나 상대의 말이 너무나 수월스레 나와서 그 정도의 결의가 다져져 있으리라고는 생각되지 않았다.

아무튼 쓰기노스케는 숙소인 기타노 린세이보를 나와 영주 마키노 다다쿠니에게 복명했다.

"들어주셨다는 말이냐?"

다다쿠니는 기쁨의 환성을 질렀으나 쓰기노스케의 표정은 별로 밝지 않았다.

'공경 따위, 창녀 같은 것이지.'

창녀의 서약서를 아무도 믿지 않는 것처럼 공경의 말 따위, 믿는 쪽이 어리석은지도 모른다.

"어찌됐든 도쿠가와 집안에 대한 약간의 의리는 지킨 셈이야."

마키노 다다쿠니가 말했다. 이에야스 시대부터 마키노 집안의 당주는 도쿠가와 열일곱 장수 중의 한 사람으로서 도쿠가와 집안의 융성과 함께 번성해 왔다. 도쿠가와 집안이 성쇠(盛衰)의 기로에 놓여 있는 지금 대대로 충성을 맹세해 온 다른 영주들은 우왕좌왕할 뿐, 조그만 힘도 보태려고 하지 않았다. 마키노 집안은 미력이나마 그것을 했다. 다다쿠니는 그것에 만족했다.

"그렇지 않느냐, 쓰기노스케."

다다쿠니는 말했다.

'하긴 그것으로 만족할 수 있겠군.'

쓰기노스케도 그렇게 생각했다.

떠도는 소문을 듣자 하니 전날의 궁중(宮中) 회의에서 도사의 야마노우치 요도가, 사쓰마의 시마즈와 공경인 이와쿠라 도모미를 상대로 살벌한 논쟁을 벌인 모양이었다. 요도는 회의에 참석하기 전 미리 술을 많이 마시고 용기를 돋운 다음, 장광설(長廣舌)을 휘둘러 도쿠가와 요시노부를 변호하고 사쓰마의 모략을 공격하여 끝내는 전원이 요도의 매서운 혀끝에 움츠러들고 말았다. 그러나 그 요도마저 회의가 끝난 뒤에는 입을 다물어 버렸다.

──대세는 한두 사람의 말만으로는 어쩔 도리가 없다.

요도는 체념했던 것이다. 체념했으면서도 요도는 뒤에 말했다.

"이것으로 세키가하라의 은혜는 갚았다."

도사의 야마노우치 집안은, 세키가하라 이전에는 엔슈 가케가와(遠州掛川)의 5만 섬 작은 영주에 불과했으나 세키가하라에서 세운 공으로 일약 도사 번을 맡아 24만 섬의 대영주가 되었다. 도쿠가와 집안의 은혜를 변론으로 갚았다고 스스로를 위로했던 것이다.

그 큰 번의 지도자인 요도마저 그 정도의 힘밖에 발휘하지 못한 데 비하면 불과 7만 4,000섬의 마키노 집안으로서는 최선의 노력을 했다고 생각할 수 있을 것이다.

 쓰기노스케 등이 오사카에 돌아가자 성내는 온통 법석이었다.
 ──교토의 사쓰마, 조슈 군을 쳐 없애야 한다.
 아이즈 번 군사와 구와나 번 군사들의 흥분은 더욱 심했다.
 "무슨 일이 일어났습니까?"
 성문 옆에 있던 낯익은 아이즈 번 무사에게 물었다. 그의 이름은 하야시 곤스케(林權助)였다.
 "에도에선 벌써 전쟁이 터졌답니다."
 하야시 곤스케가 대답했다.
 '설마.'
 쓰기노스케는 생각했으나 번사들을 급히 막부 요인들에게 보내 알아본 결과 어느 정도는 사실이었다.
 에도에는 폭도들이 날뛰고 있었다. 백주에 무기를 들고 떼를 지어다니면서 부상(富商) 등의 집을 덮쳐 약탈을 하고 포졸들이 대항하면 그 자리에서 죽여버리는 등, 도저히 행정청의 평상시 경찰 힘으로는 손을 쓸 도리가 없었다. 게다가 그들은 모두 미다(三田)의 사쓰마 번저로 돌아간다는 것이다.
 ──사쓰마가 저들을 선동하고 있다.
 누구의 눈에도 그렇게 보였다. 저들을 진압하기 위해서는 잠복 장소인 사쓰마 번저를 무력으로 공격하는 수밖에 없다.
 "무력으로 사쓰마 번저를 공격해야 합니다."
 그렇게 주장한 것은 막부 각료 중에서도 가장 급진적인 막부 중심주의자인 회계 감독관 오구리 다다마사(小栗忠順)였다.
 "우리에게 필요한 것은 오직 용기뿐이오."
 오구리는 역설했다.
 그러나 에도의 각료들은 망설였다. 막부 체제에서 번저라는 것은 국제간의 외국 공관과도 같은 것이었다. 거기에는 치외법권(治外法權)이 인정되어 범죄에 대한 수사권도 막부에는 없었다. 만일 무력으로 공격한다면 도쿠가와 집안과 사쓰마 번 사이에 공공연히 전쟁만 일으키는 꼴이 된다.
 "그렇게 되어서야……."
 에도의 각료들은 망설였다.

도쿠가와 집안의 수뇌부가 모두 오사카에 있었기 때문이다. 요시노부를 비롯하여 수상 이타쿠라 가쓰키요(최고집정관)마저 그곳에 가 있었으므로 그렇게 중대한 일을 결정하는 것은 오사카에서 할 일이지 에도에 남아 있는 관료들이 결정할 문제가 아니었다.

"결정해야 하오."

오구리는 주장했다. 오구리는 교토에서 취한 요시노부 등의 연약한 태도에 환멸을 느낀 뒤부터 사쓰마와 조슈 세력의 무력 토벌을 줄기차게 주장해 왔다. 게다가 자신이 직접 프랑스 정부와 밀약(密約)을 맺어 그들의 자금과 병기의 원조를 받아들일 확약까지 받아놓고 있었다.

마침내 오구리는 반대를 무릅쓰고 쇼나이 번(庄內藩)에 명령을 내려 대포까지 준비한 다음 지난 25일 사쓰마 번저를 포위하고 불을 질러 버렸던 것이다. 사쓰마인이나 폭도들의 대부분은 달아나 시나가와 앞바다에서 사쓰마 기선을 타고 에도를 떠났다고 한다.

이 소식은 이틀 만에 오사카에 전해졌다.

"여기서도 교토를 공격, 사쓰마 조슈를 내몰아야 합니다."

흥분한 오사카의 아이즈 번사들은 막부 요인에게 대들었다.

에도 성을 수비하는 수뇌가 미다의 사쓰마 번저를 포격하여 전소시키고 사쓰마인과 폭도 수백 명을 몰아냈다는 소식은 막부의 총감찰관인 다키가와 하리마노카미(瀧川播磨守)를 통해 알려졌다.

그는 에도에서 보병 부대를 군함에 가득 싣고 오사카로 올라갔다.

"이미 에도에서는 전쟁이 시작되었다. 위쪽에서는 뭣들 하는 거냐?"

그런 식의 보고였다. 오사카 성의 막부 가신이나 막부를 지지하는 번사들이 들끓는 것도 무리는 아니었다. 다키가와는 보고자인 동시에 선동자였으며 개전을 예측하고 온 원군의 지휘관이기도 했다.

당시의 기록은 이렇게 적고 있다.

──다키가와의 보고를 받고 집정관 이하 총감찰관에 이르기까지 거의 반광란 상태에 이르러……

가와이 쓰기노스케는 사태를 더욱 자세히 알아보기 위해 성내의 정무실을 찾아가려고 했다.

정무실이란 총감찰관이나 감찰관이 근무하는 고급 사무관실이어서 한낱 번사에 지나지 않는 쓰기노스케는 원칙적으로 들어갈 수 없다. 그러나 연줄을 이용해 들어가보려고 했다.

연줄이란 요코하마에서 사귄 후쿠치 겐이치로였다. 후쿠치는 막부의 외국 담당관이어서 오사카에서 대기하고 있었다.

"들어가면 되는데요."

후쿠치의 목소리는 여전히 컸다.

"누가 들어가도 상관없어요. 저런 꼬락서니로는 이제 정무실이라고 할 수도 없을걸요."

"어떤데요?"

"엉망이지요."

후쿠치는 쓰기노스케를 데리고 가주었다. 과연 대단했다.

평소의 정무실이라면 절간처럼 조용하고 사람들은 하카마에 주름 하나없이 정좌하고 있었으나 지금은 달랐다. 많은 사람들이 책상다리를 하고 앉아 입에 거품을 물고 격론을 벌였고 주먹으로 방바닥을 내리치는 등 마치 도적 떼의 회의장처럼 되어 있었다.

"어떻습니까?"

후쿠치가 작은 소리로 말했다. 메이지 시대 이후 신문계의 유력한 존재가 된 이 인물은 막부 가신으로서 이 위기에 흥분하기보다 오히려 위기에 허둥대는 사람들의 모습을 관찰하는 데 더 흥분하고 있었다.

"저 사람이 마쓰다이라 부젠노카미(松平豊前守)지요."

후쿠치는 쓰기노스케의 소매를 잡아당기면서 말했다. 마쓰다이라 부젠노카미는 영주 같은 인상을 주는 이름이지만 직속 무사이다. 막부 관료로서 일찍부터 재사(才士)로 이름이 높았으며, 요시노부 측근의 한 사람이 되어 의전관에서 장군 직속 정무 감독관으로 승진했다. 이 사람이 떠들어 대고 있는 말이 가장 거창했다.

"오사카에는 아직도 사쓰마 놈들이 우글우글해. 그놈들을 베어 버려. 벤 자에게는 상금으로 열닷 냥 씩 준다. 어떤가?"

'저 정도의 사나이가 막부의 수재 관리란 말인가.'

쓰기노스케는 흥분하기보다 오히려 오싹한 느낌이 들었다.

쓰기노스케는 최고 집정관인 이타쿠라 가쓰키요에게 배알을 청했다.

──에치고의 쓰기노스케냐?

이타쿠라는 곧 허락했다.

이타쿠라는 도쿠가와 정권의 수상이다. 그러나 쓰기노스케의 스승인 야마다 호코쿠(山田方谷)의 영주이기 때문에 그런 인연으로 이 귀인은 쓰기노스케에게 각별한 호의를 가지고 있는 것 같았다.

성내에 있는 이타쿠라의 집무실은 두 칸이 잇달린 방인데 쓰기노스케는 두 번째 방에 안내되었다.

"교토는 어떻더냐?"

이타쿠라의 두 볼은 지난 한 달 동안의 마음 고생으로 홀쭉해져 있었다. 쓰기노스케는 교토의 일을 보고했다.

"그래?"

이타쿠라는 감동 없는 표정으로 고개를 끄덕였다. 원래는 기뻐해야 할 일일 것이다. 쓰기노스케가 올린 사쓰마 탄핵문이라고도 할 수 있는 건의서에 대하여 하세 산미는

──모든 것을 잘 알겠다──고 대답했다. 그러나 쓰기노스케의 나가오카 번 정도를 뛰어다닌 것으로는 아무 소용도 없었다.

사태는 대지를 뒤흔드는 지진처럼 걷잡을 수 없이 진행되고 있었다. 쓰기노스케가 교토에 다녀온 정도의 노력은 지진 속에서 합장하고 기도한 정도밖에는 안 되었다.

"에도의 이야기는 들었나?"

"들었습니다."

"모두들 떠들고 있네."

"비슈공, 에치젠공의 조정은 얼마나 진행되고 계시온지요?"

비슈 영주와 에치젠 영주는 교토파와도 친밀할 뿐 아니라 도쿠가와 집안에 대해서 오와리는 직속 번, 에치젠 후쿠이는 집안이었다. 그런 이유로 교토, 오사카 사이를 뛰어다니면서 요시노부를 구제하려고 노력하고 있었다.

"아무래도 헛일이 될 것 같아."

"무슨 말씀이시온지?"

"에도의 소동을 보게."

이타쿠라는 얼굴을 찌푸렸다.

"에도의 충신들이 기어이 대포를 끌어내어 사쓰마 번저를 쏘아 버렸어. 이

것으로 오와리와 에치젠의 거듭된 수고도 수포로 돌아갈 거야."
'남의 일처럼……'
쓰기노스케는 이타쿠라의 말투가 마음에 걸렸다. 이 사람만이 도쿠가와 집안의 대들보 같은 존재이고 그에게는 실제로 그런 사명을 감당해 낼 만한 머리도 있었다. 그러나 아무래도 영주이기 때문에 마음 한구석이 구름에 떠 있는 것 같은 느낌이 들었다.
"이런 사태가 일어나지 않도록 그렇게나 에도에 말해 두었는데……."
"그럼 전쟁을 시작합니까?"
"아니, 그것은 득책(得策)이 아냐. 아직도 방법은 있을 테고 윗분의 생각도 그러하시지. 그런데 밑에서 떠들어."
"대단한 소동입니다."
"그렇지. 화약 창고에 불이 붙은 꼴이야. 어쩌면 전쟁이 되는지도 모르지."
표정이 어둡다.
"수상께서는……."
쓰기노스케는 말을 꺼내다가 얼른 입을 다물었다. 집정관 이타쿠라에 대한 신랄한 비판이 나올것만 같아서 삼갔던 것이다.
'이 사람은 틀렸어.'
쓰기노스케는 생각했다.
아까부터 듣고보니 도쿠가와 정권을 에워싼 가혹한 정치 정세나 사건에 대해 수상으로서 몸이 여윌 정도로 고민은 하고 있다. 정세를 보는 눈도 정확하고 분석도 날카롭다. 그러나 그뿐이다.
'몸을 내던지지 않고 있어.'
아니, 본인은 내던지고 있다는 생각일 것이다. 분명히 이타쿠라는 충성심도 강하고 우국(憂國)의 정도 깊고 사고도 명석하다. 또 이기심이 없고 자기를 감싸려는 생각도 없으며, 자기 번의 일 같은 것은 중 야마다 호코쿠에게 일임한 채 국사에 몰두하고 있으니 수상으로서의 자질은 충분히 갖추어져 있다. 단지 하나, 용맹심이 없었다. 물을 뒤집어쓰고 화재 현장 속으로 뛰어드는 불퇴전(不退轉)의 기백이 없다. 백 가지 재주가 있어도 이 한 가지가 모자란다면 일국의 정치는 할 수 없다.
'그러므로……'

쓰기노스케는 생각했다. 이타쿠라가 정국을 이야기할 때의 말투는 그림책의 그림 설명을 하는 것처럼 믿음직스럽지가 못했다. 그래서 이런 느낌만 들 뿐이었다.

──야단났군, 야단났어.

그러한 태도와 정신으로 위난에 대처할 수 있을까, 하고 쓰기노스케는 염려스럽기만 했다.

"쓰기노스케."

이타쿠라가 말했다.

"말을 꺼냈다가 그만두는 건 좋지 않아. 목구멍 속에 가두어 둔 걸 지금 말해 봐."

"글쎄요……."

쓰기노스케는 일부러 고개를 갸웃거리며 말끝을 흐렸으나 곧 생각을 바꾸었다. 말하리라고 결심한 것이다.

"도박을 하는 자는 곧잘 목숨을 건다는 말을 합니다. 일의 성공 여부는 어쨌든 만일 제가 수상이라면 교토에 올라가 폐하 앞에서 도쿠가와 집안을 위해 결사적으로 말씀을 드릴 것입니다. 만약 들어주지 않으시면 문 앞까지 물러나와 모래 위에서 할복하겠습니다. 일이라는 것은 그런 방법으로밖에는 해결하지 못할 때가 있는 것입니다."

"그렇지만 말일세."

이타쿠라는 말했다.

"나는 영주야. 영주가 어떤 것인지, 자네는 알고 있을 테지?"

영주는 많은 부하를 거느리고 있다. 부하들이 영주에게 그런 일을 시킬 리도 없거니와 영주 혼자 적지(敵地)인 교토로 들어가게 할 리도 없다.

'그러니까 영주를 막부의 고관으로 앉히는 것 자체가 잘못이야.'

"쓰기노스케, 말해 보거라!"

이타쿠라가 말했다.

"도쿠가와 집안으로서 어떻게 하는 것이 최상의 방법인지 그것을 말해 봐."

쓰기노스케는 잠시 입을 다물었다가 대답했다.

"모든 것이 틀렸습니다."

막부 당국자의 처사가 틀렸다는 것이다.

"여기는 오사카올시다, 교토까지는 십여 리······."
쓰기노스케는 말을 이어갔다.
"이렇게 가까운 곳에 대군을 머물게 한 채 아무 것도 하지 않고 세월만 보내면, 군사들의 성질이 갈수록 거칠어져서 교토로 쳐들어가려고 할지도 모릅니다."
"쳐들어간다면?"
이타쿠라 가쓰키요는 얼굴을 쳐들었다.
"막부군이 집니다."
"자네도 그렇게 생각하나?"
이타쿠라의 생각도 마찬가지였다. 또 상전인 도쿠가와 요시노부도 그렇게 생각하고 있었다. 그러나 다른 고급 관료나 아이즈, 구와나 번사들의 생각은 전혀 달랐다. 그들은 반드시 이길 것으로 내다보고 있었다.

교토에 있는 사쓰마 조슈 군은 도사를 합쳐 봐야 3, 4000이나 오사카의 도쿠가와군은 3, 4만의 병력이다. 군사들의 용맹성으로 봐도 일본 제일이라는 아이즈 번사가 1,000명이나 있으며, 무기의 성능으로 보더라도 비록 구식 장비일지는 몰라도 아이즈 군사 막부 보병의 총기는 사쓰마 조슈가 장비하고 있는 후장총(後裝銃)과 다를 것이 없다. 또 오사카 만에서 기탄 해협(紀淡海峽)까지의 해역에는 막부 해군이 총력을 기울여 함대를 집결해 놓았기 때문에 교토의 사쓰마 조슈군은 병력 보급이 불가능했다.

──이긴다.
개전파의 생각은 당연한 것이었고, 패배할 것으로 생각하는 사람은 도쿠가와 요시노부와 수상인 이타쿠라 가쓰키요 둘뿐이었다.
"왜, 자네는 진다고 보는가?"
이타쿠라가 물었다.
──정치에서 질 것이다.
이것이 쓰기노스케의 관측이다. 전쟁을 일으킨다고 해도 명분이 없다. 천하를 흥분시켜 도쿠가와 편에 서게 만들 만한 명분이 없었다. 이런 점에서 쓰기노스케는 정치적으로 취약하다고 말하는 것이다.
쓰기노스케는 또 사쓰마 조슈에게 어린 천황을 빼앗기고 있다고 말했다.
"아무래도 이것이 탈입니다."
쓰기노스케가 말했다. 에도 말기 이후 등장한 존왕론(尊王論)은 이제 민간의 지식층에까지 파고든 보편적인 사상이 되었다. 실제로 도쿠가와 요시노부도 존왕이고 이타쿠라 역시 일찍부터 존왕이었으며, 더욱이 도쿠가와 집안에 가장 열렬한 충성심을 보내는 아이즈 번은 먼 옛날의 번조(藩祖) 이래 신도(神道)를 신봉하여 존왕이라는 점에서 가장 오랜 전통을 지니고 있었다.

그 '왕'을 사쓰마 조슈에 빼앗기고 있는 것이다. 지금 교토를 공격하면 일단은 이길지 모르지만 사쓰마 조슈군은 어린 천황을 받들고 각지를 전전하면서 근왕의 의군을 천하에서 끌어모을 것이다. 그렇게 되면 천하의 근왕가, 야심가, 부랑배들이 들고 일어나 결국 도쿠가와군은 고립되고, 장군은 국외로 망명이라도 하지 않을 수 없게 될 것이라고 쓰기노스케는 말하는 것이다.

"알고 있어. 나도 그렇게 보고 있네."

이타쿠라 가쓰키요가 말했다. 지리라고 생각하는 것이다.

"그래서 어떻게 하면 되겠는가?"

"우물쭈물하시지 말고."

쓰기노스케는 말했다.

"한시바삐 간토로 돌아가셔야 합니다. 달리 방법이 없습니다."

간토는 막부의 근거지이다. 나약한 도시인이 되어 버렸다고는 하나 에도에는 직속 무사 8만 기가 있다. 더욱이 그 배후의 간토 팔 주(八州)는 이에야스 이래의 직할령(直轄領)이 대부분이어서, 영주도 방계는 한 집안도 없고 모두 직속 번이나 대대로 섬겨오는 번이다. 장군을 비롯, 한시바삐 간토로 돌아간 다음 뒷일을 계획해야 한다는 것이다.

"뒷일이라면?"

"그것은 모르겠습니다."

쓰기노스케는 말했다.

쓰기노스케의 말인즉, 장군이 간토로 돌아가 우선 내정(內政)을 수습하고 무비(武備)를 새롭게 하며 외국 무역을 활발하게 하여 경제를 풍요롭게 만들어야 한다는 것이다.

"그런 다음에 교토와 싸우는 거냐?"

이타쿠라는 놀랐다.

"아니오."

쓰기노스케는 쓴웃음을 지었다.

"싸우지 않아도 될 것입니다. 싸우느냐 싸우지 않느냐가 중요한 것이 아닙니다. 싸우면 반드시 이길 만한 태세만 갖추어 두면 모든 일은 절로 잘 풀리게 될 것입니다. 그러면 외교는 자연히 호전되고 천운은 스스로 따르게 될 것입니다."

"교토의 정권은 어떻게 보는가?"

"존중하지 않으면 안됩니다. 이미 장군님은 300년의 정권을 대궐 담 안으로 던져 넣으신 것이 아닙니까."

도쿠가와 집안은 이로써 영주가 되었다. 물론 영주 중 세력이 가장 크다. 그런데 교토의 신정부는 도쿠가와 요시노부를 재촉해댄다.

──영지도 반납하라, 관위(官位)도 반납하라.

교토의 요구대로 한다면 요시노부는 평민으로 전락하고 직할 영지의 직속 무사 팔만 기는 녹봉을 잃고 길거리를 헤매게 된다.

"얼마나 난폭하고 오만한 짓이냐!"

이 오사카 성은 그것 때문에 들끓는 것이고, 쓰기노스케 등은 그것 때문에 교토로 올라가 새 정부에 진정하고 변명했다.

"이 이상은 간토에서……."

쓰기노스케의 이 안은 이런 상황을 전제로 한 것이었고, 도쿠가와 집안이 간토에서 부강(富强)을 도모하면 신정부의 태도도 부드러워져 그런 난폭한 요구는 내놓지 않을 것이라는 것이다.

"그것이 안 되는 거야."

이타쿠라는 우는 듯이 외쳤다. 이 성내 개전파들의 소동을 보건대 이제 그 정도의 말로는 진정시킬 수가 없게 됐다는 것이다. 요컨대 도쿠가와 요시노부의 명령에는 아무런 권위도 들어 있지 않으며 자기네 각료 중에도 그만한 힘을 가진 사람이 없다는 것이다.

"결국 이도 저도 아닌 상태로군요."

쓰기노스케는 마지막으로 말했다.

──교토를 공격할 생각이라면 그렇게 해도 좋지만 반드시 이길 수 있도록 공격해야 한다.

그런 뜻인 것이다.

교토는 원래 요충지(要衝地)가 아니다. 예부터 교토를 수비해서 이긴 예가 한 번도 없었다. 그런데도 사쓰마 조슈는 교토를 지키면서 오사카 성에서 쳐들어오기만을 기다리고 있다.

'이길 수 있다.'

쓰기노스케는 그렇게 생각하는 것이다. 교토를 함락시키려면 포위하는 방법밖에 없다.

교토에는 일곱 개의 출입구가 있다. 그것을 모두 점거하고 특히 오쓰(大津)와 단바(丹波) 어귀에 대부대를 배치한 다음 도바 후시미(鳥羽伏見) 방면에서 쳐들어간다.

"그렇게 되면……."

쓰기노스케는 말을 이었다.

"사쓰마 조슈는 그렇지 않아도 적은 병력을 여러 방면으로 분산시키지 않을 수 없게 됩니다. 그 다음엔 어린애가 지휘를 해도 이깁니다."

그러나 이타쿠라의 귀에는 이 말이 솔깃하게 들리지 않았다. 전쟁은 하고 싶지 않았기 때문이다. 그러나 부하들의 생각은 이와 달라 전쟁을 하자며 법석대고 있다. 그러는 것을 말리고 달래느라 전쟁에 이기기 위한 전략 전술 같은 것은 생각할 겨를도 없었다.

"아, 그런가. 딴은 그렇겠군."

건성으로 말할 뿐이었다. 쓰기노스케는 물러나 자기 번의 막사로 돌아와 미마 이치노신(三間市之進)을 불렀다.

"틀렸어."

"뭐가 틀렸습니까?"

"아무튼 틀렸네."

불쾌한 얼굴로 말했다. 이 불행한 시기에 도쿠가와 집안은 강력한 재상을 두지 못하고 있다. 만사는 그 때문에 틀어졌다고 말하고 싶었으나 그 말만은 삼갔다.

"그러나, 어차피 하게 될걸요."

미마는 말했다. 전쟁이 된다는 것이다. 하긴, 장군이나 최고 집정관(이타쿠라)은 내키지 않을는지 몰라도 아랫사람들은 전쟁 준비에 열을 올리고 있다는 것이다.

"총감찰관께서 연달아 지시를 내려보내고 있습니다. 부서에 대한 명령입니다."

"그래? 그렇게까지 되었는가?"

"우리 번은 시내 다마 강(玉川) 다리의 경비를 맡았습니다."

"아아, 다마 강 다리라면 좋겠지."

다마 강 다리는 도지마 강(堂島川) 가에 있는데 전략적으로 큰 의미는 갖고 있지 않았다. 요컨대 가장 후방의 부서였다.

"나가오카 번은 싸울 뜻이 없다고 본 때문이겠죠."

"있을 턱이 있는가."

쓰기노스케는 오사카 따위는 내던져 버리라고 말하고 싶었다. 도쿠가와 집안은 교토에 대한 미련을 버리고 빨리 간토로 돌아가 영주답게 새 출발을 해야 된다. 이런 데서 전쟁을 하여 어쩔 작정이냐고 소리를 지르고 싶었다. 오사카에 있는 도쿠가와 집안의 군사 관료들은 요시노부의 의사와는 달리 오사카에서 후시미에 이르는 이른바 교토 가도(京都街道) 백 리에 이미 병력을 배치해 놓은 상태였다.

"그건 참 굉장합니다."

병력의 배치 상태나 밀도(密度) 등에 대해 듣고 온 미마 이치노신이 말했다. 직선 백 리나 되는 진지는 일찍이 없었을 것이다. 그러나 쓰기노스케는 한마디로 잘랐다.

"틀렸어."

"그럴까요?"

미마는 배치 상태를 설명했다. 먼저 직선 진형은 니시노미야(西宮)에서 뻗어 나온다. 니시노미야에 와카사 고하마(若狹小濱) 10만 3,000섬의 영주 사카이(酒井) 집안의 병력 500명을 배치했고, 오사카 주변의 수비군으로는 모리구치(守口)에 이세 가메야마(伊勢龜山) 6만 섬의 영주 이시카와(石川) 집안 군사 200명을 배치했으며, 또 고보레(河堀) 어귀에는 하리마 히메지(播磨姬路) 15만 섬의 사카이 집안의 군사 200, 스미요시(住吉) 어귀에는 기슈 도쿠가와 집안의 병사, 주소(十三) 어귀에는 막부 보병과 기병 일 개 부대, 오사카 본진에는 보병, 포병, 기병 등 새로 소집한 양식 부대 이외에 막부 가신들로 편성된 소총 부대, 내전 경비 소총 부대, 유격대, 신유격대를 배치했으며, 하마, 야하타, 야마자키에는 막부 보병과 포병, 그리고 도도 번의 군사를 배치했다.

최전방인 후시미에는 신센조와 아이즈 번 군사 일부를 배치하여 후시미 시가지에서 사쓰마 조슈측의 수비진과 대치하도록 했다.

"틀렸어."

쓰기노스케는 말을 이었다.

"한 개의 화살에 지나지 않아."

화살은 아무리 길어도 결국은 대의 길이뿐이다. 적에 대해 효력을 발휘하는 것은 화살 끝에 달린 화살촉이다.

"그 화살촉이 신센조여서는 별 수가 없지. 그들이 아무리 결사적으로 싸운다고 하더라도 결국은 창검의 용사들이야. 구식 전사에 지나지 않고, 사쓰마 조슈의 총에 희생되는 게 고작일 거야. 미니에총은 게벨총 한 발을 쏠 동안에 열 발을 쏠 수가 있어."

쓰기노스케는 그렇게 말했다.

"작전은 근본적으로 잘못되었어."

그가 최고 집정관 이타쿠라 가쓰키요에게 말한 것처럼 교토를 포위하는 태세를 갖추어 놓은 다음에 남쪽에서 쳐들어가면 될 것이다.

"신센조 같은 것은"

쓰기노스케가 말했다.

"진지에서 싸우게 하지 말고 유격대로 써야 해. 교토의 시라카와(白河) 어귀나 사가(嵯峨) 근처에 진출시켜 남쪽 후시미에서 총포전을 시작함과 동시에 시내로 쳐들어가게 해 놓고, 특히 야간에 활동시켜 사쓰마 조슈의 본진을 교란시키면 큰 성과를 낼 수 있어."

"그렇게 건의를 해보시면……."

"틀렸어."

쓰기노스케는 도쿠가와 집안의 수뇌부가 아니라 기껏해야 에치고의 조그만 번의 중신에 지나지 않았다.

그러는 동안, 요시노부와 이타쿠라는 성내의 주전파(主戰派)에 떠밀려 마침내 병력을 동원하여 교토로 진격하게 되었다.

진격 부대는 앞에 말한 수비 진지의 병력이 아니라 오사카에서 내보내게 되었다. 병력은 1만 5,000이었다.

——사쓰마의 술책에 넘어가지 말라.

도쿠가와 요시노부도 생각했고 이타쿠라 가쓰키요도 그 위험성을 느끼고 있었다. 결국 오사카의 도쿠가와군은 '함정' 속에 빠져들고 말았다.

'함정'——이라고는 하지만 그것을 파놓은 교토의 사쓰마 번 대표 사이고 다카모리 등으로서는 이만큼 위험한 도박도 없었다.

이길 가망이라고는 2할이나 3할 정도밖에 되지 않았기 때문에 사이고나 오쿠보 자신도 승리라는 점에서는 자신이 없었다.

"이 싸움에서는 질지도 모른다. 그렇게 되면 어린 천황을 떠메고 단바 가도에서 아키(安藝) 히로시마로 달아나 거기에서 천하를 향해 거병(擧兵)을 호소해 보자. 이것 때문에 사쓰마 번이 망하고 조슈 번이 망해도 어쩔 수 없다."

그들은 이렇게 아슬아슬한 경우까지 이야기가 되어 각오를 다지고 있었다. 이 순간 그들은 자기 번의 멸망을 걸었다. 한편 이 동란기에 아무 것도 건 것이 없었던 도쿠가와 집안이나 거기에 편승한 동부 일본의 여러 번들은 유신 후 사쓰마 조슈 세력의 압박을 받게 되었다. 권력이 성립되어 간 상황을 놓고 봤을 때 사쓰마 조슈 세력이 메이지(明治)의 일본을 차지하게 된 것은 결코 무리가 아니었다.

교토에 있는 사이고와 오쿠보로서는 설사 멸망하는 한이 있더라도 이 싸움을 하지 않으면 혁명을 이룰 수 없었다. 혁명이나 쿠데타는 그것을 일으키는 자에게는 언제나 도박이다.

——꼭 한 가지 승리할 가능성이 있다.

그렇게 믿은 것은 시대의 추세가 그들 편에 있었기 때문이다. 구식 봉건 정권을 무너뜨려 이원적(二元的)인 주권 구조(主權構造)를 폐지하고 천황의 이름으로 통일 정권을 만든다는 것은 이미 시대의 뜻이었다. 사쓰마 조슈는 그것을 대표했다. 시대의 흐름에 편승하는 자의 강력한 힘은 역사가 증명할 것이다.

교토에 있는 사쓰마 조슈 군사는 하급 무사 이하의 출신자가 많았으나 그런 자일수록 시대의 흐름에 민감했다. 그러므로 그들의 투지는 단순히 흥분해서 덤벼드는 오사카의 도쿠가와군보다 훨씬 강했다.

게다가 소수라고는 하지만 사쓰마는 옛날부터 강병 준마(强兵駿馬)라고 일컬어지는 용맹한 군사들의 번인데다가 영국식 훈련으로 단단히 단련되어 있었다.

더구나 조슈 번은 앞서 막부의 두 번째 조슈 정벌 때 막부군과 싸워 그들을 번의 경계에서 격퇴한 실전 경험을 갖고 있었다. 뿐만 아니라 그 실전은 승리의 경험이었으므로 그들은 막부군에 대해 자신감이 있었고 이 자신감이 뜻 밖의 용맹성을 발휘하게 해주었다.

요도 강 둑을 행군하여 교토로 올라오는 도쿠가와군의 지휘관들은 싸우기 전부터 거드름을 피우고 있었다. 그들에게 승리는 당연한 것이었다. 작전을 세우기보다 교토를 점령한 뒤의 숙소에만 관심이 있었다. 구로다니(黑谷)의 긴케이 고묘 사(金戒光明寺), 다이부쓰 호코 사(大佛方廣寺), 묘호 원(妙法院), 니조(二條), 후시미 옛 행정청, 히가시 사(東寺) 등, 겨우 그것만 정해둔 채 진격하고 있었다.

도바 후시미 전투의 첫 교전은 위쪽 도바 마을의 고에다 다리(小枝橋)에서 시작되었다.

교토 남부, 옛 헤이안 조(平安朝) 시대의 교토를 둘러싼 분지 중에서 이 부근의 농촌이 가장 넓어 강과 숲과 못이 많았다. 교토에서 흘러내려온 가모 강(鴨川)은 시내에서 보는 것 같은 우아한 멋은 없지만 둑에는 마른 덩굴이 뒤덮이고 여울에는 미꾸라지가 많아 소박한 정취를 풍기고 있다.

다리는 그 위에 걸려 있었다. 다리 동쪽 바로 곁에 조난 궁(城南宮)의 숲이 높다랗게 자리잡고 있다. 사쓰마 번은 이 숲에 포병대를 숨겨놓고 서쪽 가도를 향해 포구를 겨누었다.

가도는 제방 위에 있고 도쿠가와군은 오사카에서 이 길로 북상하고 있다. 교토 사람들은 이 길을 도바 가도라고도 하고 오사카 가도라고도 하지만, 오사카 사람들은 교토 가도라고 불렀다. 이 길은 지금은 잡초에 뒤덮여 왕래하는 사람이 드물지만, 노폭은 지금이나 그때나 두 사람이 나란히 다닐 수 있는 정도이다.

도쿠가와군은 이 가도를 통해 오사카에서 진격해 왔다. 1월 초사흘의 저녁 오후 4시께였을 것이다.

이 가도를 택한 도쿠가와군의 대장은, 가장 격렬한 주전론자 총감찰관 다키가와 하리마노카미였다.

그는 '사쓰마 토벌 상소문'을 지니고 있다. 오사카의 도쿠가와 요시노부가 조정에 바치려는 사쓰마 배격문이었다. '이것을 가지고 상경한다'는 것이 교토 침공의 명분이었다.

다키가와 하리마노카미의 주위를 감싸고 있는 도쿠가와군의 선봉 부대는 이를테면 정예라고 할 만한 것이었다. 창검 부대는 일찍이 신센조와 함께 교토 군사 경찰대였던 순찰대의 병력 200명, 보병 700명, 거기에 포 네 문으로 짜여 있다.

복장은, 지휘관 및 순찰대 대원은 일본식으로 전립(戰笠)에 전투복을 걸치고 칼을 두 자루 허리에 꽂았다. 보병 부대는 서양식으로 붉은 모포를 감은 배낭을 메고 허리에 탄약통을 찼다.

한편 사쓰마 조슈군은 지휘관도 양복이었다. 양복 위에 흰 띠를 두르고 거기에 칼을 두 자루 꽂았으며 총도 가지고 있었다.

사쓰마 조슈군의 최전선은 고에다 다리에서 조난 궁까지 동서로 포진하였다. 고에다 다리에는 관문을 설치해 놓고 있었다.

"통과시키시오!"

도쿠가와 편에서 소리를 질렀다. 사쓰마 진지에서 군감(軍監) 시바라 고야타(椎原小彌太)가 대담하게 혼자서 말을 타고 달려와 도쿠가와군 전방에 이르러 말에서 내리며 소리쳤다.

"통과하면 안 되오!"

다키가와 하리마노카미도 말에서 내려 통과해야 하는 이유를 큰 소리로 말했다. 서로가 고집하고 있는 사이에 도쿠가와편에서 성가시다고 생각했던지, 포병 사관이 혼자서 말을 타고 달려와 포 두 문을 길 위로 끌어내더니 사격 준비를 갖추었다. 바로 그때였다. 한 발 빠르게 사쓰마 진지에 포연이 오르면서 도쿠가와편의 포 두 문을 사관과 함께 날려 버렸다. 전투는 이때부터 시작되었다.

사쓰마 진지에서 발사한 제일탄이야말로 운명의 포탄이라고 할 수 있으리라.

——통과시켜라, 안 된다.

요컨대 길 위에서 벌어진 이런 문답은 도저히 결말이 날 문제가 아니었다. 더구나 양쪽 모두 언젠가는 전쟁의 포문을 열겠다는 각오와 기세에 차 있었다.

그러나 아직은 전쟁을 시작하지 않았다. 쌍방의 지휘관이 길에서 대화를 하고 있다. 사쓰마 번 군감 시바라 고야타는 혼자 찾아왔고, 도쿠가와편의 총감찰관 다키가와 하리마노카미도 하마(下馬)의 예를 갖추어 시바라와 교섭하고 있다.

뒤에서 보고 있던 도쿠가와편의 사관들은 짜증이 났다.
――말이 무슨 소용이냐.

포병 지휘관인 이시카와 햐쿠헤이(石川百平), 오가와라 신조(大河原鋠藏) 두 사람이 포 두 문을 끌어내 포탄을 장전한 다음 전방의 아카이케 마을(赤池村) 부근에 있는 사쓰마 번 보병 진지를 겨누어 발사하려 했다.

사쓰마 번 포병대는, 도쿠가와군의 동쪽인 조난 궁 숲에 포진하고 있기 때문에 이를 재빨리 발견하고 황급히 조준할 수 있었다. 원칙적으로 이것은 상급 지휘관의 명령을 기다리거나 허가를 받아야 할 사항이었다. 왜냐하면 최초의 일발은 곧 개전을 뜻하기 때문이다.

개전을 위한 제일탄을 적으로 하여금 먼저 쏘게 할 것인지, 이쪽에서 쏠 것인지는 고위층에서 결정할 일이지 전선의 하급 지휘관이 정할 수 있는 일이 아니었다. 그것이 원칙이다. 그러나 사쓰마측은, 포병 진지에 그런 경우 독단이 가능하다고 생각되는 젊은이를 포병 지휘관으로 배치해 두었다. 노즈 시즈오(野津鎭雄), 노즈 미치쓰라(道貫) 형제가 바로 그들이다.

그들이 사용한 포는 도쿠가와군과 같은 사근산포(四斤山砲)라는 야전포였다. 당시로서는 신식이었지만 그래도 대포가 첫 발에 명중한다는 것은 기적에 가까운 일이어서 거의 우연히 맞았다고 해도 좋을 것이다. 그 운명적인 포탄이 대포를 조작하던 도쿠가와편 포병들의 중간에 떨어졌다. 이 바람에 사관 이시카와, 오가와라의 몸뚱이가 날아가고 두 문의 포차는 산산조각이 나버렸다.

노름으로 친다면 도쿠가와편은 처음부터 재수가 없었다고 할 수 있다. 포탄의 위력에 가장 놀란 것은 도쿠가와편 주장인 다키가와 하리마노카미였다. 그는 가장 과격한 주전파였으나 전장에 어울리는 장수감은 아니었던지 새파랗게 질려 말에 뛰어오르더니 그대로 달아나 버렸다. 결국 부대는 혼란에 빠져, 순찰대의 사사키 다다사부로(佐佐木唯三郎)의 필사적인 제지에도 불구하고 부대는 허둥지둥 아래쪽 도바 마을까지 퇴각했다.

한편 이 포성 소리에 용기를 얻은 것은 후시미 방면에서 사쓰마 조슈군과 대치하고 있던 신센조와 아이즈 번이었다. 그들은 후시미 행정청 구내에 진지를 설치하고 있었는데, 도바 방면의 포성을 듣자 그대로 행정청의 문을 열고 달려나갔다. 이로써 도바 후시미 두 방면에서 거의 동시에 전투가 벌어졌다.

무릇 일의 패인(敗因)이란 언제나 한 가지만 있는 게 아니다. 원인이 따로 따로 떨어져 있지 않고 서로 얽혀 있다가 무더기가 되어 일시에 군세를 무너뜨리는 것이다.

그러나 도바 후시미 전투 첫날의 패인을 한 가지만 든다면 도쿠가와편 고급 지휘관들일 것이다.

몇몇 고급 지휘관은 괜찮았다. 마쓰다이라 부젠노카미, 다키가와 하리마노카미 같은 듬직한 직속 무장들이다. 그러나 결국은 입으로만 외치는 주전론자 무리였는지도 모른다.

심지어 다키가와는 사쓰마 포병의 첫 포탄이 떨어져 부대의 일부가 피해를 당하자 허둥지둥 달아났다. 말 발굽으로 자기편 군사들을 차던져 몇 사람에게 부상까지 입혀 놓고 번개처럼 말을 몰아 훨씬 후방인 요도(淀)의 본진까지 달아나 버린 것이다.

이것을 본 도쿠가와군은 혼비백산했다. 다키가와를 뒤따르던 양식 보병 부대는 전방의 상황을 알지 못한 채 다키가와가 새파랗게 질려 허둥지둥 달아나는 것을 보고 싸움에 진 줄 알고 다키가와 이상으로 허둥대면서 달아나 버렸다. 총기, 배낭 등을 다 내던지고 후퇴했다.

그 중에는 달아나지 않는 자도 있었다.

막부 순찰대 200명이다. 그들은 대장 사사키 다다사부로의 지휘 아래 현장에 남아 아군이 버리고 간 신식총을 주워 응전하면서 적의 추격을 저지하였다. 그러나 사사키가 총을 맞아 부상하는 바람에 어둠을 타 요도까지 후퇴하고 말았다.

후시미 방면 도쿠가와군의 분전도 눈부신 것이어서 번번이 사쓰마 조슈군을 밀어붙였다. 창검을 앞세우고 달려드는 그들의 공격은 사쓰마 조슈군을 두려움에 떨게 했다. 이 방면의 도쿠가와군은 아이즈 번과 신센조였다. 그러나 아무리 분전하더라도 도바 방면 아군의 붕괴는 후시미 방면의 그들에게 큰 부담이 되었다. 이 고통스런 전투는 해가 진 뒤에도 아군의 전사자 부상자를 수용할 수 없을 정도로 격렬했다.

이와 같이 일부의 용사들——아이즈 번, 신센조 순찰대 등——은 잘 싸웠으나 최고 지휘관들은 거의 정신을 못 차렸다. 서로 연결되어 있기는커녕 지휘 체계가 명확하지 않아 행동과 명령이 제각각이었다.

아무튼 첫날은 졌다.

──지지 않았다.

이런 견해도 있을 수 있다. 도바 방면의 도쿠가와군은 일시 후퇴하기는 했으나 다음 날 태세를 재정비하여 다시 공격해 들어왔기 때문이다. 게다가 사쓰마 조슈군은 병력이 적어 도쿠가와군을 추격하지 못하고 현장 부근에 머물고 있었다. 대체로 '쌍방에 승패가 있었다'는 것이 사실일 것이다.

그러나 정치는 '사쓰마 조슈의 승리'로 기울었다. 왜냐하면 대장인 다키가와 하리마노카미가 도바에서 달아나버렸다는 소식이 교토 대궐 안에 전해지자 형세만 살피고 있던 공경들이 웅성거리며 사쓰마 조슈를 관군(官軍)으로 삼자는 움직임을 보였기 때문이다.

교토 대궐에는 180채 가량의 공경 저택이 몰려 있었는데, 그들 모두가 사쓰마 조슈편은 아니었다. 오히려 대부분이 그렇지 않다고 해야 옳을 것이다.

──도쿠가와군을 이길 수가 있는가.

이것이 그들의 생각이었다. 단 한 사람 하급 공경인 이와쿠라 도모미만이 사쓰마 조슈의 강력한 지지자였다. 희대의 모사(謀士)인 그가 배짱과 웅변을 자랑하는 공경들의 얼굴을 간신히 사쓰마 조슈쪽으로 돌려 놓았다. 또, 이와쿠라는 전쟁이 일어나기 전에 태정 차관(太政次官)을 지낸 나카야마 다다요시(中山忠能)라는 완고한 노인을 구슬러 자기 편으로 끌어들였다. 나카야마 다다요시는 소년 천황의 외조부이며 왕사(王師)일 뿐 아니라 천황의 옥새도 맡아 가지고 있었다. 이 노인만 손아귀에 넣으면 이와쿠라는 마음대로 칙어(勅語)를 낼 수 있다.

그러나 그 이와쿠라마저 도바 후시미 전투가 벌어지기 전 승패 예측에 자신을 잃고 은밀히 사쓰마의 모사인 오쿠보 도시미치(大久保利通)에게 마음을 털어놓았다.

──오사카의 요시노부를 너무 자극하는 것은 좋지 않을 것인데.

이와쿠라도 교토의 사쓰마 조슈의 병력이 적은 것을 보고 고개를 갸웃거린 게 틀림없다.

정월 초사흘 저녁, 도바 방면에서 은은한 포성이 들려왔을 때, 대궐 안 공경들의 소동은 이루 말할 수도 없었다.

──마침내 시작됐군.

놀라움과 공포가 그들을 광란에 빠뜨리고 말았다.

――사쓰마 조슈는 질 것이다. 지면 어떻게 될 것인가.
어떤 젊은 공경은 흥분하여 소리를 지르며 이와쿠라의 방에 뛰어들었다.
"이와쿠라가 조정을 그르쳤다. 그놈을 죽여 버리겠다."
이와쿠라는 등불을 당겨 놓고 팔걸이에 기댄 채 선잠이 들어 있었다. 이때 포성이 한꺼번에 터지며 대궐의 창문들이 요란하게 흔들렸다. 그래도 이와쿠라는 잠을 깨지 않았다.
'대단한 사나이로군.'
젊은 공경 가라스마루 미쓰노리(烏丸光德)는 기세가 한풀 꺾였다.
그는 한 가지 계책을 꾸몄다. 얼마나 승산이 있기에 포성을 들으면서도 선잠을 자는가 싶어 이와쿠라를 흔들어 깨웠다.
그러고는 거짓말을 했다.
"도바 후시미 전투에서 사쓰마 조슈가 무너져 도쿠가와군이 교토로 쳐들어오고 있네."
이와쿠라의 귓전에 대고 말하자 이와쿠라는 눈을 뜨며, 그래? 졌군 그래, 라고 중얼거리더니 말했다.
"그렇다면 나는 일이나 처리해 놓고 죽겠네. 뒷일은 경들에게 부탁하네."
이와쿠라는 승패를 생각하기 전에 죽음을 먼저 생각하고 있었던 것 같다. 이와쿠라의 두둑한 배짱에 크게 감탄한 가라스마루는 그 뒤 이와쿠라의 부하처럼 굴었다.
첫날 싸움에서 도바의 도쿠가와편이 무너졌다는 보고가 들어오자 대궐 안 공기는 일시에 사쓰마 조슈 지지로 변해 버렸다.
그뿐만 아니라 도바 방면에서 다키가와 하리마노카미가 달아난 사건은 도쿠가와에 가담했던 여러 번을 흔들어 놓아 그들로 하여금 도쿠가와 편을 배반하게 만들었다.

정월 초나흘, 날씨는 춥고
바람은 더욱 거세어지다.

전투 이틀째를 맞은 교토 남쪽 평야에 바람이 심하게 불어 양군의 깃발을 모두 날려 버렸다.
새벽부터 포성이 울렸다. 도쿠가와편은 전날의 패배를 만회하기 위해 맹렬하게 진격했다. 그러나 실제로 맹렬하게 전진한 것은 아이즈 번 군사뿐이었다.

이날의 전투를 살펴보자.

조슈군 대장의 한 사람이었던 하야시 한시치(林半七 : 뒷날 백작)의 말에 따르면, '이날은 짙은 안개가 끼어 사방이 잘 보이지 않는 데다, 포연과 화재 연기 때문에 자신이 어디에 있는지조차 알 수 없었다. 대원(120명)을 데리고 도바 가도로 진출하자 막부군은 한 번 싸워 보지도 않고 달아나 버렸다'고 한다.

이곳의 막부군은 사누키(讚岐) 다카마쓰의 마쓰다이라 집안 군사였다. 대대로 도쿠가와 집안을 섬긴 번이었으나 도쿠가와 집안을 위해 싸우겠다는 정열을 가질 수 없었는지, 총과 탄약을 숱하게 버리고 갔다.

"모두 노획했으나 총 같은 것은 한 발도 쏘지 않은 그대로였다."

하야시 한시치의 말이다.

도쿠가와편의 전의(戰意)는 번에 따라 모두 달랐다. 아이즈 번은 귀신 같은 활약을 했다고 해도 좋을 것이다.

아이즈 번 대포 감독관인 하야시 곤스케(林權助) 같은 사람은 60이 넘은 고령인데도 백발이 성성한 머리에 머리띠를 동여매고 대포 3문을 지휘하면서 후시미 시가에서 싸웠다. 그와 함께 싸운 것은 히지가다 도시조가 지휘하는 신센조와, 아이즈 번에서 벳센조(別選組)라고 불리는 정예 부대였다.

하야시 곤스케는 포병이면서도 대포를 발사한 뒤에는 보병처럼 약진했다. 그렇게 적과의 거리를 좁혀가면서 싸우는 동안, 사쓰마 조슈 진지에서 날아온 포탄이 터져 얼굴이 새까맣게 그을리고 전신에 중상을 입어 결국 일어설 수 없게 되었다.

곤스케는 하는 수 없이 책상다리를 하고 앉아서 지휘했다. 그러나 끝내 3문의 대포도 파괴되고 사상자가 속출했기 때문에 부하의 등에 업혀 요도로 후퇴하고 말았다.

이것이 하야시 곤스케의 정월 초사흘 광경이었다. 곤스케는 이틀 뒤 전사했다. 정월 초나흘에는 그의 아들 하야시 마타시치로(又七郎)가 대신 분전했다. 초닷새에는 요도 강 둑에서 싸웠다. 이 무렵 막부군 주력은 후방에 있었기 때문에 싸우지 않았으며, 이쪽의 전선에는 아이즈 번의 생존자와 신센조의 생존자 30명밖에 남아 있지 않았다. 마다시치로는 신센조와 함께 최후의 돌격을 감행하다가 총탄에 맞아 전사했다.

아이즈 번 대장의 한 사람인 사가와 간베에(佐川官兵衛)는 가장 용맹한 한 사람이었다.

사가와는 몇 번이나 조슈군 진지로 돌격하여 들어갔다. 그는 칼이 적탄에 맞아 부러질 때까지 싸우다가, 퇴각하지 않을 수 없게 되자 지우산을 받쳐들고 느릿느릿 물러났다. 눈을 다쳤기 때문에 햇빛을 막기 위해서였다. 누군가가 그렇게 하면 눈에 띈다고 주의를 주자 사가와는 이렇게 대답하며 일부러 우산을 빙글빙글 돌리면서 후퇴했다.

"사쓰마 조슈의 총알이 날 맞힐 수 있겠나."

여러 번의 행동이 재미있다.

도쿠가와편에 속해 있으면서 자기편을 배반해 버린 번의 이야기이다.

먼저 히코네 번이다. 이 히코네의 이이(井伊) 집안은 역대 영주의 우두머리이며, 영주는 최고 집정관이 될 수 있는 가문이다. 쓰기노스케의 주군인 마키노에 비하면 매와 참새만큼 가문 차이가 난다.

이에야스 이래, 도쿠가와 집안의 군제(軍制)를 살펴보면, 이이 집안과 이세의 도도 집안이 전투에서 가장 선봉적인 역할을 담당했다.

이에야스가 오사카 전역(戰役)에서 이 편제를 취하여 성공한 뒤 길례(吉例)가 되었다. 사실 그 무렵의 이이군은 강했다. 이에야스는 일본 최강이라 일컬어지던 가이(甲斐)의 다케다(武田) 집안이 멸망한 후, 그 낭인들을 부하로 기용하여 이이 집안에 소속되게 해주었다. 붉은 장비라고 했다. 이 붉은 장비가 이이 집안에 왔기 때문에 이이 집안은 영주 이하 모두가 붉은 장비를 갖추었다. 이이군이 전장에 나타나면 마치 시뻘건 불길이 타오르는 것 같아서 적은 싸우기도 전에 겁을 집어먹었다.

막부 말기에 이곳의 영주인 이이 나오스케(井伊直弼)가 최고 집정관이 되어 안세이 대옥(安政大獄)을 일으켰다. 이이 나오스케는 간첩을 써서 막부 정치에 대한 비판자를 조사한 다음 투옥, 참수(斬首), 근신, 은퇴 등의 처벌을 내려 천하를 부들부들 떨게 했다. 사람들은 나오스케를 가리켜 '붉은 마귀'라고 불렀다. 붉은 장비를 연상해서 붙인 이름이리라.

나오스케의 폭압(暴壓)이, 이이 집안이 도쿠가와 집안의 지배인 같은 위치에 있다는 사명감에서 우러나왔다는 것을 생각하면, 그런 처사를 이해하지 못할 바도 아니다. 그러나 정치 속에 개인적인 심정을 결부시켜 모든 일을 처리해나간 것을 보면, 나오스케에게는 정치광(政治狂)적인 성향이 있었을 것이다.

나오스케도 만엔 원년(萬延元年), 사쿠라다 문(櫻田門) 밖에서 미도 낭사(水戶浪士)들의 습격을 받아 피살되었다.

그후 8년이 지나 정세는 어지럽게 변했다.

이번 전쟁에서도 이이 집안은 이에야스 이래의 군법 대로 전군의 선봉에 섰다. 이이군은 전투가 시작되기 전부터 후시미의 료운 사(龍雲寺) 고지에 포진하여 사쓰마 조슈 진지와 마주보고 있었다.

그런데 개전 전날 밤 감쪽같이 사라져 버렸다. 료운 사 고지는 후시미 시가의 높은 지대이기 때문에, 여기에 사쓰마군의 포병 진지를 설치하면 아이즈 번 군사와 신센조가 진을 친 후시미 행정청은 아래로 내려다보인다. 침을 뱉어도 닿을 만한 거리였다.

사쓰마측은 이이군과 비밀리에 교섭하여 이이군이 물러가게 했다. 그 뒤 오야마 야스케가 지휘하는 사쓰마 포병대가 여기에서 포탄을 쏘아 대어 후시미의 도쿠가와군을 궤멸시켰다.

"세상은 참으로 뜻밖이었습니다."

이이군과의 공작을 지시한 사쓰마의 오쿠보 도시미치마저 고향에 그런 내용의 편지를 띄웠다. 이이 집안으로서는 뒤늦게나마 시류에 편승해 보려는 속셈이었으리라.

도쿠가와측으로서 가장 뼈아팠던 것은 이이군의 배반보다도 요도 번(淀藩)의 배반이었을 것이다.

개전 사흘째인 정월 초닷새, 도쿠가와편은 도바 후시미 방면에서 모두 패주하여 요도 성 밑에 집결했다.

"여기에서 싸워 보자."

아이즈 번사들은 모두 그렇게 생각했다. 요도에는 요도 성이 있다. 이 요도 성에 들어가 방어하면서 패세를 가다듬은 다음 오사카에서 오는 원군과 함께 다시 공세를 취하면 이번에는 이길지도 모른다.

요도는 이나바(稻葉) 집안 10만 2,000섬의 성 밑 거리였다. 이나바 집안은 가스가노쓰보네(春日局: 이에미쓰의 유모)에서 나온 집안으로서 도쿠가와의 역대 영주 중에서는 도쿠가와 집안과 가장 인연이 깊은 집안이었다. 이 때문에 도쿠가와 중기(中期) 이래, 이 집안을 요도 성주로 삼아 교토의 감시를 맡겨 두고 있었던 것이다. 더구나 지금의 영주인 이나바 미노노카미(美濃守)는 집정관으로서 에도에 있으므로 당연히 충성을 바쳐야 한다.

그런데 아이즈의 전투 부대가 입성을 요구하자 요도 번은 회답했다.

──거절하겠다.

그뿐 아니라 이렇게까지 말했다.

"요도 번 영토에서 물러나 달라."

요도 번에 교토측의 밀사가 들어가 있었던 것이다. 요도 번은 근왕(勤王) 번은 아니었으나 사태가 히코네 번처럼 되고 보니 사상(思想)보다 이해가 앞섰다. 사태가 보고 도쿠가와편에게 불리하게 돌아가고 있다는 것을 알아차리고는 배반한 것이다.

아이즈 번사들은 분격했으나 퇴거를 요구당한 이상 받아들일 수밖에 없어 야하타(八幡)까지 후퇴했다. 이 야하타에는 이와시미즈(石淸水) 야하타 신궁의 산이 있고 그 밑에는 요도 강이 흐른다. 이에 진지를 구축하면 방어하기 쉬우리라고 생각했다. 막부 가신 부대도 거기에 찬성했다.

──잘 해 봅시다.

그렇게 말해 놓고 둘러보면 어느새 그들은 몰래 후퇴하고 없었다. 이제 전선에는 아이즈 번사밖에 남아 있지 않았다.

"비열한 막부 가신놈들!"

아이즈 진지의 대장인 다나카 도사(田中土佐)는 울분을 참지 못했으나 이미 자기 번이 고립되어 버린 이상 어쩔 수가 없었다.

야하타에서 요도 강 건너의 강가에 있는 것이 텐노산(天王山)이다. 이 산이 요충지라고 하여 도쿠가와편에서는 여기에 도도 번을 포진시켜 두었다.

"이에야스공 이래, 도쿠가와의 선봉은 이이와 도도."

그렇다. 이세(伊勢) 32만 3,000섬인 도도 번은 방계 영주라고는 하지만 이 집안에 대한 도쿠가 집안의 신뢰가 대대로 두터워 '준친번(准親藩)'이라는 격식이 주어져 있었다.

개전 나흘 째인 정월 초엿새, 이 번이 갑자기 등을 돌려 버렸다. 그것도 히코네나 요도 번과 같은 소극적인 배반이 아니라 적극적인 배반이었다. 그들은 야마자키에 포대를 구축해 놓고 있었는데 이 포들이 모조리 도쿠가와편을 향해 포효하기 시작했던 것이다.

피해는 무척 컸다. 도쿠가와편은 패세에 겹쳐 마지막 일격을 당하자 그대로 궤멸되어 오사카로 달아나지 않을 수 없었다. 도도 번은 사상적으로 근왕은 아니었다. 그러나 시류와 이해에 너무 민감했던 것 같다.

그동안 가와이 쓰기노스케는 오사카 다마 강 다리(玉川橋)의 상무소(商務所)에 진영을 두고 있었다.

낮에는 다리게에 걸상을 내다놓고 하염없이 도지마 강의 물결을 바라보았다. 이것이 일과였다.

"군자는 물을 좋아한다나……."

처남 나기노 가헤에(梛野嘉兵衞)가 한길을 건너와 뒤에서 말을 걸었다.

"대체 물의 무엇을 보고 있는가. 수상(水相)인가?"

수상이란, 유전(流轉) 같은 철학적인 개념에 비추어 인생이나 역사를 보려는 동양 고래(東洋古來)의 사고방식이다.

"물은 한시도 쉬지 않고 끊임없이 흘러가네. 그러나 그 강은 변치 않고 그 산도 변치 않고, 하늘 또한 변치 않는 법이라네."

나기노가 전에 없이 말이 많아진 것은 후시미 방면의 전황을 알 수 없다는 초조함과, 알지는 못하지만 승패가 역사를 좌우할지도 모른다는 것을 깨달은 데서 오는 조급한 마음 때문일 것이다.

"간밤의 포성은 굉장하더군."

나기노가 말했다.

하여튼 굉장했다. 오사카는 북쪽인 후시미에서 백 리를 좀 넘는 강 아래쪽인데, 그 후시미의 포성이 바로 머리 위의 하늘에서 울렸던 것이다. 마치 구름이 번쩍이며 울리는 것 같았다.

"북쪽 하늘이 새빨개졌더군. 대체 어느 쪽이 이기고 어느 쪽이 지고 있는 건가?"

"성(오사카)에서는 어떻습디까?"

"지금도 막 달려갔다 오는 길이네만 성에서도 몰라. 모두 파랗게 질려 길흉(吉凶) 어느 쪽인가의 소식을 기다리고 있어."

"무사도 이젠 맥없이 됐군요."

그의 말을 빌리자면, 도쿠가와편 장수들은 전쟁하는 방법도 모르는 모양이었다. 교토로 쳐들어갔으면 전투가 있을 때마다 전령을 후방으로 보내야 할 것인데 밀려가기만 했을 뿐 그런 연락마저 하지 않았다. 기막힌 무지라고 해야 할지, 실수라고 해야 할지, 소홀하다고 해야 할지.
'이 한 가지만 봐도 그들은 이길 수 없어.'
쓰기노스케는 그렇게 생각했다.
나기노의 말로는 장군(요시노부)이나 이타쿠라 최고 집정관마저 전황을 모르고 있다는 것이다.
"오사카 쪽에서 전령이 가 있겠지요?"
"두셋쯤 가 있는 모양인데 한 사람은 히라가다(枚方)까지 갔다가 돌아왔어. 아군이 이겼습니다, 라고 보고한 모양이야. 다른 한 사람은 돌아오지 않았고 또 하나는 아군이 졌다고 말하더군."
"그래서 성내는?"
"그저 허둥대고만 있어."
정월 초닷새가 되었다.
이 날 오후, 오사카는 바람이 심했으나 북쪽의 포성이 이상하게 가깝게 들려왔다. 풍향(風向) 탓인가 하고 고개를 갸웃거리는 자가 많았으나 쓰기노스케는 졌다고 생각했다. 포성이 가까워진다는 것은 적이 전진하고 있다는 증거일 것이다.

"아군의 전황이 불리합니다. 야마자키, 야하타 방면에서 오사카를 향해 패주 중입니다."
이런 보고가 오사카 성의 도쿠가와 요시노부에게 전해진 것은 정월 초엿새 저녁 무렵이었다.
요시노부의 놀라움은 컸다. 패전 소식보다도 그를 더 놀라게 한 것은 이 교전 중에 교토 조정이 사쓰마 조슈 도사에 관군의 칭호를 내린 일이었다. 이에 따라 정월 초닷새 천황기가 요도 강변에 올랐다. 다음 날 이 소식도 함께 요시노부에게 전해졌다. 요시노부는 조정의 적이 되었다. 교토 혁명파의 모략은 성공했다.
——적군(賊軍)이 되었다.
이것만큼 요시노부의 마음을 위축시킨 것은 없었다.
이것이 이 시대가 전국시대와 다른 점이었다. 전국시대라면 아무렇지도 않다. 강한 것이 약한 것을 먹는다는 것만이 세상의 법칙이었다. 만일 전국

시대였다면 요시노부와 그의 도쿠가와 쪽은 패하지 않았을 것이다. 그러나 이 시대는 사상(思想)의 시대였다.

즉, 존왕(尊王)이었다. 그것도 특수한 관념이 아니라, 후세의 민주주의라는 관념만큼이나 보급되어 있었기 때문에 만일 존왕이 아니라면 세상의 지지를 잃고 시대에서 전락하고 만다.

그런데 요시노부는 조정의 적이 되어 버렸다. 더구나 요시노부는 존왕 사상의 총본산이라고도 할 수 있는 미도(水戶) 집안 출신이다.

'달아나자.'

요시노부가 이렇게 생각한 것은 이때였을 것이다. 요시노부는 후세(後世)를 두려워했다. 기독교에서 유다가 최대의 악인인 것처럼, 존왕 사상에서는 아시카가 다카우지(足利尊氏)가 최대의 악인이었다. 요시노부는 후세에 다카우지와 나란히 평가될 것을 가장 두려워했다.

──요시노부의 담력과 지혜는 시조인 도쿠가와 이에야스와도 비할 수 있으리라.

한때 조슈의 가쓰라 고고로 같은 사람도 그렇게 말하면서 두려워했던 기략(機略)의 주인공도 결국은 이에야스가 아니었다. 그는 이에야스가 되기에는 교양과 관념이 너무 많았다.

'달아나자.'

그런 결심을 했을 때 이 사나이는 달아날 바에야 아무 것도 거들떠보지 않고 달아나려고 했다.

성내의 주전파들이 그를 달아나지 못하게 할 것이었기 때문이다.

──장군님에게 싸울 뜻이 없다면 장군님을 죽이고라도 항전하자.

그렇게 떠들어대는 자마저 있었다. 이 소란한 성내에서 달아나려면 감쪽같이 달아나는 수밖에 없다. 오사카 항(덴포 산 앞바다)에는 도쿠가와 집안의 군함이 대기하고 있다. 거기까지 달아나기만 하면 그대로 에도에 돌아갈 수 있으리라.

아무튼 요시노부는 지금 몸뚱이 하나만 빠져나가 오사카로 달아난 다음 천하에 존왕가인 자기의 진정을 보일 수밖에 없다고 생각했다.

그러나 성내를 탈출할 수 있을까?

"싸우라."

이것이 과격파의 소리였다. 사실 도쿠가와편은 싸울 여력을 가지고 있었다.

"지금 장군님 스스로가 전장에 나서신다면 장병들은 용기백배하여 사쓰마 조슈 따위는 산산조각을 낼 수가 있을 것입니다."

이 오사카 성내에는 도쿠가와 장군 집안의 시조인 이에야스의 금 부채로 만든 대마표(大馬標대장 옆에 세워 소재를 알리는 표지)가 보관되어 있다. 앞서 병사한 14대 장군 이에모치(家茂)가 조슈 정벌(長州征伐)을 위해 에도에서 가져온 것이다. 이에야스는 이 대마표를 진두에 세워놓고 미카다가하라(三方原)에서 이겼고, 세키가하라에서 이겼으며, 오사카 전역에서도 이겼다. 과격파들은 이것을 교토로 진격시키라고 주장했다.

소용돌이는 이미 집정관(각료) 따위의 힘으로는 가라앉힐 수가 없게 되었다.

"그럼 내가 가라앉혀 보지."

요시노부는 그렇게 말하고 그날 밤 대장급 이상을 성내 대회의실에 모았다. 그러나 나가보니 도저히 나약한 말이 통할 만한 분위기가 아니었다. 모두 한결같이 외치며 살기를 띠고 있었다.

——장군님께서 직접 출전하시도록.

요시노부는 이런 분위기에 압도되어 마침내 외쳤다.

"좋다, 지금부터 출전하자. 모두 제자리로 돌아가 준비를 하라."

그 말을 듣자 넓은 방이 떠나가도록 환성을 지르면서 앞을 다투어 각자의 부서를 물러갔다.

'이때다!'

요시노부는 그렇게 생각했다.

성을 탈출하는 것이다. 요시노부는 안으로 들어가자마자 최고 간부 몇몇을 불러 명령했다.

"지금부터 몰래 성을 떠나 에도로 돌아간다. 나와 행동을 같이 하라."

그 중에는 아이즈 영주 마쓰다이라 가다모리도 있었다. 가다모리는 깜짝 놀랐다. 요시노부를 따라 가려면 자기 번사들을 남겨두고 가야 한다.

"비상시가 아닌가. 남겨두고 가오."

요시노부의 명령이다. 가다모리를 오사카에 남겨두면 아이즈 번사들은 가다모리를 중심으로 이 오사카 성에 농성하며 사쓰마 조슈와 전투를 계속할 것이 분명하다. 요시노부로서는 가다모리를 인질처럼 데리고 가지 않을 수 없었다.

"경은 내 곁에서 떠나서는 안 되오."

요시노부는 엄명했다.

요시노부와 탈출을 같이 한 것은 가다모리 이외에 집정관 이타쿠라 가쓰키요, 집정관 사카이 다다마사(酒井忠績), 구와나 영주 마쓰다이라 엣추노카미, 거기에 외국 총감독관이 한 사람, 총감찰관이 한 사람, 감찰관이 한 사람, 의사가 한 사람, 그 밖의 사람을 포함해 10명 안팎이었다.

밤 10시께 성을 빠져나왔다. 성문을 나오는 도중 위병의 검문을 받았다.

"호종근시(扈從近侍)의 교대야."

이런 말로 속인 다음 성 옆 덴마 하치켄야(天滿八軒家)의 나루터에서 나룻배를 타고 강을 따라 바다로 나왔다. 그러나 어두운 밤이어서 탑승함 가이요(開陽)가 어디 있는지를 몰라 때마침 그 자리에 있던 미국 군함에 사정을 밝히고서 그 함내에서 하룻밤을 묵었다. 8일 밤 가이요로 옮겨타고 곧 에도를 향해 출항했다.

"진묘한 얘기라면 이만큼 진묘한 얘기도 없을 거야."

메이지 시대가 된 다음 후쿠치 겐이치로(福地櫻痴)는 가끔 이야기했다.

6일 밤 열시에 가장 중요한 장군이 없어져 버린 것이다. 그것을 조금도 모르고 도쿠가와편은 성 안팎에서 밤을 지내고 있었다. 그 속에는 물론 다마강 다리 경비를 맡고 있는 가와이 쓰기노스케도 끼어 있었다.

성내에는 후쿠치 겐이치로도 있었다.

그는 외국 담당 사무관으로서 문서 번역이나 통역을 맡았다.

"감독관님이 아무 데도 보이지 않는데."

같은 동료 니시 요시주로(西吉十郎)가 복도에서 돌아와 고개를 갸웃거린 것은 밤 10시 지나서였다. 그들의 상사인 외국 담당관은 세 사람이었다. 야마구치 스루가노카미(山口駿河守), 가스야 지쿠고노카미(糟屋筑後守), 이시카와 가와치노카미(石川河內守)이다. 뒤에 알게 된 일이지만 야마구치는 요시노부를 수행하여 같이 탈출했다. 가스야와 이시카와는 야마구치의 귀띔을 듣고 부랴부랴 뒤쫓아갔다.

후쿠치 등은 남겨지고 말았다.

그러나 자기들의 운명을 알지 못했다.

"어차피 또 그런 의논이겠지 뭐."

후쿠치는 그렇게 말했다. 그런 의논이란 고관들이 하루에도 몇 번씩이나 모여서 하는 비밀 회의를 가리키는 말이다.

——어떻게 할까, 어떻게 할까.

그런 의논만 하는, 이를테면 무능 회의(無能會議)였다. 보통 때의 공식 회의라면 후쿠치 같은 사무관도 당연히 들어갈 수 있으나 요 며칠 사이의 회의에는 들어오지도 못하게 했다. 또 다시 그것이 시작되었으리라고 후쿠치는 말하는 것이다. 그는 고관들의 비밀 회의 자체를 비웃고 있었다.

"이렇게 패전만 거듭하고 있는 마당에 무슨 의논이란 말인가. 전쟁은 무기로 하는 거야. 입으로 하는 것이 아냐."

후쿠치는 안타까운 나머지 그런 소리를 마구 했다.

"그럼, 그렇고말고."

동료인 니시도 맞장구를 치며 담배통을 끌어당겼다.

권력의 언저리에 있는 그들은 고관들의 무능하고 소심하고 우스꽝스런 면들을 속속들이 알고 있기 때문에, 패전에 따른 참담함이 전선에 있는 아이즈번만큼은 우러나지 않는 것이다. 그들은 한 시간쯤 잡담을 하다가 밤이 깊었기 때문에 잠자리에 들려고 했다. 성 안의 사무실에 붙박혀 사는 생활이다 보니 침구라 할 만한 것도 없었다. 그들은 막부가 프랑스에서 수입한 군용 담요를 덮고 아무 나무 상자나 끌어당겨 베개를 삼았다.

새벽녘 가까이 되어 미닫이 문이 느닷없이 열리는 바람에 후쿠치 등은 잠을 깼다. 거기에는 프랑스식 육군 군복을 차려입은 막부 보병사관 마쓰다이라 다로(松平太郎)가 서 있었다.

"뭘 정신없이 자고 있는 거야. 벌써 이게……."

엄지 손가락을 세웠다. 요시노부를 가리키는 뜻이다.

"오사카를 떠나셨단 말일세."

마쓰다이라 다로는 친절하게도 소식을 전해 주러 온 것이었다. 후쿠치는 농담인 줄 알았다.

"거짓말 같으면 장군 거실에라도 가서 찾아보라고. 빨리 후퇴하게."

마쓰다이라는 급한 걸음으로 가 버렸다. 후쿠치와 니시는 서로 얼굴을 마주 보며 어리둥절해했다.

'설마…….'

그렇게 생각하면서도 후쿠치는 사실을 확인하기 위해 복도로 나왔다. 외국 감독관 사무실에 들어가 보니 인기척이 없다.

"역시 달아났군."

후쿠치는 니시를 돌아다보며 이게 바로 뺑소니를 쳤다는 거라며 천박한 말투로 말했다.

"저것도 정리해 두지 않고……."

그래도 무사냐고 말해 주고 싶을 정도로 사무실 안에는 공용 서류가 어지럽게 흩어져 있었다.

"우리가 달아날 때는 부하를 시켜서 이런 걸 다 태워버려야겠어."

후쿠치는 그렇게 말하면서 서류를 긁어모으기 시작했다. 그때 큰 보퉁이가 나왔다.

"뭘까?"

펼쳐보니 오리 요리를 만들 재료였다. 오리 고기 토막, 야채, 썬 떡 조각 등, 3, 4명 분은 됨직한 분량이 있었다. 아마 감독관들이 오리 요리를 해먹으려고 요리집에서 시켜다 두었으리라. 그것마저 내던지고 달아나 버렸다.

"신하도 버리고, 부하도 버리고, 오리까지 버리고 간 처량함이여……."

"에도에는 처자식이 있지. 생각느니 오로지 처자식뿐이라……."

니시가 장단을 맞추었다. 도쿠가와 무사도(武士道)도 여기까지 타락해 버렸으니 사쓰마 조슈에 지는 것도 무리는 아니다.

"이놈을 먹자구."

후쿠치가 느닷없이 말했다.

"곧 날이 샐 텐데. 장군님 이하 높은 어른들이 달아났다는데 우리끼리만 성내에 남아 오리 요리를 해먹는다는 건 좀 뭣하잖는가."

"사쓰마 조슈군이 금방 오지는 않아. 오리 요리 먹을 만한 시간은 있을 거야."

"냄비는 있나?"

"포교를 시키게나."

이렇게 뜻이 맞아 두 사람은 방으로 돌아와서 포교를 불렀다. 포교는 한 사람이면 된다고 했는데 아홉 사람 전부가 몰려왔다. 그들도 장군과 고관들이 달아난 것을 알고 어쩔 줄을 몰라 허둥대고 있던 판이었다.

앉음새를 바로하여 포교들을 달래는 니시를 가리켜 후쿠치는 두고두고 이렇게 말했다.
"니시라는 친구 대단한 사나이더군."
"장군님은 깊은 생각이 계셔서 간토(關東)로 돌아가 에도에서 장차의 계획을 세우시기로 했네. 감독관님들도 장군님을 수행하기 위해 떠나셨어. 뒤처리를 우리한테 맡기고 떠나신 거야."
니시는 거짓말을 한 다음 앞으로는 자기 지시를 받으라고 말했다.
외국 감독부의 공금을 꺼내보니 460냥이 있었다. 그것을 후쿠치, 니시, 그리고 포교 아홉 명이 똑같이 나누어 에도까지 가는데 드는 노자로 쓰기로 했다.
열한 사람은 냄비를 찾아내어 오리 요리를 해먹었다.
"조슈 군사가 모리구치(守口)까지 쳐들어왔다!"
먹는 도중 황급한 소리가 복도를 울렸으나 후쿠치는 콧방귀를 뀌며 젓가락도 멈추지 않았다.
"그렇게 빨리 올 수는 없어."

쓰기노스케는 다마 강 다리의 경비소에 있었다.
정월 초엿새 밤, 도쿠가와 요시노부가 이미 오사카에서 사라져 버렸다는 사실을 물론 알 턱이 없었다.
이튿날인 이렛날 아침,
"아무래도 성내의 공기가 좀 이상합니다."
성에서 돌아온 연락자가 말했다. 쓰기노스케는 나기노 가헤에에게 가보도록 부탁했다. 나기노는 말을 달려 갔다가 돌아오더니 말에서 뛰어내리기가 무섭게 말했다.
"농담이 아냐, 쓰기노스케!"
장군님은 없었다, 집정관님도 없었다, 아이즈 중장 마쓰다이라 가다모리님도 없었다, 뒤에 남겨진 패거리가 갈팡질팡하고 있더라는 것이다.
쓰기노스케는 놀라지 않았다.
'그럴 테지.'
요시노부로서는 그 말밖에 할 수 없었을 것이다.
"쓰기노스케, 어떻게 할 텐가?"
"달아나겠소."

쓰기노스케는 순간적으로 결단을 내렸다.
"이런 곳에서 나가오카 번의 100명도 못되는 병력이 어물어물하다가는 사쓰마 조슈군의 노도 같은 군세에 먹혀 버리고 말 겁니다."
"어디로 달아날 텐가?"
"에도로."
"도대체 어떻게 달아날 셈인가?"
나기노는 조급하게 물었다. 평소 자기 집에 불이 나도 방에서 졸고 있을 거라는 소리를 들을 만큼 침착한 나기노 가헤에였으나 이때만은 당황하여 어쩔 줄을 몰랐다.
"달아나는 경로는 처남과 미마 이치노신이 잘 알아서 결정해 주십시오. 저는 잠깐 성에 다녀 오겠습니다."
"성에는 이제 아무 것도 없단 말이야."
"아니 사서(史書)에서는 낙성(落城)이라는 걸 자주 보았지만 기성(棄城)이라는 건 처음입니다. 직접 눈으로 보고 싶군요."
쓰기노스케는 나기노의 말 복대(腹帶)를 다시 졸라맨 다음 말에 올라 도지마 강의 기슭을 달렸다. 무엇인건 자기 눈으로 보지 않으면 직성이 풀리지 않는 사나이였다. 성에 가면 설사 거기에 혼란밖에 없다고 하더라도 어쩌면 달아나는 방법을 알게 될 실마리라도 찾아 낼 수 있을는지 모른다.
성문에 도착하자 평복 차림의 무사와 무장 병사들이 아직 허둥대고 있었으나 그래도 상당히 인원수가 줄어들어 있었다.
성내로 들어갔다.
마당에까지 서류가 흩어져 있고 고리짝이 팽개쳐진 채였으며 창과 총포까지 나뒹굴었다.
마침 한 노인이 큰 물건을 메고 현관을 나온다. 상인 같은 차림이었다. 뭐냐, 고 쓰기노스케가 물었으나 노인은 말도 않고 달려가 버렸다.
뒤에 안 일이지만 이 노인은 에도 인부들의 대두목(大頭目)인 신몬 다쓰고로(新門辰五郎)로서 요시노부가 특별히 돌봐주던 사나이였다.
메고 나온 것은 이에야스 이래 장군 집안의 상징인 금빛 부채가 그려진 우마지루시(馬印 : 장수의 곁에 세워 소재를 알리던 표시)였다고 한다. 다쓰고로는 이것이 버려져 있다는 것을 알고 황급히 들고나와 요시노부의 뒤를 쫓아갔으나 군함이 이미 앞바다로 나간 뒤여서 부득이 이것을 다시 메고 에도까지 달려갔다고 한다.

쓰기노스케는 자기 번 진영으로 돌아와 오사카 탈출 방법을 의논했다.

"결론이 나지 않습니다."

미마 이치노신이 말했다.

최선의 방법은 아직 오사카 만에 남아 있는 막부 함대에 타는 것이었으나 아마 거절당한 모양이었다.

——그렇다면 영주만이라도.

그렇게 교섭했으나 이 역시 거절당했다. 장군이 탈출한 뒤 막부 함대는 막부 고관이나 부상병을 수용하는 것만으로도 쩔쩔맨다는 것이다.

"아이즈 번사와 막부 가신의 일부는 기슈로(紀州路)로 후퇴할 모양이더군."

쓰기노스케는 오사카 성에서 들은 이야기를 했다.

아무튼 교토와 오쓰, 그리고 교토와 오사카의 가도는 사쓰마 조슈군에 점령당하고 있는 것이다. 어딘가를 우회하지 않으면 에도로 돌아갈 수가 없다.

기슈로 빠지자는 의견이 대부분인 것은 기슈 번이 도쿠가와의 세 집안 중 하나였기 때문이었다.

"설마……"

누군가가 중얼거렸다.

"기슈 번마저 배반한 것은 아닐 테지요?"

"모르지."

쓰기노스케는 재미있다는 듯이 웃었다. 이쯤 되고 보면 이런 현상을 웃어 버릴밖에는 도리가 없다.

"그러나 기슈 집안은 도쿠가와 세 집안 중의 맏이가 아닙니까. 더구나 선대인 이에모치공은 기슈 집안에서 태어나시지 않았습니까."

"이런 난세에 핏줄의 농도(濃度) 따위를 믿을 수 있겠는가. 세키가하라에서 오사카편을 배반한 것은 도요토미(豊臣) 집안의 양자이며, 또 히데요시(秀吉)공의 처조카이기도 한 고바야가와 히데아키(小早川秀秋)였어."

"그럼 기슈 집안이 고바야가와 히데아키와 같다고 말씀하시는 겁니까?"

자연 논쟁은 살벌해졌다.

"누가 그렇다고 했나. 난세에는 내력이나 연고를 믿을 수 없다고 했을 뿐이야. 도쿠가 집안의 역대 우두머리인 이이 집안은 지금 배반하고 있고,

도쿠가와 집안과 가장 인연이 깊었던 도도 집안은 아군의 전세가 불리해지자 갑자기 포문을 돌려 아군의 머리 위에 포탄을 퍼붓지 않았는가. 그 도도의 포탄이 날아왔을 때 처음에는 어디서 날아오는지 몰랐다는 거야. 설마 도도 번이 배반하리라고는 생각하지 못했을 거야."
"그럼 중신께서는 어떻게 하실 작정이십니까?"
"남을 의지하지 말고 자신만을 믿어 보자는 거지. 기슈는 너무 돌아가야 해. 야마토에서 이세 마쓰자카로 나가 거기에서 배를 타면 될 거야."
"그것도 생각해 봤습니다. 그러나……."
위험하다. 교토에서 나라는 가깝기 때문에 사쓰마 조슈는 이미 나라에 군사를 보내 퇴로를 차단하고 있을 것이 아닌가.
"그때는 싸우는 거지. 아무튼 가까운 편이 좋아. 그렇게 결정했어."
이렛날 저녁, 쓰기노스케는 영주를 옹호하며 군사들을 이끌고 오사카를 떠났다.

에도(江戶)

쓰기노스케 등은 나라를 거쳐 가사기(笠置)로 나가, 이가(伊賀)에 들어섰다. 이가는 이세(伊勢)의 도도 번(藤堂藩) 속령(屬領)이었는데, 그 주성(主城)인 이가 우에노 성(上野城)은 대대로 도도 집안의 성주 대리가 지키고 있다.

"이가 우에노 성 아래를 지나가시렵니까?"

미마 우치노신(三間市之進)이 물었다.

"왜 묻지?"

"그 곳은 도도의 성입니다."

도도 가문은 도바 후시미 싸움 후반에서 배반한 뒤 관군(官軍)이 되어 있었다. 그들 벼락치기 관군이 충성입네, 하고 이쪽으로 밀려온다면 견딜 재간이 없다.

"그러나 우에노 성 밑을 지나는 것이 마쓰자카(松坂)로 가는 지름길이 아닌가."

"그야 가깝긴 합니다만."

"그리 지나자."

쓰기노스케는 말했다.
"그럼 서둘러 지납시다."
"어째서 서둘러야 하나?"
"도도의 속셈을 알 수 없습니다."
"뭐 그까짓, 배신 따위나 하는 번에게 상대를 공격할 만큼의 배짱이 있을 게 뭐야. 차라리 오늘 밤 숙소는 우에노 성 밑 거리로 정하자."
"숙소를?"
"좀 생각이 있기 때문이야."
쓰기노스케는 그러는 것이 영주들 동향을 살피는 데 어떤 보탬이 될지도 모른다고 생각했다.
숙소를 정하기 위해 몇 사람을 먼저 보냈다.
우에노 성 밑 거리 가까이 왔을 때 먼저 출발시킨 자 중의 하나가 길가에 서서 기다리고 있는 모습이 눈에 들어왔다.
"뭐냐, 숙소를 거절당했나?"
쓰기노스케는 그렇게 생각했다. 도도 집안이 사쓰마 조슈에 가담한 이상, 도쿠가와 편이라고 여겨지는 나가오카 번의 영주와 그 부하 병졸들이 성 아래에 머무는 것은 허락될 리 만무라 생각했기 때문이었다.
"그것이."
아직 정해지지 않았다고 한다. 나가오카군을 성 밑 거리에 재울 것인가 재우지 않을 것인가, 성에서 회의를 하고 있다는 것이다. 나가오카군을 자칫 잘못 재웠다가는 새로운 주인인 사쓰마 조슈의 비위를 건드리게 된다고 겁내는 것이리라.
"귀찮은 일이군."
쓰기노스케는 행렬을 정지시켰다.
"성에 재워 달라고 떼를 쓰는 것도 아니다. 여관에서 자겠다는 거다. 그것을 성에서 의논하고 있다니 어지간히 간덩어리가 작지 뭔가. 원래 배반하는 심보는 웬만큼 뻔뻔스럽거나 웬만큼 소심하거나 둘 중의 하나인데 도도는 후자인 것 같군."
쓰기노스케는 한 가지 계책을 생각해 낸 뒤 이지노신을 사자로 내세워 성 안으로 보냈다. 그 사자의 말이란
"나가오카 번은 사쓰마 조슈와 더불어 천황께 충성을 바치고자 귀국하는

길이다. 그런데 이렇게 꾸물거리다니 무슨 짓들이오. 이 사실을 교토에 보고할까 하는데 그래도 좋소?"

그런 거짓말이었다.

"한껏 공갈을 쳐라."

쓰기노스케는 귀띔했다. 과연 도도 집안은 크게 놀라 사과를 해왔으며, 나가오카군이 성 밑 거리에 숙박하는 것을 허락했다.

거짓말의 효과가 있었던 모양이다. 도도측에선 손바닥을 뒤집은 듯 친절해졌으며 관리가 나와서 숙소 할당까지 도와주었다.

게다가 쓰기노스케의 숙소에 중신 대리라는 자가 찾아와서 문안까지 드렸다.

"역시 저, 뭡니까. 나가오카 번에서도 이번에 천황편에……."

"그렇소!"

쓰기노스케는 고개를 끄덕이며 짤막하게 대답했다. 그 이상은 상대가 무슨 말을 물어오건 이 정도의 대답밖에 않고 그 뒤는 묵묵히 입을 다물고 있었다. 불쾌했다. 쓰기노스케로서는 무엇이 추악(醜惡)하다 해도 이 도도 번과 같은 행동만큼 밸이 틀리는 일은 없다.

마지막으로 도도 번의 사자는 물었다.

"앞으로 귀번은 어떤 방침을 가지고 나가시렵니까?"

이 점이 도도 가문으로서는 가장 묻고 싶은 점이었으리라.

도도 번뿐 아니라 온 일본의 번이 이 점에서 갈팡질팡하고 있다. 갈팡질팡하지 않는 것은 사쓰마와 조슈 두 번뿐일 것이다. 도사 번마저 도쿠가와 집안에 대한 정의(情義)를 버리기가 어려워 아직도 주저하는 빛이 남아 있었다.

쓰기노스케가 잠자코 있으려니까, 사자는

"아직도 주저하고 계십니까?"

다그쳐 물었다. 쓰기노스케는 선뜻 대답했다.

"망설이고 있지는 않소. 에치고 나가오카 번이 갈 길은 하나밖에 없소이다!"

"하나란?"

"하늘의 길이죠. 그렇지, 천지에 있어 바르고 큰 길을 걸어가겠소."

"허어, 하늘과 땅……."

사자는 고개를 갸우뚱했다. 아무래도 이야기가 추상적(抽象的)이라서 그것만으로는 파악하기가 어려웠다.
"좀더 자세한 말씀을"
"자세히 말하라면 말씀드리겠소만, 하루 이틀 밤으로서는 이야기가 끝이 나지 않을 것이오."
"허, 그렇습니까."
사자는 질렸던 모양인지 우물쭈물 물러가고 말았다.
"도도 집안도 갈피를 못잡고 있는 모양이죠?"
나중에 미마 이치노신이 말했다. 쓰기노스케는 크게 고개를 저었다.
"망설이고 있는 게 아니지."
"도도 번이 말입니다."
"망설이고 있지 않아. 망설인다는 것은 좀더 고매한 마음이라야 할 수 있어. 천하의 모든 번이 망설이더라도 도도 번만은 망설이지 않는다."
"하지만 저처럼……."
"남의 번 사정을 살피고 있을 뿐이야. 빨강이 많으면 빨강에 붙는 거지. 도도 가문이 도바 후시미에서 배신을 한 것도 깊은 번민에서 나온 결과가 아니라 사쓰마 조슈가 우세하다고 보였기 때문에 와락 그쪽으로 붙었을 뿐이다. 그런 행동을 취하는 자에게는 옛날부터 망설임이 없지. 그러나 그런 녀석들만큼 무서운 것은 또 없다. 강자(强者)의 비위를 맞추기 위해 무슨 짓을 할지 모르니까 말야."
이튿날 아침 이세의 마쓰자카로 향했다.

쓰기노스케 등 나가오카군은 이가를 빠져 이세 길로 들어서서 이세 해안을 향해 걸었다.
──이세 마쓰자카로.
이것이 그들의 행군 목표였다. 마쓰자카에서 하룻밤을 묵은 다음 마쓰자카에서 배에 오르는 것이다.
"꽤나 까다롭게 되었군."
나기노 가헤에(梛野嘉兵衛)는 행군 중 툴툴거렸다. 제대로라면 이세의 쓰(津)에서 승선하는 것이 상식이었다. 그러나 쓰는 도도 번의 수읍(首邑)이고 32만 3,000섬의 성 밑 거리이다. 도저히 들어갈 곳이 못된다.

마쓰자카는 쓰에서 남쪽으로 15킬로미터 떨어진 곳에 있다. 이세 땅이면서 기슈(紀州) 도쿠가와 가문의 외딴 영지여서 그 점은 안전했다.

저녁 나절 마쓰자카에 이르렀다. 시중은 오사카에서 도망쳐온 동부 지방 각 번의 무사들로 붐비어, 도저히 잠자리가 마련될 것 같지 않았다.

"영주님 방만이라도 주선해 봐. 나머지는 추녀 밑에서라도 자는 거야."

쓰기노스케는 말했다.

해가 저물고 나서야 겨우 전원의 숙소가 정해졌다. 여인숙 서른 집 가량에 두세 명씩 흩어져 자야 하는 형편이어서, 영주라 할지라도 독방을 차지할 수가 없었다.

"나는 합숙이라도 괜찮아."

마키노 다다쿠니(牧野忠訓)는 말했다. '합숙'이란 말을 영주가 알고 있다는 데 놀라서 측근자들은 서로 얼굴을 쳐다봤다.

"알고 있지, 얘기책에서 읽었어."

다다쿠니는 그렇게 말했다. 얘기책이란 짓펜샤 잇구(十返舍一九)의 《도카이도 도보여행(東海道徒步旅行)》을 말하는 모양이다.

"야지로베에(彌次郎兵衞), 기타하치(北八)의 두 사람이 이 마쓰자카에 밤늦게 도착했지. 여관비를 절약하느라고 마을 어귀에 있는 싼 하숙집에 들었어."

그러나 도저히 영주를 합숙시킬 수는 없었기 때문에 다섯 명쯤 옥상에서 자고 영주를 위해 방 하나를 비웠다.

아래층에는 젊은 무사들이 잤다. 자기 전에 술이 한 순배씩 나왔다. 이것이 잘못이었다. 술이 들어갔기 때문에 금년 정월부터의 울적한 심정이 한꺼번에 폭발했으리라.

"어차피 달아날 바엔 아이즈(會津) 구와나(桑名)와 함께 우리 번도 싸워야만 했다."

그런 토론이 시작되더니 이렇게까지 말하는 자가 있었다.

"가와이님은 전쟁에 겁을 집어먹은 게 아니냐."

개중에는 젓가락을 북채처럼 쥐고 상을 두들기며 노래하는 자가 있었다.

사쓰마 조슈를
도마 위에 올려놓고

무를 자르듯이 싹둑싹둑……

　그 노래 소리가 다른 방에까지 들렸다. 쓰기노스케는 이층에서 내려와 미닫이를 열고 방 복판으로 걸어가 그 사나이로부터 젓가락을 뺏더니 뚝 꺾어 버렸다.
　방 안은 먼지까지 가라앉듯 조용해졌다. 쓰기노스케는 말없이 방을 나왔다. 모두 일제히 상을 치우고 잠자리에 들었다.

　그들은 마쓰자카에서 배를 타고 이세 바다를 동쪽으로 곧장 질러 아쓰미만(渥美灣)에 들어가 미카와(三河 : 아이치현)의 요시다(吉田)에 상륙했다.
　"동부에 왔다."
　젊은 무사들은 저마다 한마디씩 했다.
　요시다는 메이지 유신 후 도요하시(豊橋)라고 개칭된 고을이다. 성은 시내 강 기슭의 언덕 위에 있는데, 마쓰다이라(松平) 가문 7만 섬의 수읍(首邑)이 되어 있다. 시가지는 바닷가에 없고 십 리 가량 해안에서 들어가야 한다.
　그들은 해가 진 뒤 강 어귀인 항구에서 배를 내려 논밭 사이의 시골길을 동쪽으로 걸었다. 이윽고 요시다 고을의 불빛이 보였을 때 누구의 입에서나 탄성이 새어나왔다.
　——이제는 동부다.
　그런 안도감에서였다. 일본을 둘로 나누어 이 미카와 근방부터 동쪽이 도쿠가와의 세력권이라고 봐도 좋을 것이다. 도쿠가와 직계 이외의 영주는 거의 없다.
　인정이나 기질로 봐서도 이 근처부터 동부권(東部圈)이 되리라. 이 미카와의 서쪽 이웃인 오와리 나고야(名古屋)쯤 되면 벌써 교토 오사카의 영향을 받기 쉽다. 아니 도리어 그쪽 색깔이 짙었다. 오와리 나고야는 도쿠가와 종가 세 가문 중의 하나에 속하는 영지인데, 실제로 이 오와리 도쿠가와 가문은 현재 교토에서 친사쓰마 조슈파라고 할 수 있는 정치색을 띠었다. 나가오카군이 나고야를 통과하는 것을 피하여 바닷길로 대뜸 미카와로 들어선 것도 그런 이유 중 하나였다.
　"오늘 밤은 마음놓고 잘 수 있겠군."

입이 무거운 나기노 가헤에까지 소년처럼 들뜬 목소리를 냈다. 이 가헤에의 말을 빌린다면 이런 것이다.
"요시다에서 에도까지는 730리. 이미 도쿠가와 집안의 뜰이나 다름없다."
쓰기노스케는 시종 말이 없었다. 그는 마음속으로 초조해하고 있었다.
'이래선 다 틀렸다.'
그런 조바심이었다.
서부의 큰 번들은 자기네 영지와 교토 오사카 사이에 모두 증기선을 이용하고 있다. 가고시마(鹿兒島)에서 오사카까지 사흘이면 들이닥쳤고, 조슈 시모노세키(下關)에서는 이틀 남짓, 게이슈(藝州) 히로시마(廣島)라면 하루, 도사 우라도(浦戶)에서는 하루가 조금 더 걸릴 정도이다. 서부의 어떤 큰 번이라도 번 해군과 번의 화물선을 갖고 있다. 번의 요인 왕래시에도 모두 증기선이었고 번의 군사를 교토에 보내는 데도 증기선을 쓴다. 이 때문에 시국이 바뀌어가는 템포가 몇 년 전보다 훨씬 빨라졌다. 그런데 쓰기노스케의 나가오카 번 실정은 어떤가.
영주를 비롯하여 모두 도카이도(東海道)를 에도까지 걸어가야만 한다. 그렇게 지루하게 날짜를 잡아먹으며 걷는 사이 교토의 정세는 마구 바뀌어 갈 것이 아닌가.
"처남, 저만은 말을 달려 한발 먼저 에도에 가겠소."
이튿날 쓰기노스케가 말했다. 느린 행렬에 참을 수가 없게 된 것이다.

엔슈(遠州)는 지금의 시즈오카 현(靜岡縣)이다. 이 가케가와(掛川) 역참에서 일행이 숙박했을 때 번의 상급 무사 하나키 젠지로(花木善次郎)가 밤중에 쓰기노스케의 숙소를 찾아왔다.
"뭐, 하나키가?"
쓰기노스케는 얼른 일어나 잠옷 바람으로 침구 머리맡에서 하나키를 맞이했다.
"어쩐 일이오, 임자가!"
쓰기노스케의 목소리는 거칠었다. 하나키는 에치고의 본국에 있어야 할 사람이 아닌가. 그런 사람이 웃옷 속에 사슬 갑옷을 받쳐 입은 전투복 차림으로 나타난 것이다.
"대뜸 꾸짖기만 하시면 말씀을 드릴 수가 없습니다. 뒤를 쫓아온 것입니다."
"어디에서부터?"
"처음부터 말씀드리죠."

그의 말에 의하면 쓰기노스케 등이 영주를 받들고 오사카로 출발한 뒤, 번에서는 교토 오사카의 심상치 않은 풍운에 애가 타고 출동 병력이 너무 적었음을 걱정하여 하나키에게 100명의 소총부대를 주어 출발시켰다고 한다. 그러나 하나키 부대가 오미(近江 : 시가 현)의 비와 호 서쪽 기슭까지 이르렀을 때 교토 방면에서 은은한 포성이 들려와 곧 정찰을 시켰더니, 후시미에서 도쿠가와편이 패배해 도쿠가와 요시노부(德川慶喜) 이하 모두가 오사카 성을 버리고 흩어졌으며 나가오카 번도 오사카에서 사라져 버렸다. 아마 도카이도를 통해 에도로 내려갔으리라 생각하고 이처럼 자기 혼자 뒤를 쫓아왔다는 것이다.

"바보 같으니!"

쓰기노스케는 나직이 외쳤다.

쓰기노스케의 몸이 떨린다. 세상에는 왜 이렇게 바보가 많은가. '나는' 하고 그는 말을 이었다.

"이것저것 생각하면 밤에도 잠이 오지 않는다. 장차 번은 어떻게 될까, 일본은 어떻게 될까, 번은 어떻게 해야 할까, 어떻게 생각하고 어떻게 행동해야 나가오카 번이 이 나라의 역사에 값 있는 모습을 남길 수 있을까, 를 바작바작 몸이 타들어가는 심정으로 생각하고 있다. 그런데 임자들은 뭔가!"

쓰기노스케가 적은 병력으로 영주와 더불어 오사카에 간 것은 첫째로 도쿠가와 가문에 대한 형식적인 의리에서였고 둘째로는 풍운 속에 뛰어들어 풍운의 실체(實體)를 정찰하기 위해서였다. 그렇기 때문에 적은 인원으로 출발했고 현지의 전쟁에 휩쓸리지 않도록 애썼다. 참으로 아슬아슬한 줄타기였다고 쓰기노스케는 말한다.

"그런데 뭐야, 허둥지둥."

쓰기노스케는 말했다. 하나키 부대는 고작 100명이 아닌가.

"100명 남짓한 적은 병력으로 천하의 움직임이 어떻게 될 리도 없소. 되레 교토의 신정부 인상을 나쁘게 할 뿐이오."

거기에 대한 배려가 쓰기노스케에게는 크다. 그로선 금후 풍운 속에서 중립(中立)을 지키려는 것이었고, 중립을 지키기 위해선 도쿠가와 편에나 교토 편에나 인상을 좋게 해 두어야 한다. 그 어려움은 줄타기나 마술 같은 것이라고 쓰기노스케는 말했다.

"그러나 저희들뿐이 아닙니다. 저희들 외에도 몇 부대인가가 본국을 이미 출발했을 것입니다."

이야기를 들어보니, 이번 교토와 오사카에서 일어난 전쟁은 나가오카 번을 크게 뒤흔들어 놓았다.

"그래서 노공(老公)이 걱정을 하시고."

하나키는 말한다. 노공이란 은퇴한 전 영주 다다유키(忠恭)를 말하는데, 그가 명령을 내린 것이다.

"도쿠가와 집안 구원을 위해 곧 교토 방면에 병력을 보내도록."

그리하여 하나키 등이 출발한 뒤 그들만의 병력으로선 마음이 놓이지 않는다고 다시 중신인 이나가키 자카라(稻垣主稅)가 대장이 되어 원정대를 편성해 이미 나가오카를 출발했다고 한다.

"뭐, 뭣이라고!"

쓰기노스케는 그 말을 듣자 소리를 질렀다. 그런데 나가오카에서의 사태는 하나키가 알고 있는 이상으로 진전되고 있었다.

쓰기노스케가 오사카에서 출발시킨 급사(急使)가 나가오카에 닿은 것은 여드레째 되는 날이었다. 급보를 받고 번청에서는 큰 소동을 벌인 끝에 교토 파견군을 더욱 증파하기로 했다.

도카이도 가케가와 역참에 있는 쓰기노스케가 그런 사실을 알 턱이 없다. 그러나 짐작은 되었다.

"본국에선 원정대를 더욱 증파할 테지."

그는 판단했다. 그렇게 되면 아무 것도 모르는 나가오카 번은 교토 방면에서 사쓰마 조슈군과 고독한 전투를 해야 한다.

'얼마나 바보 같은 짓이냐.'

쓰기노스케는 서둘러 하카마를 입었다. 영주 다다쿠니를 만나 뵈야 한다.

"이것은 버려둘 수 없습니다."

"그렇군."

다다쿠니는 젊지만 본국의 경솔한 점은 알 수 있었다. 도쿠가와 요시노부마저 에도로 돌아갔는데, 나가오카군만이 땀을 뻘뻘 흘리며 교토로 달려가

사쓰마 조슈와 싸워야 한다. 싸우는 건 좋다 치더라도 이 '괴상한 행동'이 사쓰마 조슈에서 볼 때는

──요시노부가 시켜서 한 일이다.

이렇게 생각하리라. 그것을 트집잡아 요시노부 토벌군을 일으킬 것이다.

"저는 지금부터 에도로 가겠습니다."

"지금부터?"

다다쿠니는 놀랐다.

쓰기노스케로선 한시라도 빨리 에도에 도착해서 에도의 정세를 파악한 뒤 급파발을 보내어 본국을 진정시켜야 한다. 한시가 급하다. 이처럼 행렬을 지어 도카이도의 역참마다 거쳐 간다면 모든 일이 엉망이 되고 만다.

"사자를 먼저 보내도 좋지 않은가?"

"아닙니다, 제가 직접 가겠습니다."

이것이 쓰기노스케의 방식이었다. 다른 자가 가면 절대로 늦다. 쓰기노스케는 자기 눈과 머리와 배짱만을 믿었다. 그런 사나이였다.

"하지만 그대는 중신이야."

"중신이든 뭣이든……."

쓰기노스케는 중얼거리면서 물러나와 곧 준비를 서둘렀다.

"이런 밤중에 급한 여행을 하시겠다는 것입니까?"

주막거리 관리가 귀찮은 내색을 하므로 돈을 쥐어주어 승낙을 받았다.

도카이도의 거리는 엔슈 가케가와에서 에도까지 560리, 스무 마장이라고 되어 있다. 보통 걸음으로 걸으면 엿새는 걸릴 거리이리라. 그것을 쓰기노스케는 빠른 가마로 가겠다고 한다. 그는 의복을 단단히 졸라매고 봉당 한 구석에 걸터앉아 빠른 가마가 오기를 기다렸다.

"쓰기, 너무 무리하잖아?"

처남 나기노 가헤가 가까이 다가와서 속삭였다. 몸이 걱정되었다.

빠른 가마니 빠른 말이니 하는 것은 여러가지 의미로서 특별한 것이었다.

우선 이것을 사용하는 데 있어 상인이나 농민 같은 평민은 이용하지 못한다. 무사라도 사사로운 볼일이라면 안 된다. 막부나 번의 공용(公用)에만 국한되는 것이었다. 빠른 가마라면 겐로쿠(元祿) 14년(1701년)의 아코 사건(赤穗事件)을 생각할 수 있으리라. 이해 봄, 반슈 아코의 성주 아사노 나가노리(淺野長矩)는 에도 성에서 칼부림을 했다가 할복을 명받고 가문은 단절

(斷絶)되기에 이르렀다. 이 변고(變故)를 본국인 아코에 급히 알리고자 하라 소에몬(原惣右衛門)과 오이시 세자에몬(大石瀨左衛門)이 에도를 빠른 가마로 출발했다. 에도에서 아코까지 1,550리였다. 보통 보름 이상 걸리는 거리를 그들은 나흘 반 만에 닿았다. 그러나 닿았을 때는 두 사람 모두 반죽음이 되어 있었다.

"자네도 이제는 젊지 않아. 빠른 가마 따위는 스물 안팎의 젊은이나 탈 수 있는 것이지."

나기노가 말했다.

"처남, 미신 중에서 가장 큰 것이 바로 나이라는 겁니다. 저에겐 나이 같은 것이 없어요."

이윽고 빠른 가마가 왔다.

쓰기노스케는 머리띠를 동이고 가마 속에 몸을 들이밀었다. 가마 천장에 끈이 달려 있었다. 그것을 두손으로 움켜잡고 엉거주춤한 자세가 되었다. 그 자세대로 달리는 것이었다.

가마꾼은 열 사람. 가마가 가뿐하게 들리자 그들은 정갱이를 드러낸 채 치달리기 시작했다. 달리고 또 달려서 다음 역참의 가마 도가에 이르면 그들은 길바닥에 쓰러진다. 세 가마꾼이 기다리고 있다가 가마를 메고 간다. 밤낮없이 달린다.

가마 속의 몸뚱이는 마구 흔들렸다. 배에는 무명 베를 칭칭감아 내장의 동요를 막고는 있지만 그래도 위장 속의 것을 토한다. 뱉어가면서 흔들려간다. 피가 아래로 쏠리고 얼굴은 흙빛이 되어 기진맥진해 버리지만 기력만으로 끈에 매달려 있다. 끈을 붙잡고 몸을 들어올려 엉거주춤한 자세를 유지해야 한다.

에도에는 이틀 만에 닿았다.

곧 아다고(愛宕) 산 밑의 번저로 들어가 가마를 현관 마루까지 대도록 했다.

쓰기노스케는 굴러 나왔지만 일어나질 못했다. 모두들 일으키려고 했다.

"버려 둬."

쓰기노스케가 얼굴을 찡그린 것은 안아 일으키기만 해도 뼈가 어긋날 것 같았기 때문이었다. 잠시 천장을 쳐다보고 있었다.

쓰기노스케는 현관 마루에 누운 채 말했다.

"내가 하는 말을 곧 편지로 쓰도록 해. 그것을 급파발로 본국에 보내도록."

일동은 당황했지만 어쨌든 붓과 종이를 가져왔다.

쓰기노스케는 편지 내용을 부르기 시작했다.

교토 방면에서의 패전, 교토 정세의 변동, 영주와 병력의 에도 귀환에 관해 구술(口述)했다.

"병비를 엄중히 할 필요는 있지만 병은 한 명이라도 움직여선 안 되오. 만일 가벼이 병을 움직이면 나가오카 번은 멸망하고 말 것이오."

그러나 가장 중요한 대목에 이르렀을 때 별안간 입을 다물고 침묵했다.

받아쓰던 자가 붓끝을 쳐들고 기다렸으나 너무나도 침묵이 길어 종이 너머로 바라보았더니 쓰기노스케는 천장을 올려다본 채 울고 있다. 눈꼬리가 날카로운 두 눈에서 눈물이 넘쳐 흘러 마룻바닥을 적셨다.

누군가 젖은 수건을 가지고 와서 쓰기노스케의 얼굴을 닦아 주었다.

"피로하다는 증거야."

쓰기노스케는 변명을 했다.

"단지 그것뿐이야."

"피로하면 눈물이 나오는 것인가요?"

"눈물이란 것은."

쓰기노스케는 말했다.

"언제나 나의 몸 속 가득히 괴어 있어. 그러나 마음이라는 조리개가 달려 있어서 그것이 한 방울도 흘러나오지 않도록 죄고 있지. 지금 눈물이 흐르는 것은 몸이 피로하고 마음의 조리개가 느슨해진 탓이야. 단지 그것뿐인데, 주책없이 이렇게 흘러나오고 있군. 평소엔 이보다는 좀 나은 사나이야."

"알고 있습니다."

"그럼 쓰도록 하게."

쓰기노스케는 구술을 계속했다.

"나는 잠시 에도에 있겠소. 에도에서 하루에 한 번은 파발을 보내겠소. 에도에서 정세를 보고 정보를 수집하고 그것으로 번이 취할 길을 판단해 가겠으니, 내 지시에 어긋나지 않도록 해주기 바라오."

본국에는 전 영주이며 문벌(門閥) 중신들이 있다. 이 제안은 다분히 강압

적이긴 했으나, 이같은 혼란기에 명령이 한 군데서 나가지 않으면 번은 더욱 더 혼란에 빠지게 된다.

"이 말씀 이대로 써도 괜찮을까요?"

"좋아."

쓰기노스케는 말했다.

이윽고 번에 출입하는 파발 도가에서 사람이 불려 왔다. 그리고 편지를 받아들자 그 길로 에치고를 향해서 달리기 시작했다. 에치고 나가오카까지 300킬로미터이고 도중 눈 쌓인 곳이 많기 때문에 죽도록 달리더라도 이레는 걸리리라.

어지간한 쓰기노스케도 그 날은 일어나지를 못하여 자리를 펴달라고 한 뒤 잠을 잤다. 번저의 하인으로 안마 솜씨가 뛰어난 자가 내내 간호를 맡았다.

"내가 자고 있는 동안에도 천하는 움직이고 있는 것이다."

쓰기노스케는 그런 헛소리를 했다. 사실 도바 후시미 싸움에서의 사쓰마 조슈편의 승리는 전세계의 주요 신문에 게재되었고, 열강(列强)은 장차 일본이 어떻게 되어 갈 것인가를 지켜보았다. 교토의 신정부는 그와같은 열강의 주시(注視) 속에서 쉴새없이 새로운 포석(布石)을 시작하고 있었다.

쓰기노스케는 본대(本隊)가 도착하자 그들 중 눈치빠른 자를 사방에 보내어 정보를 수집하도록 했다.

"일을 하자면 무엇보다도 아는 것이 중요하다."

그는 그렇게 말했다.

알고 싶은 일은 네 가지였다. 도쿠가와 요시노부의 속셈, 막부 가신들의 움직임, 여러 번의 동향, 그리고 외국은 이 정변(政變)을 어떻게 보고 있는가 하는 것이었다.

그에게는 지금 누구보다도 만나고 싶은 인물이 있었다. 막부의 외국(外國) 담당관 후쿠치 겐이치로(福地源一郞)였다.

"이미 에도에 돌아와 있을 테지."

그렇게 생각하고 사자를 후쿠치의 집으로 보냈다. 후쿠치는 시다야(下谷)의 니초 거리(二長町)에 저택을 교부(交付)받아 살고 있었다. 신분도 요코하마 세관 당시처럼 낮은 것이 아니라 통역 책임자로서 일 년에 벼 150섬의 녹봉과 하인 녹미(祿米) 세 사람 몫을 받는, 그런대로 장군을 배알할 수 있는 신분인 직속 무사가 되어 있었다.
'후쿠치라면 여러가지를 알고 있을 테지.'
그건 그럴 수밖에 없다.
후쿠치는 외국 관계(외무성의)의 관리이므로 고위층과의 접촉이 잦고 그 동향도 잘 알고 있었다. 게다가 네덜란드어, 프랑스어, 영어에 능숙하여 요코하마 일대의 외국 공관(外國公館)이 일본의 이번 사태를 어떻게 보고 있는지 자세히 알고 있을 것이다. 그리고 여러 가지 소문을 듣는 점에서도 비상하다고 할 만큼 뛰어난 능력이 있었다.
'그를 만난다는 것은 천 사람을 만나는 것과 같다.'
쓰기노스케는 이 나이 젊은 친구에 대해 그렇게 생각하고 있었다. 이윽고 사자가 돌아와서 후쿠치의 말을 전했다.
"나도 꼭 만나고 싶으니 내일 아침 일찍 와주시오. 나는 요즘 매일 성에 나가 있소. 뭣하면 성에 데려다드릴 수도 있소이다."
그런 전갈이었다.
쓰기노스케는 이튿날 아침 후쿠치의 집으로 갔다. 문전에 이르러 보니까 낡은 저택이나마 당당한 직속 무사의 저택이다.
'대단한걸.'
쓰기노스케는 생각했다. 나가사키의 한낱 의원의 아들이 어학(語學) 한 가지만 갖고서 막부에 등용되어, 지난 8, 9년 동안 이렇게 출세한 것이다.
후쿠치는 행운아이기도 했다. 그는 쓰기노스케와 처음으로 알게 된 뒤인 게이오(慶應) 원년(1865년) 막부의 명령으로 외국 출장을 나갔다. 막부가 요코스카(橫須賀) 제철소를 만들기 위해 외국 감독관 시바다 히유가노카미(柴田日向守)를 프랑스에 파견했는데 후쿠치도 수행원으로서 따라갔다. 갈 때는 프랑스 군함을 탔고 돌아올 때에는 프랑스 객선을 탔다. 그는 파리 체류 중 국제법 공부를 하고 싶었으나 법률 공부는 결국 재사형(才士型)인 사나이의 기질에 맞지 않아 그 대신 어학을 듬뿍 익혔다. 묘하게도 이때 후쿠치는 동양 인종학회(東洋人種學會)의 회원이 되기도 했다.
그의 유럽 체류는 불과 반 년 안팎이었지만, 런던에서 셰익스피어 희곡집을 사서 책에 열중하기도 했다.
"이렇게 재미있는 책은 없다."

막부의 조슈 정벌이 한창이던 때였다.
"오, 오랜만입니다."
후쿠치는 몹시 반기는 목소리로 쓰기노스케를 맞아들였다.
"자아."
그는 일어나 몸소 방석을 꺼내왔다.
"그 뒤 여편네라는 것을 얻었는데 말입니다. 오늘은 어디로 싸다니는지 없어졌군요."
"설마 싸다니지야 않겠지요."
쓰기노스케는 오랜만에 웃었다. 후쿠치는 나가사키 태생이지만 에도 본토박이보다도 몸가짐이 시원스럽고 매사 판단이 명쾌하며, 일부러 경박한 체하는가 하면 경우없는 일엔 불같이 화를 내기도 하고 그러면서도 뒤끝이 없어, 사람들에게 상쾌한 느낌을 준다.
"이래뵈도 이젠 직속 무사죠."
그렇게 말했지만, 자랑하려는 것은 아닌 것 같았다. 직속 무사이면서도 손님의 방석을 가져올 부하나 하인도 두고 있지 않다는 뜻인 모양이다. 어디까지나 선비티가 나고, 아무래도 양학 서생 출신인 벼락 직속 무사 같은 인상을 준다.
"자아, 방석을 깔고 앉으십시오."
"고맙소. 그러나 나는 에치고 나가오카의 촌 무사여서 방석에 앉은 일이 없지요."
"아, 상재전장(常在戰場)."
후쿠치는 유식한 실력을 발휘했다. 상재전장이란 늘 전쟁터에 있다는 의미로 나가오카 번이 옛날부터 전승해온 번시(藩是)인데 번사(藩士)에게 생활 문화라는 것을 맛보지 못하게 했다. 방석 하나라도 그런 것은 싸움터에 없다면서 무사 가정에선 사용하지 않았다.
"아이즈 번도 그런 모양이더군요."
"예, 거기도 완고한 번이죠."
"어쩌면 평소에 방석을 사용하는 것은 에도의 직속 무사들뿐인지도 모르겠군요. 일상 생활에 방석을 사용하는 것은 민간의 풍습이 전염된 것이죠. 300년의 에도 생활로 엉덩이가 어지간히 부드러워졌을 테니까 말입니다."
"아닌게아니라."

쓰기노스케는 또 웃었다. 에도 태생인 후쿠치가 에도 무사의 험담을 하는 것이다, 어딘지 우습다.
"학문도 엉망이에요. 일본 전국의 무사 중에서 제일 무식한 것이 에도의 직속 무사들일 겁니다. 무식도 이만저만 무식한 게 아니죠."
후쿠치는 말했다.
그 점은 쓰기노스케도 동감이었다. 어느 번이든 번사를 위해 교육 기관을 갖고 있는데 막부만은 직속 무사를 위한 교육 기관을 오랫동안 갖고 있지 않았다.
어쩌다가 학문을 하려는 직속 무사의 자제가 있더라도 길게 계속하지 못했다. 특히 양학(洋學) 따위는 어학 중심이고 끈기가 필요한 것이기 때문에 에도 출신자는 거의 성공을 하지 못하고 시골 출신자가 두각을 나타냈다. 막부도 서양식 육해군을 비롯해 그 밖의 필요에 의해서 대량으로 양학 출신자를 막부 가신으로 등용했지만, 99퍼센트가 막부 직속 무사 출신이 아닌 시골 번의 출신자였다.
"사쓰마 조슈의 시골뜨기들에게도 당하게 돼 있었어요."
후쿠치는 본론으로 들어갔다.
"후쿠치형, 이번 일을 당신은 어떻게 생각하십니까?"
쓰기노스케가 물었다. 후쿠치는 성깔 있게 생긴 눈썹을 치켜올리며 대답했다.
"물론 싸워야 하죠. 나는 싸워야 한다고 생각합니다. 장군님은 순종이니 부전(不戰)이니 말씀하시지만 그런 일은 있을 수 없지요. 저쪽에선 관군(官軍)이라고 말하지만 그건 실제로는 사쓰마 조슈란 말입니다. 그 사쓰마 조슈 중에서도 극히 일부의 막부 타도주의자가 번을 구슬러서 이번과 같은 엉뚱한 짓을 저지른 것이죠. 이런 무도한 짓을 하늘이 용서하겠습니까. 비록 하늘이 용서하더라도 사람이 용서하지 않을 것이고, 사람이 용서하더라도 이 후쿠치 겐이치로는 용서하지 않을 것입니다."
'역시 이 사나이는 어딘가 이상하군.'
후쿠치가 말하는 건 정론(正論)이고 쓰기노스케도 같은 의견이었지만, 그 정론도 후쿠치의 혀 끝에 오르면 날카로운 가시가 돋아나는 것 같아 아무래도 이상한 기분이 된다.
"도쿠가와편은 이길 수 있단 말입니다."

후쿠치는 말했다.

후쿠치라는 사나이는 에누리 없는 재사였고 이 재사라는, 다분히 모멸적인 말을 그 자신이 자조적(自嘲的)으로 감수하고 있었다. 그는 자기 자신을
——에도 풍류 제일 재사(江戶風流第一才士)라고 했다.

풍류란 요 몇 년 동안 있는 돈 전부를 털어서 에도의 공인 유곽인 요시와라(吉原)에 뻔질나게 드나들어 제법 오입쟁이가 되었다는 뜻이다. 그리고 재사란 두뇌 회전이 너무 빨라 남들이 바보처럼 보인다는 말이다. 학식은 있다. 있다는 정도가 아니라 넘치고 있었다. 그는 한문만으로도 밥을 먹을 수 있을 정도였고 한시(漢詩)는 물론, 붓 글씨에서도 타인을 압도했다. 게다가 영불란(英佛蘭)의 3개 국어에 능통하고 국제법에 밝았으며 서양 연극이나 소설에 대해서도 잘 알았다. 또 나폴레옹을 좋아하여 나폴레옹 전술의 강의에 있어선 누구에게도 지지 않는다는, 말할 수 없이 총명한 두뇌를 가지고 있었다. 그런데도 나이는 이제 스물여덟 살이었다. 재사라는 말이 이만큼 딱 어울리는 사나이는 없었고 일본 역사상의 재사를 모아 재사전(才士傳)을 쓴다면, 이 후쿠치 겐이치로야말로 맨 먼저 손꼽아야만 하리라.

"그 녀석은 능력이 남아돌 정도이지만 입이 가벼워 기밀을 맡길 수 없다."

그러나 막부에서는 이렇게 말하며 번역관 이상의 일거리는 주지 않도록 하고 있다.

막부의 정권을 넘겨줄 때에도 후쿠치는 막부에 의견을 제출하였다.

"천황께 정사를 돌려드리는 일은 부득이한 일이지만, 그 후에도 도쿠가와 가문이 정치의 중심이 되어야 한다. 그러자면 장군이 서양과 같은 대통령의 지위에 앉아야 한다."

도바 후시미 전쟁 전에도 전술에 대해서 의견을 상신하였다.

"나폴레옹 전법으로 한다면."

그러면서 세 가지 작전안을 내놓았다. 막부 요인은 모두 감탄했지만, 채택은 하지 않았다.

"후쿠치의 안은 타당하지만, 그의 입이 가벼우니 채택하면 모두 누설되고 만다."

그러고 보니까 후쿠치의 얼굴은 아무리 보아도 어른의 얼굴이 아닌 철부지 개구장이의 얼굴이었다. 그러면서도 입에서 나오는 말은 하나하나 신선하기만 한 것이다.

"그것이 실로……."

그의 입 버릇이었다.

"그것이 실로."

그러면서 후쿠치는 열강의 일본관(日本觀)을 말했다. 그리고 막부 고관들의 생각, 심정 따위를 하나 하나 그들의 내장을 떼어다 늘어놓듯 소상하게 이야기했다.

"막부의 가신은 모두 항전파(抗戰派)죠. 너도 나도 사쓰마 조슈를 쳐야 한다며 주먹을 불끈 쥐고 눈을 부릅뜨고 입에 거품을 물어가며 격론을 벌이고 있죠. 혀끝으로는 말입니다."

"혀끝뿐입니까?"

"아니, 혀끝만이 아닌 자도 있습니다. 입만 놀리는 놈들은 오랜 가문을 뽐내는 직속 무사녀석들이죠. 정말 할 생각이 있는 건 벼락치기 직속 무사들이고."

"당신도 벼락치기 직속 무사군요. 그러고 보니."

"그렇죠. 저도 그렇습니다. 그런데 참 이상한 일이죠."

후쿠치의 말에 의하면 조상 대대로부터의 직속 무사란, 조상의 무공 덕분에 수백 년 동안 하는 일 없이 도회지에서 살아온 치들이어서, 이들은 도쿠가와 집안의 붕괴를 근심하기보다도 앞으로 세상이 어떻게 바뀔까, 바뀌면 먹고 살 수 있을까, '어떻게 할까, 어떻게 할까' 하고 걱정만 하고 있다는 것이다. 즉

"어떻게 할까 녀석들입니다."

그는 말했다.

"그러나 벼락치기 직속 무사는 저마다의 재주 하나로 등용된 친구들이죠. 사람됨이 우선 다릅니다. 다른 데다가,"

후쿠치는 말을 계속했다.

"다른 데다가 자기 자신이 등용되었다는 고마움을 느끼고 있습니다. 이 고마움은 도쿠가와 가문을 받들어야 한다는 충성심과 연결되어 있습니다. 조상의 유산으로 무위도식해 온 녀석들과는 기분이 다르죠."

"어떤 사람들입니까?"

"양학을 배운 친구들이죠."

후쿠치는 으하하 웃더니 말을 잇는다.

"이건 내 칭찬일까. 자기 패거리의 자랑 같지만, 정말입니다."
어쩌면 그럴지도 모른다.
"이를테면 에노모토 다케아키(榎本武揚) 같은 사람입니다."
"그는 에도 토박이가 아닙니까?"
"예, 더구나 막부 가신의 아들입니다. 그러나 아버지는 직책이 낮은 사람이었고 그는 가문을 잇지 못하는 차남이었지요. 따라서 본래대로라면 어쩔 수도 없을 신세인데 양학과 수재가 필요한 시절에 태어났기 때문에 부모의 혈통과는 관계없이 발탁되어 네덜란드인에게 해군을 배웠고, 유럽에도 유학하여 지금은 해군 감독관이라는 엄청난 출세를 했죠. 이를테면 벼락치기 직속 무사에는 틀림없지만, 그는 군함을 쥐고 있습니다. 모두 항복하더라도 이 친구만은 항복하지 않을걸요."
양학으로 벼락 출세한 자들은 서양식 해군과 서양식 육군을 장악하고 있었다. 그들은 도쿠가와 편의 장비가 사쓰마 조슈보다 훨씬 앞지르고 있음을 알고 있었다.
"그 친구들은 반드시 군사를 움직일 겁니다. 뭐, 장군님은 장군님이고, 장군님이 어떤 태도를 취하건 그들은 그들일 것입니다. 틀림없이 그렇게 합니다."
후쿠치 겐이치로는 스위스제 회중시계를 가지고 있었다. 그것을 품 안에서 꺼내더니 '이거 야단났구나' 하는 듯한 표정을 지었다. 표정이 풍부한 사나이였다.
"등성해야겠군요. 함께 가시겠습니까?"
"나는 배신(陪臣)인걸요."
쓰기노스케는 말했다. 직속 무사라면 장군의 직신(直臣)이다. 영주도 직신이라고 할 수 있다. 그런데 쓰기노스케는 나가오카 번의 중신이긴 하지만 장군 쪽에서 본다면 신하의 신하, 배신의 신분이므로 에도 성엔 들어가지 못한다. 그러나 후쿠치는 다시 권했다.
"상관 없습니다. 이제 성 안도 엉망진창이라 누가 누굴 데려오더라도 상관할 자가 없지요."
"아니, 사양하겠습니다."
그렇게 말했지만, 쓰기노스케로서는 에도 성내의 상태를 보고 막부 가신의 동정을 자기 눈으로 보아 두는 일이 앞으로 번의 방침을 정해 나가는 데 있어 필요하다고 생각했다. 이 때문에 결국은 가기로 했다.

"실례입니다만 성문을 들어갈 때는 저의 종자(從者)라고 해두겠습니다. 에치고 나가오카 7만 4,000섬의 직할 번 중신님을 종자로 거느리다니 기분 좋군요."

"좋을 대로 하십시오."

쓰기노스케는 말했다. 도중에도 후쿠치는 입을 한시도 쉬지 않았다. 무사는 길을 걸으면서 지껄이지 않는다는 게 절도(節度) 있는 몸가짐인데, 이 양학 서생 출신인 직속 무사는 그런 무사의 전통 따위는 몸에 지니지도 않은 모양이다.

"망조입니다. 에도 성의 관료(官僚)들은 위나 아래나 일이 손에 잡히지 않습니다. 일거리가 없으니 당연히 그럴 수밖에요. 그러니까 웬만한 녀석들은 성에 나오지도 않고 등성하더라도 여기저기 모여서 하루 종일 입씨름만 벌이고 있어요. 이야기를 들어 보면 마치 자기 혼자만이 용자(勇者)이고, 나머지는 모두 무능하고 바보이고 허수아비만 보고서도 놀라 자빠질 겁쟁이라는 태도입니다."

"흠."

쓰기노스케는 묵묵히 걸어간다.

"애꿎은 것은 우리들입니다."

후쿠치가 말하는 우리들이란 자기를 비롯한 외국 담당 관리들을 가리킨다. 이들만은 외국을 상대하는 외교상의 일이므로 내버려 둘 수도 없어서 말끔하게 정리를 하여 신정부에 인계하지 않으면 안 된다. 그렇지 않으면 막부도 조정도 통틀어 일본 전체가 국제 사회로부터 바보 취급을 당하고 만다.

"그러니까 매일 등성하고 있지요. 서류 정리가 대부분인데 그런대로 바쁘죠. 바쁘긴 하지만 이만큼 보람 없는 일도 없지요. 사쓰마 조슈 녀석들을 위해 정리해 주고 있는 것과 같으니까 말입니다. 차라리 내버려두는 것이 고소할 텐데 말입니다."

"그건 깨끗하게 해주는 편이 좋겠죠. 비록 도쿠가와 가문이 멸망하더라도 이 섬에 일본인과 그 자손이 쭉 살아갈 테니까 말이죠. 후쿠치형이 바쁜 것은 후세를 위해서입니다."

쓰기노스케는 대답했다.

쓰기노스케 따위의 배신이 에도 성내를 구경할 수 있다는 것은 엄두도 못

낼 일이었다.

　어렸을 때 게이코 거리(稽古町)에 살던 큰아버지가 곧잘 말하곤 했다.

　"300제후라고 하지만 말이다. 그야 영주님들은 모두 에도 성에 등성하고 장군님을 배알하지. 그러나 가까운 곳에서 실제로 장군님의 얼굴을 뵈었다는 영주님은 몇 사람 안 된단 말이야."

　장군 배알은 그런 것인 모양이다. 영주들은 꿇어 엎드리고 장군은 상단(上段)에 앉는다. 영주는 얼굴을 들지 못하게 되어 있다. 배알이 끝나면 얼굴을 숙인 채 물러나온다. 존귀한 사람의 얼굴을 보아선 안 된다는 게 무로마치 막부(室町幕府)가 제정한 예법인 것이다. 오다(織田), 도요토미(豊臣) 시절은 영주라고 해도 싸움터의 화약 냄새가 물씬 나는 무리들뿐이었기 때문에 예절도 나빴다. 하지만 도쿠가와 체제가 되고부터 무로마치식 예법을 철저히 실시하게끔 되어 장군은 예법상 신과 같은 존재가 되었다. 그러므로 영주 등도 평생에 몇 번씩이나 배알은 했지만 장군의 생김새를 끝내 모른다는 것이 보통이었다.

　"그러나 우리 영주님은 다르시지."

　게이코 거리의 큰아버지는 그 말을 하고 싶었던 것이리라. 마키노 가문은 도쿠가와를 대대로 섬겨온 직계의 명문이므로 방계 영주와는 달라서 에도 성의 요직에 앉는다. 따라서 장군의 얼굴을 자기 눈으로 똑똑히 볼 수 있다는 것이었다.

　그만큼 장군은 신처럼 떠받들어지고 그가 사는 거성(居城)은 신전처럼 취급되어 왔다.

　그런데 쓰기노스케가 성문을 지나 긴 마당을 걸어 궁전에 들어가 보았더니 그의 눈으로 본 궁전 안은 엉망진창이었다.

　평소라면 영주나 직속 무사 등 지체 높은 자들이 숨을 죽이고 대기하고 있을, 말로만 들었던 신성한 장소인 직계 영주 대기실, 사품 이하의 영주 대기실, 방계 영주 접견실에는 말단 관리들이 버티고 앉아서 떠들어 대고 있었다.

　누워서 이야기를 듣고 있는 자도 있고, 소매를 걷어붙이고서 고함을 질러 대는 자도 있고, 예의도 질서도 찾아볼 수 없는 도적의 소굴처럼 되어 있었다.

　"저 분들은 뭘하는 사람들입니까?"

쓰기노스케가 물었더니, 후쿠치는 대답한다.

"물론 막부의 가신들이죠. 직책이 있는 자도 있고, 직책은 없지만 시국이 걱정되어 성에 달려온 패거리도 있어요. 저들의 이야기를 들어보면 재미가 있습니다."

모두 전술론(戰術論)이라는 것이다. 사쓰마와 조슈를 어떻게 때려부술 것인가 하는 토론인데, 스루가(駿河:시즈오카현)의 후지 강(富士川)까지 군사를 출동시켜야 한다는 자가 있는가 하면, 하코네(箱根)의 험준한 길목에서 지키는 게 더 좋다는 자도 있었고, 차라리 군함을 타고 멀리 가고시마를 들이치는 것은 어떠냐고 하는 자도 있었다.

"모두 얘기책에서나 볼 수 있는 충신 열사(忠臣烈士)뿐이죠. 그러나 사실은 저렇게 큰소리치며 불안을 감추고 있을 뿐, 여차하면 꼼짝을 못합니다."

"자아, 이리로."

후쿠치는 긴 복도를 지나 외국부의 사무실로 안내해 주었다.

여기만은 사무를 보고 있었으나 서류고 사람이고 난잡하기만 하여, 책상다리를 하고 앉아서 담뱃대의 댓진을 후비고 있는 자가 있는가 하면, 옆 사람과 토론을 벌여 목이 쉬어 버린 자도 있었다.

'이것이 에도 성인가!'

이렇다면 도저히 도쿠가와 집안에 의지해 번을 지탱할 수가 없다. 쓰기노스케는 자기의 방침인 '세상이 안정될 때까지 독립 자존(獨立自尊)의 방침으로 나간다'는 행동이 옳다는 것을 뼈저리게 느꼈다.

"자아, 앉으시죠."

후쿠치는 자기 책상 옆에 쓰기노스케를 앉게 했다. 본 일조차 없는 이 사나이를 거들떠보는 자는 아무도 없었다.

'망국의 무서움이야.'

그렇게 생각했다. 인간 사회의 질서란 참으로 허무한 것이어서 정권 반환과 도바 후시미에서의 단 한번의 패전이 300년의 성내 질서를 하루 아침에 무너뜨리고 말았던 것이다. 적이 무너뜨린 게 아니라 막부 가신들 자신이 무너뜨리고 말았다.

"성 안은 유언 비어(流言蜚語)의 도가니랍니다. 평소엔 점잖고 직책도 상당한 관리까지 헛소문을 퍼뜨리며 돌아다니고 있죠. 그 뜬소문을 듣고는, 이번에는 여기저기에서 핏대를 올려가며 의논들이 벌어져요. 참새 떼의 모임이라고나 할까요. 한 사람의 영웅이 있다면 여기서 이들을 뭉치게 하여 이들을 거느리고 다시 한번 도쿠가와 가문의 신임을 천하에 물을 수도 있으련만, 집정관도 정무감독관도 우왕좌왕할 뿐 어쩔 줄을 모르고 있습니다."
──이것은 유언(流言)일지 모르지만
후쿠치는 다시 말을 이었다.
"성 안에 머물러 사쓰마 조슈와 싸우자는 주장도 있지요. 누군가 내로라 하는 요인이 퍼뜨리고 있는 모양이지만."
"후쿠치형은 어떻습니까. 농성한다면 농성하겠습니까?"
"그야, 하지요. 에도를 불바다로 만들 작정이라면 사쓰마 조슈도 문제가 다르겠죠. 그러나 농성군을 단결시켜 나갈 만한 대장다운 인간이 아무 데도 없어요. 모두 총 소리만 들어도 놀라 흩어질 녀석들뿐이라 싸움을 할 수 있을는지."
"후쿠치형은 어느 쪽입니까?"
"글쎄, 헤헤헤……."
웃고 있는데, 말단 관리 하나가 나타나 장부를 펼친다. 농성의 소문이 반은 진짜일지도 모르는 증거로 말단 관리는 그럴 듯한 표정을 짓고 말한다.
"후쿠치님, 상부의 명령인데 만일 농성할 경우 몇 사람쯤 부하를 데리고 들어오시겠습니까? 인원수를 조사하고 있습니다. 급식 관계가 있기 때문에……."
후쿠치는 눈을 둥그렇게 떴다.
"정말 할 셈일까."
후쿠치 겐이치로에게는 어디서부터 어디까지가 본 바탕인지 좀체 알 수 없는 점이 있었다.
"농성을 위한 부하 말이지. 알았네, 내 종자는 한 사람뿐일세."
"옳지, 이 사람이군요."
말단 관리는 붓 끝으로 쓰기노스케의 얼굴을 가리키면서 말했다. 후쿠치는 고개를 끄덕였다.
"그렇다네."

"요이치베(與市兵衞)라고 하지. 무뚝뚝한 사내야."

후쿠치는 웃었다. 쓰기노스케는 하도 어이없어 외면을 하고 있었다.

말단 관리는 후쿠치의 책상을 떠나 무릎 걸음으로 이동하여 역시 외국 담당 관리에게 말을 걸었다.

"뭐라고?"

그 사나이가 일부러 얼빠진 듯한 소리를 질렀기 때문에 좌중이 모두 그쪽을 바라보았다.

"저 자는 말입니다."

후쿠치는 목소리를 낮추어 쓰기노스케에게 가르쳐 주었다.

"후쿠자와 유키치(福澤諭吉)라는 놈이죠."

쓰기노스케는 그 이름을 알고 있었다. 막부 말기 사람들에게 외국 사정을 가장 잘 알려준 책으로 《서양사정(西洋事情)》이란 것이 있다. 2년 전인 게이오 2년 6월에 간행되어 일본 출판 사상 최대라고 해도 좋을 매상을 나타냈는데 15만 부라고도, 25만 부라고도 했다. 무릇 세상에 뜻이 있는 자로서 이 책의 이름을 모르는 자는 없으리라. 쓰기노스케도 읽었다. 그 저자가 지금 저기에 있는 후쿠자와 유키치인 것이다.

후쿠자와 역시 후쿠치나 다른 외국부 관료와 마찬가지로 본래부터 막부 가신은 아니다. 그는 부젠(豊前 : 오이타현) 나카쓰(中津)번사의 아들로 태어났다. 소년 시절 페리의 내항(來航) 소동 이야기를 듣고 서양 학문에 뜻을 품어 스물한 살 때 나가사키로 나가 네덜란드어 통역에게 네덜란드어를 배웠다. 그 뒤 오사카로 가서 오가타 고안(緖方洪庵) 학당에 들어가 나중에 조교가 되었다. 이어 에도에 양학당을 열어 뒷날의 게이오 의숙(慶應義塾)의 기초를 다졌는데, 안세이(安政) 6년 막부가 군함 간린마루(咸臨丸)를 미국에 파견하게 되자 군함 감독관 기무라 셋쓰노카미(木村攝津守)의 수행원 자격으로 도미(渡美)했다.

귀국 후에 막부의 외국부 번역 담당관이라는 후쿠치와 비슷한 직책에 앉았고, 분큐(文久) 원년(1861)에는 막부의 외교 사절을 수행하여 유럽 각국을 둘러보았다. 막부 말기의 여론에 헤아릴 수 없이 큰 영향을 준 《서양사정》은 이러한 서양 견문(見聞)의 결과였다.

지난해──게이오 3년──에는 군함 구입 교섭차 다시 미국에 파견되었고 귀국 후 반 년 만에 도미 후시미의 전쟁이 일어나 이 소동에 말려든 것이었다.
"부하라니 뭐냐?"
후쿠자와는 말단 관리를 향해 되물었다. 말단 관리가 농성에 대해서 설명하자, 후쿠자와는 이렇게 대답했다.
"농담 말게. 내겐 부하 같은 건 없어. 급식 걱정일랑 하지 말게. 나 먹을 것도 필요 없으니까."
말단 관리는 멍청한 얼굴이었다.
'나 먹을 것도 필요 없다'니 무슨 뜻일까.
사무실 안의 모든 막부 가신들이 후쿠자와를 바라보았다. 쓰기노스케도 당연히 후쿠자와의 다음 말을 기다렸다.
난처하게 된 것은 장부를 갖고 있는 말단 관리였다.
"이상한 말씀을 하시는군요. 농성이 시작되었을 때 자기 자신의 식량도 필요치 않다는 것은 무슨 까닭입니까. 후쿠자와님은 잡숫지 않고 전쟁을 하실 작정입니까?"
"작정이고 뭐고 이 후쿠자와가 전쟁을 하리라고 생각하나? 급식, 급식 하지만 전쟁이 시작된다고 하는데 한가롭게 도시락 따위를 먹고 있을 수 있겠나?"
"예?"
말단 관리는 놀랐다.
"그럼, 후쿠자와님은 이 성에서 달아나시겠다는……."
"달아나고 말고. 시작된다는 낌새가 있거든 내게 가르쳐 주시오. 어쨌든 나는 어디론가 달아나 버리겠소."
방안이 이상하게도 조용해졌다.
'멋진 친구다.'
쓰기노스케는 평생에 이토록 인간이라는 것에 감탄한 일이 없었다. 여기는 에도 성의 성내이다. 주위에도 복도에도 다른 방에도, 이런 정세에 살기 등등해 있을 막부 가신이 수두룩하다. 이런 폭언을 했다간 어쩌면 후쿠자와는 살해될지도 모른다.
말단 관리도 어지간히 부아가 치밀었다.
얄팍한, 가자미 같은 생김새를 한 노란 얼굴빛의 사나이였다. 후쿠자와의 지나치게 대담한 말에 안색이 달라졌다.

"후쿠자와님, 그것은 말씀이 지나치다고 생각합니다. 후쿠자와님도 도쿠가와 집안의 가신이 아닙니까."

"장군님께 여쭈어 보시지. 이 외국 번역관인 후쿠자와 유키치가 과연 가신입니까 하고. 글쎄, 어떨까, 하실 것이 틀림없어요."

"그럴 리가."

"그럴 리가고 뭐고 없어. 나의 조상들은 쭉 신슈(信州) 후쿠자와 마을에 살고 있었어. 농사꾼 노릇을 하고 있었는지 뭣을 하고 있었는지, 어쨌든 이 성내에 계신 분들처럼 훌륭한 조상은 아니야. 어느 때엔가 규슈(九州)로 흘러들어와 부젠 나카쓰의 바닷가에 살게 되었던 거야. 나부터 4대 전인 도모베이(友米)란 사람이 성 밑 거리로 이사를 와서 잡병이 되었던 거요. 그리고 나서부터는 나카쓰 번 오쿠다이라(奧平) 가문의 녹은 먹었지만, 도쿠가와 가문의 녹은 한 톨도 받은 일이 없어. 내 대에 이르러 약간의 서양 공부를 하게 됐지. 나는 관리 노릇이 질색이지만, 남에게 설득되어 이처럼 번역관이 되고 녹봉을 받고 있어. 녹봉을 받고 있는 것은 내가 약간의 어학을 밑천으로 삼아 팔고 있기 때문인데, 말하자면 파는 사람과 사는 사람의 관계란 말씀이오. 그러므로 우리 집은 도쿠가와 가문의 세신(世臣)도 아니고 나 자신도 가신이 아니란 말이오."

"잘 해대는군."

후쿠치는 쓰기노스케에게만 들리는 목소리로 속삭였다.

"후쿠자와 유키치와 나는 말입니다. 나이는 저쪽이 위여서 서른다섯이고 이쪽은 일곱 살 아래인 애송이지만 경력(經歷)은 쌍둥이라고 할 만큼 닮았죠."

둘 다 규슈인이다. 후쿠치는 나가사키의 의원 아들이지만, 후쿠자와는 부젠 나카쓰의 무사 자식이라는 점이 좀 다르다. 후쿠자와의 아버지는 오사카의 상무소(商務所) 관리, 말하자면 경제 관리였다. 그러나 후쿠자와가 철이 들까말까 할 때 죽었기 때문에 후쿠자와가 아버지로부터 받은 영향은 적다.

후쿠자와는 안세이(安政) 원년, 나가사키로 가서 네덜란드어를 배웠다. 후쿠치도 이듬해 나가사키에서 비슷한 방식으로 어학을 배웠지만, 후쿠자와는 그 해에 오사카로 옮겨 오가타 고안의 학당에 입학했다. 후쿠치는 난학(蘭學)의 명문이라고 일컬어진 고안 학당에선 배우지 않았다.

후쿠자와는 간린마루로 도미했으나, 후쿠치에겐 그런 경력이 없다. 그러나 거의 같은 시기에 서양어를 갖고서 막부에 등용되었다.

둘 다 분큐 원년, 막부의 사절과 함께 유럽에 건너가, 이때부터 두 사람은 친해졌다. 또 둘 다 서양 문명 중에서도 신문에 흥미를 가졌다는 점에서 공통점을 가진다.

두 사람은 '신문을 펴냄으로써 시대의 흐름을 바꿀 수가 있지 않을까'를 느꼈으며, 이에 대해 말을 나누었다. 후쿠치가 메이지 7년(1874년) 도쿄 니치니치 신문(東京日日新聞)의 주필이 되고 후쿠자와가 메이지 15년(1882년) 지지 신보(時事新報)를 창간하게 되는 뜻은 이미 분큐 원년의 유럽 체류 때 싹텄다고 해도 좋으리라.

"그러나 아무래도 말입니다, 나하고는 바탕이 다르죠."

후쿠치는 말했다.

"어떻게 다르오?"

"배짱이라 할까요?"

후쿠치는 말했다.

"나는 경박한 재사입니다만, 저쪽은 뭐라고 할까. 매섭다 하면 틀릴지 모르지만 어쨌든 일본의 어떠한 영웅 호걸이에게서도, 볼 수 없었던 그런 종류의 용기를 갖고 있지요."

용기라는 말을 후쿠치는 프랑스어로 말했다. 쓰기노스케가 되물었더니, 후쿠치는 적당한 일본어를 찾으려고 잠시 고개를 갸우뚱했다.

"좌전(左傳)에, 싸움은 곧 용기이니라, 하는 말이 있지요. 그것은 아니고, 의(義)를 보고 행하지 않음이니라, 하는 용기 말입니다. 그것이 후쿠자와에게는 있습니다. 필부(匹夫)의 용기가 아닙니다."

'그것은 그럴 거다.'

쓰기노스케가 후쿠자와에게 감탄한 점도 그것이었다. 게다가 후쿠자와의 용감하기 이를 데 없는 말을 주위의 막부 가신들이 한 마디도 책하지 않는 데 매우 놀랐다. 못 들는 척 책상의 서류에 눈을 떨구는 자도 있고 껄껄 웃는 자도 있다.

훗날, 후쿠자와 유키치는 이때를 이렇게 회상했다.

"그런 방언(放言)을 할 수 있었던 것은 주위의 도쿠가와 편 사람들에게 진심으로 싸울 생각이 없었기 때문이다. 그렇지 않았다면 내 목숨은 한 칼에 달아나고 말았지."

아무튼 쓰기노스케는 후쿠자와 유키치라는 인물에 흥미를 갖게 되었다.
"나는 말이오."
쓰기노스케는 후쿠치 겐이치로에게 말했다.
"나는 우리 번의, 앞으로 나아갈 길에 대해 이것저것 생각하고 있소. 그 길은 나아가든 물러서든 숫돌에 벼린 칼날처럼 잘 베어지는 것이어야 한다고 생각하고 있는데, 그러자면 되도록 많은 사람의 생각을 알아야 할 듯싶소. 그리고 후쿠자와 유키치님만 좋다고 한다면 하루 저녁 술이라도 마시면서 이야기하고 싶은데, 그 중개의 수고를 해주시지 않겠소?"
"쉬운 일입니다만."
후쿠치는 말했다.
"상대가, 응할지 어떨지. 여간 까다로운 인물이 아니어서……."
"보통 인물이라면 만나고 싶지도 않소."
"그야 그러실 테죠."
후쿠치는 선뜻 일어나 후쿠자와의 책상 곁으로 갔다.
"후쿠자와형, 에치고 나가오카 번의 중신 가와이 쓰기노스케를 아시오?"
후쿠치가 말했다.
"자주 듣는 이름이지. 고가 긴이치로(古賀謹一郎) 선생 같은 이도 곧잘 화제에 올렸던 기억이 있군."
"어떤 기억인데?"
"그것은 생각나지 않아."
후쿠자와는 생각나지 않는다고 말했지만, 사실은 잘 기억하고 있었다. 고가 선생이 늘 이렇게 말했기 때문이다.
——가와이란 사나이는 참 묘해.
책은 몇 가지 읽지를 않는다. 왕양명 전집(王陽明全集)과 송명(宋明) 두 나라의 어록(語錄), 명청(明淸) 두 나라의 상주문(上奏文) 정도를 읽는다. 그것을 한자 한자 새기듯이 읽는다. 마음에 든 곳은 필사(筆寫)한다. 그리고 나머지 시간은 줄곧 생각에 잠겨 있다.
"양명학으로서는 당대 제일의 사나이라고 고가 선생이 말하더군."
"당신을 만나고 싶다는데?"
"사양하겠어."
후쿠자와는 냉담하게 잘라 말했다.

"사절한다고 해주게. 어차피 한학(漢學)으로 뭉쳐놓은 듯한 사나이일 테니까 양이파(攘夷派)가 뻔할 테지. 양이파라는 미치광이를 만나는 날엔……."

후쿠자와는 자기 목을 손등으로 치며 말했다.

"이것이란 말일세."

특히 교토에 우글거리고 있는 양이파는 서양 냄새가 나는 듯한 사람을 보면 '천벌'이라고 하면서 칼부림을 했다. 후쿠자와는 그런 의미에서 교토의 지사(志士)를 싫어했고, 사쓰마와 조슈 두 번은 그 도매상 같은 것이라 보고 있었다. 후쿠자와가 더욱 질색했던 것은 막부 가신 중의 양이파였다. 이런 자들은 위아래에 가득 차 있으면서 늘 까닭 모를 소리를 지껄였다.

"아냐, 가와이는 그렇지가 않아."

후쿠치는 쓰기노스케에 관해서 이야기하기 시작했다. 서양 말은 한 마디도 모르지만 서양 사정을 잘 알고 세계 정세를 꿰뚫어보는 데는, 평범한 양학자 100명보다도 낫다는 것이었다.

"나는 바쁘다네."

후쿠자와는 후쿠치의 제안에 대해서 마음 내키지 않는다는 뜻을 돌려 말했다.

"알고 있어. 당신은 바빠."

후쿠치는 고개를 끄덕였다. 후쿠치로서도 그것을 알고 있다. 후쿠자와 유키치는 막부 관료로서 150섬의 녹봉을 받고 있는 한편으로, 나카쓰 번에서도 여덟 명 분의 녹미(綠米)를 받고 있다. 이렇게 쌍방의 일을 봐주면서 뎃포즈(鐵砲州)의 오쿠다이라 번저 행랑채에서 학당을 열고 있었다.

"바쁘기야 할 테지만 밥이야 먹을 테지. 그 식사를 하루 저녁 함께 하자는 것뿐이야."

"대관절 가와이는 어디 있지? 아다고 산 밑(나가오카 번저)인가?"

"아냐, 저기 있어."

후쿠치는 자기가 있던 자리 쪽으로 턱짓을 했다. 그 말에 후쿠자와는 조금 목을 늘였다.

"저 사람인가?"

후쿠자와는 쓰기노스케의 옆 얼굴을 지그시 보더니 이윽고 후쿠치에게 말했다.

"만나지."

마음이 변한 이유는 후쿠자와 자신도 잘 알 수 없다.

장소는 간다 다리(神田橋) 곁에 있는 작은 요리집 하리사(播佐)로 정하고 쓰기노스케가 한 발 먼저 가서 기다리기로 했다.

쓰기노스케는 기다렸다.

이윽고 후쿠치가 후쿠자와를 데리고 나타났다. 장소는 이층이었다.

이층에서 인사를 끝내자 후쿠자와는 말했다.

"뵈온 일이 있는데요."

예전에 후쿠자와가 고가 학당에 볼일이 있어 찾아갔을 때, 부엌 문으로 들어간 적이 있는데 그때 부엌 마루방에서 한 사나이가 밥을 먹고 있었다.

사발에 수북하게 퍼 담은 밥 위에 다쿠앙을 얹어 그것만으로 밥을 먹고 있던 사나이. 그 얼굴이 이상하게도 잊혀지지 않더니, 아까 성내의 사무실에서 쓰기노스케를 보았을 때 어렴풋이 그 기억이 되살아났다. 지금 인사를 하고 나자 역력히 기억이 되살아났다고 후쿠자와는 말했다.

말하고 나더니 '실례' 하면서 일어나 창문을 열어 밖을 내다보기도 하고 벽장을 열었다 닫았다 하기도 했다.

"험악한 세상이니까요."

후쿠자와는 말했다. 양이(攘夷)에 핏대를 올린 자객이 뛰어들어왔을 때 도망갈 길을 미리 마련해 두어야 하기 때문이라는 것이었다.

"아, 그런 일이라면."

쓰기노스케는 말했다. 쓰기노스케도 손님을 초대하는 데 그만한 배려는 하고 있다. 아까 성을 나오자마자 곧 사람을 번저에 보내어 칼 솜씨가 있는 자를 세 사람, 이곳에 불러 아래층에서 지키도록 하고 있다고 말했다.

"아하하하, 그것이 무엇보다도 대접입니다."

후쿠자와는 말하며 앉았다.

후쿠자와 유키치는 이때 서른다섯 살이었다. 술을 어지간히 좋아하는 모양으로 목덜미에 붉은 빛이 돌기 시작하자 쓰기노스케가 은근히 놀랄 만큼 말이 많아졌다.

"이것, 참."

후쿠자와는 자기의 수다스러움이 마음에 걸리는지, 이따금 명랑한 얼굴로 중얼거렸다. 후쿠자와는 평생 자기가 술을 좋아한다는 점을 마땅치 않게 여졌다. 그토록 의지적인 사나이도 이것만은 어쩔 수 없었던 모양이다. 후쿠자와는 철 들기 전부터 술을 좋아하여 어머니가 어린 후쿠자와의 앞 머리를 면도로 밀어줄 때 그 아픔을 참다못해 후쿠자와가 울면 이렇게 달랬다.

——나중에 술을 먹여 줄 테니 조금만 참으라니까.

후쿠자와가 말이 많은 것은, 눈 앞에 있는 쓰기노스케의 무뚝뚝한 얼굴이 몹시 마음에 들었기 때문일 것이다.

"에도 성에는 말입니다, 갑자기 충신 열사가 늘어서 말이죠, 이 녀석들이 무섭기가 글쎄."

어제도 후쿠자와의 친지 가토 히로유키(加藤弘之)가 등성을 했다.

가토는 막부의 양학 교관으로 처음에는 네덜란드어를 했는데 이어 독일어에도 능통해졌다. 구막부 시대에 어학이라고 하면 처음엔 네덜란드였다. 그러다가 막부가 프랑스에서 많은 문물(文物)을 들여오게 된 뒤 프랑스어가 가장 세력 있는 외국어가 되었다. 그 후 막부 말기에는 후쿠자와나 후쿠치도 그랬던 것처럼 영어가 세력을 갖기 시작했다.

그러나 독일어 학자는 가토 히로유키가 처음이었다. 그는 나중에 독일 철학 연구의 개척자가 되어 메이지 정부에 등용되어 도쿄 대학(東京大學) 총장 등을 역임했다. 후쿠자와가 사학(私學)의 거두가 된 데 비해 그는 관학파(官學派)의 총수(總帥)가 되었던 것이다.

그 가토 히로유키는 위아래가 따로 된 예복을 입었다. 이 예복은 장군과 배알할 때나 입는 복장이다.

"아니, 배알하러 오셨소?"

후쿠자와가 물었다. 눈치 빠른 후쿠자와는 가토가 무슨 뜻을 품고 있는지 알았다. 도쿠가와 요시노부를 배알하여 사쓰마 조슈와의 결전을 결심시키려는 것이 틀림없다. 그렇지 않다면 새삼 볼 일도 없는데 예복을 입고 나타날 리가 없다.

그러나 한편 '설마' 하고도 생각했다. 가토는 순수한 학자이지 무인(武人)은 아니다. 그는 본래부터 막부 가신이 아니라 다지마(但馬 : 효오고현)의 이즈시 번(出石藩) 출신이다. 서양 학문 지식으로 막부에 등용된 것이다.

까닭을 물었더니 아니나다를까 주전론(主戰論)을 주장하기 위해 등성했다고 한다.

"그래요? 그렇다면 가토님."

후쿠자와는 놀리듯이 말했다.
"전쟁이 시작된다 싶으면 맨 먼저 나에게 알려주시오. 나는 꽁지가 빠져라 달아날 테니."
그러자 가토는 크게 화를 냈다. 후쿠자와는 웃으면서 그 자리를 떠났다.
이 말을 듣고 쓰기노스케는 더욱더 후쿠자와의 담력이 마음에 들었다.
"당신은."
쓰기노스케는 문득 후쿠자와에게 물었다. 후쿠자와가 지난해 미국에서 돌아온 뒤, 막부의 명으로 잠시동안 폐문 근신(閉門謹愼) 처분을 받은 일에 대해서였다.
"죄는 무엇이었습니까?"
"아, 그 일 말씀입니까?"
후쿠자와는 가볍게 고개를 끄덕이며 말했다.
"별것은 아니었습니다. 미국에서 돌아오는 배 안에서 미국 파견단의 책임자인 오노 도모고로(小野友五郎)에게 좀 독설을 퍼부은 탓이었죠."
오노는 관료 기질이 있는 사람으로 후쿠자와 등 하급자에게 장관 행세를 하여 미움을 받았다. 귀국 도중 배 안에서 식사를 할 때, 후쿠자와는 막부의 양이 정책을 공격했다.
"시나가와(品川)의 바다에 해삼 같은 포대(砲臺)를 쌓아 놓고 그것으로 오랑캐를 무찌른다고 하다니, 웃기지 말라고 해. 이번에도 그렇지. 가쓰가이슈(勝海舟)가 효고(兵庫)까지 가서 풍로 같은 둥근 포대를 쌓아 놓았다면서? 그런 걸 가지고서 외국과 싸우겠다는 소갈머리가 틀려먹었어. '양이, 양이' 하고 막부의 높은 양반들은 말하지만 그런 낡아 빠진 말을 하는 자들에게 일본의 운명을 맡겨둘 수는 없어. 막부 따위, 곧 때려부숴야 해."
어지간한 그도 차마 오노 앞에서는 그 말을 하지 않았지만, 후쿠자와의 목소리가 워낙 크다보니 오노의 방까지 들렸다. 동석한 동료가 보다못해 한마디 했다.
"당신도 막부의 가신이 아니오? 막부의 신하가 막부를 때려부수겠다니 될 법이나 한 말이오?"
후쿠자와는 술이 좀 들어간 탓으로 목소리가 더욱 높아졌다.
"그렇소. 막부의 일을 보고 있소. 막부가 나에게 옷과 먹을 것을 주고 있소. 이처럼 밥을 먹고 있는 것도 막부의 돈이고 이처럼 훌륭한 의복을 입고 있는 것도 막부로부터 내려주신 녹봉 덕분이오."
"그것 보시오."
"그러나 공짜로 받고 있는 건 아니야."
후쿠자와는 말했다.
이를테면 가죽 일을 하는 장인(匠人)이 단골에게 주문받고 물건을 바치고 돈을 받는 거나 같다. 나는 꼬부랑 글씨를 알고 있고 그것이 막부에 필요하다. 그 때문에 나는 막부의 일을 하고 막부는 나의 노력에 따라 녹봉을 내려주신다. 가죽 일 하는 장인과 조금도 다를 게 없다는 것이다.
"막부의 가신, 가신 하고 요란하게 생각하니까 이야기가 어긋난단 말이야."
후쿠자와가 이렇게 말하자 누군가가 되물었다.
"그러면 자네는 교토에서 날뛰고 있는 사쓰마 조슈의 무리들과 같은 생각인가. 즉 막부 타도주의자인가, 하는 말일세."
후쿠자와는 머리를 저었다.
"그놈들은 양이의 미치광이여서 그자들이 정부를 만든다면 막부 이상의 완고한 양이 정부를 만들 테지. 그런 점으로 본다면 막부는 좀 나은 편이지만, 그래도 조만간 쓰러뜨려야 해. 쓰러뜨리지 않으면 일본이 망해."
그 언동(言動)이 귀국 후에 고스란히 상부에 보고되어 근신 처분을 받았다는 것이다.
이윽고 시간이 흘러 그들은 헤어지게 되었다. 쓰기노스케는 거의 지껄이지 않았지만 후쿠자와는 이 사나이의 어디가 마음에 들었는지 쓰기노스케에게 이렇게 말했다.
"내가 대접만 받는다면 인사가 아닙니다. 내일은 귀공을 청하고 싶습니다."
쓰기노스케는 후쿠자와와 그의 사고방식에 대해서 더욱 알고 싶었으므로 초대에 응하여 다음날 점심을 함께 하기로 약속했다.
그날 밤은 아다고 산 밑의 번저로 돌아가 잤다. 아침에 번저의 복도를 걸어가다가 후지노 젠조(藤野善藏)라는 젊은이와 마주쳤다.
"젠조."
쓰기노스케는 말을 붙였다. 후지노는 번에서 파견되어 막부의 대학인 '가

이세이쇼(開成所)'에서 영어를 전공하고 있었다.

"어제 후쿠자와 유키치라는 사람을 만났네. 자네는 그 사람을 알고 있나?"

후지노는 알고 있는 정도가 아니라 지난해부터 후쿠자와 집에 드나들고 있으며, 후쿠자와의 학당은 사숙이고 가이세이쇼는 관립(官立)이지만 후쿠자와 쪽이 훨씬 재미있다고 대답했다. 덧붙여 두지만, 후지노는 유신 후 가이세이쇼의 해산과 동시에 게이오 의숙에 입학했다.

"어떤 사람이지?"

쓰기노스케는 후쿠자와에 대해서 좀더 알고 싶어 자기 방으로 후지노를 불러 물었다.

후지노는 두려워했다.

"후쿠자와 선생의 생각이 너무나도 엉뚱한 것이라 중신님 앞에서 말씀드릴 용기가 없습니다."

그렇게 말했다. 쓰기노스케는 과자를 내주며 달래고 하여 가까스로 기분을 편하게 갖도록 해주었다.

후지노의 이야기에 의하면 후쿠자와에겐 더욱더 매서운 데가 있는 것 같았다.

몇 해 전 조슈 정벌 때, 막부 명령에 의해 에치고 나가오카 번 등도 동원되었지만 후쿠자와가 신적(臣籍)을 두고 있는 부젠 나카쓰 번에 대해서도 출병의 명령이 내려졌다.

당시 에도 뎃포즈의 후쿠자와 학당에는 나카쓰 번사가 가장 많았는데, 그들에게 번으로부터 소환 명령이 내렸다.

──농담이 아닙니다.

후쿠자와는 성을 냈다.

"무슨 싸움인지 모릅니다만 귀중한 유학생에게 총을 들려 전쟁을 시키다니 무슨 말씀입니까. 유탄(流彈)에라도 맞아 죽으면 어떻게 합니까. 나의 문하생은 한 사람이라도 본국에 돌아가는 것을 허락하지 않겠습니다."

후쿠자와는 번의 명령을 거부했다. 문하생 하나가 물었다.

──무사란 싸우기 위해 있는 것이 아닐까요.

그러자 후쿠자와는 화를 내며 '몇 백 년 전 옛날 이야기요' 하면서 듣지 않을 뿐더러 '선생님, 그러면 번의 처벌을 받습니다' 하고 누군가 말하자 '받겠지. 그러나 설마 죽이러 오지는 않을 테지' 하며 태연했다.
이때도 후쿠자와는 폐문 근신 처분을 받았다.

쓰기노스케는 뎃포즈까지 나갔다. 뎃포즈의 나카쓰 번저 근처에 아담한 요리집이 있는데 후쿠자와가 곧잘 들리는 모양이다.
이층에 올라갔더니 후쿠자와와 후쿠치가 미리 와 있었다.
"이거, 어제와 오늘이건만 백년지기 같은 느낌이 드는군요."
후쿠자와가 선뜻 일어나 쓰기노스케를 위해 방석을 깔아주었다. 후쿠자와의 차림을 보니 평민 같은 복장이었다.
무사이면서도 하카마를 입고 있지 않았다. 하긴 하카마를 걸치기 싫어하는 것이 막부 무사의 유행이어서 그 점은 이상할 것이 없지만, 바지 자락을 보니까 이상한 것이 삐죽 나와 있었다.
통바지였다.
'별난 친구다.'
게다가 소도(小刀)마저 차고 있지 않았다. 어디 그뿐인가, 상투가 가느다란 것이 평민식이었다. 이것은 어제부터 깨달은 일이었다.
"그런 옷차림은 언제부터입니까?"
쓰기노스케는 후쿠자와에게 직접 묻는 것은 실례이므로 후쿠치 겐이치로의 얼굴을 보면서 물었다.
"꽤 오래 전부터이지요. 이 사람은 지금부터 8년 전, 간린마루로 도미했을 때도 이런 평민 같은 상투를 했답니다. 아, 통바지 말씀입니까, 그야 에도 성에 등성할 때는 입지 않는 모양이지만, 이런 차림으로 어떤 관혼상제의 자리에라도 참석하지요."
"무슨 뜻이라도?"
"특별한 이유 같은 건 없습니다."
후쿠자와는 겸언쩍어하지도 않고 자기의 복장에 대해서 말했다.
"무사라는 신분을 없애 버리지 않는다면 일본은 망한다고 나는 생각합니다. 단지 그런 생각으로 이렇게 했습니다. 가와이님은 어떻게 생각하십니까?"
"무사 말씀입니까?"
"예."

"찬성입니다. 사쓰마 조슈가 이기든 도쿠가와가 이기든 어느 쪽이 이기더라도 무사는 멸망하고 말겠지요."

쓰기노스케의 지론(持論)이었다. 그는 다시 말을 이었다.

"평민의 세상이 오겠지요. 신분은 아마 똑같이 될 겁니다."

"나도 같은 의견입니다. 그런데 가와이님은 그 평민의 세상을 찬성하십니까?"

"찬성이죠. 나도 사실은 나가오카에서는 칼을 차지 않고 다닙니다."

"이거, 천하의 괴물이 둘 모였군."

후쿠치 겐이치로는 술상을 치면서 웃었다.

"아무튼"

입을 연 것은 후쿠자와였다.

"에도와 각 번을 합쳐 잡병까지 포함시킨다면 열 명에 한 사람은 무사입니다. 열 명이 쌀이나 돈을 바쳐 가면서 한 사람을 먹여 살리고 있는 거요. 그 한 사람은 아무 일도 하지 않지요. 낡아 빠진 잔소리만 늘어놓으며 살고 있어. 이렇게 놀고 먹는 사람이 많다면 그것만으로도 서양에 지고 말지요. 후쿠자와의 적은 사쓰마도 조슈도 조정도 도쿠가와도 아닌, 무사라는 것입니다. 봉건(封建)이라고 하는 것일까요, 이것이 후쿠자와 유키치에게는 부모의 원수나 다름 없습니다."

쓰기노스케는 후쿠자와라고 하는 이 기묘한 막부 가신을 이해하려고 했다. 이야기를 해나가는 사이 조금씩 이 사나이가 이해되기 시작했으나 아직도 안개 너머에 후쿠자와의 그림자가 있는 것 같은 느낌이 들었다. 그 그림자를 좀더 가까이 끌어당겨야 한다. 끌어당겨 속속들이 후쿠자와의 정체를 알아야 한다.

"나는 당신을 더욱 알고 싶소."

"알아서 어떻게 하시렵니까?"

후쿠자와는 물었다.

쓰기노스케가 지금까지 꽤 사람을 만나 왔지만 당신 같은 사람은 처음이라고 말하자 후쿠자와는 구김살 없는 웃음을(이 웃는 얼굴이 후쿠자와의 특징이었지만) 얼굴에 띄우며 말했다.

"기인(奇人)으로 보입니까?"

쓰기노스케가 보기엔 기인 정도가 아니라 진실을 그대로 꺼내놓고 있는 인간이다. 후쿠자와의 경우, 사상과 인간이 따로따로가 아니라 사상이 인간의 모습을 하고서 숨을 쉬고 행동하고 있다. 그런 인간이 되기 위해서는 때로는 목숨을 잃을 만큼의 각오와 용기가 필요하다는 것을 쓰기노스케는 자기의 내적(內的) 체험으로 잘 알고 있다.
"가와이님, 당신에겐 내가 기인으로 보이지 않을 것입니다. 당신이라면 나에 대해서 잘 알게 될 것입니다."
후쿠자와는 말했지만 쓰기노스케로서는 가장 중요한 한 가지 점이 아직도 아리송하기만 했다.
'이 사나이를 알고 싶다.'
쓰기노스케의 욕구(欲求)는, 이 사나이를 파악함으로써 다음 시대를 육안(肉眼)으로 볼 수 있을 것 같은 느낌이 들었기 때문이었다. 쓰기노스케는 알아야만 했다.
"당신은 막부의 가신이면서 막부 타도론자 같군요."
"막부 타도 운동은 않지요. 이 후쿠자와 유키치 같은 미력한 자가 그런 무서운 운동을 해보았자 어찌 될 것도 아니고, 첫째 목숨이 몇 개가 있더라도 모자랄 테니까요. 다만 막부야 쓰러져라 하고 기도를 드려왔을 뿐이지요."
"그럼 사쓰마 조슈의 동조자입니까?"
"그렇지도 않지요. 그 녀석들이라면 막부를 뺨치는 완고분자이지요."
"언제부터 막부가 쓰러지길 바랐습니까."
"8년쯤 전부터일지. 간린마루로 미국에 가던 무렵이었으니까 오래 전 일이죠. 막부 타도주의에 있어서는 사쓰마 조슈의 어떤 녀석들보다도 내가 선배격이죠."
"허어!"
"분큐 2년 유럽에 건너갈 때에는 좀더 명확한 신념이 되어 있었고……."
"그런데도 여지껏 막부의 녹봉을 받고 계시다, 그것은 어떤 까닭입니까?"
"가와이님, 당신처럼 장래 세계에 대해 밝은 눈을 가진 분이 그런 말을 해선 안됩니다. 나는 외국어를 막부에 팔고 막부는 그 대가로 녹봉을 준다, 그것뿐이지 충성 따위와는 관계없는 일이지요."

후쿠자와가 처음으로 유럽에 간 것은 분큐 2년의 일이었다.

분큐 2년(1862년)이라면 막부 말기의 소란도 차츰 비등점(沸騰點)에 이르려 할 때였지만, 사쓰마는 아직 막부 타도의 성격을 띠지는 않았다. 조슈 번만이 첨예적이었으나, 그래도 아직 조슈 번의 폭주적(暴走的) 성격은 뚜렷하게 나타나지 않았다. 교토에는 자칭 근왕(勤王)입네 하는 낭인들이 저마다 날뛰었지만 그런데도 진압 기관(鎭壓機關)인 아이즈 번은 교토에 주둔하지 않았고 따라서 이름 높은 신센조(新選組)도 출현하지 않았다.

그런 시기였다.

후쿠자와는 유럽에서 귀국하는 배 안에서 동료인 양학자들과 시국의 앞날에 관해 이야기를 주고받았다.

동료 한 사람은 미쓰쿠리 슈헤이(箕作秋坪)였다. 미쓰쿠리는 미마사카(美作) 쓰야마(津山) 사람으로 오사카의 오가타 고안 학당에서는 후쿠자와와 함께 공부했고, 나중에 막부에 등용되어 후쿠자와와 마찬가지로 외국부에 근무했다. 유신 후 신정부에서 일하며 관립학교며 도서관, 박물관 설립에 힘을 썼다.

"역시 막부의 힘 하나만으로는 이제부터의 일본은 어려울 거야."

그것이 구미 각국을 직접 돌아본 젊은 양학자들의 일치된 견해였다. 그러나 막부에 대신할 새 권력이 출현하리라고는 생각되지 않았다.

"결국 독일식으로 해야 되겠어."

그런 결론이 나왔다.

독일은 역사적으로 통일에 대한 고민을 안고 있으면서도 크고 작은 몇 개의 나라로 나누어져 연방(聯邦)의 형식을 취했다. 연방이라고는 하나 저마다 독립 국가로서의 기능을 가지고 멋대로 동맹을 맺기도 하고 해산하기도 했다. 그 중에서는 프러시아가 최대의 힘을 가졌다. 분큐 원년, 프러시아 왕으로 즉위한 빌헬름 일세(一世)는 연방을 통일시켜 하나의 제국을 만들어 내려고 활발한 국력 신장활동(伸張活動)을 시작하였다.

여기서 그들이 '독일식'이라고 말한 것은 '일본도 독일 연방처럼 하는 게 좋다'는 의미였다. 도쿠가와 씨가 막부를 폐지하고 연방 정부를 만든다. 연방이란 300 영주를 가리키는 것인데 그 중의 큰 번들이 대표를 보내어 정치에 참가한다는 것이었다.

그런데 후쿠자와가 혼자 비웃으며 말했다.

"나는 이번의 유럽 여행 중 독일에 대해서 조사했네. 독일 자신이 불합리한 연방 제도로 골머리를 썩히고 있는데, 일본이 새삼스럽게 연방을 만든다는 건 우습다. 만든다면 지금의 막부의 번 체제와 마찬가지로 세계의 진보된 조류에서 크게 뒤지지 말아야 할 것이다. 서양에서 말하는 귀족 합의 정체(貴族合議政體)는 문명을 흡수할 힘을 갖고 있지 않다는 말일세. 일본에선 공화 정체(共和政體)는 무리일지 모르지만 군주 정체(君主政體)라면 될 거야."

"군주 정체의 군주란 장군을 말하나?"

다른 한 사람이 묻자 후쿠자와는 잘라 말했다.

"장군이라면 다른 영주들이 가만히 있지 않을 거야. 교토의 천황을 앉히면 돼."

이런 의미로서는 후쿠자와가 근왕가(勤王家)였다고 할 수 있으리라.

여러 가지 이야기를 들었지만 쓰기노스케는 아직도 이 후쿠자와라는 사나이가 미지수였다.

'이 사나이의 참뜻은 어디에 있는가.'

그것만 알아 낸다면 후쿠자와 유키치와 그의 사상, 정열, 뜻하는 바 전부를 알 수가 있을 것이다.

단순한 '난벽가(蘭癖家)'는 아니다.

페리가 내항하기 전 이 나라에는 난벽가라는 말이 이미 있었다. 네덜란드의 의학이며 학문을 전공하는 자 일부에서 서양 심취(心醉)의 경향이 생겨났다. 그때 지식 계급 사이에서 난벽가라는 말이 유행했다. 그 후 프랑스 학문이나 영국 학문이 나타나기 시작하고서도 서양 심취자를 가리켜 난벽가라고 불렀다.

그러나 후쿠자와는 난벽가는 아니었고 어디로 보더라도 후쿠자와는 후쿠자와인 것이다.

"독일식의 영주 동맹이라는 건 미신에 지나지 않지요. 나리(장군)가 오사카에서 도망쳐 온 후에도 성에선 영주를 다시 한번 모아 보겠다는 공기가 짙어지고 있죠. 즉 도쿠가와 집안이 프러시아 왕이 되어 영지 행정을 정비하는 한편, 도쿠가와에 동정적인 동부의 영주들을 규합하여 해본다는 거지요. 외국부의 녀석들이 내놓은 의견입니다."

"딴은."

쓰기노스케로서는 중요한 정보였다.

"가와이님, 당신은 어떻게 생각하십니까?"
"나는 막부의 가신이 아니니까요. 에치고 나가오카 번의 중신입니다. 천하의 일을 이렇게 한다, 저렇게 한다, 생각해 보았자 별수 없고 나로서 중요한 것은 나가오카 번이지요."
"그렇게 나가오카 번이 중요합니까?"
"나는 나가오카 번의 중신이며, 번의 운명이 내게 맡겨져 있으니까요. 사람에게는 저마다 입장이 있는 법. 나는 입장을 중요시하고 있지요."
"입장으로 말한다면."
후쿠자와는 말했다.
"이 후쿠자와 유키치도 막부 가신이죠. 막부 따위 꺼져 버리라고 의리상 할 수 없는 처지이지만, 일본을 위해, 크게 말하면 세계의 발전을 위해 그걸 말하고 있는 것입니다."
"어려운 문제인걸. 실례지만 후쿠자와님은 도쿠가와 가문의 집정관은 아니오. 그런데 이 가와이 쓰기노스케는, 지구상에서 본다면 우스울 만큼 조그마한 지역일지 모르지만 어쨌든 일본의 에치고 땅 나가오카라는 고장의 중신인 것이오. 입장이라고 해도 후쿠자와님과는 같지 않소."
"이것은 토론이오?"
토론이라면 하지, 하는 식의 설치는 태도를 후쿠자와는 보였지만 쓰기노스케는 천천히 손을 내저었다.
"토론이 아니지요. 지금의 나는 지구 속의 나가오카 번을 어떻게 할까 여러가지로 번민하면서 생각을 쥐어짜고 있는 중이지요. 그것에 도움이 될 만한 것을 이곳저곳에서 찾고 있는 것입니다."
"아무래도 뭐라고 할까, 가와이님은 이렇게 보면 지구의 재상(宰相)이라도 해낼 것 같은 생김인데, 마음먹고 있는 것은 아무래도 벼룩처럼 작아."
"어쨌든 후쿠자와님은 교토 중심의 일본이 출현하는 데 찬성이시죠?"
쓰기노스케가 말했다. 후쿠자와는 담뱃대에 담배를 담으면서 말했다.
"떠받들고 있는 놈들이 (삿쓰마 조슈) 마음에는 들지 않지만, 나는 어디까지나 군주 정체가 좋다고 생각하므로 근본 취지는 찬성이오. 군주 제도라면 문명을 받아들일 힘을 가질 수 있죠."
"나는 독일 연방이라는 것을 조금도 모르지만, 도쿠가와 가문 중심의 영주 동맹 가지고서는 아무래도 안 되겠습니까?"

"안된다고 생각합니다. 귀족이 나라를 지배할 수 있었던 시대는 일본이고 유럽이고 먼 옛날이 되었지요. 영주 동맹이라면 무역하는 데 큰 번거로움이 뒤따르게 되어 만국 공법(萬國公法)이라는 입장으로 보더라도 열국이 상대를 않게 되겠지요. 결국은 경제적 필요에서 통일을 하기는 해야 됩니다. 그러나 통일하는 쪽은 좋지만 통일되는 쪽은 가만히 있지 않을 것이므로 큰 번끼리 큰 싸움이 벌어져요. 전쟁 말입니다. 내란이 크게 일어나고 일본의 독립은 위태롭게 되어, 도저히 세계의 발전에 쫓아갈 수가 없습니다."

"그렇겠군요."

쓰기노스케는 순순히 맞장구를 쳤다. 순순히 듣지 않으면 후쿠자와의 마음속 생각을 끌어낼 수가 없기 때문이다.

"그리고 영주 동맹이라는 것은 요컨대 봉건 제도이죠. 오늘날에 그것은 정신나간 제도에 불과합니다."

"그럴 테죠."

이 점은 쓰기노스케도 동감이다. 아무튼 이 사나이도 모든 번에 앞질러서 나가오카 번의 번사 녹봉을 월급제(月給制)로 하리라고 마음먹을 만큼 봉건 제도의 병폐를 너무나도 잘 알고 있었다.

"오늘날 서양의 힘은 동양을 하늘과 땅처럼 뒤떨어지게 만들었는데, 몇 백년인가 전에는 이렇지가 않았어요. 어째서 서양이 동양을 앞지를 수 있었을까요!"

후쿠자와는 말했다.

"그것은 이른바 산업 혁명(産業革命)의 힘이겠지요. 증기(蒸氣)의 동력을 갖고서 물건을 만들고 물건을 나른다, 이러니 이쪽은 어쩔 도리가 없어요. 그러나 그뿐만이 아니고 좀더 큰 원동력(原動力)이 서양을 일으켰어요. 그것이 무엇일까, 나는 생각해 봤지요."

후쿠자와는 8년 전, 간린마루로 미국에 갈 때에도 이에 대해 깊이 생각한 끝에 마침내 바로 '이것'이라고 생각되는 것을 찾아 냈다.

"국내에서 서양 책을 읽어보면 '리버티'란 말과 '라이트'란 말이 곧잘 나옵니다! 이것이 틀림없다고 생각했으나 그 의미가 무엇인지 전혀 알 수가 없어요. 가와이님은 알겠습니까?"

"자유와 권리지요."

"허어."

후쿠자와는 눈을 둥그렇게 떴다.

"당신은 어떻게 그것을 알고 계시죠?"

"농담 마시오. 당신의 저서인 《서양 사정》에 써 있소."

"그랬군."

후쿠자와는 키득키득 웃었다. 술이 취해 오나 보다.

'자유와 권리'라는 것이 서양의 선진 문명을 성립시키고 있는 기초이며, 정치, 법률, 사회를 비롯하여 인간 생활에 있어서의 작은 일에 이르기까지 바탕이 되는 사상이라는 점, 그리고 나아가서는 인간을 인간답게 만들어 주는 큰 뿌리라는 것을 일본인 중 가장 빨리 깨달은 것이 후쿠자와 유키치일 것이다.

──이것이 선진 문명을 이해하는 열쇠이다.

후쿠자와는 누구보다도 먼저 그 점에 착안(着眼)했다. 그는 간린마루 때와, 게이오 2년의 두 번에 걸쳐 도미했는데 이르는 곳곳에서 미국인들은 일본인들에게 공장을 견학시켰다.

"이 기계는 증기의 힘으로 움직이고 있소."

안내자들은 그것을 설명하기도 하고 전기를 설명하기도 했다. 일본인은 모두 이것만큼 지루한 일은 없었다고 한다. 왜냐하면 그 정도의 물리학 지식이라면 책을 통해서 충분히 알고 있었기 때문이다.

후쿠자와는 공장 견학의 틈을 타서 안내하는 기사들에게 물었다.

"리버티 및 라이트란 말은 어떤 의미인지 설명해 주시오."

모두 씁쓰레한 표정을 짓고 대답하지 않았다. 개중에는 개라도 쫓는 듯한 손짓을 하는 자까지 있었다.

그들 미국인은 일본 정부의 말단 관리를 저능아(低能兒)라고 생각했으리라. 그들로 볼 때에는 동양의 야만인들에게 문명의 놀랄 만한 기계원리(機械原理)를 설명해 주고 있는데 그것에는 조금도 관심을 보이지 않고 자유란 무엇이냐 권리란 무엇이냐고만 질문해 오는 것이다.

후쿠자와는 공장 안내인보다도 총명했기 때문에 공장 안내인들이 성을 내거나 묵살하는 이유를 알고 있었다.

'그만큼 일반적인 개념이구나.'

새삼스럽게 설명해야 할 특수한 개념이 아니라 서양에서는 이를테면 '밥'이라든가 포크니 나이프처럼 흔해 빠진 말일 것이 틀림없다. 후쿠자와는 묵살되었기 때문에 더욱더 이 말의 중요성을 절감했다.

이처럼 묻고 물어서 그는 겨우 이 말의 개념을 알았다.

귀국 후, 《서양 사정》을 쓰기에 앞서 리버티라는 말을 '자유(自由)'라고 번역했다. 처음에는 '허용(許容)'이라고 번역하려고 했다. '살생 허용(殺生許容)'의 장소라고 하면 낚시질 따위를 해도 좋은 장소란 뜻이므로 거의 비슷한 뜻이긴 했으나, 그렇다면 어쩐지 권력자로부터 자비(慈悲)로 허락을 받고 있는 것 같아서 어감(語感)이 좋지 않았다. 후쿠자와는 이것을 불교어(佛敎語)에서 따서 자유라고 했으며 자유는 만인에게 갖추어진 천성이라고 설명했다. 그리고 정치의 자유, 개판(開版 : 出版)의 자유, 종교의 자유 등을 설명했다.

라이트에 대해서 후쿠자와는 처음에 '도의(道義)'라고 번역했는데 아무래도 틀린 것 같아 '권리'라는 말을 쓰기로 했다.

"인간의 자유는 그의 권리이다. 인간은 나면서부터 독립되어 속박을 받을 이유가 없고 자유자재여야 하는 것이다."

후쿠자와는 막부 말기의 저술에서 이렇게 설명하고 있다.

술자리가 무르익자 쓰기노스케는 후쿠자와에 관한 모든 것을 이해할 수 있었다.

——아, 그랬었구나.

그 한 가지를 알았기 때문에 후쿠자와가 지금까지 말해온 모든 말을 그것에 의해 쉽게 풀어 낼 수가 있었다.

"음, 그렇군."

쓰기노스케는 술잔을 든 채 연신 고개를 끄덕이더니, 웃기 시작했다. 소리를 내며 웃었다. 천진난만한 젖먹이 같은 웃음소리였다.

"알았어요, 당신이라는 사람을. 그러나 이것은 뭐라고 하면 좋을까, 당신은."

쓰기노스케는 잠시 생각하더니 이렇게 말했다.

"신기한 사람이야."

쓰기노스케가 이해한 후쿠자와의 이상과 정열이란 이 나라에 문명을 끌어들이겠다는 단지 그것뿐이다. 유럽에서 무르익은 문명을 일본이라는 이국(異國) 풍토에 가져와 뿌리를 내리게 하기 위해서는, 심을 수 있을 만한 토양(土壤)을 만들 필요가 있다. 그 토양을 만들기 위해서는 우선 자유와 권리의 사상을 비료로 해야 하고, 그 비료로 토양부터 송두리째 바꾸어 놓아야 한다.

후쿠자와가 은밀히 이상으로 삼고 있는 것은, 가령 항목 별로 말한다면 신분 제도의 철폐, 언론의 자유, 신앙의 자유, 직업 선택의 자유, 상공업을 경영할 경우의 자유라는 것이리라. 권리는 자유를 뒷받침하고 있으며, 그 권리는 국가에 의해 보호되고 있다. 그것을 보장하고 보호할 국가를 만드는 것이 막부의 외국부 번역관 후쿠자와 유키치의 이상인 것이다.

'그러므로 막부 타도도 옹호도 없다. 후쿠자와의 안중에는 도쿠가와 가문도 사쓰마 조슈도 없다. 그런 국가를 만드는 정권이면 좋은 것이다.'

그렇게 생각하고 쓰기노스케가 다짐을 했다.

"그럴 테죠?"

그러자 후쿠자와는 말했다.

"그렇습니다. 국가라는 것은 문명을 보호하면 되는 것이니까요. 그것뿐이지 그 이상의 것은 아니죠."

이렇게 이해하면 어제 에도 성에서 후쿠자와가 급식 담당 말단 관리에게 말한 의미도 알 수 있었다.

"적이 에도에 오면 나는 맨 먼저 달아나겠어. 화살이며 총알이 날아오는데 도시락 따위를 먹고 있을 수 없지요."

"어쨌든 술을 마신 보람이 있어. 나는 말입니다, 이런 생각을 심어주자면 교육이 가장 좋다고 생각해요. 앞으로는 서생을 양성하는 데 전념할 작정입니다. 서생은 어차피 시골에서 올라온 돌대가리들이므로 이것을 알게 하기까지 3년이고 5년이고 걸릴 거라고 생각했는데, 가와이님은 놀랍게도 어제 저녁과 오늘, 술을 마셨을 뿐인데도 금세 알아 버렸소."

"알았지만 동조(同調)는 못합니다."

"그럴 테죠, 당신의 생김새를 보니 그렇게 쉽사리 넘어갈 얼굴이 아니오."

후쿠자와 앞의 술병이 비었다. 후쿠치 겐이치로가 손뼉을 쳐서 하녀를 불렀다.

"가와이님, 이번에는."

후쿠자와는 쓰기노스케에게 잔을 건네면서 쓰기노스케의 이야기를 듣고 싶다고 말했다.

"우선 물어 보겠는데 당신은 도쿠가와 중심의 군주 정치론입니까, 아니면 교토 중심의 군주 정치론입니까?"

후쿠자와가 물었다.

쓰기노스케는 고개를 저었다.

"그런 논의에 되도록 흥미를 갖지 않도록 자신을 타이르고 있습니다."

"그런 논의?"

"그렇지요. 이 나라를 어떻게 하겠다는 논의는 다른 뜻있는 분들에게 맡기고 싶소. 나로선 에치고 나가오카 번의 중신이라는 편이 더욱 중요하고 그것이 이 가와이 쓰기노스케의 전부입니다. 그것 말고는 이 지상에 가와이는 존재하지 않아."

"놀랐는걸. 일부러 자기의 창문을 닫아 놓고 있는 거요?"

"닫아 놓고 있소. 나는 에치고 나가오카 번의 중신이라는 것만으로 이 세상에 존재하고 있소. 그렇게 생각하고 있소."

"입장론이군요."

"사람은 입장으로 살고 있소. 나는 입장 이외의 방면으로, 내가 나가지 않도록 하고 있소. 그것이 나의 움직이지 않는 신념입니다."

"곤란한데……."

후쿠자와는 그 말에 가와이 쓰기노스케라는 사나이의 인상을 집약(集約)시켰다.

"정말 곤란한 분이군. 일본 천지가 발칵 뒤집힌다는 이 시기에 당신 같은 말을 한다면. 당신만한 현대 감각을 가지고 깊은 생각과 담력을 가진 사람이 중앙에 뛰어나와 일본이 가야 할 방향을 가르쳐 주지 않으면 아무 것도 안 돼."

후쿠자와는 쓰기노스케가 자기에게서 동지라고 할 만한 점을 발견했을 것이 틀림없을 테니, 되도록이면 동지로 삼아 문명 사상을 함께 깨우쳐 나가고 싶다고까지 생각했는지도 모른다.

"세계는 넓소."

후쿠자와는 말했다.

"이 넓은 세계가 지금 눈부신 속도로 자유와 권리를 찾아 나아가고 있소.

그것이 세계의 대도(大道)요. 일본으로서는 개항(開港)을 하고 무역을 활발히 하여 구미 각국과 교제해 나가는 일이야말로 세계의 큰 길로 통하는 것이며, 그것을 지금 소리높이 외쳐야 하오."
"그렇소, 동감이오."
"사쓰마 조슈가 양이의 깃발을 내걸고 도쿠가와를 교토에서 몰아내어 정권을 빼앗았지만, 이 양이라는 것이 세계의 대도(大道)가 아니라는 걸 가르쳐 주어야 하오."
"그것은 후쿠자와님에게 맡기겠소."
"맡기고서?"
"나는 나가오카 번에 틀어박혀 있겠소."
"모르겠어."
후쿠자와는 고개를 설레설레 흔들더니 큰 소리로 웃기 시작했다. 어쩔 수 없다는 표정이었다.
"정말 모를 분이야."

돌아오는 길에 쓰기노스케는 생각했다. 인간의 비극성(悲劇性)에 대해서다.
——아무래도 내가 그런 모양이다.
쓰기노스케는 생각했다.
후쿠자와의 말뜻은 이해가 간다.
이해가 갈 뿐 아니라 완전 개국주의(完全開國主義)라는 점에서는 후쿠자와 유키치와 같은 의견이어서, 선구자라는 점에서는 후쿠자와도 쓰기노스케도 다를 바가 없다.
'사람을 귀천(貴賤)의 신분으로 구별하는 국가 사회는 번영하지 못한다'는 점에서도 쓰기노스케는 동감이었다. 다만 후쿠자와는 사상가이고 쓰기노스케는 정치가인 이상, 표현은 말로서가 아니라 실제 행동으로 나타내야만 하는데, 아마 장래의 과제가 되겠지만 늦어지더라도 그것을 번내에서 실시할 작정이었다.
다만 쓰기노스케는 그것을 국민의 행복이라는 관점에서 생각한 것은 아니다. 귀천의 신분제도를 무너뜨림으로써 하층(下層)에서 인재를 끌어올려 번의 번영을 이룩하자는 것이어서 이 점 후쿠자와와 닮았으면서도 약간의 차이가 있었다.

쓰기노스케는 유교 사상에 젖은 사람이다. 유교는 왕을 보좌하여 백성의 행복을 도모하자는 정치 사상이며 어디까지나 백성은 위에서 다스려야 한다는 관념이 있다.

그것이 쓰기노스케가 생각하는 '국민'인 반면, 후쿠자와의 '국민'은 재산과 교양을 늘려주고 힘을 크게 해줌으로써 결과적으로 국가나 사회가 번영한다는 그런 '국민'일 것이다. 후쿠자와는 루소의 자유 권리 사상을 원전(原典)에서 읽은 일은 없을 테지만 그 본질을 정통으로 꿰뚫어보고 자기의 피와 살로 만들어 놓았다. 아무튼 이 점이 다를 뿐이다.

그 밖의 것은 같다고 해도 좋다.

그렇건만 쓰기노스케는 후쿠자와와 같은 결론에 도달하지 못했다.

'같은 결론'이란 '도쿠가와 가문이나 번의 붕괴 따위는 아무래도 좋지 않은가' 하는 점이었다.

후쿠자와에게는 아무래도 좋았다.

"구세력이 세상을 유지해 나갈 수 없어 뒤집히는 것은 역사의 이치이므로, 뒤집혀야만 사회의 행복을 이룰 수 있다. 이번에 나라를 세우는 것은 사쓰마 조슈이며, 거기에는 꽤 탐탁찮은 패거리들(공경이니 이른바 양이 지사라는 따위의 과격한 서양 배격파)도 들어 있다. 기대할 수 있을지 어떨지 모르지만 어쨌든 세상은 벌거숭이 인간, 한 사람 한 사람을 향해 나아가고 있으므로 그리로 나아가게 하지 않으면 안 되는 것이다. 그런 시기를 맞아 도쿠가와 가문이 어떠니, 번이 어떠니 시대 착오적인 말을 하는 것은 아무래도 이상해."

그러나 이 점에 있어서 쓰기노스케는 후쿠자와와 전혀 달라지고 만다.

"나는 시대 착오적인 편이지요."

쓰기노스케도 후쿠자와에게 말했다. 쓰기노스케로서 가장 중요한 것은 그 시대 착오였다. 후쿠자와는 냉철한 이성으로 세상의 진전을 관조(觀照)하지만 쓰기노스케는 정서성(情緒性)이 풍부하다. 쓰기노스케는 정서를 무사 된 자의 아름다움으로 보고 또 사람이 지녀야 할 가장 중요한 덕목으로 간주하고 있었던 것이다.

요코하마 풍경

쓰기노스케는 돈이 필요했다. 이튿날 아침 아다고 산 밑의 번저에서 일어나자 곧 회계 담당자 전부를 모아 놓고 말했다.

"에도의 우리 번저들에는 아직 값나갈 만한 물건이 남아 있을 테지?"

그리고 말로 그러한 물건을 보고하도록 했다. 그런 잡다한 물건을 판다면 대충 5, 6000냥은 되리라.

조사하고 처분하는 데 며칠 걸렸다. 어느날 밤 처남 나기노 가헤에가 쓰기노스케의 방에 나타나서 넌지시 비난했다.

"쓰기, 마치 고리대금업자 같군."

"글쎄요."

쓰기노스케는 이날 밤에도 장부를 들여다보고 있었다. 숫자에서 눈도 떼지 않고 말했다.

"처남, 묘한 것을 알았어요. 돈에도 시세가 있다는 것을 말이오."

"돈에?"

나기노는 별로 흥미가 없다는 눈치였다.

"돈이 어쨌다는 건가?"

"에치고와 에도와는 돈의 시세가 꽤 달라요. 놀랐어."

이즈음 쓰기노스케가 사람을 그 방면에 내보내어 조사를 시켜보니 북부 일본 해안 지방의 돈 시세는 니가타(新潟)가 대표적이었다. 니가타 시세와 에도 시세는 금 한 냥에 엽전 세 관(三貫) 가까이나 다르다는 것을 알았다.

"같은 금 한 냥이라도 에도에서 엽전을 사 모으면 그것만으로 니가타에 가면 굉장한 벌이가 된답니다."

쓰기노스케가 말했으나 나기노는 말만 들어도 부아가 치미는 듯 잔뜩 얼굴을 찌푸렸다.

"곧 손을 쓰기로 했어요. 어제 본국에 그 뜻을 알리려고 파발꾼을 보냈는데 어쨌든 2만 냥의 금화를 본국에서 가져다가 에도에서 엽전을 사 모을 작정이오."

"난, 잘 모르겠는데."

"쌀도 그렇지요."

쓰기노스케는 말한다.

"쌀은 에도에서 값이 떨어지고 있단 말이오."

쓰기노스케의 말대로 에도에선 쌀값이 날마다 떨어지고 있다.

"왜, 떨어지지?"

"전쟁 때문이지요. 에도에서 머잖아 전쟁이 시작될 거라고 하여 떨어지는 거지요."

"모르겠는걸."

쓰기노스케도 처음엔 값이 떨어지는 이유를 몰랐다. 전쟁 소문이 돌면 오히려 쌀값이 오를 게 아닌가. 사실 도바 후시미의 싸움이 벌어졌을 때 교토의 쌀값은 껑충 뛰었다.

그런데 에도의 경우는 정반대였다. 교토는 시중에 쌀의 보유량이 항상 적지만 에도는 영주의 저택들이 있기 때문에 그들 창고에 쌀이 가득 쌓여 있었다. 영주들이 에도에 불안을 느끼고 쌀을 시중에 방출(放出)하기 때문에 쌀값이 한정없이 떨어지는 것이다.

"에도는 쌀값 하나만 보더라도 벌써 세상에서 버림받고 있는 거요."

쓰기노스케는 말했다.

이 쌀값을 이용하여 쓰기노스케는 거리(巨利)를 그러모을 궁리를 하고 있었다.

떨어지기만 하는 쌀을 매점(買占)하였다가 쌀값이 비싼 지방으로 가지고 가서 팔면 막대한 이익을 얻을 게 아닌가.

"어디가 비싼가?"

나기노는 관심이 없는 듯한 목소리로 물었다.

"어디야, 교토 오사카인가?"

"글쎄, 교토 오사카라면 비싸기야 할 테지요. 그러나 유감스럽게도 거기는 사쓰마 조슈의 근거지가 아닙니까?"

"그럼 어디가?"

나기노가 물었다.

"하코다테(函館) 겠지요."

쓰기노스케는 말했다. 쓰기노스케가 활약하던 당시부터 하코다테(函館)로 표기했는데, 이곳은 막부가 안세이 조약(安政條約)에 의해 개항한 항구였다.

쓰기노스케가 하코다테라고 말한 것은 그 고장의 쌀 시세를 알아서가 아니었다. 당시에는 각 지역의 쌀 시세를 알려주는 통보 기관이 없었기 때문에 일본의 어느 지역 쌀 시세도 모두 상상할 수밖에 없었다.

홋카이도(北海道)에는 쌀이 생산되지 않아 모두 본토에서 들여다 먹었으므로 쌀값이 언제나 비쌌다. 본토에 내란이 시작되면 홋카이도의 쌀값은 껑충 뛸 것이 틀림없고, 본토에 내란이 일어난다는 소문만으로도 하코다테의 쌀 시세는 크게 오르리라.

"에도의 값이 싼 쌀을 가져가기만 해도 큰 이익이 있어요."

쓰기노스케는 이미 에도에서 쌀 매점을 위한 현금을 준비하기 시작하였다.

"다른 영주가 버리다시피 파는 쌀을 줍는 거예요. 에도의 쌀값은 앞으로 더 떨어집니다. 최저 가격으로 사들일 작정입니다."

쓰기노스케는 말한다.

"그것을 하코다테로?"

"그렇죠, 하코다테로."

"어떤 방법으로 홋카이도까지 가지고 가겠다는 건가. 한 섬씩 지고 갈 셈인가?"

"증기선을 씁니다."

쓰기노스케는 조용히 말했다. 증기선에 대한 구상도 이미 서 있었다.

"언제까지나 에도에 있을 수는 없잖아요. 어차피 영주님을 모시고 본국에 돌아가야 하는데 그때 육로(陸路)를 택하지 않고 해로(海路)로 가는 겁니다."

"바닷길로?"

말만 들어도 정신이 아찔할 만큼 먼 길이다. 에도에서 에치고 나가오카까지는 육로로 가면 북상(北上)만 하면 되지만, 해로라면 조슈 시모노세키를 돌아서 동해 바다로 나가든가, 아니면 홋카이도 하코다테를 거쳐 동해 바다로 나가야 한다. 이 경우 서부 일본은 사쓰마 조슈 세력권에 들어 있어 하코다테를 거치는 항로를 택해야만 하는데, 그때 하코다테에서 에도 쌀을 풀어놓으면 된다.

그러기 위한 증기선의 준비를 스넬에게 부탁할 작정이었다.

그 때문에 내일이라도 요코하마에 가리라고 마음먹고 있다.

"아무래도 자네 이야기는, 거기서부터 따라갈 수가 없어."

처남 나기노는 말한다. 거기서부터란 돈을 가리키는 말이다.

"처남, 따라와 주지 않으면 곤란해요. 국가에서 제일 중요한 것은 말보다도 돈입니다."

경제라는 뜻이었으리라.

쓰기노스케가 각처를 돌며 학자를 찾아다닌 목적의 하나도 번의 경제 운용을 연구하기 위해서였는데, 마침내 비추(備中) 마쓰야마(松山)의 야마다 호코쿠(山田方谷)에 의해 무언가를 터득했다. 쓰기노스케는 호코쿠의 뛰어난 수완을 사람들에게 칭찬할 때에도 이런 말로써 표현했다.

"호코쿠 선생 정도라면 미쓰이(三井)의 지배인 노릇을 할 수 있다."

당당한 한 번의 중신을 평하면서 '미쓰이의 지배인 노릇을 할 수 있다'고 기준을 삼는 점에서, 쓰기노스케의 경제주의가 얼마나 강렬한 것인지를 엿볼 수 있다.

후쿠자와 유키치도 철저한 경제주의자여서 쓰기노스케의 사상과 할인(割印)을 맞춘 것처럼 부합된다. 다만 후쿠자와는 경제주의야말로 인간을 행복하게 하는 길이라고 믿고 그 경제주의를 정의로 삼는 까닭에, 봉건제도를 부정하고 도쿠가와 가문이나 각 영주의 존재를 무의미한 것이라 했으며, 자본주의야말로 문명을 꽃피우는 원동력이라 하여 자본주의의 전제가 되는 자유와 권리를 강조했다.

쓰기노스케는 거기까지 이르진 않았다. 그는 번이라는 짐을 짊어지고 있기 때문에 후쿠자와처럼 넓은 사상의 광야(廣野)로 나가려 하지도 않았으며, 나가고 싶다고도 생각지 않았다. 쓰기노스케에게 번이라는 봉건 유물 그 자체인 큰 짐이 결코 귀찮은 것은 아니었다.
——번, 모든 것은 번.
그것이 쓰기노스케의 사상이었다. 다만 그의 경제 사상——자본주의 자체라고까지 말하는——으로 본다면, 번은 그것과 모순되는 봉건적 생리를 가진 것이었고, 그의 과제는 낡은 봉건적 생리에 어떻게 새로운 자본주의의 혈액을 집어넣느냐 하는 것이었다.
그래서 그는 투기(投機)를 하려는 것이다.
"사리(射利)."
이 시대의 사람들은 투기를 그렇게 불렀다. 서양의 회사처럼 번 그 자체가 투기 사업을 벌이겠다는 것이었다.
"처남, 번을 운용해 나가는 데는 첫째로 돈입니다. 돈의 힘 없이는 개국론도 양이론도 없고 조정도 도쿠가와도 없어요. 번이 천하를 위해서 정의를 펼 수 있는 것도 돈이 있기 때문이고 돈이 없다면 정의를 펴려고 해도 한 사람의 군사도 움직일 수가 없습니다."
"정말 어렵군."
나기노는 고개를 절레절레 내젓고 토론에서 달아났다. 아무래도 쓰기노스케의 이런 사상은 나기노 같은 전통적 유교 사상가에게는 성미에 맞지 않는다.

쓰기노스케는 시바(芝) 아다고 산 밑의 번저를 나와 요코하마로 향했다.
도중에 온갖 것을 보았다. 난세(亂世)이고 보니 평화 시대의 100년 동안에나 생길 수 있는 일이 때로는 하루 동안에 생기는 것이리라.
가네스기 다리(金杉橋)를 건넌 것은 아침 8시경이었는데 문득 뒤돌아보았더니, 그의 등을 비치고 있는 태양이 아무래도 이상하여 자기도 모르게 발걸음을 멈추었다.
"참 이상한 태양인데……."
생각하고 있는데, 길가는 사람들도 저마다 한 마디씩 떠들면서 올려다 보았다.

"에게게, 저 해님 좀 봐."

태양 빛깔이 초록색인 것이다. 쳐다보아도 눈이 부시지 않고 바깥 둘레의 빛이 오른쪽으로 빙글빙글 도는데 그 빠르기가 바람개비와 같았다. 이 기현상은 그 뒤 3월 2일 저녁때에도 나타났지만 두 번째 것은 쓰기노스케가 보지 못했다.

"저것은 무슨 조화일까요?"

직공 차림의 사나이가 겁먹은 표정으로 쓰기노스케에게 물었다. 무언가 나쁜 일이 생길 징조가 아닐까요, 하고 말하였지만 쓰기노스케로서는 알 수 없었다.

"나리……"

직공은 말하다가 뒷걸음질을 치며 이번에는 태양보다도 쓰기노스케에게 질겁을 한 듯이 급히 가버렸다. 쓰기노스케는 물음에 대답도 않고 늘 하던 버릇대로 직공의 얼굴만 말끄러미 쏘아보고 있었던 것이다. 기분 나쁜 무사라고 생각했을 것이다.

쓰기노스케는 걷기 시작했다.

'징조는 무슨 징조야!'

쓰기노스케는 생각했다. 옛날부터 하늘은 이변(異變)을 나타냄으로써 제왕의 운명에 대하여 흉(凶)이냐 길(吉)이냐를 예고했다고 한다. 제왕의 힘이 쇠약해질 때에는 천변지이(天變地異)가 나타난다고 믿었지만, 길거리에서 아우성치는 시민들도 그런 불길한 일을 예감했기 때문일 것이다. 제왕이란 이 경우 300년 동안 일본의 실질적인 황제였던 장군을 말한다.

'그런 맹랑한 일이 있을 게 뭔가.'

쓰기노스케는 직공에게 말해 주고 싶었는데, 입이 무거워서 그만 기회를 놓쳤다. 쓰기노스케는 이런 점에서는 유교가 갖는 낭만성(浪漫性)에서 벗어나고 있었다. 그는 서양의 천문학에 흥미를 가졌고 상해판(上海版)인 중국어로 된 책을 두세 권 읽은 일이 있지만 유교가 말하듯 천상(天象)이 지상의 정치를 지배한다고는 생각지 않는다. 태양은 태양 그 자체의 사정이 있어서 초록빛이 되었으리라.

얼마쯤 가다가 뒤돌아보았을 때에는 태양도 이미 본래의 광채로 되돌아가 있었다.

시바 사가에 이르면 사쓰마 번의 미곡 창고가 바닷가에 꽁무니를 내밀고

서 있다. 아니 그것은 지난 연말까지의 일이었고, 막부가 미다(三田)의 사쓰마 번저를 불질러 버렸을 때 여기에도 불을 질러 지금까지도 무참한 폐허로 남아 있었다.

시바 구가인 조카구 사(成覺寺) 문 앞에는 막부 보병(步兵)의 복장을 한 사나이가 죽어 있었다. 그들은 성분(成分)이 성분이니만큼 난폭한 자들이 많아 사람들의 빈축을 사고 있었는데 이 자도 생전에 못된 짓을 하다가 시중의 건달에게 살해되었을 것이다.

요코하마는 상상했던 것보다 훨씬 빠른 성장 속도로 도시화하고 있었다.
'스위스인의 상관(商館)이 어디더라?'
길을 걸으면서 두리번거리니 거리는 어리둥절할 만큼 변한 모습이었다. 쓰기노스케가 처음으로 요코하마에 왔을 무렵만 해도 도로 따위는 마치 논두렁길처럼 비좁고 거류지(居留地)의 건축도 이층 건물은 열 집 안팎이었다고 기억한다. 그 무렵에 비교하면 도로도 넓어지고 식민지풍의 양옥집 수효도 훨씬 늘어나 있었다.

외국인 수도 늘었다. 그들은 말타기를 좋아하는 모양이다. 말을 타고 쓰기노스케를 앞질러 갔다. 놀랍게도 마차까지 등장하였다.
'참 신기한 광경이로구나.'
쓰기노스케는 그 광경을 눈으로 뒤쫓았다. 이전에는 상해나 홍콩이나 본국에서 흘러들어온 벼락부자를 꿈꾸는 자들이 약간의 자본을 굴리느라고 상당히 궁색한 모습을 보였다. 마차 따위를 가지고 있는 자는 없었던 것 같다.

그런데 지금 쓰기노스케의 옆을 지나간 마차는 쓰기노스케의 눈으로 봐서도 훌륭한 조각으로 장식된 것이었고 마부인 중국인도 검은 나사 양복에 금몰 장식까지 한, 마치 임금님의 시종 같은 옷을 입고 있었다.
'도무지 알 수가 없는걸.'
벼락부자를 꿈꾸는 신분도 알 수 없는 상인들이 이 극동의, 불과 몇 년 전에 항구를 개방한 나라에 찾아와서 순식간에 떼돈을 벌고, 돈이 생기자 곧 본국에선 엄두도 내지 못할 귀족의 흉내를 내가며 고달픔을 풀고 있는 것이다.
'그건 그렇다 하더라도.'
이 요코하마라는 고장이 외국인에게 있어서는 마치 금노다지가 쏟아지는 곳이었다. 무역이 이만큼 큰 이익을 보는 것도 쓰기노스케로서는 상상 이상의 것이었다.

'머지않아 전 일본이 요코하마처럼 된다.'

쓰기노스케는 생각했다. 양이가(攘夷家)로서는 이런 상상이 전율과 공포와 분노를 동반하지 않을 수 없으리라. 그러나 후쿠자와와 마찬가지로 문명의 발전을 믿는 쪽인 쓰기노스케로서는 이 상상이 결코 불유쾌한 것은 아니었다.

뜻밖에도 마차가 멈췄다. 쓰기노스케의 전방 반 마장쯤 되는 곳에서 별안간 멈추더니 마부가 채찍을 들어 마차를 돌리기 시작했다. 마차를 노상에서 돌릴 수 있다는 것은 그만큼 도로가 넓어졌다는 것이리라.

이윽고 마차가 이쪽으로 다가와서 아까 마차를 피했던 쓰기노스케 앞에 멈춰섰다.

"아, 역시 당신이었군요."

창문에서 얼굴을 내밀고 코밑 수염을 흔들면서 함빡 웃는 인물이 있었다.

도어가 열리고 거한(巨漢)이 내려섰다. 에드워드 스넬이었다.

'벼락부자란 이 사나이였군.'

쓰기노스케는 마음속으로 약간 놀라움을 느꼈다.

"자아, 이것을 타십시오."

에드워드 스넬은 정중한 태도로 권했지만 쓰기노스케는 사절했다. 묘한 감정이었다. 이만큼 새로운 문명에 대해서 이해가 있는 사나이이면서도, 무사된 자로서 오랑캐가 제공하는 마차에 그리 쉽사리 몸을 맡길 수 없다는 고집이었다. 이 점은 양이파를 닮았다.

"아무튼 이야기를 할 수 있는 장소로 갑시다. 어디가 좋겠소?"

쓰기노스케는 말했다.

스넬은 기분 좋은 듯이 콧수염을 움직였다.

"이번에 생긴 호텔은 솜씨가 좋은 요리사를 쓰고 있습니다. 그곳에 가시지요."

쓰기노스케에게 이의는 없었다.

도보로 그곳에 갔다.

남쪽 창문가에 자리를 잡자 창문 가득히 항구의 풍경이 보였다. 영국의 동양함대가 두 척 보인다. 보일러에 불을 넣는 모양으로 세 개의 굴뚝에서 갈

색 연기가 오르고 있었다.
"드디어 내란이군요."
스넬은 목소리를 떨구었다. 이 사나이의 일본어는 잠시 만나보지 못했던 사이 놀랄 만큼 진보되어 있었다. 어미(語尾)가 좀 여자말 비슷한 것은 어쩌면 여자가 생긴 탓인지도 모른다.
"내란이네요."
스넬은 다시 뇌까렸다. 쓰기노스케는 대꾸를 하지 않았지만, 에드워드 스넬이라는 모험 상인에게는 그것이 최대의 관심사인 것 같았다. 미개국(未開國)의 내란은 벼락부자를 꿈꾸는 상인에게 최대의 돈벌이 기회였다.
"요코하마의 영자 신문(英字新聞)은 매일 그같은 관측 기사로 가득하지요."
"어디와 어디가 하는 거요?"
"시치미를 떼시면 안됩니다. 교토의 미카도(천황)와 에도의 장군 폐하가 아닙니까?"
장군을 가리켜 스넬은 막부 동정파인 프랑스 외교관처럼 '폐하'라고 했다. 프랑스 이외의, 이를테면 사쓰마 조슈편인 영국의 외교관 등은 어디까지나 전하(殿下)라고 불렀으나, 스넬은 본래부터 철저한 반영파이고 게다가 자칭 도쿠가와편이므로 장군은 곧 폐하였으리라.
"저 영국 군함은?"
"이제 곧 출항합니다. 영국 공사관의 직원을 태우고 있는 것이죠. 그들은 산에 들어간 사냥개처럼 바쁘게 서부나 동부의 정보를 수집하는 데 눈알이 벌겋습니다."
"영국인은 내란을 바라고 있소?"
"그렇지 않을 것입니다."
내란을 바라고 있는 것은 스넬 같은 보따리 장수에 가까운 무기 상인들인데 영국은 그걸 바라고 있지 않았다. 영국 의회(議會)도 몇 번인가 일본에서의 내란 도발(挑發)을 되도록 피하기로 결의를 했다고 한다. 영국인으로 볼 때는 불난 집의 혼잡을 이용하여 돈벌이를 하기보다 일본의 질서가 회복된 뒤, 항구적(恒久的)인 시장으로 삼고 싶었던 것이다. 그 편이 결국은 크게 벌 수 있는 것이다.
"그런데, 우리들의 나가오카 공국(公國)은 어떻습니까?"

에드워드 스넬이 말했다.

'우리들의?'

쓰기노스케는 마음속으로 스넬의 뱃심에 놀랐다.

"글쎄."

의미없는 말로 대답했다.

"전하(영주)의 건강은 어떻습니까? 오사카에선 병환이 나셨다고 들었습니다만."

"잘 알고 있군."

"그야 저에게는 내 조국과 마찬가지니까요. 전하는 나의 군주(君主)이십니다. 감기 기운이었습니까?"

"말하자면 그런 것이었는데, 에도에 돌아오신 뒤에는 좀 차도가 있소."

"무엇보다 다행입니다."

말했을 때 청국인(淸國人) 보이가 두 사람의 유리컵에 포도주를 따랐다. 스넬은 그 컵을 눈높이까지 들어 올리고 말했다.

"전하의 건강을 위해서. 그리고 미스터 가와이가 나가오카 공국의 수상(首相)이 된 것을 축하하여."

이것 역시 뜻밖이었다. 쓰기노스케가 중신이 된 것을 스넬이 어떻게 알았을까.

"참, 놀랐는걸. 어떻게 그런 것까지 알고 있소?"

"신문을 읽고 있으니까요."

"설마 내게 대한 것까지 신문에 실리진 않았을 테지."

"그렇습니다. 그것은 신문에 의한 지식이 아닙니다. 내 자신의 정보이지요. 요코하마에 오는 일본인 학생에게서 정보를 모읍니다."

"그것뿐이오?"

"더 말한다면 나가오카 공국에 대한 나의 충성심이라고 하겠지요. 충성심만 있다면 알려고 하는 일은 바람에 실려 들려옵니다."

"좋지 못한 사나이로군."

"뭐라고 하셨습니까?"

"방심할 수 없는 사나이라는 뜻이야."

"부디 마음을 놓으십시오. 나는 가와이 씨에게 가장 충실한 하인입니다. 무슨 일이든지 명령만 내리시면 합니다. 설사 내일 사쓰마 조슈를 친다,

대포를 100문 모아라, 하신다면 이 솜씨로 어떻게든지 모아 드리겠습니다. 단 열흘의 말미는 주셔야 합니다. 상해에서 끌고 오는 왕복 날짜가 있기 때문에."

"언젠가 부탁할 때가 있을 테지."

"적은 사쓰마 조슈입니까? 그들은 나에게도 적이죠."

"어째서 그렇소?"

"영국이 뒤를 밀어주기 때문입니다."

"사쓰마 조슈는."

쓰기노스케는 조심스럽게 말했다.

"우리들의 적이 아니오. 나가오카 번이 무기를 필요로 하는 것은 적을 가정해서가 아니라, 나가오카 번의 자주 독립 태세를 갖추고 발언권을 유지하기 위해서요. 그것뿐이오."

물론 그것이 쓰기노스케의 본심이기도 했다.

식사를 끝내자 밤이 되었다. 창 밖 바다에 배의 불빛이 어려 있다.

"스넬 씨, 어떻게 해서 그렇게 벌었소?"

쓰기노스케는 아까부터 가장 묻고 싶었던 점을 물었다.

스넬은 웃기만 했다. 쓰기노스케도 입을 열지 않고 잠자코 있었다. 이윽고 스넬이 말했다.

"장사는 군사와 마찬가지니까요. 비밀이 중요합니다."

"그럼, 안 듣겠어."

"아아뇨, 다른 사람 아닌 가와이 씨의 질문이므로 대답합니다. 무기는 아니지요."

"무기가 전문이 아닌가?"

"그야 무기가 제일 돈벌이가 되지만……아무튼 소총 한 자루를 팔더라도 그것뿐이 아니니까요. 총알이 붙는다, 탄대가 딸린다, 탄약통이 곁들여진다, 크지요."

그런데, 하고 스넬은 말했다.

"그 방면은 뭐니뭐니 해도 영국 상인이 많이 벌고 있습니다. 서부의 각 번은 요즈음 영국을 좋아하여 요코하마에 무기를 사러 왔다고 하면 반드시 영국인 상관(商館)으로 들어갑니다."

"서부란 사쓰마 말인가요?"

"사쓰마가 두드러진 것 같습니다. 특히 도바 후시미 싸움 이전에는……."
사쓰마인의 요코하마 출입은 뻔질났던 모양이다. 스넬은 그 사나이의 얼굴까지 기억해버렸다. 27, 8세의 통통한 무사로 얼굴이 살짝 곰보였다.
'누구일까?'
쓰기노스케는 잠시 생각했으나 떠오르지 않는다. 뒷날 세상에 알려진 일이지만 사이고 다카모리(西鄕隆盛)의 부하 오야마 야스케(大山彌助)였다. 그는 사쓰마 기선으로 요코하마에 나타나서 소총을 사갔다. 물론 현금이었다.
"그래?"
쓰기노스케의 그 독특한 날카로운 시선이 잠시 동안 허공에 머물렀다. 사쓰마의 교토 쿠데타는 면밀한 준비 아래 실행된 것이었구나.
"사쓰마 공국의 전하는 장군이 될 작정일까요?"
"모르겠소. 한때 사쓰마는 오사카 이서(以西)의 통제사(統制使)가 되려 한다는 소문이 있었지만."
"조슈의 모리 공도?"
"음. 조슈 공이 장군이 되려 한다는 소문은 전부터 있었소. 사쓰마가 그 야망을 시기하고 두 번이 서로 의심을 하여 사이가 극도로 나빴소. 그러나 실제의 속셈은 무엇인지 좀더 사태를 두고봐야 알겠구려."
"가와이 씨의 생각으로선 어떻습니까?"
"의외로 두 번을 움직이고 있는 우두머리 급들은 욕심이 없을지도 몰라. 진정으로 천황 중심의 국가를 만들 생각만 하고 있는 것 같아. 그런데 당신은 어떻소?"
"나는 그들과는 친하지 않습니다. 역시 나의 고객(顧客)은 일본의 북부, 동부의 도쿠가와파 각 번입니다. 아이즈(會津)에서도 주문이 와 있지만 양이 적습니다. 그러니까 내가 벌고 있는 것은 현재로선 무기가 아니지요."

이야기도 밑천이 떨어졌다. 내일 다시 페블브랜드의 상관에서 만나자고 스넬에게 말한 뒤 쓰기노스케는 호텔을 나섰다.
"지금부터 어디로 가십니까?"
호텔 현관에서 스넬이 말했다. 쓰기노스케는 귀찮아 잠자코 있었다.

'어디를 가든 내멋대로지.'

그렇게 생각하며 어두운 길을 걸어갔다. 유곽 거리로 갈 셈이었다. 그의 유일한 도락(道樂)이라 해도 좋을 이 장난을 상경 이래 할 여가가 없었던 것이다.

미요자키 거리(港崎町)로 간다.

그곳은 요시와라(吉原)를 축소시킨 듯한 유곽 거리로 역시 큰 문이 있고 그곳을 들어서면 넓은 길이 있으며 오른쪽에 네 채의 찻집이 있다. 청루(靑樓)는 간키 루(岩龜樓) 진푸 루(神風樓)를 비롯하여 제대로 격식을 갖춘 큰 집이 열두 채, 이밖에 작은 집이 여든여섯 채나 있었다. 그밖에도 외국인 전문의 청루도 있어 그 번화함이 요시와라에 결코 뒤지지 않았다.

그러나 쓰기노스케가 거기에 가보니 뜻밖에도 들판이 되어 있었다. 군데군데 버들이 흔들리고 있고 여기저기 묘비도 서 있었다.

'어찌된 노릇이야?'

꼭 여우에 홀린 듯한 느낌이었다. 근처 묘비 그늘에서 움직이는 것이 있어 가까이 가보았더니 거지가 움막을 만들고 있었다.

"이봐, 이 근처가 어디야?"

쓰기노스케는 길을 잘못 들었나 싶어 걸인에게 물어 보았다.

"미요자키 거리입죠."

역시 틀림은 없다. 쓰기노스케가 말 없이 주위의 어둠을 둘러보며 서 있으려니까, 걸인이 말했다.

"나리도 놀러 오셨습니까?"

킬킬 웃고 있는 모양이다. 걸인의 손밑이 확 밝아졌다. 모닥불을 피우기 시작한 모양이다.

"나리, 불을 쬐셔도 좋습니다."

걸인이 말한다. 동냥을 청하는 뜻이리라. 쓰기노스케는 한 푼 던져 주었다.

"사흘에 한 번쯤은 나리 같은 분이 오신답니다."

"불이 났었나?"

"예, 꽤 오래 전입니다만요. 게이오 2년 시월 스무날, 아침 일찍 불이 났습죠."

말을 듣고 보니 그런 이야기를 들은 일이 있다. 쓰기노스케가 더 자세히 물으려고 하자 걸인은 손을 내밀었다. 이야기 값을 달라는 것이다. 쓰기노스케는 질이 좋은 엽전 두 닢을 손에 쥐어주었다.

"겨우 두 닢입니까? 저는 이래봬도 그것을 이야기하는 것을 직업으로 삼고 있는뎁쇼."

"거지가 아닌가?"

"이곳의 파수병입지요."

"말해 봐."

쓰기노스케는 엽전 다섯 닢을 걸인 손에 놓아 주었다.

불은 대단히 크게 나서 미요자키 유곽을 전소시켰을 뿐 아니라 죽은 자만도 400 몇 사람이었다고 한다. 그 중 창녀가 마흔 몇 사람이었다.

"진푸 루의 가메기쿠(龜菊)라는 여자는 무사했나?"

쓰기노스케는 그걸 알고 싶어서 거지에게 돈을 주었던 모양이다. 진푸 루는 일찍이 쓰기노스케가 후쿠치 겐이치로와 함께 놀았던 청루로서 그날의 여자가 가메기쿠였었다. 어떤 여자였는지 깨끗하게 잊었지만 이름만은 기억하고 있었다.

"틀림없이……."

걸인은 생각한 끝에 '타 죽었지요' 했으나, 그 이상 자세한 것은 모르는 눈치였다.

불이 처음 난 곳은 스에요시 거리(末吉町)의 돼지 푸주간이었다고 한다. 요코하마에선 돼지 고기를 파는 장사가 새로이 등장하고 있었다. 불을 낸 스에요시 거리의 돼지 푸주간은 주인이 긴고로(金五郞)이고, 가게 이름은 '부다데쓰(豚鐵)'라고 했다. 긴고로는 에도의 만담장에서 심부름을 하던 사나이였다. 겐지(元治) 원년(1864)인가 요코하마에 흘러들어와 남이 싫어하는 푸줏간 일에 손을 댔는데, 서양인이나 청국인의 수요가 많아서 금세 큰 재산을 모았다고 한다. 그것이 큰 불로 잿더미가 되고 긴고로는 붙잡혀 가서 옥사했다고 한다.

"요코하마의 영고성쇠(榮枯盛衰)는 눈이 핑핑 돌 정도입죠."

걸인은 문자까지 써가며 말했다. 이 사나이도 고즈케(上野)에서 나왔다고 했다. 요코하마에서 생사(生絲) 투기를 하여 한때는 큰 돈을 벌어 20일 동안이나 간끼 루(岩龜樓)에서 호화판으로 논 일도 있다고 한다.

"그 당시를 생각하면 마치 꿈만 같은 것이."

불 옆에서 무엇을 회상하고 있는지 눈을 가늘게 떴다.

쓰기노스케는 어처구니없는 느낌이 들어 걸인을 버려두고 불난 터를 나왔다. 거리에 나와 가마를 불러타고 잠시 흔들리고 나니 큰 문 앞에 이르렀다.

여기가 새로운 유곽이라고 한다.

늪을 메워 유곽 거리를 만들고 이름을 요시와라 거리(吉原町)라고 지었다 한다.

쓰기노스케는 찻집인 가즈사야(上總屋)에 들어가 가메기쿠가 죽었느냐고 물었더니, 의외로 살아 있었다. 죽었다고 말한 것은 걸인의 착각이었거나 아니면 엉터리로 주워섬긴 거짓말이었으리라.

어쨌든 찾아가서 가메기쿠를 만났다.

"나를 기억하고 있나?"

놀랍게도 가메기쿠는 곧 '에치고 나가오카의 가와이 쓰기노스케님' 하고 알아 맞혔다. '반했던 것은 아니지만 흔하지 않은 얼굴이라 잊을 수 없었지요' 하며 웃지도 않고 말했다. 애교가 없는 여자이다.

쓰기노스케는 이 여자가 무뚝뚝했었다는 것을 생각해 냈다.

──전에도 이랬었지.

전에 처음 만났을 때, 가메기쿠는 거의 말을 하지 않았다. 그때 쓰기노스케는 유곽의 여자들에게 있기 쉬운 교만이라고 생각했다. 비싸게 놀면 놀수록 구미가 당기는 손님이 많기 때문에 그런 손님을 위한 영업적인 교만이라고 생각했었는데 어쩌면 이 여자는 본바탕이 그런 모양이다.

"꽤 오래 된 옛날이군요."

가메기쿠는 유곽 특유의 말도 사용하지 않았다. 그런 겉치레고 뭐고 귀찮은 눈치였다.

"옛날까지는 아닐 테지. 2년, 아냐 3년 전일 거야."

"이런 곳의 여자로선 200년이지요. 이 주름살 좀 보세요."

얼굴을 내밀었다.

"벌써 60쯤 되었나?"

"설마."

가메기쿠는 부끄러운 듯이 웃었다. 스물대여섯쯤 되었으리라.

"하지만 마음은 60쯤 되었는지도 모르죠."

처음엔 자기의 위세를 지키기 위해 손님을 고르거나 아양을 떨거나 갖은 농간을 부리거나 했지만 천성이 그런 것을 싫어하는 탓인지 이제는 아무래도 좋다는 심정이 되었다고 한다. 그런 점에선 이미 늙은이였다.
　야박한 것은 인심이다. 손님도 줄었다. 창녀로서의 지위도 슬슬 낮아질 단계가 되었다고 가메기쿠는 말한다.
　"불이 난 뒤부터인가?"
　"잘도 아시네요. 그런 가와이님의 날카로움을 잊을 수 없지요."
　가메기쿠는 화제로 죽을 뻔했다고 말했다. 큰 들보가 떨어져 밑에 깔려 그 위를 불길이 지나갔는데 뜨거움을 느끼기 전에 정신을 잃고 말았다고 한다. 나중에 구출되고 안 일이지만 함께 깔렸던 하녀는 시꺼멓게 타서 죽어 있었는데 그녀만은 어쩐 까닭인지 머리를 조금 그을렸을 뿐 상처 하나 입지 않았다고 한다.
　"그런 일을 한번 당하면……."
　가메기쿠는, 인간이 달라지고 만다고 말하고 싶었으리라.
　"그리고 이젠,"
　살짝 웃었다.
　"할머니인걸요, 뭐."
　가메기쿠의 말로는 내달쯤엔 지위가 낮아진다고 한다. 그것이 싫다면 외국인 유곽으로 가라고 포주가 말했다는 것이다.
　외국인 상대라면 나이를 먹더라도 충분히 해나갈 수 있고 수입도 나쁘진 않다. 계산은 달러였다. 외국인이 치르는 하룻밤 값은 5달러였다. 한달 계약이면 50달러이다. 외국인 중에는 그런 계약 손님이 많았다.
　"외국인은 주머니가 두둑한가?"
　"그야 뭐."
　모두 벼락 영주님 같다고 한다.
　가메기쿠의 이야기는 쓰기노스케가 생각해야 할 많은 문제를 내포하고 있었다.
　"외국인이 모두 벼락 영주님이 된 것은 일본의 금이 싸기 때문이에요."
　일본의 금이 싸다는 이야기는 쓰기노스케도 알고 있었고, 막부 역시 무너질 때까지 그것 때문에 골치를 앓았다.
　일본은 국제 시세로 보아 은(銀)이 터무니없이 귀했다. 도요토미 정권 이래 오사카는 계속 은본위제(銀本位制)를 채택하여 오늘날에 이르고 있는데,

에도의 금본위제(金本位制)와 양립되어 금은의 차이는 그렇게 심하지 않았다. 그런데 구미 각국은 다르다. 금이 은보다 엄청나게 귀한 것이다.

그 구미의 패들이 일본에 왔다. 그들은 무역이고 무엇이고보다 금을 사들이면 큰 벌이가 된다는 것을 알았다. 구미 시장의 싼 은을 갖고와서 일본의 금화(金貨)를 사가면 벌써 그것만으로도 막대한 이익이 떨어졌다.

"스넬이란 놈 따위는……."

가메기쿠는 그녀답지 않게 욕설로 말했다. 쓰기노스케는 귀가 솔깃해졌다.

"스넬이 어쨌다는 거지?"

"그놈만 해도 그렇다니까요. 언제나 거류지의 노상에서 손가락을 세우거나 휘파람을 불면서."

금은의 시세는 노상에서 결정되는 모양이었다. 청국인이나 일본인도 섞여서 저마다 숫자를 주워섬기며 소란을 피우다가는 이윽고 흩어져버린다.

'스넬은 그것이었구나.'

쓰기노스케는 생각했다. 그 사나이의 날쌔게 움직이는 두 눈과 어딘가 종잡을 수 없는 교활함이 그를 시장의 패자(霸者)로 만들고 있는 모양이다.

'그런 자가 본다면 일본인 따위는 어린애나 다름없을 테지.'

아무튼 이 나라는 역사가 시작된 이래, 다른 나라와 변변히 장사도 하지 않고서 계속 자급자족(自給自足)을 해왔던 것이다. 일찍부터 국제간의 장사에 이골이 나 있는 구미인의 경제 감각은 해묵은 너구리 같은 데가 있는 모양이다.

'스넬이 나쁜 것이 아니다. 그들은 그런 인종인 것이다.'

쓰기노스케는 생각했다. 쓰기노스케는 지금 일본 앞을 가로막고 서 있는 유럽이라는 거대한 문명국을 본 일은 없다. 하지만 한문으로 번역된 책이나 후쿠자와의 책, 후쿠치의 이야기, 나가사키와 요코하마에서 보고들은 서양의 사물이나 실정을 통해 저 하나의 대륙에서 많은 민족이 살면서 서로 싸우고 손잡고 자극을 주고받으면서 군사·사상·과학을 발전시켜온 것이라고 생각하게 되었다. 유럽의 한 민족이 만일 일본처럼 극동의 고도(孤島)에서 고립되어 있었다면 그 운명은 일본과 마찬가지였으리라.

이를테면 서로 마찰을 하던 끝에 생긴 문명일 테니 그런만큼 인간도 순진하지가 않고 닳고 닳았을 것이라고 쓰기노스케는 생각했다.

가메기쿠는 자기 이야기에 도취하고 있었다.

"아무리 생각해도 싫어."

이야기 사이사이에 중얼거린다. 나이를 말하는 것이었다. 벌이가 신통치 않게 되면 외국인 청루에 전매(轉賣)되어 양갈보가 되고 만다는 뜻이었다.

"억지로라도 말인가?"

쓰기노스케가 물었더니 별로 포주가 강요하는 것은 아닌 모양이지만, 어쨌든 이 길에서 발을 뽑자면 그 편이 빠르다고 가메기쿠는 말했다. 빚이 남아 있으니까 외국인 유곽에서 몸을 팔아 이곳의 빚을 갚아 버리고 거기서 돈을 번다는 것이다. 그쪽의 연한(年限)은 짧기 때문에 빨리 세상에 나갈 수 있다고 했다.

"그렇게 돈벌이가 좋은가?"

"그것이……."

가메기쿠는 말꼬리를 흐리고 나서 실은 외국인 상대의 유곽 경기도 그전만 못한 모양이라고 말했다.

개항을 갓 했을 무렵에는 외국인 상대로 이런 장사를 하겠다는 지원자가 없어 막부가 애를 먹었던 모양이다. 창기 중에는 자살자까지 생겼다. 그런데 개항지로서의 요코하마의 분위기가 조금씩 세상에 알려짐에 따라 그런 일을 마다 않고 외국인 유곽에 들어오는 여자가 늘어 지금은 양창이라 해도 진기한 풍속이 아니었다.

"그뿐인 줄 아세요?"

가메기쿠는 말했다. 창기가 아닌 보통 처녀가 거류지의 외국인 집에 드나들기 시작하여 외국인들과 개인 계약을 맺어 자식을 낳는 사람까지 나타났으며, 그것이 유곽 거리의 직업 창녀들을 압도하기 시작했다고 한다.

"그러면 외국인 유곽도 시세가 없겠군."

쓰기노스케는 일본인의 뜻밖의 일면을 엿보는 느낌이 들어, 가메기쿠의 입매를 지켜보았다. 그렇지요, 한동안에 비한다면 굉장히 한산하지요, 가메기쿠는 말했다.

"지금 외국인 유곽에는 2, 300명의 아이들이 있지만 손님이래야……."

갓 입국한 빈털터리 장사꾼이나 선원 정도이지 거류지에 사무실을 가진 어엿한 상인은 오지 않는다고 한다.

"여염집 처녀들에게 진 것이지요."

요코하마 풍경 113

"그래?"

쓰기노스케는 신음소리를 냈다.

가메기쿠의 말로선 외국인 유곽의 창녀들이 단결하여 여염집 여자——양첩(洋妾)——에게 꽤나 훼방을 놓았다. 거리의 불량배에게 돈을 주어 양첩에게 욕설을 퍼붓기도 하고 뒤따라다니며 돌을 던지기도 했지만 막부가 그것을 알고 자주 불량배의 단속을 하였기 때문에 효과가 없었다.

마침내 최근에는 외국인 유곽의 여자들이 양이파 낭인에게 돈을 주면서 그들을 충동질하여 양첩들의 통행을 기다렸다가 습격하도록 하고 때로는 죽이게도 한다는 것이었다.

"양이를 부르짖는 지사(志士)도 값이 떨어졌군."

쓰기노스케는 한숨을 지었다. 요코하마에서 보고 듣는 일은 이처럼 뜻밖인 것이 많았다.

아직 매화는 봉오리를 맺지 않았나 보다.

음력 2월이라면 좀더 따뜻해도 좋으련만 쓰기노스케가 이튿날 에도에 돌아온 저녁은 몹시 추웠다.

거리를 오가는 사람들은 초겨울처럼 어깨를 움츠리고 바람에 쫓겨가듯 종종걸음을 쳤다.

거리도 무척 쓸쓸하다.

'에도도 마지막이로구나.'

쓰기노스케는 생각했다. 관군(官軍)이 (에도에선 사쓰마 조슈라고 부르지만) 교토에서 편성 중이라는 소문이 연신 들려왔다. 사실일 것이다.

에도는 망할 모양이다. 정작 힘을 내야 할 도쿠가와 요시노부는 그저 조정에 대해 공순히 굴 뿐이다. 무사의 90퍼센트는 싸울 뜻이 없었다.

쓰기노스케는 시바 조조 사(寺) 기숙사 담을 따라 걸었다. 그러다가 담에서 떨어져 북쪽으로 걸어갔는데, 그곳에는 직할 무사의 저택들이 늘어서 있었다. 누구라도 느끼는 일이지만 노상에 종이 조각이며 나무 부스러기 등이 흩어져 열흘 이상이나 비로 쓸지 않은 것이 역력했다.

'이것이 에도를 망하게 만든 거야.'

쓰기노스케는 에도의 직할 무사들이 이토록이나 얼빠진 존재가 되어 버린 것에 남의 일 같지 않게 화가 났다. 청소를 않고 있다는 것은 일할 사람이 없다는 증거였다.

지난달 정월 열하룻날, 요시노부가 교토에서 도망쳐 온 이래 직할 무사 저택에선 고용인의 정리를 시작했다. 부하 무사, 청지기, 그밖에 막일을 하는 하인을 해고했다. 막상 싸움이 벌어진다면 사람은 얼마든지 필요할 것이고 고용인이라도 총알을 나르거나 식량을 나르는데 큰 도움이 되리라. 또 유사시에 써먹기 위해서 사람들을 평소에 기르고 그러기 위해 녹이라는 것을 세습(世襲)으로 받아오고 있었던 것이 아닌가. 그런데 막상 도쿠가와 가문의 위기라고 할 이때에 마구 사람을 줄여 간다는 것은 어째서일까.

싸울 뜻이 없기 때문이다.

'이것이 에도를 멸망시켰다.'

이렇게 말할 수도 있다. 쓰기노스케는 비전론자(非戰論者)였지만, 그렇다고 해서 무사의 정신마저 썩어선 안 된다고 믿었고 비겁함에 대해선 증오 이상의 것을 느끼고 있었다.

쓰기노스케가 들은 바로는, 도망쳐 온 도쿠가와 요시노부에게 에도의 막료 일부가 결전을 권했으나 요시노부는 듣지 않았다고 한다. 그는 이런 의미의 말을 했다.

"지금의 직할 무사 8만 기(騎)를 이끌고 전쟁을 할 수 있다고 생각하나? 말을 몰고 나가다가 문득 뒤를 돌아보면 아무도 따라오고 있지 않을 거야."

게다가 교토의 사쓰마 조슈측은 죄도 없는 요시노부를 끝까지 궁지에 몰아세워 치겠다고 부르짖고 있다. 이 정도까지 방자한 태도로 나오고 있는 것은 그들의 안중에 직할 무사 8만 기가 없기 때문이었다. 그들만큼 도쿠가와 무사의 약점을 꿰뚫어보고 있는 패들도 없으리라.

쓰기노스케의 사상으로서는, 정치는 힘이었다. 싸우지 않더라도 도쿠가와 8만 기의 무위(武威)가 천하를 압도하고 있다면 사쓰마 조슈도 어린애를 위협하는 듯한 그런 무도한 태도로는 나오지 못할 것이었다.

번저에 돌아가니 미마 이치노신 등이 불빛을 밝혀 놓고 기다리고 있었다.

쓰기노스케는 밥상을 들이도록 하여 함께 밥을 먹으면서 요코하마의 일 등을 이야기했다.

"이상한 점을 깨달았어."

쓰기노스케는 말했다. 시나가와에서 시바까지 오는 동안 전당포란 전당포는 거의가 문을 닫고 휴업을 하고 있었던 것이다.
"어째서일까요?"
미마가 물었다. 쓰기노스케는 묵묵히 젓가락을 놀렸다.
식사를 끝내고 젓가락을 내려놓은 뒤 차를 마시고 나서 말했다.
"전쟁이야."
전당포들은 조만간 에도 공격전이 시작되어 에도가 전쟁의 불길에 싸일 것을 예상하고 전당을 잡지 않는 거야, 쓰기노스케는 말했다. 전당을 잡더라도 불에 타고 말 뿐이겠지. 그것보다 금은으로 갖고 있으면 틀림없다고 생각해서일 것이다.
"예?"
스즈키 소지로(鈴本總次郎)가 기성을 질렀다. 소오지로는 대대로 에도 근무를 하여 속속들이 에도편이다.
"그럴까요? 저는 그렇게 생각하지 않습니다."
에도 사람이 그런 치사한 짓을 할 턱이 없다고 한다. 당장 자기가 알고 있는 에도의 평민들만 해도 직할 무사 이상으로 들끓으며 연신 사쓰마 조슈를 공격하고 비록 평민이지만 여차할 때에는 죽창을 들고 장군님을 지킨다고들 한다고 했다.
"음, 그래."
쓰기노스케는 고개를 끄덕여 주었다.
"그런 정신은 참 귀한 것이다. 아마 그들의 말은 본심에서 우러나온 것일 테지. 그러나 세상일이란 그런 물거품 같은 기개(氣慨)만 갖고서는 되는 게 아니야."
"그럴까요, 백성의 마음은 중요한 것이라고 생각합니다만."
"바로 그렇지. 하지만 아무리 에도 사람들이 입에 거품을 물고 설치더라도 사쓰마 조슈는 놀라지 않을 거야. 에도 사람들이 소총을 1만 자루 준비하고 네 근 짜리 산포(山砲)를 50문 가량 갖추어 로쿠고(六鄕) 나루터 앞에 늘어섰을 때 비로소 사쓰마 조슈는 문제로 생각할 것이다. 세상일은 입심만 가지고선 되지 않아."
"그러나 전당포가……."
"그렇지, 전당포라도 에도 사람인 것은 틀림없을 테지만, 그보다 먼저 인간이야. 아내와 자식도 있을 것이고, 어쨌든 살아서 생활하고 있어. 그들이 문을 잠그고 금은을 내놓지 않는 것은 살기 위해서야. 세상은 그렇게 움직이고 있다는 것을 알아야만 해."

전당포 문제만 하더라도 쓰기노스케는 짐작해서 말하는 것이 아니었다. 가네스기 다리 근처에서 확인삼아 휴업 중인 전당포에 들어가 빈말이나마 수작을 걸었다.

"옻칠을 잘한 농이 있는데 맡아 주겠나?"

그리고 전당포측의 사정을 들었다. 전당포의 휴업도 그래서이지만 현재에도 시내에서는 금은의 유통이 심한 정체 상태에 빠져 있었다. 쓰기노스케의 관심은 거기에 있었다.

얼마 후 처남 나기노 가혜에가 외출에서 돌아와 말한다.

"오, 여럿이 모여 있군."

쓰기노스케는 자기 자리를 내어 처남에게 상석을 주려고 했다. 사적인 모임인 것이다. 공적인 모임이라면 중신인 쓰기노스케가 상석에 앉아야 하지만 좌석이 사적인 이상 처남이라는 서열을 존중해야 한다.

무사 사회는 예의가 까다롭다. 나기노는 커다란 등을 굽히고 쓰기노스케를 가로질러 아랫자리에 앉았다.

"아니야, 나는 아랫자리에 앉겠어. 왜냐하면 잡담이지만, 나는 공무(公務)를 이야기하고 싶어."

나기노는 오늘 하루 분주했다. 에도 성에 가서 집정관을 만났고 각 번의 대표와도 만났으며 니혼바시(日本橋)의 번저 출입 상인 집까지 갔었다.

"혼란이야, 말할 수 없는 혼란이야."

오늘 하루의 보고를 마치고 나자 좀 편한 자세로 고치면서 그렇게 말했다.

"백 개의 강이 한꺼번에 소리내며 떨어지는 듯한 그런 혼란이야. 그런데 기묘한 일은 장군님이 에도에 돌아오셨을 때와 같은 시끄러움이 조금도 없어."

에도 성에 들어가 가신들의 대기실 따위를 기웃거려 보아도 사람들이 그때처럼 왁자지껄 떠들고 있지를 않았다. 이상하게도 조용한 것이다. 백 개의 강물이 한꺼번에 쏟아지는 듯한 혼란이 있는데도 물소리가 전혀 들리지 않는다는 이야기였다.

"모두 지쳤을 테지요."

쓰기노스케는 얼굴을 외면하며 쓴웃음을 지었다. 철없이 떠드는 녀석은 며칠이면 지쳐 빠진다. 그 뒤는 넋이 빠져 달아난 것처럼 멍청해져 버린다. 사람의 생각이란 백 가지 일이 그런 법이라고 쓰기노스케는 말한다.

"하기야."

미마 이치노신은 말했다.

"그런 자들의 장단에 춤을 추었다간 엉뚱한 일이 되기 쉽겠군요."

쓰기노스케는 전부터 번사 일동에게 지시를 내리고 있었다.

──나가오카 번은 모름지기 입을 다물고 있을 것.

번사마다 무슨 지사(志士)나 된 것처럼 각지로 뛰어다니며 곳곳에서 갖가지 소리를 한다면 번이 혼란에 빠져 마침내는 '토붕'하고 만다는 것이다. 토붕이란 흙처럼 무너진다는 말인 것 같다.

──에치고는 에치고답게 겐신(謙信)의 군법(軍法 : 작전)으로 나간다. 각자는 모름지기 침묵의 군법(軍法 : 군기)을 지킬 것.

쓰기노스케는 말한 바 있었다.

쓰기노스케의 생각으로서는 번의 두뇌는 쓰기노스케 혼자면 된다. 나머지는 손발이 되면 되는 것이다. 손발이 곳곳에서 저마다 시국을 논한다면 만사가 흙처럼 무너지고 만다.

오후 9시쯤 사람들은 저마다 자기 방으로 물러갔는데, 뜻 밖의 손님이 번저를 찾아왔다.

──이 밤중에?

쓰기노스케는 이상하게 여겼다. 밤 9시라고 하면 에도 시내의 초소 문들이 닫히는 한 시간 전으로 사람이 나다닐 시간이 아니다.

"누구시냐?"

"막부 외국부의 후쿠치 겐이치로라는 분이랍니다만……."

전갈하는 자가 말했다. 쓰기노스케는 놀라 일어나 몸소 현관까지 마중나갔다.

"여어!"

후쿠치 겐이치로는 여전히 명랑한 얼굴로 그곳에 서 있었으나, 용건을 말하지 않는다.

"어쩐 일이십니까?"

"아뇨, 여기서……."

그러면서 초롱을 보였다. 조조 사의 암자 문장(紋章)과 절 이름이 거기에 씌어 있었다.

그 암자에서 얼마 전까지 모임이 있었다고 한다. 외국부의 몇 사람을 포함한 직할 무사의 모임인데 그 의논이란 것이, 하며 후쿠치는 말했다.

"참으로 무시무시한 것들이라……."

아무튼 모임이 끝나고 밖에 나오자 누군가 뒤따라왔는데 어디까지고 뒤따라오더라는 것이다.

"이쪽이 걸음을 재촉하면 저쪽도 걸음이 빨라져요. 너무나 끈질기므로 무턱대고 달리다가 문득 깨닫고 보니 이 나가오카 번저 문 앞이더군요. 그래서 당신이 생각났지요."

"문지기는 자지 않고 있었습니까?"

"예, 일어나 있더군요. 이쑤시개를 깎는 부업을 하느라고."

"다행이었구려. 우선 올라오십시오."

쓰기노스케는 하인을 불러 후쿠치를 위해 방 하나를 비우도록 지시했다. 쓰기노스케가 추측컨대 후쿠치는 자객(刺客)을 피하기 위해 이 나가오카 번저에서 하룻밤을 보내고 싶을 것이다.

"자고 가십시오."

그러자, 아니나다를까 후쿠치는 얼른 고개를 끄덕였다. 이따금 소년과 같은 표정을 짓는 사나이였다.

쓰기노스케는 우선 자기 방에 후쿠치를 맞아들이고 술 준비를 했다.

"찬 술이라도 좋겠지요?"

쓰기노스케는 말하며, 손수 마른 오징어를 쟁반에 담아 가지고 와서 후쿠치 앞에 놓았다.

"그런데 자객은?"

"글쎄, 아무래도 짐작이 가지 않아요."

후쿠치는 말했다.

전에 양이(洋夷)에 물들었다 하여 곧잘 양이주의자에게 주목을 받았다. 그러나 오늘 따라붙은 놈은 어떤 의도인지 모르겠다. 생각하기에 따라서 자객이란 시대가 낳은 일종의 미치광이이므로 그 의도를 정상적인 머리로 이것저것 생각해 보았자 소용이 없다고, 후쿠치는 말했다.

"그러나 기분 나빠요."

후쿠치의 얼굴은 잠시 전까지는 핏기가 없었는데 조금씩 붉은 기가 돌아온다.

"나는 검술 따위는 별로 배우지도 않았지만 몸의 위험쯤은 알겠더군요. 등뒤의 발소리를 깨달았을 때 귀보다도 먼저 살갗이 오싹 했어요. 그것이 칼잡이들이 말하는 살기(殺氣)인 모양이죠?"

쓰기노스케는 술병을 기울여 후쿠치의 잔에 따르려고 했다.

"아니, 이제 됐어요."

후쿠치는 말했다. 그는 스무 살 안팎 무렵 꽤 마셨고 시(詩)도 대부분 술과 창가(娼家)에 대한 것을 지었지만, 요즈음 들어 무슨 까닭인지 별안간 술이 약해졌다.

"잘 모르지만, 오사카에서 도바 후시미의 패전 소식을 들었을 때, 그때부터 그렇군요."

"음?"

쓰기노스케는 고개를 좀 갸우뚱했다. 후쿠치 겐이치로라면 경박한 재사의 표본인 줄 알고 있었는데, 역시 시대의 충격이 그만큼 컸던 것일까.

"유곽 쪽은 어떻습니까?"

"뭐, 술뿐이지요. 유곽 쪽은 그만두겠다고도 생각지 않지만, 어쨌든 고칠 수가 없군요."

"여전히 외국어를?"

쓰기노스케는 물었다. 후쿠치는 시다야 니초 거리(二長町) 집에서 영어와 불어의 글방을 내고 있었다. 학생이 가져오는 수업료는 모두 요시와라 유곽에서 써버리고 만다. 그것을 쓰기노스케는 말한 것이다.

하나, 후쿠치는 다른 대답을 했다.

"싫증이 났지요."

"허어, 요시와라가 말입니까?"

"천만에."

후쿠치는 손을 저었다.

"남을 가르치는 것 말이죠. 도저히 후쿠자와 군과 같은 부지런한 데가 없어서."

"글방을 닫아 버렸습니까?"

"아아뇨, 옮겼지요."

후쿠치는 뜻밖의 말을 했다. 시다야 니초 거리 집을 요 며칠 전 내주고 다른 곳에 셋집을 얻었다. 이사 때문에 글방은 자연히 폐쇄되었다. 새로운 집은 같은 시다야이지만 연못가인 가야 거리(茅町)에 있다고 한다.

"왜 이사를 하셨습니까? 시다야 니초 거리의 집은 막부에서 내려준 것이 아닙니까?"

"그렇지요, 나는 직할 무사니까요."

후쿠치는 오징어를 씹었다. 입술이 침에 젖어 있었다.

"참, 당신은 직할 무사인데."

직할 무사라면 하사받은 관사를 멋대로 나와서 낭인처럼 셋집을 쓸 수는 없을 것이었다.

"뭐, 막부의 법도 있으나마나죠. 이 후쿠치 겐이치로 정도의 말단 무사가 무슨 짓을 하든 이미 자유입니다."

"……."

쓰기노스케는 말없이 귀를 기울이고 있었다. 후쿠치를 통해 직할 무사들의 마음을 알 수가 있으리라.

후쿠치의 말에 의하면 머잖아 관군이 나타나 에도를 공격한다. 물론 점령한다. 직할 무사 저택들은 당연히 몰수되고 말 것이다. 그때 가서 셋집을 찾는다면 있을 턱이 없다. 지금이라면 마음대로 고를 수 있다는 것이다.

"대단한 결단이로군."

쓰기노스케는 고개를 절레절레 흔들었다. 후쿠치는 도쿠가와 가문의 앞날보다 자기의 앞길을 생각하는 데 바쁜 모양이다.

"들으셨습니까?"

후쿠치는 말한다. 쇼기 대(彰義隊)라는 것이 머잖아 생긴다는 것이다.

"쇼기 대?"

쓰기노스케는 눈을 번뜩였다.

"그렇습니다. 의(義)를 나타낸다, 막부 가신 및 그 자제 가운데 뜻 있는 사람이 모여 결사(結社)를 만들겠다는 것입니다."

"무슨 결사입니까?"

"표면상으론 시중의 질서 유지라고 되어 있지만 속셈은 그것이 아니죠. 사쓰마 조슈가 에도를 점령하러 왔을 때 한바탕 싸워 도쿠가와 무사의 칼맛을 보여 주겠다는 것이죠."

"즉 군사결사(軍事結社)군요."

"이를테면 그것과 가깝죠."

'소용없는 짓들을 하는군.'

쓰기노스케는 말하려고 했으나 상대가 막부 가신이기도 하여 솔직한 비판은 삼갔다. 도쿠가와 무사니 뭐니 해봤자 창이나 칼로 사쓰마 조슈군을 막아낼 수 있는 것은 아니었다.

서장(書狀)이 돌았던 모양이다. 그리하여 이달 열이튿날 처음으로 모임이 있었다. 17명이었다. 모인 자는 막부 가신 중에서도 주로 도쿠가와 요시노부의 직접 부하에 해당하는 히도쓰바시(一橋) 가문 사람들이었다. 시부자와 세이이치로(澁澤成一郞) 등이 그 중심이었다.

"시부자와라니?"

"그도 우리와 마찬가지로 벼락치기 막부 신하이죠. 근본은 무사시(武藏) 오사토 군(大里郡)의 농가 출신인데 한때 양이 운동(攘夷運動)을 열렬히 했죠. 그러다가 히도쓰바시 가문에 고용되어 막부 가신이 되었습니다. 사촌 동생도 비슷한 경위로 막부 가신이 되었는데, 꽤나 똑똑한 친구로 지금 파리에 있습니다."

사촌 동생이란 시부자와 에이이치(澁澤榮一)를 말한다. 현재 파리에서 열리고 있는 만국 박람회 일본 대표단의 수행원으로서 프랑스에 건너가 있다.

"두 번째의 모임은."

후쿠치는 말했다. 그그저께 요쓰야(四谷)에 있는 엔노 사(圓應寺)에서 열렸다. 꽤 모일 줄 알았는데 67명이었다고 한다.

"아직 잘 알려지지 않았으니까요."

후쿠치는 말했다. 그 67명이 창립 위원이 되어 뛰어다니며 동지를 모집하고 있다고 한다. 머잖아 500명 1,000명으로 불어나고 몇 차례 소동도 있을 거라고 후쿠치는 말했다.

"당신도 참가하셨습니까?"

쓰기노스케는 물었다.

후쿠치는 한때 기세좋게 결전론을 부르짖고 다녔기 때문에 사람들이 찾아와서 꼭 참가하라고 권했다.

권유를 받고 후쿠치는 아마 떨었던 모양이다. 핑계를 댔다.

"나는 외국말이나 지껄일 줄 알지 칼커녕 몽둥이도 휘두르지 못하오. 여러분들의 방해가 될 뿐이오."

그렇게 말하며 사절했다.

쇼기 대는 어디까지나 유지(有志) 단체이다. 쇼기 대에는 또 한 가지의 명칭이 있다.

'존왕 공순 유지회(尊王恭順有志會)'가 그것이었다.

두 가지 명칭을 쓰기노스케가 들었을 때 여기에도 지금의 어렵고도 착잡한 정치 정세가 반영되어 있다고 생각했다.

"대(隊)라고 한단 말이지요?"

쓰기노스케는 그 점에 흥미를 가졌다. 대라고 하는 것은 전사(戰士)의 조직을 말한다. 대라고 이름을 붙이는 한 군사 단체였다. 그러나 쓰기노스케의 관심은 그 일이 아니었다. 전사의 조직을 막부에서는 '조(組)'라고 불렀던 것이다. 막부의 직할 무사 조직의 하나인 '다이방 조(大番組)' 등이 그 예이다. 막부는 분큐 3년 교토에서 유격단(遊擊團)을 만들어 신센조(新選組)라고 불렀다. 이것도 '조'였지 '대'라고는 않았다.

'대'라는 말을 일본어에 처음으로 쓴 것은 막부 말기의 조슈(長州) 사람들이었다. 그들은 전사의 조직을 나타내는 데에 오래된 일본말인 '조'를 쓰지 않고 사용 않는 한문 중에서 '대'를 찾아냈다. '기병대(奇兵隊)', '역사대(力士隊)', '보국대(報國隊)' 등등, 대를 숱하게 만들었다.

"조슈에는 대라는 것이 있다면서?"

당시의 평판이었다. 쓰기노스케 등도 제2차 조슈 정벌 무렵 이 조슈 명물인 '대'라는 말을 처음 듣고

"글자는 어떻게 쓰지?"

주위에 이렇게 물었을 정도였다.

조슈에서도 전통적인 번 체제에선 '조'라는 단어를 죽 사용해 오고 있다. 그런데 네 나라 함대와 싸우고 막부의 조슈 토벌군과 싸우는 동안 종래의 무사 조직만으로는 도저히 승산이 없었다.

그리하여 특수한 전투대가 생겼다.

"상인, 농군, 승려, 신관(神官), 씨름꾼 등에서 의용군을 모집한다."

가마쿠라(鎌倉) 이래의 무사 계급이 무너진 것은 이때였으리라.

정책의 추진자는 다카스기 신사쿠(高杉晋作)였다. 다카스기는 상급 무사

요코하마 풍경 123

출신으로 번의 귀족이었고 그런 의식도 강했던 인물이므로, 백성은 모두 평등하다는 사상에서 이 정책이 나온 것은 아니다. 다카스기는 번을 적으로부터 지키자면 영민(領民)을 무장시켜 번사의 보조병으로 쓸 수밖에 없다는 절박한 필요성에 의해 이 정책을 구상했다. 그리하여 '기병대(奇兵隊)'를 만든 것이었다. 번사를 정병(正兵)으로 하고 이것을 '기병대'로 했는데, 기병대와 각 대가 실전에서는 번사를 훨씬 앞지르는 용감성을 보였다. '조슈에는 대라는 것이 있다'는 소문은 그 용감성에서 나왔다. 자연히 '대'라고 하면 용감하다는 어감을 세상 사람이 갖게 되었다.

그러나 막부는 조슈의 흉내를 내지 않고 어디까지나 조를 썼다. 그런데 '쇼기 대(彰義隊)'에서 처음으로 '대'를 썼던 것이다.

"생각이 없는 짓들이로군."

쓰기노스케는 중얼거렸다. 도쿠가와의 가신 스스로가 조슈의 방식을 흉내 내려 하는 것이다.

게다가 '존왕 공순 유지회'이다. 동일 단체가 두 가지 이름을 갖고 있다. 쇼기 대는 무력 단체이고 존왕 공순 유지회는 사상 단체라는 것일 테지.

'존왕(尊王).'

새삼스럽게 이 말을 쓰고 있다. 어디까지나 쇼기 대는 존왕 단체라는 것을 교토에서 쳐들어오는 관군에게 밝히겠다는 뜻에서였다.

"결성의 취지는?"

쓰기노스케가 물었더니, 후쿠치는 줄줄 늘어놓았다. 여전히 놀랄 만한 기억력이었다.

이 단체에는 동맹 애소 연판장(同盟哀訴連判狀)이라는 취지문이 있다.

"장군님은 본래부터 교토 천황을 존중하고 존왕의 뜻이 두터웠다. 그런데 천황의 측근에 간신이 나타나……."

그렇게 시작하고 있다. 측근의 간신이란 어린 천황을 떠받들고 있는 사쓰마나 사쓰마파 공경을 가르키는 것이리라. 취지문은 다시 이어진다.

"그 측근의 간신을 장군님은 일소하려고 했다. (도바 후시미의 싸움을 말하리라) 그런데 뜻밖에도 천조(天朝)의 노여움을 샀으므로, 그후 에도에 돌아와 오직 공순(恭順), 삼가 근신의 생활을 하시며 한 마디의 변명도 하지 않고 그저 천조의 처분이 내리시기를 기다리고 있다. 그래서 우리들 가신된 자로서는……."

그 다음은 동지들이 천지신명(天地神明)에게 맹세하는 행동 목적이다. 천황에게 호소하여 장군님의 억울한 죄를 풀어 드리겠다는 것이었고, 그 맹세로서 동지 일동은 죽음을 무릅쓰겠다는 내용이 담겨 있다.

"시대도 변했군."

쓰기노스케는 말했다.

존왕이라는 것이, 말이다. 존왕 개념은 지금 사쓰마 조슈가 독점하고 있지만 주자학(朱子學)이나 양명학(陽明學)이 죽 받들어 온 사상인 것이다. 거기선 '존왕천패(尊王賤霸)'라고 한다. 왕을 귀하게 여기고 패를 천하게 본다. 패는 패자(霸者)를 말하며 무력으로써 천하를 빼앗은 자인데, 이 개념을 일본에 적용시킨다면 막부가 된다. 왕은 교토의 천황이란 뜻이리라.

주자학은 막부의 관학(官學)이었다. 에도의 교양인에게 존왕은 극히 흔해 빠진 개념에 지나지 않는다.

하기야 막부는 주자학을 상려하면서도 존왕사상을 들믹이는 것을 좋아하지 않고 막부가 강력했을 때에는 물론 그것을 탄압했다. 막부의 어용학자(御用學者)들은 '이것은 어디까지나 중국의 정치 정세에서 생겨난 사상이지 일본에는 맞지 않는다'고 했으며, 극단적인 일부 학자는 '왕이란 장군을 말한다'는 해석을 내렸다.

그러나 지금은 왕이란 교토의 천황을 가리키게 되었고, 존왕은 유행어가 되었으며 마침내는 사쓰마 조슈가 나타나 존왕 사상을 일보 전진시키고 정치화하여 왕에게 일본의 정권을 주고 말았다.

그것 때문에 막부는 부정되었다. 부정된 막부 가신이 단체를 만드는 데 그 유행어를 쓰지 않을 수 없는 게 시대의 변천이라고 쓰기노스케는 말하는 것이다. 쓰기노스케에게 쇼기 대 결성 사태는 남의 일에 지나지 않았다.

'막부 가신은 막부 가신'이니 막부 가신의 소동에까지 관여하고 있을 수는 없다. 그러나 소동의 본질을 안다는 것은, 일본이 앞으로 어떻게 될 것인가 하는 예상을 세우는 데 한 가지 재료가 된다.

"결성하자마자,"

후쿠치는 말했다.

"의견이 갈라지고 있지요."

그런 모양이었다. 쇼기 대 결성 발의자였던 시부자와 세이이치로의 의견은 '닛코(日光) 도쇼 궁(東照宮 : 이에야스의 신사)에서 농성하자'였다. 시부자와의 주장에 의하면 에도는 주위가 널찍하게 펼쳐져 있는 데다 시민의 수효가 많아서 이런 지형에 의지하고선 도저히 결전을 바랄 수 없다. 닛코는 앞에 간도 평야(關東平野)를 두고 뒤엔 산악을 등지고 있다. 안성맞춤인 농성 장소라는 것이었다.

그러나 에도를 버리고 산에서 싸운다는 것은 대다수의 감정을 대표할 수가 없다.

——에도를 지켜야만 비로소 쇼기 대가 아닌가.

대부분이 그렇게 생각한다. 막부 신하의 자제들로선 도쿠가와에 대한 충성심, 무사로서의 고집 같은 것 외에도 에도라는 부조(父祖) 300년의 땅을 지킨다는 애향심(愛鄕心)이 농후하게 뒤섞여 있다. 에도 토박이가 뭣이 좋아서 닛코 같은 시골 구석까지 내려가 농성한단 말인가.

"시부자와는 벼락치기 막부 가신으로 근본을 따진다면 무사시(武藏)의 농군 아들이다. 그 녀석이 시골로 가겠다는 뜻은 알지만 우리들로선 그럴 수가 없다."

이런 의견이 압도적이었다.

여기에 아마노 하치로(天野八郞)가 나타났다. 보기에 영웅 타입의 사나이였다.

키는 조그맣지만 어깨가 딱 바라진, 자못 건장한 사나이로 이론이 날카롭고 심상치 않은 기백이 눈썹 사이에 번뜩이는 것이 누가 보더라도 수령(首領)이 될 인물이었다.

——아마노 씨를 부대장으로 추대하자.

이런 소리가 두 번째 모임에서 나왔고 모두 거기에 찬성했다.

그런데 아마노는 직할 무사가 아니었다. 신분은 농사꾼이었다. 고즈케(上野) 간라 군(甘樂郡) 이와도 마을(磐戶村)에서 성씨와 칼차는 것을 허락받은 대농의 아들로, 소년시절부터 농사일을 싫어하고 독서와 검술 연습에 전념했으며, 그 뒤 양이파에 휩쓸려 각지를 떠돌아다녔으나 별로 이름은 알려지지 않았다.

아마노 하치로의 이름이 세상에 알려지게 되는 것은 쇼기 대 결성 모임에 참석하고부터이다.

아마노는 에도 사수론(江戶死守論) 주장자였다. 그것이 동료의 공감을 사서 지금은 대장 시부자와의 세력을 압도하고 있다.

"결국은 아마노가 쇼기 대를 휘어잡게 되겠지요."

후쿠치는 말했다. 시부자와이건 아마노이건 어느 쪽이고 도쿠가와 가문의 누대의 가신이 아니란 점이 공통점이다.

"이런 움직임을 어떻게 생각하시오?"

후쿠치는 물었다.

"별로."

쓰기노스케는 말했다. 막부 신하가 무슨 짓을 하든 이쪽이 알 바 아니라는 것이었다.

"아니, 남이라는 입장에서 말입니다."

후쿠치는 말했다.

"글쎄요. 그것보다 당신 자신 막부의 가신으로서 어떻게 생각하십니까?"

쓰기노스케가 물었더니 후쿠치는 자기로선 크게 찬성이며 그 의의는 크다고 한다.

"어째서냐, 이대로 잘못했소 잘못했소 하고 관군을 받아들이고 나면 에도에 과연 무사가 있었느냐 하는 것이 되지 않겠소. 비록 미미한 힘일지라도 관군의 횡포에 대해서 본떼를 보여줄 필요가 있지요."

"그렇다면 당신도 당당히 가담해야 하지 않습니까."

"그럴 수는 없습니다. 난 무엇이 질색이냐 하면……."

후쿠치는 칼싸움 흉내를 내면서 말했다.

"이것이 딱 질색이죠. 자칭하기를 풍류 재자(風流才子)라고까지 할 정도니까요. 뭐 쇼기 대에서 영어 통역인 후쿠치를 끌어내야 할 만큼 사람이 모자라는 것도 아닐 테고 세상에는 싸움을 좋아하는 녀석들이 얼마든지 있으니까요."

"그야 있을 테죠."

쓰기노스케는 겁보임을 자인하는 후쿠치의 꼬락서니가 우스웠다.

"아까 나는 쇼기 대가 미미한 힘이라고 말했지만 이것 역시 앞으로 어떻게 될지 모르죠. 의외로, 직할 무사들도 막상 닥치고 보면 필사적이 되어 1만이고 2만이고 우르르 응모해 올지도 모르죠. 그렇게 되면 사쓰마 조슈도 쉽게 에도엔 손을 대지 못할 거요."

"해군은 어떻게 돼 있습니까?"

쓰기노스케는 물었다. 쇼기 대 따위보다도 이 방면의 움직임이 더 중대했다. 아무튼 막부 해군의 실력은 동양 제일이라고 일컬어지고, 장교들의 군사

기술은 바야흐로 무르익기 시작한 데다가 함선의 보유량으로 보더라도 사쓰마 조슈는 비교가 되지 않는다.

"심상치 않지요."

후쿠치는 말했다. 심상치 않다는 것은 요시노부의 복종주의와는 달리 해군이 독자적 군사 행동을 취할지도 모른다는 것이었다. 누가 생각하더라도 그랬으리라.

도쿠가와 함대가 그 일부를 가지고 사쓰마의 가고시마를 공격하여 사쓰마의 중앙 작전을 견제하고, 일부를 가지고 오사카 만에 침입하여 교토를 위협한다. 다시 일부를 동원, 스루가 만으로 들어가, 에도를 향해 도카이도를 행군해 오는 관군을 함포 사격하여 퇴로를 끊어 놓고 만다. 이런 작전은 누구의 머리에도 떠오르는 일이었다.

그러나 쓰기노스케는 말했다.

"모르면 모르되 아마 안될걸."

쓰기노스케의 말을 빌린다면 막부는 사쓰마 조슈에게 정치에서 졌다. 정치적으로 궁지에 몰려 있는 쪽이 군사적으로 이긴다는 일은 옛날부터 없다는 것이다.

에도에서 쓰기노스케의 일과는 분주하기 이를 데 없었다.

요코하마에서 사들인 총포(銃砲)를 잇달아 본국에 보냈다. 본국에는 매일 두 번 파발꾼을 보내어 온갖 지시를 내려보냈는데, 이런 조목도 들어 있다.

"번사 중 희망자에게는 신식 미니에총을 원가로 불하(拂下)한다."

보통 어느 번이라도 서양식 총은 보물처럼 위하여 창고에 간직하고 필요할 때 꺼내어 훈련시킨다. 쓰기노스케의 나가오카 번에서도 처음엔 그랬었다. 그러나 쓰기노스케는 생각했다.

'그래서는 취급에 익숙해지기 어렵다.'

한 집에 한두 자루 있으면 번사는 평소에 그것을 만지고 실탄 장전이나 조준(照準) 흉내를 내며 자연히 익숙해져서 사격 동작도 빨라지리라 생각했다.

또 한 가지 큰 수확도 기대할 수 있다. 번사의 의식을 바꿀 수 있을 거라는 점이었다.

"상급 무사된 자가 총 따위를 가질 수야 있겠는가."

상급 무사의 대부분은 그렇게 거드럭거렸다. 일본의 무사 의식으로서는 총을 갖는 것은 잡병이고, 상급 무사는 말에 올라 창을 옆구리에 끼고 출전한다. 창은 신분의 상징이고 가문의 자랑이 아닌가. 그것을 버리고 총을 가진다는 것은 잡병으로 격하(格下)되는 셈이다.

'물건으로 직접 깨우쳐 줘야겠다.'

쓰기노스케는 생각했다. 평소 총에 익숙하도록 한다면 의식도 자연히 바뀔 게 아닌가.

그러나 반응이 걱정이었다. 불하를 희망하는 자가 생기지 않는다면 이 통달(通達)도 한 장의 종이쪽지에 지나지 않는다.

그런데 뜻밖이었다. 한 자루가 서른 냥이나 되는 값비싼 것인데도 상급 무사의 거의 모두가 불하를 희망했다고 한다.

이 소식이 본국에서 왔을 때, 입이 무거운 이 사나이가 사뭇 웃기는 얼굴을 해보이며 짧은 탄성을 올렸다.

"허어!"

하긴 인정일지도 모른다고 생각했다.

신식 총이 신기한 것이다.

게다가 딴 집들은 모두 사는데 자기 집만 사지 않으면 체면이 서지 않는다는, 좁은 사회의 그러한 의식이 너도나도 앞을 다투어 불하를 희망하게 했는지도 모른다.

이 소식을 들은 날 쓰기노스케는 종일 기분이 좋았다.

"일본에 번이 200 몇 십개. 어느 번 어느 번사의 집에도 칼과 창은 있으리라. 그러나 나가오카 번처럼 어느 집에도 미니에총이 있다는 번은 하나도 없을 테지."

쓰기노스케는 다시 본국에서 서양식 훈련을 강화하도록 시끄럽게 독촉했다. 본국뿐 아니라 현재 에도에 머물러 있는 번사들에 대해서도 매일 훈련을 시켰다.

"훈련광(訓練狂)."

이런 별명으로까지 불릴 정도였다.

쓰기노스케가 전에 나가오카에 있을 때였다.

"서양식 훈련이란 기묘한 것이야."

요코하마 풍경 129

고야마 료운(小山良運)에게 이렇게 말한 일이 있다.

"그것만큼 서양인의 생각이 노골적으로 드러나 있는 것이 없어."

일본인의 병학(兵學)은 전국시대(戰國時代)의 전쟁을 토대로 한 것으로서 훈련이라는 사고방식이 희박하다. 전국시대 후기에 이르러 잡병 부대의 밀집전법(密集戰法)이 나타나 창조(槍組) 잡병은 창날도 가지런히 밀집하여 달리고, 궁조(弓組) 잡병은 일제히 활시위를 당겨 일시에 화살을 퍼붓고, 소총조(小銃組) 잡병은 일시에 방아쇠를 당겨 백뢰(百雷)가 울리는 듯한 소리를 내지만 그렇다고 해서 훈련을 특별히 하는 것은 아니었다.

지체 있는 무사는 말을 타고 싸움터를 달리며 창을 휘둘러 적진에 돌입해 갔는데 이것은 어디까지나 개인적 행동이었고, 여기에는 밀집 전법의 요소가 없다. 기마 무사는 자신의 무용을 개인적으로 연마하긴 하지만 집단 훈련을 받지 않았고 그 필요성도 없다.

쓰기노스케의 말에 의하면 그것이 일본인의 재미있는 점이리라. 이런 일본식 전법에 의한 싸움은 어디까지나 개개인의 용맹과 비겁에 따라 좌우된다. 개개인이 용감하면 이기고 개개인이 겁쟁이면 진다.

그런데 서양식에서는 처음부터 병사란 겁쟁이인 것으로 취급을 하는 모양이다. 왜냐하면 훈련을 하기 때문이다.

훈련이란 집단 속에서 움직이는 기술을 가르치는 방법이다. 그것도 머리로 깨닫게 하는 게 아니라 몸으로 깨닫게 한다. 되풀이 같은 동작을 훈련시킴으로써 아무리 처절한 전황 아래에서라도 몸뚱이가 반사적으로 앞으로 나가게끔 길들여 놓고 만다. 어떤 구령을 들으면 재빨리 산개(散開)하고, 어떤 구령을 들으면 재빨리 엎드리고, 어떤 구령을 들으면 적을 향해 돌격한다. 공포가 발을 붙들어 매는 여유를 주지 않게 만드는 것이다. 모든 전투원을 반사운동(反射運動)의 동물로 만들고 만다.

"가공할 만한 사고방식이야."

쓰기노스케는 료운에게 말했다. 인간은 자연 그대로인 상태에선 악이고 못난이고 겁쟁이어서 공포 앞에서는 어쩔 수 없는 동물이라고 처음부터 규정해 버리고는, 그런 바탕 위에 쌓아올라 간 것이 서양식 군대라고 쓰기노스케는 말한다.

"정말 이상해."

쓰기노스케는 말했다. 일본의 무사는 겐페이(源平) 시대의 화려한 무인의 모습이 원형(原型)으로 되어 있다. 인간의 깨끗한 기상과 아름다움을 믿는 데서 성립된 것이 일본의 병법(兵法)이었다.
"정반대야."
쓰기노스케는 말했다. 서양식 병법이 보급되면 무사는 변질(變質)되고 말리라. 어쩌면 무사나 무사도(武士道)도 이 훈련에 의해 소멸되고 말 것이라고 쓰기노스케는 말한다.
그러나 그것도 부득이하다는 게 쓰기노스케의 생각이었다. 서양식인 편이 훨씬 강한 군대가 되는만큼 과거의 우아함에 대한 감상은 버리지 않을 수 없는 것이다.

서양식 훈련만큼 봉건 무사의 의식에 저항감을 주었던 것은 없으리라.
"가와이님은 나가오카 번사를 병신으로 만들고 있다."
번내에선 악평이 높았다. 특히 가문이 좋은 무사에게는 훈련이 견디기 어려웠다. 훈련장에선 중신도 상급 무사도, 하급 무사와 함께 한낱 병사가 되어 '뒤로 돌아가'를 하든가, 보조를 맞추어 걷든가 해야 했다.
── 세상이 세상이니까.
그들은 한탄했다. 일본의 체제라면 중신직 집안의 자제는 태어나면서부터 무사 대장이었고 전쟁 때에는 번의 군사를 이끌고 나간다. 상급 무사는 군감(軍監)이 되든가 소총대장이 되어 싸움터에 나간다. 그런데 서양식 훈련은 그 같은 신분 차이를 하나의 운동 형식 속에 집어넣고 마는 것이 아닌가.
게다가 대장으로 뽑힌 자도 남 앞에서 큰 소리로 구령을 지른다는 것이 쑥스러워 좀처럼 익숙해지지 않는다. 그 위에 구령은 프랑스어였다. 아직 이 구령들은 일본어로 번역돼 있지 않았다.
── 그 따위 꼬부랑 말을 어떻게 외워?
그것만으로도 불평의 씨앗이 되었다. 언젠가 쓰기노스케는 번의 상급 무사에게 소대장을 시켰다. 그는 전날 밤 구령을 열심히 외었지만 결국 욀 수가 없어 부채에다 써넣기로 했다.
다음날 훈련장에 나가 한 단 높은 곳에 올라서서 큰소리로 외쳤다.
── 앞으로 갓.
다행히 대열의 병사들은 그 구령을 알아듣고 행진을 하기 시작했으나 뒤따라 다른 구령이 내리지를 않는다.

단상에선 소대장인 자가 쩔쩔 맸다. 부채에 가득 써놓은 구령의 어느 것을 외쳐야 다음 동작으로 옮길 수 있는 것인지 모른다. 마침내 작은 목소리로 무엇인가를 주문(呪文)처럼 길다랗게 중얼거렸다.

병사들은 앞으로 행진했으나 다음 구령이 없기 때문에 불평을 터뜨리며 뒤를 재촉했더니 소대장인 자는 잔뜩 주눅이 들어서 말했다.

"아까 모두 해버렸소."

부채에 적어놓은 구령 전부를 혼자서 읽어 버리고 말았던 것이다.

에도에서도 이런 시기, 이른 아침부터 대훈련을 한다는 날이 있었다.

번사들은 모두 고후쿠바시(吳服橋)의 번저에 이른 아침부터 집합했다. 번의 훈련장은 시부야(澁谷)에 있다. 거기까지 행군해 간다.

머릿수만큼 도시락이 준비돼 있었다. 하인이 그것을 일동에게 나누어 주자 모두들 떠들기 시작했다.

"이게 뭐야!"

무사가 목수나 뭣처럼 도시락을 허리에 차고 거리를 걸을 수 있겠는가 하는 것이었다.

——도시락을 운반할 하인을 데리고 가자.

의견의 일치를 보아 신분이 높은 자는 하인을 부르러 보내는 등, 법석을 떠는 바람에 교련 담당관 손으로는 수습할 수 없었다.

쓰기노스케는 번저 안에 있었다. 그러다가 뜰 쪽의 도시락 소동을 알고 언짢은 얼굴로 담뱃대를 두드렸다.

"언제까지나."

쓰기노스케는 고함을 쳤다. 곁에 있던 자들은 목을 움츠리고 다음 말을 기다렸다.

그러나 쓰기노스케는 다음 말을 어금니로 깨물며 참았다.

'언제까지나 무사인 줄 알고 있군.'

그렇게 말하고 싶었지만, 오해를 받을 뿐이리라.

무사에 관한 쓰기노스케의 사상과 심정은 착잡한 것이었다. 그는 자신조차 인간의 정수(精粹)는 무사라고 믿고 있다. 그 자신 안간힘을 써가며 무사다우려고 했고, 생사의 큰 일부터 일상의 작은 동작에 이르기까지 무사인 자기를 관철시키려 해 왔다.

그러나 한편 그의 이성(理性)은 이렇게 관측하고 있다.

'무사의 세상은 멸망한다.'

천하 모두가 평민인 세상이 올 거라 보고 있었으며, 번의 체제도 봉건 경제에서 거번적(擧藩的)인 상공업주의로 전환시키려 하였다. 번의 정치나 번의 관리에 대해서도 지금까지의 봉건 관료 방식을 고집했다간 번이 멸망되리라 생각하였다. 번의 관리는 에치고야(越後屋) 미쓰이(三井)의 지배인과 같은 두뇌를 가지고 번의 살림을 해나가야 한다고 늘 말했다.

그렇다고 해서 그것을 정신으로써 강조할 수는 없다. 무사로 하여금 무사의 기질을 상실케 하는 일은 곧 무사의 자멸이었다. 무사의 정신을 버리라곤 말할 수 없었다. 이것이 어려운 문제였고 자칫 잘못 말했다가는 사람들의 오해를 살 뿐이었다.

'가볼까.'

쓰기노스케는 일어섰다. 긴 복도를 지나 현관에 나갔을 때는 마침 서양식으로 대오(隊伍)를 짠 번사들이 문에서 나가려는 참이었다.

어느 번사도 도시락을 갖고 있지 않았다.

"잠깐!"

쓰기노스케는 현관 마루에서 큰 목소리로 외쳤다.

모두 정지했다.

쓰기노스케는 신을 신고 일동 앞에 다가서서 이 세상에서 이보다 더 무서운 얼굴은 없다고 생각될 만큼 험악한 표정으로 나가오카 사투리로 호통을 쳤다.

"임자들은 도시락을 갖고는 걸을 수 없는가!"

모두들 몸을 움츠렸으나 곧 무사의 자존심이 고개를 들었다. 어느 얼굴이나 잔뜩 볼이 멘 채 도시락을 가지러 주방 쪽으로 되돌아갔다.

이윽고 그들은 다시 나타났다.

이번에는 쓰기노스케에 대한 심술인지 굉장한 모습들을 하고 있었다. 모두 굵은 새끼로 도시락을 묶어 허리에 차고 어깨에는 비옷이나 도롱이를 새끼로 얽어서 매달았으며, 하카마 자락을 엉덩이가 보일 만큼 걷어붙이고 서양식 북을 미친 듯이 두들기며 나갔다.

어쨌든 꼴불견 대열이었다. 이 추운 겨울철에 허벅다리를 벌겋게 드러낸 채 도롱이를 둘러메고 도시락을 꿰차고 산적의 이동과 같은 차림으로 시부야의 훈련장을 향해 행군해 갔다.

길 가는 에도 사람들이 눈을 둥그렇게 뜨고 전송했다.

"이게 뭐야?"

마치 거지 떼거리의 훈련 같군, 하는 사람도 있었고 놀라기도 했다.

"어느 집안 무사들이지?"

"고후쿠바시의 마키노 대감님네 무사들이야."

아는 체하는 자가 설명을 했다.

"정말 센 것 같군."

그렇게 말하는 자도 있었다. 관군이 교토를 출발한 것 같다는 소문은 시중에 파다하였고, 에도 시민들은 에도에 있는 각 영주들이 어떤 반응을 보일까 하며 그들대로의 날카로운 눈으로 지켜보고 있다. 그런 시기이므로 이 산적풍의 대열을 보고 쑤근거리기도 했다.

"마키노 대감님은 무언가 한바탕 하실 모양이야."

그러나 춥다. 바람에 안개 같은 비가 섞여 시부야에 당도했을 때는 이것이 눈이 되었다.

훈련 총대장은 야마모토 다테와키(山本帶刀)였다. 이나가키 가문이나 마키노 가문과 더불어 대대로 내려온 중신 집안의 당주(當主)였고, 이때 스물네 살이었다.

쓰기노스케는 이 명문 집안의 젊은 주인을 더할 데 없이 아끼고 있어서 이렇게 말하곤 했다.

"여차하면 다테와키님이 한 부대의 지휘자가 됩니다. 열심히 기술을 익혀 군사를 개죽음시키지 않도록 하시오. 싸움은 이겨야만 하고 이기자면 어지간히 자기를 연마해야 하오. 이런 쓰라린 소임은 이 세상에도 저 세상에도 없는 줄 아시오."

다테와키는 쓰기노스케를 따르고 명문의 아들이면서도 그 태도는 정중했다. 쓰기노스케의 말을 하나도 허술하게 듣는 일 없이 자기 생활의 모범으로 삼고 있었다.

그러나 아무래도 젊다. 게다가 총대장이라고는 하지만 그 역시 아직은 서양식 훈련 지식이 일동과 비슷한 정도였으므로, 일동은 때때로 그의 말을 잘 듣지 않는다. 게다가 일동은 이런 비무사적인 훈련에 대한 불만이 쌓여 있기 때문에 사소한 일에도 반항한다.

그들은 훈련을 시작하기 앞서 투정을 부렸다.

"야마모토님, 추위로 손가락이 곱아 총을 다룰 수가 없소."

우선 화톳불이라도 크게 피워 불을 쬔 다음 시작하자고 너도나도 말하면서 지휘자가 허락도 않았건만 여기저기서 나무를 주워다가 불을 피우기 시작했다.

모두 화톳불을 둘러싸고 있는데 저쪽에서 사람이 하나 다가왔다.

쓰기노스케였다. 그는 다테와키가 여러 사람에게서 경시(輕視)당할까 봐 염려하여 찾아왔던 것인데 아니나다를까 이 꼴이었다. 쓰기노스케는 큰 소리로 말했다.

"임자들은 춥소?"

쓰기노스케는 얼굴을 한껏 찌푸렸다. 그러나 무사는 서로의 신분을 존중해야 하는만큼 쓰기노스케라 할지라도 이 정도의 말로 꾸짖을 수밖에 없었다. 그들은 마지못해 화톳불을 껐다.

쓰기노스케는 고후쿠바시 번저에 있었다.

어느 날 에도의 아이즈 번저에서 사람이 와서 회람장(回覽狀)을 전달했다.

――내일 오쓰치야(大槌屋)에서 모임을 갖고 싶소. 꼭 귀번 대표도 참석을 바랍니다.

쓰기노스케가 펴보았더니 그 문장이 격렬하기 이를데 없다.

――사쓰마 조슈는 간적(奸賊)이다.

그렇게 몰아붙이고 있다. 사쓰마와 조슈 두 역적은 교토의 천황이 아직 어린 것을 기화로 갖은 음모를 다하여 도쿠가와 가문을 모략함으로써 전(前) 장군을 몰아냈을 뿐 아니라 관군을 칭하며 거짓 명분(名分)으로 군사를 일으키려 하고 있다. 이것을 그저 보고 있기란 300년의 은의(恩義)를 생각할 때 참을 수 없으며, 무사된 도리와 정의의 입장에서도 용서할 수 없다. 이에 관해 각 번의 의견을 기탄없이 나누고 대의명분을 밝히고 싶다는 것이다.

참가 예정 번은 교토 사건 이후부터 도쿠가와 가문을 위해 주도적인 활약을 벌여온 아이즈 번, 구와나 번, 그리고 막부 집정관(執政官) 오가사와라 이키노카미(小笠原壹岐守)의 번인 가라쓰 번(唐津藩) 및 도호쿠(東北) 호쿠에쓰(北越) 지방의 각 번이라고 되어 있다.

"누구라도 보내야 되겠군요."

쓰기노스케가 아끼는 능리(能吏) 미마 이치노신이 말했다.
"내가 갈까?"
나기노 가헤가 말했다. 간다고 하면 중신인 쓰기노스케보다 아랫사람이 가는 편이 좋다. 그런 지나치게 중요한 회의에는 오히려 책임이 가벼운, 결정권을 갖지 못한 자가 간다. 그 편이 두고두고 번의 책임을 벗어나는 의미에서 편리하고 그것이 봉건 각 번의 관습이었다.
하나 쓰기노스케는 고개를 끄덕이지 않았다. 그는 회람장을 접어서 무릎 앞에 놓더니 마치 도끼로 장작이라도 쪼개는 듯한 말투로 말했다.
"내가 가겠다."
"대부(大夫 : 중신)님이 몸소?"
모두 이맛살을 찌푸렸다. 미마 등은 안됩니다, 하고 외치듯이 말했다.
"중신이 그런 타 번과의 공식 자리에 나간 일은 이제껏 없었습니다."
"그것이 어쨌단 말이냐?"
쓰기노스케는 놀란 표정을 지었다. 왜냐하면 미마 이치노신 같은 젊고 유능한 관리의 머릿속에도 그와 같은 전례주의(前例主義)나 관례주의(慣例主義)가 뿌리깊이 박혀 있다는 것을 의외로 느꼈기 때문이다.
"300년,"
쓰기노스케는 말했다.
"각 번은 무사주의(無事主義)로 내려왔어. 막부에 대한 사소한 과실도 두려워하여 오직 목을 움츠려 가며 잘못이 없기를 바라는 나머지 자기 본심을 숨기고, 책임을 질 일은 일체 피해 왔어. 이제는 그 막부도 없으니 이제부터는 각 번이 자기의 생각과 힘으로 살아 가야 해. 이런 때에 이르러 300년의 폐단을 아직 지키려 하다니 될 말인가. 이 모임에는 내가 가겠다.
쓰기노스케는 이튿날 아침 고후쿠바시의 번저를 나섰다. 모임 장소인 오쓰치야로 가기 위해서였다.
종자는 마쓰조(松藏)였다.
가와이 집안의 선대(先代)부터 섬기고 있는 이 늙은 하인은 봉건 미덕(美德)의 전부를 한 몸에 지닌 듯한 사나이로서, 가와이 가문과 쓰기노스케에게만 목숨을 의지하여 살고 있다.
'나도 마쓰조의 충성에는 당하질 못해.'
그렇게 생각할 때가 있었다.

쓰기노스케가 아직 젊었을 무렵, 성 밑 거리 변두리 찻집에서 찹쌀떡을 먹은 적이 있었다. 마쓰조는 술은 좋아했으나 찹쌀떡은 싫어해 그때 찹쌀떡을 한 조각도 먹지 않았다.

쓰기노스케는 그것을 알고 있었지만 한창 혈기 왕성한 때여서 장난삼아 명했다.

"먹어라."

세 개를 모두 먹으라고 했다. 마쓰조는 먼저 물을 두 홉 가량 마시고 싱글벙글 웃으면서 먹더니 세 개 다 먹고 나서도 그 일에 대해서 아무 말도 하지 않았다. 쓰기노스케는 그저 해본 장난이었으나 장난일지라도 마쓰조는 이렇게 복종하는 사나이였다. 쓰기노스케는 그 일이 있은 뒤부터 마쓰조가 무서웠다.

'함부로 말할 수가 없구나.'

마쓰조에 대한 말이나 태도를 애써 부드럽게 하도록 애썼다.

마쓰조는 며칠 전 에도에 올라왔다. 쓰기노스케가 교토 오사카에서 에도로 돌아왔다는 소식을 듣고, 은퇴한 큰 주인의 허락을 얻어 그의 시중을 들려고 올라왔던 것이다.

"마쓰조."

쓰기노스케는 등 뒤에 대고 말을 걸었다. 마쓰조는 대여섯 걸음 뒤처져 따라온다.

"장군님과 도쿠가와 가문이 큰 변란을 겪고 있다. 알고 있나?"

"예, 저 같은 것이라도."

"오늘은 대대로 은혜를 입은 각 번에서 사람이 모여 그것을 어떻게 할 것인가 의논한다."

"예."

"너라면 어떻게 하지?"

쓰기노스케는 뒤돌아보았다. 마쓰조는 거의 해진 짚신을 흙 범벅을 만들면서 잠자코 따라오고 있다.

"네 입장으로 바꾸어 생각해 봐."

쓰기노스케는 말했다. 쓰기노스케는 도쿠가와의 직속 영주인 마키노 가문의 가신이다. 그것을 마쓰조 입장으로 바꾸어 생각한다면 도쿠가와 가문은 마키노 가문에 해당하게 되리라.

"어려운 일이군요."

마쓰조는 비명을 올리듯이 말한다. 이것이 직접 상전(마쓰조로서)인 가와이 가문의 위기라면 마쓰조는 가와이 가문을 위해 죽는다. 그러나 간접적인 상전일 경우의 충성심은 어떤 것인지에 대해서는, 옛날부터 어떠한 실례(實例)도 사상도 해답을 준 것이 없다.

"마쓰조라도 곤란한가?"

쓰기노스케는 호의에 넘친 미소를 마쓰조에게 던져주고, 화제를 끊어 버렸다.

오쓰치야의 문을 열었더니 그 안에는 넓은 봉당이 있었다. 봉당에는 신발들이 빈틈없이 흩어져 있다. 얼른 보아 6, 70켤레, 아니 그 이상일지도 모른다고 쓰기노스케는 생각했다.

'대관절 번이 얼마나 모였을까?'

고개를 갸우뚱했으나 어쩌면 한 번에서 몇 사람씩 와 있는지도 모른다. 어쨌든 굉장한 모임인 것 같다. 회의장은 이층이라고 한다. 쓰기노스케는 신발을 벗고 현관에 올라서다가 구면인 사람을 만났다.

구면이라기보다 잘 아는 친구라고 해도 좋으리라.

여어, 하고 그 사나이는 큰 소리를 내며 쓰기노스케에게 다가왔다.

아이즈 번에서 손꼽는 명사 아키즈키 메이지로(秋月悌二郞)이다. 흰 살갖에 면도 자국이 선명한 보기에도 늠름한 위장부였다.

아키즈키의 호는 이켄(韋軒). 메이지 이후의 학계(學界)에서는 이름보다 오히려 그 호가 널리 알려져 있다.

일찍부터 에도에 유학하여 쇼헤이코에서 배웠고 명성을 날렸다. 귀국 후, 번은 커다란 소용돌이에 휘말렸다. 막부 명령에 의해 교토 수호직(守護職)이 되어 교토에 무장 주둔하라는 것이었다.

분큐 2년의 일로 교토의 세력이 날로 높아지는 시기였으므로 앞을 내다보는 번사는 거의 이에 반대하였다.

──지금 교토에 가는 것은 막부의 총알받이가 되는 거나 같으며, 아이즈 번은 필시 역사에 오명(汚名)을 남기고 멸망하게 된다고 주장했다. 그때 앞장선 인물이 아키즈키였다.

그러나 막부 명령은 어쩔 수 없어 영주 마쓰다이라 가다모리(松平容保)는 마침내 번사 1,000명을 이끌고 교토에 주둔했다. 막부 말기사에 커다란 존재가 된 교토 수호직이 이것이다.

아키즈키도 교토에 올라가 영주를 보필하며 참모가 되었고 또한 번의 외교관으로서 각 번의 사람들과 사귀어, 말주변이 서투른 아이즈 번사 중에서는 번 외교의 제일인자로 알려졌다. 성격이 활달하여 학자라고 하기보다 무인에 가까웠다.

그는 교토 주재 중 이렇게 앞날을 내다보았다.

──막부는 머지않아 멸망한다.

그리고 막부 멸망 후, 번은 어떻게 해야 좋을까, 궁리한 끝에 홋카이도를 개척할 것을 생각했다. 아키즈키의 생각으로는 적당한 시기를 봐서 번을 풍운 속에서 구해 내어 홋카이도 수호라든가 개척이라는 명목으로 빠져 나가는 게 어떨까 하는 것이었다. 이 때문에 자원하여 홋카이도 민정관으로 갔다. 그런데 홋카이도에 있는 사이, 교토의 정세는 크게 바뀌어서 도바 후시미의 싸움이 일어나 아키즈키가 가장 우려했던 사태가 일어났다. 번이 교토에서 패전하여 에도로 철수한 것이다. 아키즈키는 급히 홋카이도를 떠나 에도로 달려왔다.

쓰기노스케와 아키즈키는 비추 마쓰야마의 야마다 호코쿠(山田方谷) 학당에서 며칠인가 같이 지낸 사이였고 그때부터 서로 상대방의 실력을 인정하였다.

"여어, 이켄 선생이시군."

쓰기노스케는 계단 아래서 말했다.

"그저께 밤 에도 성 해자 가에서."

아키즈키는 말했다.

아키즈키의 말에 의하면, 그저께 밤은 달이 밝고 바람이 조용했다. 아키즈키는 모임이 끝난 뒤 돌아가는 길에 술이 얼근했기 때문에 흥이 나서 해자가를 걸어가며 시조 '아쓰모리(敦盛)' 한 구절을 높다랗게 읊었다.

그런데 한 구절을 읊고 나자 뒤에서 오던 사람이 그 뒤를 이어서 읊기 시작했다. 뒤의 사람이 읊고 나면 아키즈키가 뒤를 잇는다. 이윽고 인가(人家)가 나타나고 뒤에 오던 사람도 사라져 아키즈키는 시가지로 들어섰다.

"나중에 생각하니 그 목소리는 아무래도 에치고 나가오카의 가와이 쓰기노스케였다고 생각되는데, 그렇지 않소?"

쓰기노스케에게 물었다.

쓰기노스케는 신기할 것도 없다는 얼굴로 아키즈키의 웃는 얼굴을 말끄러미 바라보고 있더니, 이윽고 대답했다.

"그렇소."

아키즈키는 웃으면서 굵은 눈섭을 찌푸렸다. 당신은 아무래도, 하고 말했다.

"너무 무뚝뚝해."

그럴 것이다. 앞에 가는 사람이 아키즈키라는 걸 알았다면 어째서 말을 걸어주지 않았는가. 작별 이후 길지도 않은 세월이지만 시국이 이처럼 급전하여 너무나도 많은 일이 있었다. 서로 100년쯤은 떨어져 있었던 것 같은 느낌이고 이야기할 것도 많다. 나를 왜 반갑다고 생각하지 않는가, 아키즈키는 그렇게 말하는 것이다.

"아냐, 반가웠어."

쓰기노스케는 신기하게도 감정을 깃들여 말하고 나서 그래도 어색한지 곧 얼굴을 돌렸다.

"그럼 왜 말이라도……"

아키즈키는 원망스럽다는 듯 말했다.

"아니, 불렀소."

쓰기노스케는 말했다. 확실히 부르기는 했다. 이름이야 부르지 않았을망정 시조를 이어서 부른 것이 그 심정이었다고 쓰기노스케는 말하는 것이었다.

아키즈키는 웃음을 터뜨렸다.

'여전히 소료구쓰(蒼龍窟)는 별나단 말이야.'

그 일을 오히려 재미있어했다. 쇼료구쓰는 쓰기노스케의 아호였다.

"모임은 이층이오."

아키즈키는 계단까지 걸어오며 쓰기노스케를 재촉했다. 함께 올라갔다.

이층에는 방이 다섯 개 있었다. 그 다섯 방의 미닫이를 모조리 떼내고 거기에 이미 70명 가량의 사람들이 모여 앉아 잡담을 나누고 있었다.

"이제 시작하는가."

"아니, 아직 도착하지 않은 사람이 있소. 시라카와 번(白河藩), 미하루 번(三春藩), 하치노에 번(八戶藩), 구로이시 번(黑石藩), 가미노야마 번(上

之山藩), 덴도 번(天童藩), 그리고 대표적인 난부 번(南部藩)이 아직 안 왔어."

"허어."

쓰기노스케는 인원수를 보고 감탄했다. 하긴 사람들이 많을 수밖에 없는 것이, 무쓰(陸奧), 데와라고 불리는 도호쿠(東北) 지방만 해도 서른세 개의 번이 있다. 거기에 간토와 에치고를 넣으면 엄청난 수효가 되리라. 작은 번이 많기는 하나 이들이 만일 동맹을 맺는다면 큰 세력이 될 것이 틀림없다.

이윽고 거의 참석자가 모였다. 아이즈 번과 구와나 번이 간사역(幹事役)인지 그들은 아래에 모여 앉아 있다.

엽차 한 잔 나오지 않는다.

쓰기노스케는 복도 쪽의 기둥에 기대어 앉아 있다.

회람이 돌아왔다.

"이미 시간도 지났으므로."

개회의 인사말이 씌여 있다. 내용은 이러했다.

"교토에 간사한 역적의 무리가 날뛰며 천의(天意 : 천황의 뜻)를 어지럽게 하므로 천하가 어수선하고 도쿠가와 씨는 억울한 누명을 뒤집어써도 씻을 길이 없다."

요컨대 사쓰마 조슈의 횡포를 정의로 응징하고 전 장군을 억울한 누명에서 구해 내며, 천황에 대해선 존왕(尊王)의 충성을 다하되 그 측근 간신을 몰아내고 왕도(王道)를 바로잡겠다는 것으로서 '이 점에 관해 각 번의 의향을 묻는다'는 것이었다.

회의장은 어수선한 분위기였다. 저마다 귀엣말을 하고 코를 풀고 담배를 피우고 앞뒤 좌우와 얘기하는 등 산만하기 이를 데 없다.

일본인은 이런 종류의 모임을 갖는 데 서툴렀다. 이제까지의 습관으로, 적은 인원이 모여 이야기를 나눌 정도의 회의는 있었지만, 많은 인원이 모여 의사(議事)를 진행시키는 따위의 일은 거의 없었다.

이 집회에서도 아이즈 번이 간사라면 어쨌든 아이즈 번의 대표자가 일어나 개회를 선언하고 의제에 관해 큰 목소리로 설명해야만 될 것이다. 그러나 그런 습관도 없다. 한 사람이 많은 사람들에게 말을 한다는 것은 일본인의 습관으로서는 상상도 못할 일이었다.

"외국에는 그런 일이 있다. 그것이 정치를 움직이고 있다."

후쿠자와 유키치 등은 이 시대에 이를 깨닫고 그런 동작이나 광경을 일본인에게 어떻게 설명할 것인가 머리를 쥐어짰다. 마침내 후쿠자와는 한 가지 생각을 해냈다.

"말하자면 스님이 여러 사람에게 설법이라는 것을 한다. 바로 '그것'이다."

설명했다. '그것'이라는 것을 후쿠자와는 '연설(演說)'이란 말로 번역했다.

지금 이때, 아이즈 번 대표는 연설을 해야 할 것이다. 그러나 그런 습관을 갖지 못했기 때문에 회람을 돌려 필요한 것을 여럿에게 알리려고 했다. 그 때문에 좌중 여기저기에 귀엣말이 속삭여지고 회의장은 처음부터 어지럽게 되었다.

다시 회람이 왔다.

"누군가 의견이 있으신 분은 사양 말고 말씀하시라."

이런 내용이었으나, 간사마저 큰 목소리를 내지 못하는데 좌중의 어느 사람이 이만큼의 대인원을 향해 말을 할 수 있을까. 이번에는 모두 침묵하고 말았다.

쓰기노스케는 좋은 기회라 생각하고 자세를 바로 하였다.

"말씀 드리고 싶소!"

잘 울리는 목소리로 말했다. 좌중이 모두 쓰기노스케 쪽으로 얼굴을 돌렸다.

"에치고 나가오카 번의 가와이 쓰기노스케올시다."

우선 쓰기노스케는 자기 이름을 밝히고 곧 본론에 들어갔다.

"사쓰마 조슈의 불의와 횡포는 이미 명백한 것이므로 여기서 새삼스럽게 논의할 것도 없소. 우리들이 무엇을 해야 할 것인가는 명백하오."

좌중은 더욱더 조용해졌다. 쓰기노스케는 한층 목소리를 돋구어 말했다.

"하코네(箱根) 고개에서 관군을 막아야 합니다."

"간토, 도호쿠, 신슈, 에치고 각 번이 저마다 총력을 기울여 하코네에 집결하고 도쿠가와 해군을 쓰루가 만에 진입시켜 도카이도를 메우고 올라오는 관군을 바다와 육지의 양면에서 공격한다면 반드시 승리를 얻을 것이오. 승리의 여세를 몰아 이들을 쫓아 내고 교토로 진격하여 간신을 몰아냄으로써 왕정을 바로잡는다는 거요. 지금 우리들이 일어난다면 이것밖엔 방법이 없소."

쓰기노스케는 그렇게 믿고 있었다.

일어나지 않겠다면 그만이고, 일어난다면 이 행동 외에는 없으리라. 그것 이외의 고식적(姑息的)인 방법을 취하여 행동을 통일하지 못한다면 부질없이 사쓰마 조슈에게 넘어가 저마다 멸망하고 말 것이다.

쓰기노스케는 다시 말을 이었다.

"상대는 시세(時勢)를 타고 있소. 더구나 관군이라고 내세우고 있소. 어쨌든 시세의 힘을 빌려 오고 있소."

정치에서 사쓰마 조슈는 이기고 있다, 고 쓰기노스케는 말하는 것이다. 그것을 상대로 이쪽은 군사(軍事)만으로 싸워야 한다.

"이 점이 곤란하오."

쓰기노스케는 말한다. 쓰기노스케가 보는 바로는 간토, 도호쿠, 신슈, 에치고 각 번에 구막부 직속군을 가산하면 인원수에 있어서는 사쓰마 조슈 도사, 세 번을 주력으로 하는 관군보다 훨씬 많으리라.

그러나 많다는 것이 반드시 힘이 되지 않는다는 것은, 세키가하라(關原) 싸움만 보더라도 명백하다.

"세키가하라 때 신군(神君: 이에야스)의……."

쓰기노스케는 말했다. 이에야스 쪽의 병력이 서군(西軍)보다 약간 적었다. 그렇지만 이에야스는 교묘하게 시세를 이용하고 시류를 타고 있었기 때문에 서군에 대한 공작(工作)이 수월했다. 그래서 서군에 내통자, 반란자가 속출하여 서군의 통일 전선은 깨지고 결국은 그런 결과가 되었다.

"이것을 보더라도 명백하오. 이번 일을 승리로 이끄는 데는 각 번의 일치 단결밖에 없소. 번 하나라도 적의 공작에 동요된다면 다른 번은 의혹과 불안이 생겨 결국은 세키가하라나, 도바 후시미의 싸움처럼 대군을 갖고 있으면서도 무너지고 말 것이오."

그러므로, 하고 쓰기노스케는 말을 이었다.

"여기서 서로 주고받을 말이란 우리들이 일치 단결할 수 있느냐, 하는 점이오."

——요는 각 번의 일치 단결에 있다.

쓰기노스케는 그렇게 말하는 것이다.

번의 이름은 대지 않았지만, 도바 후시미에 있어서의 하코네 번(彥根藩), 도도 번(藤堂藩)과 같은 내통과 배신이 있으면, 아무리 웅대한 전략과 빈틈없는 전술을 갖고 하코네의 험준한 고개를 지킨들 승리는 도저히 바랄 수 없다고 말했다.

─배신하지 말라.

그렇다고 해서 쓰기노스케가 이렇게 하는 것은 아니다. 오히려 배신하는 번이 생기는 것은 당연하다고 한편으로는 생각하고 있었다. 그것이 시세의 마술인 것이다.

세상은 바뀌었다.

시세의 중심은 교토에 있다.

온 일본의 누구나가 믿기 시작했고, 사쓰마 조슈는 그 '시세'라는 사나운 말을 타고 채찍을 허공에 휘둘러 뭇 인간들을 질타(叱咤)하고 있다. 그런 때를 맞아 시운(時運)에 반대해서 목숨을 버리겠다는 것은 어지간한 괴짜이며, 그것을 모든 번 또는 모든 무사에게 요구한다는 것은 무리인 것이다. 겉으로 의리나 형편상 하코네에 출병한다 할지라도 적의 파괴 공작 때문에 결국은 번이 하나씩 무너져 가리라는 것이 쓰기노스케의 눈에는 역력히 보이는 것이었다.

그렇기 때문에 쓰기노스케는 그렇게 묻고 있는 것이다.

─그런데도 여러분은 일어서지 않겠소? 일어서서 단결하고 시세를 향해 화살을 쏘고 한 사람도 남지 않고 죽겠소? 그 죽음도 명예로운 죽음이 아니고 역적의 누명을 쓰고 죽는 것이오. 그런 각오가 서 있소?

"그러한 각오가 되어 있어야만 비로소."

쓰기노스케는 말한다.

"무사라고 할 수 있는 것이오. 여러분이 무사도를 위해 몸을 바친다고 말씀하신다면, 우리 에치고 나가오카 번은 기꺼이 불 속에 뛰어들어 영주 이하 잡병에 이르기까지 모두 하코네의 고갯길과 골짜기를 시체로 메우겠소!"

이 말에는 아이즈, 구와나의 두 대표가 춤을 출 듯이 기뻐했다. 쓰기노스케의 의견은 항전론(抗戰論)으로서 이 이상 완벽한 것은 없으리라.

그렇지만 그 주장은 너무나도 예리하다.

─여러분에게 그만한 각오가 있는가? 각오가 없다면 아예 여기서 떠들지 말라.

이렇게 따져드는 것이어서 뼈대가 있고 기개가 있는 사람이라면 이 말에 노할 것이다. 사실 좌중에는 눈을 부릅뜨고 노여움을 참고 있는 자도 있다.

그러나 대부분은 얼굴도 들지 못하고 있다. 얼굴을 들어 좌중의 주목을 받게 되면 번을 엉뚱한 위험 속으로 끌고 들어가게 될지도 모른다.

쓰기노스케는 입을 다물었다.

회의장의 혼란은 쓰기노스케가 입을 다문 때부터 시작되었다. 미적지근한 질문이 여기저기서 쏟아졌다.

——센다이(仙臺)는 어떻게 하시겠소?

——난부(南部), 쓰가루(津輕), 요네자와(米澤)의 의향은 어떠시오?

등등 주로 큰 번의 거취(去就)를 살피는 질문이 많았다.

시간이 흘렀다.

회의는 결론이 나지 않고 지루하게 이어져 갔다.

쓰기노스케는 이미 회의 진행에 흥미를 잃고 기둥에 등을 기댄 채 담뱃대의 진을 후비거나 담배를 피웠다.

그때 아이즈 번의 아키즈키가 다가와서 작은 소리로 불평을 늘어놓았다.

"아무래도 결론이 나지 않겠는걸."

쓰기노스케는 담배 연기를 길게 내뿜으며 말했다.

"결론이 날 게 뭐야. 어느 번이고 처음부터 의견 따위는 갖고 있지도 않은 거야."

확실히 실정은 그런 모양이다. 그러나 아이즈 번으로서는 무슨 일이 있더라도 항전으로 몰고 가고 싶은 마음이었다.

"그렇게 말하면 너무 야박하지 않소. 그들은 이처럼 모였소. 모였다는 자체가 큰 정열이 있다는 증거라고 보고 싶소."

'정열일까?'

쓰기노스케는 고개를 갸우뚱했다.

"이젠 선생."

그러나 곧 아키즈키를 아호로 불렀다.

"찬 물을 끼얹는 것 같아서 미안하지만 그것은 너무 달콤한 환상이오. 그들은 서로 다른 번 눈치를 살피기 위해 와 있는 것이오. 다른 번은 어떻게 할까, 그것을 보아 자기 번의 방침을 정하려는 거요. 요컨대 이것은 서로 눈치 쓰기 위한 모임이오."

"그럴까?"

아키즈키는 희멀끔한 얼굴에 씁쓰레한 웃음을 띠었다. 이래서는 안 된다.

회의가 열리고 있는 동안에도 관군은 일각일각 에도에 육박하려 하고 있다.

"어쨌든 의견이 이렇게 통일되지 않으면."

아키즈키는 무언가 말하려고 했으나 쓰기노스케는 그 말을 가로채어 말한다.

"의견이 아니라 각오요. 이것은 관군에 대항하여 일어서느냐 일어서지 않느냐, 일어서서 하코네에서 죽느냐, 꼭 하코네가 아니라도 좋으냐, 절의를 위해 기꺼이 시체를 싸움터에 내던질 것이냐, 어쩔 것이냐 하는 각오의 문제이며 그것이 정해져야 정략(政略), 전략(戰略)도 나오게 마련이오. 정략이나 전략은 지엽적(枝葉的)인 문제요. 요는 각오란 말이오."

"그렇지, 각오지."

"그런데 어느 번의 어느 얼굴을 보아도 각오가 돼 있지 않아. 이래선 백날 회의를 해도 정해질 수 없지."

"어떻게 하면 좋겠소?"

"결심이라는 것은 언제나 고독한 것이어서 원래가 다른 사람에게 강요할 수 없는 것이오. 하물며 하나의 번이 다른 번에게 강요할 순 없소."

"강요가 아니오."

"말은 아무래도 좋소. 요컨대 자기의 각오를 다른 자도 가졌다고 지레 짐작하고 일을 추진하면 터무니없는 결과가 되지."

"그럴까?"

"역사 책을 보면 아오. 이켄 선생쯤 되는 분이 그것을 모른다는 것은 희망이 작용하고 있기 때문이오. 일을 할 때에는 희망을 미리 품어서는 안 되오."

쓰기노스케는 담배를 눌러 담았다.

"모두 옳은 말씀이지만……."

아키즈키는 말했다. 그러나 아이즈 번으로선 무슨 일이 있더라도 동부 일본의 각 번을 묶어 항전으로 몰고 가고 싶다.

"부탁하오."

사분오열(四分五裂)하고 있는 회의장을 나가오카 번의 발의로 통합해 달라는 것이다.

'싫다.'

쓰기노스케는 생각했다.

'이켄쯤 되는 사나이도 아직 모르고 있다.'

그렇게 생각했다. 회의는 사분오열되어 있지 않은 것이다. 사분오열될 정도라면 그래도 낫다고 해야만 할 것이고, 사실은 갈라질 만큼의 의견마저 없다. 모두 텅 빈 생각으로 여기에 앉아 있다.

"그런 정도요."

쓰기노스케는 그 점을 말했다. 아키즈키는 재빨리 한마디 했다.

"그러니까 나가오카 번이 강한 태도로 밀고 나가 각 번을 이끌어 주기 바라오. 그것을 아이즈 번이 맡아도 좋겠지만."

"곤란할 테지."

그 점은 쓰기노스케도 알고 있다. 아이즈 번은 분큐 이래 교토 수호직으로서 교토에 무장 주둔하여 조슈파의 과격분자와 치열하게 싸웠으며 도바 후시미에서는 선봉으로 활약하여 거의 혼자서 전쟁을 치렀다. 이를테면 도쿠가와 가문의 명예를 지킨다는 점에선 가장 과격한 충성 번의 위치에 서 있다. 그러나 그 충성이라는 점에서의 지나친 과격성(過激性)은 전 장군 요시노부마저 싫어하기 시작하여 이렇게 말하기까지 했다.

──아이즈 번이 에도에 있으면 곤란해.

그것이 정치란 것의 괴상한 측면이기도 하리라. 아이즈 번은 막부의 부탁으로 마지못해 교토에 있어서의 막부의 방패가 되어 분큐 이래 그토록 활약했을 뿐 아니라 교토나 후시미에서 엄청난 유혈의 희생까지 치러 왔건만, 지금에 와선 도쿠가와 가문에게서마저 버림을 받으려 하고 있다. 절대 공순주의(恭順主義)를 취하고 있는 도쿠가와 요시노부로서는 교토 오사카에서 함께 도망쳐 온 아이즈 번이 언제까지고 에도에 있다는 것만큼 거추장스러운 일은 없다.

관군은 아이즈 번을 원수처럼 여기고 있다. 그 아이즈 번이 에도에 있는 한, 세상에선 요시노부도 아이즈 번과 한패라는 인상을 주어 공순주의인 요시노부로선 매우 불리하게 될 것이다.

어쨌든 아이즈 번의 과격성은 세상에서도 소문난 것이다. 그 아이즈 번이 이 회의에서 주도자가 된다면 그렇지 않아도 시세에 겁을 집어먹고 있는 각 번은 불 속에 떠밀리는 듯한 느낌이 들어 꽁무니를 빼고 말 것이다.

"그러니까 나가오카 번이."

아키즈키는 말한다. 나가오카 번이라면 이를테면 백지(白紙) 같은 인상을 세상에 주고 있다.

"부탁하오."

이렇게 말한 것은 바로 그 때문이다.

이때, 회의에 참가한 번 중에서 처음부터 아무 것도 할 마음이 없는 번이 많았지만 극단적인 예로 이처럼 미리 결정하고 참석한 번 대표도 있었다.

"원래 영주의 가문이란 무사주의(無事主義)로 나가는 것이 최선의 보전책(保全策)이다."

이 무사주의가 제일 좋다는 것은 오랜 봉건 정치가 낳은 깊은 지혜일지도 모른다. 그들은 말한다.

"천하 동요라고 하지만 놀랄 것은 없다. 옛날 도쿠가와 씨가 정권을 잡았을 때, 제후는 앞을 다투어 그 승리를 축하하여 가문의 영지를 보장받았다. 이번엔 사쓰마의 시마즈 씨(島津氏)가 정권을 잡을 뿐이며, 우리들은 다만 거기에 따르면 된다."

그들은 누구나 시마즈 소장이 장군이 될 걸로 생각하고 있었고, 이 정도로 시국을 인식하고 있는 번이 많았다.

"남의 꽁무니를 따라가라. 아예 앞지를 생각일랑 말아라. 앞섰다가는 크게 다친다."

그들은 그렇게 생각하고 있다.

"이켄 선생."

쓰기노스케는 아키즈키에게 말했다.

"사람들의 얼굴을 둘러보시오. 이 사람들과 일을 할 수 있을 것인지."

"그렇지만 부탁하오."

아키즈키는 거듭 말한다. 그들을 이끌어 달라는 것이다. 쓰기노스케는 딱 잘라서 거절했다.

그러나 일어섰다. 일어선 채 말을 하는 것은 예의에 어긋나는 일이지만, 이대로 나갈 작정인 것이다. 마치 내뱉듯이 말했다.

"여러분에게 말씀드리겠소."

일어설 것인가 아니면 그대로 있을 것인가, 하는 각오도 보이지 않는 상태이고 보니 이 이상 같이 있어 봤자 의미가 없다고 말한 뒤 물었다.

"마지막으로 물어 보겠소. 관군과 싸우겠소, 싸우지 않겠소?"

누구 하나 대답이 없었다.

쓰기노스케는 고개를 끄덕이고 말했다.

"그러면 우리 번은 물러가겠소. 이렇게 된 이상 우리 번은 혼자 우리의 영토를 지킬 뿐이오."

그렇게 말한 뒤, 그대로 복도로 나와 계단을 내려와서 밖으로 나오고 말았다.

나중에 아키즈키는 이때의 자초지종을 한문으로 기술(記述)하고 있다.

"가와이 군이 에도에 돌아오자 나는 구와나, 가라쓰 및 도호쿠 각 번의 번사와 오쓰치야에서 만나 회의를 했다. 가와이 군이 말하기를 일이 여기에 이르렀다, 관군을 하코네에서 막는 길밖에 없다고 했다. 자못 의기가 격앙됐다. 중의(衆議)는 분분했다. 그는 다시 말했다. 그렇다면 우리 번은 혼자서 영토를 지킬 뿐이라고. 그런 뒤에 곧 물러갔다."

쓰기노스케는 길을 재촉했다.

'어처구니없군.'

시간 낭비였다고 후회했다. 줏대 없는 사람들과 섣불리 행동을 같이 했다가는 번이고 뭐고 멸망시키기 알맞겠다고 생각하며 오늘의 조치는 현명했다고 생각했다.

해가 지고 나서 바람이 강해졌다. 쓰기노스케는 마쓰조가 발 밑을 비쳐주는 등불을 따라 느릿느릿 걸어간다.

"나리."

도중에 마쓰조가 말을 걸어 왔다. 목소리를 들으니 아까까지 앞서고 있던 마쓰조가 지금은 뒤에 있는 모양이다. 어느 틈엔가 등불은 꺼져 있었다. 불이 꺼진 것도 모르고 쓰기노스케는 걷고 있었다.

"등불이 꺼졌습니다. 곧 켜겠습니다."

마쓰조는 울 것 같은 목소리로 말했다. 바람이 세기 때문에 좀처럼 켤 수가 없는 눈치였다.

'에치고로 돌아갈까.'

쓰기노스케는 바람 속에 서서 아까부터 생각하던 것을 그대로 생각해 나갔다.

'에도에 이 이상'

남아 있어도 헛일일 테지. 교토 오사카에서 에도로 돌아왔을 때, 에도에서 무엇인가 일어날 거라고 생각했었다. 전 장군 도쿠가와 요시노부를 떠받들고 도쿠가와 가문의 가신이 일어서든가, 아니면 대대로 은의가 있는 영주들이 단결하여 교토에 항의하든가, 혹은 동부 일본의 각 번이 단결하여 사쓰마 조슈에 대항하든가, 그 어느쪽이든 사태가 벌어질 것으로 예상하고 있었다.

'만일 사태가 벌어졌을 경우에는 참가하지 않을 수 없으리라.'

그렇게도 생각했다.

일번 독립주의(一藩獨立主義)인 쓰기노스케로서는, 아이즈 번처럼 그의 나가오카 번 자체가 각 번 사이를 다니며 설득하여 저항 동맹을 발기하려고까지는 생각하지 않았다. 그러나 다른 번들이 모두 단결하여 사쓰마 조슈에 저항하겠다고 한다면 이에 기꺼이 참가하여, 가장 용감히 싸우리라 마음먹고 있었다.

번으로서는 결코 현명한 일이 아니지만 영주 마키노 씨가 미카와 이래 도쿠가와 가문의 누대의 영주였던만큼, 그 중신인 쓰기노스케로서는 영주에게 충성의 길을 걷도록 해주고 싶었다.

'그러나 그렇지가 않았다.'

이런 것이 번의 운영자로서의 쓰기노스케를 거의 한숨 돌리게 했다.

오늘 모인 저 여러 번 대표들의 인물이나 회의장 분위기를 볼 때, 다른 번은 도저히 믿을 만한 것이 못되고, 단결 따위는 환상에 지나지 않으며, 그것을 믿고 자기 번의 갈 길을 정한다면 그것은 정말 엉뚱한 노릇이 되고 말리라.

'이제 에도에는 볼일이 없다.'

이렇게 생각했다. 이대로 에도에 우물거리고 있다간 일부의 경솔한 항전론적인 분위기에 휩쓸릴지도 모른다.

'에치고로 돌아가야 해.'

그러나 쓰기노스케 자신은 에도와 요코하마에 결말을 지어야 할 일들이 많이 남아 있었다. 우선 영주를 귀번시키도록 하자.

생각을 정리하고 나자, 쓰기노스케의 걸음은 빨라졌다. 마쓰조는 초롱불을 옷소매로 가리면서 뒤를 따랐다.

쓰기노스케는 고후쿠바시(吳眼橋)의 번 저택에 돌아오자 밤중인데도 영주 마키노 다다쿠니(牧野忠訓)를 배알하려고 영주 측근에게 물었다.

"영주님은?"

"이미 주무시고 계십니다."

측근은 대답했다. 쓰기노스케는 복도에 선 채 생각에 잠겼다가 이윽고 작은 목소리로 말했다.

"일어나시도록 해야겠다."

다만 집무실까지 나오시는 것은 황송하니 내가 침실로 문안드리겠다, 그렇게 전해 달라고 말했다.

"그럼."

측근이 달려가서 영주의 침실 옆방에서 소리를 높였다.

——말씀 올립니다. 말씀 올립니다.

이 번저에는 이미 부인들은 없었고 이른바 '내전'이라고 일컫는 영주의 내실(內室)에 무사가 출입할 수 있도록 허용되어 있었다.

다다쿠니는 허약한 탓인지 잠도 깊이 들지 않았다. 곧 잠이 깼다.

"무슨 일이냐?"

측근은 쓰기노스케가 배알을 청한다고 알렸다.

이윽고 쓰기노스케는 긴 복도를 지나 침전으로 들어가서 옆방에 무릎을 꿇었다. 영주에게 옷을 갈아입고 일어나게 하는 것이 죄송스러워 쓰기노스케는 미닫이 너머로 말씀을 올릴 작정이었다.

그러나 이 마키노 가문의 주인은 애처로울 만큼 고지식한 성격이어서, 잠옷을 벗고 측근의 도움을 받아 평복으로 갈아입었다. 이윽고 명했다.

"미닫이를 열라."

쓰기노스케는 양손을 미닫이 장식에 대고 처음엔 살며시 열다가 이윽고 활짝 열어놓고 나서 뒤로 물러나 꿇어 엎드렸다.

"상관 없다. 말하라."

다다쿠니는 쓰기노스케의 발언을 허락했다. 쓰기노스케는 약간 상체를 일으켜 시선을 문지방에 떨어뜨리고 오쓰치야에서의 모임 내용과 자기의 느낌과 의견을 말했다. 물론 영주란 정치의 대부분을 중신에게 맡기고 있으니만큼 이런 종류의 일을 일일이 보고할 필요는 없다. 쓰기노스케가 하고 싶은 말은 다음과 같은 것이었다.

"그러므로 이제부터의 에도는 더욱더 살벌해질 겁니다. 막부 가신 따위도 쇼기 대라 하는 도당(徒黨)을 만들어 시중에서 날뛰며 기세가 충천한 나머지 이 저택에도 여러가지 일을 강요하러 올지 모릅니다."

즉, 쇼기 대 따위가 나가오카 번도 함께 일어나자고 강요하러 온다. 그때 영주가 이 에도에 있다면 핑계를 대기가 어려워져서 뜻하지 않은 소동에 끌려들어가기 쉽다. 그러므로 일찌감치 에도를 떠나 귀번하는 게 좋고 되도록이면 내일 떠나도록 하는 게 어떻겠느냐고 쓰기노스케는 말했다. 다다쿠니는 승낙했다.

이튿날 아침, 영주 다다쿠니는 번 저택을 나서서 귀번길에 올랐다. 쓰기노스케는 영주를 우라와(浦和)까지 배웅하고 쉴 사이도 없이 에도로 되돌아왔다.

그런 뒤 요코하마에 가서 스넬 및 페블브란드와 상담(商談)을 끝내자 다시 에도로 황급히 돌아왔다.

"중신께서는 너무 활동이 많으셔."

처남 나기노 가헤에 등은 걱정했으나 쓰기노스케의 말을 빌리면 이런 것이었다.

——중신이니까 분주한 것.

사실, 아랫사람에게 맡겨 놓고 날을 보낼 수 있는 시대도 아니어서 하나에서 열까지 쓰기노스케가 계획하고 결정하고 때로는 몸소 달려가 그것을 처리해야만 되었다.

이를테면 나가오카 번이 모조리 에도를 철수하고 난 뒤의 번 저택 관리 문제도 그러했다.

"어떻게 할까요?"

이 말만 할 뿐, 다른 사람들에게는 방법이 떠오르지 않았다. 쓰기노스케로서는 나가오카 번이 다시 에도에 돌아올 날이 있을 것 같지 않았다. 당연히 썩어 무너질 것을 각오하고 내버려두면 그만이다.

그러나 그렇다면 에도 시민이 피해를 입을 것이다. 이같은 거대한 건물이 도적이나 부랑배의 소굴이 되고, 나아가서는 단속을 잘못하여 어떤 사고가 일어나 에도 시민을 괴롭힐지도 모르는 일이었다.

"그렇다고 해서"

번사들은 말한다. 잡병 하나라도 남긴다면, 언젠가 나타날 관군을 생각할 때 적중에 버려두는 것만 같아서 도저히 인정으로서는 그렇게 할 수가 없다. 그들도 남아 있고 싶어하지 않으리라.

"어떻게 할까요?"

아랫사람들은 어쩔 줄을 몰라할 뿐이었다. 쓰기노스케는 즉각 결정을 내렀다.

"씨름꾼 료고쿠(兩國)에게 집을 봐 달라고 하지."

이렇게 하기로 결정을 보았다.

어떤 영주라도 녹미(祿米)를 내려 주고 단골로 고용하고 있는 역사(力士)가 있다. 나가오카 번의 경우, 에치고 출신의 료고쿠가 그러했다. 다행히 지금은 은퇴하여 우두머리가 되어 있고 제자도 많다. 그에게 제자를 거느리고 집을 지키게 한다면 이럴 경우 더 바랄 나위가 없었다.

"아, 딴은."

아랫사람들은 감탄했으나, 그 뒤 료고쿠를 불러 그 말을 전달하는 것은 결국 중신인 쓰기노스케여야만 했고, 이런 종류의 일거리가 산더미처럼 쌓여 있어서 그것을 일일이 해결해 나가야 했다.

그러는 사이 2월도 앞으로 며칠밖에 남지 않게 되자 에도의 영주 저택은 대부분이 고향으로 철수하고 말았다.

더욱 뜻밖인 일은 도카이도나 나카센도(中山道)를 동진해 오는 관군의 속도가 예상 외로 빨라서, 3월 중순에는 에도에 도착할 것 같다는 정보가 연신 들려오기 시작했다.

"서두르지 않으면 돌아갈 길이 막힐 텐데."

미마 이치노신 등은 걱정했다.

확실히 관군의 진군 속도는 에도 사람들이 상상했던 것보다도 빨랐다.

이 사이에 에도 측은 온갖 수단을 다 써가며 간토 정벌 중지, 또는 잠시 동안의 말미를 달라고 교토의 조정에 탄원을 계속하였다.

그러나 교토는 듣지 않았다. 특히 사쓰마의 사이고 다카모리(西鄉隆盛), 오쿠보 도시미치(大久保利通)는 듣지 않고 이 태도를 굳게 지켰다.

——요시노부의 목을 보지 않는다면 일은 성사되지 않는다.

이것이 혁명일 것이다. 전 시대의 권력을 쓰러뜨리고 새로운 시대가 왔다는 것을 세상에 알리기 위해서는 이론도 계몽 활동도 아닌 전 시대의 상징이었던 자의 피가 필요했다.

이 무렵, 사이고와 오쿠보는 교토에 있었다. 사이고의 숙소는 대궐 북쪽인 쇼고쿠 사(相國寺) 곁이었고, 오쿠보의 숙소는 이시야쿠시 데라 거리(石藥師寺町)의 동쪽이었으므로 걸어서 왕래하더라도 그리 멀지 않은 거리였으나, 이 시대 사람들의 습관으로 의견 교환의 대부분은 편지로 했다.

요시노부가 은퇴를 하고 싶다는 간청이 에도에서 전달되어 왔다. 그뿐 아니라 에도 성에 있는 세이칸인 노미야(靜寬院宮)에게서도 요시노부를 관면해 주도록 탄원해 왔다. 이 점에 관해 사이고는 오쿠보에게 편지를 썼다.

"요시노부(경칭을 붙이지 않고 있다)가 은퇴하고 싶다는 청원을 해온 모양인데 참으로 뻔뻔스런 일이 아닐 수 없다. 꼭 할복 자결토록 해야 한다. 이 에도로부터의 탄원에 대해서 도사 번이나 에치젠 번은 반드시 마음이 움직여 조정에 구명 운동을 할 것이 틀림없다."

도사 번(土佐藩), 에치젠 번(越前藩)은 신정부의 유력한 구성 분자이긴 했으나 그 두 번의 우두머리(야마노우치 요도, 마쓰다이라 슌가쿠)는 도쿠가와 가문에 대해서 극히 동정적이었다. 사이고는 그것을 말한 것이다. 다시 사이고는 말했다.

"세이칸인 노미야라고 할지라도 이 건에 있어서는 역적의 일당이나 마찬가지."

미야(宮)란 세상에서 말하는 황녀(皇女) 가즈 노미야(和宮)인 것이다. 선황(先皇) 고메이 천황(孝明天皇)의 누이동생이며, 일찍이 막부는 조정과 막부의 융화 정책을 위해 이 황녀(皇女)를 장군 이에모치(家茂)의 부인으로 내려줍소사 하고 탄원하여 분큐 원년 그녀는 에도로 출가했다. 몇 년 뒤 남편을 여의고 나서도 계속해서 에도 성의 내전에 살며, 세이칸인 노미야라고 불리어 왔다.

"단호한 토벌이 있어야 하며, 만일 여기까지 밀고 왔는데도 불구하고 지금에 이르러 늦춘다면 나중에 후회한들 이미 때는 늦다."

이것이 사이고의 혁명관(革命觀)이었으리라. 그는 뒷날에 이렇게 말했다.

"전 일본을 초토(焦土)로 만들 각오로 덤비지 않으면 안 된다. 천하는 잿더미가 되고 백성은 괴로워할 것이다. 그러나 그 잿더미와 괴로움 속이 아니면 새로운 국가를 건설할 힘은 솟지 않는다."

사이고는 이러한 사상을 갖고 있었다. 그런데 이렇다할 참화(慘禍)도 없이 유신이 성립되었기 때문에 사이고는 두고두고 이렇게 말했다.

"전쟁이 모자랐다. 이걸 가지고서는 일본은 아무 것도 안 된다."

이것이 그의 만년의 운명을 만드는 하나의 원인이 되기도 했다.

관군은 그 중의 소수가 도바 후시미 싸움 직후에 미노(美濃)의 오가키(大

垣)까지 진출해서 거기에 주둔했다.

오가키 옆에 '세키가하라(關原)'가 있다.

이 세키가하라로부터 신작로가 사방으로 뻗어나 동서남북 어느 방향으로 가더라도 편리했으므로, 한시바삐 오가키 성을 장악하려고 했을 것이다.

그러나 주력 부대의 출발은 2월에 들어선 뒤부터였다. 주력 부대 중 가장 빨리 교토를 출발한 것은 도사군이었다.

이 부대는 고치(高知)에서 왔다. 도사 번 군사 총재(軍事總裁)인 이타가키 다이스케(板垣退助)가 도바 후시미 싸움 소식을 듣자 곧 독단으로 이끌고 온 것인데, 교토에 들어오자 이타가키는 가와라 거리(河原町) 번저에서 번의 노공(老公) 야마노우치 요도를 배알했다.

요도는, 막부 말기에 그 주장이 단순하지 않았다. 번의 과격 근왕파를 탄압하는 한편 조정에 대해서도 봉사하는가 하면 막부에도 좋게 보이는 행동을 취하여, 이 때문에 천하의 정치 정세가 혼란을 거듭한 일도 적지 않았다. 요도는 막부가 대정(大政)을 내놓은 후에도 도쿠가와의 입장을 동정하여 대궐에서 사쓰마 번주를 매도한 일까지 있으므로 사쓰마의 사이고 등은 이렇게 말하며 증오의 대상으로 삼은 인물이었다.

──단순한 막부주의자인 편이 훨씬 다루기 편할 거다.

이타가키는 일찍부터 과격파였다. 요도의 총신(寵臣) 중 하나였지만 그 과격성 때문에 호된 꾸중을 받은 일도 있고, 한때는 내몰린 일도 있었다. 그 이타가키가 요도를 배알하고 도착 보고를 올린 뒤 빈정거렸다.

"영주께서는 지금까지."

이타가키는 말한다.

"저희들을 보고 과격하다고 항상 말씀하시지만 과격한 세상이 되지 않았습니까?"

이 말에 모든 사람이 숨을 죽였다. 요도가 여느때처럼 고함을 지를 줄 알았는데, 한쪽 볼에 쓴 웃음을 띠우고 입술을 꼭 다문 채 고개를 끄덕였을 뿐이다.

"음."

요도마저 달라졌다. 이를테면 도사 번에 대해서 나카센도(中山道) 선봉의 명령이 내렸을 때, 번의 중신 중 군비(軍費)가 없으니 거절하라는 자가 있었다. 요도는 소리를 버럭 질렀다.

"옛날부터 양식이 없어서 싸움을 못한다는 말은 들은 일이 있지만, 돈이 없어서 싸움을 못한다는 말은 들은 일이 없다. 돈은 나중에 어떻게든지 돼. 어쨌든 군을 출발시켜라."

요도가 볼 때 이미 정치의 시기는 지났다. 정치 단계에선 도쿠가와 가문에 대한 한 조각 감상(感傷) 때문에 사쓰마 조슈를 꽤나 억눌러 왔지만, 지금부터는 군사(軍事) 시대이고 군의 문제라면 모든 감정을 버리고 영웅이 되는 것이 남아다, 하는 생각이었으리라. 요도는 출정하는 번사를 먼저에 모아 놓고 뒷날까지 전해진 간결한 격려의 말을 내려 번사들을 용기백배하게 했다.

"날씨는 아직 춥다. 부디 몸을 보살펴라."

관군의 총사령관을 가리켜 '정동군 대총독(征東軍大總督)'이라고 했다. 이 직책에는 아리스가와 다루히토 친왕(有栖川熾仁親王)이 뽑혔다. 나이 서른 셋이었다.

황족 가운데서는 학문도 뛰어났고 기개도 있어 막부 끝 무렵 한때는 조슈 과격파 지사들의 추앙을 받았으며, 겐지 원년(元治元年) 이후 조슈 세력이 교토에서 몰락하자 칩거(蟄居)를 명받았고 조슈를 싫어하는 고메이 천황이 죽자 다시 등용되었다. 이렇다할 공적은 없다.

그러나 용모가 화려하여 눈썹이 치오르고 눈, 코가 모두 크며 체격도 당당했기 때문에 이런 소리가 일찍부터 있었다.

──대장은 그분에게.

이 사람이 말을 타고 앞장 서면 연도(沿道)의 주민이 모두 그 위엄에 눌려 싸우지 않고도 항복할 것이라는 기대가 모든 사람들에게 있었다.

친왕이 선발 부대보다 약간 늦게 교토를 출발한 때는 에도의 쓰기노스케가 연신 에도와 요코하마 사이를 왕래하며 집기를 팔고 무기를 사들이던 무렵이었다. 2월 15일이었다.

이 날 친왕은 작별 인사차 입궐했다. 즉시 '팔경(八景)'의 그림방으로 들어갔다.

이어서 '학문소(學問所)'에 들어가 거기서 메이지 천황과 대면했다.

그 자리에서 칙어(勅語)가 내렸다. 문장으로 된 것이었다. 의정(議定) 담당 공경이 낭독했다.

"금번 정동(征東) 군무를 위임하는 동안 하루 바삐 평정의 공을 세우라."

이러한 말뿐이었다. 낭독을 하는 공경은 나카야마(中山) 전임 태정차관(太政次官)으로서 소년 천황의 외조부였고 양육관(養育官)이었다. 나카야마가 천황을 대신하여 보검 및 금기(錦旗：천황기) 두 폭을 내렸다.

친왕은 어전을 물러나 '팔경의 그림방'으로 돌아와 거기서 하사주를 마셨다. 곧 일어나 대궐을 나왔다. 사카이 거리(堺町) 궁문 앞 도로에는 친왕이 거느리고 갈 관군이 모여 있었다. 친왕이 마상에 오르자 일제히 움직이기 시작했다.

친왕은 하루 종일 걸어, 그 날 저녁 오쓰(大津)에서 일박했다.

가는 도중 때로는 흐렸다가 때로는 맑아졌다. 그에게는 보는 것이 모두 신기하기만 하여 닷새 뒤 이세의 구와나에 도착했을 때였다.

"저것이 바다라는 것이냐?"

친왕은 물으며 말을 세워놓고 싫증도 내지 않고 바라보았다.

도쿠가와 막부의 법으로, 도요토미 가문 몰락 후로는 친왕, 공경이 교토에서 떠날 수 없게 되어 있었기 때문에 그는 바다가 어떤 것일까 하고 어렸을 때부터 상상하곤 했지만 이처럼 넓은 것이라고는 생각하지 못했다.

도중에 감기가 들었다. 그 때문에 미카와 요시다(吉田)에서 병석에 눕게 되어 예정보다 하루 지연되었다. 출발 후에도 몸이 성치 않아 말을 버리고 가마를 이용했다. 이 때문에 연도의 주민들에게 모처럼의 늠름한 황족의 모습을 구경시켜 줄 수가 없어 참모들의 기대는 어긋나고 말았다.

29일은 비바람이 불었다. 덴류 강(天龍川)이 크게 불어났으나 전 부대는 용기를 내어 도하했다. 강을 건넌 뒤 관문에서 휴식하고 있으려니까 본진 뜰 앞에 있는 벚나무가 벌써 반쯤 꽃을 피우고 있었다.

이 무렵 에도에 있는 쓰기노스케는 아직 꽃이 핀 것을 보지 못했다. 관군이라고 해도 장비가 고루 갖추어져 있는 것은 사쓰마 조슈 도사 번뿐이었고, 약간 뒤늦게 참가한 히젠(肥前) 나베시마 번(鍋島藩)이 화력 장비에 있어서 가장 뛰어났다.

인슈(因州) 돗토리 번(島取藩), 비젠(備前) 오카야마 번(岡山藩), 오미(近江) 히코네 번 등은 대량으로 병력을 내놓고 있었지만, 장비가 시원찮아 소총도 99퍼센트가 전국시대의 화승총이었으며 복장 역시 일본식이어서 갑옷 위에 야전복을 걸쳤고 창이 주요 무기였다. 다만 히코네 번만은 네덜란드식으로 훈련된 병사를 1개 대대 거느리고 있었다.

사쓰마 조슈 도사 세 번의 병사들은 이들을 가리켜 '잡번(雜藩)'이라고 불렀다. '잡번'은 전의마저 부족되어 무엇 때문에 싸워야 하는가 하는 정치 의식이, 무사나 잡병에게 전혀 없다고 할 만큼 투철하지 못했다.

"시대 풍조야. 그러니까 교토편이 된 거지."

무사 대장급인 자마저도 이런 정도의 의식이었고, 개개인의 전의가 낮을 뿐 아니라 이 싸움에 의문마저 느끼고 있었다. 이겨봤자 사쓰마 조슈의 이름만 높여 줄 것이 아닌가, 하는 의문이었다. 경우에 따라선 시마즈 장군이나 모리 장군이 생길지 누가 아는가.

관군의 대총독부는 도카이도를 동진해 갔다. 선두에는 두 개의 금기(錦旗)가 나부끼고 기수(旗手)는 대궐의 하급 관리들이었다. 열두 명이 교대로 들고 행진했으나 기가 무거워 그것이 바람에 나부끼면 교토 태생인 관리의 힘으로는 주체할 수가 없게 되어 바람이 불 적마다 기수들은 법석을 떨었다. 결국 깃대가 너무 길기 때문일 것이라 하여 아라이(新井)의 관문에 도착했을 때 친왕의 허락을 얻어 깃대를 한 자 여덟 치 가량 잘라 버렸다.

그것이 대총독부의 동진(東進)인 것이다.

이와는 별도로 전투 부대로서 '도카이도 선봉 총독'이 진격해 간다. 총독은 하시모토 사네하시(橋本實梁) 소장이었다. 이 공경이 총독에 임명된 이유는 군사적 능력이 있어서가 아니라 성에 있는 세이칸인 노미야의 외가집 호주라는 것과 에도에 도착했을 경우 세이칸인 노미야와의 교섭이 잘 될 것이라는 이유에서였다. 관군으로서는 그녀를 전화(戰火)에서 구해 내야만 했고 또 요시노부를 지나치게 두둔하는 그녀를 외삼촌의 힘을 빌려 설득하여 정전(政戰)의 테두리 밖으로 끌어내야만 하기 때문이었다.

다른 길을 나아가는 관군은 이러했다.

도센도   이와쿠라 도모사다(岩倉具定)
호쿠리쿠도   다카쿠라 나가사치(高倉永祐)
오우(奧羽)   구조 미치다카(九條道孝)

모두 공경을 총독 및 부총독으로 삼고 있었다.

행군 속도는 쓰기노스케 등이 에도의 소문을 듣고 느꼈을 만큼 빠르지가 않았다. 하루 평균 50리였다. 50리를 걸으면 병사의 피로가 눈에 두드러졌다.

쓰기노스케는 에도에 있었다.

'금년엔 꽃이 더디다.'

그것만이 불만이었다. 이 고후쿠바시 번저에서는 40그루 가량의 벚나무가 있고 그 중에서도 문에서 현관까지의 길 양 옆에 심어져 있는 것이 훌륭했는데 수령(樹齡)은 150년이 넘었다고 한다.

쓰기노스케는 매일 관군 동진 소식을 들었다. 일부러 그의 편에서 염탐꾼을 내보내는 일도 있지만, 대부분은 파발꾼 숙소의 주인이 매일 사람을 보내어 알려준다. 교토에 갔다 오는 파발꾼이 보고 들은 것이기 때문에 부정확한 것도 많았지만 그래도 못 듣는 것보다는 나았다.

파발꾼 숙소에서 모아져 오는 이야기란 아무래도 도카이도 소식이 많았다. 나카센도가 그 다음이고, 호쿠리쿠도(北陸道)의 형편은 전혀 알 수가 없었다.

"정작 중요한 호쿠리쿠도를 알 수 없다니, 이거 불편한걸."

쓰기노스케는 매일 불평이었다. 이날 아침에도 번저 문이 열리기 무섭게 파발꾼 숙소에서 사람이 왔다. 요시조(芳藏)라고 하는 숙소 주인 아들이었다. 열일곱 살의 한창 건방진 나이로 혀가 잘 돌아간다.

요시조는 언제나 번저의 뒷문으로 들어와 주방의 봉당에서 쓰기노스케를 기다린다. 곧 이어 쓰기노스케가 나타난다. 쓰기노스케는 문지방에 걸터앉아 물었다.

"그래서, 요시조?"

이렇게 말하는 게 언제나 정해진 첫마디였다. '요시조, 잘 지냈나?' 하는 인사 말인지, 아니면 '그래서 요시조, 오늘은 어떻게 되었지?'

이렇게 묻는 말의 생략인지도 몰랐다.

"그래서, 요시조?"

쓰기노스케가 말하자, 요시조는 재판정에 끌려나간 죄인처럼 봉당에 꿇어 엎드려 머리를 조아린다. 이윽고 고개를 들고 등을 펴면서 허리를 슬금슬금 들더니 두 손을 마루 끝에 대고, 개가 앞발을 드는 듯한 자세가 된다.

"나리님, 벌써 야단입니다. 엔슈 하마마쓰(遠州濱松)에서 에도까지 사흘 만에 달려온 파발꾼이 어젯밤 집에 뛰어들어오자마자 말하기를."

하마마쓰(濱松)의 관군 소식을 전한다. 하마마쓰라면 이노우에 가와치 노카미(井上河內守) 6만 섬의 영지로서 인가도 3,000호 가량 있고 여인숙도 많다. 그 하마마쓰 성이 관군의 인마(人馬)로 혼잡을 이루어 숙소도 여인숙

요코하마 풍경 159

이나 절만으로선 모자라 성 안팎에서 일곱 칸 이상의 집은 모두 숙소가 되어 있다고 했다. 사흘 전의 하마마쓰가 그렇다면 오늘쯤은 가케가와(掛川) 동쪽까지 진출했을 게 틀림없다.

"그래?"

쓰기노스케에게는 대단치 않은 정보였는지 담뱃대를 한 번 털더니, 요시조에게 다른 일을 부탁했다.

"심부름 좀 해다오."

품 안에서 세 통의 편지를 꺼냈다.

행선지는 시바 우다가와 거리(宇田川町), 이이쿠라가타 거리(飯倉片町), 히비야(日比谷) 궁문 안 세 군데이다. 모두 마키노 집안의 분가(分家)였다. 쓰기노스케는 나가오카 번의 지번(支藩) 대표를 부르려는 것이다. 그들을 불러 작별을 고할 셈이었다. 그 때문에 심부름을 보냈다.

나가오카 번에서 갈라진 번은 넷이나 된다.

신슈(新州) 고모로 번(小諸藩) 1만 5,000섬

에치고 미네야마 번(三根山藩) 1만 5,000섬

히다치(常陸) 가사마 번(笠間藩) 8만 섬

단고(丹後) 다나베 번(田邊藩) 3만 5,000섬

이 중 단고 다나베 번의 마키노 가문은 에도 저택을 이미 철수하여 한 사람의 번사도 머물러 있지 않았기 때문에, 쓰기노스케는 남은 세 번에만 심부름을 보냈다.

"점심 때쯤 오겠지."

쓰기노스케는 미마에게 말하고 술상 준비를 하도록 명했다.

장소는 서원(書院)을 쓰기로 했다. 요리는 근처의 요정에서 배달하도록 했다.

"짧은 시간이지만 갖출 수 있는 모든 요리를 준비하도록."

꽃꽂이를 해야만 했다. 이미 번저에는 하녀들이 하나도 없어 꽃꽂이를 할 사람이 없기 때문에 쓰기노스케의 처남 나기노가 '내가 하지' 하면서 그것을 맡고 나섰다. 나기노는 무사로서는 드물게 솜씨가 좋았다. 그는 쓰기노스케의 아버지 다이에몬에게 다도(茶道)를 배웠는데 꽃꽂이도 함께 배웠던 것이다.

그러나 꽃꽂이 그릇이 없었다.

"쓰기 군, 꽃꽂이 그릇이 없어."

나기노는 난처한 얼굴로 나타났다. 쓰기노스케는 쓴웃음을 지었다.

"모두 팔아 버렸어요."

지금쯤은 페블브란드나 스넬의 손에 포장이 되어 요코하마에서 외국으로 실려갈 날을 기다리고 있으리라.

"없는 건 도리가 없지. 처남, 말구유라도 닦아서 쓰시지요."

마구간에 구유가 뒹굴고 있다. 나기노는 할 수 없이 그것을 주워 와 우물가에서 정성껏 닦았다.

꽃에 대해선 나기노도 계획이 있었다. 이 번저의 북쪽 이웃에 전주(傳奏)의 저택이 있었다. '전주'란 교토의 공경의 직책 이름인데 막부와의 접촉이 주요 임무이다. 그들이 간토에 내려올 때의 숙소가 이 전주 저택이었으나 이미 막부도 없어진 이상 이 저택은 필요 없는 것이었다. 전주 저택 뜰안에 있는 벚꽃이 일찍 꽃을 피우고 있는 것을 나기노는 알고 있었다.

그 큰 가지를 얻으러 갔다.

나기노가 갔더니 문지기가 샛문을 열어주었다. 문지기라고는 했지만 재정 감독관 지배 아래 있는 번저의 관리인으로 이에야스 시절 이가(伊賀)에서 온 둔갑술자의 자손들이라고 한다.

"벚꽃을 몇 가지 얻으러 왔소."

문지기는 잠자코 뜰로 안내해 주고는 몸소 나무에 올라가 팔뚝 굵기만한 큰 가지를 몇 개 꺾어 주었다.

"이제는 칙사(勅使)를 맞을 일도 없을 테니까요."

문지기는 나무 위에서 울먹이는 목소리로 말했다.

손님을 기다리는 동안 쓰기노스케는 모든 불필요한 서류를 주방에 나르도록 하여 아궁이에 넣어 태워 버렸다.

쓰기노스케는 부엌 마루에 앉아 지시를 했다. 번사들은 신분의 상하를 가리지 않고 이것을 도왔다.

"허어."

탄성을 올린 자가 있었다.

——가와이 다이에몬(河井代右衛門)

이렇게 서명된 번저의 물품 출납부가 서류 산더미 속에서 발견된 것이었다.

"이것은 가와이님의 춘부장 아닌가?"

그 자가 다른 자에게 물었다. 그러나 연대(年代)가 꽤 오래된 것으로 호레키(寶曆) 2년이라고 되어 있다. 100년도 더 된 것이다.

"조상일 거야."

한 사람이 말했다.

거기 나기노 가헤에가 나타나 헌 장부를 손에 들고 펼쳐 보면서, 꽤 낡은 글씨체로군, 하고 말했다.

유식한 나기노의 해석으로는, 이것은 가와이 가문의 초대(初代)일 것이라는 것이다.

가와이 가문에서는 조상 대대로 다이에몬이 세습적(世襲的) 이름이었다. 그리고 대대로 '쓰기노스케'가 세습의 유명(幼名)이었다. 쓰기노스케 대에 이르러 성인식을 올린 뒤에도 이 유명을 그대로 사용함으로써, 다이에몬은 쓰지 않게 되었다.

초대 다이에몬이라고 한다면 다이에몬 노부카타(信堅)일 것이다. 노부카타는 오미 제제(膳所) 성주 혼다(本多) 가문의 가신이었으나 혼다 가문에서 마키노 가문으로 딸이 시집올 때 따라와 마키노 가문의 가신이 되었다. 이후 쓰기노스케에 이르기까지 5대가 된다.

나기노는 헌 장부에 흥미를 느꼈던 모양으로 그것을 쓰기노스케에게로 가져왔다.

——보라는 것이리라. 되도록이면 거두어 두었다가 나가오카로 가지고 돌아가라는 뜻인 것 같기도 했다.

쓰기노스케는 이 법석을 아까부터 눈치챘다. 그러나 못본 체하고 있었다.

나기노가 장부를 내밀었을 때도 거들떠보려고 하지 않고 무뚝뚝하게 말했다.

"처남, 불살라 버려요."

신기할 것도 없다고까지는 말하지 않았지만 상대가 처남 가헤에가 아니라면 고함을 쳤을 것이다.

쓸데없는 감상(感想)인 것이다.

쓰기노스케에게 말하라고 하면, 번사 전부가 조상 대대로 이 번저에 인연이 있다. 조상 대대로 마키노 가문을 섬겼고, 특히, 에도에서 고정 근무를 한 자라면 이 저택의 기둥 하나에도 먼 조상 이래의 추억이 깃들어 있을 것이며, 영지에 근무한 자도 일 년마다 번갈아가며 에도와 영지에 거주하는 영주 수행(隨行) 등으로 혈맥(血脈) 중의 누군가가 이 번저를 드나들었을 것이다.

'한이 없는 일이다.'

그것을 생각하면 말이다. 쓰기노스케는 자칫하면 몸 속에서 끓어 오르는 그러한 감상을 억누르며 되도록이면 감정을 죽이고 냉정하게 이 에도 저택의 뒷처리를 끝내고 싶은 것이었다.

이윽고 점심 때가 되었다.

맨 먼저 나타난 것은 신슈 고모로의 마키노 가문의 중신들이었다.

쓰기노스케는 그들을 현관에서 맞이하여, 모두 모일 때까지 대기실에서 기다려 달라며 현관 옆의 작은 방으로 안내했다.

고모로 번 대표는 중신 마키노 하야노신(牧野隼之進)과 두 사람이었다.

방에 들어서자 하야노신은 훨씬 아랫자리로 내려가 마치 스승을 대하듯이 정중한 예로 쓰기노스케에게 인사했다.

"이 무슨 인사를……."

쓰기노스케는 눈썹을 찡그리며 하야노신의 손을 잡아 일으켜 대등한 자리에 앉혔다.

"아니, 이러시면 안됩니다."

그는 말한다.

하야노신은 이미 사십 고개를 반쯤 넘어 쓰기노스케보다 손위였다. 신분에 있어서도 본번과 지번의 관계에 있다고는 하나 유난스럽게 상하를 따지지 않아도 좋았다. 그러나 예를 깍듯이 한 것은 쓰기노스케에 대해서 은의가 있기 때문이었다.

연전에 '고모로 소동'이라는 게 있었다.

가문의 상속 다툼이었다. 영주 야스다미(康民)에게 아들이 없어, 상속 다툼의 대부분이 그런 것처럼 이 경우도 후계자 문제 때문이었다. 중신 일부가 야스다미의 동생 노부노쓰케(信之助)를 세우려고 파당을 만들었고, 그에 대해서 반대파가 들고 일어나 서로 싸웠기 때문에 번의 정치는 큰 혼란에 빠졌다.

마침내 일부에서 종가인 나가오카 번에 호소를 하여, 이대로 버려 두면 유혈 소동이 일어나든가, 아니면 막부가 끼어들어 영지가 몰수될(그럴 정도의 힘이 막부) 염려마저 생기게 되었다.

쓰기노스케가 아직 중신이 되기 전의 일이었다. 번의 명령에 의해 그 조정(調停)을 맡게 되어 하인 한 사람을 데리고 고모로에 갔다.

숙소는 성내의 호쥬 원(寶壽院)이라는 절이다.

"저것이 본번의 가와이냐?"

모두들 눈짓을 해가며 수군거릴 만큼 쓰기노스케의 복장은 초라했다. 여느 때의 무명옷에 가난뱅이 서생(書生)이 입는 것 같은 하카마를 둘렀을 뿐이었다.

더구나 처음에는 번의 누구와도 만나지 않고 매일 성 밖의 농촌을 빈들빈들 돌아다니는 등 보통 유람객 같았다.

이윽고 한 사람씩 관계자를 불러 꼼꼼하게 따져 물은 다음 마침내 판결을 내렸다. 일체 좋고 나쁨을 따지지 않고 소동으로 파면되었던 자를 복직시켜, 소동의 원한이 장래에 남지 않도록 하는 것을 방침으로 정했다. 마지막으로 일동을 불러놓고 말했다.

"태평한 시대라면 이 중에서 할복을 명해야 할 사람도 있소. 그러나 시국이 복잡한 때이므로 지금은 그럴 경황이 없소."

그 뒤 번의 정청(政廳)으로 나가서 번정(藩政) 개혁에 대한 제안을 하고 그 실행을 강요했다.

그후 분쟁을 일으켰던 양파 모두 쓰기노스케에게 진심으로 복종하여 하야 노신 같은 사람은 쓰기노스케에게 이렇게 말하며 지나칠 정도의 경의를 나타냈다.

'내 평생의 스승이다.'

'고모로 소동' 무렵 쓰기노스케는 공식 숙소인 성내의 절에서 밤이면 혼자 술을 마셨다.

사미승(沙彌僧)이 이따금 들어와 술이 알맞게 데워졌나 보기도 하고 술을 더 부어주기도 하고 나간다.

쓰기노스케는 일체 말이 없었다. 사미승이 미닫이 뒤에서 들어 보았더니, 자작으로 따라 마시며, 이따금 목청을 돋구어 노래를 부르기도 했다. 노래는 매일 밤 두 가지밖에 없었다.

아홉 자 방 두 칸에 과분한 것은
연지가 묻어 있는 "볼 대롱"일세.

세월이 태평해도 잘릴 때는 잘린다.
샤미센 베개 삼아 얼씨구
한세상 잠이나 자자.

그 노래뿐이었다.
 양 파 싸움에 대한 판결을 내리기 직전 쓰기노스케는 일단 에도로 돌아가 마키노 가문 종가의 호주이며 자기의 영주인 다다유키(忠恭)에게 보고했다. 다다유키는 곧 고모로 번주 야스다미를 불렀다.
 꾸짖을 셈이었다. 그러나 실제로 꾸짖는 것은 다다유키라기보다 다다유키 옆에 앉아 있는 쓰기노스케였다.
 쓰기노스케는 야스다미가 총애하는 성주 대리 간토 로쿠로베(加藤六郎兵衞) 이하 몇 명을 간신이라고 보고 있다. 이들의 잘못을 하나하나 들어 규탄하며 야스다미를 추궁했다.
 "그들을 군자(君子)라고 생각하십니까?"
 야스다미가 아무렇게나 대답하자 쓰기노스케가 목소리를 높여 찌르듯이 말했다.
 "눈이 머셨습니다., 이토록 그들의 잘못이 뚜렷하건만 아직도 정신을 못 차리십니까?"
 야스다미는 그뒤 자기 번으로 돌아가서 측근에게 말했다.
 "태어나서 오늘날까지 그토록 모욕을 받은 일은 없다. 몇 번이고 일어나 베어 죽일까 마음먹었는지 모른다."
 그뒤 쓰기노스케가 판결을 내리기 위해 고모로에 가서, 관계자 일동을 모아 결정 사항을 선고했을 때 누구 하나 얼굴을 드는 자가 없었다고 한다.
 "도저히 얼굴을 들어 그 사나이를 볼 수가 없었어."
 나중에 싸움을 한 양 편이 모두 수군거렸다.
 쓰기노스케는 이 사건을 해결하는 데 있어 번을 분열시키지 않는 데 중점을 두어 결국 한 사람의 희생자도 내지 않았지만, 그 중에서도 크케 덕을 본 것은 중신 마키노 하야노신이었다. 하야노신은 소동 중 상대편 때문에 종신

직에서 쫓겨나 근신 중이었던 것이다.

사건 후 쓰기노스케는 하야노신 집에서 하룻밤을 자게 되었다.

"고모로 번의 사람들을 꽤 많이 만나 봤소. 오늘은 취한 김에 그들의 장래를 점쳐 볼까."

쓰기노스케는 이렇게 말하며 하나하나 이름을 들어 점을 쳤다.

"다카사키 이쿠모(高岐郁母)는 현재 권세가이지만 비명에 쓰러지고 말 것이다. 니시오카 노부요시(西岡信義), 나가누마 한노조(長沼半之丞)는 장차 크게 등용되리라."

이를테면 이런 식으로 점쳤었는데, 유신 후 그것이 고스란히 들어 맞아, 하야노신은 만년에 이르기까지 입버릇처럼 말했다.

──가와이님은 신(神)과 같은 사람이었다.

점심 때가 좀 지났을 무렵 지번의 대표들이 잇달아 고후쿠바시의 번저에 나타났다.

"불러주시니 감사합니다."

저마다 인사를 하고 현관으로 들어간다. 종가의 사람들이 그들을 정중히 맞아 서원으로 안내했다.

히다치 가사마(常陸笠間) 8만 섬의 마키노 댁에서는 재정관 다니 겐 노신(谷源之進)과 다무라 이치베(田村市兵衛)가 왔다.

에치고 미네야마 1만 5,000섬인 마키노 댁에서는 중신 다가야 미쓰구(多賀谷貢) 등 세 사람, 거기에 앞서 와 기다리고 있는 고모로의 마키노 하야노신 등이 합석하여 각각 자리에 앉았다.

초대한 쪽인 본번 사람들은 모두 아랫자리에 앉고 중앙에 쓰기노스케가 앉았다.

쓰기노스케는 인사를 했다.

"막부가 교토에서 와해(瓦解)되고"

그는 말한다.

"장군은 에도로 돌아와 오직 공순(恭順)을 표방하고 계시오. 그렇건만 사쓰마 조슈는 자칭 관군이라 일컫고 도쿠가와 가문을 역적이라 하면서, 교만하고 무도한 군사를 일으켜 세 길로 에도에 쳐들어오고 있소. 아마 내일이라도 하코네의 관문에 이르게 될 것이오."

그런 의미의 말을 계속했다.

그런데 도쿠가와 요시노부는 오직 공순을 표시하고 직할 무사를 눌러 폭발(爆發)을 막으며 폭발을 시도하는 자에게 이러한 말로 일일이 타이르고 있다.

"그것은 마치 내 목에 칼을 대고 목을 떨어 뜨리려고 하는 것과 마찬가지며 불충(不忠)이라고 하지 않을 수 없다."

이 때문에 에도는 겨우 진정을 유지하고 있었다.

각 번은 갈팡질팡 어쩔 줄을 몰랐다.

쓰기노스케는 말했다.

"정권을 조정에 돌려드린 뒤, 삼백 제후는 도쿠가와 가문과의 관계가 끊어졌다."

이것은 쓰기노스케의 해석이다.

도쿠가와 가문은 맹주(盟主)였다. 각 영주는 도쿠가와에 대해서 신하의 맹약을 하고 그 통제에 복종하는 형식을 취해온 것이 봉건제도라는 것이었고, 그것이 도쿠가와 가문의 정권이라는 것이었다. 그런데 그 정권을 요시노부가 조정에 돌려주었다. 이 때문에 도쿠가와 가문은 직할 무사만이 가신이 되었다.

각 영주는 버림을 받았다.

"도리로 말하면"

쓰기노스케는 말한다. 요시노부가 멋대로 영주를 내버린 셈이었으며, 영주로선 앞으로 누구를 섬기든 자유 의사에 맡겨져 있다. 곧 서쪽으로 달려가 조정의 영주가 되지 말라는 법도 없다. 자립해도 좋다.

"그 밖의 길은 없다."

조정을 섬기든가 자립하든가 두 가지밖에 없다고 한다. 도쿠가와 자신이 주인(맹주) 자리를 내팽개친 이상, 도쿠가와씨의 산하(傘下)엔 들어갈 수 없는 것이다.

"여하간, 천하는 어떻게 될 것인가?"

혼란을 가져올 것이다. 서로의 번, 서로의 몸이 어떻게 될지 모를 이때, 이제 에도를 떠남에 있어 이별의 자리를 마련하는 것이라고 쓰기노스케는 말했다.

술이 나왔다.

술자리가 무르익었을 때, 쓰기노스케는 차례로 술을 따라주었다.

"아니, 황송하게도."

가사마 번의 다니겐노신은 예의가 바른 사나이라 마치 옛날식의 헌주(獻酒)처럼 두 손으로 공손히 받아 큰 잔이라도 되는 듯이 세 모금으로 나누어 마셨다. 쓰기노스케는 차례차례 자리를 옮겨 가며 따라주었다.

고모로 번의 마키노 하야노신은 술이 어지간히 약한 모양으로 눈알이 새빨갛게 되어 앉아 있다. 쓰기노스케는 술잔을 내밀었다.

"아니 저는 이제……."

손을 내저으려고 했으나 쓰기노스케가 묵묵히 모른 체하는 얼굴로 술잔을 내밀고 있기 때문에 결국은 마셨다. 하야노신은 평소 한 방울도 마시지 못했다.

미네야마 번의 다가야 미쓰구는 같은 에치고인이니만큼 주량은 보통이 아니다.

쭉 들이켠 다음 말했다.

"큰일이겠군요."

에도에 있는 나가오카 번 번사를 두고 하는 말이다. 초대받은 이 세 번의 경우는 에도의 번사라고 해봐야 각각 몇 사람의 잔무 정리자가 남아 있을 정도이며 그들도 이삼 일이면 고향으로 철수하고 만다. 아이즈 번이나 구와나 번조차 이미 에도를 떠나 버려 에도에서 백 명 안팎의 많은 번사가 남아 있는 것은 쓰기노스케의 나가오카 번뿐인 것이다. 관군이 간토의 산과 들에 몰려들기 시작하면 돌아갈 길이 없지 않겠는가.

——대관절 어쩔 셈일까?

그런 의문이 초대받은 모든 사람들의 가슴 속에 있었으나 아무도 쓰기노스케를 어려워하여 묻지 않았다. 쓰기노스케도 거기에 대해선 입을 다물고 있었다.

쓰기노스케는 한바퀴 돈 뒤 좌중 중앙에 앉아 자세를 바로 했다.

"오늘 말씀드리고 싶었던 것은"

말을 시작했다.

"장래 문제에 대해서요."

여러분에 대한 부탁이 있다, 한낱 희망일 뿐 받아들이든 받아들이지 않든 물론 자유이지만, 어떻소. 듣기만이라도 해주시겠소, 하고 말했다.

일동은 긴장했다.

'이 사나이는 도쿠가와 가문에 끝까지 충성을 바치라고 하는 게 아닐까.'

저마다 마음속으로 이렇게 생각했고, 그 말을 두려워했다. 이 세 번 역시 시국이 이렇게 된 이상 대세에 순응하여 자기 가문을 보전하자는 방침이 서 있었으므로, 지금 종가가 종가 의식을 갖고 그러한 생각을 강요해 온다면 난처하다고 생각하고 있었다.

그러나 쓰기노스케는 느닷없이 말했다.

"여러분은 장차 관군에 소속하는 편이 나으리라고 생각하오"

농담이나 비꼬는 것이 아님은 그 얼굴을 보아 알 수 있었다.

──사쓰마 조슈를 따르라.

이런 말이었다. 쓰기노스케의 말은 매사의 이치에 까다로운 그의 입에서 나온 말이니만큼 세 번의 대표에게는 뜻밖이어서 일제히 궁금한 표정을 지었다.

"그것은 대관절"

고모로 번의 하야노신이 재빨리 무릎을 앞으로 내밀며 말했다.

"그것은 대관절 어떤 말씀입니까? 저희들에겐 한 조각의 절의(節義)도 없다고 하시는 겁니까?"

절의란 도쿠가와 가문에 대한 의리였다. 마키노 가문은 미카와 이래 대대로 은의가 있는 번이니만큼 다른 번들처럼 쉽사리 대세에 순응할 수 없다는 것은 알고 있는 것이다. 그렇다고 해서 관군에 저항할 마음이나 실력은 없고 되도록이면 도의적인 문제에서 슬쩍 몸을 빼돌려 대세에 순응하는 방향으로 번을 끌고 가겠다는 것이 속셈이긴 했지만.

"아니, 알고 있소."

쓰기노스케는 말했다.

"도쿠가와 가문에 대한 절의는 절의요. 그것은 여러분의 마음속에 간직하면 되는 것이고 번의 움직임과는 별도로 하시오."

"별도라니?"

"번사에게 있어선 번을 무사히 보전하는 것이 절대의 정의(正義)요. 지금부터 시작될 동란(動亂)의 시대에 어떻게 하면 번을 살려나갈 수 있는가, 여러분은 그것만을 생각하는 게 좋을 것이오."

"가와이님, 진심입니까?"

요코하마 풍경

"진심이오."

쓰기노스케는 고개를 끄덕였다. 미미한 존재인 작은 번이 약간의 병력과 빈약한 구식 장비로 관군에 대항한다 해도 여기저기에 있는 산적만큼의 힘도 발휘하지 못한다. 짓밟히고 마는 것이 고작이며 짓밟히더라도 세상의 동정은 없을 거라고 쓰기노스케는 말한다.

"시대는 바뀌오. 오늘 저녁 해가 지고 내일 아침 다시 떠오르듯이 그것은 명백한 일이오. 세 번은 속히 왕신(王臣)이 되시오."

"그럼 나가오카 번은?"

"글쎄올시다."

쓰기노스케는 팔짱을 끼었다.

"그 일에 관해선 벌써 일 년 남짓 생각해 오고 있소. 그러나 지금껏 갈피를 못 잡고 있소."

"가와이님 정도 되는 분이?"

"누구에게도 이것만은 모르지요. 마음속에 무엇인가 다짐한 것만은 품고 있지만, 어쨌든 나가오카 번으로선 일이 닥쳤을 때 볼 일이오. 그것뿐이오."

"그런데 우리들에게는 관군을 따르라 하시는 거요?"

"그렇소. 그것이 안전한 것이오. 그리고"

쓰기노스케는 숨을 죽이더니 이윽고 말했다.

"마키노 가문을 남기는 길이기도 하오."

이것이 본성인 것 같았다. 본번, 지번의 구별을 불문하고 어쨌든 미카와 이래의 이 명문을 한 집안이라도 남기고 싶다.

"그것이 서로 번주의 조상님에 대한 신하된 도리요. 한 집안이라도 남는다면 다른 마키노씨 대대의 제사는 모실 수 있소."

그렇게 쓰기노스케는 말하는 것이다.

그 뒤, 좌중은 모두 말이 없었다. 영원히 계속될 것만 같은 무거운 침묵이 흐른 뒤, 고모로 번의 마키노 하야노신이 참을 수가 없는 듯 얼굴을 일그러뜨렸다.

일동이 그쪽을 바라보니 하야노신은 손바닥으로 얼굴을 가리고 있었다. 울고 있는 것이었다.

"조용히들."

쓰기노스케는 하야노신에게서 눈을 돌린 채 이런 말을 했다. 이 사나이에게 무엇보다도 싫은 것은 눈물이었다.

눈물이란 다분히 자기 감정에 응석을 하는 것으로서 어려운 일이 이것으로 해결된 일은 옛날부터 없다는 것이 쓰기노스케의 신념이었다.

쓰기노스케는 잔뜩 찌푸리고 있었다.

——모두 저마다 번의 책임자 또는 그것에 준하는 사람들이 아닌가.

하나의 번을 운영해 나가는 것은 눈물이 아닌 메마른 이성이어야 한다고 그는 생각하고 있었다.

이윽고 하야노신은 울음을 그쳤다.

"추태를 보였습니다."

일동에게 사과를 한 뒤 고개를 깊이 수그리고 자기가 지금 운 것은 가와이 님의 고마움에 대해서라고 한다.

——관군을 따르라.

이렇게 마음을 써 주시는 고마움, 대세에 순응하여 번을 보전하라는 말. 하다못해 하나의 번이라도 마키노씨의 핏줄을 남기고 싶다는 그 생각. 하야노신은 그것이 고맙다고 말했다.

"정……."

가사마 번의 다니 겐노신이었다. 다니는 하야노신과는 달리 어딘가 능청스러운 데가 있고 받아들이는 방법이 달랐다.

"고맙소."

다니는 말했다.

다니는 근왕가는 아니었지만 막부가 무너지고 천하가 이렇게 되어 버린 이상 무리가 없는 방침을 취하리라 생각하고 있었다. 그런 심정에서 쓰기노스케에게 가벼운 감사의 뜻을 표명했던 것이다.

"그런데"

다니는 말을 이었다.

"나가오카 번은 어떻게 하시렵니까?"

"우리쪽 말인가요?"

쓰기노스케는 몇 번이나 같은 말을 해야 한다.

"우리쪽은 닥치는 대로요. 그때 그때 그림을 그려 나가겠소."

마음에도 없는 것을 이런 표현으로 말했다. 다니 겐노신 정도의 사나이에

요코하마 풍경

게 자기 마음속의 심각한 곡절을 말해 보았자 어떻게 받아들일지 알 수가 없는 것이고, 아마 잘못 해석되는 것이 고작이리라.
"막부편입니까?"
다니는 끈질기게 물었다. 쓰기노스케는 희미하게 웃고 나직한 목소리로 말했다.
"편이 될 막부가 없어졌으니 별 도리 없겠지요."
문득 하야노신이 물었다.
"에치고로 돌아가실 때 대체 어느 길을 택할 작정이십니까?"
여러 가도에는 이미 관군이 가득 차 있다고 봐야 한다. 그런데도 에도에서 100명 안밖의 무장병을 이끌고 머나먼 에치고까지 갈 수 있을 턱이 없으며, 요술이라도 부리지 않는 한 방법이 없지 않은가.
"글쎄."
쓰기노스케는 얼굴을 위에서 천천히 쓰다듬어 내리며 표정도 바꾸지 않고 말했다.

하늘을 날아서 돌아갈 것인가.
땅속을 뚫고 돌아갈 것인가,
돌아갈 길 같은 건,
별로 근심할 게 아니로다.

하야노신은 평생 그 자리에서의 광경을 잊지 못하고 사람들에게 말했다.
——어떤 방법이 있을까?
사람들은 궁금하게 여겼으나, 쓰기노스케는 끝내 말하지 않은 채 술자리가 끝났다. 각 번의 사람들은 각각 물러갔다.
쓰기노스케는 미마를 불러 "미리 의논한 예정대로 실시하라"고 지시했다.
예정의 하나는 분가의 무사들이 물러가자 곧 저택을 모두 나서서 청소하는 일이었다. 그런 뒤 철수한다. 철수는 밤이 될 것이다.
"알고 있습니다."
미마는 젊은 능리(能吏)답게 행동도 발랄했다. 곧 서원으로 달려가 일동을 지휘하여, 우선 다다미를 걷고 미닫이를 떼어냈다.
그 무렵 쓰기노스케는 부채 하나를 들고 문 밖에 나가 거리의 가마꾼을 불렀다.

"어디까지 가시렵니까?"

뒤의 교군이 물었다.

"요시와라(유곽)."

명한 뒤 가마의 발을 내리도록 했다.

가마 속에서 에도 철수 후의 예정에 관해 이것 저것 생각했다. 그러나 조금 전에 마신 술기운이 올라 잠시 꾸벅꾸벅 졸았다.

요시와라의 큰 문을 들어섰다.

"나리."

앞의 교군이 물었다. 요시와라의 어느 집에 가느냐고 하는 것이리라. 찻집부터 들러야 할 텐데 웬일인지 그 이름을 잊어버렸다.

부득이 거기서 가마를 내려 유곽내의 네거리까지 걸어가 그곳에 섰다.

'취했나?'

피로한 것이다. 그만큼 다녔던 사나이가 여자를 알선하는 찻집의 이름을 잊다니 있을 수 없는 일이다. 쓰기노스케는 어쨌든 네거리에 서 있었다. 네거리에 서 있으면 쓰기노스케를 알아보는 남자나 여자가 지나가겠지. 아는 체 할 것이 틀림없다고 생각했다. 효과는 의외로 빨랐다.

"나리, 오랜만입니다."

말을 거는 자가 있었다.

쓰기노스케는 찻집에 안내되었다.

방 구조가 달라져 있다.

"불이라도 났었나?"

물었더니, 여주인은 그렇게 오래 되었느냐고 웃었다. 불이 나긴 했으나 꽤 오래 전의 일이다.

"줄곧 향리에 계셨나요?"

"아니."

향리에도 오랫동안 가보지 못했고 오사카, 교토 등지를 두루 돌아다녔으며 이 요시와라에 들어와 오랜만에 에도에 돌아온 기분을 맛보려고 했으나, 정작 중요한 찻집 이름마저 잊어먹었다고 했더니, 여주인은 웃었다.

"정말 꿈나라에서 오신 분이군요."

"요시와라 경기는 어떤가?"

쓰기노스케는 여전히 그런 것에 흥미가 있는 모양이다. 도무지, 하고 여주인은 손을 저었다.

"불이 꺼진 것 같답니다."

"허어."

"하긴 지난 달(이월) 중순까지는 굉장히 북적거렸어요."

하인, 머슴 나부랑이들이 우루루 요시와라에 밀어닥쳤다고 한다. 어느 영주나 직속 무사의 저택이나 모두 그런 자들에게 돈을 주어 정리했기 때문에 그들은 주머니가 두둑할 동안 요시와라에 올려왔을 것이다.

"보병님들도요."

여주인은 말했다. 도바 후시미에서 지고 돌아온 막부 보병들 얘기다. 그들의 대부분은 에도와 오사카에서 모집한 서민 출신들이었으며, 소방부나 노름꾼들이 많았다. 에도로 도망쳐온 뒤에도 월급으로 노름판을 벌여 돈을 딴 자는 술에 마냥 취해 요시와라에 왔었다고 한다.

"한때는 어떻게 될까, 불안했어요."

여주인은 말한다.

지난 날의 요시와라 고객은 뭐니뭐니해도 부유한 상인들이 중심이었고 그 다음으로 각 번의 에도 저택 중신들이었으며, 그들이 이 유곽 거리의 재물과 문화 등을 만들어 냈다고 해도 무방하다. 싼 집에는 장인(匠人)들이 간다. 장인이 가는 집에는 그런 집대로 즐거운 분위기가 있었다고 하는데, 장군이 교토에서 도망쳐 온 뒤에는 상인도 각 번 무사도 장인도 발길을 끊었다.

"그야 당연하지."

쓰기노스케는 말했다. 각 번의 에도 수비역들은 그 이름 자체가 소멸해 버렸고 어느 번이나 에도 근무의 번사가 모두 향리로 돌아가고 말았다. 한창 에도가 번성했을 무렵, 각 번의 에도 근무자와 영주를 수행해온 무사 및 무사집의 고용인은 3, 40만 명쯤 되었을 것이다. 그들이 어느틈엔가 에도의 인구 속에서 빠져 나갔다.

상인이나 장인들도 에도 거주 영주들의 소비 경제 덕분에 살아왔던만큼 이제부터의 생활이 막막하여 요시와라 따위가 문제가 아니었을 것이다.

"오는 사람은 하인과 머슴과 보병뿐인가?"

쓰기노스케는 차츰 흥이 깨져갔다.

"대체 에도는"

여주인은 옷깃을 여미고 눈언저리를 별안간 험악하게 찌푸렸다. "에도는" 하고 말한 것은 쓰기노스케에게 에도의 운명을 물어보려는 것 같았지만 그 표정은 힐문하고 있는 것처럼 보였다.
"어떻게 되는 걸까요. 이대로라면."
"그것은……."
 쓰기노스케는 여주인이 담아준 담뱃대에 불을 붙여 한 모금 빨았다. 내가 알 게 뭔가, 하고 이야기를 얼버무려 버리기에는 쓰기노스케가 너무 촌놈이었다.
"우물쭈물하다가는 잿더미가 될 테지."
"그럴까요?"
"그러나 15대 장군님은 총명하신 것 같으니 섣불리 전쟁 소동을 일으키는 짓은 않으실 테지. 깨끗하게 성과 시내를 관군에게 내줄지도 모르지. 그렇게 빌고 있는 게 좋을 거야."
"역시……."
"무엇이 역시야?"
"역시 지금의 장군님은"
 여주인은 목소리를 낮추었다. 미도(水戶) 분이니까 가문에도 성에도 미련이 없으신지 모르겠군요, 큰 소리로 말할 순 없지만, 하고 말했다. 이 여주인만의 억측이 아니라 그것이 직속 무사를 비롯한 에도 전 시민이 요시노부를 보는 경향인 것 같다.
"그렇다면 뭔가, 에도 성을 베개삼아 장군님이 싸우다 죽기를 바라는 건가?"
 그렇게 되면 에도는 전쟁의 불길로 모두 타버리고 만다. 이상한 일이었다. 감정으로선 그런 장렬한 것을 바라면서 타산으로는 그렇게 되지 않기를 바라는 것이 에도 사람들 대부분의 심정이었다.
"아마, 그렇게는 되지 않을 테지."
 쓰기노스케는 말했다. 그러나 수도가 교토가 되어 버리면, 에도는 다시 300년 전의 벌판이 되고 말 거야, 하고 쓰기노스케는 말하는 것이었다.
"정말일까요?"
"그러나"
 쓰기노스케는 말했다. 그때가 바로 관군이라고 할까, 신정부의 중대한 시

요코하마 풍경 175

금석(試金石)이 되리라고 생각하는 것이다. 에도의 시민 인구는 100만 가까울 것이다. 그 100만이라는 인간이 생활의 길을 잃었을 때, 세상은 어수선해져서 신정부로서는 지금의 도쿠가와군보다도 더 만만치 않은 적수가 되리라고 그는 관측하고 있었다.

"그런데, 여자다."

쓰기노스케는 말했다. 여주인은 당황하여 그만 직업을 잊고 있었던 것을 사과하고, 어디의 누구로 정하시겠어요, 하고 서둘러 물었다.

"이나모토 루(稻本樓)의 고이네(小稻)인데"

쓰기노스케가 말하자, 여주인은 손을 저으며, 그 아가씨는 일 년 전부터 병이 났다고 말했다. 그러니까 다른 누구를, 하고 여주인은 말했으나 쓰기노스케는 벌써 일어서고 있었다.

"이것은 고이네에게 주는 거야."

차값을 놓고, 이렇게 말하며 많은 돈을 내놓고 봉당에 내려섰다.

"또 가까운 시일 안에."

여주인은 말했으나, 쓰기노스케는 이제 올 기회는 없을 것이라고 생각했다.

월후행(越後行)

 후카가와(深川)의 번저는 레이간 사(靈巖寺) 옆에 있었다. 이미 씨름꾼인 료고쿠에게 집을 보도록 해놓았다.
 그밖에 또하나, 부탁을 받은 저택이 있다. 지번인 마키노 부젠노카미(牧野豊前守 : 닭고 다나베 번)로부터 부탁 받은 작은 저택인데 새로 만든 큰 다리 근처에 있으며, 북쪽 담은 오나기 강(小名木川)에 면하고 뒷담은 스미다강(隅田川) 하류에 면하고 있었다. 바다로 나가는 데 가장 편리한 저택이다.
 ──모두 후카가와에 집결하도록.
 쓰기노스케가 미리 지시해 두었던 곳은 이 강기슭 저택이었다. 쓰기노스케가 요시와라에서 이 저택으로 돌아 왔을 때는 이미 밤이었다.
 모두 여장을 갖추고 있었다.
 "인원은 얼마쯤인가?"
 네기시 가쓰노스케(根岸勝之助)란 번사에게 물었다. 네기시는 귀번에 관한 지휘와 준비를 일체 쓰기노스케로부터 위임받고 있었다.
 "그것이 이럭저럭 150명이나 되었어요."
 네기시가 말했다.

늘어날 수밖에 없다. 교토에서 돌아온 번사뿐 아니라 에도 근무의 잔무 정리자며 에도에서 갖가지 공무에 종사하고 있던 자, 그리고 마키노 가문과 인연이 있는 사람들, 그들 외에도 번저를 출입하던 소방부 우두머리까지 나가오카에 꼭 데리고 가달라고 조르는 바람에 이것저것 합하여 그렇게 불어났다고 한다.

"그것 참 큰 유랑 극단이 됐군."

쓰기노스케는 쓴웃음을 지었지만, 그렇다고 별로 난처해하는 얼굴도 아니었다. 분가(分家)의 사람들이 걱정한 '관군들이 득실거리는 판에 나가오카까지 어떻게' 하는 문제에 관해선 이미 충분히 손을 써놓고 있었다. 요술도 아무 것도 아니었다. 에드워드 스넬의 소유 선박인 '가가노카미 호'를 세낸 것이었다.

깅철로 만든 굴뚝이 셋 달린 큰 배인 가가노카미 호는, 쓰기노스케 등이 오는 것을 시나가와 앞바다에서 보일러를 달구어 가며 기다리고 있다. 쓰기노스케 등은 거룻배를 타고 그리로 간다. 그런 계산인 것이다.

쓰기노스케 등은 마지막 야식을 들었다. 나기노 가헤에는 감상가(感傷家)였다.

"이 저택은 말이지."

그는 도시락을 먹으면서 말했다. 감상에 젖기 알맞게 스미다 강을 내려가는 노젓는 소리가 담 너머에서 들려온다.

"매년 봄이 되면 영주께서 친척분들과 함께 그물을 치며 천렵을 하시던 곳이지. 나도 6년 전인가 수행을 하고 온 일이 있어. 그것이 마지막이었지."

이제는 그런 옛날이 돌아오지 않으리라는 느낌이 나기노를 눈물짓게 하였다.

쓰기노스케는 바빴다. 도시락을 먹고 나자 거룻배의 짐을 검사했다.

배는 모두 30척이었다. 한밤중, 저택 뒤의 수문이 열리자 노 소리도 숨기듯 조용하게 미끄러져 나가 스미다 강을 거쳐 바다로 나갔다.

시나가와 앞바다로 저어 간다.

어느 배에나 마키노의 문장이 박힌 등불이 걸려 있었다.

에드워드 스넬의 배는 상해에서 사들인 중고품 배인 모양이다.

"그러나 결코 물이 새 들어오지는 않아요."

스넬은 언젠가 쓰기노스케에게 말한 바 있다. 스넬의 말에 의하면 일본 연안을 항해하는 데는 세계에서도 가장 우수한 배가 아니면 안 된다고 한다. 왜냐하면 겨울철엔 바깥 바다의 파도가 매우 사나울 뿐 아니라 조약에 의해 개항하고 있는 항구가 적어 배의 형편상 아무 항구에나 자유롭게 들어갈 수 없기 때문이라고 한다.

중고라고는 하지만 프러시아의 던지크 시에서 건조된 지 아직 삼 년도 되지 않은 배인데, 선복의 나사 하나도 까딱없고 겨우 칠을 다시 했을 뿐이라고 한다. 배수량(排水量)은 천 칠백 톤으로 도쿠가와 막부의 신예 군함 '가이텐(回天)'과 같다. 배수량에 비해선 엔진이 육백 마력이나 된다는 믿음직한 배였고, 이 때문에 속력이 일본에 와 있는 어느 외국 배보다도 빠르다는 게 스넬의 자랑이었다.

"배는 빨라야 하지요."

그것이 스넬의 지론(持論)이었다. 빠르면, 빨리 짐을 상대방에게 전해줄 수 있다. 그동안의 금리(金利)가 엄청난 것이다. 스피드는 돈이라는 게 스넬의 지론이기도 했다.

하긴 이 이야기를 들었을 때 쓰기노스케는 그 말에 감탄하면서도 이렇게 생각하기도 했다.

'경계해야 할 놈이다.'

서양인의 치밀한 계산 솜씨는 이를테면 세상 물정 모르는 부자집 자식 같은 일본인으로선 도저히 따를 수 없는 것이었다. 스넬은 재미있는 사나이로 일본인이 어째서 배 이름을 일본어로 쓰지 않고 중국어로 하는지 모르겠다고도 했다. 듣고보니 딴은 그렇다. 막부의 배 이름은 간린마루(咸臨丸), 반류마루(蟠龍丸), 조요마루(朝陽丸), 가이요마루(開陽丸), 호쇼마루(鵬翔丸), 겐쥰마루(健順丸), 쥰도마루(順動丸), 쇼코마루(昌光丸)와 같은 한문으로 되어 있다.

"그것도 일본어요."

쓰기노스케는 말했으나, 스넬은 찬성하지 않았다.

"유럽의 성직자들은 라틴어를 읽고 쓰고 하는 데 그와 마찬가지로 일본의 무사 계급은 고대 중국어로 읽고 쓰고 합니다. 그 버릇이 배 이름에도 나타나 있는 거지요. 그런 배 이름은 어디까지나 고대 중국어이지 일본어가 아닙니다."

쓰기노스케는 말문이 막히지 않을 수 없었다. 그러므로 스넬은 이 배를 일본 바다에 띄우기에 앞서 '가가노카미 호'라고 이름지었다.

왜 가가노카미(加賀守)냐고 쓰기노스케가 물었으나, 스넬은 웃고 대답하지 않았다. 가가는 일본해(동해) 해안에서 가장 큰 번이다. 이미 규슈(九州)나 조슈를 영국 상인 손에 빼앗겼기 때문에 스넬은 동부나 일본해 연안 쪽의 각 번을 거래 대상으로 삼고 있는 모양이므로, 그런 기분 때문에 그와 같은 배 이름을 생각해 낸 모양이다.

그 배가 시나가와 앞바다에 닻을 내리고 있다. 쓰기노스케 등은 그리로 배를 저어가고 있다. 시나가와 바다가 가까와질 무렵 각 거룻배의 책임자를 시켜 전원에게 이런 정보를 알렸다.

"사실은 가가노카미 호에 승선하는 것은 우리들 나가오카 번사뿐이 아니다."

이것은 전부터의 비밀 사항이었기 때문에 쓰기노스케는 몇 사람을 제외하고는 알리지 않았고 거룻배가 바다로 나가서야 비로소 전원에게 알렸던 것이다.

구와나 번과 아이즈 번의 번사를 합해서 200명 정도가 동승하는 것이다. 아니 지금쯤은 이미 승선을 끝냈으리라. 그들을 센다이 만(仙臺灣)의 시오가마(鹽竈) 항까지 태워다 줄 작정이었다.

실인즉 얼마전 아이즈 번의 번사인 아키즈키가 찾아와서 "무기를 사고 싶은데" 하고 의논을 해왔다.

쓰기노스케는 찬성이었다.

"병마(兵馬)의 힘 없이는 번의 정의도 없고 독립도 없고 자존(自尊)도 없다."

이것이 쓰기노스케의 신념이었다. 무력이 충실해진 뒤에야 할 말을 하라, 상대편의 불의를 누를 수 있고 나아가선 천하를 위해 정의를 부르짖을 수 있다는 것이다. 쓰기노스케의 말에 의하면, 무력이 없으면 파락호의 침입을 당해 벌벌 떨고 있는 부녀자나 다름이 없다고 했다.

"그 점 아이즈 번은 큰일이겠는걸."

쓰기노스케는 말했다.

아이즈 번은 천하의 강번(强藩)으로 알려져 있었다. 그러나 군대를 서양화(西洋化)하는 데는 몹시 뒤떨어지고 무기나 훈련이 구식이기 때문에, 아깝게도 강병(强兵)을 가졌으면서도 도바 후시미 싸움에서 사쓰마 조슈에 패배했다.

늦긴 했으나 지금이라도 서양식 무기를 갖추어야 한다. 아키즈키도 동감이었다. 동감 정도가 아니라 그 때문에 쓰기노스케를 찾아왔다.

──요코하마의 무기 상인을 소개해 주기 바라오.

아키즈키는 이렇게 부탁했다.

이럴 때 아이즈 번 대표자가 직접 요코하마에 가서 사들여도 좋지만 그러면 질이 나쁜 무기를 속아서 살 염려가 있다. 그런 예가 많았다. 유럽 등지에서 폐물이 된 총 따위를 요코하마의 서양 상인들은 예사로 팔아 먹는다. 상대의 무지(無知)를 이용하는 것이다.

총기사(銃器史)에서의 시기가 그러했다. 구미에선 이 무렵 총기가 눈부시게 일진월보(日進月步)하고 있었으며 각국 육군은 어제의 제식총(制式銃)을 오늘엔 폐기해야 하는 실정이었으므로 그 폐물 총을 동양에 팔았다.

일본의 각 번은 그것에 속아 넘어갔다. 그러나 사쓰마 조슈측에는 안식 있는 자가 있었기 때문에 다행히도 최신식의 것을 쉴새없이 구할 수 있었고, 그것이 도바 후시미에서의 승리가 되었다.

쓰기노스케는 중개를 해주었다. 동승하는 아이즈, 구와나 번의 200명은 그 수입 무기를 아이즈로 운반하기 위한 병졸들이었다.

여기서 이세(伊勢) 구와나 번(桑名藩)에 대하여 설명을 하지 않으면 안 된다.

이 당시 일종의 유행어처럼 '아이즈, 구와나'가 함께 불리며 마치 같은 번인 것처럼 일컬어져 왔다. 그런 말을 들어도 당연할 만큼 이 두 번은 막부 말기의 교토에서 같은 행동을 취하며 이른바 막부 옹호파의 쌍벽을 이루어 왔다.

그들이 막부파의 쌍벽이 된 것은 반드시 정치 사상 때문이 아니라 운명이 그렇게 만든 것이었으리라.

분큐(文久) 2년, 아이즈 번주 마쓰다이라 가다모리(松平容保)는 막부의 간청으로 교토 수호직이 되어, 번사 1,000명을 교토에 주둔시키면서 교토의 치안과 무력에 의한 정치 정세 안정의 임무를 맡기에 이르렀다. 당초 아이즈 번은 상하가 모두 이 위험한 임무를 극히 회피하려 했으나 결국은 그와 같은 운명적인 위치에 앉았다.

　이와 거의 동시에 구와나 영주 마쓰다이라 사다아키(松平定敬)가 교토 고등정무관의 직책을 맡았다. 교토 수호직은 상부 기관이었고 교토 고등정무관은 그 하부 기관이었다. 임무로서 이신동체(異身同體)라고 할 수 있으리라.

　동체(同體)가 되어 일을 하지 않으면 분열되어 죽도 밥도 안 되는 것이다. 이 점 막부의 인사 정책은 교묘하기 짝이 없었다. 막부 말기의 막부 인사(人事)로선 가장 정통으로 들어맞힌 것이라해도 좋을 것이다.

　두 번주는 형제인 것이다.

　구와나 번주 사다아키가 동생이었다.

　그들 형제는 미노(美濃) 다카스(高須) 고을의 영주인 마쓰다이라 가문에 태어났는데, 형은 아이즈 마쓰다이라 가문을 이었고 동생은 구와나 마쓰다이라 가문을 이었다.

　그 형제로 하여금 교토에서의 막부 2대 치안 기관의 우두머리로 삼았다. 조슈 번을 비롯한 이른바 막부 타도파의 사람들이 이 두 번을 막부 옹호파의 거두로 보고 뼈에 사무치도록 증오한 것도 또한 당연할 것이다.

　아이즈, 구와나는 도바 후시미에서 졌다. 두 번주는 도쿠가와 요시노부와 함께 바닷길로 에도로 달아났다. 오사카에 남겨진 두 번의 번사도 갖은 고생 끝에 에도로 돌아왔지만, 구와나 번은 이때 아이즈 이상으로 비참했다.

　왜냐하면 구와나는 교토에 가까와서 관군의 세력 범위내에 있었기 때문이다. 관군은 도바 후시미에서 승리를 거두자 맨 먼저 병력을 보내어 구와나 성을 공격하려 했던 것이다.

　당사자인 구와나 번은 영주가 이미 에도로 달아나 번에는 없었다. 수비 중신인 사카이 마고하치로(酒井孫八郞)는 관군에 항복하여 성을 내주었다. 일월 이십팔일의 일이었다. 관군은 입성에 앞서 성의 삼층 누각에 불을 질러 불태워 버리고 스물 한 발의 축포(祝砲)를 쏜 다음 접수했다.

　이 무렵 번사의 대부분은 고향을 버리고 에도로 달려가 거기서 번주 사다아키와 대면했으니 이를테면 유랑의 주종(主從)이 되었다.

　마침 에치고의 기름진 땅인 가시와자키(柏崎)가 막부 영지라 십만 석의 땅을 새로이 하사받아 그곳에 가서 새로이 가시와자키 번을 건설하려고 했다. 그 때문에 그들도 쓰기노스케의 가가노카미 호에 동승하게 되었던 것이다.

쓰기노스케 일행은 거룻배들을 가가노카미 호 옆구리로 저어갔다. 쓰기노스케가 배를 올려다보며 소리쳤다.
"우리들이오. 나가오카 번이오."
배 위에서는 칸델라가 움직이며 여기저기서 청국말(淸國語)이 들렸다. 이 무렵의 하급 선원은 청국인이 많았다.
곧 이어 줄사다리가 내려졌다. 쓰기노스케는 그것에 오르려고 했으나 허리의 대도가 방해가 되었다. 쓰기노스케는 이전에 나가사키나 요코하마에서 서양배를 타본 뒤 선내 활동을 하는 데 대소도가 얼마나 방해물이 되는가를 알고 있었다. 칼집이 여기저기에 부딪쳐 칠이 벗겨지는 등 했던 것이다.
"마쓰조, 대도를 맡아 갖고 있거라."
그것을 하인에게 건네주면서 생각했다.
'이런 무용지물은 머잖아 귀국한 뒤 없애야겠구나.'
이 사나이가 전부터 생각하고 있는 무사의 칼 차는 법 폐지를 말하는 것이다.
배 위에 올라갔다.
"먼저 와 있습니다."
갑판에 서 있던 그림자가 정중하게 인사를 했다. 아이즈인 100명의 책임자인 가지와라(梶原)라는 무사였다.
"배에 오를 때까지 별일 없었습니까?"
쓰기노스케가 물었다. 왜냐하면 아이즈, 구와나, 그리고 나가오카 세 번의 번사가 서양배로 시나가와를 출항했다는 것이 다른 곳에 누설되어 에도에서 소문이 나면 곤란한 것이다. 머잖아 에도에 들어올 관군이 어떤 의심을 할는지도 모른다.
"그야, 일체."
가지와라는 말했다. 비밀 행동에 허술한 구석은 없었다고 생각된다는 것이다.
"그럼 구와나는?"
"와 있습니다."
어둠 속에서 칸델라를 든 사나이가 몇 걸음 다가왔다.

아직 젊은 사나이로 막부 육군의 교관이 입는 것 같은 프랑스식 장교복을 입고 승마용 장화를 신고 있었다.

'구와나 번에도 서양식 군대가 있었던가?'

쓰기노스케는 감탄했다. 하나 잘못 생각이라는 것이 곧 판명되었다.

"저는 구와나 번의 다쓰미 간사부로(立見鑑三郎)라고 합니다."

사나이는 인사를 했다.

이윽고 나가오카 번의 전원이 승선하고 배는 닻을 올렸다. 뱃머리를 요코하마로 돌리고 움직이기 시작했다. 일단 요코하마에 입항하여 무기를 싣기 위해서였다. 쓰기노스케는 배 안의 식당에서 다쓰미와 이야기를 나누었다. 등불 밑에서 보니까 꽤 준수(俊秀)한 용모를 가진 사나이였다.

"저만 요코하마에서 내려주시기 바랍니다."

다쓰미는 뜻 밖의 말을 한다. 이 배에 오른 것은 번주를 배웅하기 위해서였고 쓰기노스케와 한 번 이야기를 나누고 싶었기 때문이라 한다.

"요코하마에서 내려 어떻게 하시렵니까?"

"간토에서 싸우지요."

다쓰미는 태연하게 말했다.

구와나 번사 다쓰미 간사부로, 나중의 이름은 나오부미(尙文)이다.

"어떻습니까?"

다쓰미는 어디서 구했는지 포도주 한 병과 유리컵을 가지고 와서 식탁에 놓았다.

다쓰미는 구와나 번의 에도 근무였기 때문에 사투리 없는 에도 말을 썼다. 번에선 꽤나 명물이라는 것을 쓰기노스케는 나중에 같은 구와나 사람으로부터 들었다.

그는 후덴류(風傳流)의 창술에 능하여 열 여덟 살 때에는 그 방면에서 이미 이름이 알려졌다. 학문 역시 막부 학교인 쇼헤이코에서 배웠는데 수재로 이름이 높았다.

번주 마쓰다이라 사다아키가 교토 고등정무관에 오르자 발탁되어 교토에 올라가 번의 외교 담당이 되었다. 이때 사쓰마의 사이고 다카모리, 오쿠보 도시미치, 조슈의 가쓰라 고고로, 구마모토 번(熊本藩)의 이케베 요시주로(池邊吉十郞) 등과 사귀었다. 주의나 사상적인 교제라기보다 앞서 열거한 이들도 저마다 소속된 번의 외교관이었기 때문이다.

얼마 후 번에서 에도로 돌아가 막부 육군에 적을 두었다. 정치보다도 군인이 희망이었던 모양이다.

"다쓰미는 천성적 군인이다. 나폴레옹 시절의 프랑스에 태어났다면 아마 삼십이 되기 전에 장군이 되었을 것이다."

프랑스인 교관이 칭찬할 만큼 그 방면에 소질이 있었다. 얼마 안 되어 막부 육군위 보병 제3연대 장교가 되어 고후쿠바시의 병영에서 지내고 있었는데 그때 교토의 정변(政變) 소식을 들었고 도바 후시미에서 도쿠가와측이 대패한 것을 알았다.

이윽고 번주를 비롯한 번사들이 뿔뿔이 흩어진 채 에도로 도망쳐 왔다. 다쓰미는 크게 개탄하고 항전론을 주장했으며 번주도 이에 찬동했다.

구와나 번은 떠돌이 유랑의 신세이다. 지금부터 에치고 가시와자키 10만 섬의 구막부 영지를 접수하려고 출발하는 것인데 다쓰미만은 가지 않고 번주에게 특별 허락을 얻고 있었다.

"생각하는 바가 있습니다."

에도에 남으려는 것이었다. 에도에서 자기 동료나 부하들을 설득하여 별동대를 조직할 속셈이었다. 아니, 이미 조직을 끝내고 '라이신 대(雷神隊)'라는 이름까지 지어 놓았다. 남은 일은 관군이 내려오면 에도를 탈출하여, 간토 각지에서 저항을 해가며 육로(陸路)로 에치고로 가서 번과 합류할 작정이었다.

사실 그는 뒷날 그렇게 했다. 다쓰미의 '라이신 대'만큼 관군을 괴롭힌 것은 없었으리라.

뒷날의 일을 말해 둔다. 다쓰미는 유신 후 미에 현(三重縣) 판사 등을 역임하며 세상을 보내고 있었으나, '세이난 전쟁(西南戰爭)' 때 그 뛰어난 군사 기술 때문에 정부의 초빙을 받아 갑자기 육군 소좌가 되어 출정하였다. 그뒤 육군에 적을 두고 청일전쟁 때엔 소장으로 보병 제10여단을 지휘했고, 노일전쟁에선 중장으로서 제8사단을 지휘하여 흑구대(黑溝臺), 사하(沙河) 등지에서 싸웠다. 노일전쟁 무렵 사쓰마 조슈 출신의 장군들이 모여앉아 유신 전쟁 시절의 공훈담을 늘어놓게 되면 다쓰미는 언제나 이것을 놀려 대면서 말했다.

"그때는 내게 쫓겨 임자가 이렇게 도망치지 않았나?"

이런 말을 하는 등 실례(實例)를 들어 가면서 그들의 입을 틀어 막았기 때문에, 마침내 그들은 다쓰미 앞에선 자랑을 하지 않게 되었다고 한다.

"어쨌든 한 번 더."
다쓰미는 포도주병을 들어 쓰기노스케의 유리잔에 따라주면서 '가와이님을 한 번 보고 싶었습니다' 하고 말했다.
'그 이유는 알고 있다.'
쓰기노스케는 생각했다. 공동 전선을 펴자는 뜻인 모양이다.
"말씀드려 두지만"
다쓰미는 말했다.
"관군이 에도에 들어 오기 전에 막부 보병 대부분은 간토 각지에 흩어져 진을 칠 것입니다."
그 막부 보병을 유격대로 하고 아이즈, 구와나, 나가오카 그 밖의 오우(奧愚) 각 번이 전선을 통일하여 관군에 저항한다면 지지 않는다.
"더구나 저것을 보십시오."
다쓰미는 선창(船窓)을 가리켰다. 시나가와 항내에 정박하고 있는 막부 함대의 불빛이 보이는 것이다. 함대의 위력은 관군을 해상에서 제압하기에 충분했다.
"구막부군과 각 번이 단결하여 항전한다면 사쓰마 조슈 도사나 서부 각 번도 도저히 당하지 못할 겁니다."
"이겨서 어떻게 하렵니까?"
쓰기노스케는 비로소 입을 열었다. 다쓰미는 말문이 막혔다.
──막부를 재건할 것인가.
이것은 문제가 되는데, 이에 관해선 아무리 과격한 막부주의자라도 진정 그렇게 생각하고 있는 자는 없었다. 막부는 요시노부 자신이 버렸고 자기 손으로 무너뜨렸다. 장군 요시노부가 무너뜨린 것을 다른 자가 회복시키겠다는 것은 우스운 노릇이다. 그것은 누구나가 알고 있다.
물론 또 한 가지 방법은 있다. 도쿠가와 집안의 많은 아들 중 한 아들을 내세워, 요시노부와는 별도로 그를 옹립하여 장군을 삼고 새 도쿠가와 막부를 세우는 일이다. 그러나 이 격동기의 일본인 중에 그런 옛날 이야기꾼의 야담 같은 '가문 재흥(再興)'식 로맨티시즘에 취할 만한 감상가는 없었다.
'이제는 천황의 정부를 인정하지 않을 수 없다'는 대전제(大前提)가 어느 에도파(江戶派)에나 있었다. 정세가 바뀐 이상 부득이한 것이라고 생각하는 일본인다운 빠른 체념이 심리적 이유가 되어 있었다. 게다가 에도 시대 무사의 교양은 주자학(朱子學)이었고 주자학의 근본 사상 중 하나는 존왕 천패(尊王賤霸 : 왕실을 귀하게 여기고 무력 정권을 천한 것으로 여긴다)이므로 사상적으로 교토 천황에 대한 반역자가 되겠다는 자는 아무도 없었다. 존왕 사상에 대립할 만큼 큰 사상, 이를테면 공화(共和) 사상 따위는 이 시대의 일본에는 없었던 것이다.

다쓰미는 말이 막혔다. 하나 잠시 궁리한 뒤 '정의를 보여 주기 위해서 입니다' 하고 몹시 추상적인 말을 했다.

추상적이지만 이것이 이 시기의 많은 막부 옹호파의 기분이었다. 정권을 반환한 도쿠가와 요시노부에게 교토측은 영지를 모두 내놓으라고 하면서 전쟁을 시작하려 하고 있다. 이같은 불의(不義)가 고금에 또 있겠는가, 인군(人君)이 모욕을 받으면 신하는 죽는다, 하는 기대나 심정을 에네르기로 하여 일어서려 하는 것이다.

요컨대 의협심(義俠心)으로 싸우겠다는 것이다. 사람 사는 세상에 정의가 있음을 포연(砲煙) 속에서 보여 주겠다는 것이다.

"그렇소. 그것은 중요한 일이오."

쓰기노스케는 말했으나 얼굴은 외면하고 있었다. 다쓰미는 불끈 화를 내며 말했다.

"놀리시는 것입니까?"

"천만에. 본심이오."

쓰기노스케는 말했다.

다쓰미 간사부로의 말은 한마디 한마디가 불덩어리다. 무슨 일이 있더라도 관군과 싸우고 싶다는 필사의 표현인 것이다.

'무리도 아니지.'

쓰기노스케는 생각했다. 다쓰미는 프랑스식 군대를 배웠고 현재 구막부 보병 장교이며 그 지휘 아래 많은 보병과 숱한 무기 탄약을 장악하고 있다. 더구나 다쓰미는 군대 지휘에 넘칠 만큼 자신을 갖고 있으면서도 그 능력을 한 번도 실제로 써본 일이 없다. 도바 후시미 전쟁 때도 다쓰미는 불행하게도 에도에 있었던 것이다.

"다쓰미군, 당신의 일생을 위해 말하는 것인데 사람이라는 것은 말이오……."

쓰기노스케는 말하려다가 잠시 침묵했다.

——그 뛰어난 능력 때문에 몸을 그르치는 법이다.

그렇게 말하려고 했으나, 말이 다쓰미에게 너무 가혹하다고 생각했다. 다쓰미 간사부로는 이 시대가 낳은 가장 우수한 군인이리라. 그 뛰어난 능력을 쓸 수 없기 때문에 마음이 울적하고, 그것을 써먹으려고 시세 판단까지 자기에게 편리하도록 왜곡할 뿐 아니라 불리한 것에는 눈을 가리고 오직 그것만을 사용하려고 한다.

쓰기노스케는 그것을 부드러운 표현으로 고쳤다.

"사람은 그 뛰어난 것을 가지고 모든 사물을 해석하면 안 되오. 반드시 일을 그르치오."

"내 말이 잘못이라고 말씀하시는 것입니까?"

"잘못이라고는 않지만 예상이 너무 낙관적이라는 뜻이지요."

쓰기노스케가 이렇게 말하자, 다쓰미는 노기를 품고 다시 말했다. 이긴다는 것이다. 왜냐하면 관군에 대항하여 시간을 끌 대로 끌고 나가면 관군과 신정부의 대외 신용(對外信用)이 없어져서 요코하마에 공관(公館)을 둔 여러 외국 공사들은 되레 구정부 쪽을 신용하게 된다. 그런 외국인들을 잘 조종해 나간다면 앞길이 밝다고 다쓰미는 주장했다.

쓰기노스케는 실소(失笑)하고 말았다.

"그만한 인물이 있겠소?"

어지간한 대정치가가 아닌 이상 모든 막부파 세력을 통일할 수도 없고, 지도할 수도 없고, 하물며 요코하마를 휘어잡을 수도 없다. 정치가가 없는 것이다. 중구난방으로 설친다고 이길 수가 있는가, 더구나 상대편은 시세를 업고 오고 있다, 하고 쓰기노스케는 말했다.

——무엇보다도 우선 대정치가가 필요하다.

이것이 쓰기노스케의 지론이었다. 아니, 이것은 쓰기노스케의 교양의 중심이 되어 있는 중국 역사에 대한 지식과 그 정치 사상에 의한 것이었으리라.

쓰기노스케가 말하는 의미는 이렇다.

——사쓰마 조슈에 대한 저항 전선을 만들어 내는 것도 좋다. 그러나 전부 군인들만의 궐기이지, 오늘날 그것을 통치할 만큼 위대한 정치가가 없다. 위대한 정치가를 우두머리로 갖지 못한 군사적 궐기는 초적(草賊)의 무리에

지나지 않는다.

즉 군인은 정치가를 머리 위에 받들고 있지 않는 한 초적이라는 것이다. 중국의 온갖 사례(事例)는 정치가를 우선적으로 치고 있다. 하긴 쓰기노스케가 존경해 마지 않는 왕양명(王陽明)처럼, 뛰어난 정치가이면서 행정관이며 게다가 우수한 군사적 재능마저 겸한, 싸우면 반드시 이긴다는 인물이 있다면 더 바랄 나위가 없다.

그는 그렇게 말하고, 또 덧붙였다.

"그런 사람이 어디에 있소? 없소. 없는데도 부질없이 들고 일어난다면 그것은 초적의 난에 지나지 않는 거요. 금방 짓밟히고 말 거요."

그런데 다쓰미는 "선생이" 하고 말했다. 선생이 그렇게 하면 좋지 않느냐고 말했다.

쓰기노스케는 쓴웃음을 지었다.

"당신은 도무지 모르고 있소."

정치가란 천하의 반을 움직일 만한 명망과 권력을 갖고 있어야 한다. 그 명망을 만들어 내고 권력을 쌓아 올려야 비로소 하나의 정치가가 되는 것이다.

"이 가와이 쓰기노스케가 어떤 자인가 하면"

그는 자문했다.

"7만 4,000섬짜리 작은 번의 한낱 중신에 불과하오. 나가오카 번의 지폐와도 같소. 같은 에치고라도 번 밖인 오지야(小千谷)에 가면 벌써 통용되지 않소."

이렇게 말하더니 그는 웃기 시작했다.

"아까운 노릇이지."

자기를 가리켜 그렇게 말했다. 그런 처지만 바꾼다면 한 나라 한 천하라도 움직일 수 있는 그릇이라고 자기 자신도 믿고 있으리라.

이윽고 배는 요코하마 항에 들어가 닻을 내렸다.

　　가와이님 이외는 일체 상륙하지 않았다.

어떤 나가오카 번사의 편지에 씌어진 말이다.

여기서 며칠 정박해야 했다. 쓰기노스케의 예상으로는 닷새는 걸릴 것 같았다. 스넬이나 페블브란드로부터 사들인 무기의 적재며 그밖에 세부적인 일에 관해서 이 두 사람의 무역상과 의논을 해야 하기 때문이었다.
"갑판 위에는 나가지 마시오."
그는 일동에게 이렇게 타일러 놓고 단신 상륙했다.
요코하마에 상륙한 그는 페블브란드의 사무실 이층에 방을 정하고 무기를 사들이는 사무나 나가오카 번의 산물(産物)을 파는 상무(商務)를 보았다.
나가오카 번의 산물뿐 아니라 아이즈 번과 구와나 번의 산물을 팔 의논도 했다.
"아이즈는 오우에 있다고는 하지만 옛날부터 짐승의 허벅지 살처럼 기름진 곳이오."
쓰기노스케는 말했다.
페블브란드와 에드워드 스넬은 그 말을 열심히 메모했다.
"특히 칠기(漆器)가 좋소."
아이즈산 칠기가 얼마나 뛰어난 것인지 그는 설명했다.
스넬은 환성을 올렸다. 스넬은 일본의 국산품으로서는 칠기를 취급하는 것이 구미에 맞았다.
"한번 아이즈에 가보고 싶은데요."
스넬은 현지에 가서 구매를 해보겠다고 했다.
구와나 번에 대해선 쓰기노스케도 많은 말로 설명하지 않으면 안 되었다. 이세 구와나의 영지는 이미 관군에게 점령되어 번주 이하가 유랑하는 신세인 것이다.
"그들은 에치고 가시와자키로 가오. 거기에 있는 10만 섬의 구 막부령을 비합법적이지만 인계받고 거기에다 새로운 번을 건설하려는 것이오."
"가시와자키란?"
"좋은 곳이지."
쓰기노스케는 말했다. 결코 좋은 항구라고는 할 수 없지만 에치고의 곡창지대를 끼고 있는 상업 도시로서 거리에는 부상(富商)이 많고 산물이 저절로 모이는 조직이 옛날부터 되어 있다. 시민들은 자연히 대인(大人)의 풍도(風度)가 있고 온순하다고 말해 주었다.
"그거 참, 좋습니다."
스넬은 미개척지인 일본해(동해) 연안 각 지방과의 무역에 매력을 느끼고 있는 것 같았으며, 말만 듣고도 벌써 무언가 구상을 시작한 표정을 지었다.
"그러나 관군의 진격 속도가 늦어져야만 하오. 빠르면 관군이 먼저 가시와 자키를 차지하고 말거요."
"호쿠리쿠도를 진격하고 있는 교토군의 장군은 승려라면서요?"
스넬은 엉뚱한 말을 했다. 그는 나름으로 여러가지 정보를 모으고 있었을 것이다.
"승려?"
"왕자로서 중이 되었던 사람이 중을 그만두고 장군이 되었다더군요."
닌나지 노미야(仁和寺宮)를 가리키는 것이 틀림 없었으나, 장군이라고 할 만한 것은 아니고 이를테면 관군의 한낱 상징 같은 것이라고 쓰기노스케는 설명했으며, 두려울 것은 없다고 말했다.
"암, 그래야만 하지요. 나는 사쓰마 조슈가 반드시 지리라고 믿고 있습니다."
구막부 가신 이상으로 막부 동정파인 스넬은 주먹을 불끈 쥐며 말했다.
쓰기노스케는 닷새를 묵었다.
엿새째 되는 날 밤엔 요코하마의 선창에서 스넬과 함께 보트를 탔다. 스넬도 니가타(新潟)에 가겠다고 했다.
배는 이 나라의 태평양 연안을 북상해갔다. 다행히 날씨가 좋아 파도도 잔잔했다.
──굉장하군.
기선(汽船)에 생전 처음 타보는 아이즈 번이나 구와나 번사들은 저마다 한 마디씩 했다. 무엇보다도 그들이 놀란 것은 배가 육지에서 훨씬 떨어진 바깥 바다로 나간 일이었다.
"육지가 보이지 않는다."
그들은 떠들어 댔다. 종래 일본 배의 항해법은 육지의 경치를 보면서 항해하여 낯익은 경치를 보아 여기가 어디라는 것을 알고 확인해 가는 것이었으나, 서양의 항해법은 주위에 섬 그림자 하나 보이지 않더라도 항해할 수가 있다. 그것에 놀라고 있는 것이다.
"무엇이고 일본은 뒤지고 있는 거야. 이것을 쫓아가자면 100년은 걸릴 테지."
쓰기노스케는 말했다.

항해 중 그는 구와나 번주 마쓰다이라 사다아키를 배알했다. 사다아키의 선실에는 둥근 탁자와 다섯 개의 의자가 놓여져 있고 쓰기노스케는 그 하나에 앉지 않을 수 없었다.

'난처한걸.'

쓰기노스케는 생각했다. 영주를 배알하는 데는 훨씬 아랫자리에 부복하여, 설사 "고개를 들라"는 분부가 있더라도 반쯤만 들어야 하며, 그것도 시선은 어디까지나 방바닥에 떨구고 영주를 바로 보아선 안 된다. 쓰기노스케는 그런 습관에 젖은 무사이다. 그런데 이 원탁에는 신분의 상하 구별 따위는 정해져 있지 않고 탁자를 사이에 두고 사다아키와 정면으로 마주 보아야만 하여 아무래도 거북했다.

"이것은 아무래도 죄송스럽습니다."

쓰기노스케는 구와나 번의 측근자에게 말했다. 측근자는 우스꽝스럽게도 양탄자 위에 부복하고 있는 것이다.

"아니다. 상관없다."

사다아키가 말했다.

"서양 배 위에 있을 동안은 서양 배의 예의를 따르도록 하자. 그리고 이 편이 이야기하기도 쉽다."

'아니, 이 분은 꼭둑각시가 아니로군.'

이 영주님은 신기하게도 자기의 의견을 갖고 있는 모양이었다.

그는 의자 하나에 걸터앉아 입을 열었다. 영주를 마주보며 말이다. 일본에선 귀인(貴人)에게 직접 말할 수 없고 반드시 측근자를 통해서 말한다. 하지만 이 점도 배 위이므로 서양식을 좇도록 하겠습니다, 고 쓰기노스케는 일부러 양해를 얻었다.

"서양이 오늘날 일본을 앞섰다는 이유의 한 가지는 이 탁자에 있습니다. 의자에 둘러앉아 사람과 사람이 기탄없이 이야기를 나눈다는 습관 때문에 모든 일이 발전되고 오늘에 이르렀다고 생각됩니다."

사다아키는 젊다.

아직 스무 살을 넘긴 지 몇 해 안 되리라. 반응이 민감해 보이는 총명스런 눈을 갖고 있었다.

"과연 그렇기도 하겠군."

사다아키는 몹시 감탄한 모양인지 몇 번이 고개를 끄덕였다.

구와나 번주 마쓰다이라 사다아키는 쓰기노스케에게 만일 뒷날 관군과 싸움이 일어났을 경우 한 깃발 아래 싸우겠다는 약속을 얻고 싶었던 모양이다.

그러나 쓰기노스케는 확답하지 않았다.

사다아키는 다시 물었다.

"장차 우리들은 어떻게 하면 좋은가?"

이것에 대해서도 그는 단지 이렇게만 대답했다.

"지금 현재로선 장기에서 꼼짝할 수가 없는 외통장군격입니다."

어떠한 명인(名人)이 두더라도 풀 수가 없는 장기라고 했다.

하나 그는 곧 말을 번복했다.

"그러나 세상 일은 장기를 닮았으면서도 장기하고는 전혀 다를 것입니다."

"어떻게"

즉 한 시점(時點)으로 보면 매사가 꽉 막혀 옴짝달싹할 수 없을 것처럼 보일 경우라도 시간이 지나면 세상 일이란 서서히 바뀌어, 이윽고 사태가 전혀 달라지고 만다. 이럴 수도 저럴 수도 없을 때에는 서두르지 말아야 한다, 쓰기노스케는 이렇게 말했다.

"그러나 가만히 있을 수가 있어야지."

사다아키는 말했다. 그럴 것이다. 이쪽이 쫓기고 있다고 여겨질 때는 발밑을 불로 지져 대는 것 같아서 가만히 있을래야 있을 수가 없다.

하지만 쓰기노스케는 말했다. 그것을 어떻게든지 지혜를 짜내어 때로는 여기저기 뛰어다니면서라도 시간을 벌고, 때로는 얼굴이 파랗게 질릴 때까지 호흡을 멈추고, 때로는 짓밟히고 때로는 무리한 싸움이라도 대항하여 끝까지 싸워 내면서, 어떻게 해서든지 시간이 지나가기를 기다린다. 어떻게든 시간을 버는 것밖에는 없다고 말했다.

이틀 뒤 배는 센다이 근처인 시오가마 항구에 닿았다. 여기서 아이즈 번사 100명이 배를 내렸다.

다시 사흘 뒤 하코다테 항에 이르렀다. 쓰기노스케는 여기서 일찍이 에도에서 사 모은 쌀을 모두 내려서 팔았다. 쌀이 생산되지 않는 홋카이도에선 원래부터 값이 비싼 데다가 얼마 동안 쌀 배가 입항하지 않았기 때문에 예상 이상의 비싼 값으로 팔려 큰 이익을 얻었다.

"장사를 하면서 귀국하는 거야."

쓰기노스케는 기분이 좋았다.

앞으로 또 다른 장사가 남아 있다. 그는 배 밑창에 에도에서 모은 동전을 놀랍게도 2만 냥 어치나 싣고 있었다. 그것을 돈 시세가 높은 니가타에서 파는 것이었다.

며칠 날씨가 나빠 하코다테에서 지냈다. 그때 일본해 방면에서 온 일본 배가 있어서 소속을 물었더니 에치젠(越前) 미쿠니 항(三國港)의 운송업자 배라고 했다. 그 선장이 소문을 전해주었다.

"관군은 이미 에치고 다카다(高田)에 육박하고 있습니다."

과연 사실인지 아닌지 모른다. 그러나 쓰기노쓰케는 서둘러야 했기 때문에 약간 날씨가 좋지 않았으나 스넬과 교섭하여 선장을 설득시켜 풍랑을 무릅쓰고 출항했다.

배는 쓰가루 해협(津輕海峽)을 빠져나가 남하하기 시작했으나 풍랑은 더욱 사나와져 간신히 쓰가루 반도에 도달하여, 그곳 고도마리 항(小泊港)에 바람이 잦아지기를 기다리는 수밖에 없었다.

그러나 쓰기노스케 등이 돌아갈 호쿠리쿠(北陸)는 그동안 조용하지가 못했다.

이미 관군 소동이 벌어지고 있었다.

교토의 신정부에선 애초 호쿠리쿠 지방의 평정에 대해서는 가볍게 보고 있었다. 아니 신정부로선 미처 손이 돌아가지 않았다고 해야만 하리라. 뭐니 뭐니 해도 공격 목표는 에도다. 에도의 대간선(大幹線)은 도카이도였고 부간선(副幹線)은 나카센도다. 도카이도는 사쓰마의 사이고 다카모리가 맡고 나카센도는 도사의 이타가키 다이스케가 맡았다. 이들 양군의 주력은 사쓰마 조슈 도사 세 번의 병사들이었다.

신정부의 병력이라는 것도 결국은 이 세 번인 것이다. 이 세 번은 병사의 용맹성이 천하에 알려져 있고 사기는 높았으며, 장비가 우수한데 게다가 뭐니뭐니해도 시대를 짊어지고 있다는 의식이 모든 병사들에게 투철했다.

그밖에 관군에 참가한 것은 게이슈(藝州) 히로시마 번(廣島藩)과 히젠 사가 번(佐賀藩)이었다. 이 두 번은 형세에 밀려 관군에 참가했다고 할 수 있으므로 번사들의 시대 감각은 낮다.

호쿠리쿠에 파견된 것은 이, 말하자면 관군으로서는 주요 전투력이 아닌 게이슈 히로시마 번의 병사들이었다. 더구나 그 병력은 250명에 지나지 않앉다.
 하긴 200명이라도 상관없었다. 왜냐하면 연도의 각 번은 귀순시켜 가면서 가는 것이므로 귀순한 번은 곧 관군 병력에 편입시켜 눈사람처럼 병력을 늘여간다.
 전투를 위한 파견이 아니고 이를테면 정치적 선전 부대라고 해야 하리라. 만일 본격적으로 전투가 벌어지면 사쓰마 조슈 도사 세 번의 병력을 급파한다는 것이 교토측의 전략이었다.
 히로시마 번의 병력 250명은 그런 임무를 띠고 있었다. 그들은 '칙사(勅使)'라는 자격의 다카쿠라 나가사치(高倉永祐), 시조 다카히라(四條隆平)의 두 공경을 옹호하고 금기(錦旗)와 홍백(紅白) 두 폭의 관군기를 나부끼며 교토를 출발했다. 이를테면 별동대였다.
 그들이 교토를 출발한 것은 이해 정월 스무 날이있다.
 그것이 호쿠리쿠도의 눈에 시달려 가면서 연도의 각 번을 설득하여 각각 귀순시키며 그럭저럭 에치고 다카다에 도착한 것은, 봄철인 삼월 보름 날이었다. 그동안 쓰기노스케는 가가노카미 호에 타고 바다 위에 있었다.
 관군은 에치고 땅에 들어가기 전에 미리 에치고 각 번에 포고하여 지시했다.
 "머지않아 관군 총독이 도착하시므로 각 번의 중신은 다카다에 모일 것."
 나가오카 번에선 쓰기노스케가 부재중이므로 부득이 참정(參政) 우에다 주베(植田十兵衛)를 사자로 하여 정해진 날 다카다에 보냈다.
 에치고에 풍운이 감돌기 시작한 것은 이때부터였으리라. 그러나 이때 쓰기노스케는 바다에 있었다.
 쓰기노스케의 가가노카미 호가 니가타 항에 당도한 것은 삼월 이십삼일이었다. 그 배의 모습이 함내에 나타났다.
 "흑선(黑船)이다!"
 이런 소문이 이 호쿠리쿠 제일의 항구 도시를 소란케 만들었다. 니가타에 증기선이 들어온 것은 처음은 아닐 텐데도 선창에 모인 사람들의 거의 전부가 이것을 처음 보았는지 그 소동이 보통이 아니었다. 서양인이 내습했다고 생각한 자가 많았던 모양이다.
 쓰기노스케는 그것을 우려했다. 우선 보트를 내리게 하여 보트에는 나가오카 번의 번기를 꽂은 뒤, 미마 이치노신 등 열 사람을 먼저 상륙시키려고 배를 젓도록 했다. 첫째로 민심을 가라앉히기 위해서였다. 또 한가지는 니가타의 환전상(換錢商)을 모조리 시의 공회당에 모아놓기 위해서였다. 스넬 등은 일본의 환전상을 가리켜 뱅커(은행가)라고 부르고 있었다. 거의 가까운 개념이리라.

쓰기노스케는 뱃머리에 서서 망원경으로 거리의 동정을 살피고 있었다.

'역시 안 되겠다.'

그렇게 생각했다. 스넬이 문제인 것이다. 스넬을 상륙시키면 뜻밖의 사태를 초래할지도 몰랐다. 일본인은 무사뿐 아니라 평민 농군에 이르기까지 원시감정(原始感情)이라 해도 좋을 만큼의 양이 기분(攘夷氣分)을 갖고 있다. 니가타는 영주의 영지가 아니라 막부령이며 또한 상업 도시이므로, 무사의 수효는 적지만 그래도 어떤 것이 튀어나올지 모른다.

쓰기노스케는 함교로 돌아가 스넬에게 말했다.

"역시 상륙은 단념하는 편이 좋겠소."

스넬은 상륙하고 싶었다. 상륙하여 니가타를 경제적 지리적으로 관찰하고 싶었으나 곧 고개를 끄덕이며 상륙을 단념했다.

"가와이 선생의 말씀은 나에게는 언제든지 명령입니다."

쓰기노스케는 두 번째 보트로 상륙했다. 우선 구막부의 니가타 행정청을 구와나 번주 마쓰다이라 사다아키의 숙소로 정하고 나가오카 번사의 대부분을 항구에서 곧 나가오카로 출발시켰다.

그 자신은 남았다. 그에게는 그만이 할 수 있는 일거리가 있었다. 상담(商談)이었다.

공회당에 갔다.

이미 세 사람의 환전상이 모여 기다리고 있었다. 그들은 쓰기노스케의 얼굴을 보자 몹시 반가와 했다.

"춘부장께선 안녕하십니까?"

아버지 다이에몬은 니가타가 아직 나가오카 번에서 관리하는 항구 도시였을 무렵의 행정관을 지낸 일이 있는데, 그 소탈한 인품은 아직껏 이곳 상인들 사이에서 이야기거리가 되어 있었다. 이것은 쓰기노스케가 상담을 추진시키는 데 큰 도움이 되었다.

"엽전이 있다네."

그는 말했다.

배에 2만 냥어치의 엽전이 있는데 그것을 팔고 싶다고 말했다.

니가타는 상항(商港)이므로 어떠한 영주에도 속하지 않고 막부의 직항렬이 되어 있었으나, 나가오카 번은 이곳이 상항으로서 중요하기 때문에 전부터 번사 한 사람을 주재시키고 있었다. 이를테면 상무관(商務官)이라고 할 수 있다.

히라노 주지로(平野重次郎)라는 세상 물정에 밝은 늙은 무사였다. 이 인물이 상륙한 쓰기노스케에게 최근의 에치고 정치 정세를 보고했다. 그것이 그가 들은 에치고에서의 첫 정보였다.

"다카다 번은 이미 관군이라 해도 좋을 것입니다."

히라노는 말했다. 에치고 다카다 번은 사카키바라(榊原) 가문 15만 섬으로 에치고에서 최대의 번이다. 사카키바라 가문은 도쿠가와 가문의 시조 이에야스(家康)가 특히 사랑한 부장(部將)의 하나인 사카키바라 야스마사(榊原康政)를 조상으로 하는 번으로서, 도쿠가와 직속 영주 가운데서도 가장 전통이나 유서가 깊은 번이었다.

그러나 쓰기노스케는 흥미 없다는 듯 이렇게 말했을 뿐이다.

"아, 그래."

그러나 그의 마음 속에는 다카다 번에 대하여 하고 싶은 말이 많았다.

'그 번은 그럴 테지.'

이런 생각도 했다. 지금 이 곤란한 시기에 다카다 번은 불행하게도 이렇다 할 지도적 인재를 갖고 있지 못한 것이다. 번사 하나하나의 심중은 어떨지 모르지만, 어쨌든 그 번은 서쪽에서 불어온 시세(時勢)라는 바람에 나부끼는 편이 무난하다고 생각하여 그렇게 되고 말았으리라.

에치고라는 나라는 일본해를 향하여 큰 활과 같은 모양을 하고 있는데 남북으로 길다. 다카다 번은 그 남쪽에 붙어 있기 때문에 북상해 오는 관군이 맨 먼저 들이닥치는 최초의 큰 번이 된다. 그런 전략적 위치로 보아 만일 다카다 번이 싸우려고 한다면 에치고의 최전선이 되어 그 싸움은 몹시 치열할 것이다. 그런 공포감도 다카다 번의 정치적 심리를 움직이게 했을 것이다.

"그밖에는"

히라노 노인은 말했다.

그 밖의 번이란 나가오카 번 7만 4,000섬을 제외하고, 시바타(新發田)의 미조구치(溝口) 가문 10만 섬, 무라카미(村上)의 나이토(內藤) 가문 5만

석, 무라마쓰(村松)의 호리(堀) 가문 3만 섬, 요이타(與板)의 이이(井伊) 가문 2만 섬, 그밖에 일만 석의 작은 번들이 시이타(椎谷)의 호리(堀) 가문, 구로카와(黑川)의 야나자와(柳澤) 가문, 미카이치(三日市)의 야나자와 가문, 미네야마(三根山)의 마키노(牧野) 분가(分家), 기요사키(淸崎)의 마쓰다이라(松平) 가문이 있다.

"모두 혼란할 뿐이지만 결국은 다카다가 관군에 붙고 만 이상 그에 따르게 되겠지요. 미네야마의 분가댁은 별도이겠습니다."

'그보다도 돈이다.'

쓰기노스케는 장사를 해야만 했다.

니가타의 환전상(換錢商)들은 에치고에 지금 질이 좋은 동전이 부족했기 때문에 크게 기뻐했다.

어쨌든 금화 한 냥에 대해서 에도에서 아홉 관(貫) 육백 문(文)으로 사들인 동화(銅貨)가 니가타 시세로는 한 냥에 여섯 관 육백 문인 것이다. 한 냥에 삼 관을 벌게 되는 것으로 이 정도의 큰 이익을 얻는다는 일은 어지간한 상인이라도 평생에 몇 번 없을 것이다.

쓰기노스케는 에치고에서의 첫날을 그 일로 몹시 바쁘게 보냈다.

고향(故鄕)

쓰기노스케는 니가타에서의 상무(商務)를 끝내자 이튿날 아침 나가오카를 향하여 출발했다.

200리 길이다. 이틀이 걸린다. 대로(大路)는 시나노 강(信濃江)을 따라 올라 간다.

연안은 드넓은 에치고(越後) 평야이며 전원에는 봄이 한창 무르익고 있었다.

"이런 형세가 아니라면 도시락감이로군, 마쓰조."

쓰기노스케는 하인 마쓰조에게 말했다. 도시락감이라는 것은 이 지방에서 쓰는 관광 유람이라는 말이다. 피어 있는 것은 벚꽃만은 아니었다. 연도의 농가 담장에는 살구꽃이 피어 있고 모과(木瓜)꽃이 눈이 아플 정도의 빨간 꽃을 피우고 있었다. 복숭아 밭도 꽃이 만개했다. 온갖 꽃들이 피어 있었다.

"꽃은 에치고만한 데가 없는걸, 마쓰조."

쓰기노스케는 천천히 걸었다. 마쓰조는 마음이 조급했다. 하루에 100리를 걸으려면 거의 뛰다시피 걷지 않으면 안 된다.

"마쓰조야!"

쓰기노스케는 시나노 강의 둑 옆을 흐르는 도랑을 가리켰다. 거기에는 논에 띄우는 작은 배가 썩어 있고 그 옆에 미나리가 많이 나 있다.

"봐라, 미나리까지 꽃이 피어 있지 않느냐."

과연 들미나리까지도 하얀 꽃을 피우고 있는 것이다. 조그마한 꽃이다. 정말로 작다. 그 자잘한 꽃이 우산처럼 한데 무리져 피어 있었다.

'나리는 좀 이상하군.'

마쓰조는 오랫동안 모셔봐서 알고 있지만 쓰기노스케는 어떤 편인가하면 무취미한 사람이어서 이렇게 꽃을 칭찬하거나 봄을 찬양하거나 할 이른바 시적(詩的)인 점이 없는 사람이라고 생각하고 있었다.

그런데 오늘의 그는 달랐다.

"난 말이다, 마쓰조."

쓰기노스케는 걸어가면서 말했다.

"꽃이라고 한다면 벚꽃이나 복숭아나 모과꽃은 아닐거야. 저 미나리꽃일 거야."

쓰기노스케는 걸어간다.

"나가오카 번(藩) 7만 4,000섬 땅도 미나리꽃이지."

"그건 무슨 뜻입니까?"

"도랑 물에 젖으면서 조그맣게 피어서 조금도 눈에 뜨이지 않는다. 벚꽃을 보는 사람은 있어도 발밑에 피어 있는 미나리꽃을 깨닫는 사람은 없더구나."

작은 번의 슬픔을 말하고 있는 것이리라.

"그러나, 그것은 어쩔 수 없는 일이지."

"예예."

마쓰조는 불안한 듯 대답했다. 쓰기노스케가 어째서 그런 말을 하는지 알 수가 없었다. 쓰기노스케는 말이 많아졌다. 마쓰조에게 들으라기보다도 자기 자신과 대화를 나누고 있는 모양 같다.

"하오나 나리"

마쓰조는 약간 엄한 표정을 지었다.

"서둘지 않으시면 200리 길은 도저히 힘들 것 같습니다."

산조(三條)까지가 100리다. 오늘 밤엔 산조에서 묵는다. 산조에서 다시 나가오카까지 100리.

"내일은 말을 빌어 타고 달리는 거다. 오늘쯤은 천천히 걸어 산조에는 느지막이 도착하자꾸나."

쓰기노스케의 걸음은 여전히 늦다. 하인 마쓰조는 마음이 조급했다.

'이런 상태로는 산조의 여인숙에 도착하는 것이 밤이 이슥한 뒤거나 새벽이 되어 버리겠는걸.'

어쩔 작정일까 하고 생각했다. 마쓰조와 같은 하인에게도 번의 위기가 절박해 있다는 것은 몸에 스미도록 잘 알고 있다. 나가오카에서는 영주 이하 말단 졸개에 이르기까지 쓰기노스케가 돌아 오기를 기다리고 있을 것이다.

'이 느릿느릿한 걸음걸이는 틀림없이 각별한 생각이 있어서일 것이다.'

마쓰조는 쓰기노스케를 평소부터 신(神)처럼 생각하고 있었다.

그러나 쓰기노스케에겐 특별한 이유가 있는 것도 아니었다. 오히려 꽤 복잡한 심정이었다.

'사태는 이미 올 데까지 와버린 것이다. 반나절이나 하루쯤 빨리 돌아가 보았자 어떻게 될 것도 아니다.'

그것이 첫째다.

둘째로는 번은 아마도 관군에 공손히 따르자는 파와 끝까지 강경한 태도를 취하려는 파로 갈라져서 중신들은 틀림없이 밤낮을 가리지 않고 논의를 거듭하고 있을 것이다. 더욱이 하나의 영웅이 없는 한 이러한 회의는 끝내 결론 없는 논의가 되어 백날을 해도 결론을 내리지 못한다는 것을 쓰기노스케는 알고 있었다. 나가오카의 중신들은 이미 기진맥진했을 것이다. 그들이 녹초가 되어 있을 때에 쓰기노스케가 돌아가는 편이 결론을 내리기가 쉽다. 그것도 계산하고 있는 것이다.

그리고 셋째 이유로는 만일 관군과 싸우게 된다면(일번 독립주의(一藩獨立主義)인 쓰기노스케로선 그것을 바라지 않지만), 이 대로 또한 싸움터가 될 것이다. 다시 말해서 관군이 군함을 타고 해로로 에치고에 온다고 한다면 니가타에 상륙한다. 니가타에서 나가오카로 공격해 들어오는 도로는 시나노 강의 둑길이다. 쓰기노스케로선 이렇게 천천히 걸으면서 부근의 지형이나 지물(地物)을 살피고 전략과 전술을 짜고 있는 것이다.

넷째 이유는──이것이 참다운 이유인데──오래간만에 보는 에치고의 봄을 즐기고 있는 것이다.

'돌아가면 이미 그럴 겨를은 없다.'

아마도 죽을 때까지 없을 것이다. 하여간 쓰기노스케는 지금 이 시나노 강 연안 평야의 전원 속을 천천히 걷고 싶은 것이다.

"나리, 해가 저물기 시작했습니다."

산조까지는 앞으로 네댓 시간은 걸어야겠는데 해가 아득한 전원 끝에 지려고 하고 있다.

"글쎄, 괜찮다니까."

쓰기노스케는 말하며 고개를 들어 앞쪽의 저녁 안개 자욱한 마을을 가리켰다.

"저기가 시라네(白根)다. 시라네에서 머물기로 하자."

결국 시라네에서 묵었다. 이곳은 무라카미(村上) 번의 영지로서 시나노 강의 본류와 지류 사이에 생긴 거대한 사주(砂洲) 위에 마을이 있다.

"마쓰조야. 시라네에는 여자(기녀)가 없었더냐?"

"모르겠습니다."

마쓰조는 약간 불쾌해져 있다.

쓰기노스케는 시라네 여인숙에 머물렀다. 나가오카 번의 중신이라는, 에치고의 이를테면 귀인이 묵을 그러한 여관이 아니라 약 행상인이나 겨우 머무를 것 같은 그러한 여인숙이었다.

기녀 따위가 있을 리 없다.

"주인, 내 부탁을 들어주구려."

그렇게 말한 이 사나이의 부탁은 매우 색다른 것이었다. 마을에서 호기심 많은 여자를 모아 오라는 것이다. 조건은 술을 좋아하고, 노래를 좋아하고, 성적 매력이 없으며, 더욱이 집안 일에서 해방되어 있는 여자, 이렇게 되면 어지간히 나이 먹은 노파가 된다.

"그렇지, 노파가 좋아."

쓰기노스케는 말했다.

모여든 것은 10명 가량의 무시무시할 정도의 노파들이었다. 쓰기노스케는 사람이 달라진 것처럼 떠들어 대면서 그 노파들과 둘러앉아 술추렴을 시작했다.

노래가 나왔다.

노래를 하고 춤을 추고 술을 마시고 하는 술자리를 쓰기노스케는 무엇보다도 좋아했는데, 그러기에는 이 노파들이 가장 안성마춤의 친구들이었다.

마쓰조는 아래층에서 자고 있었다. 이층은 마룻바닥이 빠지는 게 아닌가 할 정도로 소란스러웠다.

'나리란 분은 도대체 무엇을 생각하고 계시단 말인가?'

마쓰조는 얼굴을 찡그리며 이불을 푹 뒤집어 썼다. 그렇게라도 하지 않으면 시끄러워 잠을 잘 수가 없는 것이다.

이층에서는 이미 노파들이 곤드레만드레가 되어 있었다.

"나리, 나리"

노파들은 쓰기노스케와 잔을 주고 받고 있지만 그렇다고 해서 쓰기노스케가 어떤 사람인가 하는 것은 듣지 못했다. 만약 이 호기심 많은 나그네 무사가 나가오카 번의 중신이라는 것을 나중에 알게 되면 기겁을 할 것이다.

쓰기노스케는 매우 흡족했다. 그는 오래간만에 돌아온 에치고 분위기에 설사 하룻밤이라도 푹 잠기려고 했다. 그러기에는 노래와 춤이 좋다. 춤이라도 둥글게 모여서 추는 춤이 좋은 것이다.

원을 그리고 춤을 추기도 했다. 춤을 추면서 생각하였다.

'과연 에치고구나.'

어렸을 적 둥글게 둘러서서 춤을 추는 우란분(盂蘭盆)날 밤에는 저택의 담장을 타고 넘어 살짝 시내로 나가곤 했었다. 머리수건으로 무사 상투를 감추고 옷도 여동생의 긴 치마를 입고 간다. 어느 해 그 계절에 모친이 그런 낌새를 알아차리고 쓰기노스케를 감시했기 때문에 끝내 시내로 나가지 못했던 때가 있었다.

'어째서 나는 무사로 태어났단 말인가?'

그 때만큼 무사를 한스러워한 적은 없다.

밤이 이슥해서 술자리가 파했다.

어느 노파나 곤드레가 되어 똑바로 일어서는 사람은 두 서너 명밖에 없고, 모두 며느리나 아들에게 업혀서 돌아갔다.

쓰기노스케는 날이 새기 전에 일어났다. 전날 미리 일러놓았던 말이 산조에서 와 있었다. 말에 올라탔다.

채찍을 들어 시나노 강 둑길을 달리기 시작했다. 매우 늙은 말이었기 때문에 산조에서 말이 주저앉아 버렸다. 산조에서는 다른 말을 갈아 타고 다시 달렸다.

쓰기노스케가 시나노 강줄기의 대로를 마구 달려 나가오카 성 밑 거리에 들어간 것은 아직 한낮이었다. 말도 사람도 모두 땀투성이가 되었다. 성의 정문을 들어가 초소(哨所)에서 말을 내렸다. 초병(哨兵)이 눈을 휘둥그레 떴다.

"가와이님 아니십니까?"

"아 그래, 가와이다."

쓰기노스케는 초소 뒤의 풀숲을 밟고 우물에 다가가서 두레박을 소리내어 내렸다.

"미안하네만 부탁이 있어."

얼른 내 집으로 달려가서 오스가에게 입성할 의관을 내달라고 하게. 마쓰조는 아직 시나노 강 줄기를 달리고 있을 테니까 하인이 없네, 라고 했다.

그런 다음 쓰기노스케는 알몸이 되어 우물물을 좌악좌악 끼얹어 땀과 먼지를 씻어 냈다. 수건이 없었다. 초병 한 사람이 감색으로 물들인 수건을 빌려 주었다.

"고맙네."

쓰기노스케는 그 잡병에게 머리를 숙였으나 수건을 뒤집어서 머리를 닦았을 뿐 목에서 아래는 닦지 않고 젖은 채로 두었다. 쓰기노스케로선 아무리 졸개의 수건이라도 자기의 하반신을 닦는다는 것은 예의가 아니라고 생각하는 모양이었다.

"생각하면 나가오카 성만큼 고마운 성은 없어. 드넓은 들판이 있어서 방어하기에 좋은 곳이라고 할 수는 없지만 성내에 물이 얼마든지 있어. 성문의 초소 뒤곁에까지 우물이 있는 성은 일본이 넓다해도 이 성뿐이야."

초병이 그렇습니까, 하자 쓰기노스케는 "일단 농성하더라도 걱정없지"라고 말했다. 초병은 긴장했다.

"역시 농성을?"

그렇게 물은 것은 에치고 다카다(高田)에 들어온 관군의 선발 소부대가 일으키고 있는 에치고의 혼란과 번의 위기감이 초병들에게까지도 가득 차 있다는 증거일 것이다.

쓰기노스케는 그 말에는 대답하지 않고 그로서는 보기 드문 웃음을 보였다.

"우리는 서로 무사가 아닌가. 무사는 언제나 성을 베개 삼아 죽을 각오로 살고 있는 거야. 관군도 그러한 무사들을 상대하는 것이니까 매우 힘들

걸."

그런 이야기를 하고 있는 동안에 별성(別城) 쪽에서 번의 중역 우에다 주베(植田十兵衞)가 내려왔다. 쓰기노스케가 돌아왔다는 말을 듣고 온 것이다.

거의 그와 동시에 집에서 의관 일체를 보내왔다. 종이, 속옷 띠까지도 빠짐없이 들어 있다.

쓰기노스케는 예복만 빼놓고 다른 옷을 다 입자 우에다 주베와 함께 돌계단을 올랐다.

"자세한 말을 다 들으셨소?"

우에다가 물었다.

쓰기노스케는 대충 일어난 일을 니가타에서 들었을 뿐 아무 것도 듣지 못했다.

"사실은 쉽지 않은 일이오."

우에다가 말했다.

쓰기노스케가 정무실(政務室)로 들어가자 여러 중역들이며 관리들이 모여들어 자연히 그 자리가 회의실이 되었다.

쓰기노스케는 일체 의견을 말하지 않았다. 말을 하려 해도 말할 만한 재료를 알지 못했다. 쓰기노스케가 부재 중에 요코하마(橫濱)에서 쓰가루(津輕) 해협 주위의 긴 항해 중 갑자기 정세가 절박해져서 여러가지 일이 생긴 것이다.

"나는 아무 것도 모르오. 어떤 조그마한 일이라도 들려주기 바라오. 단지 의견은 필요치 않소."

객관적인 재료만을 들려주기 바란다는 것이다.

어쨌든 관군의 소부대가 에치고 다카다 성 밑까지 왔다. 군이라기에는 너무나도 적은 수로서, 게이슈 히로시마 번의 번병 250명이 왔다는 것이다. 인원수는 작다지만 '칙사(勅使)'라는 자격에 진무(鎭撫) 총독을 겸한 두 사람의 공경(公卿)이 나왔다는 것이 중대한 일이었다. 호쿠리쿠도(北陸道) 진무 총독이 소집한 '다카다 회의'가 열린 것은 삼월 십육일이었다.

"한낱 공경이 겨우 250명의 게이슈인을 거느리고 왔대서 무슨 일이 있겠는가?"

말하자면 교토(京都)의 실력을 업신여기는 듯한 기분도 일부에는 있었으나, 하여간 도쿠가와 요시노부가 정권을 바치고 난 이상 그에 대신하는 정부──라고 인정하기 어려울 정도로 약체이긴 했지만──가 무엇인가를 포고(布告)하려고 하는 것이다. 이것을 무시할 수는 없었다.

아무튼 에치고 11개 번의 중역 11사람이 다카다 성에 모였다.

장소는 다카다 성의 회의실이고 상단의 넓이가 십 이 조(疊)였다. 거기에 두 공경이 의관을 정제하고 앉아 있었다. 그리고 한단 밑에 두 관군 참모가 앉아 있었다. 한 사람은 구마모도 번사 쓰다야마 사부로(津田山三郞)라는 매우 온후해 보이는 초로(初老)의 사람이다.

또 한 사람은 젊었다. 게이슈 히로시마 번사 고바야시 주키치(小林柔吉)라는 사람으로 필요한 말은 고바야시가 모두 하고 질의(質疑)가 나오면 이 고바야시가 대답하는데 그 변론의 예리함은 일좌(一座)를 압도했다.

──과연 관군이다. 상당한 인물이 있는걸.

모두 그가 한 마디 할 때마다 친창하면서 거의 습복(慴伏)하게 되었다.

뒤에 안 일이지만 고바야시 주키치는 농민 출신이었다. 히로시마 성 밑에서 북으로 삼십 리 가량 떨어진 곳에 있는 기온(祇園) 마을의 촌장 계급 출신인데 어렸을 적에 근왕(勤王) 학자 고노 테쓰토(河野鐵兜)의 문하생이 되어 일찍부터 근왕 활동을 했다. 조슈 번이 서쪽에 이웃해 있었기 때문에 적극적으로 기맥(氣脈)을 통해 번의 요주의 인물(要注意人物)이 되었으나 형세가 바뀜과 동시에 번은 고바야시를 중시하여 교토에 올라가게 했다. 고바야시는 조정의 명령을 받고 호쿠리쿠 진무군의 참모로서 일본해 연안을 진군해 온 것이다.

──조정에 귀순하라.

여하간 이것 외에 "병력을 내놓으라"는 것이 관군측이 십 일 개 번에 내놓은 주요 요구였다. 관군은 어쨌든간에 최종적으로는 간토 정벌(關東征伐)을 해야 하는데, 그러기 위해서는 병력이 부족했다.

교토에 생긴 신정부의 서글픔은 돈이 없다는 것이었다. 이러한 혁명 정권도 매우 드물 것이다. 정부 예산이 한 푼도 없었다. 군사비도 사쓰마(薩摩) 조슈(長州) 도사(土佐) 등 가맹(加盟) 번의 자비 부담이었다. 이 세 번은 그래도 좋았다. 교토 활동이나 번군의 양식화(洋式化)로 돈을 많이 썼다고는 하지만 원래가 큰 번이다. 2만 섬이나 3만 섬으로 관군에 참가하게 된 번은 도카이도(東海道)를 내려와 오와리(尾張) 근처까지 갔을 무렵에는 짚신을 살 돈도 없을 정도였다.

병사들의 짚신을 살 돈도 없는 형편이니까 그들을 먹일 군량비가 있을 리가 없었다.

결국 연도(沿道) 여러 번에 "돈을 내라"고, 이를테면 칙명으로 공갈하는 셈이 되었다. 연도의 여러 번은 간토에도 미련이 있고 신정부도 두려웠지만 원래가 궁핍해 있기 때문에 명령받은 돈 같은 것은 있을 리가 없다. 그러나
──내지 않으면 토벌하겠다.

그러나 이것이 칙지(勅旨)이기 때문에 번에서는 성 밑의 부상(富商)을 협박해서 돈을 끌어내고 그것을 내밀었다.

호쿠리쿠도(北陸道)도 다를 것이 없었다.

"나가오카 번은 보통 방법으론 안될 것이다."

그들 관군은 평소에 에치고 여러 번의 정세를 검토하여 이렇게 보고 있었다. 예측한 대로 정사(正使)로 온 우에다 주베는 매우 애매했다. 우에다는 일부러 우둔한 체하고 이런 의미의 말을 했다.

"나가오카의 중신이라 하지만 모두 문벌(門閥) 출신 바보들이고 다만 가와이(河井)라는 중신이 조금은 세상을 알고 있습니다. 그런데 그가 지금 없기 때문에."

더구나 우에다는 혓바닥이 달라붙는 듯한 에치고 사투리로 치근치근 이야기하며 교섭을 오래 끌려고 했다.

"병력을 내놓으라" 하는 것이 관군 참모의 첫째 요구였으나 그것도 "가와이가 돌아온 뒤라야" 하면서 우에다는 일부러 눈을 부릅뜨기도 하고, 얼굴을 긁기도 하고 땀을 닦는 시늉을 하기도 하고 때로는 괴상한 소리를 지르기도 하면서 말했다.

관군 참모의 둘째 요구는 "그밖에 군비 3만 냥을 헌납하라"는 것이었다. 우에다는 이 요구 정도는 받아들여야 할 거라고 생각하면서도 말을 흐려, "번고(藩庫)에 얼마나 돈이 있는지 긁어 모아 봐야겠습니다" 말하면서 시치미를 떼려 했다.

그러나 관군 참모 고바야시 유키치는 급기야 크게 노하고 말았다.

"사정을 묻고 있는 게 아니오. 병력을 내놓는 문제는 어쨌든 3만 냥에 대해서는 닷새 안에 대답하시오. 대답 여하에 따라서는 위에서도 각오가 계실 것이오."

우에다는 크게 두려워하여, 서둘러 번으로 돌아가 봐야겠다면서 허둥지둥 다카다 고을을 떠났다.

……쓰기노스케는 잠자코 그 사정이며, 경위를 듣고 있었다.

이른바 '다카다 회의'는 끝났다. 계속해서 관군은 눌러앉을 것이었다.
"부디 에치고에 주둔하시기 바라오."
에치고 지방의 민간 근왕가——가시와자키(柏崎)의 호시노 요사이(星野養齋) 등——는 진정하며
"만약 물러나 버리시면 그 뒤는 모처럼의 진무도 보람없이 에치고는 원래의 막부파로 돌아가고 말 것입니다."
라고 열심히 청했으나 관군 참모로선 하루라도 빨리 이런 위험한 고장에서 떠나고 싶었다. 관군이라곤 하지만 겨우 이백 오십 명이다. 오래 주둔하는 동안에 에치고 여러 번의 마음이 변해서 은밀히 군사 활동을 일으킨다면, 공경도 게이슈 번사들도 모조리 살해되지 않는다고 장담할 수 없다.

그러한 두려움도 있었다.

게다가 다행하게도 교토의 신정부로부터 파발편으로 지령이 와 있었다.
"일단 에도로 향하라."
말하자면 도카이도를 진군하는 대총독부와 합류하라는 것이었다.
"그것이 칙명이오."
참모 고바야시 유키치 등은 그 지방 근왕 유지를 '칙명'으로 달랬다. 칙명을 남발하는 시대였기 때문에 관군 간부들의 입에서 나오는 말은 모두 그것이었다.

'칙명'이라고 해도 후세의 이른바 천황제 국가——묘한 말이지만——가 내린 칙명과는 권위도 무게도 외포감(畏怖感)도 매우 다르다. 후세의 경우도 국가의 절대 권력에 뒷받침된 칙명이어서, 단 한 장의 조칙(詔勅)에 의해서 대전을 일으키고, 다시 같은 조칙으로 전쟁을 끝낼 수도 있었다.

칙명이다.

그러나 이 시대의 이때는 어느 누구의 명령이든 어딘지 맥이 빠져 있었다.
어쩐지 무서움이 없었던 것은 후세의 일본과 같은 강대한 군사력이나 경찰력의 뒷받침이 없기 때문이었다.

'칙명'이란 어디까지나 로만티시즘이었다. 주자학(朱子學)이나 국학(國學)

에 의한 교양으로 이 시대의 독서인들은 전 시대의 일본인과는 달리 왕을 받들어야 한다는 것을 알았다. 그 점은 막부측도 그러했고, 막부 반대측도 그러했다. 이 때문에 '칙명' 하면 상대의 가슴 속의 교양에 호소하기 위한 것이고, 어디까지나 논리와 도덕에 가까운 말이며, 거기에는 공포감은 없다.

결국 호쿠리쿠의 관군은 삼월 십구일 다카다를 출발하여 에도로 향했다. 다만 관군으로서 영리했던 것은 에치고 여러 번의 중역들을 인질로 동행한 일이었다. 물론 인질이라는 노골적인 표현이 쓰여진 것은 아니고 이런 핑계를 낸다.

"도카이도로 나가 총독부를 뵈어라."
……이때 아직도 쓰기노스케는 바다 위에 있었다.

다시 쓰기노스케가 없는 동안의 이야기는 계속된다.

다카다 성에 파견되었다 나가오카 번의 중역 우에다 주베는 급히 번으로 돌아왔다.

번에서는 긴급히 회의가 열렸다. 노공(老公) 세쓰도(雪堂 : 다다유키)와 젊은 번주 다다쿠니(忠訓)도 출석했다.

노공 세쓰도의 태도는 처음부터 지나칠 정도로 명쾌했다.

"우리 마키노(牧野) 집안은 다른 방계(傍系) 영주——세키가하라 전후 도쿠가와 집안에 부속된 영주——와는 전혀 입장이 다르다. 누대의 직속 영주이며 그것도 미카와(三河) 이래의 도쿠가와 집안의 가신이다. 사쓰마 조슈의 폭거(暴擧)에 가담하여 주군(主君)을 치는 그런 짓을 할 수는 없다."

나가오카 번사의 절대 다수가 그런 기분이었다.

극단적으로 말하는 사람은 "이 기회에 자진하여 사쓰마 조슈를 쳐야 한다"고 말하고, 그 가운데서도 군사를 주관하는 병학소(兵學所) 교관들은 군사관인만큼 매우 호전적이어서 이렇게까지 말했다.

"만약 번이 칙지에 따라 병역을 낸다면 우리는 병기고의 문을 잠그고 병기를 내주지 않겠소."

이에 대하여 번의 지성(知性)을 대표하는 번교(藩校) 교관들은 대부분이 근왕파였다.

"우매한 무리는 왕과 장군을 동격으로 생각하고 있다. 잘못은 거기서부터 생기고 있다. 장군 또한 왕신(王臣)인 것이다. 그것을 모르겠는가."

서부 지방의 하급 무사들 사이에서는 이미 보편적 개념이 되어 있는 말을 처음부터 설명하지 않을 수 없었다.

"이 땅에 사는 자, 한 사람도 왕신이 아닌 자는 없다."

이것이 이 시절에 유행하고 있는 새로운 통일 사상이었다. 현실의 일본 역사에서는 그렇지는 않다. 천자는 어디까지나 이 나라의 실권적 왕자가 아니다. 일본 최고의 신성한 피를 보유한 자이기에 신에게 가장 가까운 유일인(唯一人)이며, 그렇기 때문에 숭배되었고 전국 난세에도 천자를 쓰러뜨리는 자가 없었다. 실권자가 아니기 때문에 그럴 필요가 없었던 것이다.

다이카 개신(大化改新)으로 국가가 제도상 성립된 이래 일본의 역사상 정치적 지배자는 후지와라(藤原)이며, 다음엔 다이라(平)씨이며 가마쿠라(鎌倉)의 미나모토(源)이며, 호조(北條)이며, 아시까가(足利)이며, 오다(織田)씨, 도요토미(豊臣)씨, 도쿠가와(德川)씨였다. 주종관계나 도덕도 그 속에서 생겨나 오늘날에 이르고 있다. "일본국에 사는 자는 모두 왕신이다" 라는 것은 역사적 현실이 아니라 하나의 사상이며, 그것도 새로운 사상으로, 그 막부말의 국난 속에서 일본 통일을 꾀하려는 의미로서의 현실감을 띤 혁명 사상인 것이다.

"만약에 말입니다."

근왕파가 말한다.

"칙명을 싫어하고 왕신이 되기를 싫어한다면 그 나름대로의 도리를 지켜야만 한다. 이 나가오카 번의 영토는 왕토다. 이 왕토를 조정에 바치고, 군신이 모두 이곳을 물러나 도쿠가와 영지에 합류하는 게 옳다."

갑론을박 서로 열을 올려 충돌했다. 번내의 혼란에 대해서 언쟁이 계속된다. 쓰기노스케의 배가 에치고 앞바다에 들어오려 할 무렵이었다.

번내의 대립이 심각해지고 있다.

막부 지지파의 근왕파가 연일 격론을 계속하여 급기야 노공의 직접적인 재결을 기다리지 않으면 안 되게 되었다.

"나는 마음이 정해져 있다."

노공 세쓰도는 말했다.

"형세나 이치가 어떻든간에 마키노 집안으로서는 도쿠가와 집안을 소홀히 할 수가 없다."

이 재결로 일단 막부 지지파가 이겼다. 그러나 근왕파의 의견도 가미하여 불만을 가라앉혀야 했다. 그러한 배려에서 이렇게 결정되었다.

'……진정(陳情)을 해보자.'

관군 총독부에 대해서다. 그 진정이라는 것도 번의 입장을 변해(辯解)한다는 것이 아니라 도쿠가와 집안을 위해서였다.

"도쿠가와 집안을 어려운 입장에서 구제해 주기 바란다. 그 명예를 계속 유지하게 해주기 바란다. 요시노부의 대정 봉환(大政奉還)의 큰 공을 평가해 주기 바란다. 하물며 역적이란 이름을 씌운다는 것은 당치도 않다."

그것이었다. 만약 그것을 사쓰마 조슈가 받아들여 준다면 우리는 기꺼이 조정을 섬기겠다, 하는 것이다. 그 때문에 사자를 파견한다.

사자로는 인재(人材)를 뽑아야 한다.

정사(正使)에는 스물 네 살의 중신 야마모토 다테와키가 선출되었다. 이야기가 나온 김에 말하자면 다테와키는 일찍부터 쓰기노스케를 존경해왔고 문벌(門閥) 중신답지 않게 기개(氣槪)에 차 있다. 그러나 다소 나이가 어려 세상 물정에 익숙하지 못하기 때문에 부사로서 미시마 오쿠지로(三島億二郎)를 뽑았다. 미시마는 이미 번 밖에도 알려져서 작은 번에 두기는 아까운 인물로 알려지고 있다. 그 사상적 경향은 공순론(恭順論)에 가깝다.

──곧 출발하라.

번에서 이런 명령이 내렸으나 막상 에도로 나가려 해도 길이 없음을 알았다. 도사(土佐)의 이타가키 다이스케(板垣退助)에게 인솔된 관군의 부주력군(副主力軍)이라고도 할 만한 나카센도(中仙道) 진무군이 고슈(甲州)의 적을 무찌르고 이미 간토로 들어와 어느 가도나 그 인마로 꽉 차서 도저히 '나가오카 번 진정사(陳情使)'라는 것을 내세우고 통행할 수 있을 만한 형세가 되지 못했고 만약 강행해서 나선다 해도 진정서를 빼앗기고 몸은 포박당할 것이 뻔했다. 그래서 조금 더 도로 상황을 보면서 출발을 늦추기로 했다.

그런 시기에 쓰기노스케가 돌아왔던 것이다.

쓰기노스케는 정무실에서 모든 사정을 듣고 난 다음 첫마디로 말했다.

"진정사 따위는 그만두는 게 좋을 것이오."

그런 미온적인 방법에, 기승한 관군 간부들이 넘어갈 리가 없는 것이다.

그리고 또 말했다.

"하긴 번의 의사를 상대편에게 전하는 것은 매우 중요한 일이지만 어차피 관군은 그것뿐이 아니오. 머지않아 대거해서 에치고(越後)의 땅에 올 것이오. 그때라도 족하오."

그런 다음 쓰기노스케는 번주 부자를 배알하여 귀국 인사를 올렸다.

"기다렸다."

노공 세쓰도는 말했다.

"지금 번론이 둘로 나뉘어 있다. 이대로 서군(西軍 : 官軍)을 맞는다면 꽤 흉한 꼴이 될 것이다. 전번 일심(全藩一心)의 성과를 얻을 방책이 있는가?"

──방책은 없습니다.

쓰기노스케는 대답했다. 이런 정세하에서 인심을 하나로 할 방책 따위는 있을 수가 없다고 쓰기노스케는 말하는 것이다.

참으로 곤란한 형세였다. 바로 1세기 전이었다면 일은 간단했을 것이다. 무사는 주군(主君)에 충성함이 도리이며 주군이 죽으라고 하면 죽는다. 무사로서 가록(家祿)을 받고 있는 주군은 절대자인 것이다.

그러나 현 세대에서는 그 이상의 이상보다 높은 최고의 가치라는 것이 출현했다.

'왕'이다. 교토의 천자야말로 절대가치라는 사상이 천하에 보급되어 번주의 가치는 매우 감소되었다. 서부 지방의 여러 번의 근왕가는 "우리 주군은 천자 이외에 없다"고 하여 번주를 번주로도 생각하지 않고 번주를 속이고 눈을 가려 번을 혁명 세력으로 만들려고 하며, 조슈 번이나 사쓰마 번의 지도자들은 그것에 성공했다. 도사 번의 경우는 번을 버리고 대부분이 번에서 빠져나갔다.

그러한 새로운 가치가 출현하고 있는 시대인 이상, 에치고 나가오카 번의 번사 일부도 영향을 받지 않을 수 없기 때문에 현재 번교인 수도쿠 관(崇德館) 교수들은 분명히 그러한 사상적 입장을 취하고 있었다.

번주가 '우(右)로 가, 좌로 가.' 한다고 해도 번사가 반드시 그에 따르지 않을지도 모르는 시대인 것이다. '나의 주군은 교토의 천자다'라는 불가사의한 가치관을 품은 이상, 번주 따위는 이미 가록을 제공하는 자에 지나지 않게 된다.

그런 시국에 '전 번이 한마음이 된다. 이런 따위는 꿈속의 꿈일 것이다.

지금 세쓰도는 종종 '방책'이란 말을 썼지만, '방책'으로 어떻게 될 그런 시국이 아니다. 쓰기노스케는 그렇게 말했다.
 "행여 방책으로 번이 어떻게 될 거라고 생각지 마십시오."
 세쓰도는 반문했다.
 "그럼 어찌하면 좋겠는가?"
 "황공하오나 대번주님, 번주님께서 이렇다고 생각하시면 그 이렇다는 것을 위해서 번사들에 앞장서서 돌아가십시오. 황공하오나, 오늘 이후는 살아계시지 않는다고 생각하십시오. 그러한 기백(氣魄)만이 전 번을 하나로 할 수 있습니다. 쓰기노스케가 아무리 온갖 방책을 쓴다 해도 번주님께서 먼저 돌아가실 각오가 없으시다면 한 가지 방책을 쓸 때마다 백 가지 난을 부르는 게 됩니다."
 성을 물러나온 것은 거의 밤 열한시가 지나서였다.
 해자 가를 걸어간다. 마쓰조가 든 초롱불이 발 밑을 비추고 있다.
 마쓰조가 보는 바, 쓰기노스케는 역시 지친 듯 했다. 걸음걸이에 나타나 있었다. 딴은 그렇기도 할 것이다. 산조에서 말을 달려 나가오카에 들어 오자 곧장 이 일 저 일로 밤이 깊어진 것이다.
 "나리께서도 매우 애쓰셨습니다."
 평소에 쓸데없는 말을 하지 않는 마쓰조가 문득 그런 말을 했다. 원래 아랫사람이 일도 없는데 주인에게 말을 건다는 것은 극히 버릇없는 것으로 되어 있었는데, 마쓰조는 한숨까지 섞어가며 무의식중에 그렇게 말하고 말았던 것이다.
 "마쓰조."
 쓰기노스케의 목소리는 매우 기분이 언짢은 듯했다.
 깜짝 놀라 마쓰조는 목을 움추리고 머리를 숙였다. 쓰기노스케는 분명히 심기가 좋지 않았다. 자신이 번주 부자에게 각오를 강요한 것이 어쩔 수 없는 자신에 대한 불쾌감이 되어 되돌아왔다.
 '본래라면' 하고 쓰기노스케는 생각하는 것이다. 본래라면 주군의 목숨을 보호하는 것이 가신의 할 일이며 그것이 가마쿠라 이래의 무사의 당연한 본분인 것이다. 이를테면 패군이 주군만을 전장에서 탈출시키는 것이다. 또한 성이 함락되면 무슨 일이 있더라도 주군이나 그의 아들만은 피하도록 하는 것이 가신의 길이었다.
 '정말 변했군.'

자신도 그렇게 생각한다. 시국이 말이다. 어느 번에서나 번론이 막부 지지와 근왕파로 갈라져서 번사는 반드시 위에서 하는 말을 듣는다고는 할 수 없다. 근왕파만이 위를 두려워하지 않는 것이 아니라 막부 지지파도 그러하다. 도바 후시미(鳥羽伏見)에서 도쿠가와 쪽이 졌을 때가 좋은 예였다. 도쿠가와 요시노부는 전투의 재개를 극력 피했다. 그러자 과격한 직속 무사 가운데서 "주군을 죽이고서라도" 하는 자가 있었다 한다. 온건론자인 요시노부를 죽이고 다른 혈연자를 주군으로 받들어 다시 한 번 교토의 사쓰마 조슈를 공격한다는 것이다. 그러한 시국이다. 도쿠가와 가문도 번도 무사 도덕(武士道德)도 흔들리고 있는 것이다. 쓰기노스케는 그 이유를 알고 있다. 대지가 흔들리고 있다. 다시 말해서 이런 것이었다.

──도쿠가와 가문도 영주도 없는 방향으로 일본이 나가려 하고 있다.

이 예언적 능력을 지닌 사나이는 승리자인 사쓰마 조슈 조차도 자신이 알든 모르든간에 시국의 노도(怒濤) 속에 머지않아 멸망해 가리라는 것을 알고 있었다.

어쨌든 간에 그 속에 있으면서도 번론을 통일해 가야만 한다. 그러기 위해서는 번주 자신이 진두(陣頭)에서 죽을 각오를 해주어야만 한다. 옛날과 반대이다.

'이를테면.'

쓰기노스케는 자신을 야유한다. 자신이 역사상에서 주군을 위해 할복한 충신이라고 한다면, 이 충신이 지금은 주군에게 할복하기를 권하는 기묘한 충신이 된 것이다.

이윽고 저택에 가까이 갔다. 저택에서는 쓰기노스케를 기다리듯이 문 앞에 초롱불이 높이 매달려 있었다.

아버지 다이에몬과 어머니 오사다몬 별당에 불을 환하게 켜놓고 기다리고 있었다.

쓰기노스케는 정원을 돌아 툇마루로 올라가서 장지문 너머로 귀국 인사를 했다.

"들어오너라."

어머니 오사다가 말했다. 쓰기노스케에게는 이 세상에서 가장 대하기 어려운 존재다.

쓰기노스케는 안으로 들어갔다. 아버지 다이에몬은 여전히 부상(富商)처럼 복스러운 얼굴로 앉아 있었다.

"몸은 어떠냐?"

다이에몬은 건강에 대한 것밖에 묻지 않았다. 쓰기노스케는 요즈음 건강 상태가 매우 좋아 어지간한 피로도 하룻밤 자고 나면 거뜬해진다고 말했다.

"그것 참 좋은 일이다. 사람은 아침에 잠을 깼을 때가 중요해. 아침에 기분이 상쾌하다는 것이 건강하다는 증거지. 실은 나도 그렇다."

어머니인 오사다가 오히려 국사에 대한 것을 물었다. 그 묻는 방법이 가차 없었고, 불필요한 것이 없었으며, 놀랄 만큼 적확했다.

──쓰기님은 꼭 어머니 닮았다.

사람들은 말한다. 쓰기노스케의 친구 고야마(小山)의 료운(良運)이나, 쓰기노스케를 숭배하는 미마 이치노신(三間市之進) 등도 모두 그렇게 말한다. 두뇌는 모친에게서 이어받았다는 것이다. 특히 쓰기노스케가 숫자에 밝은 것은 그럴 것이다. 어머니 오사다는 부인들에겐 아무 필요도 없는 화산(和算 : 일본에서 독특히 발달된 셈법)을 좋아해서 한가할 때는 어려운 수학 과제를 주판으로 풀곤 한다.

30분 가량 그곳에 있었다. 이윽고 오사다가 그만 물러가거라, 말했다.

'이거 정말 못 견디겠는걸.'

쓰기노스케는 생각했다. 쓰기노스케에게는 자식이 없다. 자식이 없다는 것은 기묘한 것이어서 이 가와이 집안에서는 언제나 자식이라는 위치뿐이며 특히 어머니 오사다에게는 그런 모양이다.

그뒤 목욕탕에 들어갔다. 아내 오스가가 옷을 걷어붙이고 등을 밀어 주었다.

"아무래도 이상하군요."

"뭐가?"

"에도에서 어떻게 배로 돌아오신단 말입니까?"

오스가는 나기노 가헤에(椰野嘉兵衞)의 누이 동생인 만큼 꽤 영리하지만 머리 속은 매우 모순되어 있다. 에도는 시나노 강을 올라가서 산너머 그리고 또 산너머에 있다고 생각하기 때문에 (산너머 또 산너머를 어떻게 배로 돌아온단 말인가) 아무래도 모르겠는 모양이다. 배가 산을 걷는 건지, 서양배니까 그런 장치가 되어 있는 건지, 그렇게 생각하는 것 같다.

쓰기노스케는 웃기 시작했다.

"오스가."

오스가의 허리께를 젖은 손으로 툭 치고 또 웃어 댔다.

"이제야 집에 돌아온 것 같구려."

그러한 오스가의 우습고 모순된 일면에 접하고 나서야 몸의 긴장이 일시에 풀리는 듯한 기분이 되었다.

탕 속에 들어갔다. 물은 매우 기분이 좋을 정도의 온도였다.

이튿날 아침 늦게야 잠이 깼다. 곧 등성(登城)하려고 아침을 먹고 의관을 차려 입었다. 오스가 옷 입는 시중을 들었다.

이 방에서는 정원의 일부가 보인다. 다이에몬이 정원 구석의 소나무 아래서 몸을 구부리고 무언가 손을 놀리고 있다.

"아버님께선 무얼 하시는 거요?"

쓰기노스케는 오스가에게 물었다.

"이끼랍니다." 오스가는 말했다.

다이에몬은 소나무 뿌리에 가득히 황색 이끼를 돋게 하려고 작년부터 열심히 그 일을 하고 있었다. 그것이 뜻밖에 다이에몬이 생각한 대로 잘 자랐기 때문에 요즘 열흘 가량 이끼의 먼지를 터는 데 골몰하고 있는 것이다.

'좀 색다른걸.'

쓰기노스케는 생각한다. 하기야 그렇게 사는 것도 한평생, 이렇게 사는 것도 한평생이다. 다이에몬 쪽에서 보면 쓰기노스케와 같은, 이를테면 들이쉬고 내쉬는 숨결 하나하나에도 의미가 있는 것처럼 살고 있는 것이 "내 자식이지만 좀 색다르다"고 생각할 것이다.

등성했다.

정무실로 들어가자 중신 마키노가 와서 곧 노공 앞으로 나가라고 했다.

"용건은?"

"귀공의 신상에 대해서요. 노공께서 직접 말씀이 계실 터이지만, 실은……."

마키노가 목소리를 낮추었다.

──수석(首席) 중신으로 봉한다.

이런 귀띔이었다. 정식으로 말이다. 심적(心的)으로 쓰기노스케는 이미 수석 중신격인 대우를 지금까지 받아 왔지만, 아무튼 정식으로 그런 위치에 앉게 되는 것이다. 이것은 쓰기노스케 부재 중에 이미 중신 회의와 노공의 재결로 결정되어 있었다.

겨우 100섬 될까말까한 집안에서 중신이 되는 것만 해도 도쿠가와 300년 동안에 유례없는 일인데 그것도 수석 중신 자리에 앉힌다니 얼마나 이례적인 인사겠는가.

시세(時勢)가 그런 것이다. 난세인 것이다. 평화로운 시대에는 문벌 가신으로도 충분히 번정(藩政)은 유지되었으나, 이러한 위기에 처해서는 어지간한 인물에게 번무(藩務)를 맡기지 않으면 아무 것도 안 된다.

"나도 그렇게 천거했네."

마키노 중신은 말했으나, 그것을 고맙게 생각하라는 것이 아니라 오히려 쓰기노스케에게 부탁한다는 그런 태도이며 표정이었다.

"물론 받아들이겠지?"

마키노 중신은 다짐을 두었다. 다짐을 둘 마음이 생긴 것은 쓰기노스케의 안색이 조금도 달라지지 않기 때문이었다.

쓰기노스케에겐 아무런 기쁨도 없다. 극히 당연하다는 심경인 것이다. 그는 어렸을 적에 뜻을 세웠다.

"열 일곱, 하늘에 맹세코 보국(輔國)을 다짐하다."

후년에 당시의 심경을 시로 읊었듯이 그는 자기의 기량(器量)을 다 쏟아 한 번을 짊어지고 서려는, 오직 그 한 가지 목적을 위해서 부지런히 자신을 다듬어 왔던 것이다.

"물론 받아들이겠소."

쓰기노스케는 중얼거리는 듯한 목소리로 말했다.

쓰기노스케의 위치는 수석 중신이었으나 직명은 당시 서부 지방의 진보적인 번들이 사용했던 것처럼 '집정(執政)'이라고 부르게 되었다. 문자 그대로 수상(首相)이란 뜻이리라. 번내 사람들은 쓰기노스케를 '가와이 집정'이라고 불렀다. 저택도 번무의 필요상 성안으로 옮겨야만 했다. 마침 간다(神田) 어귀에 빈 저택이 있었으므로, 현재의 저택은 다이에몬 내외가 머물기로 하고 쓰기노스케와 오스가만이 간다로 옮겼다.

옮긴 그날 아침, 쓰기노스케는 성 밑 나카지마(中島)에 신설한 연병장(練兵場)을 시찰했는데(쓰기노스케는 이 연병장에서 연일 번사들의 양식 훈련을 시행하게 하고 있었다) 시찰을 끝낸 뒤 각 대장들을 모아놓고 "자네들은 어째 총검을 쓰지 않는가?" 하고 몹시 꾸짖었다.

　서양총은 어느 총이나 총끝에 단검을 꽂게 되어 있는데 돌격할 때는 그것을 꽂고 적진에 뛰어들어 백병전을 벌이는 것이다.

　그런데 쓰기노스케가 훈련하는 것을 보니 어느 부대도 그렇게 하지 않고 야릇한 동작을 한다. 이를테면 창대(槍隊)는 창을 왼손에 총을 오른 손에 들고 나가, 엎드려 쏠 때에는 창을 땅 위에 굴려놓고 총을 조작했다. 그러다가 막상 돌격하게 되면 총을 허둥지둥 등에 짊어지고 창을 주워 달려간다. 요컨대 화양(和洋) 두 가지 무기를 혼자서 가지고 가는 것이다. 검대(劍隊)의 경우도 마찬가지였다. 돌격하게 되면 허둥지둥 총을 짊어지고 다시 칼을 빼어들고 달리기 시작하는데 그런 어리석은 수고를 왜 한단 말인가. 단검을 총끝에 꽂기만 하면 그것으로 창이 되는 게 아닌가.

"창도 버리고 칼도 버려라."

쓰기노스케는 말했다.

이 말에 각 대장들도 크게 불복해서 용납하지 않았다.

"이것만은 아무리 가와이 집정님의 말씀이라 해도 승복할 수 없습니다."

　검이나 창은 일본 무사의 상징이라고 할 만한 무기이며 그것을 버리면 무사가 무사 될 수 없으며 사도(士道)마저 잊고 만다. 그것이 반대하는 첫째 이유다.

　다음엔 강약에 관한 문제다. 검술, 창술은 모두 어려서부터 익혀 기술에 숙달해 있지만 착검한 총은 다루기가 어려워 급할 때엔 되레 적에게 당하고 만다는 것이다.

"그렇지 않아. 착검한 총은 창술의 요령이니까 익숙해지면 아무 것도 아니야."

　쓰기노스케는 말하지만 각대의 대장들은 "어쨌든 검과 창을 폐하는 것은 사기에 관계됩니다. 집정께선 그래도 좋다고 생각하십니까?" 하며 고집스럽게 버텼다. 쓰기노스케도 양보하지 않았으나, 이것만은 사기 문제이므로 변명을 내세워 탄압할 수도 없어 "자네들, 좀더 생각해 주게" 하는 정도로 그 자리에선 끝내고 연병장을 떠났으나, 각대에선 그것으로 끝나지 않았다.

'아무래도 그거야.'

이날 밤 간다 어귀의 저택으로 돌아온 뒤에도 한 가지 일이 쓰기노스케의 마음을 떠나지 않는다. 한 가지 일이란 "창이나 검을 갖지 말고, 백병전은 착검한 총만으로 싸우라"고 여러 대장에게 말했던 그 일이다. '아무래도 그거야'라고 하는 그의 감상은 '이런 점이 서양과 다른 점이다' 하는 것이었다.

일본인은 무엇이나 연마하고 익히려고 한다. 검술이나 창술이 그 좋은 예다. 검이나 창은 고작 금속을 늘여 만든 막대이며 단순한 도구다. 도구가 단순한 만큼 처음 만져 보는 사람이 휘둘러 본댔자 아무래도 다루기 어렵다. 역시 기술이 필요하다. 그 기술은 일본인의 손에 들어가면 단순히 '다루는 방법' 차원을 넘어 매우 심원(深遠)한 것이 되어 간다. 거기에 숙련자와 미숙련자가 갈리고 그 차는 하늘과 땅만큼 벌어진다.

요컨대 검술이나 창술은 숙련자 '무사'의 세계인 것이다. 농사꾼이나 상인과의 차이가 거기에 있다.

'그러니까 여러 대장이나 대사(隊士)들은 여기에 구애되는 것이다. 그것을 빼앗아 버리면 농사꾼이나 상인과 같아지고 만다.'

그러나 서양은 그렇지 않다.

서양에도 기술은 있을 것이고 그 기술의 심원성(深遠性)이란 것도 있을 것이다. 그러나 그들은 손재주가 없는지 사물에 대한 사고방식이 다른지, 도구나 기계는 모두 보통 사람들이 금방 다룰 수 있도록 연구하여 그렇게 만들고 만다. 서양인들 속에서 도구며 기계가 발전한 것은 한 가지 그러한 원인도 있을 것이다.

'착검한 총이라니, 대단한 연구가 아닌가?'

쓰기노스케는 아무래도 손재주 없는 자가 생각해 낸 것 같은 이 연구에 감탄하고 마는 것이다.

그러나 번사들은 그것을 우습게 안다. 도저히 자신이 연마해 낸 검도며 창술을 버릴 수가 없는 것이다.

'그러한 사고방식을 버리지 않는 한 하나에서 열까지 아무 것도 안 돼.'

쓰기노스케는 생각하고 있다. 창검을 내버림으로써 그러한 일본식 기술주의며 연마주의를 버리게 하고, 서양식의 의식——차례로 도구며 기계를 만들어 내는 의식——을 번사들에게 심어 주어 이 번을 일본에서 가장 독자적이고 선진적인, 될 수만 있으면 서양인도 미치지 못하는 번으로 만들고 싶다. 겨우 칠만 사천 석밖에 안 되는 작은 번일지라도.

'그것은 가능하다.'

쓰기노스케는 생각했다. 쓰기노스케는 요코하마의 스위스인에게서 들은 그의 고국 스위스의 예를 생각하고, 도이치 연방의 소공국(小公國)의 예를 생각했다.

그러나 현실적인 저항은 어쩔 수가 없었다. 다음날 아침, 저택으로 번사들이 밀어닥쳤다.

젊고 혈기 있는 사람들뿐이다. 더구나 번내에서도 검술, 창술의 명예를 지닌 자들인 만큼 보통 젊은이들은 아니다.

30명 정도 되었다.

그 사람들을 보았을 때 하인 마쓰조는 기겁을 하여 거의 주저앉을 뻔했으나, 아무튼 쓰기노스케에게 보고했다.

때마침 저택에 오자키 히코스케(大崎彦助)가 놀러와 있었다. 쓰기노스케를 은근히 사숙(私淑)하고 있는 고시 군(古志郡) 라이덴 마을(來傳村)의 촌장 아들이다.

"들라 해라."

쓰기노스케가 히코스케에게 말했으므로 히코스케는 불안해했다. 그러나 쓰기노스케라는 사나이에게 그 뜻을 바꾸게 한다는 것은 불가능하다는 것을 히코스케는 알고 있었다.

온 저택 안을 히코스케와 마쓰조가 뛰어다녀 장지문을 모조리 떼냈다. 장지문을 떼버리면 서른 조(疊)의 넓은 방이 만들어지는 것이다.

일동은 히코스케에게 안내되어 그 넓은 방으로 들어와 앉았다.

쓰기노스케가 나왔다.

"그대들의 기분은 잘 아네."

쓰기노스케는 평소의 지나칠 정도로 날카로운 표정을 부드럽게 해서 말했다. 쓰기노스케도 무사인 이상 그 또한 창검과의 결별에는 나름대로의 감상이 있었다.

"그러나."

그는 세계의 대세를 설명했다. 유럽이 세계의 문명을 담당하기에 이른 원인과 역사와 현상을 설명하고, 그 사회 제도와 군대를 설명하여 "그들을 앞지르려면 그들의 사고 방식과 기계를 이쪽으로 들여오는 수밖에 없네"라고 타일렀다. 요코하마밖에 모르는 이 사나이는 유럽에 관한 것을 설명하면서 마치 그곳에 갔다온 것처럼 설명했다.

그러나 그들은 고집스럽게 물러나지 않았다. 특히 가토 잇사쿠(加藤一作)라는 청년이 반대파의 대표인 것처럼 말했는데, 말해 감에 따라 노여움이 더욱 더해 가는지 목소리를 떨며 쓰기노스케의 말은 들리지도 않을 정도로 흥분했다.

'이건 안 되겠다.'

쓰기노스케는 그들의 흥분을 진정시켜야겠다고 생각했다. 감정이 흥분되어 버리면 사고력은 저하된다. 타일러도 모른다.

쓰기노스케는 안으로 들어갔다.

조금 후에 나왔을 때에는 양손에 나무 상자 한 개를 들고 있었다.

오르골(自鳴樂)이다.

스넬이 가지고 있던 것을, 음악을 좋아하는 쓰기노스케가 억지로 빼앗아 가지고 온 것인데 매일 밤 듣고 있다.

"이것은 뚜껑을 열기만 하면 오음(五音)을 연주하는 것인데, 저절로 사람의 마음을 평온하게 가라앉히는 이상한 기계일세."

쓰기노스케는 말하면서 뚜껑을 열자 오르골은 묘한 음악을 연주하기 시작했다. 그제서야 좌중은 약간 진정했으나, 그래도 가토 잇사쿠는 날카로운 혀 끝을 누그러뜨리지 않았다.

쓰기노스케는 감당할 수가 없어 급기야 "창검을 휴대하는 것은 각자의 자유에 맡긴다"는 것으로 뜻을 꺾었다. 이 사나이가 꺾인 것은 이때 정도밖에 없었다.

쓰기노스케는 '집정'으로서 참으로 바빴다. 그는 번을 임전(臨戰) 상태에 두려고 생각하여 이런 포고를 냈다.

"무사는 해진 뒤에는 개인적으로 회합해서는 안 된다. 밤중에 시내를 걸어도 안 된다."

그가 집정이 된 날의 최초의 포고다.

"또 저 지나친 사나이가……."

이러면서 반발이 강했다. 반발의 총대장은 번내에서 가장 뛰어난 유학자이며 번내 제일의 강경파였던 고바야시 토라사부로(小林虎三郎)였다. 고바야시는 아호(雅號)를 헤이오(病翁)라고 하며, 가와이 집안과는 친척뻘이 되

었으나 잠시라도 서로를 용납한 일이 없었다. 쓰기노스케는
"고바야시란 놈처럼 썩은 학자도 없어. 그만큼 좋은 두뇌를 가지고 그토록 분명한 정신을 지니고 있으면서 책에만 매달려서 형세 돌아가는 것도 모르고 실행도 못하며 명성만을 얻고 있단 말이다. 이건 명성 도둑놈이라는 거야."
쓰기노스케는 평소에 그렇게 말했고 고바야시도 지지 않았다.
"가와이는 천하의 나쁜 놈이다. 위의 총애를 기화로 독단적인 주장을 내세워 쌀 가루로 반죽한 물건이라도 비틀 듯이 정도(政道)를 제멋대로 굽히려는 놈이다. 그 놈은 도대체 이 나가오카 번을 어디로 끌고가려는 건가?"
이렇게 말하는 형편이어서 최근 수년 동안 양가 사이에는 친척 왕래도 끊기고 있었다.
이번 금지령에 대해서도 고바야시는 노발대발했는데, 우연히 그날 밤 고바야시네 저택에서 불이나 바람이 강했던 탓인지, 불이 빨리 퍼져 책도 침구도 옷가지도 모조리 태우고 말았다.
쓰기노스케는 생각하다가 이튿날 아침에 말했다.
"오스가, 고바야시의 도라란 놈이 몽땅 태웠다는구려. 그러니 지금부터 내가 말하는 것을 나흘 안에 새로 장만해 주구려."
요컨대, 가족 수 대로의 침구며 옷가지, 그 밖의 일용품이다.
──그 사나이의 마음을 풀어주고 싶다.
쓰기노스케로선 이런 것이었다. 서로 논적(論敵)이지만 논쟁보다는 욕을 주고 받는 사이가 되어 감정이 앞서고 있다. 이 기회에 감정의 융화를 꾀해 보려고 했다.
오스가는 곧 출입하는 상인을 불러 그것을 분부했다. 그러나 오스가는 이상하게 생각했다.
'나리 같은 양반도 자신의 소문에 신경을 쓰신단 말인가?'
분명히 쓰기노스케에게는 헤이오 고바야시 토라사부로라는 논적의 존재가 뼈저리게 아팠다. 고바야시는 학자이지 번의 행정자는 아니어서 아무런 정치 세력도 없는 사나이라곤 하지만, 그만한 학문과 식견과 기개를 지닌 사나이가 사사건건 쓰기노스케의 시책에 반대 논진(論陣)을 그의 가숙(家塾)에서 펴고 있다는 것은 괴로운 일이었다.
나흘이 지나서 생활일용품들이 마련되었다. 쓰기노스케는 그것들을 수레

에 싣고 마쓰조에게 끌게 했다.
'과연 도라란 놈이 어떻게 나올 것인가?'
쓰기노스케는 수레 앞을 걸으면서 생각했다.
불이 나서 쫓겨난 고바야시 토라사부로는 그의 처가에 임시 거처하고 있었다.
"뭐라고? 쓰기노스케가 왔어?"
고바야시는 허둥지둥 일어나려다가 곧 도로 앉았다. 다른 사람이 다 와도 그 사나이가 올 리가 없다.
그러나 사실이었다. 더우기 당장 필요한 생활 일용품을 짐수레에 잔뜩 싣고 온 것이다.
안방에 마주 앉았다.
'이 녀석이 받아 줄까?'
쓰기노스케는 내기를 걸고 있는 듯한 생각이 들었다. 그러나 뜻밖에도 그 회답은 고바야시의 얼굴에 나타나 있었다. 고바야시는 호방(豪放)한 사나이인만큼 감정이 지나치게 풍부한 탓인지 쓰기노스케의 호의에 고바야시는 무조건 감동하여 몇 번이나 수건으로 눈시울을 닦았다.
"사람의 마음은 냉정해서."
고바야시는 말했다. 냉정하다는 것은 차갑다는 것인 모양이었다. 평소 고바야시네 집에 아부하던 사람들도 불이 난 뒤로는 발길을 들여놓으려고도 하지 않았다. 가면 얼마간이라도 달라고 할까봐 그것을 두려워하는 모양이다.
"그런데 자네와 난 세상이 다 아는 좋지 못한 사이인데도 이처럼 자기 재산을 나누어 은혜를 베풀어 주었네. 어떻게 감사해야 할는지."
"원 당치도 않네."
쓰기노스케는 무뚝뚝한 얼굴로 고개를 흔들고 감사할 정도도 못된다, 했다. 그러나 '고바야시도 별 수 없는 사나이군' 하고 생각한 것은, 평소의 엄격한 논평자답지 않게 이토록 장황한 감사는 뭐란 말인가. 쓰기노스케는 심술궂게 그렇게 관찰했다.
그러나 그렇지 않았다.
고바야시 토라사부로는 이윽고 자세를 바로 하고 말했다.
"이러한 재물을 받고도 변변히 답례할 힘이 없네. 아무 것도 없는걸."

그 얼굴에 정성이 나타나 있었다.

"다만, 자네가 사물을 생각하는 것, 정치를 베푸는 것, 사람을 쓰는 방법 등에 커다란 잘못이 있네. 그것을 말하여 이 고마운 뜻에 답례를 하고 싶네."

그때부터 저녁 때까지 오랜 시간 동안 고바야시는 쓰기노스케의 방법을 일일이 들어 통론하고 잘못되어 있다고 외치며, 다시 결함을 찌르고 결함의 기초가 되는 사고방식에 찌르는 듯한 논평을 가했다.

그 격렬함, 통렬함은 마음이 약한 자라면 졸도할 정도였을 것이다.

이것이 답례인 것이다.

'훌륭해.'

쓰기노스케는 화를 내면서도 감탄하고, 고바야시 집을 물러나 돌아오는 도중 고바야시라는 사나이의 훌륭한 점에 대한 감동이 깊어졌다. 도중 친척 고가나이 기헤에(小金井儀兵衞)네에 들렀는데 고가나이집 현관을 올라가면서도 이 감동이 사라지지 않아 이렇게 중얼거려서, 고가나이집 사람들을 놀라게 했다.

"고바야시는 아무래도 훌륭해."

이날 저녁, 쓰기노스케는 꽤 흥분했던 모양으로 마치 서생(書生) 때처럼 시중을 돌아다녔다. 친척 고가나이 집에서 끓인 차를 대접받고 나서 곧 고야마의 료운 저택에 들렀다.

"인간의 위대함이란 말일세, 료운형, 이제야 알았네."

쓰기노스케는 앉자마자, 느닷없이 말했다.

"뭔가? 느닷없이."

"헤이오 말이야. 그자에 대한 걸세."

고바야시 토라사부로의 이야기야, 불이 나서 쫓겨난 그 사나이 말이야, 쓰기노스케는 경위를 말하고, 더욱 감탄해 마지않는 것처럼 머리를 흔들었다.

요컨대 고바야시는 빈털터리가 되어 저렇게 곤란을 겪고 있다. 거기에 쓰기노스케가 위문하러 물건들을 갖고 문안차 갔다. 그것을 보고 그는 울면서 감사했다. 그것으로 쓰기노스케에 대한 온갖 험구는 그만둘 것인가, 하고 생각했더니 "자신은 아무 것도 없어 답례도 할 수가 없다. 다만 자네에 대한 고언(苦言)이라도" 하면서 듣고 있는 이쪽의 머리가 깨질 것 같은 통렬한 비판을 했다.

그 비판이란 반드시 쓰기노스케에 대한 정곡만을 찌른 것이 아니라 학자다운 우원(于遠)한 점도 많았다. 그러나 다소 얻은 바도 있어서 쓰기노스케는 크게 사물을 생각하는 면에서 자극을 받았다.

그것은 좋다. 그러한 일보다도 고바야시 토라사부로의 그러한 태도다. 원수진 사이라고 해도 좋을 쓰기노스케로부터 궁핍한 때에 물건을 받고도 조금도 비루함을 보이지 않고, "이것은 답례"라면서 진심을 얼굴에 나타내며 날카롭게 쓰기노스케의 결함을 찔렀다.

"어떤가. 그 비루하지 않은 태도는?"

쓰기노스케의 감동은 그것이었던 것 같다. 인간이 훌륭하다는 것은 이런 것이다, 하고 쓰기노스케는 눈이 뜨인 것처럼 생각되어 벙벙할 정도로 감동해 버린 모양이다.

"젊군 그래, 쓰기군은."

료운은 웃기 시작했다.

료운이 생각해 볼 때 쓰기노스케가 느낀 감동은 책에서 읽어 충분히 아는 것이었다. 맹자(孟子)에도 그런 말이 나와 있다.

"아무리 권력적인 존재로부터 위협당하더라도 마음을 굽히지 않고, 아무리 가난하더라도 뜻을 바꾸지 않는 사나이를 훌륭하다 하는 것이다."

맹자는 그렇게 말하고 있으며 쓰기노스케도 훌륭하다는 척도(尺度)로서 그것은 알고 있다. 그러나 현실에서의 인간 접촉 속에서 그것을 본 것이 놀라움이며 감동이었으리라. 그러나 이런 일에 감동하더라도 보통은 쓰기노스케처럼 미친 듯한 상태가 되지는 않는다. 감동해서 거리를 마구 돌아다닌다는 것은 꽤나 싱싱한 젊음을 쓰기노스케의 마음이 지니고 있는 증거일 것이다.

"정말 젊어."

나중에 료운은 침상에 요양 중인 몸을 뉘이고 나서도 중얼거렸다.

이미 밤이 되었다. 쓰기노스케는 거리로 나갔는데, 저 사나이는 자신이 낸 '무사의 야간 통행 금지 명령'을 자신이 깨뜨릴 작정인가, 어쩔 셈인가, 하고 료운은 생각했다.

쓰기노스케는 잘 아는 여인숙 마스야(枡屋)로 가서 "술 좀 주게나" 하며 계산대의 벽 뒤쪽에 있는 작은 방으로 들어갔다. 지배인 등이 임시로 잠자는 방인데 벗어 던진 옷가지들로 방안이 너저분했다.

마스야에서는 매우 놀랐다.

——옛날의 가와이님이 아니란 말이다.

주인과 안주인이 법석을 떨었다. 옛날 서생 때부터 쓰기노스케는 마스야를 좋아해서 고야마의 료운 등과 여기서 만나 곧잘 술을 마시곤 했다. 그 무렵에 하던 짓이 수석 중신이 된 뒤에도 변하지 않고 이런 방에 들어와 털썩 앉곤 한다.

계산대에서는 당황했지만 방이 모두 붐벼서 어떻게 할 수도 없어 결국은 쓰기노스케가 좋다는 대로 하는 수밖에 도리가 없었다.

술시중을 이집 딸 무쓰가 들었다.

"아가야."

쓰기노스케는 언제나 이 소녀를 이렇게 부른다. "아가가 태어났을 때는 감기든 강아지 같은 얼굴이었단다" 하고 쓰기노스케는 놀리는 것이다.

무쓰는 올해 열 셋이었다. 작년까지는 꺽꺽거리며 떠들어서 참으로 재미있는 아이였으나 금년 정월께부터 조금 철이 났는지 묘하게 시치미를 떼거나 한다. 쓰기노스케는 새침떼기가 된 뒤의 무쓰는 알지 못한다.

"여어, 아가가 술을 따라 주느냐?"

쓰기노스케는 매우 기뻐서 잔을 내밀했다.

"아가가 술을 따라줄 만큼 크리라곤 생각하지 못했는걸. 어쨌든 태어났을 때는"

"감기든 강아지 얼굴이었죠?"

"앞지르면 못써."

쓰기노스케는 머쓱해진 표정을 지었다. 몇 잔인가를 거듭하는 동안에 무쓰가 이제는 옛날의 말괄량이 소녀가 아니라 제법 어른인 체하기를 좋아하는 나이가 되어 있다는 것을 깨달았다.

"아가야, 옛날의 아가가 되렴."

쓰기노스케는 이렇게 말했으나, 무쓰는 이것만은 중신님의 분부로도 어쩔 수 없습니다, 했다.

"건방진 소리를 하는구나."

쓰기노스케는 웃지 않을 수가 없었다. 정말 미처 생각지 못했다. 옛날에 쓰기노스케 등 서생들이 이 집에서 술을 마시던 무렵, 이 아이를 번갈아가며 무릎에 올려놓고 음식을 먹여 주곤 했던 것이다. 지금도 그런 나이 또래라고 생각하고 들렀던 것이다. 그러나 완전히 달라져 있었다.

"이젠 무릎 위에 올려 놓을 수도 없겠다."

"어때요, 괜찮아요."

무쓰는 정말로 일어나려 했다. 쓰기노스케는 당황해서 손을 내저었다.

"안 돼. 그렇게 크면 재미없어."

"재미없을까요?"

무쓰는 묘한 데서 화를 냈다.

"가와이님께선 대체로 좋지 않아요."

"왜 그렇지?"

"자기가 만드신 법도를 자신이 또 깨뜨리고 계십니다."

──무사의 야회 금지.

그 금지령에 대해서 무쓰는 말하고 있는 것이다. 그러나 여인숙의 이러한 소녀의 귀에까지 그 금지령이 들어갔다면 그에 관한 것은 꽤나 번사들 사이에서 물의를 자아내고 있을 게 틀림없다.

"평판이 나쁘더냐?"

"그야 뭐, 대단하죠."

그 점은 소녀인만큼 이 여인숙에 오는 번사들의 투덜거리는 말을 솔직하게 전하고 말았다.

'그렇지. 당연히 불평은 나올 거다.'

쓰기노스케로선 각오한 바 있는 일이다. 사람이 행동의 자유를 제한당할 때만큼 반발하는 일은 없다.

그러나 번론을 통일하는 데는 이 수밖에 없다고 쓰기노스케는 생각하고 있었다.

머지않아 언젠가는 에치고에 관군이 대거해서 밀려들 것이다. 그러기 전에 나가오카에 사람을 보내서 번론을 교토 쪽으로 끌고 가려고 공작을 할 게 틀림없다. 또 한편에서는 인접한 아이즈(會津) 번에서 온갖 수단을 써서 동맹하려고 할 게 틀림없다. 아니, 이미 쌍방에서 공작하는 자가 들어와서 활동이 조금씩 시작되고 있는 것이다.

'정세가 절박해 갈수록 격화된다. 그렇게 되면, 나가오카와 같은 작은 번은 두 세력에 끼이게 되어 번내는 두 세력으로 나뉘고 번이 산산조각이 날 정도로 내분이 일어날지도 모른다.'
——번 같은 것은 없어질 거다.
쓰기노스케는 고야마의 료운에게도 그렇게 말했던 것이다. 번은 스스로 궤멸하고 만다.
무슨 일이 있더라도 나가오카 번의 주체를 배워 가려면 이 두 세력이 끌어 당기는 것을 한사코 피하지 않으면 안 되고, 더욱이 그 두 세력의 영향으로부터 번내의 여론을 지키고 분열을 피하기 위해서는 상당한 정치력을 쓰는 수밖에 없다.
'무사의 야회 금지'라는 금지령을 내린 것은 요컨대 그것 때문이었다. 양쪽 공작원들이 동조하는 자의 집에 묵으면서 번내의 유지들을 모아놓고 밤이 새도록 정론(政論)을 펴게 되면 큰일인 것이다.
어쨌든간에 지금은 비상 사태인 것이다. 비상 사태인 때에는 비상한 조치도 부득이한 것이다. 쓰기노스케는 마스야를 나섰다.
이미 밤이 이슥했다. 그는 시중을 누비면서 금지령이 내려 있을 밤길을 걸었다. 야나기하라 다리(柳原橋)에 이르렀다.
결국 이 다리에서 붙잡혔다. '다리 순찰'이라는 야간 통행을 단속하기 위한 경리(警吏)를 쓰기노스케는 두고 있었는데, 그 경리에게 붙들려 드디어는 맞붙어 싸우게 되었다.
조금 뒤에 경리는 상대가 쓰기노스케라는 것을 알고 놀라 손을 뗐다.
"상관할 것 없다."
쓰기노스케는 말하고 "내 이름을 보고하라" 명령했다.
이튿날 쓰기노스케는 등성하여, 자기 스스로 자신을 벌하고, 그 죄상을 포고했다. 금지령을 철저히 하는 데는 이 방법이 가장 직접적일 것이다.

'오스가는 사람이 됐어.'
그렇게 생각한 것은 매일 아침 이마를 밀게 할 때였다. 여행지에서 여러 사람에게 밀게 해 보았지만 이렇게 솜씨있게 하진 못했다.
오스가는 손쉽게 쓰윽 밀어낸다. 두 번 미는 법이 없고 단번에 미는 것이다.
"신통하네."
이날 아침, 쓰기노스케는 드물게 오스가를 칭찬했다. 머리를 빗는 일이라면 모르지만 보통 사람으로 이만큼 기분 좋게 밀 수 있는 것은 오스가뿐일 거라고 쓰기노스케는 생각했다.
"그럴까요?"
오스가는 기쁜 듯이 말했다. 쓰기노스케는 오스가에게 이마를 밀어달라고 할 때에야 아아, 집에 돌아왔구나, 하는 생각이 든다는 것이다. 오스가, 언제나 소녀 같은 아내는 그 말을 정말로 기뻐하고 있다.
"저는 각별히 제 솜씨가 좋다고 생각하지 않는데요."
"응."
그렇다고도 생각한다. 오스가는 재간있게 태어났다고 할 수는 없다.
시집왔을 때 처음으로 쓰기노스케의 이마를 밀었다. 그때 "오스가, 딴 생각을 하지 마오" 하고 그 오령을 가르쳤다. 딴 생각을 하다가는 아무리 솜씨 있는 자라도 실수를 한다.
"눈과 마음을 하나로 하라. 눈과 마음을 하나로 해서 쓰윽 밀면 누구라도 밀 수 있다"는 것이다. 오스가는 순진하기 때문에 정말로 그것을 지켜 매일 아침 이 때만은 전심을 다하여 밀고 있다. 그것이 다른 사람의 면도날에는 없는 상쾌감을 쓰기노스케에게 주는 모양이다.
"그런가?"
쓰기노스케는 말했다. 그런 말을 부부가 되었을 당시 말했던가, 자신은 잊고 있었다.
'나는 잊고 있다. 그러나 오스가는 십 년이 하루처럼 그것을 지키고 있다. 그 점이 오스가의 무서운 점이며 훌륭한 점이구나.'
쓰기노스케는 귀번한 뒤 묘하게 아내에게 감탄하게 되었다.
'인간은 오스가 같은 단순함을 지니지 않으면 아무 것도 못할지도모른다.'
문득, 타향에 있었을 무렵, 친구였던 후쿠치 겐이치로를 생각해 냈다.
'지금은 어떻게 지내고 있을까.'
몇 백 년만에 한 사람 정도 나오는 재주꾼이지만 그 후쿠치 겐이치로에게 면도칼을 쥐어주면 오스가처럼 상쾌한 솜씨로 밀어낼 수 있을까. 사람이 훌륭하다는 기준의 하나는 그런 점에 있는 게 아닐까.
쓰기노스케는 훌륭함이라는 것을 곧잘 생각한다. 특히 이런 것을 생각한다. 고바야시 토라사부로도 훌륭하지만 오스가의 훌륭함은 또 다른 것이군, 그런 생각이다.

"눈과 마음을 하나로 하여, 거 참." 쓰기노스케는 그 말에 감탄한 듯 중얼거렸다. "쓰윽 민단 말이렷다."

정도(政道)도 마찬가지겠지, 하고 생각했다. 오스가는 웃음을 터뜨렸다. 자신이 한 말에 감탄하시다니, 그렇게 말하는 것이지만 오랜 옛날 일이니까 쓰기노스케 자신은 그것을 완전히 잊고 있었던 것이다.

에도의 상황을 알 수가 없다.
'에치고는 에도에서 너무 멀다.'
이것을 이 때만큼 쓰기노스케는 생각한 적이 없다. 정세 판단을 위해서 가장 중요한 에도 상황을 알 수가 없는 것이다.
──에도는 항복했는가, 아니면 싸우고 있는가.
이 일이었다.

쓰기노스케가 생각한 이때의 에도와 에도 성은 아직도 무사했다. 에도 성을 내주는 문제에 대한 의논이 관군 참모 사이고 다카모리(西鄕隆盛)와 도쿠가와 요시노부의 대리인 가쓰 가이슈(勝海舟) 사이에 있었는데, 양해점에 도달한 것은 바로 이 때였다.
──공격 연기

사이고는 우선 이렇게 하기로 하고 교토로 달려가 조정을 설득하여 양해를 얻은 다음, 다시 귀진해서 전군에 동진(東進)을 명령하여 에도에 평화적인 진주(進駐)를 하려고 하는 중이었다. 다만 완전한 의미로서의 평화 진주는 아니었다. 이에 불복하는 옛 막부군의 양식 부대는 속속 에도를 탈출하여 간토를 포함한 동부 일본 각지에서 관군과 대전하려 하고 있었다.

그러나 쓰기노스케는 잘 모른다.

그는 정보를 입수하기 위해 온갖 수단을 강구하고 있었다. 에도에도 첩보원은 남겨두고 왔다. 그러나 그 정보 편이 간토의 여러 지방의 형세가 불온한 탓인지 에치고 나가오카까지는 조금도 전달되지 않는 것이다.

간접적인 정보 수집에도 만전을 기하고 있다. 니가타에는 여러 나라의 배가 들어올 때마다 주재원(駐在員)을 보내서 풍문을 들어 오게 했고, 요코하마의 스넬에게까지 편이 있을 때마다 편지를 달라고 부탁해 놓았다. 그러나 그것들은 모두 불충분했다.

그런데 이날 아침 료운으로부터 "에도에서 사람이 와 있네" 하는 내용의 전갈이 왔다. 쓰기노스케는 등성하기 전에 고야마 댁에 들렀다.

료운은 신기하게도 병실에 있지 않고 서재에 있었다.

"이 분일세."

뜻밖에도 젊은 아가씨였다. 옷차림이 무사 집안이나 상인 집안과는 다른 것 같고 더욱이 말은 나가오카 사투리가 아니고 에도 말에 가까왔다.

'참으로 미인인걸.'

쓰기노스케는 눈을 휘둥그레 떴다.

들으니 나가오카 저쪽의 오지야(小千谷) 사람인데 에도의 히가시혼간 사(東本願寺)의 높은 직에 있는 승려의 양녀가 되어 있었다. 그런데 양부모가 잇달아 죽고, 그런 데다 에도가 싸움터가 된다는 소문도 있고 해서 용기를 내어 하녀 한 사람을 데리고 탈출했다 한다.

"대담한데."

쓰기노스케는 탄복했다. 간토의 여러 가도에는 관군이나 탈주병들이 가득 차서 남자라도 여행은 불가능한데 여자 둘이서 빠져 나왔다는 것이 얼마나 대단한 일인가!

"오히려 여자이기 때문에 통과할 수 있었겠지요."

처녀는 말했다. 이름은 마키라고 한다.

처녀의 이야기는 쓰기노스케에게 그다지 참고될 만한 것은 못되었다. 다만 관군이 무사시(武藏) 북쪽 사이타마 군(埼玉郡)의 오시 성(忍城)을 점령했다 한다.

"전투가 있었나요?"

쓰기노스케가 묻자 처녀는 고개를 젓고 의외일 정도로 그것을 자세하게 알고 있었다.

이 부근의 관군은 나카센도(中仙道)를 거쳐 온 부대로 와라비(蕨)의 역참에 본영(本營)을 두고 있었다.

오시 번은 마쓰다이라(松平) 가문 10만 섬이다. 쓰기노스케의 나가오카 번보다는 크다. 그런데 관군이 볼 때 오시 번은 어느 쪽에 가담할지 태도가 애매했다. 병력을 야외로 내보내어 하니유(羽生) 마을이라는 곳에 진영을 설치하여 주둔하고 있었다.

관군의 일대가 그것을 격퇴하기 위해 하니유 마을로 향하자, 오시 번의 중역이 그들을 노상에서 맞아, 변명하였다.

"하니유 마을에서의 포진은 결코 관군에 대항하기 위해서가 아니오. 에도에서 구막부군의 탈주 부대가 와서 이곳을 점령하는 것을 막기 위해서였소."

관군의 대장은 오시 번의 진의를 의심하면서도 일단 받아들인 다음, 하니유 마을로부터 오시 번의 병사들을 쫓아버리는 것처럼 하여 철퇴하게 하고 그들이 숙영(宿營)하고 있던 진영을 모조리 불태워 버렸다. 그리고 나서 관군은 오시 번의 성 밑으로 진격하여 성을 포위하고 날카롭게 따졌다.

——도대체 어느 쪽에 가담하겠는가?

오시 번은 궁지에 빠졌다. 이 번은 도쿠가와 누대의 번 가운데서도 명문이라고 할 만하여 당연히 사쓰마 조슈에 호의를 갖지 않았으며, 가능하면 에도에서 탈주해 오는 구막부병을 도우려고 생각하고 있었다.

그러나 재빨리 관군에게 포위되었기 때문에 부득이 관군을 위해 성문을 열게 되자 중신 니와 시토미(丹羽篦)가 할복하여 종래의 책임을 졌다.

"탄복하겠는걸."

쓰기노스케는 말했다. 고야마 료운이 "니와 시토미 말인가?" 하고 묻자 쓰기노스케는 고개를 젓고 "이 낭자 말일세" 했다.

에치고에서는 그녀를 다소 존중해서 낭자라고 불렀다. 쓰기노스케는 그녀가 탄복할 만하다고 했다. 남자도 그 혼란한 여행 길에서 이만한 풍문을 듣고 온다는 것은 쉬운 일이 아닌데, 처녀의 몸으로 용케도 거기까지 듣고 왔다는 것을 쓰기노스케는 계속 감탄하고 있는 것이다.

"오시 번에 대해서는 조금도 감탄하지 않네."

쓰기노스케는 말한다.

"기분만 가지고 있는 게 나빠."

막부에 대한 은혜와 의리를 느낀다는 것은 좋은 일이라 치더라도 기분만으로 그런 자세를 취할 바엔 처음부터 선뜻 성문을 열어 버리는 편이 좋을 것이다.

"그러나 어렵지."

료운이 말했다.

나가오카 번과 오시 번은 입장이 비슷하다. 언젠가 오시 번을 덮친 운명이 이 에치고(越後) 땅에도 닥쳐올 것은 틀림없는 것이다.

처녀에 대한 볼일은 그것으로 끝났다. 쓰기노스케는 등성을 서두르고 있다. 서재에서 그대로 마당으로 내려 뒷문으로 나가려고 했다.

"아니, 애야."

쓰기노스케는 걸음을 멈추었다. 뒷문 옆에 광이 있는데 그 앞에서 소년이 웅크리고 앉아 그림을 그리고 있다.

고야마 가문의 장남인 쇼타로(正太郞)라는 아이인데 올해 열 두 살이 된다. 쓰기노스케가 가까이 가서 들여다보니 훌륭한 사생화였다. 정원의 나무를 그리고 있다.

화풍은 서양식의 세밀화(細密畵)로서 펜화라고도 할 만한 것이리라. 다만 펜이 없기 때문에 이 소년은 대나무로 펜과 흡사한 도구를 만들어 그것을 몇 개나 옆에 놓고 마음에 드는 것을 집어 들고는 선(線)을 그려 넣는다.

'이상한 아이야.'

고야마 료운도 이 소년의 기묘한 도락에는 매우 애를 먹는 모양이었다.

그림을 좋아한다지만 극히 기묘한 그림을 좋아하고 일본화를 좋아하지 않는다.

부친인 료운은 오사카(大阪)의 오가타 고안(緖方洪庵) 학당에서 양의학을 배우고 다시 나가사키로 가서 네덜란드인에게 네덜란드어를 배웠기 때문에 그 방면의 서적이 많으며 그러한 환경이 소년에게 이 방면으로 눈을 뜨게 했다.

부친의 서적에는 동판화(銅版畵)나 펜화가 나온다. 인체의 해부도일 때도 있고 병기(兵器)를 그린 그림일 때도 있으며 풍경이나 인물화일 때도 있는데, 그것들은 모두 일본화와는 달리 물건의 실재(實在)에 육박하려는 기술과 정신에 차 있으며 특히 광선과 음영을 그림에 다룬 점이 고래의 동양의 그림과는 전혀 달랐다.

이 소년은 부친의 서적을 가져다가는 그 속의 그림을 베꼈다. 베끼는 동안에 그 주안점(主眼點)을 터득한 모양으로 요즈음은 책에서 떠나 부근에 있는 것을 사생하려고 하고 있다.

"허허어."

쓰기노스케는 들여다보고 놀랐다. 그곳에 있는 소나무와 다실(茶室)의 처마끝이, 그 한 모퉁이를 잘라다 놓은 것처럼 종이 위에 그대로 재현되어 있는 것이다.

쇼타로는 이때에야 쓰기노스케를 보았다. 대나무 펜을 놓고 일어나서 인사를 했다.

"이것 참 어엿하구나."

쓰기노스케는 상당히 감탄했는지, 여전히 그림을 들여다보고 있다. 어엿하다는 것은 한 사람 몫이라는 말일 것이다.

전 일본에서 이런 그림을 그리는 사람은 쇼타로밖에 없다, 고까지 그는 말했다.

"이 그림의 원조(元祖)가 되어라."

이렇게 말하기도 했다.

어느 틈엔가 료운이 옆에 와 있었다. 곤란하다, 고 말했다. 고야마 집안의 장남인 이상 의사가 되어야 하는데 이래가지곤 아무짝에도 못 쓴다는 것이다.

여담(餘談)이지만――말하자면 이 소설의 시기에서 벗어나온 게 되지만――료운의 장남은 뒤에 그러한 길로 나갔다.

메이지 4년(1871년), 도쿄로 가서 가와카미 토가이(川上冬崖)의 화숙(畵塾)에서 공부하는 한편 프랑스인 겔리노에 사사(師事)하여 많은 기법(技法)을 알았다. 메이지 7년(1874년) 창설된 육군 사관학교의 그림 교관이 되었다.

쇼타로는 생도들에게 '자연이라는 것은 어떻게 해서 화포(畵布)에 담아야 할 것인가'라는 주제를 연필화를 중심으로 정성껏 가르쳤다.

원래 동양화에서의 풍경화는 정신의 표현이라고 할 만한 것이며 현실성은 그다지 존중하지 않는다. 서양화는 그 반대여서 풍경의 현실을 어떻게 포착하는가에 기술의 전부가 걸려 있다. "동서 문명의 차이가 이 양자의 차이만큼 분명한 예는 없다"고 그는 설명했다.

메이지 11년(1878년) 쇼타로는 도쿄 사범학교 교사가 되어 양화(洋畵) 교육을 소학교에 받아 들일 것을 운동하여 국수(國粹) 보존파와 격렬하게 충돌했다. 메이지 20년(1887년)이 지났을 무렵, 단고자카(團子坂)에서 양화숙 '후도샤(不同舍)'를 열어 많은 문하생들을 키웠다. 그 문하생 중에서 나카무라 후세쓰(中村不折), 고스기 미세이(小杉未醒), 아오키 시게루(靑木繁), 오카 세이이치(岡精一), 요시다 히로시(吉田博), 나카가와 하치로(中川八郞) 등이 나왔다. 다이쇼 5년(1916년)에 병사했다.

……
 료운은 소년이 그림을 좋아하는 데 대하여 별로 그것을 나무라는 것은 아니었다.
 ——곤란해.
 그러나 이런 표정으로 그것을 바라보고 있다.
 "밑의 놈이라면 괜찮으련만."
 료운의 생각으로는 장남은 어디까지나 장남답게 가학(家學)인 의학을 했으면 하는 모양이다.
 '밑의 놈'이라는 뜻은 두 아이가 있다. 이것도 여담이지만, 둘째 아들 슈사쿠(秋作)는 뒤에 육군으로 나가고, 셋째 아들 요시로(吉郞)는 해군 조병감(造兵監)이 되어, 료운의 뒤로는 이 가문에서 의사가 나오지 않았다.
 물론 료운 자신도 어전의(御典醫)이지만 의사라기보다는 양학자이며 물리학을 좋아했고, 물리학 이상으로 법제(法制)와 경제를 좋아했으나 좋아할 뿐 그것으로 세상에 나가려는 야심은 없었다.
 "나는 학문이라는 것을 쓰기군 때문에 하고 있는 셈일세."
 료운은 평소에 이렇게 말하며 웃고 있었다. 서양이니 서양인이니 하는 것이 도대체 어떤 것인가, 하는 것을 쓰기노스케에게 가르쳐 주고 있다.
 쓰기노스케도 열심히 그것을 들으러 온다. 한학밖에는 한 일이 없는 쓰기노스케가, 쓰기노스케 나름의 세계관을 만들어 낼 수 있었던 것은 이 료운과 요코하마의 서양 상인들 덕택일 것이다.
 아무튼 병들어 있는 료운은 자신의 학문이건 사상이건 모든 것을 쓰기노스케를 통해서 세상에 펴보고 싶다는 생각이고, 그것이 유일한 병상에서 사는 보람이 되어 있다.

 이날 저녁 쓰기노스케가 성에서 물러나오자 성문 앞 다리 옆에 무사 집안의 소년이 기다리고 있었다.
 '멋있는 아이로군.'
 쓰기노스케는 먼 발치로 보고 생각했다. 소년은 자세를 흐트러뜨리지 않고 서서 그 곁에 늙은 하인을 거느리고 있다. 그 늙은 하인은 무릎을 땅에 꿇고 소년의 뒤쪽에 위치하고 있는데 매우 충복인 것처럼 보였다.
 '단정한 교육을 받은 가정의 아이로구나.'

그렇게 생각하는 동안 다름아닌 료운의 아들인 쇼타로라는 것을 알았다.
"아저씨."
쇼타로는 머리를 숙이고 말했다.
"감사한 말씀을 드리기 위해 여기서 기다리고 있었습니다."
쓰기노스케는 영문을 알 수가 없었다. 아무튼 함께 걷다가 조그마한 사당을 발견하고 사당 앞의 석등(石燈) 대좌(臺座)에 걸터앉아 쇼타로에게 물었다.
"무슨 소리냐?"
"그림에 대해섭니다. 고맙습니다."
소년은 말한다.
요컨대 쓰기노스케가 그렇게 말해 주었기 때문에 부친인 료운의 마음이 변했다는 것이다. 료운은 아까 그런 일이 있은 뒤 이렇게 말해 주더라는 것이다.
"쓰기 아저씨가 그렇게 말씀하시니 평생토록 잘 해 보아라."
"아저씨 고맙습니다."
소년은 다시 한번 머리를 숙였다.
"잘 알진 못하지만"
쓰기노스케가 말했다.
"나는 그저 이용된 것뿐이야. 아버님께선 나를 이용해서 그렇게 말씀하셨을 뿐이고, 원래부터 그런 생각을 가지고 계셨던 거야."
쓰기노스케는 다시 말했다.
"무사의 세상은 멸망하고 만다."
그의 지론(持論)이다.
"사쓰마 조슈는 지금 천자를 옹호해서 위세를 떨치고 있지만 머지않아 사쓰마 무사도 조슈 무사도, 무사란 무사는 모조리 멸망한다는 것을 그들은 알고 있는지 어떤지 모르겠다."
"아저씨께서도 멸망한다는 말씀입니까?"
쇼타로는 놀랐다.
"녹(祿)을 받아 먹는 무사로서의 쓰기노스케는 멸망하지 않을 수가 없다. 멸망한 뒤 일본의 역사에 일찍이 없었던 세상이 닥쳐온다."
"어떤 세상 말씀입니까?"

"말하자면 서양과 같은 세상이지. 병사로서 적합한 사람은 군인이 되고, 미장이에 맞는 사람은 미장이가 되는 거다. 그저 하는 일 없이 녹을 먹으면서 세상을 보내는 그런 자는 없게 된단다."

"그건 언제입니까?"

"언제라고 할 수는 없지. 너희들의 시대가 그렇단다."

쓰기노스케는 말한다. 그러니까 그림에 천품을 타고난 사람은 차라리 그 길로 정진(精進)해서 나가는 편이 좋다는 것이다.

"그러나 의사는 돌팔이 의사라도 의사로서 통하지만, 그림 그리는 화가는 돌팔이라는 것이 없는 거란다."

전운(戰雲)

——가와이 집정의 속셈은 알 수가 없다.

그것이 번내 대부분의 생각이며, 사실 쓰기노스케는 아무에게도 털어놓지 않는다.

다만 쓰기노스케는 이따금 공식 석상에서 이렇게 말한다.

"도쿠가와 천하는 300년, 이제 그 천하가 멸망하는 데 있어서 설사 한 번이라도 전(前) 장군 가문의 억울한 죄를 풀어줄 번이 없으면 안 된다. 무엇 때문에 300년이란 세월이 있었는지 후세의 웃음거리가 될 것이다."

문제는 그 억울한 죄를 푸는 방법이었다.

말로 하느냐, 무력으로 하느냐. 그것을 쓰기노스케는 마음속에 감추고 아무에게도 말하지 않았다. 그러나 군비(軍備)는 서두르고 있다. 성에 군량도 실어 들이고 있다. 그런 상황으로 미루어 보면 당연히 무력으로 할 작정인 모양이다.

이와 함께 이런 움직임이 일어났다.

——가와이를 베어 버리자.

공순파(恭順派) 사람들이었다. 근왕파라고도 불리고 있었다. 물론 공순파라곤 하지만 사상적으로 그러한 입장을 분명히 지니고 있는 자는 번교 교관 사카이 사다조(酒井貞藏), 양식 총대의 사관 야스다 마사히데(安田正秀) 등 몇 사람 되지도 않는다. 그밖에는 요컨대 겁장이들이다.

만년에 앞에 섰던 고야마 쇼타로 등은 그렇게 이야기하고 있다. 천하의 대세에 따른다는 것 뿐이고 별로 뚜렷한 주견도 없다. 당시 번내에서 이러한 공순파를 '뒤로 돌아 패들'이라 부르고 있었다. '뒤로 빙글 돌아서 달아난다는 의미다'라고 고야마는 말한다.

그러나 공순파 가운데는 그러한 패거리뿐만도 아니었다.

"가와이를 죽인다."

이런 움직임에 대한 소문은 쓰기노스케의 귀에도 들어갔다. 쓰기노스케는 묵살해 버렸다.

참간장(斬奸狀)까지 되어 있다고 한다. 그 기초자는 사카이 사다조였다. 그런데 쓰기노스케가 묵살하고 있는 동안에, 이 일은 어디서 어떻게 시들어 버렸는지 도중에서 슬며시 사라져 버린 모양이다.

그 원인의 하나는 양식 총대 지휘관 야스다 마사히데에게 있었을 것이다.

야스다는 젊기도 하고 능력도 있었기 때문에 공순파 가운데서도 유력한 인물로 되어 있었다.

"대거 탈출하자."

이들 공순파가 어느 날 밀회를 열어 이런 기세가 되었다. 탈출하여 에도에 있는 관군에 투항(投降)한다. 마키노 가문의 혈통을 끊지 않기 위해서 번주의 아들을 한 사람 데리고 간다. 그를 옹립하여 별파인 마키노 가문을 만들자는 것이며, 이 비밀 계호기에 대하여 그들은 야스다에게도 한패에 끼이라고 말했다.

그러나 야스다는 거절했다.

"그렇게 되면 오노 쿠로베(大野九郞兵衞)와 뭐가 다른가?"

오노란 옛날 충의담(忠義譚)에 나오는 도망친 중신을 말하며, 야스다의 말로는 '근왕도 좋지만 그렇게까지 하면 무사의 도리를 잃는다'는 것이었다.

그래서 탈출 계획도 도중에서 슬며시 없어지고 말았다.

"류(鉚)란 놈."

쓰기노스케는 야스다 마사히데에 대해서 언제나 그렇게 부르고 있다. 야스다는 류조(鉚藏)라고도 한다.

"좋은 놈이야."

그렇게 칭찬도 했다. 쓰기노스케가 어느 땐가 술에 취해서 번내의 인물을 이야기했을 때 이렇게 말하기도 했다.

"만약 류란 놈이 전국시대에 태어났다면 맨 손으로 100만 섬쯤 얻게 될지도 몰라."

그리고 금방 말을 바꾸어서 말했다.

"아니, 틀렸을까?"

또 이렇게 말하기도 했다.

"류란 놈에게는 독기(毒氣)가 없어."

이러는 것이었다. 독기란 '심상치 않은 강한 욕망'이었다. 야스다에게는 그런 것이 없었다.

어느 때 고야마 료운과 이야기하다가 이렇게 말한 적이 있다.

"전투대장에는 역시 류란 놈이 적격일세."

쓰기노스케의 구상으론(이미 이것은 실현되었는데) 번병을 양식화하고 두 개의 구단으로 나눈다.

제1군단은 무사대(武士隊)이고 제2군단은 잡병이다.

이 제2군단의 선봉 대장에 야스다 마사히데를 불러다 놓으려는 것이다. 쓰기노스케가 보는 바, 싸움터의 지휘 능력은 야스다 마사히데가 가장 뛰어날 듯했다.

'그러나 잘 안 되는걸.'

쓰기노스케가 요즈음 생각하는 것은 그러한 야스다 마시히데가 공순파라는 것이었다.

쓰기노스케는 귀국 후 곧 야스다 마사히데를 성에 불러 번주 부자의 면전에서 이 사나이를 설득하려 했다.

그러나 반대로 야스다는 굴하지 않고 날카롭게 공격했다.

"집정님이야말로 잘못되신 겁니다. 어째서 조정에 복종하시지 않는 겁니까. 어째서 온 성을 들어 전쟁 준비를 갖추고 계시는 겁니까."

쓰기노스케는 큰 소리로 말했다.

"말을 삼가라."

이유는 "그대는 무사가 아니란 말인가" 하는 것이었다. 나가오카 번에서는 양식 군대 사관들에게는 일체 정치를 논하지 못하게 하고 있다.

그러나 야스다는 굴하지 않았다. 쓰기노스케는 어쩔 수 없이 말했다.

"내일 아침 내 집으로 오라."

야스다는 이튿날 아침 찾아왔다. 쓰기노스케는 여러 말을 다했으나 야스다는 알아듣지 않았다. 야스다가 말하는 것은 이런 것이었다.

"사쓰마 조슈가 음모로 천자를 끼고 있다 하더라도 어떻든 칙명은 칙명인 겁니다."

쓰기노스케도 이 공식론에는 애를 먹고 말했다.

"그럼 다시 한 번 이야기하자. 내일 아침에 오라."

그 이튿날 아침도 의견이 일치되지 않아 그대로 헤어졌다.

토론은 사흘 동안 계속되었다. 나흘째에 쓰기노스케는 이 젊은이의 고집스러움에 어이가 없어 선봉 대장으로 임명할 뜻을 비치고 말했다.

"어떤가, 무사로서의 명예가 아닌가. 이제 논쟁은 그만두고 이 명예에 만족해."

야스다는 고개를 저으며 소리쳤다.

"아니오."

야스다 마사히데가 말하는 것은 이런 것이었다.

"전비(戰備)를 갖추는 것은 관군을 도발(挑發)하는 겁니다. 결국은 이 나가오카에 천하의 군대를 맞아들이고 말게 됩니다. 그러면 번은 멸망합니다. 안 그렇습니까?"

'말하는 그대로다.'

쓰기노스케도 그렇게 생각하지 않을 수 없다. 그것은 쓰기노스케의 가장 아픈 곳이기도 했다.

"도대체 집정께선 이 번을?"

야스다는 자기도 모르게 다다미를 내리쳤다.

"어떻게 하실 작정이십니까? 성산(成算)은 있으신 겁니까?"

'성산(成算) 따위는 없다.'

쓰기노스케는 쓰디쓴 표정으로 앉아 있다.

"성산."

이 말을 야스다 마사히데는 몇 번이나 썼다. 성산을 성공할 가능성, 그러한 의미라고 생각한다면

'그런 것이 있을 게 뭔가.'

쓰기노스케는 생각한다. 이렇게 어려운 시기에 말이다. 아무리 계산해 보아도 번이 잘 되어갈 보장 따위는 없다.

"집정께선 잘못되어 있습니다."

"어디가 말인가?"

"기본이 말입니다. 기본의 기본이 말입니다. 생각하시는 근본이 잘못되어 있습니다."

"무슨 말을 하는 거야?"

쓰기노스케는 더욱더 불쾌한 표정을 지었다. 말해 봐, 마음 밑바닥에 있는 것까지 다 털어내 봐, 쓰기노스케는 야스다에게 고함을 쳤다. 눈이 번쩍번쩍 빛나고 있다. 야스다는 헐떡이는 듯한 숨결이 되어 말이 막혔다.

야스다는 머리를 숙였다. 쓰기노스케에게 눌려 기가 죽어서 말이 잘 나오지 않는 것이다. 이윽고 참지 못해서 소리쳤다.

"집정님, 장지문 저쪽에 저를 앉게 해주십시오."

"마음대로 해."

"그럼"

야스다는 몸을 돌려 옆방으로 들어갔다. 잠시 후 장지문을 사이에 두고 말하기 시작했다.

——기본이 잘못되어 있다.

야스다는 쓰기노스케의 사상을 말하고 있는 것이다.

쓰기노스케는 양명학(陽明學)을 하는 사람이며, 양명학에서는 일을 일으킬 때에 그것이 성공하느냐, 않느냐에 대한 것은 중요한 일이 아니다. 결과가 어떤가, 하는 것은 묻지 않는다. 오히려 결과의 이익을 말하는 것은 이 학문에서 가장 부끄러워하는 일이다. 이 학문에서 가장 근본으로 삼는 것은 행위 자체가 아름다운가, 어떤가 하는 것뿐이며 그것만을 골똘히 생각한다.

——직속 번은 도쿠가와 가문을 따라 죽어야 한다.

이것이 아름다운 것이라고 한다면 그것만을 골똘히 생각해 간다.

야스다는 그것을 말하고 공격했다. 마키노 가문과 그 번이 쓰기노스케 개인의 사상적인 미의식(美意識) 때문에 멸망할 수는 없다는 것이다.

"잠깐."

쓰기노스케는 말했다. 이마에 땀이 배어 나와 있었다.

쓰기노스케의 급소라고 해도 좋다.

환부(患部)라고도 할 수 있을 것이다. 그러나 어떠한 사상도 치명적인 환부――불합리한 점――를 포함하지 않고는 설립되지 않는다.

"애송이가 무얼 안단 말인가?"

쓰기노스케는 일단은 눈을 들고 그렇게 말했지만 당자인 애송이, 야스다 마사히데는 거기에 굴하지 않고 끝까지 쓰기노스케의 환부를 집요하게 찔렀다.

쓰기노스케는 참을 수가 없어 논리 이외의 수단으로 역습했다.

"자넨 몰라."

"난 말이야. 교토를 자세히 보았다. 교토에 모여 있는 근왕가란 자들이 어떤 종류의 사람들인지 속속들이 보았어. 그자들은 머리를 야심이라는 종기(腫氣)로 부풀게 한 파락호(破落戶)들이야."

쓰기노스케는 분큐 연간(1861~63)의 교토를 알고 있다. 그 때에 교토에 모여 있는 근왕 과격파라는 것은 어떤 것인가를 알아 보았다.

사실 쓰기노스케와 같은 정연(整然)한 무사 계급에 소속된 자의 눈으로 보면 그들은 정체를 알 수 없는 사람들이었다.

지사(志士)라고 칭하는 자의 대부분은 뚜렷한 무사는 아니었다. 향사(鄕士)나 훈장 출신이라면 그래도 괜찮은 편이었고, 농사꾼이 고향을 떠나 무사의 옷차림을 하기도 하고, 전에 상인이었던 자가 두 자루 칼을 차고 돌아다니기도 했다. 승려 나부랭이, 신관(神官) 나부랭이, 의사 나부랭이, 그러한 패거리들이 야심가적 체질을 주체하지 못해서 제각기 향리를 떠나 소속된 신분이나 계급에서 벗어난 다음, 교토로 올라가 공경댁에 드나들며 노상에서 칼을 휘둘렀다. 잘만 되면 도쿠가와 가문을 무너뜨리고 교토의 조정을 받들어 새 정부를 만들려고 하는 '무뢰한'들이었다.

"그러한 무뢰한을 말이다"

쓰기노스케는 계속 말했다.

"조슈와 사쓰마가 후원했다. 이 두 번은 무언가?"

원래 도쿠가와 가문의 적인 것이다, 쓰기노스케는 말한다. 세키가하라(關原)에서 양번은 서군에 편들었다. 서군이 지자 양번은 각기 자기 영지로 달아났다.

"그때 아주 요절을 냈더라면 좋았을걸."

전운 243

그런데 막부의 창시자인 이에야스(家康)는 정권을 막 수립하고 난 직후였기 때문에 그럴 만한 자신이 없어, 조슈 모리(毛利) 가문에 대해서는 사분의 일로 녹봉(祿俸)을 줄이는 것으로 그치고 사쓰마 시마즈 가문에 대해서는 그대로의 녹봉으로 도쿠가와 체제 속에 넣었다.

"지금 사쓰마 조슈가 교토를 점령하여 천자를 중간에 끼고, 천자의 존엄성을 배경으로 천하를 호령하여 도쿠가와 가문을 멸망시키려 하고 있다. 그들의 사업은 근왕이 아니다. 권력을 얻었을 뿐이야."

"그러나"

야스다 마사히데는 장지문 저쪽에서 반박하려 했다. 그러나 쓰기노스케는 소리를 높였다.

"좀더 들어봐."

쓰기노스케가 말하는 것도 무리한 말은 아니다.

관군의 상징(象徵)에 대한 것이다.

'천황기(天皇旗)'를 말하더라도 그렇다. 도바 후시미의 싸움 때, 교토의 사쓰마 조슈는 오사카에서 올라온 도쿠가와측에 비하면 십분의 일이라고 해도 될 만큼 소수였다. 그들은 분전했다. 총기도 새롭고 성능이 좋은 것이었다. 그러나 천황기만큼 그들에게 힘을 준 것은 없었을 것이다.

옛날에는 사사로운 싸움(私戰)이었다. 조정에 모인 공경들 거의 전부가 "이것은 사전이다"라고 했다. 그런데 이틀째 날에 사쓰마 조슈는 조정에 공작해서 본영인 히가시 사(東寺)에 천황기를 휘날리고, 이에 따라 사쓰마 조슈는 관군이 되었다. 사쓰마 조슈는 이 사실을 교전중(交戰中)인 적에게 보이기 위해 깃발을 총알이 오가는 요도 강(淀川) 제방에까지 가지고 가서 적에게 충분히 보인 뒤 다시금 히가시 사에 거두어 넣었다. 효과는 컸다.

오사카의 도쿠가와 요시노부는 '천황기가 나왔다'고 하여 오사카 성을 버리고 에도로 달아났던 것이다.

이러한 천황기였지만 실은 조정에 보존되어 있었던 것은 아니다.

깃발의 의장(意匠)은 이와쿠라 토모미(岩倉具視)의 비서였던 다마마쓰 미사오(玉松操)가 고안했다. 그 도면을 이와쿠라가 사쓰마의 오쿠보 도시미찌에게 주어, 오쿠보가 은밀히 만들었다.

오쿠보에게는 교토에 애인이 있었다.

"허리띠 감을 사오라."

어느 날 이렇게 말하며 돈을 주어 니시진(西陣: 허리띠 감으론 여기서 나는 비단이 가장 고급이다)으로 사러 보냈다. 그것이 천황기의 바탕을 이룬 감이다. 그 무렵 교토의 사쓰마 번저(藩邸)에 조슈의 밀사가 잠복해 있었다. 시나가와 야지로(品川彌二郞)였다. 시나가와는 이 감과 도면을 조슈로 가지고 돌아가 야마구치(山口)에서 깃발로 재단하여 봉재(縫製)했다. 그리고 완성품을 다시 교토에 밀송했다.

그것이 히가시 사에 휘날렸던 것이다.

……

쓰기노스케는 이러한 사정은 알지 못한다. 알지는 못하지만 상상은 할 수 있다.

"모든 것이 음모야."

이런 쓰기노스케의 견해는 누가 뭐라고 해도 흔들리지 않는 것이었다.

그러나 "류란 놈"이라고 쓰기노스케가 말하는 야스다 마사히데는 다른 생각이었다. 아무리 쓰기노스케가 설득시키려 해도 듣지 않는 것이다.

"집정께서 잘못되어 있습니다."

이번의 왕정복고(王政復古)는 과연 사쓰마 조슈의 음모일지도 모르지만 이미 되어 버린 것이다, 라고 생각하는 것이다.

"대항하면 영원히 역적이라는 누명을 쓰게 됩니다. 집정께선 그래도 상관 없으시겠습니다만 번주 부자분에게 역적이라는 누명을 씌우게 되어도 회한이 없겠습니까? 천하의 군대에 의해 이 나가오카 번이 멸망해도 좋으시겠습니까?"

야스다 마사히데가 물었다.

'안전한 길 같은 것은 없다. 있는 것은 도박(賭博)뿐이다. 그러나 번을, 번주까지도 모조리 도박에 끌어넣어도 되느냐고 말한다면 할 말은 없다.'

이것이 쓰기노스케의 본심이었다. 그런만큼 야스다 마사히데의 논봉(論鋒)은 가슴속을 후벼팠고, 그런만큼 반론할 말이 없었다.

쓰기노스케도 어쩔 도리가 없었다.

"류야!"

다정한 목소리로 야스다 마사히데를 불렀다.

"걱정할 것은 없다. 내게는 비책(秘策)이 있는 거야."

쓰기노스케는 자기 자신이 아무래도 용렬한 말을 할 것 같은 생각이 들었으나 이미 말이 나와 버리고 말았다.

"비책이요?"

야스다는 얼굴을 들었다.

"그렇다. 나가오카 번을 살리는 길이다."

쓰기노스케의 목소리에, 젊은이에 대한 아첨이 있다. 이 사나이 자신도
'쳇'

이러면서 이 사나이는 자신을 나무랐으나, 아무튼 이 자리에서는 어떻게든지 야스다를 설득시키고 싶었다.

"번을 살리는 길을 생각하고 계시다는 말씀입니까?"

야스다는 반문하고 나서 다시 반격했다.

"번을 살리는 길을 생각하시는 것이 중신께서 하실 일의 전부겠지요. 그것이 당연합니다. 참으로 지당하신 일입니다. 그러시다면 천하의 대세를 생각해 보건대, 번을 살리는 길은 번을 통틀어 관군이 되는 수밖에 없습니다."

"항복인가?"

"아닙니다. 공순입니다."

"아무튼 들어봐. 그밖에도 길이 있는 거야. 류, 남에게 말하지 마라."

쓰기노스케는 내용을 밝혔다.

"나가오카 번의 사기는 잠자고 있어."

쓰기노스케는 먼저 말했다. 이 잠을 깨게 하여 일제히 분기하지 않으면 일번 독립(一藩獨立)의 기상(氣象)이 생겨나지 않는다. 독립의 기상은 긴장에서 생기는 것이다. 긴장이 없으면 천하에 있어서의 번은 자유도 얻을 수 없다고 말했다. 이것은 쓰기노스케의 본심이었다.

"그렇기 때문에 필전(必戰)의 각오를 갖게 한다. 이 때문에 지금 전비를 서두르고 있어."

이것도 본심이었다.

"그래서 여차하면"

여차하면, 관군이 내습해 왔을 때를 말한다. 관군은 아이즈(會津) 번을 최대 목표로 하고 있다. 그 때 나가오카 번은 어느 쪽에도 편들지 않고, 관군에게도 "잠깐만" 기다리라고 하고 아이즈 번에게도 "잠깐만" 기다리게 한 다음 양자의 조정역이 되어, 양자로부터 모든 것을 위임받아 그 시비를 가린다. 아이즈 번을 평화로운 가운데 공순하게 한다. 관군에 대해서도 아이즈

번의 말을 받아들이게 한다.

"만약 양쪽이 듣지 않는다면?"

야스다는 물었다.

"그때는 듣지 않는 쪽, 그것이 아이즈건 관군이건 간에 치는 거다. 이 나가오카 번이 말이다."

쓰기노스케는 부채를 들어 다다미를 찔렀다.

'어처구니없는 공상가(空想家)――'

야스다 마사히데는 하마터면 그렇게 외칠 뻔 했다. 정신이 돌아 버린 것은 아닐까?

쓰기노스케의 '비책'이란, 겨우 7만 4,000섬 밖에 안 되는 나가오카 번이 무장 독립한 채 관군도 아니고 아이즈 번도 아닌데다가 양자의 조정역을 떠맡고 나서려는 것이다.

――누가 듣겠는가?

제삼자가 쓰기노스케의 말을 들으면 배를 움켜잡고 웃을 것이다. 송사리가 고래와 돌고래의 마음을 조정하겠다는 것과 같은 것이다. 아니 조정뿐만 아니라 이 송사리의 말은 이런 것이다.

――듣지 않으면 아이즈건 관군이건 치겠다.

아니, 그것뿐이 아니었다. 쓰기노스케의 말이 계속된다.

"그럼으로써 천하에 뭐가 정의인가를 알도록 해주는 거다. 이로써 의(義)를 천하에 부르짖고 천하의 이목을 끌어 인심을 모으고 이로써 오늘날의 혼란을 바로 잡는 거다. 류, 이것이 나가오카 번의 비책이다."

'송사리의 잠꼬대!'

그렇게밖에 말할 수가 없다.

아이즈 번은 실제로 50여만 석의 대번인 데다가 도쿠가와 쪽의 주전파 전부가 이에 응원하고 더욱이 오우(奧羽)의 여러 번은 아이즈와 공동 작전을 펴려고 하고 있다. 한편 관군은 천하의 대소 번을 모두 상대하고 있다는 것을 생각하면, 다가올 아이즈 대(對) 관군의 싸움은 옛날 세키가하라와 같이 천하를 둘로 나누는 싸움이 될 것이다. 그 격돌 속에서 7만 4,000섬의 송사리가 아무리 서양식 신예(新銳) 무기로 무장했다 하더라도 어쩔 수가 없을 것이다.

"적어도 나가오카 번이 가가(加賀) 마에다 가문처럼 100만 섬이라도 되는 처지라면”

야스다는 말했다. 100만 섬이라면 어쩌면 독립해서 양쪽을 조정할 수 있을지도 모른다.

'그래도 무리인걸.'

야스다는 생각했다.

"우에스기 겐신(上杉謙信) 때를 생각해 보아라.”

쓰기노스케는 말했다. 전국시대(戰國時代)에 겐신은 에치고라는 일본해 연안의 두메 산골에 있으면서도 외부로부터 한 발짝도 침해받지 않았다. 중앙을 제압한 오다 노부나가(織田信長)에 대해서도 엄연한 태도를 견지하여 노부나가도 겐신 생존 중에는 범을 무서워하듯이 미소(微笑) 외교를 계속하며 그 마음을 상하지 않도록 노력했다.

──그것을 생각하라.

쓰기노스케는 말하지만 야스다는 생각할 수가 없었다. 겐신 때의 우에스기 가문의 세력은 에치고뿐만이 아니라 신슈(信州), 간토에까지 미치고 있었다. 겨우 나가오카의 지역 하나와 그 근교를 가지고 있는 나가오카 번과는 비교도 되지 않는 것이다.

"기개(氣槪)만이라도 배우라.”

쓰기노스케는 말하지만, 그러한 것이 기개라면 이것은 광인의 기개일 것이다.

"공상입니다.”

마침내 야스다는 외쳤다.

쓰기노스케는 격노했다.

"이건 참 곤란합니다.”

젊은 야스다 마사히데는 오히려 침착했다. 상대가 흥분해서는 곤란하다는 것이다.

"과연 그렇군.”

쓰기노스케도 곧 자신이 흥분한 것을 깨닫고 목소리를 낮추었다. 논쟁은 화를 낸 쪽이 진다. 화를 냄으로써 자기의 패세(敗勢)를 되찾으려는 것이며 스스로 졌다는 것을 고백하는 것과 같다.

"알았다. 그러나 말조심해.”

쓰기노스케는 말했다. 공상이란 말은 지나치다. 적어도 한 번을 맡고 있는 번의 수상이 공상으로 번의 운명을 결정하는 것처럼 말한대서야 입장이 매우 난처한 것이다.

"다른 말로 해봐."

쓰기노스케는 요구했으나 야스다는 완고했다. 공상이니까 공상이라고 했을 뿐, 자신의 본심에서 나온 말이니 정정은 하지 않겠습니다, 라고 말했다.

쓰기노스케는 입을 다물었다.

그리고 오래 생각에 잠겼다가 이윽고 중얼거렸다.

──알았다.

그리고나서 다시 말했다.

"류, 논쟁은 어디까지나 논쟁이다. 그러니 지금 말한 비책에 대해선 절대로 입 밖에 내지 마라."

쓰기노스케는 다짐을 받았다.

"염려하실 것 없습니다."

야스다는 대답했다. 쓰기노스케는 다시 말했다.

"나는 신념을 밀고 나간다. 그러기 위해서는 번론을 통일하는 것이 중요해."

"집정님의 신념을 번 전체에 강요하실 작정이십니까?"

"그렇다. 번을 한 마음으로 만들겠다. 그러나 자넨 내게 굴하지 않았다."

"그렇습니다."

"칩거(蟄居)해라!"

쓰기노스케는 후려치듯 말했다.

야스다는 놀랐다.

"칩거?"

번사로서의 모든 언론과 정치 활동의 자격을 봉살(封殺)당하는 일이며 사형보다 겨우 한 급이 가벼운 중형이었다.

"자네가 나쁜 게 아니야. 오히려 내 앞에서 자기 주장을 고집하며 한걸음도 물러서지 않았다는 것은 사람으로서 매우 훌륭하다. 그러나 자네를"

쓰기노스케가 말했다.

"그대로 놓아두면 번론이 둘로 갈라지게 된다. 고작 7만 4,000섬밖에 되지 않는 조그만 번이 둘로 분열되어 버리면 아무 짝에도 못 쓴다. 없어져라."

그래도 주장은 고집하겠는가, 쓰기노스케는 다짐을 두었으나 야스다는 소리쳤다.

"물론입니다."

더욱더 양보할 수 없다고 했다. 위협을 받고 의견을 굽혔다면 무사의 도리가 아니라는 것이다.

후일 쓰기노스케는 공식 조처했다. 야스다 마사히데를 '종신 칩거'시키고 그 동생 노부키치(信吉)에게 새로 100섬의 녹을 주어 야스다 가문을 잇게 하고 마사히데를 폐인으로 만들어 버렸다.

4월 11일 관군은 에도 성을 접수했다.

그때를 전후하여 에도를 탈출한 구막부병은 간토 각지에 야진(野陣)을 폈다.

관군은 그들을 향해서 군사 행동을 일으켜 간토 각지에 포연(砲煙)이 올랐다.

4월은 싸움 속에서 지고 샜다. 다음 달도 역시 4월이다. 윤달(閏月)인 것이다.

쓰기노스케는 이러한 정세를 알기 위해서 간토 각지에 첩자를 보냈었는데 그들이 잇달아 가져오는 정보는 모두 구막부군에게 불리했다.

──구막부군(舊幕府軍)

이 말을 쓰기노스케는 쓰지 않았다.

'동군(東軍)'이라고 했다. 동군에는 구막부의 보병도 있고 구와나(桑名)의 번병도 있는 등 잡다했다. 그들은 우쓰 노미야(宇都宮)를 점령하여 거기 집결했으나 사흘 뒤에는 관군에게 빼앗겨 대부분이 닛코(日光)를 향해 달아났다. 닛코는 간토 평야를 내려다보는 산지(山地)이며 또한 도쇼 궁(東照宮)이 있으므로, 이것을 성채로 하여 농성하면 아무리 관군이 맹공격하더라도 한 달 이상은 지탱할 수 있을 것이다.

──이 닛코 도쇼 궁을 반(反) 사쓰마 조슈의 대본영(大本營)으로 삼고 천하에 의군(義軍)을 모집한다.

이런 것이 동군의 계획이었던 모양이다.

──린노지노미야(輪王寺宮)를 맞아 위에 모신다.

이것도 계획에 포함되어 있었다. 이 계획은 우연한 것이 아니라 도쿠가와 막부 성립 당시부터의 비밀 정략(政略) 같은 것이었다.

막부의 창시자 이에야스는 삼대 장군 이에미쓰(家光)에 의해 닛코의 도오쇼 궁에 모셔졌다. 신호(神號)는 도쇼 다이곤겐(東照大權現)이다.

이런 데에 도쿠가와 막부가 가진 일본 역사상의 특이한 성격이 있다고 해도 좋을 것이다. 그 이전의 정권은 항상 조정 아래에 있었으나 도쿠가와 장군 가문은 천황과 거의 동격(同格)이라는 기분을, 적어도 초창기에는 가지고 있었던 것 같다.

천황 가문의 시조(始祖)는 아마테라스 오미카미(天照大神)이며 도쿠가와 장군 가문의 시조인 이에야스는 도쇼 다이곤겐(東照大權現)이어서 명칭을 대비(對比)시키고 있다.

그리고 도쿠가와 막부 초기, 막부 요인들은 이미 후세에 막부 타도 운동이 있을 것을 예상하고 있었다. 막부 타도 세력은 서부 지방에서 시작될 것이라는 것도 예상했었고 그 때에는 교토가 점령되리라는 것도 예상하고 있었다. 토막(討幕) 세력은 교토의 조정을 옹위하고 관군이라는 명칭 아래 에도를 친다는 것도 예상했으며 그에 대항하기 위해 막부는 대대로 '린노지노미야'라는 명목으로 황자(皇子)를 혼자 에도에 있게 해왔다. 만일의 경우 교토의 천황에 대하여 황자를 내세워 대항할 작정이었을 것이다.

닛코의 동군은 그것을 기도했다. 그러나 만사가 잘되지 않고 군사상의 자신도 상실되자 관군과 싸우기도 전에 이 요지(要地)를 버리고 진을 거두어 아이즈로 달아나 버렸다.

그뒤 에도에서는 쇼기 대(彰義隊)가 관군의 공격을 받아 괴멸되었다.

오우(奧羽) 지방의 정세를 이야기해야겠다.

그 전에 오우란 무엇인가를 생각해야 할 것이다.

일본 열도(日本列島)의 동북부에 있는 이 광대한 산하(山河)는 헤이안 조(平安朝 : 8세기~11세기) 시대에는 중앙 정권의 권위가 미치지 않았다.

자연 조건도 그러하지만 일본 민족의 발달사에도 관계가 있을 것이다.

이 열도는 당초 서남쪽(규슈)부터 발달되었다. 규슈에서 자란 에네르기가 차츰 북상해서 세토 내해(瀨戶內海), 오사카 만 연안, 야마토, 비와 호 주변에 이르다가 대륙에서 국가 조직에 대한 새로운 개념이 들어온 뒤 다이카 개신(大化改新 : 645년)이 성립되어 일본 민족이 국가라는 틀 속에서 조직되었다.

그러나 오우 지방은 자연 그대로 있었다. 여전히 '길 안쪽 깊숙한 곳'이라

야마토 국가의 힘이 미치기 어려워 나코소(勿來) 관문과 시라카와(白河) 관문이 그 한계였다. 겐페이(源平) 시절에 여기에 오슈(奧州) 후지와라(藤原)의 강대한 왕가(王家)가 성립되어, 유랑(流浪)하던 미나모토 요시쓰네(源義經)가 거기에 숨었다는 것은 널리 알려진 이야기이다.

미나모토 요리토모(源賴朝)가 가마쿠라(鎌倉)에 정권을 세워 간신히 무위(武威)를 동북으로 뻗쳤다. 가마쿠라군이 시라카와의 관문을 넘어 오슈로 들어가 히라이즈미(平泉)를 습격하여 후지와라씨를 멸망시켰을 때를 효시로 하여 오우 천지가 중앙 정권의 손아귀에 들어갔다고 해야 할 것이다.

후지와라씨 멸망 후 훨씬 내려와서 남북조(南北朝)에 들어가기까지의 이 지방은 다시 화제에서 멀어진다. 남북조 쟁란(爭亂)의 영향은 오슈까지 미쳤다. 남조(南朝) 쪽의 공경 기타바타케 아키이에(北昌顯家)가 오슈의 수비부(守備府) 장군이 되어 왔다가 곧 병력을 이끌고 중앙으로 들어가 세쓰(攝津)의 아베노(阿倍野)에서 아시카가 다카우지(足利尊氏)의 대군과 싸워 패배하여 괴멸되었다. 오슈의 건아(健兒)가 대량으로 중앙에 나타난 것은 역사상 이것이 처음이다.

전국기(戰國期:14세기~15세기)에 다테 마사무네(伊達政宗)가 나타나 오우를 통일하려고 각지에서 싸우는 동안, 중앙에서는 도요토미 히데요시 정권이 확립되어 그 산하로 들어가지 않을 수 없어 도요토미 가문이 영주(領主)가 되었다.

다테 가문은 도쿠가와 체제 시대가 된 뒤에도 충분한 예우(禮遇)를 받아 센다이(仙臺)에 성을 두고 59만 5,000섬이라는 큰 녹을 자랑했다.

도쿠가와 막부는 다테 가문을 포함해서 오우 지방에 31개의 번을 두었다. 그 중에서 가장 큰 것은 다테 센다이 번이었고 아이즈 번이 그 다음이다.

——오우는 아이즈로 하여금 지배하게 한다.

이것이 중앙 정권의 전통적인 사고방식이었다. 도요토미는 여기에 가모오 우지사토(蒲生氏鄕)라는 오미(近江) 출신의 유력한 영주를 두었고, 다음에 에치고의 우에스기 카게카쓰(上杉景勝)가 이쪽으로 옮겨졌다. 또한 도쿠가와 체제가 되자 오와리(尾張) 출신 가토 요시아키(加藤嘉明)를 두었다가 다음에 도쿠가와 가문의 한 집안인 마쓰다이라가 이곳으로 옮겨와 200여년을 지나 막부말에 이르고 있다.

중앙에 유신 정부가 성립되고 에도에서 도쿠가와 요시노부가 쫓겨나 미도

(水戸)에 은퇴했다는 엄청난 정변은 당연히 시라카와의 관문을 넘어 오우 31개 번에 알려졌으나, 어쨌든 지리적 조건 때문에 먼 데서 울리는 천둥 소리를 듣는 것 같은 느낌이어서 아이즈 번을 제외한 다른 번들은 거의가 예민한 반응을 일으키지 않았다.

오우와 서부를 비교해 보자. 이를테면 '센다이의 다테 가 62만 5,000섬'이 오우에서 가장 큰 번이었는데, 번의 체제는 시대에 뒤떨어져 있었다. 중역(重役)들의 진용은, 한두 사람의 예외를 뺀 나머지는 다테 마사무네 시대에 만들어진 문벌이 차지하고 있었고 엄격한 계급 제도는 막부말이 되어도 에도 중엽의 천하 태평 시대와 그다지 다르지 않았다.

그러나 서부의 큰 번인 사쓰마 번에서는 모든 문벌 중신은 가문의 이름에 대한 명예를 지닐 뿐, 번의 운명을 결정할 권력은 주어져 있지 않고, 하급 무사 출신 사이고 다카모리(西鄕隆盛)나 오쿠보 도시미키(大久保利通)가 이른바 번이라는 배의 선장이며 기상감(氣象監)이며 키잡이가 되어 있다.

조슈 번에 이르러서는 옛부터 내려온 번 체제는 허물어졌다고 해도 좋았다. 쇼카 서원(松下書院)계의 한때의 사상 집단(思想集團)이 번의 정사를 장악하여, 막부와 싸우고 군함이며 병기를 사들이고 있다. 또한 이 번의 군대는 이미 무사 계급이 방계(傍系)가 되고 잡병, 상인, 농사꾼, 승려, 씨름꾼과 같은 지원병(志願兵)으로 구성된 '제대(諸隊)'가 중심이 되어 있었다. 그런 점에서 생각하면 외면은 번이라곤 하지만 실제는 서민 계급의 에네르기가 번을 움직이고 있다고 해도 과언이 아니다.

좀 더 비교하면 시대에 대한 태도이다.

느끼는 감도(感度)가 달랐다.

막부말, 규슈 여러 번이나 조슈 번에서 솟아 오르는 듯한 양이열(攘夷熱)이 일어난 것은 지리적 환경 때문일 것이다.

가에(嘉永 : 1848~1854년) 이전에 영국의 순양함이 나가사키(長崎)에 와서 항내를 소란하게 한 일이 있었다. 이 충격으로 인해 사가(佐賀) 번은 일본 최대량의 양식총을 보유한 번이 되었으며, 그밖에 규슈는 현해탄(玄海灘) 동지나해(東支那海)에 면하고 있는만큼 중국 대륙을 침략해 가는 유럽 세력의 압력을 피부로 느끼고 있었다.

쓰시마 섬(對馬島)에 러시아 군함이 와서 섬을 무력 점령하려고 했던 일도 있었다. 실제로 섬의 한 모퉁이를 불법 점거하여 거기에 항거하려던 일본인이 살해되었다. 원래 쓰시마 번은 조슈 번과 친교가 깊고 지리적으로도 가깝다. 조슈 번사가 이 사건에 분개하여 양이열을 더욱 부채질한 것만은 확실하다.

게다가 사쓰마 번은 영내의 해안에서 영국 함대와 싸웠으며 조슈 번은 시모노세키(下關)에서 4개국 함대와 싸워 그 소란은 온 세계의 신문에 보도되었다.

외압을 느끼는 감도가 매우 날카로와지고 있었다. 자연히 일본은, 이래도 좋겠는가 하는 데 대한 감도가 예민해져서, 국내 정치에 대한 작용이 활발해진 나머지 급기야는 교토를 점거하여 조정의 권위로 막부를 쓰러뜨리기에 이르렀다.

그러나 센다이 번을 비롯한 도호쿠 지방 여러 번의 불행은 일본 열도가 북쪽으로 너무 길기 때문일 것이다. 이러한 국제 세력의 압력의 물결은 도호쿠 지방까지는 미치지 못하여 자연히 그 감도가 약했다.

갑자기 도쿠가와가 쓰러져, 오우 사람들은 잠자던 이불이 벗겨져 버린 형세로 변동기를 맞았다.

오우는 무쓰(陸奧)와 데와(出羽)로 나누어져 있다. 데와는 일본해에 면하여, 해상 교통이 옛날부터 태평양 연안보다도 발달되어 온 때문인지 다른 지방보다는 중앙의 정세가 전해지기 쉽다.

데와의 큰 번은 아키다(秋田) 20만 5,000섬의 사다케(佐竹) 가문이다.

아키다 번 사다케 가문이 오우 서론 세 번 중에서 유일한 '근왕번(勤王藩)'이 된 것은 중앙 정세에 대한 감도가 지리적으로 예민했기 때문이라고도 할 수 있을 것이다.

또 한 가지, 사다케 가문은 가마쿠라 시대부터의 영주 가문으로서 그에 상당하는 가문은 삼백 제후(諸候) 가운데서 사쓰마 번의 시마즈(島津) 가문밖에 없으며, 이름 있는 가문이라는 점에서는 도쿠가와 가문을 훨씬 능가하고 있었다. 이런 점에서 도쿠가와 막부가 와해(瓦解)되어도 그다지 충격이 없었다.

"무슨 일이 있겠는가?"

공공연히 이에 대해 말하는 번사도 사다케 가문에는 있었다. 사다케 가문이 섬겨온 막부는 도쿠가와 막부만이 아니었다. 그 이전의 도요토미 정권 무로마치(室町) 막부 그리고 가마쿠라 막부도 섬겨 왔으며, 그 이전에는 다이라 기요모리(平淸盛)에 속했던 때도 있었다. 봉건 체제에서의 역사적 인연은 몇 백 년을 지나도 현실의 과제이며 의식(意識)이었다.

도쿠가와 요시노부가 도바 후시미에서 패하여 에도로 도망치자, 때마침 교토에 주재해 있던 아키다 번 사다케 가문의 중신 마자키 효고(眞崎兵庫)는 명쾌하게 규정했다.

"이제부터는 천조(天朝)의 세상이다."

그리고 대궐에 들어가서 말했다.

"오우는 저희 번에 맡겨 주시기 바랍니다."

아키다 번이 앞장서서 적어도 데와 14개 번을 근왕화해 보이겠다고 말했다.

"만약 따르지 않는 번이 있으면 단호히 칙명(勅命)으로 토벌하겠습니다."

그러나 그러기 위해서 아키다 번에 '내칙(內勅)'을 내려 줄 것을 청원했다. 마자키 효고는 이런 시류에 편승하여 오우의 사쓰마 번처럼 되려고 했던 모양이다.

조정에서는 매우 기뻐하여 곧 내칙을 내렸다. 마자키는 그것을 받아 영지로 보냈다.

영지에서는 재빨리 활동을 개시하였다.

──칙지(勅旨)

이것을 내세워 오우 31개 번에 사람을 보내 시라카와 이북의 땅을 일거에 근왕 전선(戰線)에 통일하려고 했다.

그러나 여러 번들은 꼼짝도 하지 않고 의심하여 건성으로 회답을 보냈을 뿐, 묵살했다.

──무슨 야심이 있는가?

아키다 번은 고립됐다.

신정부는 아키다 번보다도 센다이 번 다테 가문에 기대했다. 62만 5,000섬이라는 오우 최대의 번인 데다가 다테 가문은 도쿠가와 가문의 방계(傍系)로서 은고(恩顧)가 적다.

"센다이 번에게 오우를 규합(糾合)케 해서 아이즈 번을 친다."

이것이 신정부의 전략이었다. 여하간에 사쓰마 조슈 도사의 병력만으로는 전국에 손이 미치지 못하여 결국 오우 사람은 오우 사람으로 하여금 치도록 하는 수밖에 방법이 없었다.

전운 255

그리고 센다이 번이다.

——오슈(奧州) 최대의 번으로 오슈의 주장(主將)을 삼으리라.

이것은 신정부의 최초부터의 방침이었다. 주장이란 제번조합(諸藩組合)의 조합장이라고도 할 만한 것이다.

센다이 번도 처음엔 그럴 생각이었다. 오히려 경솔하다고 할 만큼 기뻐했다.

"번의 무위(武威)를 빛낼 때는 바로 이때다."

도바 후시미 직후, 때마침 교토에 있던 세다이 번 중신 다다키 도사(但木土佐)는 남몰래 동번의 무사에게 말했다. 번조(藩祖) 다테 마사무네가 전국(戰國)의 풍운을 타고 오슈를 빼앗으려던 장대한 꿈이 늙은 이 수상의 가슴에 조금이나마 깃들인 모양이다.

"우리 번만으로 아이즈 번을 치고자 합니다."

신정부에 말했다. 신정부는 크게 기뻐하여 그 기개를 칭찬했다.

그러나 영지로 돌아가자 생각을 바꾸지 않을 수 없게 되었다. 영지에서의 번론은 어디까지나 반 사쓰마 조슈였고 친 아이즈였다.

요네자와(米澤) 번의 경우도 이와 흡사하다.

요네자와 번의 우에스기 가문은 센다이 번과 마찬가지로 영웅의 후예(後裔)였다. 에치고의 패자(霸者)인 우에스기 겐신(上杉謙信)이 일으킨 가문이며 그의 양자 카게카쓰(景勝)는 도요토미 가문 최고 집정관의 한 사람이 되었다.

이시다 미쓰나리(石田三成)와 한패가 되어 이에야스에게 대항했으나 이시다가 세키가하라에서 패했기 때문에 전후에 감봉(減封)되어 요네자와 30만 섬이 되었다. 겐로쿠(元祿 : $^{1688\sim}_{1703}$)기에는 가독상속(家督相續)에 대한 착오가 있어 15만 섬으로 줄었다. 번으로서는 다른 오슈 여러 번과 마찬가지로 보수적(保守的)인 성격이 강했으나 그래도 경솔한 자가 있었다.

"이번 기회에 도요토미 이전과 같이 우리 번을 에치고 120만 섬의 옛날로 되돌리고 싶다."

때마침 교토에 주재하던 자가 형세의 대변혁을 눈으로 보고는 동요하여 공상을 품고 센다이 번처럼 신정부에 대해 말하여 가납(嘉納)되었다.

"저희 번은 아이즈 번과 인접하고 있습니다. 꼭 선봉(先鋒)으로 쳐들어가겠습니다."

그러나 센다이 번과 마찬가지로 교토에서의 경솔한 행동은 영지에서 묵살되었다.

……

신정부는 아이즈 번을 치려 하고 있다. 아이즈 번은 안으로는 전쟁 준비를 갖추어 가면서도 교토에 대해서는 한결같이 공순할 것을 나타내고 사죄하면서 사방으로 손을 써서 용서해 주기를 빌었다.

그러나 사쓰마 조슈는 용서하지 않았다.

"무슨 일이 있더라도 아이즈를 치리라."

그것이 물러설 수 없는 방침이었다. 혁명의 원리라고 할 만한 것이리라.

구세력의 대표자를 쓰러뜨리고 그 피에 물든 희생물을 드높이 세상에 들어 보임으로써 새로운 시대가 온 것을 표시하는 것이 혁명에는 반드시 붙어다니는 생태이며 전략이었다. 그러나 도쿠가와 요시노부가 절대 공순을 표시하고 달아나 버렸기 때문에 사쓰마 조슈는 높이 쳐든 도끼를 아이즈 번으로 돌리는 수밖에 없었다.

오우의 이야기는 계속된다.

교토의 신정부의 실패는 오우의 인정을 대수롭지 않게 보았던 점에 있었을 것이다.

──아무튼 교토에 따를 거다.

이렇게 생각했다. 오우 사람의 성격이 어떤지를 전혀 생각하지도 않았다.

신정부는 '오우 진무사총독(奧羽鎭撫使總督)'을 해로(海路)로 오사카에서 센다이로 떠나 보냈다. 총독은 금년 스물 아홉 살의 전(前) 우대신(右大臣) 구조 미치다카(九條道孝)이며 같은 공경인 사와 타케마즈(澤爲量)가 수행했다. 이 두 공경이 파견된 것은 관군의 증거품 같은 것으로 그들에게 능력이 있어서가 아니다.

사실상의 지휘관으로서 조슈에서 세라 슈조(世良修藏), 사쓰마에서 오야마 가쿠노스케가 붙여졌다.

병사는 200명 가량이었다.

그들은 3월 11일에 오사카를 출발하여 19일에 마쓰시마 만을 바라보는 간란 정(觀瀾亭)에 들어갔다.

"관군이라기에 50만 대군인가 생각했더니 겨우 200명인가?"

센다이 번의 상하가 모두 맥이 풀려 시세(時勢)에 대한 인식이 크게 달라

전운 257

졌다.
　——사쓰마 조슈는 미약하다.
　사실 그러했다. 사쓰마 조슈가 혁명군이라곤 하지만 겨우 두 번의 병력으로는 교토를 지배하는 게 고작이며, 일본 60여 주의 각지에 대군을 파견할 능력 따위는 도저히 없었다.
　그렇긴 해도 너무 적었다. 병력의 미약함이 오우 사람의 의식을 더욱 보수화시켰다.
　"사쓰마 조슈를 제거한다."
　이런 방향이었다.
　"사쓰마 조슈를 배제하고 아이즈 번을 구출하며, 될 수 있으면 도쿠가와 가문을 구출해서 에도를 해방시킨다."
　이것이 다음다음 달에 성립되는 '오우 동맹'으로 발전해 간다.
　센다이 번 안에도 극히 소수인 근왕파가 있었으나 너무나도 적은 교토군을 눈 앞에 두고 숨을 죽이지 않을 수 없게 되어 보수파가 크게 세력을 얻었다.
　어쨌든 센다이 번주인 다테 요시쿠니(伊達慶邦)는 중신 이하를 거느리고 성을 나와 마쓰시마 만의 간란정(觀瀾亭)에 들어가 구조 총독을 배알했다. 총독은
　"빨리 병력을 동원하여 아이즈로 쳐들어가라. 자세한 것은 참모의 지시를 받도록."
하라는 명령을 내렸다.
　참모는 앞에서 말한 세라 슈조 등이다. 세라는 이 해 서른 네 살, 조슈 번에서의 신분은 극히 낮아서 잡병과도 같은 사나이였다. 그 잡병과 같은 자가 관군의 권위를 등에 업고 교만해져서 그뒤 오우 각 번의 영주나 중신들을 질타하고 때로는 조롱까지 했기 때문에 원한은 이 사나이에게 집중되었다.
　어쨌든 세라는 이 뒤 두 달 가량 오우 각 번에 대하여 채찍을 휘두르며 아이즈를 공격하려고 했으나, 여러 번은 쉽게 움직이지 않고 급기야 '오우 동맹'이라는 강대한 반 사쓰마 조슈 세력을 만들어 내게 했다.

　에치고(越後)는 소연(騷然)해지기 시작했다.
　에도를 탈출한 구막부군의 여러 부대들은 간토 평야를 전전하고 있었는데

각지에서 관군에 쫓겨 오슈의 아이즈로 들어왔다.

——아이즈와 함께 싸우자.

이렇게 되었으나 아이즈 분지(盆地)를 방위하려면 에치고 입구를 지켜야만 한다. 에치고 입구를 지키려면 에치고 전체에 일대 야진(野陣)을 펼 필요가 있다고 하여 속속 부랑군(浮浪軍)이 들어왔다.

"쓰기군, 이것 참 큰일 나겠는걸."

고야마의 료운이 말했다.

"부랑군이 에치고의 요소요소를 지킬 걸세. 관군은 그걸 치러 오겠지. 그러면 에치고의 산하는 어디를 막론하고 싸움터가 될 걸세."

"그렇겠지."

쓰기노스케는 말하고 잠시 형편을 보고 있었다. 관군도 다루기가 어렵지만 막부파의 부랑군은 더욱 다루기가 어려웠다.

부랑군 중에서도 가장 큰 것은 구막부의 보병 참모장(최관급)이었던 후루야 사쿠자에몬(古屋佐久左衞門)의 부대였다.

줄잡아 800명 가량의 인원수인데 구막부 제도에 의한 완전 양식 장비를 가지고 있었다. 그러나 병사는 모두 상인, 농사꾼, 부랑배 출신들이어서 질이 극히 좋지 않아 가는 곳마다 강도 강간을 일삼으면서 이동하고 있었다.

"나가오카 번령에는 한 사람도 넣지 마라."

쓰기노스케는 모든 번사들에게 동원령을 내려 번경(藩境)의 요소요소를 굳게 지키게 했다.

——나가오카는 귀찮다.

이런 이유로 기동성이 풍부한 부랑군은 다른 번의 영지를 통과하여 니가타(新潟)에 들어갔다. 니가타는 에치고의 중심이라 해도 좋을 만하다. 그들은 여기를 본영으로 하여 에치고의 작은 번에 굉장한 협박을 하기 시작했다. 이를테면 시바다 번(新發田藩) 10만 섬에 교섭을 해 왔다.

"돈을 낼 텐가, 성을 이쪽에 양도할 텐가?"

시바다 번의 미조구치(溝口) 가문은 10만 섬이라곤 해도 번은 구식 장비여서 도저히 이들 부랑군의 상대가 될 수 없었다. 온갖 방법을 다해 사과하고 결국 보병의 복장 400명분을 헌납하기로 하여 부랑군을 달랬다.

무라카미 번(村上藩)의 나이토(內藤) 가문 5만 석도 협박당하여 성내의 돈을 다 긁어 모아 부랑군에게 바쳤다.

부랑군의 주장은 이런 것이었다.

"우리는 도쿠가와씨의 억울한 죄를 씻기 위해 목숨을 걸고 있다. 이 충성된 마음에 보답하는 것이 여러 영주들의 도리가 아니겠는가? 만약 듣지 않는다면 무력으로 성을 빼앗을 뿐."

그러한 그들 부랑군도 나가오카 번에만은 협박을 하지 못한 것은 총지휘자인 가와이 쓰기노스케의 뇌성대명(雷聲大名)을 듣고 있었기 때문일 것이다.

다른 번은 이 의외의 사태에 당혹하여 모두 쓰기노스케에게 사람을 달려 보내 혼란을 수습할 방법을 부탁했다.

——쫓아 내야겠군.

쓰기노스케는 결심했다. 여러 번만이 아니라 니가타 시가도 그들의 난폭한 행동 때문에 시민의 태반이 피난하고 있었다.

——이러다간 에치고가 저 녀석들에게 짓밟혀 누더기처럼 되겠다.

쓰기노스케는 이렇게 생각했다.

그 녀석들이라는 부랑군은 식량과 여자에 굶주려 있었고 전쟁으로 성질도 거칠어져 있었다. 게다가 거의 훈련을 받지 못한 서민병이어서 군대로서도 무질서하기 짝이 없었다. 더욱이 다루기 힘든 것은, 그들이 어느 번에도 없는 구막부의 신식 포와 신식 소총을 가지고 있다는 점이었다. 말하자면 미치광이가 무기를 든 것과 같았다. 게다가 그 미치광이도 한두 사람이 아니라 1,000명 가까이 무리를 지어 니가타의 시가에 집결해 있는 것이다.

——나가오카 번으로서는 어찌할 것인가?

논의가 벌어졌다.

"어쩔 도리가 없다."

이것이 대부분의 생각이었다. 건드리지 않는 것이 상수라는 것이다.

첫째 니가타 시가는 전에는 나가오카 번령이었으나 그 뒤 막부의 직할령(直轄領)이 되었다. 막부의 직할령은 이번의 대이변(大異變)으로 교토의 신정부령이 된다는 원칙이 서 있지만, 사실은 그렇지 못하고 구막부군인 부랑군이 그것을 실력으로 차지하고 있는 것이다.

"니가타는 이미 번의 영외(領外)이다. 거기서 무슨 일이 있건 번으로서 참견할 필요는 없을 것이다."

대부분의 사람이 말했다.

그러나 쓰기노스케는 다른 생각이었다. 부랑군에 의하여 에치고 그 자체가 불안한 사회가 되어 버리면 나가오카 번의 독립이고 뭐고 될 턱이 없다.

"진압해야 한다."

쓰기노스케는 말했다.

"그러나"

젊고 팔팔한 미마 이치노신(三間市之進)까지도 반대했다. 구막부군을 진압하려면 번에서 군대를 내보내 니가타를 일시 점령한다는 방법을 쓰지 않으면 안 되는데, 그렇게 되면 부랑군도 가만 있지 않을 것이다.

"구막부군과 서로 싸움을 하게 된다면 사태가 더욱 복잡해지지 않겠습니까?"

"방법이 없군."

일동이 말했다.

쓰기노스케는 서둘러 성을 물러나와 집으로 돌아가자 외쳤다.

"마쓰조, 말!"

말로 니가타에 가는 것이다. 혼자 간다. 지금부터 부지런히 달리면 날이 저물기 전에 시라네(白根)에 닿을 것이다. 그러면 내일은 니가타에 들어간다. 복장도 바꾸었다. 소방복(消防服)에 검은 칠을 한 문장(紋章) 찍힌 전립(戰笠)을 썼다. 필요한 지시는 모두 편지에 써 두었다.

──설사 니가타에서 불의의 일이 생기더라도 떠들지 마라.

이런 것이었다. 불의의 일이란 쓰기노스케가 부랑군에게 살해된다는 것이며, 떠들지 말라는 것은 싸움을 하지 말라는 뜻일 것이다.

이윽고 쓰기노스케는 혼자서 말을 타고 성 밑 거리를 떠나 시나노 강변 가도를 북으로 치달려 니가타로 향했다. 이상한 용기라고 할 만하다.

정말 이 사나이의 용기는 보통이 아니다.

그가 혼자서 말을 타고 니가타에 들어간 것은 나가오카를 출발한 지 이틀째 되는 아침이었다.

과연, 시가에 들어가 보니 시가는 구막부군에 불법 점거되어 있었다. 한길가의 상가들도 문을 닫고 왕래하는 사람도 없었다. 큰길을 걷고 있는 자라곤 보병복을 입은 구막부군의 병사 뿐으로 때마침 쓰기노스케가 목격한 광경은 소문 그대로 무시무시했다. 칼을 빼든 보병복을 입은 열 명 정도의 병사들이 술집 앞에 몰려서서 한 사람이 덧문을 총대로 때려 부수려 하고 있었다.

남쪽에서 달려온 쓰기노스케는 이 광경을 보자 소리치며 힘껏 고삐를 당겼다.

"뭣하는 놈들이냐?"

말이 앞발을 허공에 쳐들었다.

"물러가! 이곳에서 난폭한 짓을 하는 자는 누구든 용서하지 않겠다."

두 눈에서 불이라도 내뿜을 듯한 무서운 표정이다. 이 표정이 보병들을 질리게 했다. 그러나 그들도 전쟁으로 마음이 거칠어져 있다. 두어 명의 병사가 말 위의 쓰기노스케에게 총구를 대고 위협했으나 쓰기노스케는 채찍을 쳐들고 또 한 번 대갈(大喝)하며 호통쳤다.

"물러가!"

"감히 쳐다보는 자가 없다"고 일컬어진 쓰기노스케의 눈빛이다. 그들은 기를 꺾여 슬그머니 물러가고 말았다.

'저런 놈들로서는 싸움은 할 수 없다.'

쓰기노스케는 생각했다.

다시 말을 몰아 잘 아는 여인숙 '구시야(櫛屋)' 앞에 오자 비로소 말에서 내렸다.

"나가오카의 가와이다."

문을 두드리자, 주인이 작은 문을 빠끔히 열고 쓰기노스케인 것을 알자 강아지가 꼬리를 치듯이 매우 기뻐하며 봉당으로 들어오게 했다.

"동네 늙은이들을 모아주게."

쓰기노스케는 마루턱에 걸터앉으며 말했다.

이윽고 그들이 '구시야'의 봉당에 모여들었다. 쓰기노스케가 먼저 그들에게 명령한 것은 이런 것이었다.

"네거리마다 방문(榜文)을 붙여라."

방문의 글귀는 쓰기노스케가 손수 썼다.

나가오카 번 가와이 쓰기노스케가 왔다.

빨리 점포를 열 것.

이런 이상한 글귀였다.

이상하다는 것은 첫째로 나가오카 번에는 니가타의 통치권이 없다. 없는데 이런 명령을 내린다는 것이 야릇한 것이다.

"나가오카 번 가와이 쓰기노스케가 왔다."

그리고 이런 말을 해봐야 대군이 주둔한 것도 아니고 단 한 사람이 아닌가.

그런데 이 방문은 마술적인 효과가 있었다. 시가의 점포란 점포가 모두 덧문을 열기 시작했다.

그 다음 쓰기노스케가 한 일은 구막부군의 대장 후루야 사쿠자에몬을 '구시야'에 불러오는 일이었다.

"요담이 있소. 와주시기 바라오."

이런 내용의 간단한 편지를 심부름꾼에게 들려 보냈다. 올 것인가, 오지 않을 것인가?

'글쎄, 어떨는지?'

쓰기노스케는 여기서 처음으로 담배함을 끌어당겨 한 대 피웠다. 나가오카를 떠난 이래 허리에 찬 담배쌈지를 뺀 것은 지금이 처음이다.

후루야 사쿠자에몬이라는 인물에 대해 쓰기노스케는 평소부터 이름을 듣고 있었다. 구막신(幕臣) 중에서 가장 뛰어난 '호걸'이라는 것이 평이었다.

구막신이지만 막부가 붕괴할 시기에 활약하는 숱한 구막신(이를테면 가쓰 카이슈, 에노모토 다케아키—榎本武揚, 오토리 케이스케—大鳥圭介, 곤도 이사미—近藤勇, 히지가타 토시조—土方歲三, 후쿠자와 유키치—福澤諭吉, 후쿠치 겐이치로—福地櫻痴 등)과 마찬가지로 선조 대대로 내려오는 막신은 아니다.

후루야는 원래 규슈의 구루메(久留米) 사람으로 아리마(有馬) 가문의 무사였으며 그때에는 다카마쓰 카쓰타로(高松勝太郎)라고 했다. 처음에는 의사가 되려고 했다. 오사카에 유학하여 가스가 칸페이(春日勘平)의 학당에 들어가 의학 공부를 했다.

그리고 에도에 나와 당시 천하의 수재를 모으고 있던 아사카 곤사이(安積艮齋)의 문하로 들어갔다. 그 무렵 사람됨을 평가받아 직속 무사인 후루야 가문에 데릴사위로 들어가 막신이 되었다.

그뒤, 양학(洋學)으로 전향했다. 네덜란드 학문을 미즈쿠리(箕作) 학당, 쓰보이(坪井) 학당, 스기타(杉田) 학당에서 공부했다. 막부는 그의 어학을 높이 평가하여 대외 접촉을 전문으로 하는 가나가와(神奈川) 행정청의 관리로 썼다. 이 시기에 같은 규슈 태생의 벼락 막신인 후쿠치 겐이치로와 동료가 되었다. 물론 같은 통역관이면서 후루야는 후쿠치와 달리 군사에 관심을 가졌다. 후루야는 영국인 사관과 개인 자격으로 교제를 갖고 사관에게서 유럽식 용병(用兵) 기술을 전수(傳授)받았다.

다만 그뿐인데도 후루야에게는 상당한 재능이 있었던지 이해를 잘하여 곧 보병조열(步兵操列)이라는 양식 조련술(操練術)에 관한 책을 만들어 내어 세상에 크게 유행했다. 막부는 그러한 후루야에게 주목하여 통역관을 해임하고 막부 육군의 고급 사관으로 임명했다.

막부가 허물어지자, 후루야는 자기 부대를 이끌고 에도를 탈출하여 다른 구막부 무사들을 휘하에 넣어 가면서 각지를 전진하며 싸우다가 급기야 니가타에 온 것이다.

"니가타를 군사 점령하여 에치고 여러 번을 이끌고 서군(西軍)과 싸우리라."

이것이 후루야의 구상이었다.

'올 것인가, 안 올 것인가?'

쓰기노스케는 기다렸다. 원칙대로라면 쓰기노스케는 작은 번의 중신에 불과하고, '구막부 보병 참모장'인 후루야 쪽이 무사 사회의 계급으로선 위이다.

후루야가 쓰기노스케의 부름을 받고 찾아올 리는 아마 없을 것이다.

그런데 얼마 후 찾아왔다.

금몰로 장식된 구막부 육군 군복을 입은 사나이가 '구시야'의 처마 밑에서 말에서 내려왔다.

나이는 서른 대여섯, 용모가 매우 우람하고 키는 다섯 자 예닐곱 치나 되는 듯했다.

후루야의 뒤를 따라 그 휘하인 듯한 건장한 사나이도 '구시야'의 처마 밑에서 말에서 내렸다. 서양식 군복 차림을 한 두 사람의 건장한 사나이가 봉당으로 들어와 물었다.

"가와이님께선 어디 계신가?"

이때 '구시야'의 주인은 말을 할 수 없을 정도로 떨며 간신히 봉당으로 뛰어내렸으나 무릎을 꿇고 머리를 땅에 댄 채 얼굴을 들지 못했다.

무리도 아니었다. 그들 두 사람은 서민들의 눈에는 에치고 지방을 마구 휩쓸고 있는 비적(匪賊)의 두목 같은 사나이인 것이다.

그렇게 되면 여자 쪽이 오히려 배짱이 생기는 모양으로 안주인이 나타나 주인을 대신해서 응답했다.

"안의 객실에 계십니다."

대답하고 두 사람은 안내했다.

쓰기노스케는 담배를 피우고 있다가 두 사람이 들어오자 천천히 담뱃대를 들어올려, 재떨이에 딱딱 털고, 담배함을 한쪽으로 치워 놓은 다음 손을 들어 상대편 자리를 가리키고 자기 자리를 약간 뒤로 물렸다.

"자아, 앉으시지요."

남은 것은 인사다.

"후루야 사쿠자에몬올시다."

덩치가 큰 후루야는 그 위엄있는 용모에 어울리지 않게 의외로 애교있는 웃는 얼굴로 말했다.

'이야기를 나누면 통할 사나이인지도 모른다.'

쓰기노스케는 생각했다.

남은 한 사람은 이름을 밝히지 않는다.

두 눈이 부리부리하며 코가 크고 매우 잘 생긴 얼굴에 품위도 나쁘지 않다. 얼핏 보아도 낭인 출신의 무사가 아니라 어엿한 직속 무사 출신이라는 것을 상상할 수 있다.

다만 살기가 있다.

다부진 어깨와 무릎 위에 놓여 있는 이상하게 큰 손, 그리고 양살쩍머리의 면구(面具) 자국은 이 사나이가 검객(劍客)으로서 상당한 솜씨가 있다는 것도 쉽게 상상이 된다.

'후루야의 호위병인가?'

쓰기노스케는 그렇게 생각했다.

"댁은?"

쓰기노스케가 물었다.

사나이는 그렇게 묻자 가볍게 턱으로 인사했다. 기묘하게도 대장인 후루야보다 훨씬 존대(尊大)한 것은 구막신의 신분으로 작은 번의 중신에 대하여 그렇게 가볍게 행동할 수는 없다고 생각하는 탓인지도 몰랐다.

사나이는 한껏 낮은 목소리로 "이마이 노부오(今井信郎)"라고 말했다.

아는 사람은 알 만한 이름이다. 전에 교토의 치안 유지를 위한 관설(官設) 검객단으로서 한편에 신센조(新選組)가 있었고 또 한편에 순찰대가 있었다. 신센조는 일정한 소속이 없는 낭사 출신이지만, 순찰대는 원칙적으로 막신의 자제들로 조직되어 있었다.

이마이 노부오는 그 간부다. 유신 후 신정부 감찰원의 조사를 받는 자리에서 이마이는 "도사의 사카모토 료마(坂本龍馬)를 죽인 것은 바로 나다"라고 자진 공술(供述)하여 더욱 유명해졌다.

그러나 쓰기노스케는 물론 그런 것은 알지 못했고, 알 필요도 없다. 아무튼 후루야의 부장이라 한다.

여담이지만 그 뒤의 일이다.

후루야 사쿠자에몬은 그뒤 각지를 전전하다가 홋카이도(北海道)로 건너가 에노모토 타케아키의 군에 참가하여 고료카쿠(五稜郭)에서 농성했다. 고료카쿠 공방전이 끝나 갈 무렵, 서군에게 빼앗긴 하코다테(函館)를 탈환하려고 준비하여, 그 전날 밤, 부하들에게 이별의 술자리를 베풀었다. 그 주연(酒宴)의 한복판에 포탄이 떨어져 폭발하여, 후루야는 중상을 입고 사흘 뒤에 죽었다.

부장격인 이마이 노부오도 고료카쿠까지 갔다. 그뒤 항복하여 시즈오카현(靜岡縣)에서 살며 기독교로 개종(改宗)하여, 독실한 신자로 세상을 보냈다.

그러나 이 무렵의 이마이 노부오는 시대적 광기가 그대로 옮겨진 듯한 사나이여서 후루야를 제쳐놓고 쓰기노스케에게 호통을 쳤다.

"가와이님, 월권(越權)이 아니오."

월권 운운하는 것은 쓰기노스케가 이렇게 요구한 데 대한 대답이다.

──니가타에서 물러가 주기 바란다.

딴은 이마이의 말대로 월권일 것이다. 쓰기노스케의 나가오카 번에는 니가타의 통치권은 없으며, 하물며 후루야나 이마이에게 명령할 자격도 없다.

"어떤 자격으로 말씀하시는 건지 우선 그것을 묻고 싶소."

이마이 노부오는 말했다.

쓰기노스케는 노골적으로 경멸하는 빛을 띠었다.

"자격의 논쟁 같은 것은 오늘날 무의미합니다."

장군이라는 직(職)도 없어졌고 막부도 허물어지고 새로운 정부가 교토에 생겼으나 거기에 대하여 동부 일본의 태반은 아직도 복종하지 않는다. 오늘날, 아무도 자격이나 권능 따위는 없으며 그러한 논쟁만큼 무의미한 것은 없다.

"이마이님."

쓰기노스케는 반문했다.

"그러면 귀하들은 어떠한 자격이나 권능이 있어서 이 니가타에 침입하여 상가의 물건을 약탈하고 부녀자에게 폭행하고 농가에 마구 들어가는 짓을 하고 있는 거요?"

이마이는 노기를 누르고 잠자코 있다. 쓰기노스케는 거듭 물었다.

"어떻소?"

이마이는 옆에 둔 칼에 손을 뻗쳤다.

"우리를 모욕할 생각이요?"

"모욕하는 게 아니오. 나는 자격으로서가 아니라 한 나라, 한 천하를 근심하는 자로서 같은 근심을 안고 있는 무사로서의 귀하들에게 이야기하는 것이오."

쓰기노스케는 다시 말을 이었다.

"귀하들의 적은 설마 농민이나 상인은 아닐 테지요?"

사쓰마 조슈다, 하고 이마이가 소리쳤다. 쓰기노스케는 고개를 끄덕이고 말했다.

"그렇소. 적은 사쓰마 조슈만으로 하시는 게 좋소."

그리고 쓰기노스케는 다시 사리를 설명했다.

"그런데 농민이나 상인들은 귀하들의 군대를 증오하고 있으며 적의를 품고 있소. 이런 형편으로는 설사 일시적으로 승리를 얻더라도 머지않아 뒤집히게 될 것이오."

이윽고 후루야 사쿠자에몬이 고개를 끄덕이며 의외로 선뜻 꺾였다.

"모두 잘 알겠소. 내일 아침 니가타를 떠나리다."

후루야는 벌써부터 쓰기노스케의 인물과 명성(名聲)에 대해 알고 있었던 모양이다.

쓰기노스케는 이튿날 종일 니가타의 치안 처리를 하고, 다음다음 날 새벽, 나가오카로 돌아가기 위해 말을 탔다.

때로는 달리고 때로는 천천히 채찍질을 하며, 시나노 강을 남하해 갔다.

'요이타(與板)'라는 고장이 있다. 시나노 강 서쪽 강변에 펼쳐져 있는 작은 마을로, 요이타의 하라(原)라는 곳에 히코네 이이(彦根伊井) 가문의 분가(分家)인 '요타이 이이' 가문 이만 석의 영주 진막이 있다. 쓰기노스케가 말을 채찍질하여 영주 진막이 있는 마을까지 왔을 때, 놀라운 광경을 보았다.

지금 막 자른 사람의 목이다.

지금 막 자른 목이 다섯, 강둑을 등진 효수대(梟首臺)에 나란히 놓여 있다. 그 밑에는 몸뚱이만 남은 시체가 흩어져 있으며 주위에는 피가 낭자하여 그 무참한 광경은 눈을 가릴 지경이었다.

'무슨 까닭인가?'

말에서 내렸을 때, 앞쪽에서 요이타 주민들의 떠드는 소리가 들리며 가재도구를 짐수레에 싣고 도망쳐 오는 자도 있고 울어 대는 아이를 마구 야단치면서 뛰어오는 자도 있다.

노파가 있었다. 노파는 맨몸으로 달려 쓰기노스케 곁을 지나쳐 뛰어가려 했다.

"할멈!"

쓰기노스케는 그녀를 불러 세웠다.

"무슨 일이오?"

노파의 대답은 이런 것이었다.

──전쟁이 왔대요.

'전쟁'이라는 것을 마치 괴물처럼 생각하는지 그것이 '왔다'고 한다.

"전쟁이 왔대요."

"할멈, 무언가 잘못 알았소."

쓰기노스케는 타일렀으나 노파는 듣지 않고 쓰기노스케를 뿌리치며 "전쟁이 왔대요!" 하고 외치면서 가버렸다.

'이건 보통 일이 아닌 것 같은걸.'

쓰기노스케는 그렇게 생각하고 요이타 번 이이 가문의 진막에 가서 사정을 들으려고 마을 길을 서둘러갔다. 요이타 번 이이 가문은 이만 석의 작은 번이어서 성은 없고 영주의 진막만 있다.

그 문전까지 오자, 과연 번사며 병사들이 머리를 풀어헤치고 떠들고 있다.

"나가오카의 가와이 쓰기노스케요만."

이러면서 사정을 물어본 다음 다시 허락을 받아 영주 진막으로 들어갔다. 요이타 번의 중신 마쓰시다 겐로쿠로(松下源六郞)와 쓰기노스케와는 안면이 있다. 마쓰시다는 울듯이 말했다.

"혼났소."

애기를 들으니 후루야 사쿠자에몬의 구막부군은 과연 쓰기노스케의 설득으로 니가타를 떠났다. 그러나 군자금이 궁해서 이마이 노부오가 다른 대를 이끌고 요이타에 들어와 위협하여 끝내 강제로 칠천 냥의 번금을 강탈해 갔다는 것이다.

"요이타의 영주 진막을 내놓든지 그렇지 않으면 일만 냥을 내든지 양단간에 결정하라. 거절하면 즉시 개전하리라."

그때 이마이는 자신의 신입 대원 병사 다섯 사람의 목을 잘라 효수하고 그들 죽은 자에게 강탈한 죄를 씌우고 갔다고 한다.

"나쁜 걸 보았어."

쓰기노스케는 나가오카에 돌아온 뒤 곧 집으로 돌아가지 않고 고야마 료운의 집에 들러 요이타에서 생긴 일을 이야기했다.

"눈만 감으면 그 광경이 선하네."

다섯 개의 갓 자른 목이 늘어서 있는 광경이다. 쓰기노스케는 몹시 불쾌한 듯, 초를 마신 듯한 표정을 짓고 있었다. 그가 전에 없이 말이 많은 것은 이 불쾌함을 료운에게 이야기하는 것으로써 어떠한 결론을 찾아 내고 싶었던 모양이다.

"요이타 번은 7,000냥을 강탈당했단 말이지?"

료운은 그의 친척이 요이타 번에 있기 때문에 그 번의 재정을 잘 알고 있다. 고작 2만 석의 작은 번에서 7,000냥이나 빼앗겼다면 아마도 빈털터리가 되었을 것이다. 앞으로 어떻게 번을 운영해 갈 것인가.

"야단났겠는걸."

료운은 동정했다. 그러나 쓰기노스케는 말했다.

"돈은 별것도 아니야."

돈쯤은 어떻게 될 것이다. 돈으로 짜부라질 번이라면 아예 짜부라져 버리는 게 낫다.

"이마이 노부오라는 자가 그 강탈의 대장인가? 꽤나 돈이 탐났던 모양이군."

"탐나는 것도 무리는 아니지."

구막부군은 빈 몸으로 에도를 탈출해 나온 것이다. 총기와 탄약만은 들고 나왔겠지만, 군량미까지는 들어내지 못했을 것이다. 군대를 유지하는 군대 활동의 경비란 막대한 거니까 돈이 필요했을 것이다.

결국은 작은 번들을 위협하여 강탈하게 된다. 그것도 좋다.

──우리는 도쿠가와를 위해 일하고 있다.

그런 명분이 부랑군에게는 있다. 한편 요이타 번 쪽에는 그러한 명분상의 열등감이 있다. 누대의 직속 번이면서도 아무 것도 하지 않고 한가롭게 지내고 있다는 열등 의식이다. 부랑군은 그 약점을 찌르는 것이다.

"그것도 좋아."

쓰기노스케는 말한다.

용서할 수 없는 것은, 쓰기노스케는 말한다. 이마이 노부오가 자기 대원의 목을 잘라 죽이고 그 목을 효수하여 죄를 뒤집어씌웠다는 사실이다.

──이놈들이 한 짓이다.

목이 잘린 대원은 요이타에서 들은 바로는 이마이 대에 새로 들어온 대원인 것 같다. 에도에서부터 탈주해 온 병사가 아니라 에치고 현지에서 모집한 무뢰배(無賴輩)들인 모양이다. 다른 대원들과는 친하지 않기 때문에 설사 그들을 죽이더라도 다른 대원은 대수롭게 생각지 않으리란 것을 알고 깨끗이 목을 쳤던 모양이다.

"도덕도 의리도 아무 것도 없어."

쓰기노스케는 그렇게 뇌까렸다. 그러한 군대가 과연 시세를 감당해 낼 수 있겠는가, 하는 것이 쓰기노스케의 감상이었다. 나아가서는 이런 것이기도 했다.

──그렇게까지 해서 도쿠가와를 위해야 하는 것일까.

쓰기노스케의 사상으로는 사대부(士大夫)의 첫째 의무는 어디까지나 호민관(護民官)이라는 것이다.

형세가 절박해 왔다.

쓰기노스케가 나가오카로 돌아간 이튿날 아침, 이웃 아이즈 번에서 사자(使者)가 왔다. 아이즈 번에서는 에치고에 대한 책원지(策源地)로서 기다칸바라 군(蒲原郡)의 스이바라(水原)를 장악하고 있었던 것이다.

스이바라는 아가노 강(阿賀野川) 유역 평야의 중심지의 하나다.

이 스이바라는 수확고(收獲高) 칠만 삼천 석 곡창으로서 옛날부터 막부령이었으나 아이즈 번은 막부가 허물어지자 재빨리 이곳을 점령하고 그 옛 진막을 '군사령부'로 하여 일개 부대를 두고 대장에 사이고 유자에몬(西鄕雄左衛門), 군사 담당관에 아키즈키 테이지로(秋月梯次郎)를 임명했다.

나가오카에 온 사자는 본번에서 온 것이 아니라 스이바라 주둔군에서 온 것이다.

쓰기노스케는 그를 자택으로 맞았다. 하나자키 주조(花崎十藏)라는 매우 씩씩해 보이는 사나이다. 아키즈키의 편지를 가지고 있었다. 용건은 뻔한 일이다. 오우 동맹(奧羽同盟)에 나가오카 번도 들어와 주기 바란다, 는 내용이었다.

'아이즈 번답구나.'

쓰기노스케가 맨 처음 생각한 것은 바로 그것이었다. 외교가 서툰 것이다.

'아무래도 서툴단 말야.'

옛날부터 쓰기노스케는 그렇게 생각하고 있다. 아이즈 번이 일찍이 교토 수호직(守護職)을 맡아 교토 정계의 중심적 존재였으면서도, 사사건건 사쓰마 번에게 선수를 빼앗기고 역습을 당해 패하고 만 것은, 외교 감각의 빈약과 외교가 서툰 때문이었다.

이번에도 그렇다.

──오우 동맹에 가입하라.

중대한 일이다. 나가오카 번으로서는 번이 시작된 이래 가장 중요한 안건일 것이다.

왜냐하면 오우 동맹은 반 사쓰마 조슈로서, 거기에 가입한다는 것은 바꾸어 말하면 교토의 신정부와의 단교(斷交)를 의미하게 된다. 요컨대 나가오카 번으로선 운명적인 사태를 초래할 일을 권하는데, 아이즈 번은 쓰기노스케가 본 적도 없는 하나자키 주조라는 낯선 젊은이를 보내 왔을 뿐인 것이다.

'참 서툴구나.'

아이즈 번을 위해서 생각했다.

본래 이 정도의 외교라면 번의 수석 중신이든가 실력 있는 중역이 손수 백 리건 천 리건 달려와야 하는 것이다.

만약 사쓰마 번이 이런 일을 한다면 사이고 다카모리(西鄕隆盛) 자신이 달려올 것이고, 도사 번이 아이즈 번 입장이라면 집정(執政) 고토 쇼지로(後藤象二郞) 자신이 손수 달려왔을 것이다.

그런데 아이즈 번의 중역들이란 교토 시절부터 항상 본영 깊숙이 들어 앉아 밖에서 활동하는 일이 없다.

'아키즈키 테이지로 같은 사리에 밝은 사나이까지도 이렇단 말이야.'

쓰기노스케는 그렇게 생각한다. 아키즈키는 아이즈 번에서 가장 사리에 밝은 사람인데, 그런 사나이조차도 편지를 들려 보냈을 뿐이다. 아키즈키 자신이 오면 쓰기노스케와 구면이기도 하여 단도직입적으로 본론(本論)에 들어가 서로 마음 구석구석까지 털어놓고 이야기할 수 있을 게 아닌가?

아이즈 번의 사자 하나자키 주조는 어쨌든 공수(攻守) 동맹에 대해 설득했다.

쓰기노스케의 대답은 이랬다.

"천만에."

완강하게 거부당한 것이다.

하나자키 주조는 내일 다시 오겠다고 말하고 돌아갔다.

이튿날 아침 나가오카의 성 밑 거리가 크게 웅성거린 것은, 칸바하라 군 스이바라에 주둔 중인 아이즈 번병 500명이 아가노 강을 넘어 남하하고 있다는 것 때문이었다.

──나가오카로 들어오는 게 아닐까?

──싸움이다.

그런 말이 성 밑 거리에 파다했다. 쓰기노스케가 등성하자 오래지 않아 아이즈 번과 구와나(桑名) 번의 사자라고 하면서 하나자키 주조 등 스무 명 가량의 사람이 성문까지 와서 면회를 청했다.

'스무 명……'

쓰기노스케는 그 인원수가 많은데 어이가 없었다. 우선 회의실로 안내하여 미마 이치노신 등 젊은 사람들로 하여금 응대하게 했다.

'내가 나갈 것도 없겠지.'

이런 배짱이었다. 아이즈나 구와나 번은 여전히 외교가 서툴러서 중신급의 사자를 보내지 않고 제일선의 젊은 번사들을, 그것도 자그마치 스무 명이나 보낸 것이다. 사람의 숫자로 압도하려는 것일까.

'참으로 형편없군.'

쓰기노스케는 생각했다. 게다가 아이즈 번이 스이바라에 주둔한 번병으로 하여금 아가노 강을 넘게 하여 나가오카로 쳐들어오게 한 것은 매우 서툰 짓이다.

물론 아이즈 번으로선 시위(示威)인 것이다. 그러나 군사적 시위로 외교를 성립시키려는 생각은 어지간한 경우 이외엔 취할 바가 아니다. 상대를 감정적으로 만들 뿐인 것이다.

쓰기노스케는 집무실에서 집무하고 있었는데 오래지 않아 미마 이치노신이 들어와 말했다.

"거부하기는 했습니다만 아이즈도 구와나도 받아들이지 않습니다."

그렇겠지, 쓰기노스케는 생각했다. 아이즈 번의 전략으로서는 동맹을 맺는 것이 주목적이 아니다. 동맹보다는 나가오카 성이 탐나는 것이다. 서쪽에서 공격해 오는 관군에 대하여 나가오카 성을 제일선의 대요새(大要塞)로 하여 싸운다면 그만큼 강한 것은 없었다.

"성을 탐내는 거겠지."

쓰기노스케는 말했다.

"그렇습니다. 동맹을 한다면 이 성에 아이즈 번병을 넣고 싶다는 말인 듯합니다. 개중에는"

미마는 목소리를 낮추었다.

"만약 나가오카 번이 계속 애매한 태도를 취한다면 일거에 성을 공격해서 전멸시키겠다는 폭언을 하는 자도 있습니다."

쓰기노스케는 일어나 회의실로 갔다. 일동을 주욱 훑어보며 위협적인 목소리로 말했다.

"그토록 이 나가오카 성이 탐난다면 멋대로 빼앗아 보시오. 아이즈나 구와나의 솜씨라면 식은 죽 먹기일 거요."

이미 시비조다.

서군(西軍)

──관군

이 무렵 에치고에서 오우 지방에 걸친 무사들은 이 말을 싫어했다.

"그들은 관군이 아니다. 사쓰마 조슈 양번이 사심을 품고 멋대로 조정을 속이고 있을 뿐이다."

이렇게 해석을 하고 있었다.

적은 서쪽으로부터 온다. 그래서 적을 이렇게 일컬었다.

──서군

쓰기노스케도 서쪽에서 오는 새로운 세력을 서군이라고 불렀다.

그 서군의 군감(軍監)은 도사의 이와무라 세이치로(岩村精一郎)였다. 나중의 다카토시(高俊)이다.

그뒤 남작(男爵)을 제수(除授)받았다. 이와무라 다카토시만큼 변동기를 상징하는 인물도 드물 것이다.

도사의 서쪽 끝인 스쿠모(宿毛)에서 태어났다. 집안은 번의 직속 신하가 아니고 중신 이가(伊賀) 씨의 신하라, 말하자면 번사로서는 배신(陪臣)이므로 지체는 낮다. 막부 말 도사 번에서 많은 탈번지사(脫藩志士)가 나왔는데 이와무라는 그들보다도 한 시대 나이가 어려서 그가 시국에 눈을 뜨고 번 밖으로 나가려 했을 때는 막부 말의 풍운도 거의 방향이 잡히기 시작하고 있었다.

여하간 번 밖으로 나갔다.

——사카모토 료마를 찾아가자.

이렇게 생각했다. 이 무렵 같은 번 출신인 료마는 번 밖에서 독립하여 나가사키를 근거지로 '해원대(海援隊)'라는 사립해군 겸 무역상사 겸 혁명단체 성격의 세력을 형성하여, 말하자면 사설(私設) '해상 번(海上藩)'의 번주와 같은 존재였다. 이와무라 다카토시는 그를 찾으려고 나가사키에 갔으나 료마는 그의 시국 수습책(收拾策)인 대정 봉환을 위해 교토에 올라가 있어 나가사키에는 없었다. 이와무라는 하는 수 없이 영어를 배우려 했다.

한동안 배우다가 역시 료마와 한편이 되려고 그를 쫓아 교토로 올라갔다. 그런데 이미 때가 늦어 료마가 죽은 뒤였다. 그리고 곧 도바 후시미의 싸움이 일어나 온 일본을 포연으로 휩싼 보신(戊辰) 전쟁이 시작되었다. 이와무라는 도사의 번병에 소속되어 나카센도(中仙道)를 거쳐 에도로 들어갔다.

에도에 들어가자 호쿠에쓰(北越) 나가오카 번의 거동이 수상쩍다는 것이었다. 에도에서 서군을 총괄하는 총독부(總督府)는 나가오카를 치기로 기본 방침을 정했으나 호쿠에쓰에까지 군대를 보내기에는 병력이 부족했다. 그러나 그대로 내버려둘 수도 없어 대군은 뒤에 모으기로 하고 우선 소부대를 파견하게 되었다.

"군감에는 이와무라 다카토시가 좋겠다."

그때 이와무라는 스물 세 살이었다. 신분도 천하고 소위 지사로서의 이력도 있는 둥 마는 둥 한 정도였지만, 어쨌든 사카모토 료마의 문하생(생전에 만나지는 못했지만)이라는 일종의 불가사의한 경력이 효과를 나타내서(이런 점이 난세를 나타내고 있다) 기적적으로 발탁되었다.

머지않아 쓰기노스케와 맞설 적장이 되는 서군의 군감은 이와 같은 사나이인 것이다.

서군 군감 이와무라 다카토시의 부대가 에도를 출발한 것은 사월 초순이었다.

그가 이끌고 있는 것은 관군이라고는 하지만 사쓰마 조슈의 병사들은 아니다. 오와리(尾張) 번병들이었다. 병력은 500명 정도였을 것이다.

──신슈(信州)에서 병력을 규합하라.

에도의 총독부는 이와무라에게 명령하고 있었다. 신슈의 여러 번을 규합하면 그 군사력은 순식간에 늘어날 것이다.

그들은 신슈에 들어갔다. 이미 관군에 속해 있던 마쓰시로(松代) 사나다(眞田) 가문 10만 섬의 병력이 이와무라의 산하에 들어왔다. 스자카(須坂)의 호리(堀) 가문 1만 섬도 작은 번이지만 그와 합세했다.

"에치고는 내 손으로."

이와무라가 우쭐한 것도 무리는 아닐 것이다.

그런데 이야마(飯山)라는 마을이 있다. 노지리 호(野尻湖)에서 산을 끼고 서쪽 분지(盆地)에 있으며 시나노 강이 흐르고 있다. 이 이야마에, 에치고에서 강을 따라 들어온 것이 앞서 에치고의 요이따 번에서 7,000냥을 강탈했던 이마이 노부오의 부랑군(浮浪軍)이다. 그들은 이야마 성을 갖고 싶어했다.

어쨌든간에 발붙일 성이 필요했다. 그것도 손에 맞을 정도의 작은 번의 성이 좋았으므로 이 이야마 번은 안성마춤이었다. 누대 영주인 혼다(本多) 가문 2만 섬이다.

이마이 부대에 본군인 후루야 사쿠자에몬의 부대도 합류하여 이야마 번에 교섭했다.

번론은 둘로 나뉘었다.

이럭저럭하는 동안에 이와무라가 이끄는 오와리, 마쓰시로의 번병이 나타나 치쿠마 강(千曲川)을 사이에 두고 전투 상태로 들어갔다.

전투는 신식으로 조련(調練)된 후루야의 부랑군에게 유리하여 자주 적을 격파했으나, 그러는 중 이야마 번이 서군에 합세했기 때문에 상태가 바뀌어 4월 26일, 마구 퍼붓는 빗속 전투에서 후루야 등은 그 병력의 삼분의 일 가량을 잃었다.

──신슈를 버리자.

후루야는 이렇게 결심하고 패잔병들을 수습하여 에치고 방면으로 퇴각하여 오지야(小千谷)로 들어갔다.

"적(賊)을 쫓아야 한다."

관군인 이와무라 다카토시는 매우 흡족해서 북으로 향했다. 이 무렵 이와무라의 산하 부대 병력은 더욱 늘어 신슈 마쓰모토의 도다(戶田) 가문 6만 섬, 같은 신슈 우에다(上田)의 마쓰다이라(松平) 가문 5만 3,000섬도 그의 편이 되었다.

그러나 에도의 본영으로부터 이런 지령이 들어와 있었다.

──공을 서두르지 말라.

신슈와는 달리 에치고에는 아이즈군, 구와나군과 같은 구막부 시대의 핵심적인 번이 들에 진을 치고 있었고, 게다가 나가오카 번이 어떻게 나올 것인지도 알 수 없는 일이었다.

에도의 관군 총독부는 새로이 에치고 토벌을 위한 전문적인 대군단을 편성하려 하고 있었으므로 그 전에 이와무라가 경거망동할까 그것을 두려워했다.

"에치고 다카다에서 잠시 주둔하라."

총독부는 이렇게 명령했다. 에치고의 다카다 번 15만 섬 사카키바라(榊原) 가문은 이미 관군 편에 들어 있다. 이 다카다에서 관군은 대집결을 하려고 했다. 이와무라는 그 뜻에 따랐다.

──에치고를 이와무라 같은 애송이에게 맡길 순 없다.

이런 의견이 일찍부터 에도 총독부에 있었던 모양이다. '애송이'가 에치고나 그 인접지 여러 번을 협박해서 전쟁을 벌일 수는 있다 하더라도 본격적인 적을 만난다면 꼼짝도 못할 것이다.

'본격적인 적'으로서 관군이 생각하는 것은 나가오카 번이었다. 나가오카 번이란 쓰기노스케가 열심히 중립 유지에 힘을 기울이고 있는 데도 불구하고 에도 총독부의 눈에는 아이즈 구와나 양번과 똑같이 보였다.

무리도 아니었다. 총독부에서는 나가오카 번에 대해 갖은 수단을 써서 정보를 수집하고 있었다. 물론 첩자도 놓았다.

그러나 무엇보다도 이상적인 간첩이란 사상적인 간첩일 것이다. 나가오카 번령이나 에치고의 여러 지방에는 민간 근왕가가 있었는데, 그들의 수령격인 자는 다카하시 다케노스케(高橋竹之助) 같은 사람들이 있었다. 그들은 나가오카 번의 사정을 자세하게 첩보(諜報)해 왔다.

그들 대부분의 첩보는 이런 것이었다.

"나가오카 번에는 가와이 쓰기노스케가 있다. 그는 막부 지지를 주장하고 절대로 물러서지 않으며, 반대파를 위력으로 굴복케 하고 열심히 전비(戰

備)를 갖추어 관군이 내습하기를 기다리고 있다. 나가오카 번의 모반(謀反)은 틀림없다."

더욱이 그런 말을 입증할 자료는 관군 쪽에 충분히 있다. 쓰기노스케 등이 에도의 번저(藩邸)를 철수하고 시나가와(品川) 앞바다에서 배를 탔을 때 많은 무기와 탄약을 서양 상인들로부터 사들였다는 것, 그 배에는 아이즈 번병 일부와 구와나 번주와 그의 병사가 타고 있었다는 것 등이 벌써 모두 관군측에 알려지고 있었다. 이러한 기초 자료와 에치고로부터의 첩보를 대조해 보면 나가오카 번의 표면은 어떻든간에 관군과 전쟁을 하려는 속셈인 것은 이미 의심할 여지가 없다.

"나가오카 번을 친다."

이것은 관군으로선 생각할 여지도 없을 정도의 기본적 태도였다.

교토의 신정부는 이러한 판단에 의거하여 4월 14일에 동원령을 내렸다.

"사쓰마 조슈 및 사도하라 번(佐土原藩 : 사쓰마의 지번)은 호쿠에쓰로 출병하라."

그리고 이튿날 이 두 큰 번에도 마찬가지로 동원을 명령했다.

"가가 번(加賀藩), 게이슈 번(藝州藩)도 출병하라."

계속해서 이것만으로는 마음이 불안했던지 사흘 뒤인 18일 추가했다.

"조후 번(長府藩 : 조슈의 지번), 도야마 번(富山藩 : 가가의 지번)도 마찬가지."

이에 의해서 아마도 일찍이 없었던 대군단이 편성될 것이다. 그들의 참모로서 두 사람의 숙달된 자가 임명되었다.

조슈 번 대표는 전 기병대(奇兵隊) 총독 야마가타 쿄스케(山縣狂介 : 뒷날의 아리토모)이다. 사쓰마번 대표는 구로다 료스케(黑田了介).

군세의 태반은 오사카에서 편성해 외국선을 고용하여 해로로 에치고로 향하게 되었다.

신정부는 말하자면 사쓰마 조슈 양번에 의한 합명(合名)회사와 같은 것이다.

──싸움터에서 사이가 나빠질 우려가 있다.

이것은 양번의 요인들 서로가 품고 있던 걱정이었다. 그래서 교토를 출발하기 전날 밤, 양번의 출정 사관들은 모두 기온(祇園)의 나카무라 루(中村樓)에 모여서 주연을 벌이고 친목을 도모했다.

사쓰마측의 대표 구로다 료스케는 사이고가 매우 마음에 들어하는 인물이나 주사(酒邪)가 있었다. 술이 들어가면 무슨 말을 꺼낼지 모르며 착란(錯亂)할 위험도 있었다. 그러나 그러한 그도 오늘 밤만은 술잔에 손 한 번 대지 않고 처음부터 끝까지 근직(謹直)한 태도를 유지하며 맞은편 자리의 조슈 사람들 앞으로 나아가 일일이 머리를 숙이고 술잔을 권하기만 했다.

"잘 부탁드립니다."

구로다도 이번 작전이 유신 정부의 운명을 결정짓는다는 것을 뼈에 스미도록 알고 있었던 모양이다.

조슈 사관 측의 대표는 야마가타 쿄스께였다. 야마가타가 임명되었을 때 그는 에도에 있었기 때문에 에도에서 명령을 받고 서둘러 상경 중이었으므로, 이날 밤은 도키야마 나오하치(時山直八)가 대리였다.

도키야마 나오하치는 요시다 쇼인의 문하생으로, 지금 조슈 번에서 한창 번영하고 있는 쇼카 서원(松下書院)에 속하고 있다. 그러나 죽은 다카스기 신사쿠(高杉晋作)와 같은 기략도 없고 기도 다카요시(木戶孝允) 같은 정략도 없으며 이토 히로부미와 같이 일을 주선하는 재주도 없고 야마가타 쿄스케와 같은 군대 지휘 능력도 없다. 한낱 높은 선비의 풍격(風格)이 있어 스스로 가이게쓰보(海月坊)라고 일컬으며 풍자적인 와카(和歌) 등을 짓고 있었는데, 어딘지 자신을 도회(韜晦)하는 듯한 데가 있다.

"아무튼 현지에서의 모든 군무는 사쓰마 조슈 쌍방에서 사람을 내어 서로 합의하여 그것으로써 전군을 통일해 간다."

이것으로 의론이 결정되었다.

"근본적인 작전에 대해서는"

사쓰마의 대표 구로다 료스케가 커다란 얼굴을 똑바로 쳐들면서 말했다.

"야마가타씨가 도착하는 것을 기다렸다가 결정합시다."

어디까지나 구로다는 조슈를 내세움으로써 자칫 편견을 갖기 쉬운 조슈 사람들과의 융화를 꾀하려고 했다. 그 야마가타씨는 에치고 다카다에서 합류하게 될 것이다.

교토를 출발한 사쓰마 조슈 양번의 병력은 사쓰마 400명, 조슈 400명에 불과하다. 그러나 이것은 어디까지나 핵심인 데 지나지 않고, 현지에 도착하면 호쿠리쿠, 신슈, 도카이 여러 번의 군사가 합류하는 것이다.

야마가타 쿄스케가 단신 에도를 출발한 것은 사월 29일이었다. 사쓰마 기선 호즈이 마루(豊瑞丸)로 오사카로 가서 교토로 올라갔다. 물론 출정군은 출발해 버린 뒤다.

급히 뒤를 쫓아 교토에서 출발한 지 열 사흘 만인 윤(閏)4월 20일, 에치고의 다카다 성 밑 거리에 들어갔다.

야마가타를 맞아 현지군은 처음으로 작전 회의를 열었다. 이 회의에서 이런 것이 결정되었다.

"나가오카 성을 공격하는 것을 작전 목표를 삼는다."

'적'으로 돌려진 쓰기노스케는 물론 그동안의 사정은 모른다.

이 전쟁의 기묘함은 외교가 처음부터 단절되어 버린 데에 있을 것이다.

──도대체 어떤 배짱인가?

관군이 나가오카 번에 대하여 사자를 한 번도 파견한 일이 없다. 싸우려는 건지 항복하려는 건지, 또는 그보다 이전의 문제로서 신정부의 계열에 들 것인가, 안 들것인가?

그러한 외교는 일체 없다.

관군이 나가오카 번과 했던 교섭이라면 두 달 전인 3월 16일, 에치고 여러 번의 대표들을 다카다에 집합시켰을 때 "번의 힘에 알맞은 인원수를 관군에 내보내라"고 말했던 것 정도이다. 이때 쓰기노스케는 아직 귀국하지 않았는데 번의 대표 우에다 주베가 대답했다.

──도쿠가와씨가 공순하고 있는 이상 출병할 필요가 없지 않겠는가? 아이즈 번이 나쁘다면 토벌하는 것보다도 우리 번이 가운데 나서서 잘 타이르도록 하겠다.

그런 뒤에 그 일을 담당했던 진무사(鎭撫使) 일행은 에도로 떠났다. 우에다는 함께 에도로 향했다. 도중 진무사 쪽에서 말했다.

"출병하지 않겠으면 돈 3만 냥을 조정에 헌납하시오. 이를 닷새 안으로 대답하시오."

우에다가 서둘러 돌아왔을 때, 쓰기노스케는 나가오카에 돌아와 있었다.

"그런 대답은 서두를 것 없다."

쓰기노스케는 말했다.

"어차피 서군은 다시 에치고에 올 거다. 그때 적당히 처리해도 늦지 않아."

번의 방침도 그렇게 정해졌다.

서군은 왔다. 제1단계는 도사의 이와무라 다카토시가 이끄는 부대이며, 제2단계는 그 본군이라고도 할 야마가타, 구로다가 이끄는 대군이었다. 그들은 '나가오카 정벌(征伐)'이라는 목적 하나만을 내세우고 왔다. 나가오카 번을 달래서 외교로 신정부에 끌어 넣으려는 노력은 일체 하지 않았다.

어째서인가?

신정부는 병력이 빈약하고 재정적 여유가 없으므로 내정, 외정이 모두 혼란했는데 그 혼란 속에서 사물을 처리하고 있기 때문에 외교로 일을 해결해 가려는 대정부다운 여유를 갖지 못했다. 첫째 그러한 외교를 담당할 수 있는 능력자가 없었다. 사쓰마의 대표인 사이고 다카모리만이 그러한 외교 감각, 외교 능력, 그리고 인망(人望)을 지니고 있었으나 다른 지사 출신의 요인(要人)들은 기개만 꽉 차 있을 뿐, 인물로는 이류인(二流人)들이 많아 번사들을 심복케 하여 교묘히 설복할 만한 기발한 재주를 부리지 못한다. 그 유일한 능력자인 사이고는 에도의 일에 몰두하여 호쿠에쓰 쪽으론 손이 미치지 못하는 것이다.

둘째 이유로서는 이 전쟁의 본질이 신정부로서는 어디까지나 혁명 전쟁이라는 것이었다. 혁명에는 과거 권위에 대해서 피의 희생이 필요하다. 당초 사쓰마 조슈는 요시노부의 수급(首級)을 빼앗고서 터무니없는 시비를 내걸어 도발(挑發)하려 했으나 요시노부가 공순하는 수법으로 피해 버렸기 때문에 그에 대신될 만한 목표로서 아이즈 번을 택했던 것이다. 아이즈 번의 동조자로서 그들은 나가오카 번을 점찍었다. '이번 기회에 아울러 무찔러서 천하의 본보기로 하라'는 것이 혁명의 기본적 정략이었다.

그러한 이유로 신정부는 일체 나가오카 번에 대하여 직접 외교의 손을 뻗치려고는 하지 않았다.

──나가오카 번은 아이즈와 마음을 같이하고 있다.

이런 일방적 관찰이 개전의 이유가 되어 있었다. 한 마음이다, 하는 것도 신정부측이 일방적으로 얻은 첩보와 풍문에 의한 것이지, 나가오카 번의 공식 성명으로 판단된 것은 아니다.

쓰기노스케도 이에 대해 입을 다물고 있다. 그가 싸움을 면하려면, 미리 교토의 신정부와 그 지부 기관인 에도의 대총독부에 외교 사절을 보냈으면 좋았을 것이다. 그러나 그렇게 하지 않았다.

그렇게 하면 자명한 일이 생긴다. 관군측은 이렇게 말할 것이 뻔하다.

"그러면 출병하라. 귀번은 지리적 인접지에 있으니까 아이즈 토벌의 선봉(先鋒)이 되라."

관군이 취할 태도란 그것 하나뿐이라는 것은 이제까지의 사례로도 명백하다. 그렇다면 나가오카 번에서 외교 사절을 낸다는 것은 아이즈 번을 파는 것이며, 팔 뿐만 아니라 동정은 있을지언정 원한이 있을 리 없는 아이즈 번에 토벌의 총포화를 퍼붓게 되는 이상한 입장에 서는 것이다. 양자 택일(兩者擇一)인 것이다.

──신정부 편에 서느냐? 아이즈 번측에 합세하느냐?

이 길밖에 없다는 것이 지금의 형세로, 이 형세는 절박했다. 그러나 쓰기노스케는 어디까지나 중립이 존재할 수 있다고 믿고 있었다.

그 중립을 지키기 위하여 이 작은 번으로선 과중할 정도로 신예 무기를 사들여 번군을 양식화하고 봉건 조직을 온갖 방면에서 새로이 개선해 가고 있었다. 정세상 중립은 불가능하더라도 일본국에서 단 하나의 예외를 쓰기노스케는 전력을 기울여 만들어 낼 작정이었다. 사실 그 방향을 향하여 나가오카 번은 수레바퀴를 울리는 듯한 기세로 나아가고 있다.

그러나 신정부는 그러한 사고법을 일체 인정치 않는다는 기반 위에 서서, 해결 방법은 포화와 유혈 외에는 없다는 태도를 취하고 있었다.

야마가타가 에치고 다카다의 관군 본영에 도착한 것은, 거듭 말하지만 윤4월 20일이었다.

곧 나가오카 공격의 작전 회의가 열려, 그 기본 방침이 정해졌다.

다카다에서 나가오카까지의 거리는 취하는 길에 따라 다르지만 대충 200리는 된다.

길은 둘밖에 없다.

그 하나는 나오에쓰(直江津), 가시와자키(柏崎)를 거쳐 북상해 가는 해안 도로인데, 지금은 신에쓰(信越) 본선이 지나고 있다. 또 하나는 산길로 도오카 거리(十日町)와 오지야를 거쳐 북상하는 경로였다. 지금은 이곳을 국철 이야마 선(飯山線)이 통하고 있다.

──어느 쪽을 취할 것인가?

이런 일로 논쟁이 크게 일어났으나 결국 양군단으로 나뉘어서 다투어 나가기로 했다. 그러나 양 진격로의 간격이 100리 가량이나 되므로 양 군단의 상호 연락은 꽤 곤란하게 될 것이다.

아무튼 관군의 본대가 왔다. 그러나 이들이 내습하기 전에 이미 총포 소리는 에치고 산야에 울리기 시작했다.
　4월로 접어들면서 에치고 평야는 여러 막부 지지파 부대의 소굴처럼 되었다. 그들은 각기 생각하는 장소에 진영을 쳤다.
　후루야 사쿠자에몬의 선봉대는 그 중에서도 가장 운동이 활발한 부대였지만 아이즈 번도 그저 만연히 에치고 스이바라에 주둔하고 있었던 것은 아니었다.
　그들은 남하했다.
　——나가오카 성을 내놓아라.
　한때 쓰기노스케에게 맹렬히 교섭했으나 거절당했기 때문에 이 남하 운동은 일단 정지했다. 그러나 아이즈 번은 여전히 단념할 수 없어 나가오카 번에 대하여 그 뒤에도 공동 전선을 결성할 것을 요구해 왔다. 쓰기노스케는 그래도 여전히 중립의 입장을 양보하지 않고 분명히 말했다.
　"우리 번의 방침을 말하리다. 우리 번은 번 영토에 다른 번의 사람을 한 사람도 들여놓지 않는다는 것이오."
　아이즈측은 단념하지 않을 수 없었으나 이 말로 다소의 안도감을 가졌다.
　"아이즈에도 합세하지 않는 대신 관군에도 붙지 않는다"는 것이며, 이 말은 "관군 병사 단 한 사람도 나가오카 번령에 들여놓지 않는다"는 것이 되기 때문이다. 아이즈 번으로선 이 말에 만족하지 않을 수 없게 되었으므로 다짐을 두었다.
　"그러면 우리들이 오지야에 출병하여도 이의는 없겠지요?"
　오지야는 구 막부령이다. 그러나 나가오카 번령과의 경계이므로 나가오카 번에서 보자면, 서쪽에서 오는 관군을 막을 방위 제일선이라도 할 만한 곳이다. 거기에 아이즈 번병을 주둔시켜도 좋겠는가, 하고 아이즈 번측에서 물었다.
　"좋도록 하시오."
　쓰기노스케는 대답했다.
　이리하여 아이즈 번은 스가노 우헤에(菅野右兵衞), 이부카야 우에몬(井深宅右衞門) 등을 장수로 하는 1,000명을 오지야 부근에 포진케 하여 서군에 대비했다.
　또한 구 막부령 가시와자키를 점령하고 있는 구와나 번주 마쓰다이라 사다아키(松平定敬) 쪽의 움직임도 활발했다. 이 방면에는 구막부 전습대(傳習隊) 병사들도 와서 합류하여 가시와자키뿐만 아니라 구지라나미(鯨波)에도 병사를 보내서 나오에쓰 방면으로부터 오리라고 생각되는 적을 경계했다.

이러한 정세하에서도 여전히 쓰기노스케는 움직이지 않았다.

"전 일본의 번들이 어떻게 움직이건간에 나가오카 번은 나가오카 번의 입장을 지키리라."

몇 번이나 그렇게 언명했다.

"도대체 어떤 생각인가? 싸움을 할 것인가, 안 할 것인가?"

이것이 전 번의 의문이었다. 더 이상 참을 수가 없어 어느 날 밤, 번사 유지의 대표 자격으로 중역 우에다 주베가 쓰기노스케의 집을 찾아가, 그 참뜻을 확인하려 했다.

"싸울 의사가 있는가, 없는가?"

우에다는 몇 번인가 질문했으나 쓰기노스케는 웃기만 할 뿐 끝내 대답하지 않고, 그 때마다 화제를 딴 곳으로 돌렸다.

이때 쓰기노스케가 입버릇처럼 말하던 것이 있었다.

"싸움은 해선 안 되는 거야."

싸움은 할 것이 못된다. 절대로 하지 않겠다는 것이다. 물론 이 말은 상대를 봐서 한다. 번의 정치가인 우에다 주베에게는 그렇게 말하지 않고 화전(和戰)에 대해서는 침묵을 지킨 채 였으나, 다른 혈기왕성한 젊은 사람들에게는 항상 그렇게 말했다.

어째서 그런 말을 했을까?

쓰기노스케는 물론 절대 평화주의를 외치는 종교적 평화주의자가 아니었기 때문에 전쟁에 대해서 확고한 반대 사상은 가지고 있지 않았다. 그는 기본적으로 무사로서의 가록(家祿)을 상속받고 있다. 무사가 사상적으로 전쟁을 부정한다는 입장은 취하기 어렵다.

전쟁에 대한 쓰기노스케를 생각해 보면 물론 "싸움을 해선 안 되지" 하는 부정론자는 아니었다. 그는 에치고 사람으로서 우에스기 겐신을 좋아했다. 겐신은 전국시대(戰國時代) 사람 중에서도 유난히 전쟁을 좋아했으므로, 전쟁을 정치의 한 수단으로 생각하지 않고 마치 예술가가 예술에 집념하는 것 같은 태도로 자신의 '전쟁'에 집착하여서 전쟁술을 도야(陶冶)하려고 했다.

쓰기노스케는 그러한 겐신을 존경하고 좋아했다. 하기는 쓰기노스케가 좋아한 것은 어쩌면 전쟁을 좋아하는 겐신이 아니라, 전국인(戰國人) 중에서는 보기드물 만큼 깨끗한 마음과 때로는 의인(義人)다운 행동을 즐긴 겐신의 운치(韻致)였는지도 몰랐다.

그런가 하면 쓰기노스케는 승려 료칸(良寬)도 좋아했다. 가인(歌人)에다 선승(禪僧)이고 또 서예가였던 료칸을 겐신 이상의 호걸이라고 말하며 그 절대 무방비적인 호담성(豪膽性)을 존경했다. 그러나 이런 입버릇은 료칸적 심경에서 나온 것은 아닌 듯했다.

"싸움을 해선 안 되지."

그는 정치가이다. 정치에는 당연히 전쟁이 포함된다. 정치 속에서의 전쟁을 부정하는 것은 아닐 것이다.

뿐만 아니라 쓰기노스케가 고금(古今)을 통한 인물 가운데서 누구보다도 경모(敬慕)했던 사람이 왕양명(王陽明)이었다. 왕양명은 원래 문관으로서 일국의 수상이면서도 유사시엔 병사를 이끌고 각지를 전전(轉戰)하여 항상 이겨서 어떠한 무장보다도 훌륭한 장군의 능력을 발휘했다. 쓰기노스케는 그러한 왕양명을 좋아했다. 좋아하는 이 말은 절대 부정하는 말이 아니다.

"싸움을 해선 안 되지."

──정치적으로 손해다

이런 뜻이었다. 전쟁이 정치의 일부인 이상 손실을 생각하지 않으면 안 된다. 지금 관군과 전쟁을 해봐야 도저히 승산이 없다는 것을 쓰기노스케는 알고 있었고, 패자의 위치에 서게 된다는 것을 이 뛰어난 정치 감각의 소지자는 알고 있었다.

쓰기노스케는 가능한 한 전쟁을 회피하려고 했다. 그러나 그것이 가능할 것인지……

다카다에서 관군이 대집결을 해가고 있다는 정보가 나가오카에 들어왔을 때, 온 번은 과연 동요했다. 특히 근왕파는 크게 떠들어 대며 여러 중역들을 설득하고 돌아다녔다.

"관군에 대항할 수는 없다."

순종하라는 것이다.

"성문을 열고 번주께서 직접 다카다에 가서 교토에서 온 공경을 배알(拜

謁)하고, 아이즈 정벌의 길잡이가 되어야 한다."
이런 것이었다.
그들은 쓰기노스케를 경원하여 이나가키 헤이스케(稻垣平助)를 비롯한 문벌 중신들을 설득하고 돌아갔다.
——얼빠진 것들.
쓰기노스케는 그 광경을 보면서 생각했다. 쓰기노스케의 말을 들으면 이런 것이다.
"근왕파라고 하면 말은 그럴 듯하지만 실제로는 아이즈 타도의 선봉이 된다는 것이다. 그런 짓을 무사로서 할 수 있는가."
그러나 근왕파는 이번 기회를 마지막 기회로 보고 기를 쓰고 운동했다. 그들이 움직이려는 상대는 문벌 중신들이었다.
문벌 중신은 그 무능함과 어떻게도 할 수 없는 보수성 때문에 이미 번정의 실무에서 밀려나고, 낮은 신분에서 뛰어오른 상석 중신인 쓰기노스케가 거의 독재를 하다시피하고 있었다. 그러나 근왕파로서 낡아 빠진 문벌 중신들을 움직이는 수밖에 없었다. 움직이는 데는 그들의 공포심을 자극하는 것이 가장 빠른 길일 것이다.
"우리 번 부침(浮沈)에 관한 위기요. 관군에게 이길 수 있다고 생각하오? 또한 가와이님께서는 중립 중립, 하고 염불(念佛) 외듯 하시지만 중립 따위를 관군이 인정할 리가 없으며 토벌은 필연적으로 닥칠 것이오. 서둘러 회의를 여시오."
근왕파를 설득했다. 문벌 중신들은 정치의 정면에서는 물러났지만 비상시이므로 그러한 회의를 특례(特例)로서 열 수는 있다.
결국 회의가 열리게 되었다. 형식은 문벌 중신들에 의한 번정 고문(藩政顧問) 회의이어서 그 회의의 이름으로 번정 담당자 쓰기노스케를 부르는 것이다.
일이 진행되어 그러한 결정이 쓰기노스케에게 전달되어 왔다. 쓰기노스케도 초치(招致)된 이상 출석하지 않을 수가 없었다.
윤사월 어느 날이었다. 장소는 성 안이었다.
"틀림없이 공순론이 나올 걸세."
쓰기노스케는 전날 밤 미마 이치노신 등을 불러 우울한 표정으로 말했다.
"지금 이 시기에 번론이 둘로 갈라지면 화친이건 전쟁이건간에 번은 수습할 수 없는 지경에 이르게 된다."

비상시의 변론은, 한편을 다소 탄압하는 한이 있더라도 하나여야 한다는 것이 쓰기노스케의 방침이었다.

더욱이 공순이냐 아니냐, 하는 토론만큼 성가신 것은 없어, 쓰기노스케의 생각대로 상대를 누르려고 해도 사상의 기반이 틀리기 때문에 불가능했다.

가장 좋은 방법은 회의 그 자체를 그대로 흘려 버리는 것이었다. 쓰기노스케는 미마 등에게 그 비책(秘策)을 일러주었다.

쓰기노스케는 어린 아이 같은 착상의 책략을 쓰고 싶어하는 모양이었다. 하기는 어린 아이 같은 책략을 생각해 내는 힘이 바로 전술가의 기본적인 재능이라 할 만한 것이지만.

성 안에서 열린 회의는 오래 계속되었다.

'마치 오다와라(小田原) 회의 같군.'

쓰기노스케는 생각했다. 덴쇼(天正) 말년(1591년), 오다와라 성에 농성한 호조(北條)씨의 중신들이 히데요시(秀吉)에게 항복할 것인가의 여부에 대해서 오래도록 의논을 계속했으나 끝내 결론을 얻지 못했던 유명한 역사상의 사건을 말하는 것이다. 아무런 사상도 계략도 신념도 갖지 않은 자가 천 명이 모여 천 날을 의논해 봐야 사태는 어떻게도 할 수 없는 것이다.

"마지막 단계란"

쓰기노스케는 말한다.

"구해 낼 방법이 없는 거요."

정말로 구원이나 묘안 등은 있을 수 없다. 갑안(甲案)이 좋다는 의견이 나와도 다른 자가 갑안이 지닌 위험성을 찌르면 허물어져 버리는 것이다. 어떤 안도 다분히 위험성을 내포하고 있으므로 위험성만을 따져 평가해 가면 회의석만 어둡게 하고 한숨만 서로 내쉬는 자리가 되고 만다.

"한 가지 안을 믿을 수밖에 길은 없소."

쓰기노스케는 말했다. 어느 한 가지 안을 믿고 온 번이 한마음이 되어 절망의 밑바닥에서 필사적으로 기어 올라가는 수밖에 없다. 기어 오를 수 있느냐 없느냐 하는 결과를 의심해 보았자 사기를 떨어뜨려 해가 될 뿐이다.

"한가지 안을 채택하여 그 한가지 안을 믿으시오. 설사 그것이 지옥으로 떨어지는 길이라도 좋소. 군신(君臣)이 함께 지옥으로 떨어진다면 함께 떨어지자는 굳은 각오만이 번을 살리는 유일한 길이오."

쓰기노스케는 말했다.

그러나 중신들은 별 반응도 보이지 않고 글쎄 그것이, 하는 식의 넋두리 같은 의견만을 되풀이했다.

회의의 귀결(歸結)을 결정하는 것은 대부분의 경우 체력이라는 것을 쓰기노스케는 알고 있다. 장시간의 회의가 일동을 지치게 했다. 그 무렵 성 안의 작은 뜰에 열 마리 가량의 개가 서로 으르렁 대며 뛰어들었다.

──개가

모두 놀라는 사이 개의 수는 스무 마리로 늘고 서른 마리로 늘어 그것들이 서로 물어뜯고 짖어 대기 시작했다.

──저런, 이건 개 싸움이 아닌가?

목을 길게 빼고 보는 사람도 있고 입을 벌리고 멍하니 바라보는 자도 있었다.

쓰기노스케는 그때 큰 소리로 말했다.

"번의 부침을 결정짓는 회의중에 개들 싸움에 마음을 뺏기다니 무슨 일이오."

안색을 바꾸고 좌중을 노려보았기 때문에 중신들도 대경실색을 하고 사과했다. 그뒤부터는 쓰기노스케의 기백에 눌려 버려 쓰기노스케의 의견대로 의논이 낙착되고 말았다.

그리고 나서 쓰기노스케는 뜰을 면한 마루에 서서 개들에게도 큰 소리를 쳤다. 개들도 겁을 집어먹고 일제히 작은 문 쪽으로 달아나 버렸다.

──기력(氣力)으로 사람을 너무 압도한다.

이런 평판이 쓰기노스케의 반대파들 사이에 항상 있었던 것은 바로 이런 점 때문일 것이다.

그럴 즈음 멀리 내보냈던 정찰자들이 차례로 돌아왔다. 가토 잇사쿠(加藤一作), 이토 효마(伊東兵馬), 시노하라 이자에몬(篠原伊左衞門) 등인데 각각 정찰자에게 필요한 용기와 주의력과 군사 지식이 풍부한 자들이었다.

그들은 입을 모아 '다카다의 서군이 대단한 기세로 움직이기 시작했습니다'라고 했다. 더욱이 '목표는 나가오카 번인 듯하다'고도 말했다.

"바닷길과 산길의 두 길로 나가오카를 향하고 있습니다."

주력은 사쓰마 조슈이며 천 명도 못되는 병력이지만 복장은 모두 양식으로 통일되어 있고 총기는 게벨식 따위의 구식총은 한 자루도 없으며 모조리 후장총(後裝銃)을 가지고 있다는 것이다. 서군 병력의 대부분을 구성하고 있는 것은 일반 번이었다. 에치고 다카다 번, 가가 번, 오와리 번, 마쓰시로 번, 오가키 번, 스자카 번, 이야마 번 등이며 이들의 복장은 일본 옷차림으로 도창(刀槍) 부대가 많고, 총기는 양식총, 화승총(火繩銃) 등 여러 가지였다.

"사기는 어떻던가?"

쓰기노스케는 맨 마지막에 돌아온 가토 잇사쿠에게 물었다.

"사쓰마 조슈의 병사들은 아랫도리에 용수철이라도 들어있는 것처럼 매우 활발하여 얼핏 보아도 다른 번의 병사들과는 다릅니다."

그렇겠지, 쓰기노스케는 생각했다. 조슈병은 뭐니뭐니해도 겐지(元治) 원년(1864년)의 교토 습격을 위시하여 막부 대 조슈 전쟁, 그리고 사 개국 함대와의 전투 등 몇 번씩이나 포화 속을 뚫고 온, 말하자면 전쟁에 익숙한 병정들이라 해도 좋을 것이다. 더욱이 사쓰마 조슈는 함께 천하를 일변케 한 주력 번(主力藩)이므로 당연한 일로 그 번병 하나하나에까지 혁명의 기백이 넘치고 있을 것이다. 다른 번은 사쓰마 조슈가 부추겨서 억지로 일어선 번이므로 번사들은 필경 무엇 때문에 이 전쟁에 참가해야만 하나, 하는 의심을 품고 있을 것이다. 사기는 아마 말도 할 수 없을 정도로 낮을 게 틀림없다.

"다카다 번병은 좀 과장해서 말하면 도살장에 끌려가는 소 같았습니다."

가토 잇사쿠는 말했다. 그럴 것이라고 쓰기노스케는 생각했다. 에치고 다카다 번은 도쿠가와 누대 영주 중에서도 굴지(屈指)의 명문이라고 할 만한 사카키바라(榊原) 집안이다. 번조(藩祖) 사카키바라 야스마사(榊原康政)는 도쿠가와 이에야스의 가장 유능한 부장(部將) 중의 한 사람으로서 그 생애를 도쿠가와 가문의 융성(隆盛)을 위해 바쳤다. 그것이 지금 같은 계통의, 그것도 같은 에치고의 우번(友藩)을 치기 위해서 나서게 된 것이다. 싸울 뜻이고 뭐고 있을 게 없을 것은 사실이다.

'어쩔 수 없어 출병해 오는 그러한 여러 번을 쳐부숴 가면 일단은 이길지도 모른다.'

쓰기노스케는 그렇게 생각했다. 그러나 승리는 한 번이나 두 번이지 최종적으론 아무리 생각해도 이길 가망이 없다.

'싸움은 불가능해.'

서군 289

쓰기노스케는 내심 자신의 원칙을 확인했다. 그러나 맹목적으로 쳐들어오는 서군의 재거 내습을 그대로 내버려둘 수도 없다.

아무튼 결전할 태세만큼은 갖추어야 한다고 생각했다.

쓰기노스케는 곧 번주 부자를 배알하고 그 뜻을 사뢰었다. 노공 세쓰도는 이렇게 말했을 뿐이었다.

──잘 처리하도록.

예부터 일본 영주의 전통은 그런 점에 있는 모양이다. '통치(統治)는 하지만 정치는 하지 않는다'는 것이며 모든 것을 실무자에게 다 맡기고 만다. 그것은 제왕학(帝王學)의 전통에서 온 것일 것이다. 중신 중에서 집정이나 참정(參政)을 뽑는 인사 문제조차도 대부분은 그들에게 맡겨 버린다. 말하자면 그것은 어리석은 군주나 폭군이 나왔을 경우의 위험 방지 사상에서 나온 모양이다.

마키노 다다유키라는 군주는 명군(明君)으로 알려지고 있었다. 사람을 보는 눈이 있었다. 이런 '명군'의 경우는 집정이 될 사람을 자신의 눈으로 직접 고른다. 쓰기노스케는 다다유키에 의해 발탁되고 차례로 승진해서 집정까지 되었는데, 이런 경우에도 명군 다다유키는 쓰기노스케에게 이렇다 저렇다 하지 않는다. 말하지 않는 것이 명군이라는 전통적 사고법을 마키노 다다유키는 취하고 있는 것이다.

여담이지만 막부 말의 번주 가운데서 전국시대의 영주와 같이 손수 지휘권을 휘둘러 세상 사람들로부터 '어진 군주'라는 말을 들은 예외적인 존재도 물론 있기는 있다. 사쓰마 번의 시마즈 나리아키라와 히젠(肥前) 사가 번의 나베시마 간소(鍋島閑叟)가 그 가장 좋은 예일 것이다. 도사의 야마노우치 요도(山內容堂)도 매우 색다른 인물이어서 번정을 지휘할 때 스스로 오다노부나가(織田信長)를 본따 말 위에서 채찍을 치켜들고 질타(叱咤)하기도 했다. 그러나 막부 말에 가장 격렬한 번 활동을 했던 조슈 번의 번 주인 모리 다카치카(毛利敬親)는 모든 것을 부하들에게 맡기고 무슨 말을 해도 "그렇게 하라"고 하기 때문에 조슈 번사들은 뒤에서 "그리하라 공"이라 부르고 있었다.

이런 것으로 미루어 보면 나가오카 번의 노공 마키노 다다유키는 극히 표준형인 명군적 사고(思考)를 하는 사람이었을 것이다. 어쨌든 이 말을 듣고 쓰기노스케는 물러나왔다.

"좋도록 하라."
정무실에서 그는 자신이 양성한 수재 관료(官僚)를 모아놓고 명령했다.
"즉각 전투 준비를 하라."
——적은 어디에 있습니까?
한 사람이 질문했다.
"적은 아이즈냐 관군이냐, 하고 질문을 받으면 어떻게 대답합니까?"
이런 뜻의 질문이다.
"적은 서군(관군)도 아이즈도 아니다."
쓰기노스케는 이렇게 대답했다.
"군장(軍裝)을 갖추고 우리 영내에 들어오는 자는 모두 적이다. 그 때문에 하는 전투 준비다."
쓰기노스케는 종이를 집어올려 곧 동원 계획을 썼다.
온 번이 전개하는 대규모적인 것인데 그것을 즉석에서 써낸다는 것은 평소에 이 사나이의 머릿속에 단단히 짜여진 방전(防戰) 체제가 있었다는 증거일 것이다.
이튿날 윤사월 이십육일이었다. 이날 쓰기노스케는 새로운 직명을 받았다.
——군사 총독
단순하게 총독이라고도 했다. 총대장이라는 뜻이리라. 이로써 쓰기노스케는 영주 문중, 그리고 누대 중신 이하 잡병에 이르기까지의 온 번의 지휘권을 쥐게 된 셈이다. 역사상 '나가오카 번 총독 가와이 쓰기노스케'라는 호칭으로 기억되게 된 것은 이때부터 비롯된다. 이 취임 날, 번사 일동은 대복(隊服 : 일본 옷차림)을 입고 병학소(兵學所) 넓은 건물에 집합했다.
노번주 마키노 다다유키, 번주 다다노리가 나와 앉았다. 흔히 부르는 '영주'가 전번사들 앞에 나오는 것은 번이 시작된 이래 처음이었다. 목적은 비상 사태에 직면해서 번사에 긴요한 훈시를 하기 위해서였다. 그러나 무가(武家) 시대를 통한 관습에 따라 영주 자신이 직접 말을 하는 것이 아니라 곁에 대령한 대리자가 말한다. 말을 하는 것은 쓰기노스케다.
쓰기노스케는 일동과 같은 높이의 마루 위에 앉아 있었다.
"우리 주군께옵서는."
쓰기노스케는 막부 말 이래의 나가오카 번의 태도에 대해 말하기 시작했다.
 "막부 말에 조정과 막부가 서로 반목하자, 주군께서 몸소 교토에 올라가시어 크게 주선하신 바 있었으나 얼마 안 있어 도바 후시미의 불행이 닥쳐 도쿠가와 가문은 강제로 적으로 돌려지고 말았소. 하긴 도쿠가와 가문의 행동이 도리에 벗어난 점도 있었을는지 모르지만 그렇다고 조정의 조치가 모조리 옳다고는 할 수 없소. 우리가 지금 병사를 번경(藩境) 각 요지에 내보내는 것은 혼란 속에서나마 독립하여 성심 성의껏 영민들의 생활을 편하게 하기 위해서이므로, 이것은 조정의 근본 취지에도 어긋나지 않을 것이오. 그리고 또한 영민을 안무(按撫)한다는 것은 도쿠가와 가문에 대한 선조 이래의 의리를 잃지 않는 길이기도 할 것이오."
 그렇게 설파(說破)하고 나서 한층 더 목소리를 돋구어 말했다.
 "형세는 더욱 더 혼란스러워 가고 있소. 어제의 내 편이 오늘은 적이 된다는 사례는 도바 후시미에서의 히코네 번(彦根藩)의 변심으로도 알 수가 있소. 지금부터 우리는 남을 의지해서는 안 되오. 남을 의지하는 대신 스스로의 힘을 의지하는 길밖에 번이 살아갈 길은 없소."
 이어서 동원 부서가 발표되었다.
 쓰기노스케는 나가오카 반군을 대대(大隊) 단위로 나누었는데 제1대대라고 할 야마모토 다테와키(山本帶刀)가 이끄는 부대를 맨 먼저 움직여서 성 남쪽에 배치시키고 포(砲) 두 문을 주었다.
 장사(將士)들에게 휴대시킨 군용 식품은 식빵이었다. 쓰기노스케는 평소에 요코하마에 있는 상인 페블브란드에게서 빵 제조법을 배워, 그것을 성 밑 거리의 과자 장수에게 가르쳐서 이 방위 배치(防衛配置)가 있기 열흘 전부터 밤낮으로 빵을 만들게 했다. 빵을 주식으로 사용한 최초의 사례는 바로 이 나가오카 번이었을 것이다.
 쓰기노스케가 우선 제일차로 동원한 나가오카 번 제1대대의 요원은 다음과 같다.
 대대장인 야마모토 다테와키는 영주의 누대 중신으로 나이는 아직 스물네 살밖에 되지 않았다. 소년 시절부터 쓰기노스케를 존경하여 성장하고부터는 거의 문하생처럼 되었다. 학문을 좋아하고 성품이 매우 시원스러운 데다가 명문의 호주이기 때문에 일군의 대장으로서는 아주 적격이었다. 여담이지만 다테와키의 야마모토 가문은 나중에 대가 끊어졌는데, 나가오카의 구번사 다카노 가문 출신 해군 군인 야마모토 이소로쿠가 그 가명(家名)을 상속했다.

야마모토 대대의 실제상 지휘자는 '군사 담당'이라는 자가 맡는다. 군사 담당은 양식 군대를 배워온 하기와라 요진(荻原要人)이었다. 그 밑에 두 계열의 부대가 있는데 상급 무사 부대와 잡병 부대였다. 봉건적인 계급제를 이렇게 절충 융합(折衷融合) 하지 않으면 안 되었을 것이다. 어느 부대도 소총 장비여서 군대 기능으로도 조금도 손색없고 그 점에서는 양식이다. 명칭은 상급 무사 부대를 '총사대(銃士隊)'라고 하고 잡병 부대를 '총졸대(銃卒隊)'라고 했다. 각각 4개 부대가 있어 모두 합치면 8개 부대이다. 이것은 사쓰마 조슈의 병제에서 말하는 소대였다. 이 소대장은, 총사대는 오카와 이치자에몬(大川市左衛門), 사이다 와다치(齋田轍), 나미다 긴노조(波多謹之丞), 혼토미 간노조(本富寬之丞), 총졸대는 다나카 미노루(田中稔), 다나카 고몬지(田中小文治), 와타나베 스스무(渡邊進), 마키노 야자에몬(牧野八左衛門)이었다.

이튿날 다시 제2대대를 성 남쪽에 증파하여 수비 정면에 전개시켰다. 대대장은 중신 마키노 즈쇼(牧野圖書)이며 군사 담당은 미마 이치노신, 하나와 모토메(花輪求馬)였다. 이 대대는 8문의 대포를 끌고 갔다. 일 개 대대에 포가 8문이라는 것은 일본 어느 번도 갖지 못한 과분한 화력 장비라고 해도 좋을 것이다.

그 대포의 종류는 말하자면 15인치 호잇슬포라는 구포(臼砲)나 박격포 같은 기능을 지닌 것 1문, 프랑스식 호잇슬이라는 것 2문, 신식 후장포 두문, 포강(砲腔)에 강선(腔線)이 들어있는 최신식이라는 '강선포' 3문이다.

전군을 지휘하는 야전 본영은 나가오카 성에 두지 않고 그보다 남쪽인 셋다야(攝田屋)라는 마을에 두고 쓰기노스케는 거기 주둔하기로 했다.

셋다야 본영으로 가는 날 아침, 쓰기노스케는 아내 오스가에게 물어 보았다.

"오스가, 셋다야라는 마을을 아오?"

"셋다야?"

오스가는 처음 듣는 이름이었다. 아무튼 "에도라는 곳은 시나노 강을 거슬러 올라간 산 너머에 있는 모양이다"라는 정도로밖에는 세상을 모르는 형편이니 나가오카의 교외에 대한 지식도 빈약했다.

"허어, 임자도 천하태평이구려."

쓰기노스케는 전에 없이 오스가의 어깨를 두드리고, 웃으며 말했다.

"아무튼 나는 셋다야에 있겠소."

쓰기노스케의 복장은 검은 전립(戰笠)을 쓰고, 괭이밥 잎무늬 문장(紋章)을 새긴 하오리(羽織)에 승마용 하카마 차림이다. 이 번은 이 정도로 양식화했으면서도 복장만은 일체 양복을 입지 않았다.

관군의 진격 속도는 예상 외로 빨랐다. 나가오카 번의 군사통(軍事通)들도 모두 의외로 생각했다.

──저 오합지졸인 서군이?

이유는 여러 가지로 생각할 수 있을 것이다. 그 중 한 가지는 조슈의 야마가타 쿄스케와 사쓰마의 구로다 료스케가 사쓰마 조슈 양번 가운데서도 손꼽히는 맹장이었기 때문임에 틀림없었다. 야마가타도 구로다도 사기가 불충분한 여러 번의 병사들이 자칫하면 행군 속도를 늦추려고 하는 것을 용납하지 않고 일일이 질타했다.

"전쟁이란 느릿느릿 전진해 이긴 역사가 없다. 질풍 노도의 기세로 적에게 덤벼들어야만 전쟁이 이기는 법이다."

전군이 한결같이 진군하여 정신없이 걸음을 계속하노라면 적에 대한 공포심도 적어지고 이 전쟁의 의의에 대해서도 의문이나 불안을 품는 일이 적어진다는 싸움터의 심리를, 특히 야마가타라는 역전(歷戰)의 사나이는 터득하고 있었다.

그들 관군이 대규모적인 형태로 동군과 충돌한 것은 윤사월 이십칠일 이른 아침이었다.

장소는 구지라나미(鯨波)였다.

이곳은 파도가 거센 일본해 해변에 면한 어촌으로 가시와자키 남쪽 2킬로 남짓한 지점이다.

가시와자키에는 구와나 번군이 있다. 관군은 이를 기습하려고 야간 행군을 계속하여 구지라나미에 도착했다. 도착했을 땐 아직 밤이었다.

구지라나미에는 구와나 번의 전초 진지가 있다. 이 진지도 관군이 은밀히 내습해 온 것을 알아채지 못하고 잠들어 있었다.

날이 밝기 직전에 관군은 구지라나미를 습격하여 포성이 갑자기 하늘에 울렸다. 이 습격군의 구성은 사쓰마, 조슈, 다이쇼지(大聖寺), 다카다 네 번의 병사들이었다. 맨 처음에는 포격을 하고 그런 다음에는 소총을 난사하면서 접근하여 급기야 칼을 휘두르며 이 어촌을 점령했다.

구지라나미의 지형은 산이 해안에 바싹 다가서있다. 그 산 위에 구와나 번에서 으뜸가는 용장인 다쓰미 간사부로(立見鑑三郞)가 진지를 구축하고 있었다.

포성으로 인해 눈을 떴다.

'아차!'

다쓰미는 잠자리를 박차고 벌떡 일어났다.

──산기슭의 구지라나미에 관군이 습격해 왔습니다.

이런 보고를 들었을 때는 다쓰미는 이미 긴 가족 장화를 신고 긴 칼을 잡고 산 위의 숙사를 뛰쳐나가고 있었다. 병사들을 긁어모으자 모인 병사들만을 이끌고 언덕을 구르듯이 뛰어내렸다. 사실 몇 번이나 뒹굴었다.

산기슭의 구지라나미에 뛰어들었을 때는 이미 관군이 어촌에 불을 지르고 있었다. 다쓰미는 전투 지휘에 있어 일본 제일이라 할 만한 솜씨를 발휘하여 응전, 또는 역습을 하여 관군을 쫓았다.

관군은 반대로 산으로 올라갔다. 일대는 히로노미네(廣野嶺)라는 산에 올라가고, 일대는 후진자카(婦人坂)라는 험한 곳을 찾아 올라갔다. 다쓰미는 아래서 공격했다.

그러는 동안 가시와자키의 구와나군 본영에서 본대가 응원하러 달려왔다. 정오경에 관군은 크게 패하여 남쪽으로 퇴각했다. 퇴각하자 대포를 전면에 끌어내다가 구지라나미 방면에 포탄을 쏘아 댔다.

그 포성은 종일토록 나가오카까지 들렸다.

관군은 나가오카 성을 향하여 길을 두 길로 잡고 진격했다. '바닷길'이라는 일본해 해안선을 따라 길을 잡은 군단은 구지라나미의 해안에서 동군과 충돌했지만, '산길'이라고 부르는 신나노 강의 계곡 길을 잡은 군단은 그 무렵 오지야를 점령하려고 전군하여 도처에서 동군과 교전했다.

동군이란 물론 나가오카 번군이 아니라 아이즈, 구와나의 구막부군이다.

윤사월 이십칠일 새벽의 포성은 나가오카 성 밑 거리 모든 집의 장지문을 뒤흔들어 상인방(上引枋)에서 액자(額子)를 떨어뜨리고 연못의 잉어를 놀라게 했다.
 이날 쓰기노스케는 마침 자택에 돌아와 있다가 잠자리에서 막 일어난 시간이었다.
 '드디어 왔군.'
 이렇게 생각했으나 떠들 수도 없이 그대로 우물가에 내려가 세수를 했다. 떠들어 본댔자 어쩔 수 없는 일이었다. 사정은 머지 않아 번경 밖에 내보낸 척후(斥候)들이 돌아와야 알게 될 것이다.
 그는 오스가의 시중으로 밥을 먹었다. 그동안 에도 번 포성이 하늘을 계속 흔들었다. 오스가는 국을 뜨면서 안색 하나 바꾸지 않았다.
 "아버님께선 어떻게 하고 계시지?"
 쓰기노스케가 말했다.
 "어머."
 오스가는 얼굴을 들고 놀란 빛을 띠어 보였다.
 "뜰에 계시지 않았어요? 세수하실 때 안녕히 주무셨습니까, 인사까지 하셔 놓고서."
 '그랬던가?'
 쓰기노스케는 자기가 아버지 다이에몬에게 말을 걸어놓고도 벌써 잊어버렸다는 것이 생각할수록 놀랍고 불쾌했다. 내가 당황했던가, 하는 생각이 들었다.
 '당황하진 않았어.'
 쓰기노스케는 생각을 돌렸다. 세수를 하면서 저 포성에 대해 생각했고, 그것으로 머릿속이 꽉 찼기 때문에 아버지에게 아침 인사를 했다는 극히 일상적인 동작이 건성이 되고 말아 기억에 남지 않았던 모양이다.
 '그렇더라도 안 좋은걸.'
 쓰기노스케는 생각했다. 머릿속에 여유가 없어졌다는 자신이 불만이며 그런 자신이 아니라고 평소에 생각하고 있었던 만큼 이처럼 불쾌한 일은 없었다.
 ──나도 별게 아니로구나.
 이렇게는 생각하지 않았다. 쓰기노스케에게는 그렇게 생각할 만한 마음의 여유라고 할까, 해학적(諧謔的)인 마음이라고 할까, 그런 것이 없었다. 뭐니뭐니해도 번의 안위는 이 쓰기노스케 한 사람에게 걸려 있다. 쓰기노스케로서는 그런 자기인만큼 무쇠와 같은 정신을 가져야 한다고 생각했고 무쇠라도 강철처럼 예리(銳利)해야 한다고 생각했다.

'안 되겠어. 오스가만도 못한걸.'

그러면서도 밥은 네 공기나 먹었다. 이날 아침 밥은 쓰기노스케가 가장 좋아하는 된장 장아찌 밥이었다. 된장에 박았던 무를 잘게 썰어서 넣고 만든 밥인데, 나가오카의 무사 집안에서는 이것을 벚꽃 밥이라 부르고 있었다.

쓰기노스케는 말을 몰아 성 밑 거리를 뛰쳐나와 남쪽 교외에 있는 셋다야 마을의 본영으로 들어갔다.

오후가 되자 척후병들이 속속 돌아와서 포성의 정세(情勢)가 밝혀졌다. 구지라나미의 전황도 알게 되었다.

또한 오지야 방면의 전황도 알았다. 오지야 마을은 에노키 고개(榎峠) 너머에 있었다. 나가오카에서는 40리 남짓한 이웃 마을이었다. 소속은 구막부령으로 되어 있었다.

관군은 오지야를 점령한 듯했다. 동군은 필사적인 방어전을 하고 있었다. 에치고 각지에 주둔하고 있던 아이즈 번의 여러 대들은 오지야 방면의 급보를 듣고 그 방위에 참가하려고 필사적인 행군을 계속하고 있었다.

구막부군 후루야 사쿠자에몬의 선봉대도 부근의 험한 지세를 이용해서 잘 싸우고 있었다. 그러나 관군은 병력이 압도적이어서 전황은 동군에게 유리하지는 못했다.

──아마 오늘내일 안으로 오지야는 함락될 겁니다.

이렇게 말하는 척후도 있었다.

오지야가 함락되면 나가오카는 관군에게 먹을 눌린 형국이 된다.

──어떻게 하시럽니까?

막료들은 쓰기노스케를 보았다. 그러나 쓰기노스케는 그의 특징인 강철 같은 표정 그대로 아무런 감상도 말하지 않고, 다만 명령을 전선의 여러 대에 내렸을 뿐이었다.

"더욱 변경의 수비를 단단히 하라."

막료 중의 한 사람이 다른 사람에게 넌지시 말했다.

"이래도 괜찮을까?"

양군의 싸움터는 모두 나가오카 번의 인접지이다. 아이즈 번과 구막부군은 피투성이가 되어 싸우고 있었다. 말하자면 나가오카 번령을 관군의 침략으로부터 지키기 위해 싸우고 있는 거나 다름없지 않은가. 남이 와서 싸워 주고 있는데 나가오카 번은 전투 배치를 끝내 놓고도 묵묵히 중립만 지켜도 괜찮단 말인가? 도대체 중립이란 있을 수 있는 것일까?

참을 수 없게 된 막료 한 사람이 다그쳐 물었다.

"총독, 어찌된 겁니까?"

쓰기노스케는 그 사나이 쪽으로 번들거리는 눈을 돌려, 눈빛으로 상대를 위압하면서 말했다.

"평소에 말했던 그대로다. 싸움은 해선 안 되는 거야."

'그것이 가능한가?'

모두 불안해졌다. 쓰기노스케는 개의치 않고 야마모토 대대 소속인 오카와 이치자에몬의 소대 36명을 불러 이렇게 말하면서 말에 올라 탔다.

"형세를 보러 가자."

사령관 자신이 전선 시찰을 하려는 것이다.

쓰기노스케는 천천히 말을 몰아 오지야로 가는 가도를 남쪽으로 내려갔다. 도오카 거리에 들어섰을 때, 이곳을 진지로 삼고 있는 마키노 대대 소속의 한 사관이 쓰기노스케의 말 앞으로 뛰어나왔다.

"총독, 무슨 생각을 하고 계십니까?"

이러면서 외쳤다. 쓰기노스케는 말 위에서 그 사나이를 내려다 보았다. 가토 잇사쿠다.

쓰기노스케는 젊은 번사 가토 잇사쿠를 그 기개 때문에 사랑하고 있었다. 그래서 먼저 척후로 선발하여 영토 외의 상황을 살피게 했다.

가토 잇사쿠는 메이지 이후, 나가오카에서 최초로 푸주간을 열었던 사람으로 기억되고 있다. 물론 푸주간을 열게 되기까지에는 온갖 일을 했다. 나가오카에서 최초의 소학교, 최초의 병원, 최초의 여학교를 세우기에 분주했고, 메이지 10년(1877년)에는 사쓰마에 대한 원한을 풀기 위해 지원(志願)해서 세이난(西南)전쟁에 종군하여 두드러진 무공을 세우기도 했다.

그것은 어찌 되었건간에, 이 자리의 가토 잇사쿠에겐 쓰기노스케가 도무지 알 수 없는 사나이로 보였다. 어째서 출격했으며, 어째서 서군(관군)을 치려고 하지 않는단 말인가?

가토 잇사쿠는 그 뒤에도 척후로 나갔지만 어젯밤에는 밤새도록 전선을 뛰어다니다가 바로 조금 전에 이 도카 거리에 돌아왔던 것이다. 그는 아이즈 번영이나 구막부군의 참담한 전투를 보고 왔다.

"병력이 부족합니다."

가토는 쓰기노스케에게 외쳤다.

이 외침은 전선에 전개해 있는 동군 사졸들의 비통한 외침이기도 했다. 그들은 기습하고 돌격하고 때로는 관군을 무너뜨리지만 조금 뒤에는 다시 밀려서 여기저기로 진지를 후퇴해 가지 않을 수가 없게 된다.

"불쌍해서 볼 수가 없습니다."

가토는 소리질렀다. 동군의 딱함은 나가오카 번령으로 달아날 수도 없는 일이었다. 왜냐하면 나가오카 총독 가와이 쓰기노스케가 여기에 대해 동군의 여러 장수에게 "영내에 들어서는 자는 어느 군이라 할지라도 나가오카 번이 치리라."라고 선언했기 때문이다.

"아이즈 사람들은 벌써 서군 이상으로 우리 번을 미워하고 있습니다. 어째서 나가오카 번은 전선에 참가하지 않습니까? 적은 나가오카 번을 공격하기 위해 내습하고 있지 않습니까? 그런데 아이즈 사람이 막고, 아이즈 사람이 알지도 못하는 곳에서 죽는다, 이게 무슨 일이냐고 말하고 있습니다. 지금 나가오카 번이 싸울 것을 결정짓고 전선에 나간다면 서군은 반드시 집니다.——총독."

가도 잇사쿠는 이렇게 외쳤다.

"어째서 싸울 수 없는 겁니까? 도대체 총독의 가슴속에 어떤 생각이 있으신 겁니까?"

쓰기노스케는 대답을 해야만 했다.

그러나 총독이 한 말은 이것이었다.

"말을 삼가라."

노한 음성이었다. 그 말뿐이었다. 싸우느냐, 싸우지 않느냐 하는 과제는 아마 아무도 풀 수가 없을 것이다. 미묘하고 복잡한 조건으로 되어 있다. 싸우지 않는다고 하면 거짓말이고, 싸운다고 한대도 거짓말이며, 싸운다 싸우지 않는다는 단계에서 한 계단 올라간 바로 그곳에 쓰기노스케가 노리는 것과 생각이 숨어 있지만 그것을 지금 아랫사람들에게 설명해 본댔자 전번을 통제하는 데 해를 끼칠 뿐이다.

——다만 위력으로써 이를 제압하려 한다.

이때의 쓰기노스케의 태도가 설명을 하고 있다. 그러나 가토는 물러나지 않았다.

쓰기노스케의 위력에 가토 잇사쿠는 굴하지 않았다. 집요하게 회답을 졸랐다. "총독, 총독" 하고 외치며 매달렸다.

"가슴속에 있는 것을 설명해 주십시오."

쓰기노스케는 처치하기가 곤란했다. 드디어 고함을 쳤다.

"모르겠느냐!"

"이야기할 수 없다면 없는 거다. 나를 따르기만 하면 되는 거다. 그만큼 나를 신용할 수 없다면 지금부터 대열에서 떠나 집으로 돌아가라."

이렇게 고함을 쳤다. "집으로 돌아가라"는 말을 듣고 질린 것은 가토 잇사쿠다. 전기에라도 닿은 듯이 온 몸을 굳히고 한동안 장승처럼 서 있더니 잠시 후 떨리는 목소리로 말했다.

"돌아가라는 겁니까? 돌아가라는 말씀은 죽으라는 거나 같은 말씀입니다. 그러면 죽지요. 죽겠습니다. 이왕 죽을 바엔."

가토는 느닷없이 허리에 찬 단도를 홱 뽑아 들고 말했다.

"총독 앞에서 죽겠습니다. 총독, 가토 잇사쿠가 어떻게 할복하는지 똑똑히 보십시오."

말하자마자 단도 끝을 배쪽으로 향해 쥐고 선 채로 할복할 태세를 갖추었다. 일동은 몹시 놀랐다. 모두 떠들썩해서 총사대장인 오카와 이지자에몬은 뒤에서 가토에게 달려들고, 총사 고바야시 간로쿠로(小林寬六郎)는 앞에서 덤벼들었다. 오카와는 단도를 비틀어 뺏으려다가 오른손 엄지 손가락을 다쳐 혈관을 베었는지 피가 튀어 그것이 가토의 의복 여기저기에 묻었다.

그 모양을 쓰기노스케는 전립의 앞 차양을 약간 내리고 오른손에 채찍을 쥔 채 지그시 보고 있었다. 말리려고도 하지 않고 소리도 내지 않았다.

가토가 조용해졌다. 가토를 안고 있던 고바야시 간로쿠로가 겨우 손을 떼고 쓰기노스케를 돌아보며 말했다.

"총독께서 지나치셨습니다."

공평하게 보아 그러했으며, 그 자리에 있던 자는 모두 그렇게 생각했다. 무사에게 대열을 떠나 집으로 돌아가라니 무슨 말인가? 죽으라는 게 아닌가? 설사 논쟁에 흥분했다 하더라도 그 말만은 하지 않았어야 했을 것이다, 라고 고바야시 간로꾸로는 말하는 것이다.

"알았다."

쓰기노스케는 겸연쩍은 듯한 표정을 하고 한동안 채찍으로 땅을 파고 있더니 이윽고 "잇사쿠" 하며 얼굴을 들었다.

"잘못했다. 사과한다."

쓰기노스케는 머리를 숙였다.

가토 잇사쿠는 아직 흥분이 가시지 않은 듯 쓰기노스케의 얼굴을 멍하니 바라보더니 이윽고 쓰기노스케와 같은 사나이가 잘못을 빈다는 것은 있을 수 없는 일이라는 것을 깨달았다. 깨닫게 되자 가토 자신이 오히려 놀라서 땅에 꿇어 앉아 머리를 숙이고 자기도 말이 지나쳤던 점을 사과한다고 했다.

――도대체 쓰기군은 어쩔 작정인가?

료운조차도 이것을 걱정하고 있었다. 관군은 번령에 다가와 있고 아이즈 번사들은 도처에서 패전하고 있다.

"어떻게 할 것인가?"

나가오카 번의 번사나, 번사의 가족이나, 성 밑 거리의 장사꾼이나 영내에 사는 농사꾼이나 모조리 이것을 근심했다.

'쓰기군의 속마음을 도무지 이해하지 못하겠군.'

료운조차도 이렇게 생각하는 것이다.

요즈음 고야마네 집에서는 온 집안을 공장처럼 하여 도화선(導火線)을 제조하고 있었다. 쓰기노스케가 스넬에게서 산 신식 강선포(鋼線砲)와 그 포탄에는 도화선이 붙어 있는 데도 불구하고 시험한 결과, 화약이 습(濕)했던 탓인지 불발되는 것이 2할 가량 있었다. 그 2할을 쓰기노스케는 료운에게 부탁해서 처방(處方) 제조하는 것을 지도해 달랬던 것이다.

료운은 그런 것을 할 줄 알았다. 화학을 좋아하는 이 양학자는 쓰기노스케에게 부탁받고 급히 서둘러 네덜란드 화술(火術)에 관한 서적을 읽고 그 제조법을 알아 내서 처음에 시험적으로 두 개를 만들어 보았다. 그것을 뜰에서 시험했더니 훌륭하게 폭발했다. 그러고 나서 번사의 부인들과 딸들을 모아 고야마의 집을 갑작스럽게 공장으로 만들기 시작했던 것이다.

"셋다야의 본영에 가야겠소."

료운이 말한 것은 이날 오후였다.

"괜찮겠어요?"

료운의 아내가 걱정을 했다. 어쨌든 료운은 대개 자리 속에 누운 채였고 최근 2년 가량은 밖에 나간 적도 없다.

"안 괜찮을지도 모르지."

료운은 말했다. 요즈음 결핵 특유의 미열(微熱)이 계속되고 등이 결려서 움직이기가 매우 힘들었다. 셋다야까지의 먼 길을 걸으면 뒤가 나빠지리라는 것은 뻔한 일이었다.

"가와이님께서 오시도록 하면 어떻겠어요?"

"그는 총독이란 말요."

군대 지휘권을 쥐고 있다는 것은 그 지휘소에서 움직일 수 없다는 뜻이었다.

다행하게도 바람이 없다. 음력 윤사월이니까 이제는 벌써 따스한 초여름의 날씨였다.

"가 보려오."

료운은 말했다.

"쇼타로를 데리고 가시지요."

아내가 말했다. 아들 쇼타로라면 나이는 어리지만 영리하니까 도중 의지가 될 거라고 아내가 말했으나 료운은 코웃음을 쳤다.

"장사꾼도 아닐 테고."

부자가 터덜터덜 어떻게 걸어가겠느냐 말이다. 무사 가문에서는 시종은 하인으로 정해져 있다.

결국 하인 한 사람을 데리고 떠났다.

셋다야 마을까지의 십 리 길을 료운은 도중에 몇 번이나 쉬면서 천천히 걸어갔다. 두 시간이나 걸려서 셋다야의 본영에 겨우 당도했다.

료운이 쓰기노스케의 방에 들어갔을 때 총독은 편지를 쓰고 있었다.

뒤쪽에 창문이 있었다. 쓰기노스케의 얼굴이며 손 근처가 어두워서 그림자처럼 보였다.

료운은 그를 불렀다.

"아니, 어떻게 왔나?"

쓰기노스케는 놀라며 돌아보았다. 올 수 있을만한 몸이 아니라는 것은 쓰기노스케가 가장 잘 알고 있다. 열이 나지나 않을까?

걸어온 탓인지 료운의 얼굴은 여느 때보다 벌겋게 상기되고 눈에는 눈물이 그렁그렁하다.

"열이 나는 게 아닌가?"

쓰기노스케는 말하며 살피듯한 표정을 지었다. 료운이 일부러 찾아와야 할 정도의 사태가 후방 성 밑 거리에서 발생했는가 하고 쓰기노스케는 생각했던 것이다.

"아닐세. 일선 위문일세."

료운은 짚으로 싼 참마 묶음을 내 놓았다.

쓰기노스케가 좋아하는 것이다.

"도대체 어떤 심경인가?"

료운은 쓰기노스케와 책상을 사이에 두고 앉았으나 쓰기노스케는 대답하지 않았다.

그 대신에 자기가 지금 쓰고 있는 편지를 료운에게 보이려고 내밀었다. 그러면서 말했다.

"에드워드 스넬에게 보내는 편지의 초고일세. 이 초고를 네덜란드 문장으로 고쳐달랄까 하고 다 쓰면 자네에게 보내려던 참일세."

"나더러 번역을 하란 말이지?"

"그랬는데 다행히 공(公) 자신이 와 주었군. 어쨌든 읽어봐 주게나."

료운은 소리를 내지 않고 읽었다.

읽어감에 따라 료운의 안색이 변하고 숨결이 가늘어지더니 다 읽고 나자 커다랗게 한숨을 쉬고는 잠시 얼굴을 숙였다.

생각하고 있는 것이다.

'그런 마지막 각오까지 했었던가!'

료운은 생각했다. 그 편지는 이러한 내용이었다.

"소생, 번의 안위에 대해서는 최선의 노력을 다하겠다. 그러나 사람이 하는 일은 천명(天命)에 미치지 못한다. 만약의 일이 생기면 소생은 전선에서 전사할 것이다. 그러나 우리 주군 마키노씨에 대한 책임은 소생 하나의 생명만으로는 보상할 수 없다. 그러므로 만약의 경우, 번주 부자에게 프랑스로 망명하시도록 하고 싶다. 그러기 위해서는 도항(渡航)하는 수속이며 프랑스 황제에 대한 소개가 필요할 테니, 그것을 모두 귀공께서 해주기 바란다. 사태는 매우 절박하다. 이 문제는 급히 손을 써주도록 부탁한다."

쓰기노스케는 벌써 프랑스 황제에게 보내는 친서의 초고도 다 써 놓았었다.

"료운형, 어디까지나 비밀일세. 이런 것은 료운형과 나 쓰기노스케만으로 처리해 가고 싶네."

"쓰기군."

료운은 여전히 말을 못했다. 의견도 떠오르지 않았다. 생각이 흩어져 흥분만 치솟을 뿐, 그것을 누르는 것만도 료운에겐 힘에 겨웠다.

쓰기노스케는 수많은 '외국' 가운데서 특히 '프랑스 황제'라는 이름을 고르고 있다.

그 황제——나폴레옹 3세——가 이끄는 프랑스 제국이 일찍부터 일본 막부에 대하여 이상할 정도의 관심과 호의를 나타내 온 것은, 천하의 정객이라면 모르는 사람이 없다. 나폴레옹 3세는 일본에 대하여 특별한 위치를 나타내고 싶어하고 있었다.

그 특명을 띤 역대의 주일 공사는 이미 14대 장군 이에모치(家茂) 때부터 막부와 깊은 관계를 갖고, 외교 고문과도 같은 위치를 차지하여 내정 외정에 대한 온갖 조언(助言)을 해 왔다.

"장군은 일본의 재통일을 꾀해야 한다."

이것이 전통적인 조언 태도였다.

"이에야스님께서 만든 일본의 통치 제도는 현시국에는 적합하지 못하오."

그들은 말했다. 이에야스는 세키가하라에서 천하를 뺏어 일본의 군주가 되어 봉건제도를 완성했다. 즉 여러 영주의 공국(公國)을 많이 만들어 놓고 그 연합체 위에 장군이 앉는다는 통치 형식이어서, 장군의 정치는 여러 영주의 영내 정치에까지 영향을 미치지 못한다.

"그러한 형태로는 근대 국가가 될 수 없다."

프랑스 사람들은 막부에 조언했다.

"봉건제도를 폐하고 군현(郡縣)제도를 채택하여 군주(장군)의 지휘권을 구석구석에까지 미치도록 한다는 것이 현재 유럽의 추세입니다."

그러기 위해서는 영주나 번이라는 것을 폐하지 않으면 안 된다. 그런데 막부는 그렇지 않아도 사쓰마 조슈를 위시해서 큰 번들에게 골치를 앓던 시기이기도 하고, 그들을 납득시킬 힘마저 없는 데다, 듣지 않으면 토벌한다는 무력도 없었다. 그러자 프랑스는 의견을 내놓았다.

"우리가 도와 주겠다."

막부는 그것을 받아들였다. 프랑스에서 군사 고문으로 장교며 하사관을 초빙하여 막부 육군을 창설했다. 해군에 관해서도 군함을 수리할 수 있는 능력을 가져야 하기 때문에 프랑스인 고문에 의해 요코스카(橫須賀) 군항을 설계시키고, 그에 관한 여러 항만(港灣), 공장 설비를 프랑스에서 도입하게 되었다. 그것을 추진시킨 담당 장관이 막신(幕臣) 오구리 타다마사(小栗忠順)였다.

"필요한 차관(借款)에도 응하겠다."

프랑스측은 이렇게 약속했다. 그러나 이 대규모적인 군현제도에 대한 것은 계획이 진행되는 도중에 중단되었다.

유럽 정계에서 나폴레옹 3세의 위치가 떨어졌던 것이다. 그는 유럽의 지도권을 쥐기 위한 갖은 외교 공작을 했으나, 인접국 프러시아가 오스트리아와의 전쟁(普奧戰爭) 결과, 강대한 세력을 가지기 시작한 것과, 남북전쟁 종결로 국내 문제를 처리한 미국이 유럽에서 크나큰 발언권을 갖게 되어, 나폴레옹 3세도 먼 일본에 관심을 계속 갖고 있을 수가 없어져서 차관에 관한 것도 계획이 중지되고 말았다.

그러나 여하간에 막부가 이렇게 와해된 뒤에도 프랑스는 호의를 버리지 않았으므로, 쓰기노스케도 번주를 망명케 한다면 파리로 해야 한다고 자연스럽게 생각하였다.

"그래, 편지를 어떻게 해서 스넬에게 전하려는 건가?"

고야마 료운은 이렇게 물었다. 요코하마까지의 길은 관군으로 가득 차 있지 않은가?

"아니, 스넬은 니가타에 와 있네."

"니가타에?"

스넬은 예의 가가오카미 호에 타고 나가오카 번으로 수송하는 무기 탄약의 마지막 분을 전달하려고 와 있다고 한다.

"니가타 앞바다에 정박중이네. 이쪽에선 작은 배로 왕래하며 짐을 나르고 있어."

"위험한데."

니가타 항의 운명을 말하는 것이다. 거듭 말했지만 니가타는 구 막부령이라 막부가 허물어짐과 동시에 빈집이 되어 버렸기 때문에, 지금은 나가오카 번병 일부가 경비를 하고 아이즈 번을 비롯해서 구 막부군이 들어가 관군에게 빼앗기지 않도록 진을 치고 있다. 그러나 관군은 이미 엎드리면 코가 닿을 만한 데까지 와서 포연을 올리고 있는 것이다.
"니가타가 함락되면 어쩌려고?"
고야마 료운은 놀라서 말했다. 이미 망명 운운할 계제도 못되는 것이다. 무기 탄약이 관군에게 압수되어 버릴지도 모른다.
"하긴 위험해."
쓰기노스케는 남의 말처럼 했다. 료운은 다소 마음을 놓았다.
"결국 괜찮단 말인가?"
"아마 지금쯤 8할 가량은 양륙을 완료했을 걸세. 차례로 배에 싣고 시나노 강을 따라 나가오카로 나르게 했으니까, 오늘 밤 안으로 가가노카미 호의 선창(船艙)은 텅 비게 되겠지."
"마음을 놓았네."
료운은 서둘러 화제를 조금 전의 망명 이야기로 다시 돌렸다.
"쓰기군, 번주가 일본 밖으로 도망간다는 계획은 여지껏 들어본 적이 없네. 아무래도 그건 좀 온당치 못한걸."
"그렇지도 않을걸세."
쓰기노스케는 그렇게 말했다. 그는 풍문으로 들어 알고 있었지만 막부가 건재했을 무렵 막부는 조슈 번을 공격하여 한때는 외교로 굴복시켰다. 그래서 조슈 번내에서는 막부 지지파가 번 내각을 만들었는데, 얼마 가지 않아 다카스기 신사쿠(高杉晋作)가 여러 대를 이끌고 쿠데타를 일으켜 번의 정사당(政事堂)이 있는 야마구치(山口)를 점령하고 더욱 진군해서 번주가 있는 하기(荻) 성 밑 거리로 육박하여 막부 지지파 내각을 해산시키고 그들의 내각을 만들었다. 이때 다카스기는 어디까지나 막부 토벌 결전을 외치듯 말했다.
"져도 좋다. 번 전체가 온통 초토(焦土)가 될 때까지 싸우는 거다. 만약 패한다면 나는 번주 부자를 업고 조선으로 망명하련다."
이러한 기백이 조슈 번사들을 분기시켰다는 말을 그 당시 들었는데, 경성과 파리와의 차이가 있다곤 하지만 아무튼 선례가 없는 일은 아니다. 물론 다카스기는 말만 했을 뿐 조선 망명을 위한 수속은 하지 않았다. 그렇지만 쓰기노스케는 지금 그에 관한 확실한 조치를 해두려는 것이다.
"아무튼 네덜란드어로 옮겨 써 주게."
쓰기노스케는 료운에게 연필을 주었다.

"이것참, 뜻 밖의 일인걸."

고야마 료운은 쓰기노스케의 초고를 네덜란드어로 고치면서 말했다. 애당초 료운은 쓰기노스케의 각오라던가 방책을 확인하기 위해서 왔던 것이었는데 사태가 갑작스레 바뀌어서 이렇게 되고 만 것이다.

"내 각오는 그것만으로도"

쓰기노스케는 초고를 가리키면서 "명백하게 알 수 있을 줄 아네"라고 했다. 그것이란 말은 만일의 경우에는 번주 부자를 파리로 망명케 해서 나폴레옹 3세의 보호를 받게 한다는 것이다.

"무사는 주군을 위해 존재한다."

이 소박한 윤리관(倫理觀)이 쓰기노스케의 사고방식의 기반을 이루고 있었다. 선조 이래로 마키노씨에 의해서 살아왔다. 이제 존망의 위기에 즈음하여 그 은혜를 보답하지 않으면 안 된다. 은혜에 보답한다는 것은, 첫째는 마키노씨의 혈통을 끊어지지 않게 하는 것, 또 하나는 마키노씨의 조상을 받들어 모실 수가 있도록 할 것, 그 두 가지다. 그러기 위해서는 번이 위기에 빠지더라도 번주는 위기에서 구해내야 하며, 설사 모든 번사가 죽는 한이 있더라도 번주만은 살려내야 한다. 그것이 예부터 내려온 무사의 충성심의 핵심이다.

"지구는 넓네. 일본에서 마키노씨가 없어져 버리더라도 파리에서 살 수만 있다면 그것으로 족하지 않겠는가?"

이어서 쓰기노스케는 말했다.

"이 일만 잘 처리되면 마치 내 심장에 꽂혀 있던 가시가 뽑힌 것 같겠네. 뒷걱정 없이 일에 대처해 갈 수 있겠어."

"싸운단 말인가?"

"싸우든 안 싸우든간에 아무튼 일에 대처함에 있어 내가 자유로워지지."

"싸우겠나?"

"싸우지 않으면 안될 때에는 싸울 수밖에 없겠지만, 그렇게 될 때엔 번으로선 최악의 경우일걸세. 온 번이 멸망할 때겠지."

"결국 진단 말인가?"

"이길 수는 없네. 무기를 사들이고 병사들을 조련하여 어쨌든 지지않게끔 노력은 했네. 우선은 나가오카가 지지 않을 걸세. 그러나 이길 수는 없을 거야."

"이봐, 쓰기. 지지는 않지만 이기지도 못한다는 것은 요컨대 진다는 말이 아니겠나?"

"그건 다르지."

묘한 데서 다르다, 고 쓰기노스케는 말했다. 싸움이 시작되면 어쨌든간에 분전하여 적에게 타격을 계속 주어 반 년이고 일 년이고 견딜 수 있도록 전쟁을 끌고나가서 시간을 벌고, 신정부에 공포를 안겨주어서 신정부의 국제 신용을 잃게 함으로써 화목하지 않을 수 없게 만들어 간다. "이길 수도 없지만 지지도 않는다"는 전쟁 형태에는 정치라는 것이 끼어들 여지가 있다는 것이다. 쓰기노스케가 노리는 것은 바로 그 점이었다.

"그러나 전쟁을 하지 않고 그렇게 끌고 갈 수만 있다면 더 좋은 일은 없지. 어디까지나 정치적으로 처리되어야 하네."

쓰기노스케는 말했다.

'과연……'

고야마 료운은 쓰기노스케의 말을 모조리 듣고난 뒤 한동안 멍하니 앉아 있었다.

'번주 부자분을'

료운은 생각했다. 번주 부자를 파리로 망명케 할 수속까지 한다는 말을 들으니 이제는 아무 할 말도 없다. 쓰기노스케의 '각오'라는 것은 그런 것인 듯했다. 각오라고는 하지만 선승(禪僧)의 오도(悟道)라든가 무사의 할복 같은 것도 아니다. 어디까지나 조치다. 모든 조치를 다 하고 난 뒤의 조그마한 안도감이라는 것이 쓰기노스케의 각오인 듯하다.

"그렇게까지 하고 나면 뒷걱정은 없겠지."

료운은 조그만 목소리로 말했다. 그러나 아직도 다소의 의문은 남았다. 일본 안에서의 난(亂)을 가지고 해외 망명이라는 것까지 생각할 필요가 있을까? 그것을 따져 묻자, 쓰기노스케는 꼭 한마디만을 말했다.

"정치라는 것은 거기까지 생각한 뒤가 아니면 어떤 작은 조치도 취할 수 없네."

료운은 그 말을 듣고 나자 잠자코, 번역에 몰두했다. 어쨌든 스넬에게 보낼 편지만은 네덜란드어로 번역을 끝냈다.

다만 난처한 것은 일본 나가오카 번주로부터 프랑스 황제에게 보내는 편지다. 료운은 그런 종류의 서간(書簡)에 필요한 외교상의 수사(修辭)며 형식을 알지 못했다.

"이건 내가 감당하지 못하겠어."

료운은 말했다. 쓰기노스케는 그제서야 비로소 웃었다.

"료운에게도 감당하지 못할 일이 있었던가? 그렇다면 좋아."

쓰기노스케는 말했다. 한문으로 쓰자고 했다. 한문이라면 일본어보다는 다소의 세계성을 지니고 있을 것이다.

이윽고 쓰기노스케 자신이 초고를 한문으로 번역했다. 이것은 빨랐다. 그것을 료운이 가필을 하고 둘이 의논한 뒤 거의 만족할 만한 것이 되었다.

이미 밤이 깊었다. 쓰기노스케는 자기 방을 료운에게 내주고 자게 했다.

그러고 나서 쓰기노스케는 그 서류들을 유지(油紙)에 싸도록 해서 사자를 골라 즉각 니가타를 향해 출발시켰다. 아마도 날이 밝기 전에 스넬은 이 중요 서류를 선실의 등불 아래서 보게 될 것이다. 여담이지만 이 서류는 무사히 스넬에게 전달되었다. 스넬은 쓰기노스케의 사자에게 말했다.

——가와이 수상께 만사를 알아서 처리하겠다 하더라고 전해주십시오.

그뒤 다른 용건——병기 탄약의 추가 주문 문제로 기토 헤이시로(鬼頭平四郎)와 교섭한 뒤 사자는 본영으로 돌아와서 쓰기노스케에게 스넬의 도량과 친절에 대해 칭찬했다. 쓰기노스케는 냉랭하게 말했다.

"칭찬할 것 없어. 교활한 거야."

쓰기노스케의 말에 따르면 서양인이란 모든 것을 다 생각한 연후에야 거래를 한다. "그것이 이따금 인(仁)으로 나타나고 의(義)로 나타나는 일이 있지만 저변에는 치밀한 계산이 있어 그만한 일로 감격하지 말라"는 것이었다.

관군은 두 가지 길로 나오고 있었다. 해안 전선에서는 구지라나미에서 구와나 번병의 격렬한 저항을 받았지만 곧 그것도 물리쳤다.

각지에서 아이즈 번병을 쳐부쉈다. 관군의 진격 목표는 이것이었다.

——바닷길 군은 가시와자키로

——산길 군은 오지야로

모두 나가오카 공격을 위한 요충(要衝)이었으나, 그 중에서도 특히 구와나 번이 지키는 가시와자키는 극히 지세가 험하여 방어하기 좋은 곳이다. 그러므로 여기를 공격하려면 해안 도로 하나밖에 없으며, 그 하나밖에 없는 공격로를 공격하면 그대로 단숨에 밀고 나간 채 동군의 포화를 맞게 되어 병사들의 사상자는 측량할 수 없는 숫자가 될 것이다. 조슈인인 관군 참모 야마가타 쿄스케는 이를 근심하여 이렇게 생각했다.

――바다로부터 공격할 수밖에 없다.

군함으로 육상의 적에게 함포 사격을 가할 수밖에 없다고 생각하고 교토에 있는 같은 번의 히로자와 사네오미(廣澤眞臣)에게 급히 사자를 보내서 함대를 돌릴 것을 촉구했다. 야마가타가 교토에 낸 편지는 거의 비명에 가까웠다.

"가시와자키 공격은 잘 되지 않았다. 이것은 가가 번의 당황에 의한 것이다. 어떨까 하고 생각되던 사카키바라(榊) 군이 오히려 잘 싸웠다. 하여튼 사쓰마 조슈병들은 특히 강하지만 아무래도 병력이 적다. 앞으로 싸움은 끝없이 계속될 터인데 병력에는 한도가 있으니 병력의 손해를 되도록 줄여야 하는 점에 이쪽의 괴로움이 있다."

산길로 나간 관군은 적의 진지가 드물었던 탓도 있어서 예상 이상으로 진결 속도가 빨랐다. 그들이 첫째 목표였던 오지야를 점령한 것은 윤사월 이십팔이었다.

곧 오지야에 선봉 본영을 설치했다. 민가가 6,000호 가량 있는 큰 마을이다.

시나노 강이 이 부근에서 복잡하게 굽어서 넓은 협곡(峽谷)을 이루고 앞뒤에 묏부리가 솟아 본영의 소재지로선 매우 좋은 곳이었다. 게다가 북쪽에 에노키 고개가 있다.

에노키 고개를 넘으면 나가오카 번령의 평야이므로 나가오카 성을 공격하려면 이 에노키 고개를 먼저 눌러야 할 것이다. 당초에 야마가타 쿄스케는 오지야에 들어왔을 때 에노키 고개를 올려다보고 생각했다.

"저 고개에는 틀림없이 나가오카 번령이 있다."

전략상 이 고개는 그러한 위치였던 것이다. 그 고갯길은 나가오카로 들어가는 유일한 공도(公道)이며 고개의 서쪽 산은 시나노 강쪽으로 급경사를 이루고 있다. 나가오카 번은 당연히 이 고개를 방위의 제일선으로 삼고 있을 것이었다. 그런데 척후를 내보내 보니 나가오카 번령이라곤 한 사람도 없고 진지도 없었다.

'어떻게 된 노릇일까?'

야마가타는 오히려 어리둥절하여 어쩌면 나가오카 번은 그들이 말하듯이 싸울 뜻이 없는 것이 아닐까 생각했으나, 아무튼 이 고개를 점령하여 공격하기 위한 진지를 구축했다.

 야마가타는 산 위의 진지에 올라가 보았다. 눈아래 펼쳐진 나가오카 번령의 들판은 때마침 장마 때여서 흐렸기 때문에 성은 보이지 않았지만 만약 맑게 갰더라면 삼층으로 지은 성의 본성(本城)이 보였을 것이다.

소천곡(小千谷) 담판(談判)

 오지야(小千谷)와 나가오카의 거리는 불과 40리밖에 되지 않는다. 더구나 쓰기노스케의 본영이 있는 셋다야 마을과의 거리는 달리면 2시간 정도의 거리다. 그러한 오지야가 관군에게 점령되었다는 소식만큼 나가오카 번의 상하를 뒤흔든 것은 없을 것이다.
 ──가와이 총독은 무얼 하는가?
 이 때만은 쓰기노스케에게 호의를 갖는 자까지 그를 의심했다. 주전론자는 일거에 출병하여 에노키 고개의 서군(관군)을 쳐부숴야 한다고 하고, 소수파인 공순론자는 "이미 천황기가 변경에 나부끼고 있다는데 어째서 두려워하지 않는가? 공순에도 때가 있는 법이다. 지금 이 시기를 놓치면 국적(國賊)으로 토벌되고 말 것이 아닌가" 하고 떠들었다.
 전선의 아이즈 번병으로부터의 사자는 쉴새없이 왔다. 그들은 수비 진지에서 퇴각하면서 후방의 나가오카 번에 대하여 비통한 외침을 계속했다.
 "어째서 도와 주지 않는가. 어쨌든 원군(援軍)을 부탁한다."
 그러나 쓰기노스케는 움직이지 않았다. 그가 이러한 사태가 벌어진 뒤에 한 일이라면 남쪽 경비 진지가 "서군과 너무 가깝다"는 이유로 후방으로 물러서게 한 일이었다. 관군과의 사이에 뜻밖의 전투라도 벌어지는 사태를 두려워했던 것이다.

"어떤 생각인가?"

철수하는 부대의 사관이나 병사들은 모두 불평을 늘어놓으면서 셋다야 마을 부근까지 물러났다. 싸우기도 전에 달아난단 말인가, 하고 한 마디씩 했다. 전술을 아는 사람들은 이렇게까지 말했다.

"이젠 나가오카는 망했다."

당연했다. 해볼 생각이 있다면 에노키 고개를 탈환해야만 한다. 다행히 관군의 선봉대는 후속 부대가 도착하기를 기다리고 있어서 매우 엉성했다. 싸움을 하려면 바로 지금이며 이때를 놓치면 이길 기회는 영원히 사라진다는 것이다. 무리가 아닌 의견이었다.

그러나 그들이 셋다야 마을 남쪽까지 물러났을 때 본영의 쓰기노스케로부터 기마 전령(騎馬傳令)이 달려와 부대에서 부대로 전달하고 다녔다.

"본영의 방침에 대해서 비평을 금한다. 이를 범하는 자는 처형할 것임."

이것은 전국 이래의 일본의 군법(軍法)이라 해도 좋다. 군 중에서 적이나 아군의 강약에 대해 이야기하거나, 본영의 작전을 비판하는 것은 군대 활동에 백해(百害)는 있을망정 조그마한 이로움도 없다는 것이 이유였는데, 쓰기노스케는 그것을 새삼스럽게 군령으로 만들었다.

윤사월 29일, 쓰기노스케는 저녁에 나가오카 번에 돌아가 하나와 히코자에몬을 불렀다.

히코자에몬은 재정관인데 중역이라고 해도 좋을 직책이다. 나이도 쉰 살이 가깝고 용모도 위엄이 있어서 사자로서는 안성마춤의 인물이었다.

"오지야의 서군 진용에 심부름을 가주시오."

아무렇지도 않은 듯한 어조로 명령했다. 가서 할 말이라는 것은 매우 간단하다.

"중역 가와이 쓰기노스케, 탄원할 일이 있어 출두코저 하오니 허용하시기 바랍니다."

이런 것이었다.

오월 초하룻날 아침, 하나와 노인──히코자에몬을 번내에서는 그렇게 불렀다──은 에노키 고개를 넘어 오지야의 관군 진영으로 갔다.

관군 진영이라지만 본진은 사쓰마 조슈가 각각 따로 떨어져 있었다. 노인이 들어간 곳은 사쓰마 본진 쪽이었다.

뜻밖일 정도의 환대를 받았다. 본진에 있는 간부는 알아듣기 힘든 사쓰마 사투리를 써서 의사 교환을 하기가 어려웠으나, 그래도 모두 웃는 얼굴로 대해 주었기 때문에 기분만은 충분히 알 수 있었다. 점심 때가 가까워지자, 조촐한 점심상까지 나왔다. 하나와 노인은 굳이 사양하며 점심은 가지고 왔다고 했으나 사쓰마 사람들은 꼭 들라고 하면서 듣지 않았다. 사쓰마 사람들은 잘도 지껄였다.

순역론(順逆論)에 관해서다. 조정에 반역하면 만세(萬世)에 역적이란 이름을 남기게 된다, 이처럼 마키노 가문에 대한 불충은 없다, 그것을 잘 분별하도록 하라, 는 것이었다.

"지당한 말씀이오."

노인은 거역하지 않고, 성안에서 몸에 밴 공손한 거동으로 일일이 고개를 끄덕여 주면서 용건을 말하고 선뜻 응낙을 받았다.

"내일 저의 번의 중역 가와이 쓰기노스케라는 사람이 찾아옵니다. 부디 만나보아 주시기를 바랍니다."

오후에는 본진의 문을 나와 다시 에노키 고개를 넘어 나가오카 번령으로 돌아왔다. 성으론 돌아가지 않고 쓰기노스케가 있는 셋다야 마을의 본영으로 들어가 그 내용을 보고했다.

"수고했소."

쓰기노스케는 진심으로 머리를 숙였다. 이 사나이로선 보기드물 정도로 밝은 표정을 하고 있었던 것은 관군 본영의 형편이 뜻밖일 정도로 나가오카 번에 대하여 호의적이라는 것을 알았기 때문일 것이다.

'절반쯤 성공이다.'

쓰기노스케는 생각했다. 그의 무장 중립의 방책이 그렇다는 것이다. 나가오카 번은 작은 번에 부적당할 정도의 중장비를 하고, 양식 화력을 정비하여 전번 전진(全藩戰陣)의 엄격한 자세로 영내를 다스리며, 아이즈에 속하지 않고 관군에 아첨하지 않았다. 이것이 외교상의 위력이 되어 거꾸로 관군에게 미소적 태도를 갖게한 것이었으리라. 관군 간부는 이 점에서 나가오카 번을 적으로 돌리는 것보다 나가오카 번을 포섭하는 편이 좋다고 생각했음에 틀림없다.

'그렇게 되어야만 발언력이 생긴다.'

나가오카 번의 발언이 거포(巨砲)와 같은 힘을 발휘한다. 외교는 무력의 뒷받침이 있어야 성립된다는 쓰기노스케의 이론이 지금 이론대로 진행되려 하고 있는 것이다. 내일은 출두한다. 출두하여 쓰기노스케는 그가 쌓아올린 무력을 배경으로 발언하여, 관군의 진격을 한 마디 말로 막아 내고, 아이즈 번병도 그들의 번경내로 물러가게 하여 양군의 조정역(調停役)이 되어 일본 국내의 내란을 종식(終熄)시켜 버리고 싶다.

그런 의지가 쓰기노스케의 얼굴에 역력히 나타나 있었다.

"정말 수고했소. 즉각 그 뜻을 노공께 말씀 올리도록 합시다."

쓰기노스케는 하나와 노인과 함께 성을 향하여 출발했다.

쓰기노스케는 성으로 갔다. 셋다야 마을의 본영을 나설 때 "그대도 함께" 하면서 동반한 친구가 있다.

오노 우추(大野右仲)라는 사람이다.

'오고에(大聲 : 큰 소리) 우추'로 불리는 재미있는 인물인데 나가오카 번사는 아니었다. 히젠의 가라쓰(唐津) 번사다. 열 아홉 살에 에도에 나와 쓰기노스케와 같은 고가학당(古賀學堂)에서 배웠다. 나중에 쇼헤이코(昌平黌 : 에도 막부의 학교)에 진학했다.

이 무렵부터 존왕 양이(尊王攘夷)의 지사 활동에 투신하여 분큐(文久) 3년(1863년)에는 막부의 외국 담당 행정관 미즈노 타다노리(水野忠德)가 배외 사상(排外思想)을 가진 자라고 하여 그를 암살하려고 에도 성 간다 다리(神田橋)부근에서 잠복 대기했으나 실패로 끝났다. 그러는 중 번주의 아들 오가사와라 나가미치(小笠原長行)가 막부의 관직에 나가게 되었으므로 측근의 모신(謀臣)이 되었다.

오가사와라 나가미치라는 사람은 사정이 있어 번주의 지위를 상속하지 않고 오랫동안 호주 상속을 받지 않은 사람인데, 호를 묘잔(明山)이라고 하며 에도 후카가와(深川)의 다카하시(高橋)에 저택을 가지고 시를 짓고 서화를 즐기며 학문을 논하고 정무(政務)를 설파하는 은자(隱者) 같은 생활을 하고 있었다. 이 집에는 온갖 명사들이 드나들었는데 그 중에서도 하구라 칸도(羽倉簡堂), 후지타 도코(藤田東湖), 가와기타 온잔(川北溫山), 야스이 속켄(安井息軒), 시오야 도인(鹽谷宏陰), 노다 데키호(野田笛蒲), 후지모리 고안(藤森弘庵) 등등의 학자들이 자주 드나들었다. 당시 "후카가와의 묘잔 공 댁에 드나들지 않은 자와는 함께 이야기를 나눌 것이 없다"고 말했을 정도였다. 당시 만약 오가사와라 나가미치가 세상에 나와 막부의 정사를 담당한다면 막부가 당면하고 있는 곤란한 대의 문제나, 그 이상으로 성가신 국내 여론을 가라앉히는 과제도 어쩌면 잘될지도 모른다고들 했다. 그만큼 기대되었으나 막상 막부 정사를 담당하게 되어 집정관이 되어 보니 역시 귀공자여서 하는 일이 모두 섬약(纖弱)하고 경솔했으며, 의지력이 약하여 결국은 단순한 서재 안의 교양인에 지나지 않음을 알았다. 도바 후시미의 싸움이 있은 뒤 오가사와라 나가미치는 병을 이유로 막부에 사직할 뜻을 표하고 아들에게 집안 일을 물려준 다음 아직 그럴 나이도 아닌데 은거 생활을 했다. 그러다가 에도에 관군이 들어오기 직전에 후카가와의 저택에서 종적을 감추었다.

관군에 항전하기 위해 에도를 떠난 것이 아니라 역시 지나친 생각에서 나온 공포심 때문인 듯하다. 구막부시대의 정무 담당자는 관군에게 살해될 거라고 생각했던 모양이다. 피신한 곳은 아이즈였으며 마쓰다이라 카타모리(松平容保)에게 의탁했다. 그러다가 아이즈가 위태로와진 뒤에는 홋카이도(北海道)로 달아나고, 홋카이도가 관군의 수중에 떨어지자 다시 행방을 감추었다가 메이지 5년(1872년) 7월에야 겨우 도쿄의 저택으로 돌아와서 세상에 모습을 나타냈다.

측근이었던 오노 우추는 주군이 아이즈의 마쓰다이라 가문을 의지해 갔을 때 동행했는데, 그때 쓰기노스케와 구면이었기 때문에 에치고의 나가오카로 가서 될 수만 있다면 아이즈 번과 나가오카 번의 동맹이 실현되도록 중개 역할을 하려고 했던 것 같다. 쓰기노스케는 그 우추를 환대하여 이때 그를 본영에서 거처하게 했었다.

"자네도 함께 성으로 가세."

함께 가기를 권한 이유는 나가오카 번의 사정을 다른 번사에게 자세히 보여 두려는 생각이었던 것 같다. 오노 우추는 메이지 이후 신정부에서 의하여 도요오카 현(豊岡縣) 참사(參事), 나가노(長野), 아키타(秋田), 아오모리(靑森)의 경찰서장을 역임했다.

셋다야 마을에서 성 밑 거리까지의 길은 전원이 한눈에 바라보인다. 오노 우추는 쓰기노스케에게 말했다.

"사람은 역시 자기가 살고 있는 환경에서 뛰어오르지 못하는 것이군."

우추는 자기에 관한 말을 한 것이다. 그는 히젠의 가라쓰 태생이니까 에치고 태생인 쓰기노스케와는 출생지가 매우 떨어져 있다. 그러나 히젠 가라쓰 6만 섬인 오가사와라 가문이나 에치고 나가오카 7만 4,000섬인 마키노 가문이나 모두 도쿠가와 가문의 누대 영주인 점에서는 같다. 양쪽 주군 다 막부 각료(閣僚)인 집정관이 되었다는 점도 같고, 지금 천하가 뒤집혀 버린 형세 속에서 그 형세의 새로운 주류(主流)인 사쓰마 조슈에게 압박을 당하고 있다는 점에서도 같았다. 그러한 점에서 번은 서로 다르지만 두 사람이 서 있는 기반이며 조건은 마찬가지였다. 오노 우추가 말을 이었다.

"나는 얼빠진 막부를 쓰러뜨리려고 생각했던 일도 있었지. 그 막부로는 도저히 앞으로의 일본을 감당할 수 없어. 감당할 수 없을뿐만 아니라 일본 그 자체를 청국과 마찬가지로 자멸케 하고 말 것이라 생각하고, 그것을 걱정해서 분큐연간에는 사방으로 뛰어다니며 사쓰마 조슈의 사람들과도 매우 친하게 지냈지. 그런데 주군(엄밀하게 따져서 번주의 아들)께서 막부의 집정관이 되셨다네. 그래서 그 모신(謀臣) 중의 한 사람이 되어, 앞으로는 주군을 지키고 주군을 통해서 막부 각료에 관계를 하여 막부 정치를 왕성하게 해서 국내를 재통어(再統御)함으로써 일본의 위세를 높여 일본을 자멸자괴(自滅自壞)의 위기에서 구하려고 했었네. 그러나 지금 천하가 뒤집혀서 사쓰마 조슈가 밀고 올라왔네."

우추의 목소리가 어찌나 컸던지 그 부근의 농부가 놀라서 괭이질을 멈추고 이쪽을 바라보았다.

"천조(天朝)의 세상이 되었네."

우추는 존왕가다. 천조의 세상이 되는 데 대해서는 아무런 이론도 없지만 천조를 떠받들고 있는 사쓰마 조슈가 도쿠가와씨나 아이즈의 마쓰다이라씨를 치려고 하는 것은 반대인 것이다. 우추의 말에 의하면 천자가 어질지 않은 분일 리가 없다. 모든 것이 사쓰마 조슈의 권력악(權力惡)에서 나온 것이며, 사쓰마 조슈가 가장 중요한 외교 문제에 임하지 않고 국내의 구성권을 끝까지 강탈하는 데 매달려 있다는 것은 괘씸하다는 것이다.

"그러나"

오노 우추는 말했다.

"내가 사쓰마 조슈에서 태어났다면, 즉 사쓰마 조슈의 번사라면 이런 말은 하지 않을 걸세. 도쿠가와 토벌의 급선봉이 되어 있었을지도 모르거든. 이것저것 생각하면 사람이란 궁극에 가선 입장만이 남는 모양이야. 나도 젊었을 적엔 내 생각대로 행동했었는데, 결국은 이 오노 우추도 누대 영주인 가라쓰 번의 번사로서 살아가는 수밖에 도리가 없는건지도 모르겠네. 가와이 안 그런가?"

옛 학우(學友)에게 동의를 구했다. 쓰기노스케는 씁쓰레하게 웃기만 하고 "글쎄" 했을 뿐이었다.

그들은 성안의 전각에 올라갔다. 군주를 알현하는 곳은 효쇼 원(表書院)이다.

주군이 윗자리에 나타날 때까지 다소의 시간이 있다. 그동안은 정좌하고 부채질도 하지 않는다. 바람이 없어 무더웠다.

이윽고 번주 부자가 나타나 윗자리에 앉았다. 쓰기노스케는 가까이 다가앉아 내일 관군 진영에 들어가 담판하게 된 것을 말했다.

"드디어 그렇게 되었군."

노공 마키노 다다유키 고개를 끄덕였다. 이런 것들은 쓰기노스케가 맨 처음부터 구상했던 것으로 들어 알고 있었으므로 모든 것은 예정된 대로다.

"서군의 형편은 어떤가?"

"거기 대해서는 하나와 히코자에몬으로 하여금 말씀드리도록 하겠습니다."

쓰기노스케는 말했다. 하나와 노인은 허리춤에서 부채를 뽑아 무릎 위에 놓고 절을 한 뒤 길게 설명을 했다. 이런 경우의 일본어는 의례적(儀禮的)인 수사(修辭)가 많아서 가장 요긴한 뜻을 알아듣기가 어렵다. 쓰기노스케는 그것을 다시 요약해서 의미 해석을 해야만 했다. 요컨대 관군 본영의 동태는 의외에도 나가오카 번에 대해 호의적이라는 것이다.

"허어, 그래?"

마키노 다다유키는 그렇게 말은 했지만 별로 마음을 놓은 기색은 없고 설마 그렇게까지 호의적인 것도 아니겠지, 하는 뜻의 말을 했다. 여하간 신정부가 전에 나가오카 번에 명령한 두 가지를 묵살해 버린 채인 것이다. 두 가지 명령 사항이란 관군에 군대를 차출(差出)하든가, 그렇지 않으면 닷새 이내에 돈 3만 냥을 내놓으라는 것이었는데, 그런 일이 있었던 것은 삼월 중순이었다. 그로부터 사월 윤사월을 지나 지금은 벌써 오월인 것이다.

"담판은 매우 어렵겠지."

마키노 다다유키가 말했다. 쓰기노스케는 그럴 겁니다, 하고 대답했다.

옆에서 듣고 있던 히젠 가라쓰 번사 오노 우추는 그것을 걱정했다.

'어렵고 뭐고간에 가와이의 목숨이 부지될지 모르겠다.'

관군 쪽에서는 나가오카 번의 최고 지휘관이 가와이 쓰기노스케라는 것을 너무나 잘 알고 있으므로 어쩌면 가와이의 능력이나 인물에 관해서도 알고 있을지 모른다. 안다면 가와이를 죽일 것이다. 가와이만 죽여 버리면 나가오카 번을 처치하기란 수월할 게 아닌가. 가와이는 십중팔구 목이 달아나는 게 아닐까, 생각했다.

'남의 일이긴 하지만 가와이가 구태여 직접 담판하러 가지 않아도 되지 않는가?'

또 이렇게도 생각했다.

그런 뒤 술이 하사(下賜)되었다.

"이런 말을 하긴 하지만"

쓰기노스케는 다소 취하여 웃지도 않고 또 말했다.

"시나노 강 버드나무 있는 부근에서 내 목이 뎅겅 날아가 버리면 일은 끝나 버리고 마는 거야."

——그 담력, 정말로 위대한 것이었다.

뒤에 오노 우추는 사람들에게 이렇게 이야기했다.

이튿날 아침, 쓰기노스케는 남의 눈에 뜨이지 않게 나가오카를 출발했다. 단신 적의 진영으로 가는 것이다.

그러나 언제나 하는 식으로 부채 하나만을 들고 가면, 관군은 동행도 없는 빈상(貧相)의 사나이가 나가오카 번의 중신인가, 하고 수상쩍게 생각하거나 얕볼 것이다. 그래서 후타미 토라사부로(二見虎三郎)라는 번사 한 사람을 동행했다. 그밖에 가와이 가문의 하인 마쓰조를 대동했다.

쓰기노스케와 후타미는 미닫이문이 달린 가마채가 긴 가마를 탔다. 가마꾼은 가마 한 채에 20명이 딸렸다. 그것은 교대를 하기 위해서였다. 두 채를 합쳐서 40명이다. 그러나 어쨌든 무사는 쓰기노스케와 후타미 토라사부로 뿐이었다.

가마는 앞으로 나아갔다.

길은 시나노 강의 서쪽 기슭으로 잡았다. 우라 마을(浦村), 다카나시 마을(高梨村)을 지나 산붓쇼 마을(三佛生村)(오지야에서 북쪽으로 십리)까지 왔을 때, 이 부근이 관군의 최전선인 듯 사쓰마 조슈병 70여 명이 모여 있었다.

소천곡 담판 319

──누구냐?

마을 어귀에서 검문(檢問)을 받았다.

"나가오카 번 가와이 쓰기노스케"

쓰기노스케는 가마 문을 열고 자기 신분을 밝히고 나서 예의를 갖추기 위해 가마에서 내리려 했으나 대장(隊長)인 듯한 사쓰마 사람이 앞으로 나서며 말했다.

"아니 그대로 좋습니다."

그는 가마를 막으면서 말했다.

"가와이님이라면 본영에서 지시가 내려와 있습니다. 오지야까지 가마를 경호하겠습니다."

그리고 앞뒤를 경호하여 나아가기 시작했다. 쓰기노스케는 생각했다.

'이런 상태라면 담판도 성공하겠다.'

관군의 정중한 응대는 하나와 노인이 말하던 대로였다. 나가오카 번은 관군에게 경원당하면서도 정중한 대접을 받고 있는 모양이었다. 쓰기노스케가 이룩해온 번의 외교 방침은 그런대로 잘못되지 않았던 것 같았다. 이런 상태로 나가면 성공은 틀림없을 것이다.

'아무튼 남은 것은 담판이다.'

모든 것은 담판에 걸려 있다. 쓰기노스케의 외교를 하나의 고개라고 한다면, 담판은 그 고개의 꼭대기일 것이다. 꼭대기로 올라가는 과정은 쓰기노스케가 구상했던 대로의 형태로 진행되고 있다. 앞뒤를 총검에 에워싸여 나아가는 절박감도 절박감이지만, 무엇보다도 관군의 속셈은 나가오카 번의 무장 중립에 대하여 호의는 갖지 않는다 하더라도 두려움을 품고 있는 것만은 틀림없다.

'호의는 가져 줄 필요없다. 두려움만 가져 준다면 담판은 내가 생각한 대로 되어 갈 것이다.'

쓰기노스케는 그렇게 생각하고 있었다.

쓰기노스케는 무사히 오지야에 도착하여 관군 본영으로 안내되었고 방에 들어가 휴식하라는 전갈을 받았다.

그런데 언짢은 사태가 일어났다. 전선으로부터 위급한 보고가 들어와 관군 본영은 벌집을 쑤신 듯한 소란이 생겼다.

그 위급한 보고란, 아이즈병이 오지야의 동북방 삼십 리 밖에 있는 시부미

강(澁海川) 얕은 여울목에 나타나 그곳을 건넜다는 것이다. 병력은 2,000명이라고 했다.

관군은 쓰기노스케와 상대할 경황이 없었다. 쓰기노스케는 하는 수 없이 오지야에 여관을 잡고 기다려야만 했다. 쓰기노스케가 쉬기 위해 잡은 여인숙은 시나노 강에 면하고 있었다. 여기서 관군이 부르러 올 때까지 기다려야만 하는 것이다.

점심을 먹었다.

"태도는 부드럽군요."

동행한 후타미 토라사부로는 이렇게 말했다. 관군의 태도가 매우 부드럽다. 전날 하나와 노인에 대해 응대한 태도라든가 오늘 산붓쇼 마을에서부터의 정중한 경비 태도 등은 참으로 "나가오카 번이 하는 말을 듣자"는 태도다.

"글쎄, 그런 것 같군."

쓰기노스케는 그 점에서 이맛살을 펴고 적이 안심했다는 듯한 표정을 지으며 말했다.

"칼날 위를 맨발로 걷는 듯한 아슬아슬함이 있지만 이런 상태라면 어쩌면 끝까지 나갈 수 있을지도 모르지."

그렇게 말한 것은 그가 마음을 놓았다는 증거이다. 계산상으로는 충분히 성공해 가고 있었다. 이 계산도 이대로만 나간다면 나가오카 번이 호쿠에쓰에서의 주도권을 잡을 수가 있을 것이고 더 나아가서는 아이즈 번을 구해 내고 더욱이 관군이 일으키려 하는 일본의 내란을 종식시키는 데까지 나가오카 번의 발언권을 넓혀갈 수도 있을 것이다.

'어려운 일이지만 내 계산상으로는 그렇게 된다. 전조도 나쁘지 않다.'

그러나 오지야의 동북 수십 리 떨어진 부근에서 들려오는 총성은 더욱 치열하다. 쓰기노스케도 처음에는 사소한 싸움이려니 하고 생각했으나 대포 소리까지 울리기 시작했기 때문에 생각을 다시 하지 않을 수 없었다.

"도대체 어디서 교전하고 있는 걸까?"

쓰기노스케는 중얼거렸다. 그에 대한 정보를 알아오라고 아까부터 여인숙 주인 노자와 시치로에몬(野澤七郞右衞門)에게도 부탁해 놓았었다. 이윽고 주인이 돌아왔다.

"역시 가타카이 마을(片貝村)이었습니다."

이보다 앞서 아이즈군은 관군에 패하여 동북쪽의 산지로 후퇴했으나 이날 대부대로 역습을 기도했다. 역습의 제일 목표는 가타카이 마을의 관군 소부대를 습격하는 일이며 그러기 위해서는 시부미 강을 건너야 하는데, 아이즈군은 배를 붙들어 매고 그 위에 발판을 건네 놓고 인마(人馬)와 포차(砲車)를 대안(對岸)으로 건너게 하여 일거에 가타카이 마을을 공격했다.

"마을 노인을 업거나 혹은 어린 아이의 손목을 끌고 달아나는 사람들의 모습은 차마 눈을 뜨고 볼 수 없는 상황이었다."

아이즈군의 일기에는 이렇게 적혀 있다. 가타카이 마을에 주둔중인 관군은 신슈(信州)의 마쓰시로 번병인데 즉각 이에 응전했으나 점차 밀리다가 끝내는 마을에 불을 지르고 패주했다. 이 시각이 바로 쓰기노스케가 오지야의 관군 본영에 들어갔을 무렵이었다. 오지야의 관군 본영은 급보를 받고 놀라 즉각 주력군을 급파(急派)했다. 그뒤 가타카이 마을 부군에서 치열한 전투가 벌어졌으나 쓰기노스케에겐 아무런 인연도 없는 포성이라 생각해도 좋을 것이다.

사실 쓰기노스케는 그렇게 생각하고 있었다. 그러나 의외에도 그렇지가 않았다.

쓰기노스케 자신은 신이 아니므로 이런 것을 깨닫지 못했으나 이 전투가 쓰기노스케와 나가오카 번의 운명에 미묘한 영향을 주기 시작하고 있었던 것이다.

아무튼 쓰기노스케로선 계산 밖의 사건이었으나 아이즈 번에서는 충분히 계산된 사건이었다.

이미 아이즈 번의 에치고 파견군은 정보를 첩보원들에 의해서 알고 있었다.

"나가오카 번의 가와이 쓰기노스케가 오늘 오지야의 관군 본영을 방문하는 모양이다."

아이즈측은 당연히 쓰기노스케의 오지야 방문을 의심했다.

──관군에 항복하는 게 아닐까?

이렇게 생각했다. 항복하지는 않더라도 중립을 관군에게 납득시키려 가는 것이리라고 생각했다. 여하간 아이즈 번으로선 달갑지 않은 일이며 무슨 일이 있더라도 나가오카 번을 자기 쪽에 끌어 넣고 싶었다. 나가오카 번이 아이즈와의 공동 전선에 참가해 주지 않는 한, 아이즈 번군은 에치고 산야에서 패망하지 않을 수 없을 것이다. 아이즈 번도 필사적이었다. 필사적인 지혜를 쥐어짠 것이 이 가타카이 습격 작전이었다.

——가타카이 마을을 기습하면 오지야의 관군 본영은 큰 소란이 일어날 것이다. 도저히 회의 따위를 열 수 없게 될 것이다.

아이즈측은 이렇게 내다보았다. 회담을 전쟁난리로 중지시키겠다는 것이 이 작전의 노리는 바였으나 지혜롭게도 그 속에는 또 한 가지 노리는 것이 있었다.

——관군 본영은 화가 날 것이다.

그러한 심리도 예상하고 있었다. 게다가 아이즈 번은 관군에게 이 습격이 나가오카 번과 의논해서 계획된 것 같은 인상을 주려고 했다. 쓰기노스케가 외교 담판을 하러 간다. 관군은 마음을 놓는다. 그 안도(安堵)와 방심을 예측하고 아이즈 번이 습격을 한다. "한통속이다"라는 생각을 관군에게 갖게 하려는 것이 아이즈 측이 노리는 점이었다.

아이즈측은 그 목적을 더욱 확실하게 하기 위해 극성스러운 방법을 썼다. 그들 아이즈의 습격 부대는 가타카이 마을 부근에서 분전하다가 퇴각할 때 미리 준비해 두었던 나가오카 번의 번기(藩旗)를 싸움터에 버렸다. 관군이 나중에 이것을 주울 것이다. 그러면 반드시 의심할 것이다.

——적 가운데 이미 나가오카 번병이 참가하고 있지 않은가?

아니 틀림없는 증거를 보고는 의심이고 무어고 관군은 무턱대고 믿을 것이다. 아이즈 번은 그것을 노렸다. 매우 질이 좋지 못한 전술이었으나 아이즈 번은 이런 잔재주를 부리지 않고는 안 되는 데까지 몰리고 있었다.

결과는 노렸던 그대로 되었다. 어쨌든 아이즈 번의 모략 작전은 거의 성공했다.

쓰기노스케는 조금도 알지 못했다.

아무 것도 모르고 오지야의 여인숙에서 기다리고 있었다. 기다리면서 자기의 지략이 성공해 가는 것을 계속 생각하고 있었다.

"그러나 지략 따위는 뻔한 것이다. 지략을 있는 대로 다 짜낸 뒤에는 하늘이라도 흔들만한 성의로 운명을 기다릴 수밖에 없다."

그는 동행한 후타미에게 이런 말을 했다.

쓰기노스케는 사태에 직면하고 있었다.

사태에 직면하는 자는 보이지 않는 대상에 대해 거의 맹목(盲目)이라고 해도 과언이 아니다.

우리들 독자나 이 책의 필자는 후세에 있다. 후세에 있는 자의 권능은 마치 신에 가까워서 사태의 직면자인 쓰기노스케가 알지 못하는 것까지 알고 있다.

쓰기노스케에 대한 반대파의 움직임에 대해서 말이다.

반대파라는 것은 메이지 이후의 통속적인 역사관(歷史觀)으로 말하면 근왕파라는 것이며 이 당시의 말로 하면 공순파라는 것이다. 그러한 분자(分子)가 뜻 밖의 행동으로 나오고 있었다.

다만——그러한 분자라고 했지만 번내, 즉 정규적인 번사 가운데서의 공순파를 가리키는 것은 아니다. 그러한 번내 공순파는 나가오카 번의 경우, 지하 운동 등은 하지 않고, 모든 것을 내놓고 논의하여 성 안의 공개적인 장소에서 쓰기노스케와 토론하여 왔었다. 그러나 쓰기노스케에게 압복(壓伏) 당하자 불평을 하면서도 번의 통제에 복종하여 분파적인 활동은 하지 않았다.

그러나 극히 소수의 예외는 있었던 듯하다. 그것은 분파적 활동을 한 자의 이름을 알 수 없다는 말이다. 가명(假名)을 썼기 때문이다.

'사쓰사 케이지(佐佐圭治)'

그런데 나가오카 번에 사쓰사 게이지라는 자는 없었던 것이다. 말하자면 수수께끼의 인물이라 해도 좋을 것이다.

그 '사쓰사 게이지'가, 쓰기노스케가 오지야의 관군 본영에 간다는 것을 알고 그 직전에 오지야로 와서 관군의 어떤 자를 만났다.

"나는 나가오카 번사요. 곧 이곳에 번의 총독 가와이 쓰기노스케란 자가 올 텐데 그에 관해 말씀드릴 일이 있소."

그 인물이 말하는 내용은 이러했다.

"나가오카 번은 천 수백 병을 동원할 수 있지만 그 가운데 200명은 마음을 조정에 기울이고 있는 공순파라, 그들은 모조리 쓰기노스케의 압제를 싫어하고 있소. 일단 개전하게 되면 이들 200명은 배반자가 되어 일제히 번군 안에서 봉기를 꾀하고 관군에 내통하여 번군을 내부에서 무너뜨릴 작정으로 있소."

이 일은 관군을 동요하게 만드는 중대 정보가 되었다.

이 정보가 관군 본영의 대(對) 나가오카 관(觀)을 송두리째 바꾸어 놓고 말았다 해도 과언이 아니다. 여태까지 관군은 나가오카 번을 두려워했다.
"상하의 결속이 매우 단단하다."
이런 점과, 무기가 정묘해서 총대(銃隊)는 모두 신식총으로 장비되어 있고, 화포의 수도 많다는 점으로 가능하면 싸우지 않고 나가오카를 포섭하려 하고 있었다. 그 점이 쓰기노스케의 외교상 노리는 점이기도 했다.
그런데 이 정보로 모든 것을 알았다.
──나가오카는 뜻밖에 약하다.
이것이 관군의 전략을 갑작스럽게 일변시킨 원인이었던 것 같다. 그런데 기묘한 것은 막상 뚜껑을 열고 본 즉 내응자(內應者)는 한 사람도 없고, 사쓰사 케이지라는 인물도 연기처럼 사라지고 만 것이다. 기묘하다고 할 수 밖에 없었다.
점심 때가 훨씬 지났을 무렵 관군 진영에서 사자가 왔다.
"갑시다."
어찌된 영문인지 약간 말씨가 거칠었다. 쓰기노스케는 옷의 먼지를 털고 모시 예복을 입은 다음 안내자 뒤를 따랐다. 관군 본영으로 가는가 물었더니 그렇지 않다고 했다.
"절입니다."
지겐 사(慈眼寺)라고 했다.
오지야의 지겐 사라고 하면 이 부군에서는 알려진 선종(禪宗)의 고찰이다. 그러나 본영을 회담 장소로 하지 않고 어째서 그러한 절이 선택되었는지 쓰기노스케도 다소 불안감이 들었다.
마을 가운데의 길을 가니 이윽고 산문(山門)이 보였다. 산문 옆의 도로에는 관군의 병사가 열을 짓고 서 있었는데, 이날 아침 전투에서 부상을 입었는지 어깨를 붕대로 감고 피가 배어나온 자도 있었다. 전원이 살기를 띠고 있었다.
'이건 아무래도 이상한걸.'
쓰기노스케의 곁에 따르고 있던 후타미 토라사부로는 생각했다. 이날 아침 본영에서 느낀 관군의 인상과는 전혀 달랐다. 한바탕 싸움이 벌어졌던 때문일까?
산문을 지키는 병사의 인원수만도 100명 이상이나 된다. 그들이 좁은 길을 일부러 더 좁게 하여 쓰기노스케 일행을 지나가기 어렵게 하고 있다. 그들이 들고 있는 총에는 모조리 칼이 꽂혀 있고 칼은 얼음처럼 번쩍이며 문자 그대로 칼날의 숲을 헤쳐 나가는 느낌이었다.

쓰기노스케는 태연히 걸어갔다. 산문을 들어서니 경내는 넓고 나무들은 꽤 오래된 고목이었으며 매미 소리가 우듬지 쪽에서 들려온다.

본당으로 올라갔다. 쓰기노스케의 자리는 본당 옆에 있는 방 아랫 자리에 준비되어 있었는데 무가(武家)의 격식대로 아무 것도 깔려 있지 않았다. 후타미 토라사부로는 종자(從者)로 알았던지 별실에서 기다리라고 했다. 하인 마쓰조는 봉당에서 기다리게 되었다.

길지는 않았으나 시간이 흘렀다. 관군측 대표가 나타났다.

네 사람이었다.

번별로 말하자면 사쓰마측이 한 사람, 조슈가 두 사람, 도사가 한 사람이었다.

사쓰마 번사 후치베 나오에몬(淵邊直石衛門)은 메이지 이후 육군 소좌가 되었으나 곧 그 자리를 물러나 고향으로 돌아갔다가 세이난 전쟁 때 사이고 편에서 싸우다 전사했다.

조슈 번사 시라이 코스케(白井小助), 그리고 스기야마 소이치(杉山莊一). 이들은 모두 관군 가운데서는 고급 간부라고 할 수 없는 사람들이었다.

도사 번사 이와무라 다카토시(세이치로)가 이 자리에서는 상급자였으며 신분은 관군 선봉 군감이었다. 나이는 스물 셋.

'뭐야, 애송이들뿐이 아닌가?'

쓰기노스케는 몹시 실망했다. 관군의 최고 사령관으로선 조슈의 야마가타 쿄스케, 사쓰마의 구로다 료스케 두 사람이 에치고 방면에 와 있다고 들었는데, 그들은 어디에 있는 것일까? 가시와자키에라도 있단 말인가?

방금 말한 관군 군감 이와무라 다카토시에 관해서는 이미 앞에서 언급했다. 도사의 시골 스쿠모에서 나와 고향 선배인 사카모토 료마를 찾는 동안 료마는 죽고, 도바 후시미의 싸움이 일어나는 바람에 어물쩍 관군 군관으로 임명되어 에치고로 나온, 그야말로 난세다운 사정에서 태어난 벼락 권력자였다.

"나가오카 번 중신 가와이 쓰기노스케라고 하오."

예복 차림의 쓰기노스케는 깊이 머리를 숙였다.

관군의 간부들도 각각 자기 이름을 밝혔는데 마지막에 상급자인 이와무라

다카토시가 높고 날카로운 소리로 이름을 댔다.

"군감 이와무라 세이치로."

그 태도를 보고 쓰기노스케는 기분나쁜 예감이 들었다.

'이자는 아무래도'

다루기 어렵겠는걸, 하는 생각이었다. 목이 길고, 그 위에 햇볕에 바싹 마른 듯한 얄팍한 검은 얼굴이 달려 있으며 두 눈이 송사리 눈처럼 튀어나왔는데 그 눈을 쉴새없이 움직이고 있었다. 남들보다 다소 재치는 있는 것 같았다. 그러나 그 재치를 믿는 마음이 강한 듯 사람을 얕보는 태도로 쓰기노스케를 상좌에서 내려다보고 있다. 겁쟁이는 아닌 듯하다. 겁쟁이는커녕 오히려 용기가 있어 보인다. 그러나 그 용기는 권력을 쥐었을 때만 나타나는 형인 듯 눈매가 매우 신경질적이다.

'상당히 건방진 놈이다.'

쓰기노스케는 생각했다. 건방진 것은 이와무라의 사정이므로 쓰기노스케에게는 아무래도 상관없었지만, 과연 이런 생김새의 사나이가 남의 이야기를 들어 줄 것인가 하는 점이 염려되었다.

여담이지만 에치고 나가오카의 구번사인 이마이즈미 다쿠지로(今泉鐸次郎)옹은 그의 저서 《가와이 쓰기노스케 전》(이 소설도 그의 역작(力作)에 힘입은 바가 크다) 가운데 만년의 《자작(子爵) 이와무라 다카토시씨의 담화》라는 것을 채록(採錄)하고 있다.

"가와이의 경력이나 인물에 관해서는 후년에야 비로소 알았다. 당시(當時)는 물론 알 까닭이 없었다. 봉건 시대에는 으레 그랬듯이 각 번의 중역들은 모두 번의 문벌 가문들뿐이었다. 이름바 얼빠진 중신들이어서 가와이도 그런 평범한 문벌 중신이려니 생각했었다."

사실 이와무라는 신슈 각 번의 중신들을 인솔하고 있었다. 그들은 한결같이 그의 말대로 '얼빠진 중신들'이었다. 쓰기노스케도 그와 마찬가지로 생각했던 것이다.

"가와이의 인물을 오늘날처럼 알고 있었다면 담판을 할 방법도 있었다. 그러나 앞에서 말했던 그러한 형편이었다."

앞에 적은 이마이즈미옹의 저서에는 어렸을 적에 쓰기노스케에게 귀여움을 받았던 료운의 아들 고야마 쇼타로(小山正太郎) 화백(畵伯)의 글도 실려 있다.

"이와무라란 자는 말할 수 없는 천치다."

그런 격렬한 문장으로 시작되고 있다. 의역(意譯)하면 이렇다.
"가와이 씨의 인물됨을 몰랐다고 하지만 실제로 면담을 하지 않았는가? 게다가 이와무라는 나가오카 염탐군을 보내어 번의 정세를 살폈다고 한다. 당시 가와이 씨의 번정 개혁은 농가 상가에 평판이 나 있어, 부녀자라 할지라도 그의 인물이나 업적을 모르는 자가 없었는데 문벌의 얼빠진 중신이라고 생각했다니 상식있는 자가 할 말이 못된다."

그렇긴 하나 이와무라 다카토시는 겨우 스물 세 살이었고, 더욱이 시골 서생이 세상에 나와 맨 처음에 맡은 것이 군감이었으니 그 미숙함을 이러쿵저러쿵 보았자 어쩔 도리가 없다.

쓰기노스케가 말한 내용은 그의 지론(持論)이었고 본심이었다.

"우리 나가오카 번의 지금까지의 태도는 천조(天朝)께서 보시면 무례한 점이 적지 않을 것으로 생각하오. 하나는 병력 차출 또 하나는 헌금"

요컨대 관군이 군병을 차출할 것을 요구했음에도 그것을 묵살했고 더욱이 헌금을 요구했음에도 회답조차 하지 않고 있었다.

"참으로 사죄드릴 말씀이 없소. 그러나 저희 주군(마키노 부자)께선 원래부터 존왕의 뜻이 돈독하여 다른 뜻이 있을 수 없는 분이오. 다만 번내가 두 길로 갈라져 번론이 통일되지 않는 데다가 아이즈 번, 구와나 번, 요네자와 번의 번병들이 성 밑 거리에 들어와, 만약 사쓰마 조슈에 응한다면 나가오카와 개전하리라는 등 하면서 동맹을 강요하여 작은 번인지라 그것을 함부로 거절할 수도 없어, 이일저일로 시일이 지나 오늘에 이른 형편이오."

──흐음

이와무라는 이런 코대답도 하지 않고 턱을 쳐들고 다른 곳을 바라보고 있었다.

"어쨌든 얼마 동안만 더 여유를 주기 바라오. 시간적 여유만 주신다면 반드시 번론을 통일하겠으며 한편으로는 아이즈, 구와나, 요네자와의 여러 번을 설득하여 천자의 군대에 항거하지 않도록 타일러, 에치고 오우의 땅에 전쟁이 일어나지 않도록 힘껏 노력하겠소."

'무슨 소리를 하고 있는 거야?'

이와무라 군감은 그렇게 생각했다. 이와무라의 선입관(先入觀)으로는 쓰기노스케의 뱃속이 훤했던 것이다. "여유를 달라"고 하지만 경솔하게 시간적 여유를 주게 되면 반드시 전쟁 준비를 갖출 것이다. 전쟁 준비를 갖추기 위한 잔재주임에 틀림없다. 그런 것은 모두 여러 가지 정보로 보아 분명한 것이다. 이와무라는 그렇게 생각했다.

쓰기노스케는 품 속에서 서장(書狀)을 꺼내어 미리 준비한 굽달린 쟁반에 담아 이와무라 쪽으로 밀어놓으며 말했다.

"탄원서요. 지금 말씀드린 내용이 모두 이 서면에 자세히 적혀 있으니 부디 전달해 주기 바라오."

관군 총독인 공경에게 전해 주기 바란다는 것이다.

이와무라 군감은 양 무릎 위에 놓은 손을 움켜쥐며 어깨를 젖혔다.

──얕보지 말라.

외치고 싶은 듯한 심정이 그 표정에 나타나 있다. 곧 말을 했다.

"전해 드릴 수는 없소."

그리고 계속해서 말했다.

"탄원서를 내놓는 것조차 무례하오. 이제까지 단 한 번이라도 조정의 명령을 받든 적이 있소? 어디에 성의가 있는 거요? 더욱이 시간적 여유를 달라, 탄원서를 전달하라니 이게 무슨 소리요. 그럴 필요는 조금도 없소. 이젠 서로 싸움터에서 뵈올 뿐이오."

이와무라는 익숙하지 못한 탓인지 자기가 한 말에 잔뜩 흥분하여 무서운 형상(形相)이 되고 말았다.

쓰기노스케는 얼굴빛 하나 변하지 않는다.

"흥분하시는 것은 지당하오만."

그러고서 윗자리에 앉은 이와무라 군감을 올려다보았다. 그러나 워낙 표정이 침착한 데다 눈빛이 심상치 않아, 그것이 쓰기노스케의 본바탕 표정이라곤 하나 젊은 이와무라를 압도하는 처지가 되었다.

"이와무라님."

이와무라는 대답도 하지 못하고 들뜨려는 자신을 억지로 누르려 하고 있었기 때문에 또 다시 날카로운 목소리를 내지 않을 수가 없었다.

"시간적 여유를 달라는 건 수단이 아니오!"

"그렇지 않소."

쓰기노스케의 목소리는 다다미 위를 기어가듯 낮다. 그렇지 않다는 의미를 설명하려 하자, 이와무라의 목소리는 더욱 높아졌다.

"더 이상 말을 주고받을 필요도 없소."

쓰기노스케는 고개를 끄덕이고 이 애송이 같은 사나이의 기분을 풀어줄 생각으로 한 쪽 뺨으로 슬쩍 미소지었다.
"말씀이 지당하오."
"그렇다면 어째서 순순히 물러가지 못하오? 이미 얘기는 끝나지 않았소."
"더 이상 말을 주고받을 필요가 없다는 것, 그 노하시는 뜻은 참으로 지당하오. 그러나 이 탄원서만은"
"전할 수 없소."
──이놈이
격하기 쉬운 쓰기노스케가 여느 때 같으면 이쯤에서 상대에게 덤벼들어 주먹을 휘둘렀을 것이다. 그러나 쓰기노스케는 참았다. 마음을 가라앉히고 다시 말했다.
"노하시는 건 당연하오. 그러나"
"그러나고 뭐고 없소. 아까부터 말하지 않았소. 이젠 서로 포연 속에서 만날 뿐이오."
그 목소리가 봉당에서 기다리고 있는 하인 마쓰조의 귀에까지 찌렁찌렁 울렸다. 마쓰조는 등을 구부리고 얼굴을 수그렸다. 쓰기노스케의 성품을 알고 있는 만큼 몸이 오그라드는 느낌이었다.
'나리께선 언제 터질 것인가?'
그러나 이상하게도 쓰기노스케의 목소리는 어디까지나 낮고 냉정해서, 그토록 목소리가 큰 사람이 무슨 말을 하고 있는지 알아들을 수가 없을 정도였다. 멀리서 들리는 파도소리처럼 쓰기노스케의 말이 희미하게 새어나오고 있을 뿐이었다.
본당에서는 쓰기노스케가 계속해서 간청하고 있었다. 그러나 이와무라 군감은 화를 냈다.
"몇 번이나 이야기해야 알겠소?"
튀어오르듯이 벌떡 일어나, 다른 세 사람에게도 턱으로 재촉하여 자리를 떠나려 했다. 쓰기노스케는 떠나려는 이와무라에게 접근하여 전복(戰服)자락을 잡았다. 뒷날 이와무라의 회고담은 다음과 같다.
"나는 더 이상 들을 필요가 없다고 생각하고 자리에서 일어났으나 가와이는 다시금 내 전복자락을 잡고 호소했다. 그러나 나는 즉각 뿌리치고 안으로 들어갔다."

굽달린 쟁반이 굴렀다.

번주의 탄원서가 다다미 위에 떨어졌다. 쓰기노스케가 얼굴을 들었을 땐 이미 이와무라는 없었다.

어쨌든 이와무라 군감은 자리를 차고 일어나 가버렸다. 이 시각은——이와무라 기억으로는——오후 두 시경이었다. 회담은 30분 가량밖에 걸리지 않았다.

쓰기노스케는 말을 붙일 틈을 잃었다. 주인이 가버린 이상 손님이 더 이상 앉아 있을 수도 없어 부득이 현관으로 나왔다. 하인 마쓰조가 짚신을 챙겨놓았다.

"어떻게 되신 겁니까?"

마쓰조가 물어보려 했을 정도로 쓰기노스케는 꼼짝도 않고 서 있었다. 현관 마루에 선 채 봉당으로 내리려고도 하지 않고 짚신을 신으려고도 하지 않고, 하늘만 뚫어지게 쳐다보고 숨을 가다듬고 있는 듯했다.

생각을 하고 있는 것이다.

이윽고 생각을 정했는지 다시 부리나케 복도로 되돌아갔다. 복도에는 때마침 관군의 접대 담당인 듯한 무사가 있었다. 쓰기노스케는 그자에게 말했다.

"다시 한 번 이와무라님을 만나게 해주시겠소?"

무사는 고개를 저으며 거절했다.

"전해 드릴 수 없습니다."

어째서냐고 쓰기노스케가 묻자, 어째서고 뭐고 그렇게 지시되어 있다, 고 상대는 대답했다.

"부탁이오."

쓰기노스케는 머리를 숙였다. 무사는——가가 번사였던 모양인데——끼어들기를 두려워하는 것처럼 빠른 걸음으로 가버렸다.

"후타미."

쓰기노스케는 동행자를 불렀다. 후타미 토라사부로가 다가오자 말했다.

"아직 단념할 수가 없네. 지금 그 사람, 가가 번 사람 같은데 뒤를 쫓아가서 다시 한 번 부탁해 주게."

"부탁을 하라고요?"

"오오, 부탁하네. 간절히 부탁하는 거야. 창피고 체면이고 집어치우고 부

소천곡 담판 331

탁해 주게. 관군의 수뇌는 사쓰마, 조슈, 도사일는지 모르지만 곁다리 번들도 많이 와있네. 이를테면 가가 번, 신슈 마쓰시로 번 등일세. 가가나 마쓰시로의 중역을 찾아내서 그들에게 사쓰마, 조슈, 도사에 중개해 줄 것을 부탁해 주게. 나는."

쓰기노스케는 말한다. "나는" 하고 거듭하고 나서 "문 앞에 있겠네"라고 했다. 이 자리에 있지 못하는 이상 문 앞에 서 있을 수밖에 없다.

쓰기노스케는 후타미를 남겨둔 채 현관으로 되돌아와서 짚신을 신고 경내로 나왔다.

바람이 경내의 흙먼지를 날리고 있었다.

쓰기노스케는 산문을 나섰다. 그 부근을 관군의 소부대가 경비하고 있었다. 쓰기노스케가 그들에게 물었다.

"어느 번의 분들이시오?"

그들은 무뚝뚝한 얼굴로 짧게 대답했다.

"조슈."

부대 뒤쪽에서 노기띤 목소리가 터져 나왔다.

"가와이, 뭘 꾸물거리는 거야?"

"빨리 나가오카로 돌아가서 싸울 준비나 하라"는 것이다. 관군의 나가오카 번에 대한 태도가 하급 병사에 이르기까지 변해 버렸다는 것이 이것으로도 분명했다. 병사들의 감정은 가타카이 마을의 싸움터에서 아이즈병이 내버린 나가오카 번기에서 촉발된 것인 듯했다.

쓰기노스케는 욕지거리를 듣고도 참고 있었다.

모르는 척하고 서 있지만 감정이 격하기 쉬운 이 사나이로선 이것은 큰일이었다. 얼굴이 굳어지는 것을 스스로도 알 수 있었다.

"나리님 가십시다."

하인 마쓰조가 참다 못해 소매를 잡아끄는 듯한 시늉을 했다.

"후타미가 돌아올 때까지 기다려라."

쓰기노스케는 무서운 얼굴로 말했다. 잠시 후 후타미 토라사부로가 돌아왔다.

"가와이님, 안 되겠습니다."

후타미가 작은 목소리로 말했다.

"가가나 마쓰시로 놈들은 틀렸습니다. 사쓰마 조슈를 무서워해서 중개할 생각을 못합니다."
"그래?"
쓰기노스케는 걷기 시작했다. 천천히 걸어가다가 등 뒤에 미련이 남는 듯 몇 번이나 걸음을 멈추었다.
――돌아가서 다시 한 번 부탁해 볼까?
이런 태도였다. 그러나 어느틈에 숙소 앞까지 와 버렸다.
"후타미, 수고스럽네만."
쓰기노스케는 말했다.
"한 번만 더 심부름을 해주게. 나가오카 번의 중신 가와이 쓰기노스케는 아직도 단념하지 못하고 숙소에서 기다린다고."
"그렇게만 말하면 됩니까?"
"한 번만 더 만나 주기 바란다고, 어디까지나 겸손하게 어디까지나 정중하게 말해 주게."
"알았습니다."
후타미는 숙소에 들어가지 않고 곧장 관군 진영 쪽으로 갔다. 쓰기노스케는 숙소로 들어갔다.
――주인, 술을 한 홉(合)만 갖다 주오.
마중나온 주인 시치로에몬에게 이르고 안쪽 방으로 들어갔다.
교외에서는 아직 여기저기서 산발적인 전투가 계속되고 있는 듯 총성이 북쪽과 동쪽에서 들렸다. 이따금 포성도 들렸다.
"아이즈도 어지간히 끈질기군."
쓰기노스케는 중얼거렸다. 아이즈병의 집요한 태도로 보건대, 어쩌면 이 회담에 대한 시위적(示威的)인 전투가 아닐까, 쓰기노스케는 생각했다.
마쓰조는 옆방에 있었다. 가마꾼 40명의 대표자가 마쓰조를 찾아와서 교섭을 하는 것이 쓰기노스케의 귀에 들렸다.
――나가오카로 돌아가게 해달라.
가마꾼들은 전쟁을 두려워했다. 돌아가는 길이 온통 전쟁터가 되지나 않을까 걱정하는 눈치였다.
"잘못하면 죽습니다. 돌아가게 해주십시오."
대표는 계속해서 말했다. 참다 못해 마쓰조가 쓰기노스케의 방에 와서 그 뜻을 전했다. 쓰기노스케는 말했다.

"내일까지 기다려. 총소리가 무섭더라도 오늘 밤만 참아라."
쓰기노스케는 오늘 밤까지 버티어 볼 작정이었다.
이윽고 술이 나왔다.
쓰기노스케는 그것을 마시고, 가마꾼들을 안심시키기 위해 재미있게 노래를 부르기 시작했다.

　저기 저 산 위의 벚꽃 천 그루
　꽃은 천이지만 열매는 하나

그러는 동안 후타미 토라사부로는 여기저기 숙소를 돌아다녔다.
대개는 절이나 민가에 머물고 있었다. 사쓰마 조슈의 숙소만을 빼놓고 가가 번, 마쓰시로 번, 도야마 번, 다카다 번, 이야마 번 등의 숙소를 찾아 부탁했다.
"부디 중개를 좀 해주십시오. 화목을 중재해 달라는 게 아닙니다. 탄원서만 제출하게 해주시면 되는 겁니다."
그러나 어느 번이나 모두 거절했다. 어느 번 간부나 후환(後患)이 두렵다는 표정들이었다.
사쓰마 조슈에게 의심을 받고, 나가오카와 통하고 있는 게 아니냐는 말을 들을까 두려웠던 것이다.
'가와이님이 얼마나 낙담을 할까?'
그러나 결국 후타미는 이 이상의 노력은 헛된 짓이라고 생각하지 않을 수가 없었다. 돌아올 때는 어두워져 있었다.
'가와이님도 잘못했어.'
후타미는 걸음을 옮기면서 생각했다. 관군 군감 이와무라 다카토시와 교섭하던 때의 그 태도가 말이다. 후타미는 그때 옆방에 대기하고 있었으므로 광경은 보지 않았지만 말이나 목소리의 억양은 분명하게 귀에 들렸다.
'가와이 집정 딴엔 겸손했다고 생각하시는 모양이지만 듣자니 겸손하기는커녕 위압을 주는 것 같았어.'
후타미 토라사부로는 그렇게 생각했는데, 당사자인 교섭 상대 이와무라 다카토시 군감도 실은 그 점이 불쾌했던 모양으로 훗날 이렇게 말하고 있다.
"가와이는 물론 탄원을 하려고 왔었다. 그것은 알고 있었다. 그런데 그 태도가 너무 거만하여 마치 관군이 나쁘다는 듯이 비난하는 기색이 있었다."

후타미 토라사부로는 그 점이 관군의 비위를 거슬렀을 것이라고 생각하고 있었다. 그러나 그것을 쓰기노스케에게 주의시킬 마음은 없었다.

"한결같은 몸을 낮추고 정중하게 간청을 하라."

쓰기노스케는 후타미에게도 이렇게 주의했듯이 당사자로선 그것으로 한껏 자기를 낮추었다고 생각했을 테니까 말이다.

후타미 토라사부로는 숙소로 들어갔다. 발을 씻고 천천히 닦은 뒤에 안쪽 방으로 가려고 복도를 걸어갔다. 노래 소리가 들려왔다.

세월이 태평해도
잘릴 때는 잘린다
샤미센(三味線) 베개 삼아 얼씨구
한세상 잠이나 자자

쓰기노스케가 매우 기분이 좋을 때 부르는 그 노래다. 취했나, 하는 생각이 들어 후타미는 화가 나서 장지문을 여니 쓰기노스케는 넓은 방 한복판에 혼자 험악한 얼굴을 하고 앉아 노래를 부르고 있었다. 이미 술잔은 주위에 없었고, 쓰기노스케는 목을 약간 기울이고 가락에 맞추어서 고개를 흔들고 있었다.

──잘되지 못했습니다.

후타미 토라사부로가 보고하자 쓰기노스케는 말없이 고개를 끄덕이더니 조금 뒤에 일어나려 했다.

"내가 가보겠네."

후타미는 그러한 쓰기노스케의 태도에 차츰 화가 나기 시작했기 때문에 불쾌한 듯이 말했다.

"허사일 겁니다."

후타미가 그처럼 여러 진막을 돌아다녔는데도 어느 곳에서나 상대를 해주지 않았는데 쓰기노스케가 간다 해서 잘 될 것인가? 적은 중신이 애걸하러 왔다고 해서 동정하지는 않을 것이다.

"이미 모든 것은 끝났습니다. 이젠 탄원 따위는 그만두고 번으로 돌아가 관군에 항전해야 합니다."

"토라사부로."
쓰기노스케는 예복을 입으면서 말했다.
"단기(短氣)를 부려선 못쓴다."
"이것이 단기일까요? 받아주지도 않는 탄원서를 들고 서군 문 앞에서 우물거린다는 것은 싸움을 겁내는 소심한 자의 행위가 아니고 무엇이겠습니까?"
"내가?"
쓰기노스케는 고개를 갸우뚱했다.
"겁쟁이일까?"
그대로 마쓰조만을 데리고 밖으로 나왔다. 하늘에는 송곳처럼 날카로운 달이 걸려 있었다.
쓰기노스케는 빠른 걸음으로 성큼성큼 걸어간다. 마쓰조의 초롱불이 쓰기노스케를 뒤쫓아 간다.
이윽고 관군의 군문에 가까이 갔다. 군문 주위에는 10여 명의 위병이 모닥불을 피워 놓고 담소하고 있었는데, 영내는 이미 잠이 들었는지 등불도 다 꺼져 있었다.
"누구야?"
위병이 고함을 쳤다. 쓰기노스케는 가까이 가서 허리를 굽히고 말했다.
"나가오카 번 중신 가와이 쓰기노스케요."
——또 왔군.
위병들은 서로 얼굴을 쳐다보았다. 그 중 한 사람이 농사꾼 같은 표정으로 말했다.
"탄원서요?"
조슈 기병대(奇兵隊)인 듯했다.
"탄원서라면 아까 왔던 사람에게도 말했소. 군감께선 전달하지 않으신다고 말요."
쓰기노스케는 아무 말도 하지 않았다.
위병이 한 말을 못 들은 척하고 서 있었다. 다른 사람이 크게 고함을 쳤다.
"물러가오!"
그러나 쓰기노스케는 단호했다.

"무슨 일이 있어도 물러갈 순 없소. 이 자리에 있는 것이 잘못이라면 총으로 나를 처치하오."

그대로 한 시간 가량 서 있었다. 위병 중 한 사람이 보다 못해 안으로 들어가 번에서 자고 있던 사람들을 깨워 의논했다. 그들은 나가오카 번령의 민간 유지로, 근왕파들이었다. 그들은 이불 위에 일어나 앉아 저마다 한 마디씩 했다.

"속지 마라."

"그것은 쓰기노스케의 속임수다."

"그는 보기 드물게 배짱이 센 자여서 평소에 관군을 경멸하고 있었다. 분명 관군의 형편을 살피러 왔을 것이다."

군감 이와무라 다카토시도 일어났다. 등잔 불을 켜게 하고 사정을 물었다.

"언제부터 서 있는가?"

"벌써 한 시간 이상이나 됐습니다."

'기분 나쁜 놈이군.'

훗날 이와무라 남작은 이 당시를 회고하여 이렇게 말했다.

"가와이는 몇 번이나 본진 문 앞에 와서 면회를 간청했다. 결국 밤이 이슥해질 때까지 문전을 방황하며 한사코 전해 주기를 간청했다. 그러나 위병들은 이것을 듣지 않았다. 이런 것을 오늘날에 와서 생각해 보니 어쩌면 가와이에게는 그가 말했듯이 싸울 뜻이 없었는지도 모른다."

"어떤 태도던가?"

이와무라는 물었다. 보고자는 밖에 서 있는 쓰기노스케의 태도를 자세히 말했다.

"태도는 매우 공손합니다. 그러나 귀가 없는 사람처럼, 아무리 돌아가라고 해도 들은 척도 않고 그냥 버티고 섰다가 이따금 물끄러미 달을 바라보기도 하고, 주위를 왔다갔다하기도 합니다. 불이나 쪼이라고 해도 머리를 약간 수그릴 뿐 불 있는 데는 얼씬도 하지 않습니다."

"쫓아 버려라."

이와무라는 말했다.

"무례한 놈이랄 수밖에 없어. 만나러 오는 거라면 그런대로 방법이라는 게 있어. 천조의 명령인 군자금, 번병의 차출, 이 두 가지를 가지고 와야 비로소 만나게 될 텐데, 저 자의 안중에는 조정도 관군도 없다. 포탄을 퍼부어서 정신차리게 해주는 수밖에 방법이 없는 사나이다."
"쫓아버리라는 말씀입니까?"
보고자는 말했다.
"총검으로 쫓아 버려!"
"여러 번 협박도 했습니다만."
보고자는 물러갔다.
이때 관군의 지휘권을 쥐고 있는 조슈의 야마가타 쿄스케, 사쓰마의 구로다 료스케는 가시와자키에 있었는데, 이 소식을 듣고 곧 전령을 보내 명령했다.
"가와이를 잡으라."
야마가타로선 가와이를 그대로 번으로 돌려보내는 것은 들에 호랑이를 놓아보내는 것과 같으므로, 가와이만 이쪽에 억류해 버리면 나가오카 번의 기세도 약해져서, 설사 전쟁이 되어도 지휘자가 없기 때문에 저항도 보잘 것 없게 될 것이라고 보았던 것이다. 그러나 전령은 아침까지 오지야에 닿을 수가 없어 명령은 효과를 내지 못했다.
쓰기노스케는 문전에서 쫓겨났다. 그는 여남은 걸음 물러났다가 다시 걸음을 멈출까 생각했으나, 관군의 태도로 미루어 보아 더 이상 진정(陳情)할 희망을 잃었다.
'돌아가야지.'
이 사나이는 비로소 등을 돌렸다. 잠시 후 어둠 속에 사라져 갔는데, 그것을 바라보는 관병들은 이 순간이, 처참하기 짝이 없는 호쿠에쓰 전쟁의 막이 오르려는 순간임을 꿈에도 알지 못했다.

쓰기노스케는 오지야를 떠났다.
──관군의 크나큰 실책이었다.
이는 훗날 신정부내에서 일치했던 반성이었다. 누가 쓰기노스케를 돌아가게 했는가.
"이와무라다."
훗날 조슈 사람인 시나가와 야지로(品川彌二郞)는 이렇게 말했다. 시나가와는 조슈 혁명파의 정통이라고 할 만한 쇼카 서원 출신으로 다년간 지사 활동을 했으며, 이 무렵에는 교토에 있었다. 최초에 이 시나가와에게 호쿠에쓰 방면의 사령관이 되도록 내시(內示)가 있었으나 무슨 까닭인지 시나가와는 사양했다. 기민한 시나가와는 호쿠에쓰의 상태가, 신정부가 낙관할 만큼 쉬운 게 아니라는 것을 알아차렸는지도 모른다. 아무튼 후년에 시나가와는 남작 작위가 제수된 이와무라 다카토시를 애송이라고 했다.

"도대체 가와이의 상대로 이와무라 같은 애송이를 내보낸 것이 잘못이었다."

물론 이와무라에겐 그런 데가 있었다. 사물의 이치를 따지기 좋아했고 이론과 정의를 사랑하여 그것을 관철시키기 위해서는 고자세가 되었다. 그러므로 자연 너그러움이 없고 뻣뻣해진다. 권력을 좋아하는 애송이라 할까? 말하자면 검찰관 같은 성격이었다고 할 수 있을 것이다.

"그러니까 인선(人選)이 잘못된 거다."

시나가와는 지적했다. 시나가와의 말로는 어째서 구로다 료스케나 야마가타 쿄스케가 나가서 직접 가와이를 만나지 않았느냐는 것이다.

"구로다는 그런 사나이니까 더욱 좋다."

그런 사나이란, 인품이 폭이 넓어 사물에 답답한 선입관을 갖지 않으므로 직관에 의해서 사태의 본질을 감득한다는 뜻일 것이다. 그러려면 적에 대한 부드러움이 있어야 하는데, 다시 말해 적에 대한 부드러움이란 사쓰마인이 갖는 전통적인 사고이므로 구로다 료스케도 충분히 그것을 지니고 있었다. 구로다는 나중에 홋카이도의 고료카쿠에 농성중인 구막부군을 공격하였는데, 적을 섬멸하지 않고 외교로써 항복시킨 인물이다.

"야마가타라도 좋았다. 야마가타가 가와이를 만났어도 전쟁은 하지 않았을 것이다."

시나가와는 말했다. 야마가타 쿄스케는 군인이라곤 하지만 정치가로서의 기질이 있어 사태를 정치적으로 해결했을 게 틀림없다고 시나가와는 말하는 것이다.

얼마 안 있어 벌어진 호쿠에쓰 전쟁에서, 시나가와나 야마가타와 함께 마쓰시타 서원의 학우였던 도키야마 나오하치(時山直八)가 전사하는데, 시나가와는 훗날 종종 야마가타에게 말했다.

"도키야마는 참 아까운 인물이야. 그를 죽인 것은 바로 자넬세."

야마가타는 그럴 때마다 얼굴이 벌개져서, 그렇지 않다면서 화를 내곤 했다는 것이다.

어쨌든 쓰기노스케는 오지야를 떠났다.
"드디어 전쟁이구나."
시나노 강의 동쪽 기슭 길을 가면서 몇 번이나 중얼거렸다.
"만약 전쟁을 하지 않을 수만 있다면 기선을 두서너 척 사들이고, 번사들의 둘째 셋째 아들들에게 무역 공부를 시켜 중국이나 조선에 보내서 나라를 부강하게 만들려 했더니, 그런 희망도 이젠 끊기고 말았어."
후타미 토라사부로에게 그렇게 말했다.

쓸데없는 일인지는 모르지만 오지야에 대해서 언급해 두어야겠다. 이 작은 협곡의 평야에 있는 마을은 지금도 쓰기노스케가 살던 때와 크게 다르지 않다.
지겐 사(寺)도 경내에 유치원이 생겼을 뿐 거의 옛날과 변함이 없다.
쇼와 39년(1964년) 여름의 일이었는데, 필자는 갑자기 이 절을 찾아가보고 싶어져서 오지야에 갔다. 한낮인데도 좁은 도로(구막부시대와 거의 달라지지 않았다)에는 통행인이 드물어 길을 묻는 것이 어려울 정도였다. 겨우 한 노인을 발견했다.
노인은 법회(法會)에서 돌아오는 길인지 여름 비단 하오리를 입고 밀짚모자를 쓰고 있었다. 지겐 사가 어딥니까, 하고 묻자 말없이 고개를 끄덕이며 안내해 주었다.
"나가오카에서 쓰기노스케가 왔던 날도 이렇게 더운 날이었던 모양이오."
노인은 불쑥 말했다. 나그네가 지겐 사를 찾으니까 틀림없이 쓰기노스케에 관심이 있는 자일 거라고 추측했던 모양이다. 몸집이 작은 노인은 발에 어울리지 않을 만큼 큼직한 오동나무 게다를 신고 있었는데, 어찌된 영문인지 소리를 내지 않고 걸었다.
"서군은 말이오."
노인은 관군을 그렇게 불렀다.
"나가오카의 쓰기노스케가 하는 말을 전혀 듣지 않았지……. 나가오카의 쓰기노스케는 말이오."
거기서 말을 끊었다. 다음에 무슨 말을 하려나 기대했으나 아무 말도 하지 않았다. 지겐 사는 마을 복판에 있었다. 벌써 산문 앞에 와 있었다. 노인은 비바람에 하얗게 바랜 산문을 올려다보면서 "슬펐을 거요" 하고 조금 전에 중단했던 말을 마무리짓고는 그대로 게다 소리도 내지 않고 가버렸다.

지겐 사에는 쓰기노스케와 관군 간부들이 대면했던 방이 보존되어 있었다. 유품도 있었다. 유품은 쓰기노스케의 유품이 아니라 관군 측이 남겨놓은 물건들이었다.

이듬해 나가오카에 갔다.

"전쟁 전까지만 해도 성 밑 거리다운 정취가 남아 있어서, 나무들이 움틀 때의 골목 안으로 들어가면 무사집 정원수 싹트는 향기가 감돌아 아주 좋았답니다."

안내해 준 사람이 말했다. 나가오카는 무사가 200여 명, 잡병이 600여 명, 그들의 가족을 합치면 3, 4천 명이었다. 쓰기노스케는 이 가운데서 1천 수백 명의 번군을 만들어 낸 셈이다.

거리는 쇼와 20년(1945년) 8월 1일의 공습으로 완전히 타버렸다.

나가오카 체류 중 저녁 식사를 한 곳에서 어느 여인이, 쓰기노스케에 대한 노래와 춤이 있는데 보여주겠다면서 검무(劍舞) 비슷한 차림을 하고 방 한쪽에서 춤을 추었다. 그 노래의 한 구절에 이런 대목이 있었다.

서군은 듣지 않네, 나의 소망을
분함을 풀길 없네, 쓰기노스케

춤추던 부인이 그 대목에 이르자 눈을 크게 뜬 채 눈물이 글썽하던 것을 나는 이 원고를 쓰면서 회상하고 있다. 쓰기노스케의 원한은 호쿠에쓰 들판에 아직도 숨쉬며 남아 있을 것이다.

쓰기노스케는 셋다야 마을의 본영으로 돌아왔다.

"담판의 결과는 아직 모른다. 제군들은 떠들것 없이 내 명령이 있을 때까지 진정하라."

그는 간단히 이렇게만 말하고 본영에서 말을 몰아 마에지마 마을(前島村)을 향했다. 마에지마 마을은 셋다야 마을에서 2km 가량 동쪽 시나노 강 기슭에 있었다. 여기도 번군의 부대가 포진하고 있었으며 대장(隊長)은 미시마 오쿠지로(三島億二郎)였다.

미시마 오쿠지로는 앞서 이야기했던 고바야시 토라사부로와 함께 나가오카 번의 인재로서, 말하자면 고바야시와 함께 쓰기노스케에 대한 비판 세력의 거두(巨頭) 중 한 사람이었다.
"오쿠지로!"
쓰기노스케는 진막 앞에서 말에서 내리자 문을 향해 외쳤다.
"밖으로 나와 주게."
미시마가 그 소리에 이끌려 나왔다. 얼굴이 길고 아래턱이 바위처럼 튼튼해 보이는, 보기에도 대가 강해 보이는 사나이다.
"할 말이 있네."
쓰기노스케는 그를 무밭으로 데리고 가서 밭둑에 앉게 하고 자기도 풀 위에 앉았다.
"비상 사탤세."
어젯밤부터 이날 새벽에 걸친 오지야에서의 일건을 이야기했다.
"요컨대 만사는 끝난 거야. 이렇게 되면 이제 무력으로 하는 수밖에 없네."
쓰기노스케는 이 정적(政敵)을 납득시켜서 정치건 전쟁이건간에 앞으로 협력하게 해나가지 않으면 안 된다고 생각했다. 그런데 미시마는 과연 고개를 갸웃거렸다.
"그건 좀 이상하군. 자네 지론과 상반되지 않는가. 자넨 어디까지나 싸움을 피하겠노라고 했는데 그게 아니었던가?"
"자네 말대롤세."
싸움을 한다는 건 좋지 않아, 하지만, 하고 쓰기노스케는 말을 이었다.
"하찮은 사쓰마 조슈 인간들의 오만불손은 이루 말할 수가 없어서 탄원서의 전달조차 거절하고 있네. 이제는 무력으로밖에는 우리 번의 체면과 뜻을 천하에 나타낼 길이 없네."
미시마는 머리를 저었다.
"단기를 일으켜선 못써."
교섭하는 방법이 있을 것이다, 하고 쓰기노스케를 누르려고 했다. 미시마로서는 어젯밤부터의 교섭 경위나 상황을 직접 보지 못했을뿐더러 번을 유지하는 길은 관군과의 화평 이외에는 없다고 생각하고 있었다. 쓰기노스케는 입을 다물었다.
'이 사나이는 모르는 거다.'
잠시 후 쓰기노스케는 말했다.

"오직 한 가지 수단이 있네."

"어떤 수단인가?"

"내 목과 3만 냥의 군자금을 들고 자네가 다시 한 번 오지야로 가는 걸세."

그밖에는 없다. 요컨대 전번(全藩)이 싸우지 않고 항복한다는 것이었다.

"자네의 목하고?"

미시마 오쿠지로는 눈을 휘둥그렇게 떴다. 쓰기노스케의 목과 3만 냥을 들고 간다. 그것으로 화평을 사고 관군에게 부전 항복(不戰降伏)을 한다. 그 수밖엔 없다고 쓰기노스케는 말하는 것이다.

"그렇네."

쓰기노스케의 얼굴에 굳은 결의가 넘쳐 있었다. 미시마가 좋다고만 하면 이 자리에서 당장 쓰기노스케는 배를 가를 것이다.

"잠깐."

미시마가 자기도 모르게 그렇게 외쳤을 정도로 이 자리의 공기는 긴장돼 있었다.

"기다리게. 나도 생각해 보겠네."

미시마는 얼굴을 숙였다. 지금까지 미시마에겐 쓰기노스케가 한 개의 흉기(兇器)와 같은 위험한 정치가로서 비치고 있었다. 쓰기노스케는 대부분의 독재가가 그렇듯이 독자적인 정론(政論)을 지니고 현실을 비약시켜서 별개의 번 체제를 이룩하는 식이라, 말하자면 따라갈 수가 없는 점이 있었다. 그 감정이 쓰기노스케에 대한 통렬한 비판을 품게 하기에 이르렀다.

"가와이는 번이 소중한 것이 아니라 자기의 사상이 중요한 거다. 번은 그의 사상을 실현시키기 위한 도구에 불과한 거다. 언젠가는 번을 무너뜨리고 말걸."

그렇게 평소에 말하고 있었다.

그러나 미시마 오쿠지로는 이러한 견해는 고쳐야겠다고 생각하며 얼굴을 수그렸다.

'이 사나이는 죽을 생각이다.'

번을 구해 내기 위해서다. 미시마가 지금 동의하기만 하면 쓰기노스케는 당장 이 자리에서 목숨을 끊을 것이다. 딴은 그렇게 하면 관군의 마음은 편안해질 게 틀림없지만, 그에 따른 결과는 항복이며, 항복일 뿐만 아니라 아이즈 공격의 선봉을 명령받게 되는 것이므로 모든 번의 뜻은 무너지고 만다. 미시마로서도 관군의 주구(走狗)가 되어, 여태까지 우의(友誼)를 맺고 있던 아이즈를 공격할 생각은 조금도 없었다.

'알았다.'

미시마가 다시 생각한 것은, 이제는 관군과의 교섭의 여지가 전혀 없다는 현실이었다. 그것은 쓰기노스케의 태도가 무엇보다도 웅변으로 이야기하고 있다.

"알았네."

미시마는 얼굴을 들었다.

"잘 알았네. 이젠 어쩔 수 없어. 나도 자네와 생사를 함께 하겠네."

미사마는 쓰기노스케에 협력할 것을 맹세했다.

쓰기노스케는 감사의 뜻을 표하고 밭둑에서 일어났다. 이 순간부터 그의 결전 행동이 시작되었다 해도 과언이 아닐 것이다. 곧 미시마와 함께 셋다야의 본영으로 가서 여러 대장들을 모아놓고 여태까지의 교섭 경과를 이야기했다.

"이제는 총동원해서 간적(奸賊)을 막는 수밖에 도리가 없다."

그렇게 싸움에 대한 결의를 말하고 온 번에 포고하기 위해 나가오카 성으로 향했다.

──쓰기노스케가 성에 돌아와 있다.

이 소문이 성 밑 거리에 퍼졌을 때 쓰기노스케의 아버지 다이에몬은 말했다.

"싸움이 시작되겠군."

아내 오스가는 툇마루쪽 문지방에 무릎을 올려 놓으면서 그 말을 들었다.

"가엾게도, 그 녀석의 꿈이 깨졌구나."

다이에몬은 분(盆)에 가꾼 소나무를 손질하면서 중얼거렸다.

다이에몬은 쓰기노스케와 정치에 관한 이야기를 주고받은 일은 거의 없었지만, 그래도 전에 니가타 행정을 맡아 보기도 했고, 번정의 중추로 일을 해온 노인인지라 쓰기노스케가 무엇을 하려는가에 대해서는 대충 짐작을 하고 있었다.

"그 애는 재목을 모으고 있었어."

어회소(御會所)를 세우기 위해서였다. 어회소란 번청의 청사라고 해도 좋을 것이다.

그때까지 어느 번이나 번정을 볼 사무소가 없어 성의 한 방에서 적당히 해 나가고 있었는데, 이것이 행정상의 비능률을 낳는 원인이라는 것을 쓰기노스케는 깨달았다. 그래서 큰 청사를 만들어 번정의 모든 기구(機構)를 한곳에 모아 유기적으로 활동시키려고 쓰기노스케는 재목을 모으고 있었던 것이다.

"그애에게 싸울 뜻이 없었다는 것은 그것만으로도 알 수 있을 거다."

과연 그렇다고 오스가도 생각했다. 처음부터 전쟁을 할 작정이었다면 번청 따위를 세울 생각은 하지 않았을 것이다.

"아슬아슬한 꿈을 꾸고 있었던 거야."

"어떤 꿈을요?"

"온 일본이 교토냐 에도냐로 갈라져서 전쟁을 하려는 때에 그애는 나가오카 번만은 아무 쪽에도 속하지 않고 무장 독립을 하려고 했었단 말이야."

무장 독립을 하고 나서 시나노 강 연안 7만 4,000섬의 땅에 쓰기노스케가 생각하는 이상국가를 만들려 하고 있었다.

"아슬아슬한 꿈이란, 온 일본이 큰 불이 났을 때 이렇게 조그마한 번이 제멋대로 한 나라를 만들 수 있겠느냐는 것을 말하는 거다. 거기에다 쓰기노스케는 제 꿈을 걸고 있었던 거야."

"관군의 군감이 심한 처사를 한 모양이더군요."

"군감이 나쁜 게 아니지."

다이에몬은 말했다.

"그게 시국이라는 거다. 시국의 큰 파도가 거세게 우리 번으로 밀어닥친 거야. 그 노한 파도가 사람의 형태를 취하여 이와무라라는 군감의 태도가 된 것이다. 이와무라의 노호(怒號)는 사람의 목구멍에서 나온 게 아니라 시국의 포효(咆哮)다."

"포효요?"

"사나운 부르짖음이지."

"전쟁을 하면 어떻게 될까요?"

"모르지. 쓰기노스케에게 맡기는 수밖에는 없다."

다이에몬은 충량(忠良)한 번사의 한 사람으로서 승패에 대한 예측만은 피했다. 그러나 손에 들고 있던 가위가 그 기분을 대변했다.

짤깍

소나무의 큰 가지를 차례로 잘라갔다. 이제는 분재(盆栽) 따위 가꾸어 보았자 모두 타버리고 말 것이다.

결기 (決起)

관군의 병력이 불어났다.

——번이 얼마나 모였는가?

중신 마키노 타노모(牧野賴母)가 등성하여 군사부에 물어보니 무려 43개의 번이었다.

"43개 번."

타노모는 소름이 끼치기보다 이제는 어이가 없어 웃어 버렸을 정도였다. 참고로 그 번명들을 적어보면 다음과 같다.

사쓰마, 조슈, 오와리, 마쓰시로, 다카나베, 도미야마, 우에다, 마쓰모토, 이다, 사도하라, 다쓰오카, 다카토, 이야마, 고하마, 이와무라다, 아시모리, 조후 등등……

또 그밖에 일본해에는 군함이 떠돌면서 바다에서 나가오카 번을 봉쇄, 압박할 작정이었다. 군함은 7척이었고, 그밖에 육군 수송선으로 영국 상선 오사카 호와 히론 호가 용선되어 있었다.

쓰기노스케는 성으로 돌아가자 영주 부자를 만나 그들의 결단을 촉구했다.

"집정관이 알아서 처리하게."

마키노 다다유키가 말했다. 그리고 다다유키는 덧붙였다.

"내 목숨을 구하기 위해 이 정전(征戰)의 방략(方略)을 바꿀 필요는 없어. 나 하나의 목숨은 이미 죽은 것으로 치고 있네."

쓰기노스케는 성내에 상급 무사 전원을 모이게 한 다음, 지금까지 영내(領內)로 들어오지 못하게 하던 아이즈, 구와나 번 대장들도 불렀다.

그들이 모이자 오지야에서의 회담 경과를 상세하게 설명했다.

"이 이상의 방법은 없소."

그리고 덧붙였다.

"물론 전번(全藩)이 항복하는 방법도 있을 거요. 그러나 우리 나가오카 번은 그것을 바라지 않소이다."

──지금은 별 도리가 없다.

쓰기노스케의 연설은 이 당시의 통례로서 거의 한문을 읽어내려 가는 것 같았다.

"구명도생(救命圖生)은 의기 있는 자의 수치라고 하지 않는가."

목숨을 구하기 위해 헛되이 신명을 보전하는 것은 의기 있는 남아의 취할 길이 아니라고 역설한 다음 주장했다.

"모름지기 심판은 100년 후의 역사에 맡기고 옥쇄해야 마땅하다."

어느 것이 옳은지, 그 논의가 판정되는 것은 100년 후가 아니면 안될 것이다. 역사는 100년이 지나면 이성을 되찾을 것이다. 100년 후의 세상에 옳고 그른 판단을 맡겨야 한다는 것이 동양의 가치관이었다. 쓰기노스케는 그 100년 후의 판단을 기다리며 지금은 오직 옥쇄할 수밖에는 없다고 말했다. 번 전체가 전사함으로써 그 정의(正義)가 어디에 있는가를 후세에 보여주고 싶다는 것이다.

──저게 쓰기노스케의 양명(陽明)주의야.

몰래 흉을 보는 자도 있었다. 양명을 신봉하는 무리는 모든 방책을 다했을 때, 일체의 방략을 버리고 그 정신을 시화(詩化)하려는 경향이 있다. 쓰기노스케는 시로 비약했다.

──가와이는 마침내 결심했군.

이 소식은 에치고 들녘에 울려퍼졌다. 이 소식이 '동군(東軍)'이라고 일컬어지는 아이즈, 구와나, 그 밖의 옛 막부군의 전사들을 얼마나 기쁘게 했는지 모른다.

"이 전쟁은 이겼다."

이렇게 말하는 자도 있었지만, 여지껏 비와 이슬을 맞아 가며 전전해 온 그들은 그런 승패보다도 당장 나가오카 영내에서 잠자게 된 것을 더욱 기뻐했다.

사실, 쓰기노스케는 그들 동군 장졸들이 나가오카 영내에서 쉬는 것을 허가하고 군량을 주었으며 탄약이나 무기도 대여하기로 했다.

또 쓰기노스케는 이미 오우(奧羽)의 여러 번이 체결하고 있는 이른바 '오우 열번 동맹(奧羽列藩同盟)'에도 가맹하기로 결정했다.

이 급보가 아이즈 와카마쓰 고을에 전해졌을 때 아키즈키 테이지로는 크게 기뻐하면서 세 번이나 외쳤다.

──소료(蒼龍)가 마침내……

소료쿠쓰(蒼龍窟)는 쓰기노스케의 아호(雅號)이다.

"소료의 한 몸에 동북 여러 번의 경중(輕重)이 달려 있다."

아키즈키의 말이었다. 쓰기노스케의 한 몸이 어디에 붙느냐에 따라 오우 열번 동맹이 가벼워지느냐, 무거워지느냐 하는 데 관계가 있다는 뜻이다.

쓰기노스케는 적과 아군의 병력을 측정했다. 적은 6만이라는 측정도 있고 3만이라는 측정도 있었다.

"그러나 사쓰마와 조슈 이외는 모두 오합지졸(烏合之卒)이야. 그들에게 전의가 있을 턱이 없어."

그러면서 질적으로 평가하려 했다.

자기 편은 나가오카 번의 몇백 명이 주력이었다. 그밖에 아이즈, 구와나를 포함하여 1천 명, 뒤에 오우의 여러 번에서 응원을 올지도 모르지만 그 병력은 기대할 수 없다.

그러나 화력(火力)이 적보다 훨씬 우세할 뿐 아니라 국지전(局地戰)이기 때문에, 사력(死力)을 다하여 싸운다면 설사 이길 수는 없더라도 지는 일은 없을 것이다.

"결론은 적을 궁지에 몰아놓는 것뿐이군."

쓰기노스케는 그렇게 생각했다.

이 전쟁은 단순한 전쟁이어서는 안 된다.

크나큰 정치적 구상과 목적이 필요할 것이다. 그러기 위해서는 번의 총력을 기울여 사투해서 관군을 승패없는 궁지에 몰아넣어 신정부의 국제적 신용을 떨어뜨려야 한다.

이 전쟁을 외국 세력은 의당히 주목할 것이다. 외국 세력의 대표는 영국과 프랑스였다. 막부와 친한 경향이 있다. 이 영불(英佛) 두 나라를 모두 끌어들여 최악의 경우에는 조정 세력(調停勢力)으로 등장시킴으로써 그 조정 장소에서 나가오카 번이 하고 싶은 말을 당당히 전개하여 천하의 비판을 받고 싶다.

"거기까지만 갈 수 있다면 설사 번 전체가 옥쇄하더라도 의의는 있다."

그렇게 쓰기노스케는 생각했다.

'설사 거기까지 가지는 못하더라도'

쓰기노스케는 이 전쟁의 의의에 대해 생각을 계속했다.

──아름다움은 될 수 있겠지.

인간이란 성패(成敗)의 계산을 거듭하다 마침내 막다른 길에 몰렸을 때, 남아있는 유일한 길로써 아름다움에의 승화(昇華)를 이룩하지 않으면 안 된다. "아름다움을 이룩한다"는 것이 인간이 신에 가까워질 수 있는 방법이라고 그는 생각하고 있었다.

──생각 좀 해 봐.

쓰기노스케는 스스로 그렇게 생각했다. 지금 이 엄청난 변동기를 맞아 인간들이 모두 사쓰마 조슈라는 승리자에게만 붙어 타산을 좇아 다투어 새 시대에 추종한다면 어떻게 될 것인가. 옛 은혜를 잊고 남아의 도리를 내던지고, 해야 할 말을 하지 않는다면 어떻게 될 것인가.

──그것이 일본 남아냐.

후세는 이렇게 생각할 것이 틀림없다. 자기를 알아주는 자를 후세에서 구하려는 쓰기노스케는, 지금부터의 모든 행동은 '후세'라는 관객 앞에서 베푸는 행동이 아니어서는 안 된다고 생각했다.

그리고 또.

인간이란 무엇인가를 교만해진 관군들에게 알려 주지 않으면 안 되리라 생각하고 있다. 교만해진 나머지 상대를 벌레처럼 생각하게 된 관군이나 신정부패들에게, 짓밟힐 대로 짓밟힌 벌레라는 것이 어떤 정신을 가지고 어떤 힘을 발휘하는 것인가를 똑똑히 알려주지 않으면 안 된다.

──필요한 일이지.

쓰기노스케는 그렇게 생각했다. 나가오카 번의 모든 번사가 전멸하더라도 인간 세상은 계속된다. 그 인간 세상에 대해 인간이라는 것이 어떤 것인가를 알려 주지 않으면 안 된다.

'이 한 가지 일만으로도 에치고 나가오카 번 1천 수백 명의 생명과 바꿀 만한 가치가 있는 것이 아닐까?'

그렇게 쓰기노스케는 생각했다.

남은 것은 작전이다.

'사실은 이미 때가 늦었다.'

이것도 쓰기노스케는 인정하지 않을 수가 없다. 번경(藩境)의 중요한 요지는 여지껏 적이 점령하는 대로 방치해 두었었다. 만일 전쟁만이 당초부터의 목적이었다면, 그 중 에노키 고개 등은 적이 점령하도록 놔두지 않았을 것이다.

하나 지금은 적에게 빼앗긴 상태다.

'에노키 고개는 실수였어.'

그렇게 생각했다. 에노키 고개를 적에게 빼앗겼다는 것은, 가옥으로 치자면 이층을 점령당하고 있는 것과 같은 것이다. 이것만은 서전(緖戰)에서 탈환하지 않으면 안 된다.

쓰기노스케는 그 작전을 세웠다.

때마침 장마철에 접어들었다.

쓰기노스케가 나가오카 성에 돌아온 날도 비가 왔고 그 이튿날 오우 열번 동맹에 참가했던 날도 아침부터 비가 와 밤이 되어도 멎지 않았다.

──성가신 전투가 되겠군.

쓰기노스케도 그렇게 생각했지만 관군 총지휘관인 야마가타 쿄스케도 마찬가지였다.

야마가타 쿄스케는 가시와자키에 있었다. 그러나 가와이 쓰기노스케가 오지야에서 나가오카로 떠났다고 들었을 때 이렇게 예상했다.

"드디어 전쟁이군. 그렇다면 적은 먼저 에노키 고개를 공격하겠지."

정확한 전술안(戰術眼)이라고 할 수 있으리라. 이 당시 너무 기민할 정도로 행동적인 군인이었던 야마가타는 즉시 그 전술안에 따라 행동을 취했다.

우선 오지야의 위기를 구하기 위해 병력을 증파하는 일이었다. 그러나 관군은 전선을 너무 확대하여 병력을 지나치게 분산했기 때문에 금방 증원군으로 보낼 병력은 이 근처에 없었다.

"도무지 전쟁을 할 수 있는 그런 상태가 아니었다."

야마가타 아리토모(쿄스케)는 훗날 이렇게 회고했다. 관군은 관군대로 약점을 지니고 있었다. 군세라고 해봐야 여러 번에서 모인, 그야말로 오합지졸이었다. 여러 번이 저마다 정해진 부서에 있었으나 서로의 연락이 너무 느리고 행동도 둔했기 때문에 일부러 게으름을 부린다고밖에 생각할 수 없는 상태였다.

──사쓰마 조슈 부대 이외엔 쓸모가 없었다.

야마가타가 후년에 한 말이다. 아무튼 이 시기의 야마가타는 자기의 조슈 기병대(奇兵隊)에서 2개 소대를 빼내어 직접 인솔하여 오지야로 향했다. 마침 비가 내렸다.

우중의 행군은 곤란했으나 야마가타는 어찌됐건 급행군을 했다.

오지야 가까이에 닿은 것은 10일 아침 7시 무렵이었으나 야마가타가 짐작한 대로 에노키 고개 방면에서 요란한 총성이 들려왔다.

'틀림없군.'

야마가타는 자기의 짐작이 맞았다고 생각했다. 더욱 행군을 재촉했다.

오지야에 도착했다. 본진에 들어갔을 때, 야마가타가 놀란 것은 본진의 태평한 꼬락서니였다.

대장인 군감(軍監) 이와무라 다카토시는 간부들과 함께 무장도 않고서 방안에서 아침 식사를 들고 있었다. 그 아침 식사란 전쟁터에 있으면서 작은 상까지 곁들인 호화로운 것인데다가 현지 처녀에게 시중까지 들게 하고 있어, 마치 요정의 방안에 들어앉아 있는 듯한 한가로움이었다. 야마가타는 놀란 나머지 격노하여 흙 묻은 짚신을 신은 채 방으로 뛰어들어갔다.

"못난 녀석!"

그는 상을 발길로 차서 엎어버리고 호통했다.

"에노키 고개의 총소리를 뭘로 알고 있는 거야!"

작전에 대해 캄캄한 이와무라는 에노키 고개의 총성을, 고개의 수비병과 아이즈의 척후병이 벌이는 작은 전투쯤으로밖에 생각하지 않았던 것이다.

이날 아침 나가오카 번은 전 전선에 걸쳐 군사 행동을 일으켰는데, 공격의 주목표는 말할 것도 없이 에노키 고개였다.

부대를 둘로 나누어 하나는 주공부대(主攻部隊), 하나는 조공부대(助攻部隊)로 편성했다. 주공부대는 하기와라 요진(萩原要人)을 대장으로 하는 4개 소대, 그리고 포 2문.

조공부대는 가와시 오쿠지로를 대장으로 하는 4개 소대에 포 2문. 그들에게 각각 아이즈 구와나의 부대를 유격대로서 딸려 주었다. 출발에 즈음하여 쓰기노스케는 명했다.

"단숨에 빼앗아라."

빼앗을 수 있다고 생각했다. 왜냐하면 에노키 고개의 관군 진지는 의외로 허술했고, 수비병도 사쓰마 조슈의 군사가 아닌 오와리 번과 신슈 우에다 번의 번병이었다.

'적은 그토록 중요한 목을 가벼이 보고 있다.'

주력인 하기와라 대는 토카를 출발하여 무이카이치(六日市), 묘켄(妙見)을 거쳐 에노키 고개를 올라갔다. 고갯길 오른편은 시나노 강(信濃川)으로 떨어지는 벼랑이었다.

강을 사이에 두고 건너편에 산붓쇼 마을(三佛生村)이 있고 거기에는 사쓰마 조슈의 병력이 주둔하고 있다. 그 병력이 산허리를 오르는 나가오카 군을 재빨리 발견하고 강을 건너 포격해 왔다. 그 포탄이 이 방면의 전쟁 제1탄(第一彈)이었다.

나가오카 번 대장 하기와라는 곧 두 문의 포에 사격 준비를 명하고, 대항 사격토록 했다.

그러나 응사(應射)는 포병에게 맡긴 채 보병 부대는 속도를 늦추지 않고 고개를 올라갔다. "단숨에 빼앗으라"는 쓰기노스케의 명령은 여기서 위력을 발휘했다. 그들은 고개 마루턱 가까이 이르자 소총으로 급사격(急射擊)을 퍼붓고, 이어서 칼을 휘두르며 비탈을 치달아 꼭대기의 적과 격돌했다.

형편없는 적의 저항이었다. 나가오카병을 보자 오지야 쪽의 고개 내리막길을 향해 흙먼지를 일으키며 달아났다. 무리도 아니었다. 오와리, 우에다의 양 번병은 체면치레로 관군에 속하고 있는 것이었으므로 전의(戰意)가 부족했다.

이무렵 후방 오지야의 본진에서 이와무라 군감 등은 야마가타 참모에게 밥상을 걷어차이고 있었으리라.

야마가타는 미친 듯이 말했다.

"내가 지휘를 하겠다."

이와무라를 툇마루에서 밀어 떨어뜨릴 듯한 기세로 고함을 지르고 연신 명령을 내렸으나, 야마가타로서 불행이었던 것은 오지야 고을 동쪽을 흐르는 시나노 강이 연일의 비로 불어나 있는 점이었다. 무서운 기세로 강물이 흘러 도하가 곤란했지만 강을 건너가지 않고는 에노키 고개를 구원할 수 없다.

"어째서 그 애송이는 하다 못해 배 한 척도 준비해 놓지 않았을까?"

야마가타는 이와무라를 생각했다. 많은 배를 오지야에 모아두기만 했더라도 이렇게 급할 때 쓸 수 있는 것이었다.

구원을 위한 도하는 좀처럼 진척되지를 않아 겨우 소부대만이 강을 건너 고개 싸움터로 향했다.

하나 이미 전기(戰機)는 사라졌다. 요소(要所)의 새로운 주인은 나가오카 군이 되어 있었다.

쓰기노스케는 셋다야 마을의 본진에 있었다. 해질녘까지의 전투 보고는 모두 양호했다.

우선 에노키 고개 탈취 성공.

이어서 에노키 고개와 더불어 연립(連立)하고 있는 아사히 산(朝日山) 고지 탈환도 성공했다.

"목적은 이것을 지키는 데 있다."

그는 간부들에게도 자기의 의도를 충분히 알렸다. 산을 요새화함으로써 적이 번경 내로 들어오는 것을 막기 위해서였다.

이날 밤 밤새도록 총소리가 들렸다. 그 장소는 쓰기노스케도 알 수 있었다.

"묘켄."

에노키 고개 북쪽 기슭의 산이었다. 이 산에는 옛 성터가 있어 관군이 재빨리 점령하고 있었는데, 나가오카측은 2개 소대를 갖고서 여기를 공격했다. 1개 소대는 칼솜씨가 뛰어난 자만을 골라 편성한 돌격부대로 크게 분투했으나, 승패가 나지 않은 채 밤이 되었다. 요컨대 끝장이 나지 않은 것은 이 방면뿐이었다.

날이 밝았다.

관군측의 총지휘관 야마가타 쿄스케는 전선을 시찰하고자 이른 아침 시나노 강을 건넜다.

요코와타리(橫渡)라는 마을이 있다. 아사히 산 서쪽 기슭에 있으며, 마을 서쪽에 시나노 강이 흐르고 있다. 관군은 여기까지 후퇴해 와 있었다.

'굉장한 패배인걸.'

야마가타는 시무룩한 표정으로 주위의 지형을 둘러보았다. 묘켄 산도 이미 빼앗기고 수비병은 요코와타리까지 밀려와 있었다.

'이와무라의 태만 탓이야.'

생각했으나, 전투 중에 자기 군의 간부를 비평하는 일은 삼가야 하므로 묵묵히 전선을 걸었다.

'가와이란 놈은 전쟁도 할 줄 아나 보지.'

아니 할 줄 알다 뿐인가, 생각했다. 하룻밤 사이 전투 행동을 일으켜 눈 깜짝할 사이 관군을 몰아내고 번 경계의 요소 요소를 장악하고만 솜씨는 보통이 아니다.

비가 계속 내리고 있다. 야마가타는 농군 도롱이를 걸치고 진구렁 시골길을 걸었다. 이 방면의 지휘관인 도키야마 나오하치(時山直八)를 만나고 싶었다.

"도키야마는 어디 있지?"

야마가타는 근처에 있는 관군 군사에게 물었다.

"글쎄요."

관군 군사는 농군 도롱이 차림의 이 사나이가 야마가타 쿄스케인줄 알고 있는지 모르고 있는지 둔한 표정으로 어디론가 가버렸다.

'병사들의 얼굴에 생기가 없다. 한 번 졌기 때문에 둔해져 있다.'

야마가타는 생각했다. 다짐삼아 옆에 있던 자에게 물어보았다.

"저것은 오와리 군사냐?"

"신슈 우에다 군사겠지요."

누군가가 대답했다.

"체!"

야마가타는 노골적으로 혀를 찼다.

'싸움은 사쓰마 조슈의 힘만으로 하는 수밖에 없다.'

다른 번의 군사는 소질은 약하지 않지만 싸움의 목적이 정신에 박혀 있지 않았다. 오히려 반쯤 나가오카 번을 동정하는 눈치마저 있어 패하면 그것이 태도에 나타나는 것이었다.

관군 총지휘관 야마가타는 계속 요코와타리 마을 촌길을 이리저리 다녔다.

"도키야마는 어디 있지?"

같은 질문을 길에서 만나는 전선(前線) 병사들에게 묻고 다녔다. 세 번째 만난 자가 겨우 알고 있었다.

"우라카라(浦柄)에 계십니다."

우라카라는 최전선이 아닌가. 지휘관 자신이 최전선에 나가 지휘를 하고 있다니.

'과연 도키야마다.'

야마가타는 생각했다. 도키야마는 야마가타와 함께 요시다 쇼인(吉田松陰)의 쇼카 서원(松下書院) 동창이었다. 막부 말기의 풍운을 맞아 함께 활약했다. 도키야마는 야마가타와는 달리 전략의 두뇌가 없고 권모가(權謀家)는 아니지만, 성품이 시원스러워 솔선해서 위기를 맡는 기개가 있었다.

야마가타는 우라카라 마을까지 전진했다. 정면에 에노키 고개 산이 보이며 적의 총소리가 머리 위에서 쏟아지는 것 같았다.

"도키야마는 어디 있나?"

본부인 듯 싶은 농가 추녀 밑에서 소리를 질렀다.

"도키야마님은 저기 계십니다."

한 병사가 민가 지붕을 가리켰다.

과연 지붕 위에 도키야마가 있었다. 거기서 전황을 살피고 있었으리라.

이윽고 지붕에서 도키야마가 내려왔다. 빗물이 눈썹을 적시고 턱으로 흘러 떨어지고 있었다.

도키야마는 야마가타에게 전황을 설명했다.

——에노키 고개의 적은 아주 견고해.

그는 말한다. 물리치려면 지금의 다섯 갑절의 병력이 필요하다고.

그러나 병력이 없었다. 게다가 시나노 강이 불어나서, 강 건너인 이 전선까지 대군의 증원은 도저히 할 수 없는 형편이었다.

"내 생각으로선."

야마가타는 말했다.

"지금 시찰한 바로선 에노키 고개보다도 아사히 산 쪽이 중요해."

아사히 산을 먼저 빼앗지 않으면 에노키 고개에 압력을 가할 수 없다는 것이었다.

——딴은

도키야마는 순순히 고개를 끄덕였다.

관군은 아사히 산의 전략 가치를 가볍게 보고 약간의 병력밖에 두고 있지 않았는데 적에게 빼앗기고 나서야 비로소 그 중요성을 깨달았다.

"가와이에게 배운 셈이야."

야마가타는 입맛 쓴 듯이 말했다.

어쨌든 에노키 고개 공격의 병력을 전용(轉用)시켜, 전 병력을 동원하여 아사히 산 공격을 하도록 하는 게 좋다고 야마가타는 말했다. 도키야마도 찬성했다.

"공격은 내일, 12일 아침에 하도록 하세. 나는 일단 오지야로 돌아가겠네. 내일은 기병대(騎兵隊) 2개 소대를 데려올 테니."

야마가타는 발길을 돌렸다.

이날도 전선이 교착(膠着)된 채 지나고, 이윽고 공격 예정일인 12일 아침이 되었다.

——아사히 산 총공격

이 공격은 분큐 이래의 지사(志士)인 조슈 번사 도키야마 나오하치에게 운명적인 싸움이 되었다.

이날 아침 도키야마는 날이 밝기 전에 진지 이동을 완료한 뒤에 연신 조바심을 내고 있었다.

"야마가타의 증원병은 아직 안 왔느냐?"

그러나 야마가타는 오질 않는다.

도키야마는 초조했다.

——야마가타를 기다리다간 전기를 놓친다.

도키야마가 아사히 산 공격에 이용하려고 마음먹었던 것은 짙은 안개였다. 이날 아침은 날이 밝기 전부터 짙은 안개가 산과 강을 둘러싸, 기습하는 측으로선 다시 없는 유리한 상황이 되었다. 야마가타를 기다리고 있다가는 모처럼의 짙은 안개가 걷히고 말리라.

"이렇게 된 바에는"

도키야마는 마침내 결심했다. 단독으로 공격하겠다는 것이었다.

더구나 적은 인원으로 기습하려는 것이다. 인솔하는 병사는 다른 번 번사를 쓰지 않고 사쓰마 조슈인에 국한하기로 했다. 조슈 기병대 3개 소대와 사쓰마의 1개 소대였다.

"안개를 이용하여 접근하는 거다."

군사에게 전법을 알리고 샛길을 따라 은밀하게 산을 오르기 시작했다.

아사히 산의 동군(東軍) 방비는 정상에 나가오카 번 야스다 다젠(安田多膳)이 지휘하는 나가오카병이 있고, 또한 구와나 번의 다쓰미 간사부로(立見鑑三郎) 부대가 배치돼 있다. 약간 내려온 산허리에도 아이즈 번의 병력이 있다. 그러나 짙은 안개 때문에 도키야마 부대의 접근을 모르고 있었다.

도키야마는 혈기가 지나친 점이 있었으나, 전쟁에는 경험이 풍부했다. 느닷없이 들이닥쳐 아이즈병을 급습하자, 아이즈병은 적은 인원이기도 해서 걷잡을 수 없이 무너져 거의가 골짜기로 굴러 떨어졌다.

"뒤쫓지 말라. 정상으로 전진하라!"

도키야마는 오른쪽 어깨에 뽑아든 칼을 걸치고 왼손으로 풀포기를 잡아가며 위로 위로 올라갔다. 그리고 정상의 적을 방심시키기 위해 명했다.

──공포를 반대 방향으로 쏘아라.

반대 방향으로 쏘면 정상의 적이 볼 때 자기 편의 총소리처럼 들리므로 안심할 것이 틀림없었다. 도키야마는 기어 올라갔다.

굉장한 안개였다. 어쨌든 안개를 틈타 꼭대기에 다다랐다.

──왔구나.

정상의 진지에 있는 나가오카 번 대장 야스다는 중얼거렸다. 야스다 부대는 소총대였으나 번사 중에서 창의 명수만을 뽑아 편성되어 있었다.

"이쪽이 먼저 눈치챘다."

야스다는 전후(戰後)에 기록하고 있다.

"적은 200명 가량이었다. 처음에 이쪽에서 맹렬히 사격했는데 적은 조금도 겁내지 않고 덤불이나 나무를 이용해 접근해 왔다."

적과 아군의 거리는 불과 몇 걸음이었다. 믿어지지 않는 일이지만 그만큼 안개가 깊어 적이고 아군이고 모두가 그림자였다.

"이렇게 되면 총은 방해물이다."

나가오카 번 대장 야스다는 말했다. 총을 버리고 창으로 돌격하겠다는 것이었다. 그 점 이 부대는 창의 명수들이라 총에는 미련이 없었다.

"잠깐 기다리시오."

그것을 제지한 것은 구와나 번 대장인 다쓰미였다.

"싸움은 다쓰미."

이렇게 불릴 정도로 이름난 사람인만큼 순간적으로 한 가지 꾀를 생각해 냈다. 다쓰미는 참호 밖으로 천천히 걸어나가 적(官軍)에게 다가가더니 큰 소리로 말했다.

"수고들 하시오."

관군에 대하여 마치 선착(先着)한 관군의 일원이기나 한 것처럼 말했다.

"그런데 이미 열 대여섯 명의 적을 거꾸러뜨렸소. 노획한 총도 헤아릴 수 없이 많지만 더욱 싸워 한 놈 남김없이 쓰러뜨릴 작정이오."

"……."

관군은 어리둥절했다. 누구나 맥이 풀려 안개 속에서 걸음을 멈추었다.

——지금이다.

적의 맥빠진 순간을 싸움의 명인 다쓰미가 노린 것이었다.

다쓰미는 야스다의 소매를 잡아 끌어 신호를 보냈다.

"알았소."

야스다는 창을 고쳐잡았다.

"여러분, 이때요! 공격!"

대원을 돌아보고 외치며 참호를 뛰어넘어 앞장서서 적의 무리 속에 돌입했다.

"쥐새끼 달아나듯 줄줄이 물러가기 시작했다."

'야스다 다젠 기록'

관군은 소스라치게 놀랐다. 이 놀라움이 전의를 꺾어 놓았다. 그토록 용맹스러웠던 사쓰마 조슈의 군사들이 딴 사람처럼 겁쟁이가 되어, 싸우기보다 달아나느라 정신이 없었다. 동군은 그것을 뒤쫓았다. 등 뒤에서 창으로 찌를 뿐이라 짐승을 사냥하는 것보다도 쉬웠다. 이윽고 안개가 걷히어 사격이 가능해지자 산위에서 몰아 떨어뜨리기란 더욱 쉬웠다. 관군은 산허리까지 후퇴했다. 이미 대열도 없어 여기저기 바위나 나무 그늘에 흩어져 숨었지만, 위에서 저격하는 데에는 속수무책이었다.

사쓰마 조슈군 측은 이 싸움에서 조슈 번 소대장 야마네 다쓰조(山根辰

藏) 이하 숱한 사상자를 냈지만, 관군에 큰 충격을 준 것은 참모 도키야마 나오하치의 죽음이었다. 도키야마는 유탄(流彈)을 맞아 즉사했는데, 병사가 그 시체를 거두려고 했지만 전황이 허락치 않아 할 수 없이 목만 잘라 가지고 후퇴했다.

증원 부대를 이끌고 산기슭까지 달려온 야마가타는 우라카라 마을에서 도키야마의 목과 대면을 했는데 그것을 슬퍼할 겨를도 없이 패잔병 수습에 눈코 뜰 새 없었다. 야마가타는 이 패전으로 전선을 오지야까지 후퇴하지 않을 수 없었다.

쓰기노스케는 이 전투가 벌어지고 있을 무렵 묘켄 산에 올라갔다. 이 고지도 오늘 아침에 갓 빼앗은 것이었으므로 적의 유기물(遺棄物)이 여기저기 흩어져 있었다.
"싸움은 어려운 것이 아니다."
쓰기노스케는 전선의 병사들을 격려했다.
"적을 향해 나아가면 되는 거야."
그러나 대장으로서의 싸움은 어렵다. 나가오카 번 총독 쓰기노스케로서 더욱 어려운 것은 적에게 이기는 것보다도, 어떻게 하면 지지 않고 넘어갈 수 있나를 궁리해야 하는 점이었다.
쓰기노스케는 전선을 순시했다. 복장은 소방수 복장만도 못했다.
일상복이었다. 평상시의 겉옷, 승마용 바지, 짚신, 그리고 머리에는 칠이 벗겨진 전립을 쓰고 있었다. 단, 손에는 손가리개를 하고 다리에 각반은 치고 있었다. 뒤따르는 하인 마쓰조마저 부끄럽게 생각했다.
'나리님의 모습은 너무나 초라해.'
원래 대장은 금은 장식의 갑옷과 투구, 붉은 실 금실 술이 달린 야전복 같은 현란하고 눈부신 복장으로 일군 장병들의 선망의 대상이 되어야 한다. 화려한 옷 같은 것으로 권위를 보여 준다. 권위를 보여 줌으로써 장병은 두려움을 느끼고 군령이 구석구석까지 미친다.
'서양 사람도 그렇게 하지 않는가.'
마쓰조는 생각했다. 마쓰조는 쓰기노스케의 종자로 따라가 구와나의 번주 모습을 먼 빛으로 본 일이 있는데 그때 번주의 복장에 놀라 자빠질 뻔했다. 검은 나사지의 프랑스식 군복을 입었는데 양 어깨에도 옷깃에도 가슴에도 금몰의 장식을 달고, 발에는 옻칠을 한 것처럼 반짝반짝 윤이 나는 장화를 신고 있었다. 나중에 쓰기노스케에게 살짝 물어 보았더니 가르쳐 주었다.

——프랑스의 대장 옷이야.

마쓰조의 말에 의하면, 그런 옷을 입고 있으니까 높은 사람인 줄 아는 것이지, 지금의 쓰기노스케 같은 복장으로선 누구인지 모를 게 아니냐는 것이다.

쓰기노스케는 산봉우리에 오르기도 하고 산비탈을 기어 내려가기도 하면서 맞은 편 아사히 산의 공방전(攻防戰)을 바라보았다. 그 사이 마쓰조는 기어이 복장에 관한 의문을 쓰기노스케에게 털어놓았다.

"쓸데없는 짓이다."

쓰기노스케는 말했다.

그것뿐이었다.

그러고 보니 나가오카 번병의 복장은 쓰기노스케와 같은 평복이었다. 관군 중 사쓰마 조슈병은 일본식 양복을 입었고, 관군 중 다른 번은 전국시대 같은 갑옷 차림을 한 자도 있었다. 그러나 우두머리급은 야전복을 걸치고 그런대로 위엄을 갖추고 있었다.

"마쓰조, 나가오카는 이걸로 충분해. 돈이 없으니까 말이야."

그 대신 무기가 좋고, 사기도 훌륭하게 오르고 있다고 쓰기노스케는 말했다.

"그 증거로 저것을 봐라."

아사히 산에서 벌어지고 있는 공방전을 가리켰다. 평복 차림의 나가오카 병이 제복 차림의 사쓰마 조슈병을 무찌르고 있는 것이었다.

월(越)의 산풍(山風)

어쨌든 관군은 대패했다.

그 퇴로(退路)를 시나노 강의 탁류가 가로막고 있다. 강을 건너 오지야로 가야 하는데 배가 적었다. 그 적은 수효의 배를 서로 빼앗다시피 하면서 오지야의 본진으로 달아났다.

"마침 비가 내려, 비를 맞은 패잔병의 꼬락서니는 지옥에서 빠져나온 망자(亡者) 같았다. 사기는 형편없이 떨어지고 전군이 우울 속에 빠져 재기 불능으로 보였다."

야마가타 아리토모(코스케)는 뒷날 회상한 바 있다. 야마가타의 말에 의하면 이 당시의 각 번 병사는 도무지 훈련이 되어 있지 않아 고작 한 번의 패전으로 전의를 잃을 정도였다.

"그런데 조슈의 기병대만은 약간 달랐다."

야마가타는 기병대 출신인만큼 얼마쯤 자화자찬하고 있다. 자기 칭찬이 아니라 사실 그랬으리라. 조슈 기병대는 잡병, 장사치, 농군 출신으로 편성된, 말하자면 시민군(市民軍)이었으나 일찍이 막부의 조슈 정벌 때 정규 번 사람들을 뺨칠 만큼 용감하게 싸워 번의 위기를 구하는 바람에 그 용명을 천하에 떨쳤다. 이들은 일찍부터 서양식 훈련을 받은 바 있는데다 역전(歷戰)의 장병이라, 말하자면 직업군인이니만큼 한때의 패배로 사기를 잃는 일은 없었다.

"하기야 에노키 고개 싸움에서 조슈 기병대도 대패하여 달아났었지. 그러나 같은 패주라도 사쓰마 병사는 총기를 버리고 달아나는 자가 많았지만 기병대만은 그렇지가 않았어."

뒷날 일본 육군의 총수(總帥)가 된 야마가타는 이런 말도 했다. 번벌(藩閥) 의식이 강한 야마가타의 일면이 이런 데도 나타나 있다.

곧 오지야에서 작전 회의가 열렸다.

"도저히 버티어 낼 수 없다. 이제 나가오카군이 오지야에 쳐들어 오면 어떻게 하지?"

이런 비관론이 압도적이었고 콧대 높은 사쓰마의 간부마저 이런 말을 꺼냈을 정도였다.

"오지야에서 퇴각하자."

야마가타는 강력하게 반대했다.

"오지야에서 후퇴하면 북 에치고의 관군이 모두 무너지게 될 테고, 이 소문이 전국에 퍼지면 시국이 어떻게 바뀔지 모른다."

야마가타는 뒷날 회상했다.

"사쓰마 간부 중에선 단 한 사람, 니시 토쿠지로(西德二郞)만이 후퇴에 반대하였다."

니시는 오지야 방면의 위급을 듣고서 가시와자키 본부로부터 사쓰마 십번대(十番隊)의 반을 이끌고 증원차 막 도착했다.

니시 토쿠지로는 뒷날 러시아 사정에 밝은 외교관이 됐다가 1897년 외무대신이 되었다. 명민(明敏)하기 이를 데 없다는 평을 들은 인물로서 나중에 남작(男爵)이 되었으며, 1912년 3월에 사망했다.

아무튼 관군은 수세에 몰렸다.

보병을 후방에 두고 포병을 전방에 내보내어, 허세를 보이기 위한 포격을 에노키 고개, 아사히 산, 묘켄 산 세 지점에 가했다.

——포격으로 적을 속일 수밖에 없다.

야마가타 역시 생각했다. 어쨌든 가시와자키로부터의 아군 증원을 기다리자고 마음 먹었다.

이날부터 지구전(持久戰)이 되었다.

그러나 양군 모두 포병은 활약했다. 시나노 강을 사이에 두고 서로 포격을 퍼부었다. 그 포격이 얼마나 치열했는지는 관군의 하루 포탄 소비량이 150발에 이르렀다는 것만 봐도 알 수 있으리라.

비는 그치질 않아 시나노 강은 거의 넘칠 정도였다. 오지야의 관군 진지는 적의 포격을 피하기 위해 산허리에 얕은 굴을 파고 거적으로 비를 막는 등 비참하기 짝이 없었다. 사기는 더욱더 떨어졌는데, 강 건너 세 개 봉우리에 진을 친 나가오카군의 사기는 더욱더 높다는 것을 주민들의 보고로 알 수가 있었다.

밤이면 건너편 산에 화톳불이 타올랐다.

"가와이는 화톳불로 엄포를 놓으려는 것일까."

관군 병사들이 서로 쑤군거렸을 정도로 화톳불 수효가 많은 데다가 불길이 세찼으므로 오지야의 사기를 압도했다.

야마가타는 시에 소질이 있다.

소질이 있다기보다 야마가타의 취미 중에선 단카(短歌)가 가장 뛰어났으리라. 그는 이 전선에서 그의 대표작이라고 할 시 한 수를 지었다.

여름인데도
고시(越)의 산바람이 몸에 스미네
적이 지키는 성채의
화톳불이 사위어가는 밤에

한편 쓰기노스케는 전선이 교착된 사흘째 되는 날, 셋다야 마을의 본진에서 몇 종류의 지도를 앞에 펼쳐 놓고 궁리에 잠겨 있었다.

──관군은 강대(強大)하다.

이 선입관이 아무래도 머리에서 떠나지 않는다. 사실 개전 전후의 척후 보고만 하더라도 관군의 사기나 규모가 과대하게 보고되고 있었다.

'그러나 이상한걸.'

그렇게 생각하기 시작한 것은 사흘째 되는 날부터이다. 관군이 역습을 해오지 않는다.

'어째서일까?'

쓰기노스케에게는 의문이었다. 물론 관군에게 그만한 타격을 주긴 했지만 관군에 실력이 있다면 이튿날이라도 역습해 왔어야 할 것이었다.
"기가 꺾였겠지요."
구와나 번의 다쓰미는 웃었지만 정말 관군의 기가 꺾였다면 쓰기노스케는 중대한 전술상의 실수를 저지른 것이 된다. 승리를 거둔 날 그대로 추격하여 시나노 강을 건너 오지야를 공격했다면 전과를 더욱 크게 올렸을 것이 아닌가. 하다못해 그날 밤에 야습이라도 했다면 재미있는 결과가 되었으리라.
하지만 적인 관군이 그 정도까지 기가 꺾였으리라고는 미처 상상도 못했다. 그는 신중을 기하여 결국 지구전을 택했다.
'해볼까?'
오지야 기습에 관해 궁리하기 시작한 것은 사흘째 되는 날 밤부터였다.
그러자면 얼마 되지 않는 병력에서 기습 부대를 쪼개야 했고, 만일 기습에 실패하여 강 건너에서 전멸한다면 나가오카 자체를 잃을 위험성도 있다.
이 위험성이 쓰기노스케의 결단을 무디게 만들었다.
싸움터에서의 적과 아군의 궁리라는 것은 닮는 일이 많다.
같은 무렵 관군 참모 야마가타도 쓰기노스케와 비슷한 생각을 가졌다.
"지금 에노키 고개에 얽매여 있기보다 생각을 돌려 적 후방인 나가오카 성을 단숨에 엄습할 수는 없을까?"
장대(壯大)한 작전안이다.
──무리일 거야.
다른 간부는 말했다. 오지야 본진을 지탱하는 일조차 위태롭다고 할 전황인데 별동대를 내보내어 나가오카 성을 덮치겠다니, 공상도 이만저만이 아니다.
"게다가 시나노 강물이 잔뜩 불어나고 있다."
반대자는 말했다. 이미 일부에선 범람하기 시작하여 두서너 채의 유실 가옥도 생겼다는 보고마저 들어와 있다. 이런 때에 과연 도하가 가능한 것인지. 도하를 하지 않으면 나가오카엔 갈 수가 없는 것이었다.
'적도 그렇게 생각하고 있겠지. 시나노 강이 불어난 것을 믿고 방심하고 있을 것이 틀림없다.'
야마가타는 또 생각했다.
'사람들은 나가오카 공격을 공상이라 생각하는 모양인데, 옛날부터 명작전

의 대부분은 공상에서 비롯됐다. 공상이니만큼 적에게 방심이 있는 거다.'

그러나, 하고 야마가타는 생각했다.

'실패하면, 전군이 무너진다.'

그것을 생각하면, 신중을 기해 구원군이 충분히 도착하고 나서 일을 시작하는 편이 좋을지도 모른다.

그러나 전장에는 전기(戰機)라는 것이 있다. 부질없이 완전을 기하다가는 전기가 가버리고 말 것이 아닌가.

야마가타는 생각에 잠겼다.

……

이무렵 쓰기노스케도 생각을 거듭하고 있었다. 오지야의 관군 본진을 다른 방면에서 찌르는 작전에 관해서였다.

──해보자.

결심을 한 것은 개전 엿새째 아침이었다. 작전은 현지 지리에 따라 세우지 않으면 안 된다. 우선 도하 지점을 선정해야 했다. 그것을 시찰했다.

혼자 말을 몰아 시나노 강 동쪽 기슭을 따라 달렸다. 그 결과, 가장 도하하기 쉬운 곳은 마에시마 마을(前島村) 쪽이라는 걸 알았다.

마에시마 마을은 나가오카 남쪽에 있다. 오지야에서는 훨씬 북쪽이 되지만 작전 목적을 숨기기 위해선 그 편이 좋을지도 모른다.

마에시마 마을에는 마키노 타노모를 대대장으로 하는 나가오카병 1개 대대 반이 포진하고 있다. 쓰기노스케는 마에시마 마을 마키노의 진막으로 갔다.

"목숨을 걸 일이오."

이렇게 전제하고서 그가 세운 작전 계획을 이야기했다. 어둠을 틈타 건너편 우라 마을(浦村)에 상륙하여 두 대로 갈라져, 일 대는 북 오시마 마을(北大島村)을 들이치며 습격하는 척 가장하고 다른 일 대는 멀리 남하하여 오지야를 찌른다는 작전이었다.

마키노는 단번에 찬성했다.

강을 건너자면 배를 모아야 한다. 작은 배는 곤란하고, 대포를 실을 정도의 배를 포함해서 큰 배가 30척 이상 필요했다.

──준비는 내 쪽에서 하겠소.

쓰기노스케는 말하고 번의 배 감독관에게 준비를 명했다.

"도하는 19일 밤."
이렇게 결정되었다.
……

한편 관군 참모 야마가타는 쓰기노스케가 마키노 타노모 대대를 방문한 그 이튿날, 쓰기노스케의 의도와 완전히 일치된 꼴로 시나노 강 서쪽 기슭을 달리고 있었다.

'이렇게 강물이 불어나서는 도저히' 야마가타는 생각했지만, 이미 도하를 강행하기로 결심하고 있던 그는 도하용 배를 요이타(與板) 방면에서 모으게 하고 있었다.

야마가타로서 다행이었던 것은 이날 관군의 증원대가 이즈모자키(出雲崎) 방면에서 도착한 일이었다.

지휘관은 야마가타와 같은 조슈 번인 미요시 군타로(三好軍太郎)였다.

미요시는 자(字)가 시게오미(重臣).

조슈 번 하급 무사 출신으로 일찍부터 번내에서 근왕 활동을 했으며, 나중에 다카스기 신사쿠(高杉晋作)를 도와 기병대를 결성했다. 기병대 출신이라는 점에서도 야마가타와는 오랜 전우였다. 겸해서 말한다면 미요시는 뒷날 육군 중장이 되었고, 말년엔 추밀고문관(樞密顧問官)을 거쳐 1900년에 사망했다.

미요시는 세키가하라(關原)에 포진하고 있다. 나가오카 시를 중심으로 세키가하라의 지리적 위치를 말한다면, 나가오카의 서쪽에 있는 시나노 강을 건너가 다시 서쪽 6km 지점에 있는 산기슭의 마을이다. 마을이라기보다 작은 읍만 하리라.

야마가타는 길을 재촉하여 세키가하라로 가서 미요시를 만났다. 만나자 대뜸 구상을 털어 놓고 부탁했다.

"도하 강습(强襲)은 자네가 해주지 않겠나?"

이 미요시는 장성이 되고 나서부터는 능력이 보잘것 없어 메이지 육군 가운데서 무능자 취급을 받았지만, 1,000명이나 2,000명 정도의 병사를 다루는 야전 지휘관으로선 용기도 있고 맹기(猛氣)도 있는 데다 전투 지도의 요령도 좋았으므로 야마가타의 모험 작전을 수행하는 데 안성맞춤인 사나이였다.

"좋아, 해보겠다."

서슴지 않고 맡았다. 실시 일시에 관해서도 설치며 말했다.
"이왕 할 바에는 빠를수록 좋겠지."
야마가타는 오지야로 돌아갔다. 돌아가 보니 동료 사쓰마의 구로다 료스케가 구원차 가시와자키에서 달려와 있었다.
——병력도 갖추어졌다. 이건 성공한다.
야마가타는 생각했다.
쓰기노스케에게는 무리가 있었다.
기본적으로 무리한 싸움이었다. 첫째 이유는 병력이었다.
관군을 막자면 관군보다도 열 갑절 방어 병력이 있어야 이 넓은 나가오카 평야를 지킬 수 있다. 게다가 성은 평성(平城)이고, 그것도 작은 성이라 관군의 대군이 나타나면 단번에 짓밟히고 말리라.
'여기저기 고약을 붙이려 해도 고약이 모자란다.'
그런 고민이었다.
나아가 공세로 바꾸자니 뒤에 따르는 병력이 없다. 마키노 대대를 진격 기습에 쓰기로 결정은 했지만, 그만한 대부대를 방어선 밖으로 내보내고 나면 정작 그 뒤의 방어는 어떻게 할 것인가.
——적을 무찌르고 나면 결코 깊이 들어가지 말고 곧 돌아와 주기 바라오.
명령에 그런 조건을 붙이지 않을 수가 없었다. 이렇다면 설사 기습에 성공하더라도, 말하자면 파리를 쫓는 거나 다름없으므로 적에게 결정적인 타격을 주기가 불가능했다.
……
18일 밤이 되었다.
비가 그치고 달이 얼굴을 내밀고 있다. 이날 밤 관군은 어둠을 타고 은밀히 행동을 개시하여 시나노 강 서쪽 연안인 오시마 마을에서 마키시타 마을(槇下村)에까지 이르렀다.
"여기서 강을 건너 단숨에 나가오카 성을 해치운다."
조슈의 미요시 군타로는 비로소 부하 지휘관들에게 작전 목적을 밝혔다.
그러나 이날은 비가 그쳤을 뿐이라 아직도 물살이 세어서 도저히 건너갈 수 있을 것 같지 않았다. 게다가 달이 너무 밝았다. 달빛 아래서 도하하다가는 나가오카군의 좋은 밥이 될 뿐이리라.

부득이 미요시는 기다리기로 하고 둑 뒤에서 병사들을 자게 했다. 아침이 되었다.

미요시는 병사가 깨우는 바람에 눈을 떴다.

'아침일까?'

믿어지지 않을 만큼 주위가 어둡다. 짙은 안개였다. 이 짙은 안개가 관군에게 최대의 행운을 가져다 주었다.

"지금이다. 지금 건너야 한다."

미요시는 벌떡 일어나 둑에서 강변으로 내려갔다. 물살은 여전히 빨랐지만 물의 양은 좀 준 모양이었다. 미요시는 일동에게 아침 식사를 하게 했다. 최후의 식사가 될지도 몰랐다.

도하를 시작했다. 그것을 엄호하기 위해 관군의 포가 포효(咆哮)하기 시작했다. 도하는 성공하였다.

대안에는 나가오카 번의 소부대가 경계를 위해 파견되어 있었다. 그것이 때아닌 적의 대군 출현에 놀라, 아무튼 맞아 싸웠으나 힘이 모자라 나가오카 성을 향해 후퇴했다.

조슈 부대에 뒤이어 사쓰마 부대도 도하했고 다시 다카다 번, 가가 번 등 각 번의 부대도 도하하여 각각 앞을 다투듯이 나가오카에 육박했다.

관군이 강행 도하에 성공한 지점을 나가오카 번에서는 '데라시마(寺島)'라고 한다. 데라시마의 제방선(堤防線)은 하세가와 겐자에몬(長谷川健左衛門)이 대장으로서 지키고 있었다. 이 부대는 잡병 소총대로, 병력은 겨우 2개 소대였다.

직접 지휘는 나가오카 성 참정(參政)나기노 가헤에가 맡고 있었다. 쓰기노스케의 처남인 그는 이 무렵 참정이 되어 있었다.

"도저히 이 정도의 병력으로선 방대한 방어선을 지킬 수가 없습니다."

하세가와 대장이 나기노에게 호소해 온 것은 12일의 일이었다.

"어디고 모자라는 건 마찬가지야. 호강스런 소릴랑 마라."

나기노는 돌려보냈지만, 그래도 걱정이 되어 다음날 13일 아침 현장을 시찰하려고 나가오카 성을 나섰다.

'설마 데라시마 근처로 적이 건너오지는 않겠지. 만일 그런 바보 짓을 한다면 전원이 익사할 거야.'

나기노는 그렇게 생각했다.

쓰기노스케가 세운 나가오카 평야의 방어 작전 계획에선 적은 병력을 효과 있게 쓰기 위해 중점 방어주의(重點防禦主義)를 채택하고 있었다. 중점이라면 남쪽에서 나가오카로 들어오는 유일한 도로 에노키 고개였다. 에노키 고개에 방어 주력을 둔 것은 누가 생각하든 당연한 처사였으리라.

성의 서쪽 압력에 대해선 시나노 강이 지켜 준다. 천운(天運)이라고나 할까, 때는 장마철이라 비는 넉넉하게 내렸으며, 보통 때는 잔잔하던 시나노 강이 소용돌이치며 흐르는 격류로 바뀌어 사람이고 배고 얼씬 못하게 한다. 그래도 만전을 기하기 위해 연안의 큰 배 작은 배는 모두 끌어올려서 적에게 이용되지 않도록 하였다. 그런데도 적이 건너온다고 한다면 적은 미치광이일 것이다.

나기노는 그렇게 보았다. 현장에 이르러 시나노 강의 물살이 거세다는 걸 확인한 뒤 말했다.

"이건 염려없다."

하세가와 대장은 불만이었다. 잘못 생각하고 있다고 격한 말을 했다.

"강물이 불었기 때문에 도리어 위험한 것입니다. 이 지점은 원래 시나노 강에서도 제일 얕은 곳으로, 배를 띄우면 바닥이 닿아 이쪽 강기슭에 댈 수도 없는 곳입니다. 물이 있으니까 위험하다는 것입니다."

다음날인 14일에도 하세가와 대장은 성에 찾아와 호소했다. 결국 나기노는 이곳에 대포 2문을 배치하는 걸로 타협했다.

더욱 불운이었던 것은, 관군이 도하하던 날 밤 하세가와 부대 진지 옆 자오 마을(藏王村)을 지키고 있는 수비대의 반을 후방에 보내어 휴식시킨 일이었다.

쓰기노스케는 도하전(渡河戰) 전날인 18일, 이 방면을 순시하고 대안의 포성을 들으면서 각 대장에게 말했다.

"앞으로 하루만 참아라. 하루만 참으면 적을 단숨에 무찌를 방법이 있다."

그가 준비중이었던 우회 기습 공격 계획을 말하는 것이었으리라.

이날 아침 쓰기노스케가 급보를 들은 것은 두 공기째의 밥을 내밀었을 때였다.

"알았다. 기관포대(機關砲隊)를 곧 출동시켜라. 나도 뒤따르겠다."

세상에 다시 없는 무서운 얼굴로 이렇게 명한 뒤, 두 공기째의 밥에 국물을 붓고 급히 먹기 시작했다.

'관군엔 미치광이가 있는 모양이군.'

그 격류를 건너올 줄이야 생각도 못한 일이었다. 그러나 비가 그친 밤 사이 시나노 강이 줄었을지도 모르며, 줄었다고 한다면 이것은 소부대의 공격이 아닐 것이다.

——어떻게 할까?

따위는 생각지 않았다. 싸움이란 시작되고 나면 현장에서 움직여야 하는 것이고, 현장에서 어떻게든 결판나는 것이므로 현장에 가는 길밖에 없다고 생각했다.

쓰기노스케는 말에 뛰어올랐다. 셋다야 마을 본진에서 전투 현장까지 10리쯤은 되리라. 말은 진흙탕을 튀기며 달렸다.

도중 2문의 기관포를 말로 끌고 가는 일 대를 따라잡았다.

"내가 지휘한다."

마상에서 외친 뒤, 서둘러라, 하고 질타했다.

이 포는 쓰기노스케가 스넬에게서 산 개틀링포인데 일본에는 3문밖에 없는 것으로, 말하자면 세계적으로 아직 드문 신무기였다. 일본에 3문밖에 없는 것 중 2문을 쓰기노스케가 독점했던 것인데, 나머지 1문은 사쓰마 번에 빼앗기고 말았다. 사쓰마 번은 군함 가스가의 함미(艦尾)에 그것을 장치했다. 그 포의 주임 장교가 도오고 헤이하치로(東鄕平八郞)라는 젊은이였고 미야코 만(宮古灣) 해전에서 이 포가 위력을 발휘했지만, 쓰기노스케하고는 물론 아무런 관계도 없다.

'기관포(機關砲)'라는 이름은 쓰기노스케가 지었다. 이 포대는 특별히 본부 소속으로 해서 격전장 어디고 자유롭게 보낼 수 있도록 배치하고 있다.

……

한편 전선에선 적은 인원인 나가오카군이 거의 결정적인 패배를 맛보고 있었다. 이 방면의 나가오카군 병력은 불과 400명에 지나지 않았는데, 그것도 비단 실을 이어 놓은 것처럼 가늘고 길게 장대한 제방선을 따라 배치되어 있었기 때문에, 30명 혹은 50명으로 된 소부대가 따로따로 격파되고 있었다. 도하한 관군은 1,500명이 넘었으리라. 그것이 2개 부대로 갈라져, 비단 실같은 나가오카의 방어선을 쉽사리 끊어 놓았던 것이다.

나가오카군은 각 거점에서 일단 버티어 냈지만 얼마 후 패하고 후퇴했다.

'나카지마(中島)'라는 시나노 강의 모래톱이 있다. 그곳에 번의 병학소(兵

學所) 건물이 있다.

──나카지마의 병학소까지 물러가라. 거기서 집결하여 막아라.

이것이 나가오카측 패주병들의 구호(口號)가 되었다. 단연했다. 아무리 소인원이라고는 하나 이렇게 흩어져 있다면 힘을 발휘할 수가 없으므로 어쨌든 뭉쳐야만 된다.

나가오카 성은 들판 가운데 있는 평성이라, 공격을 받게 된다면 이만큼 취약한 성은 없으리라.

겨우 서쪽인 시나노 강이 천연의 요해(要害)가 되어 있다. 그것이 돌파되고 나면 버티어 성을 지킬 장소도 없다.

단 한 군데, 성 밖 최후 거점으로 나카지마 병학소가 있었다. 그러나 여기 역시 해자가 있는 것도 아니고 드러난 판자벽에 창문이 몇 개 나 있을 뿐이었다. 나가오카병은 이 건물에 자리잡고 창구멍으로 총을 내밀고서 쏘았다.

관군도 이 건물을 목표로 삼았다. 관군이 갖고 있는 모든 대포의 조준(照準)이 이 병학소에 모아졌다. 포탄들이 떨어질 때마다 지붕의 기왓장이 날고 대들보가 부러지고 판자벽이 쪼개지는 처절한 전황이 되었다.

쓰기노스케와 그가 인솔한 기관포가 달려온 것은 이같은 공방전이 한창 벌어지고 있을 때였다.

"가와이 총독!"

때마침 근처를 뛰어다니고 있던 소총 대장 하세가와 겐자에몬이 다가와서 외쳤다.

"이 병학소에선 방어가 불리합니다."

하긴 건물 둘레의 땅이 넓어 적의 포위를 받기 쉽다. 더구나 적은 이미 포위 태세를 취하려 하고 있었다. 하세가와의 의견으로선 이곳을 후퇴하여 다른 장소에서 방어할 수밖에 없다는 것이었다.

──옳은 말이다.

쓰기노스케는 하세가와의 어깨를 두드려 주고 곧 자기편 군사를 향해 외쳤다.

"알겠느냐. 물러가서 와타리 거리(渡町) 입구에서 막는다."

팔을 뻗어 동쪽으로 밀어붙이는 듯한 손짓을 하며 후퇴시키려고 했다. 이윽고 각각 후퇴하기 시작했다.

후퇴에는 후군(後軍)이 되어 적을 저지하는 부대가 있다. 거기에는 기관포대가 안성맞춤이었으므로 쓰기노스케가 몸소 이 역할을 맡았다. 작은 번의 대장은 시골 유랑극단 단장처럼 어떠한 역(役)이라도 해치워야만 되었다.

"가와이님 태도에는 정말 놀랐어."

뒷날의 이야깃거리가 된 일이지만, 쓰기노스케는 기관포 사수 노릇까지 했다. 이 기관포는 그가 에도 번저의 재산을 팔아 가며 갖은 고생 끝에 산 것이다. 그만큼 애착도 강하고 그 애착 이상으로 포의 취급에도 익숙해 있었다.

"그런 엉거주춤한 짓으로선 맞지 않아."

사수를 밀어 제치고 혼자서 포차(砲車)를 여기저기 끌고 다니면서, 몸소 포 뒤의 핸들을 잡고는 돌려 가며 쏘고 또 쏘았다. 복장은 전과 다름없이 전립을 쓰고 검은 하오리에 승마용 바지인 평복 차림이었다. 적은 연거푸 쓰러졌다.

"어때."

비로소 험악한 얼굴에 웃음을 띠웠다.

"잘 맞지?"

쓰기노스케의 태도가 후군 병사들의 마음을 가라앉혔다. 쓰기노스케는 그 동안 병학소에 불을 지르게 하였다.

이 갑작스런 격전장이 그로선 최초의 전쟁 경험이었다. 처음에는 누구든지 겁을 먹기 쉬운데, 이 사나이는 그렇지 않았다.

"적은 겁을 내고 있다. 적은 겁을 내고 있다."

이렇게 외치며 적의 총알 비평까지 했다. 적의 탄환이 머리 위보다 훨씬 높게 날아갔다.

쌔앵——

소리를 듣고 총알이 빗나가는 것을 알 수 있었다. 쓰기노스케는 말했다.

"적의 총구(銃口)가 올라가 있든가 아니면 먼 거리를 보지도 않고 쏘고 있다는 증거다."

픽

픽

이윽고 적의 총알이 발 아래 박히며 흙을 날렸다. 쓰기노스케는 기관포 사격을 중지하고 포를 병사에게 넘겨주며 말했다.

"와타리 거리 입구까지 끌고 가라. 후퇴하는 거다."

후군이 후퇴할 기회라는 것이었다. 왜냐하면 총알 소리가 짧아지고 발 아래 와서 박히기 시작했기 때문이다. 적이 근거리 사격을 시작했다는 증거이므로 머지않아 명중될 확률이 높아지리라는 것이었다.

쓰기노스케는 불타는 병학소 옆을 빠져나가 천천히 달렸다. 그때 날아온 총알이 그의 왼쪽 어깨를 관통했다. 하나 그는 상관 않고 달렸다.

"총독님"

배후의 병사가 주의를 환기시켰다. 겉옷 왼쪽 어깨 언저리가 금새 피에 젖기 시작했다.

"알고 있다."

쓰기노스케는 달리면서 소리쳤다. 달리면서 왼팔을 크게 흔들었다.

'흔들 수 있다.'

그는 솔직히 말해서 안심이 되었다. 뼈가 상하지 않은 증거였다. 아마 적탄은 왼쪽 어깨 상부를 약간 스쳤을 뿐인 모양이다.

"마쓰조"

옆을 달리고 있는 하인 마쓰조에게 말했다.

"나중에 처매 다오."

얼마 뒤에, 우치강 다리(內川橋)에 이르렀다. 다리 아래 성의 바깥 해자가 되는 강이 흐르고 있다. 이 다리를 건너면 와타리 거리였고, 성 밑 거리가 된다. 성 밑 거리는 집들이 밀집되어 있어 그 한 채 한 채가 훌륭한 진지가 되는 것이다.

다리 옆에는 나가오카 번 소총대가 매복하여 계속 사격을 하고 있었다. 쓰기노스케는 다리를 건너고 나자 명했다.

"불을 질러 끊어 버려라!"

다리가 불타기 시작했다.

그러나 관군은 바깥 해자 너머에서 맹렬한 사격을 보내왔다. 이 맹사격으로, 나가오카 번에서 양식 훈련의 제1인자라고 손꼽혔던 소총 대장 구라자와 기소지(倉澤喜惣次)가 머리에 총알을 맞아 즉사했다.

마침내 버티어 내질 못하고 쓰기노스케는 명령을 내리지 않을 수가 없었다.

"성으로!"

성 밑 거리는 떠들썩해졌다.

시민들로선 서군의 내습이 너무나도 갑작스런 것이었다. 그 다급함이란 지진과 같았다.

가재 도구를 짐수레에 싣고 달아나는 자는 그래도 운이 좋은 편이었다. 나머지는 목숨만 겨우 살아 사방으로 뛰었는데, 가족이 서로 부르고 찾는 소리가 총 소리나 대포 소리보다도 요란했다.

쓰기노스케의 책임일 것이다.

"나가오카는 적의 손에 내주지 않는다. 방법이 다 있다. 안심해라."

쓰기노스케는 전부터 시민 대표들에게 장담한 바 있다.

"이 작은 번이 관군을 이겨 낼 턱이 없겠지."

시민 대표들은 이런 상식적인 관측도 있고 해서 아무리 쓰기노스케가 안심하라고 해도 반신반의했다.

그래도 "가와이님이 그렇게 말씀하시니까" 하며 불안을 가라앉히려 하고 있었다. 그런데 요 며칠 사이 엄청난 관군의 포성에 크게 동요되어, 약삭빠른 자는 가족이나 세간을 미리 시골에 피난시키고 있었다.

그 무렵 나가오카 시민들 사이에서는 이런 말이 오고 갔다.

"가와이님의 얼굴빛이 달라지기 전엔 나가오카는 염려 없을 거야."

그런데 의외로 이 꼴이 아닌가.

——잘못했다.

쓰기노스케가 이 지경에 이르러 생각한 것은 시민에 대한 책임이었으리라. 이 사나이가 이처럼 다급한 판국에 전투 지휘를 팽개쳤던 것이 그 증거이다.

"미안하오."

그는 말에 오르자마자 시내 네거리마다 돌아다니면서 큰 소리로 잘못을 빌었다.

"그러나 번주님은 그대들을 저버리지 않을 것이오. 먹을 것이 없다면 본진으로 오시오. 비록 군량(軍糧)에 지장이 있더라도 한 톨의 쌀을."

그는 말을 이었다.

"한 톨의 쌀을 둘로 쪼개고 셋으로 쪼개더라도 나누어 주겠소. 쓰기노스케가 보장하리다."

이렇게 외치면서 돌아다녔다. 그는 전투 지휘관임과 동시에 나가오카 번의 통치관이었으므로 이 지경에 이르러서도 통치관으로서의 책임을 지지 않으면 안 되었다.

동시에 그는 번주의 보좌관이기도 했다. 이 때문에 번주와 그 일족을 성에서 피난시켜야만 했다.

——우선 내륙인 도치오(橡尾)로. 도지오에서 아이즈로.

피난할 곳은 측근 하나와 히코자에몬(花輪彦左衛門) 노인에게 미리 일러 둔 바 있었다. 그는 거리마다 달리면서 하나와 노인에게 전령을 보냈다. 전령이 곧 돌아와서 복명(復命)했다.

"번주님은 떠나셨습니다."

쓰기노스케는 다시 외치고 다녔다.

"한 톨의 쌀을."

한 톨의 쌀이 어떻게 되는 것도 아니었지만 이것이 시민들에 대한 그의 사과 말이었으리라. 그동안 적이 지른 불 때문에 성 밑 거리가 불에 타기 시작했다.

무리한 싸움이었다.

아군의 절대수(絕對數)가 모자란다는 방위상의 치명적인 결함을 이처럼 기막히게 찔릴 줄은 그도 몰랐다.

'성에는 싸울 병력이 없다.'

쓰기노스케가 그렇게 배치했던 것이다. 그의 명령에 의해 나가오카 번의 정예 군사는 모두 번의 경계인 에노키 고개에 나가 있어 성에 남아 있는 것은 예비대뿐이었다. 예비대라 하지만 그것은 이름뿐이다. 실제로는 15세 이하의 소년과 50세 이상의 노인들이라 전투력이 되지 못했다.

'졌다.'

쓰기노스케는 후퇴를 지휘하면서 생각했다. 이 패배는, 말하자면 쓰기노스케의 인간으로서의 패배였으리라.

지나쳤다.

만일 나가오카 번이 무능하고 소심한 중신밖에 갖지 못했다면, 이 패배는 없었을 것이다. 왜냐하면 패배하기 전에 항복하여 관군의 꽁무니를 따라 아이즈 공격을 나가서, 대세와 더불어 좋고 나쁜 것도 없이 진군하고 있었을 것이니까.

하나 나가오카 번 중신은 불행하게도 가와이 쓰기노스케였던 것이다.

"그 사나이에겐 나가오카 번이 너무 작다."

스승 야마다 호코쿠(山田方谷)에게 이런 평을 받은 쓰기노스케다. 큰 번의 중신이나 일본의 재상이 되어야 겨우 그릇이 어울린다는 소리를 들은 그였다.

쓰기노스케로선 나가오카라는 작은 번에 태어난 일이 불행이었고, 나가오카라는 작은 번으로서는 쓰기노스케를 낳은 일이 불행이었다. 쓰기노스케는 나가오카 번이라는 것에 대해 분수에 넘치는 연극을 시키려 했다.

연극이라고 한다면——이것을 연극으로 비유한다면 천하의 운명을 정하는 이 거창한 무대에 어린이를 주연 배우로 내세운 거나 같았다. 관군과 반대파 사이에 서서 조정역(調停役)을 맡고 풍운을 나가오카 번의 힘으로 가라앉혀, 도쿠가와 가문도 구제하고 아이즈 번도 구해 내려고 한 데에 쓰기노스케의 무리가 있었다. 무리가 무리를 낳아 마침내 이 전쟁이 되었다.

그렇지만 쓰기노스케는 마음먹고 있었다.

'이 전쟁은 이기진 못할지라도 지지는 않는다.'

사실 그의 작전은 들어맞아 에노키 고개에 집중한 번 주력은 멋들어지게 사쓰마 조슈를 패주시켰다.

'——하나'

그는 생각했다. 싸움에는 상대가 있다는 것을 말이다. 아무리 쓰기노스케가 지략(智略) 덩어리라 할지라도 상대가 어떻게 나올 것이냐 하는 점까지는 모른다. 상대는 싸움의 정석(定石)을 깨고 비상식적인 만용 작전(蠻勇作戰)으로 나왔다. 이런 만용으로 나올 줄은 계산 밖의 일이었다.

쓰기노스케는 성까지 후퇴했다. 거기서 성문을 닫고 망루와 석축 위에 소총대를 배치하여 관군의 진격을 저지했으나, 이것도 이제는 시간 문제이리라.

여담이지만 이 원고를 쓰는 전날 니가타 현 나가오카시 와타리초에 있는 혼간 사(本願寺)파인 세이후쿠 사(西福寺) 주지 후지이 케이신(藤井慧眞)씨로부터 한 통의 편지를 받았다.

세이후쿠 사의 종루(鐘樓)에는 메이와(明和) 삼년(1766년)에 주조된 범종이 있다.

이날 아침 관군이 내습하자 종이 동쪽 성을 향해 급보를 알렸다. 종을 친

월의 산풍 377

사람은 전선에서 달려온 나가오카 번사 몇 사람이었다. 때마침 관군이 주위의 인가에 불을 질렀는데, 종루에 올라간 두 사람은 불티를 온몸에 뒤집어쓰면서 종을 난타했다.

시각은 새벽이었다. 성 밑 거리는 아직도 잠들어 있을지도 몰랐다. 이미 전선이 무너져 적은 성 밑 거리에 육박하고 있다. 그들은 알리고 싶었던 것이다.

"일어나라!"

그 종루에 관군의 일 대가 추격해 왔다. 나가오카 번사는 곧 칼을 뽑아 종루를 지켰는데 종을 치는 자는 계속 치고 지키는 자는 계속 지키느라 무지무지한 백병전이 벌어져 몇 사람이 죽었다. 에치고 태생 시인 소마 교후(相馬御風)는 이렇게 읊고 있다.

날이 밝았다
잠을 깨라 일어나라
종을 치다가
종소리와 더불어
꽃은 져갔네

그러나 종소리를 기다릴 것도 없이 이 시각에는 이미 성 밑 거리 사람들이 일어나 있었다. 희끄무레한 서쪽 새벽 하늘에서 별안간 울려 오는 포성과 총소리는 집집의 장지문을 뒤흔들어 잠을 자고 있을 상황이 아니었다. 성의 서쪽 간다(神田)에 집을 가진 료운은 이미 일어나서 병실에 쳐놓은 모기장 속에서 아침을 들고 있었다.

"오늘의 포성은 좀 다르다."

료운은 젓가락을 놓자 급히 옷차림을 갖추고 가족을 불러 모은 뒤 말했다.

"아무래도 심상치 않은 때가 온 모양이다. 모두들 상황을 보아서 피난하도록 해라. 나는 번주님한테 간다. 쇼타로(正太郎)만 따라오도록."

그러면서 그림을 좋아하는 어린 장남에게 일렀다.

"칼을 차라."

포성은 더욱 심해졌다.

집을 나서자 더욱더 심하게 들린다. 료운은 병자이면서도 달렸다. 쇼타로도 뛰었다. 교쿠조인 거리(玉藏院町) 어귀에 이르렀을 때, 앞서 말한 종소리를 들었다고 한다.

두 사람은 곧 성 안으로 들어갔다. 별성에서 성 안의 다리까지 뛰어갈 때 아는 사람을 만났는데, 적이 서쪽에서 내습하여 나카지마의 병학소가 불타고 있다는 걸 거기서 겨우 알았다. 그리하여 번주님이 피난한다는 것도 알았다. 료운은 수행할 것을 결심하고 쇼타로를 뒤돌아 보았다.

"나는 번주님과 생사를 같이 하겠다. 너는 돌아가 어머님과 함께 피난해라."

아들에게 말을 남기고서 본성 쪽으로 뛰어가 버렸다. 소년은 성을 뛰어나 왔다. 간다의 오쿠라(御藏) 골목에 이르자 총탄이 심하게 날아왔다. 할 수 없이 다른 골목을 택했는데 여기서도 총알이 기누야 센스케(絹屋仙助)라는 부자집 창고 벽에 푹푹 구멍을 내고 있었다. 마침내 소년은 남의 집 담을 몇 개인가 넘어서 자기 집으로 돌아왔다.

나가오카 번의 서쪽 방어선이 어째서 이토록 맥없이 뚫렸는지, 그 원인은 나중에서야 판명되었다.

직접 원인은 에치고 무라마쓰 번(호리 집안,삼만석)에 있었다. 무라마쓰 번은 이 당시 나가오카 번과 동맹을 맺고 있어 부대를 나가오카에 파견해 왔다.

그 병력은 2, 3개 소대였는데 대포 2문을 가지고 성 밑 거리인 간다 안젠 사에 주둔하고 있었다. 이곳은 료운의 집과도 가깝다.

그런데 19일 새벽을 전후하여 앞서 말했던 것처럼 관군이 내습해 왔다.

그 숙소는 전선에 가깝다. 총성을 듣고 그들은 곧 숙소인 안젠 사의 뒤편 둑을 진지 삼아 산개(散開)했다. 둑 아래에는 우치 강(內川)이 흐르고 있다.

짙은 안개가 자욱했다.

이 때문에 전방의 상황은 잘 알 수가 없었다. 이윽고 안개 속에서 한 무리의 군사들이 나타났다.

"대군이 나타났다."

무라마쓰 번병들은 잘못 판단했다. 그 군사들은 전선에서 쫓겨 들어오는 나가오카병이었다. 무라마쓰 번병은 이들을 관군인 줄 알고 맹사격을 퍼부었다.

소스라치게 놀란 것은 나가오카병이었다.

"무라마쓰 번이 배신했다."

이런 소문이 싸움터 여기저기에 퍼졌고, 그것이 다시 억측을 낳았다.

"적의 상륙을 이끈 것은 무라마쓰 번이다."

결국 전선은 더욱 동요, 괴멸(壞滅)을 재촉했다고 한다.

어쨌든 성 밑 거리의 혼란은 이루 말할 수 없는 것이었다. 쓰기노스케의 가족도 다른 번사의 가족과 마찬가지로 번명에 의하여 성 밖으로 피난했다. 무사의 가족은 평민처럼 세간까지 들고 나가지는 않는다. 세간도 의복도 버려두고 나오는 게 옛날부터의 법이었다. 그들은 나가오카에서 40리 산 속으로 들어간 도치오에 가, 거기서 지름길을 80리 가량 북으로 달려 나카간바라 군(中蒲原郡)의 무라마쓰에 가서 친지를 의지했다.

한편 쓰기노스케는 성에 남아서 불타는 성 밑 거리를 바라보며 마음먹었다.

'이렇게 된 바에야 뒷일을 도모해야 하리라.'

애당초 쓰기노스케의 계산으로선 중대한 오산(誤算)이 있었다. 전부터의 약속으로 요네자와 번에서 구원병을 보내올 예정이었는데, 예정 날인 엊그제도 허무하게 기다렸고 어제도 오늘도 오지 않는다. 이것이 온다면 또 다른 그림도 그릴 수 있으련만.

'이제 와서는 생각하는 것만도 헛일이다.'

관군의 맹공격에 앞으로 한 시간도 버틸 수 없었다. 버려야 한다.

"우선 모쓰타테 고개(森立峠)까지 후퇴해서 고지의 지형을 이용하여 적을 막는다."

차후의 방침을 명백히 하고서 각 대별로 후퇴하도록 명했다. 각 대원들은 격분하여 쓰기노스케에게 대들었다.

"성을 베개 삼아 전사하는 일이 무사의 본분이 아니겠습니까."

울면서 말하는 자도 있었지만, 쓰기노스케는 호통을 치며 칼을 뽑아 쫓아냈다.

"성은 건물에 지나지 않는다. 이 건물을 지키기 위해 번이 멸망한다면 아무 것도 아니다."

성 밑 거리가 불타기 시작했다. 관군이 불을 지르며 다니고 있다. 간다 거리, 고후쿠 거리, 나가마찌 거리, 후쿠로 거리의 순서로 타들어 간다. 쓰기노스케는 성을 버리기 앞서 자기들 손으로 불태워 버리리라 결심하고서 주위의 무사에게 명했다.

"삼층에 불을 질러라."

나가오카 성에는 천수각(天守閣)이 없는 대신 삼층이라고 부르는 누각(樓閣)이 있었다. 명을 받고서 이다 나오타유(飯田直太夫), 스토 부자에몬(須藤武左衞門), 노무라 류타로(野村龍太郎), 다케야마 지사부로(武山千三郎) 네 사람이 달려나갔다. 우선 화약고를 향해 뛰어갔다. 화약을 갖고 자폭시키기 위해서였다.

이윽고 네 사람은 광에서 화약통을 들고 나와 삼층으로 갔다. 문과 미닫이를 떼어서 포갠 다음 화약을 뿌리고 뛰어나오면서 횃불을 던져 넣었다. 삼층은 쾅하고 뒤흔들렸다가 곧이어 불을 뿜기 시작했다.

네 사람은 뛰었다. 뛰면서 네 사람 모두 통곡을 터뜨렸다. 삼층이란 나가오카 무사의 상징이나 다름없었으며, 그들은 자기 손으로 그것을 불질렀다는 데에 정신이 뒤집혀 있었다.

죽자꾸나, 하고 서로 외쳐 대다가 화약고가 있는 별성까지 뛰어 내려와 화약고에 뛰어들어 화약통의 뚜껑을 열고 횃불을 집어던졌다.

화약고가 갈라지고 섬광(閃光)이 팔방으로 번뜩이며 검은 연기가 하늘로 천천히 오르기 시작했을 때에는 이미 네 사람의 육체도 지상에 없었다.

전선에서 뒤늦게 후퇴한 병사가 잇달아 나가오카 성의 각 문에 모여들었으나, 성 안이 불타고 있기 때문에 들어가지도 못하고 해자가를 여기저기 뛰어다니며 갈 곳을 몰라했다.

하나 쓰기노스케가 남겨둔 연락병이 말을 타고 달려와선 그들에게 외쳤다.

"모쓰타테 고개로 가라."

그러는 사이 땅을 찢는 듯한 폭발음이 솟아 올랐다. 하치후세 산(鉢伏山)에 있던 화약고가 크게 폭발했다는 것을 누구나가 알았다. 그 폭음 속을 한 소녀가 옷자락을 날리며 뛰었다.

쓰기노스케가 평소 "마스야(枡屋) 아가씨" 하면서 귀여워해 준 여관 마스야의 딸 무쓰였다. 어머니, 유모, 종업원 등도 소녀와 함께 달아난다.

동쪽을 향해 가고 있었다.

"유큐 산(悠久山)에 가면 가와이님이 계시다."

이 소문을 듣고 그곳을 목표지로 삼았다. 유큐 산이란 모쓰타테 고개 아래의 야산인데, 마키노 가문 중흥의 조상 다다쓰(忠辰)를 제신(祭神)으로 모신 신사가 있었다.

길은 언덕길이 되었다. 이윽고 삼목이 늘어선 참배도를 올라가 경내에 들어가니 군장(軍裝)도 어마어마한 고급 무사가 50명 가량 경내에 앉았고 중앙 걸상에 쓰기노스케가 앉아 있는 모습이 보였다. '마스야 아가씨'는 구르다시피하여 쓰기노스케 앞으로 나가 외쳤다.

"가와이님, 이긴다 이긴다 말씀하시고서 이 꼴이 무엇입니까?"

모두들 그 폭언에 얼굴빛이 달라졌다. 하나 쓰기노스케만은 고개를 끄덕이며 '아가씨'를 말끄러미 쳐다보고 피를 뿜는 듯한 눈빛을 보였다.

"네 말마따나 이 지경이다."

후퇴 행군이 시작되었다.

──오히려 이 편이 낫다.

쓰기노스케는 후퇴 행군을 지휘하여 모쓰타테 고개를 오르면서 생각했다. 눈 아래 나가오카 성이 보인다. 삼층은 이미 없었고 먼 빛으로도 거무스름하게 불탄 모습이 보였다.

이미 관군이 점령하고 있을 것이지만, 저 성을 갖고 있는 한 이번에는 관군이 고생할 차례이리라. 쓰기노스케의 말을 빌린다면 이런 것이었다.

"이번에는 공격할 차례가 되었지."

나가오카군은 야전군(野戰軍)이 되었다. 말하자면 들에 나온 범이나 다름없으므로 그 전투 행동은 극히 자유로워진 것이다.

그런데 그는 '모쓰타테 고개에서 막는다'는 최초의 계획을 버렸다. 이유는 관군이 도무지 추격해 오지 않는다는 것과, 전선의 혼란 때문에 먼 곳의 아군이 빨리 집결할 수 없어서였다. 그것보다 차라리 오지(奧地)인 도치오로 가기로 했다.

"도치오에서 재기하자."

이것이 구호가 되었다. 도치오에서 아군이 대 집결을 하고 아이즈, 요네자와 번병 등을 합쳐서 새로운 야전군을 만들어 낸다는 것이었다. 이미 번주 부자는 아이즈 번에 의탁하려고 보낸 바 있다. 쓰기노스케로선 이제 뒷걱정이 없었다.

'오치오'는 도치오 골짜기라고도 부른다. 나가오카에서 모쓰타테 고개를 넘어 50리인 산의 분지(盆地)라고는 하나, 석기시대(石器時代)의 유물이 많이 발견되는 것을 보면 아득한 옛날부터 사람이 살 수 있는 조건을 갖추고 있었던 것 같다. 더구나 이 산중은 우에스기 겐신(上杉謙信)의 고사(故事)로 사람들에게 알려져 있다. 겐신이 아직 13세 때 가스가 산성(春日山城)에서 분쟁이 일어나 이 도치오로 피신하여 몸을 숨기고 세상 형편의 변화를 기다렸다. 이윽고 운명을 개척하여 에치고 평정에 나섰는데, 그런 의미로 생각하더라도 지금의 나가오카 번에게 노상 나쁜 고장만은 아니다.

다음날인 20일 아침, 쓰기노스케 등은 도치오에 들어가 각 부대가 모이기를 기다렸다. 얼마 기다리지 않아서 나가오카 번병뿐 아니라 동군이라고 이름 붙는 일체의 야전 부대가 모여들었다.

"서군(관군)의 동정은 어떤가?"

쓰기노스케는 일일이 물었는데, 종합한다면 관군의 움직임은 완만해지고 있다. 나가오카 성을 얻어 마음놓고 있는 것인지도 모르며, 추격 능력이 없을 정도로 탄약이 부족해 있는지도 모른다.

'그렇다면 도치오가 너무 멀리 떨어져 있다.'

쓰기노스케는 생각했다. 산속이니만큼 방어하는 데는 좋지만 진격하는 데는 불편하며 이제부터 북부 에치고 평야 가득히 전개될 전투를 지휘할 장소는 못되었다.

쓰기노스케는 이 산 속에 탄약 제조소를 두기로 하고 약간의 수비병을 남긴 채 본진을 딴 곳으로 옮기기로 했다.

도치오를 철수한다고 마음먹자, 행동은 빨랐다. 21일 아침 쓰기노스케는 전군을 이끌고 북으로 행군을 시작했다.

'가모(加茂)'로 간다. 가모를 본진으로 할 작정이었다. 가모에는 에치고 동부 산맥이 서쪽에서 끊겨 평야가 시작되는 곳에 있는데 북은 니가타에서 80리, 남은 나가오카에서 80리, 그 사이를 시나노 강이 수운(水運)을 제공하고 있다. 나가오카 성을 되빼앗자면 이보다 좋은 전투 지휘소는 없을 것이다.

밤이 되어서야 가모에 도착했다. 쓰기노스케는 미나가와(皆川)라는 성씨의 촌장집을 빌려 본진을 삼았다.

"서군은 주군(主君)의 원수"라는 포고문을 내걸었다.

"전투의 목적은 하루 속히 도적의 무리(관군)를 몰아내고 영지를 되찾는 데 있다."

다음날인 22일 쓰기노스케는 동군의 각 번 나가오카, 아이즈, 요네자와, 무라마쓰, 가미야마(上山), 무라까미의 6개 번에 구막부군의 대표를 모으고 나가오카 성 탈환의 작전 회의를 열었다.

"싸움은 군령이 두 갈래로 나와선 안 되오. 오직 한 사람의 대장이 필요하오. 우리들은 가와이 씨를 추대하여 총독으로 삼읍시다."

이렇게 제안하는 자가 있어 전원이 찬성했다. 이로써 쓰기노스케가 '각 번 연합 회의의 좌상'과 같은 역할을 하게 되었다.

한편 관군은 쓰기노스케가 짐작했던 대로 탄약이 떨어지고 있었다.

"병력도 이 정도로선 도저히 모자란다."

야마가타는 교토에 전령을 보내고 있다.

교토에선 일찍부터 이 방면의 전투를 중대시하고 총독으로 공경 중에서도 가장 정신력이 강한 사이온지 킨모치(西園寺公望)를 골라 출발시켰다. 새로운 총독이 에치고 나오에쓰(直江津) 항구에 도착한 것은 쓰기노스케 등이 가모의 새 본진에서 작전 회의를 연 5월 22일의 더운 날이었다.

"역적들은 어떤 상태인가?"

만 19세의 태정 판관은 배에서 내리자마자 이런 소리를 했다. 전력(戰歷)이 있으니만큼 그 기세가 자못 당당했다.

나오에쓰에서 육로로 다카다로 향하는 동안 말을 타고 남하했다. 복장도 태를 부리는 데가 없었고, 머리에는 병사들과 같은 니라야마 삿갓에 평무사의 나그네 차림 같은 모습인데 야전복만은 걸치고 있었다. 도중에 그 야전복도 더위 때문에 벗었을 뿐만 아니라 팔을 걷어붙이고 고삐를 잡았다.

한편 쓰기노스케는 28일, 작전 계획을 완성시켜 부서(部署)를 정했고 각 대의 배치도 끝냈다. 남은 일은 진격뿐이었다.

그 28일 쓰기노스케는 나가오카 번의 각 대장을 본진에 모아 훈시를 했다. 우선 첫 공격 목표를 제시했다.

'이마마치(今町)'

이마마치는 나가오카 성에서 사십 리 북쪽 적의 거점이었는데, 쓰기노스케의 말에 의하면 이러했다.

"나가오카 성을 수복시키려면 먼저 이마마치를 빼앗지 않을 수 없다."

이 정도로 전략상 중요 지점이었다.

일동, 용약했다.

비원(悲願)

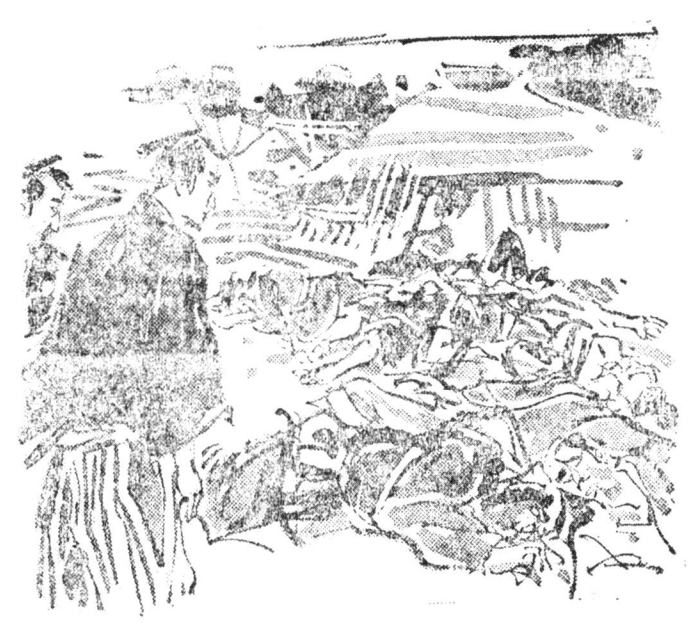

――이길 수 있다.

이런 자신이 쓰기노스케에겐 있었다. 관군의 진형(陣形)을 보면 알 수 있잖은가.

그 진형은 믿어지지 않을 만큼 길게 뻗쳐 있었다. 관군의 버릇이었다.

그들은 정공법(正攻法) 밖에 모른다. 바둑 돌이라도 늘어놓듯 곳곳에 진지를 두고 병력을 나누어 배치해 둔다. 자연 엿가락을 잡아 뽑듯 길어지고 만다.

그 길이는 최우익에서 최좌익까지의 거리를 잰다면 60킬로미터나 되었다. 그리고 시나노 강보다 서쪽인 이른바 하서 진지(河西陣地)는 최우익인 요이타(與板)에서 최좌익인 일본 해안까지 사이가 20킬로미터, 합해서 관군의 제일선은 놀랍게도 80킬로미터에 이를 만큼 잔뜩 뻗쳐 있다.

"서군에는 대장감이 없는 모양이로군."

쓰기노스케는 가모의 본진에서 이것을 알았을 때 자신도 모르게 미소가 떠올랐다. 관군의 병력을 4만이라고 친다면 2미터마다 사병 하나를 배치하는 허술함이었다.

"무능하고 겁장이라는 증거가 이 진형에 나타나 있다."

쓰기노스케는 막료에게 말했다. 어디고 잡아두지 않으면 불안해 견딜 수 없다는 심리표출이 이 진형이기도 했다.

"그리고 그들이 무능하다는 것은"

쓰기노스케는 말한다. 관군은 거의 예비대를 갖지 않았다는 점이다. 나가오카나 세키가하라에 잠입시킨 척후의 보고로 그것이 명백하게 드러나 있다. 관군 본진에는 예비대가 적다. 그렇다고 한다면 광대한 정면의 어딘가가 뚫렸을 경우 예비대를 파견하여 틀어 막을 수가 없는 것이었다.

'이긴다, 틀림없이 이긴다.'

쓰기노스케는 연필을 갖고 도면에 계속 표적을 해나갔다.

이쪽에는 병력이 적다.

따라서 기습 작전밖에 없었다. 그 기습이란 한쪽을 치는 척하다가 다른 쪽에 병력을 집중시켜 단숨에 중앙 돌파를 꾀한다는 작전이었다.

돌파군으로선 나가오카 번군을 사용한다. 군이라곤 하지만 인원은 겨우 500명이었다. 여기에 다른 번의 군사를 보태어도 1,000명 남짓 정도이리라.

29일, 쓰기노스케는 마지막 작전 회의를 열기 위해 각 대장을 본진에 모은 뒤 이런 방침을 거듭 밝히고 군을 편성했다.

"이마마치 어귀를 점령하여 나가오카 성 탈환의 제1단계로 삼는다."

양동 작전 부대는 젊은 중신 야마모토 다테와키(山本帶刀)가 거느리고, 지름길을 질러 가는 기습 부대의 지휘는 쓰기노스케 자신이 맡기로 하였다.

작전 개시 날은 6월 1일이었다.

"내일부터 귀신이 되는 거다."

쓰기노스케는 전 장병들에게 금화 다섯 냥 씩을 고루 나누어 주도록 했다. 색주가로 갈 사람은 색주가로 가라, 술을 마실 자는 술을 마시라는 것이었다.

이 무렵에는 나가오카병의 복장이 일본식 옷차림에서 일종의 양복으로 바뀌고 있다. 감색 통소매 상의에 역시 감색 바지를 받쳐 입었는데, 성 밑 거리의 처녀들을 시켜 지은 것을 겨우 입게끔 되었던 것이다.

그것에 야전복을 꺼 입었다.

"야전복만 없다면 마치 정원사(庭園師) 같잖은가?"

번사들은 이러면서 입기를 싫어했고, 쓰기노스케도 썩 마음에 드는 복장은 아니라고 생각했다. 이러면서 아무튼 장마철이라 우중 전투를 하는 데는 재래의 일본식 옷으로선 보병 활동이 부자유하다.

"쓰기군만 저것을 안 입는가?"

처남 나기노 가헤에는 말했으나 쓰기노스케는 잠자코 있었다.

속으로 이런 심정이었다.

'그것만은 곤란해'

이유는 없다. 굳이 이유를 캔다면 남과 똑같은 복장을 하고 걷는 자기라는 것이 상상도 할 수 없다는 심정뿐이었다.

그렇다고 해서 서양의 장군이나 전국 무장처럼 돋보이는 색다른 복장을 하겠다는 것도 아니다.

더울 무렵이므로 쓰기노스케는 무명 홑옷을 입고 있다. 그것에 보통 하카마 차림이었다.

그리고 큼직한 게다를 신고 있었다. 게다 소리를 울리며 지름길 진격군의 앞장을 섰다. 손에는 대나무 살 커다란 부채를 들고 있다. 펼치면 붉은 해가 그려져 있었다. 전투가 벌어지면 이것을 펴들고 지휘를 하는 것이었다.

대장이므로 말이 준비되어 있다. 백마였다. 그렇지만 말을 이용할 때는 게다로서는 등자에 발을 걸 수 없으므로 짚신으로 바꾸어 신었다.

어쨌든 쓰기노스케의 이 작전은 멋지게 들어맞았다.

야마모토가 이끄는 양동대——적을 기만하는 공격 부대——는 6월 1일 새벽 4시 산조(三條)를 출발했다. 본 도로를 따라 전진하여 도중 일박하고, 정오에는 이마마치 북방의 사카이(坂井)라는 마을에 이르러 산개했다. 이 부대는 포를 4문 갖고 있었다. 그것을 사카이 마을 서낭당이 있는 숲에 배치하고 정오가 지나서부터 사격을 개시했다.

"이러다간 포신(砲身)이 달아 망가지겠다."

포대장이 이렇게 걱정했을 만큼 무지무지한 연속 사격이었다. 포탄의 명중 효과를 따지는 것이 아니고 이 본 도로에 적의 관심을 끌도록 하는 것이 임무였었다.

쓰기노스케의 작전은 들어맞았다. 관군은 이 본 도로를 남하한 군이 나가오카측의 주력인 줄 알고서 이 방면에 병력을 집중했다.

그동안 쓰기노스케가 이끄는 기습 부대는 은밀한 행동으로 남하하여 이마마치를 서쪽 방향에서 포위해 들어갔는데, 곧 이어 격전을 벌인 끝에 저녁 무렵에는 일제히 이마마치에 돌입했다. 관군은 멀리 남쪽으로 달아났다.

이 전세 변동(戰勢變動)만큼이나 후방의 관군 본진(세키가하라에 있었다)을 당황케 만든 것은 없었다. 한때는 본진에 있는 야마가타 자신이 병사를 거두어 후퇴하려 했을 정도였다.

이마마치에서 나가오카 성까지는 40리 가량이다.

──저기 성이 보인다.

저물어가는 남쪽 하늘을 한 사람이 손가락질했을 때, 총성이 멎은 새 싸움터에 함성이 올랐다.

"이 기세를 몰아 나가오카를 들이치자."

이런 소리가 병사들 사이에 일어났지만, 쓰기노스케는 침묵하고 있었.

그날 밤 작전 회의가 열렸다. 장수들은 하나같이 나가오카에 진격할 것을 주장했다.

"좀 기다려──"

쓰기노스케는 그렇게 말할 뿐이었다. 장수들에게는 그 태도가 이해되지 않았다. 나가오카를 탈환하기 위해 격전을 벌여서 이마마치를 점령한 것이 아닌가.

"총독, 나가오카 탈환은 거짓이었습니까?"

이렇게 따지는 자마저 있었다.

거짓, 이라는 말에 쓰기노스케는 얼굴에 노기를 띠웠다. 찌르는 듯한 눈으로 그 쪽을 노려보았으나 곧 감정을 누르고 말을 부드럽게 하였다.

"싸움터의 회의에선 그런 격한 말은 삼가해야 한다."

"하지만 나가오카를."

"그렇지. 언젠가는 회복하겠다."

쓰기노스케는 그 이상 상대가 되어 주지 않았다.

──이상한걸

이런 의혹이 모두의 머릿 속에 생겼다. 그토록 나가오카 나가오카 하며, 사기를 돋우던 그가 아니었던가.

'그렇지, 사기를 돋우기 위해서지.'

쓰기노스케는 마음속으로 대답했다. 쓰기노스케로선 이제 나가오카 성에 아무런 전략적 가치도 인정않고 있다. 지금 당장 진격하여 그것을 탈환한들

지키는 데 짐스럽기만 할 뿐이다.

'그것보다 북부 에치고 평야를 빼앗아버리자.'

나가오카 성은 하나의 점(點)에 지나지 않는다. 점을 취하느니보다는 나가오카 성을 압박하면서 이 들판에 관군과 대항할 수 있는 강력한 전선을 만들어 내는 편이 유리하다.

이튿날 아침 나가오카에 잠입시켰던 첩자가 돌아와 보고했다.

"서군(官軍)의 당황은 이루 말할 수 없을 정도입니다. 우리편의 내습을 겁내어 벌써 나가오카 성을 버리려고 성내의 무기를 시나노 강 서쪽에 옮기고 있습니다."

지금 공격하면 단숨에 성을 탈환할 수가 있으리라.

여러 사람은 이 말을 듣고, 이 정보를 듣고서도 움직이지 않는 쓰기노스케에게 의문을 품고 쑤군거리는 자도 있었다.

"총독은 작전을 모르는 게 아니야?"

그런 소리가 당연히 쓰기노스케의 귀에도 들어왔다.

"싸움에는 싸움 이상의 것이 있는 거다."

그는 대장들에게 말했다. 성은 빼앗을 수 있다. 그 점에선 이긴다. 그러나 그뒤 다시 빼앗긴다면 아무 것도 아니다.

"산을 예를 들어 생각해 봐라. 나무꾼이 산을 보고 생각하는 일은 산의 나무를 벤다는 것뿐이다. 부자가 산을 보면 그 산을 통째 사버릴 것을 궁리한다. 나무를 베는 것만이 전쟁은 아니다."

이날 아침 쓰기노스케는 이마마치에서 나카노지마(中之島)에 걸쳐 새 전쟁터를 돌아봤다.

'이것은 너무하구나.'

그는 몇 번이나 걸음을 멈추고 숨을 죽이며 싸움터를 보았다.

고금을 통해 전쟁은 헤아릴 수 없이 벌어져 왔지만, 이 이마마치 부근만큼 처참하게 피해를 입은 곳도 또 없으리라.

민가는 전쟁으로 깡그리 불탔다. 마을 사람의 99퍼센트가 모두 세간을 잃었다. 죄도 없는 사망자가 의외로 많았다.

그 참화(慘禍)를 초래한 직접적인 원인은 관군의 지시에 있는 모양이었다. 나가오카군이 강습해 왔을 때, 관군은 대수로울 것 없다는 추측을 내세우고는 세간살이를 끄집어 내어 피난하려는 영민을 모두 막고 마을을 떠나

선 안 된다고 엄명하였다. 이 때문에 그들은 달아날 장소도 없이 포탄 세례를 맞는 운명이 되었다. 길가에는 헤아릴 수 없을 만큼의 시체가 뒹굴고 그 시체 대부분이 무참하게 본래의 형태를 잃고 있었다.

"가엾은 것은 백성들이다."

쓰기노스케는 중얼거렸다. 그는 본래 백성의 생활을 안정시키고 나라를 부강케하는 학문을 닦았으련만, 그것이 반대로 성을 잃고 나라를 멸망케 하고 백성을 죽게 하는 운명에 서게 만들었다.

"본의가 아니었어."

시체를 볼 적마다 자기 자신을 꾸짖었다. 도중 가리야다 강(刈谷田川)의 다릿목에 이르렀을 때 강가를 내려다보니 한 노인이 손자의 시체를 씻고 있었다. 쓰기노스케는 강기슭까지 내려가 물었다.

──이것이 할아범 손자요?

그리고 다시 가족을 물어 보니, 거처할 집도 잃고 아들과 며느리는 행방조차 모른다고 한다.

"용서해 주오."

쓰기노스케는 이렇게 말한 것은 아니나, 전립(戰笠)의 끈을 풀어 풀 위에 벗어놓고 머리를 숙였다.

"내가 중신이 된 것은 이러기 위해서가 아니었소."

쓰기노스케의 본심이었으리라.

"그러나 싸움이 벌어진 이상 싸울 수밖에 없고, 싸우는 이상 이겨야 하오. 나는 머지않아 나가오카를 회복하고 다시 나아가 다카다 성(榊木原)을 함락시킬 작정이오. 다카다를 평정한 뒤 꼭 그대들에게 보답하리라."

노인은 불행에 넋을 잃고 있는 눈치였다.

이 전립을 쓴 무사가 누구인지도 몰랐을 뿐더러 알려고도 하지 않았다. 인사도 안했거니와 대답조차 하지 않고 강물만 응시하고 있었다. 쓰기노스케가 가버린 뒤에도 그 자세를 바꾸려 하지 않았다.

'저것이 백성이다.'

쓰기노스케는 말 위로 돌아가 생각했다. 저 우매함, 불행을 당하고도 어찌할 바를 모르는 저 무력(無力)함이 바로 백성이라는 것이다. 백성을 지키고 백성을 구제하는 것이 그가 배운 학문이었고, 그 학문의 참된 진리를 알기 위해 청춘 시절 전부를 바쳐가며 각지를 돌아다녔다. 그 뜻밖의 결말이 이 싸움터의 풍경이었다.

 이 무렵 오우(에치고의 나가오카 번도 포함해서) 열번 동맹(列藩同盟)은 가위 독립국의 느낌마저 있었다.

 일 개의 연방 정부(외교상 및 군사상의)를 갖고 있다는 점에서 미국의 남북전쟁(南北戰爭) 양상을 거의 닮아 가고 있었다. 그 정부는 센다이(仙臺)에 설치되고, 이렇게 길다란 호칭으로 불리고 있었다.

 "오우 호쿠에쓰 동맹, 군정 총독부"

 장차는 린노지노미야(輪王寺宮)를 추대한다. 황족을 떠받들겠다는 것은 그들이 결코 일본을 근왕 통일(勤王統一)시켜 가는 데 반대가 아니라는 심정을 나타낸 것이었다. 적은 사쓰마였다. 조슈는 일부러 제외시키고 사쓰마만을 적의 대표로 꼽았다. 그 주장이란 이런 것이었다.

 "사쓰마 번은 다년간 교토에서 책동을 하였고 음모를 꾸며 아직 어린 천황을 내세워 천하를 가로채려 하고 있다. 우리들은 천황 측근의 간신을 제거하려고 마음먹을 뿐이다."

 그리고 이 '군정 총독부'를 갖고서 이런 논의가 생겼다.

 ──세계의 공인을 받는 정부가 되어야 한다.

 이미 이 무렵의 일본인은 만국 공법(公法)──국제 공법──에 관해선 필요한 최소한의 상식을 갖고 있다. 그러기 위해선 열국(列國)에 통고해야 한다.

 "그런 취지로 귀번에서도 대표를 보내주기 바란다."

 이러한 내용의 사자가 쓰기노스케에게 온 것은 오월 하순이었다.

 때는 나가오카 성이 함락하여 쓰기노스케가 에치고의 전장(戰場)을 전전하고 있을 때였기 때문에 일체를 요네자와 번에 맡기기로 하였다.

 이윽고 통고문(通告文)이 기초(起草)되자 각 번 중신의 이름으로 이것을 열국 공사에 보내게 되었는데 그 통고에 관한 수고를 프러시아 영사에게 부탁하기로 했다.

 그것은 실행되었다.

 요코하마에선 각국 공사관이 매일처럼 놀라고 있다.

 "교토군은 에치고에서 지고 있다."

 이 관측이 지배적이었다. 그것에 관하여 강력한 정보원(情報源) 및 선진세력이 되어 있는 것은 스넬과 그 상관(商館)이었다. 스넬은 이를 위해 활약했다. 그는 오우 및 에치고군을 위해 선전을 일삼았을 뿐 아니라 쓰기노스케의 이름을 퍼뜨리려고 했다.
"나카오카 공국의 수상은 가와이 쓰기노스케요. 그가 있는 한 교토 정부는 북부에 손을 댈 수가 없을 거요."
스넬은 떠벌리고 다녔다.
이런 외교적 조치 외에도 스넬의 선전이 효과를 보았는지 요코하마의 외교계에선 크게 움직이기 시작했고, 각국 모두 니가타에 영사관을 두기로 작정했으며, 군정 총독부와 무역에 관한 협정을 맺으려고 7월 상순 미국, 영국, 프러시아의 신임 영사가 두 척의 군함을 타고 니가타 항에 도착했다.
스넬도 이 무렵 도착하였다.
같은 에치고라도 가시와자키 항구는 관군이 사용하는 항구였다. 계속 군함, 수송선이 들어와선 보병과 무기를 풀어놓고 있다.

한편 싸움터는 에치고뿐만이 아니다. 오우의 천지에도 초연(硝煙)이 넘치고 있었다.
그 최초의 격전장은 시라카와 성이었으리라. 오우는 옛날부터 이르길 시라카와에서 시작된다고 했다. 그 목젖 부분에 해당되고 있었다.
우선 처음에는 관군이 성을 점령하고 있었다. 그러다가 윤사월 20일, 아이즈군이 빼앗았다.
관군은 이것을 되빼앗으려고 공격을 했지만 실패하고 격퇴되었다.
공격을 재개한 것은 5월 1일이었다. 이 방면의 관군 참모는 사쓰마 번 중에서도 가장 뛰어난 군략가(軍略家)로 알려진 이지치 마사하루(伊地正治)였다.
——이지치 선생만 있으면 사쓰마 번의 군략은 염려없다.
사이고 다카모리가 늘 칭찬하던 인물이었다. 일화가 있다. 막부 시대에 이지치는 사이고 등과 어느 요정에서 술을 마시고 있었는데, 암살단이 요정에 난입하는 소동이 벌어졌다. 결국 그것은 누군가의 착각이라 별일 없이 끝났지만 이지치는 다람쥐같이 재빠른 동작으로 좌중에서 사라지고 없었다. 모두 찾았더니 정원의 덤불 속에 숨어 있었다고 한다. 일동이 이지치의 겁 많은 것을 비웃자, 사이고가 그것을 제지하면서 말했다.
"이지치 선생의 참다운 가치는 그런 점에 있다. 군략가는 겁이 있어야 한다."

　사이고의 말뜻은 겁이 많은 데서 지혜가 태어나는 것이므로, 두려움을 모르는 자에게선 지혜가 솟지 않는다는 것이었다.

　이지치 군략의 특징은 그 소심(小心)에서 오는 치밀한 밀도(密度), 돌다리도 두드린다는 것이었으리라. 이 시라사카와 성 공략도 그랬었다.

　오히려 성내에 있는 오우 동맹군의 병력이 압도적으로 많다. 공격측의 관군은 적은 병력이었다.

　이지치는 가장 방비가 굳은 시라사카(白坂) 어귀에 모든 대포를 배치하고 맹렬한 포격을 가하여 방어측의 관심을 그곳에 집중케 하면서 다른 병력을 갖고 좌익에서 성을 포위했으며, 성의 허술한 부분을 돌파, 마침내 탈취했다. 성곽 공격(城郭攻擊)에서 보인 모범 작전이라고 할 수 있는 것이었다.

　부하인 군의 주력이 사쓰마 번의 정예들로 조직되어 있다는 점도 공략 성공의 한 가지 요인이 되었다. 이 공략전에는 뒷날 일본 육해군의 창설자가 된 오야마 이와오(大山巖), 노즈 시즈오(野津鎭雄), 노즈 미치쓰라(野津道貫), 가와무라 스미요시(川村純義), 무라다 신빠찌(村田新八) 등이 각각 일개 부대를 이끌고 참가한 바 있다.

　나중에 오우 동맹군은 수차 시라카와 성 탈환 공격을 되풀이했으나 번번이 실패했다.

　이 사이 에도에선 쇼기 대(彰義隊)가 관군에 저항하고 있었는데, 5월 15일 관군의 총공격으로 패배, 사방으로 흩어졌다.

　에도 평정을 마지막으로 간토는 모조리 관군의 세력 아래 놓여지게 되었다. 관군은 이것으로 행동의 자유를 얻어 남은 병력을 오우와 에치고 방면에 보낼 수 있게 되었다.

　그런 정보 등이 잇달아 쓰기노스케의 귀에 들어오고 있다. 대부분 비관적인 것뿐이었다.

최후(最後)의 불길

이마마치 탈취 이후로는 전선이 별로 큰 변화를 보이지 않고 있었다.

아니, 쓰기노스케 쪽에서 움직이기는 했다. 7월 상순에 이르는 동안 열 몇 차례의 공격을 관군 여러 진지에 가했지만, 승패를 결판하는 단계에까지는 이르지 못했다. 아무튼 관군의 병력은 날로 늘어나 아군과는 도무지 비교도 안될 숫자가 되어 있었다.

"벼룩이 사자를 문다더니"

이런 비유가 문득 쓰기노스케의 머릿속에 떠올랐다. 정말 그것과 다름이 없었다. 효과가 있다고 한다면, 적을 이리저리 뛰게 하여 피로에 빠뜨리는 정도의 것이었다. 사자의 심장을 멎게 할 지경에까지는 이르지 못한다.

그런데 반대로 이런 관측이었다.

관군 쪽은 전황에 관해 다른 평가(評價)를 내리고 있었다.

──아무래도 우리 쪽이 지고 있다.

이 무렵 관군은 전략 근거지를 교토보다 에도의 대총독부에 두고, 무기는 요코하마에서 사들이고 있었다. 무기 구매자가 요코하마에 갈 적마다 외국인의 질문을 받았다.

"당신네 정부는 염려 없소?"

이 질문 속에는 신정부가 이번에 쓰러지는 게 아니냐, 는 견해도 들어 있다.

──신정부가 이긴다.

이런 확고한 태도로 보고 있는 것은 처음부터 사쓰마 조슈를 편든 영국인 정도였다. 막부 동정파인 프랑스인은 도리어 신정부가 지기를 바랐고 미국인도 장사를 위해 오우 에치고에 편들려 하고 있었다. 왜냐하면 미국은 일본과의 장사에서 다른 열강들에 비해 현저하게 뒤떨어지고 있었기 때문이다.

처음에 미국은 일본의 문호(門戶)를 개방시키는 데 성공했다. 페리 함대가 막부를 위력(威力)으로 굴복시키자, 이어서 해리스를 보내어 대일외교에 관한 한 열국의 선두를 달리고 있었는데, 그뒤 남북전쟁이 일어나는 바람에 국제적인 무대에서 후퇴했다.

이제 겨우 내란이 끝나 새로이 일본에 재진출했지만, 이미 모든 것이 때늦은 것이 되어 버렸다. 영국은 사쓰마 조슈를 일찍부터 원조하여 그들이 막부를 쓰러뜨려 신정권을 수립하자, 외교에서나 무역에서나 정객(正客)이 될 위치를 얻고 있었다. 미국으로선 거기 끼어 들기가 곤란했으므로, 결국은 오우 에치고 동맹을 후원하는 편이 이익이라고 보았다. 이 때문에 미국은 재빨리 니가타에 영사를 보내어 일본의 반정부측과 외교를 시작하고 있었다.

이같은 정세가 에도의 대총독부를 초조하게 만들었다. 대총독부의 대참모(大參謀)였던 사이고 다카모리는 마침내 각 참모에게 선언했다.

"내가 북에 가리다."

사이고 자신이 대군을 거느리고, 사이고의 표현을 빈다면 이런 것이었다.

"천하 판가름의 싸움을 하러 가겠소."

이 사이고의 말은 놀랄 만한 속도로 에치고에 알려져 쓰기노스케의 귀에 들어갔다.

신정부로서는 '해군'의 위력이 이만큼 커다란 전략 요소가 된 일은 없었다.

관군의 해군은 물론 각 번의 배를 긁어모은 것이었다. 지쿠젠 후쿠오카 번의 다이호(大鵬), 지쿠고 야나가와 번(柳川藩)의 지와카레(千別), 조슈 번의 데이보(丁卯), 가가 번의 샤쿠조(錫懷), 게이슈 히로시마 번의 만넨(萬

年), 거기에 조정(朝廷) 직속의 셋쓰(攝津) 같은 군함이 연신 일본해안 각 항구에 들락거리며 보병과 탄약, 군량미를 수송하고 있었다.

 게다가 군함은 기습 상륙 작전에도 사용되었다. 군함만 있으면 에치고의 어느 해안이든 군대를 보낼 수가 있었고, 적의 후방을 차단하든가 포위하든가 할 수가 있었다.

 "적어도 저 군함을 가라앉힐 수 있는 군함만 우리편에 있다면."

 오우의 에치고군은 이를 갈았다.

 모든 일이 때늦었다.

 일본 열도 가운데 동쪽 반에 위치하는 번은 하나같이 대세에 뒤떨어지고 있다. 서일본의 큰 번들은 안세이(安政) 이후 해군과 해운의 건설에 힘을 쏟아 지금에 와선 오륙만 석의 작은 번이라도 기선 한 척쯤은 갖고 있다. 그런데 동일본의 각 번은 시대의 풍파에 둔감하여 아이즈 번 같은 큰 번이라도 군함 한 척도 없다.

 쓰기노스케도 평소 뇌까리고 있었다.

 "기선이라도 한 척 사서."

 기선이라도 한 척 사서 번사의 자제에게 무역 훈련을 시켜 에치고의 산물을 구미(歐美)에 가져 가겠다는 것이 그의 나가오카 번 경제 기본 정책 속에 들어있었다. 그러나 그가 나가오카 번의 독재권을 쥐었을 때는 이미 관군이 에치고에 육박하고 있었다.

 "싸움만 벌어지지 않는다면 기선이라도 한 척 사서 번사의 차남이하를 상인으로 만들어……."

 이것은 그의 넋두리에 지나지 않게 되었다.

 어쨌든 관군은 제해권(制海權)을 쥐고 있다.

 "도쿠가와 가문의 함대가 와주었으면."

 또 아군의 넋두리가 되었다. 도쿠가와 함대는 물론 일본 최대였다. 어쩌면 극동에서 제일 큰 지도 몰랐는데 애석하게도 태평양 쪽에 있었다. 구막부 가신 에노모토 타케아키(榎本武揚)가 제독이 되어 통할(統轄)하며 시나가와 앞바다에 닻을 내리고 있었는데 어떤 속셈인지 움직일 것 같지도 않았다.

 "이렇게 된 이상 오우와 북 에치고의 각 번에서 돈을 거두어 군함을 사자."

 이런 논의가 센다이나 아이즈에서 있었다. 돈, 하면 나가오카 번이다. 아이즈 번 따위는 수만 냥의 군사비를 나가오카 번에서 차용하고 있었기 때문에 이 문제는 맨 먼저 나가오카 번에 통할 필요가 있다 하여 아이즈 번은 그런 뜻의 편지를 쓰기노스케에게 보냈다.

쓰기노스케는 한 마디로 거절했다.

"이제와서 군함을 어찌 하겠다는 건가. 부질없는 일이오."

이렇게 격한 말을 답장에 쓰고 있다. 별안간 군함을 사들인다고 해도 이제부터 승무원을 양성해야 하고 설사 그것이 가능하더라도 한 척이나 두 척의 군함으론 어쩔 도리가 없으리라. 동일본은 모든 일에 때늦어 있는 것이다.

'나가오카 성을 탈환할 수밖에 없다.'

그 외엔 전선의 교착 상태에서 벗어날 길이 없었다. 사기도 오른다. 요코하마의 외교계의 인기도 오른다. 혹은 이 일로 말미암아 정세에 미묘한, '이를테면 화학적(化學的) 변화 같은 것이 생길지도 모른다'고 그는 생각했다.

'나가오카 성 탈환'은 소수의 병력으론 거의 불가능에 가깝다고 그는 생각했다. 그러나 단 한 가지 묘책이 있다.

"이것은 극비(極秘)다."

이 무렵의 어느 날 기토 쿠마지로(鬼頭熊次郞)라는 입이 무거운 번사를 몰래 불렀다. 기습 작전이란 아군에게도 비밀로 해야 한다.

"그날이 올때까지 부모 형제에게도 누설해선 안 된다."

쓰기노스케는 말했다.

쓰기노스케가 기토를 선발한 또 한 가지의 이유는 그가 낚시질이나 고기잡이를 좋아한다는 점이었다.

——기토의 낚시질

이 일은 번사들 사이에서도 유명했다. 번이 평화스러웠을 때 비번 날이면 매일 낚시 도구를 들고 고기잡이를 나선다. 쓰기노스케도 그가 그물을 쳐서 잡았다는 잉어를 선사받은 일이 있다.

기토가 잘 가는 낚시터는 핫초오키(八町沖)였다.

"실은 핫초오키에 대해서인데."

쓰기노스케는 목소리를 낮추었다.

핫초오키란 늪이었다. 나가오카의 동북 약 사킬로 지점에 있는데 둘레가 10리에 이르는 큰 늪으로 갈대가 무성했다. 물은 얕지만 수렁이라 만일 빠지면 허우적거릴수록 몸이 가라앉아 깊이를 알 수 없다는 곳이었다.

"핫초오키는 나가오카 성의 방어선"

이 때문에 이렇게 불렸으며, 성을 쌓을 때도 이 동북간의 자연적 요해를 염두에 두고 성이 설계되었다. 물론 관군도 핫초오키를 믿고 이곳에 소수의 경계병을 두고 있는데 지나지 않았다.

"그걸 건너서 단숨에 성을 되빼앗는 거다."

쓰기노스케가 말했을 때, 어지간한 기토도 눈을 둥그렇게 뜨고 숨을 들이마셨다. 이윽고 조그만 목소리로 되물었다.

"그 핫초오키를——"

핫초오키는 때마침 장마철이라 물이 범람하여 일대 호수처럼 되어 있었다. 그것을 걸어서 건너간다는 것도 불가능하지만 적에게 발견되지 않고 과연 행동할 수 있을까? 만일 적에게 발견된다면 나가오카 병은 전군이 그 늪 속에 빠지고 만다.

"싸움이란 몰상식한 짓으로 하지 않고는 이기지 못해."

쓰기노스케는 말했다. 특히 소수의 병력밖에 갖지 못한 측은 대군의 의표를 찌를 필요가 있었다. 핫초오키는 건널 수 없다는 상식이 있으므로 이 작전을 감행하는 거야, 쓰기노스케는 이렇게 말했다.

"핫초오키에 관해선 임자가 어렸을 적부터 내집처럼 드나들고 있으니 잘 알고 있다. 그러니 늪의 상태를 정찰해주기 바란다. 어디를 어떻게 지나면 건널 수 있는가. 건너자면 흙가마니나 마른 풀을 얼마쯤 넣어야 되는가를."

이 무렵 쓰기노스케는 총본부를 가모에 두고 있었는데, 도치오에도 그 지부가 있었다. 이날 쓰기노스케는 도치오에 있었다. 이세야(伊勢屋)라는 상인 집이 진막이었다.

"총독은 어디 계시오?"

큰 소리로 외치며 들어선 사나이가 있었다. 소총 대장 다나카 미노루(田中稔)였다.

다나카는 앞서 벌어진 이마마치 공격 때 가리야다 강(刈谷田川) 제방에서 격전 중, 대장 사이타 와다치(齋田轍)라는 자를 잃었다. 이 격전장에서 쓰기노스케는 몸소 앞장서서 지휘하며 날아오는 총알 속에서 기가 꺾인 아군에 대하여 이렇게 질타했다.

"사이타는 죽었다. 그대들은 어찌 죽음을 두려워하는가!"

그 한마디로 전군의 용기를 북돋우고 기세를 몰아서 적의 진지에 뛰어들어 관군을 패주시켰다. 그 사이타 부대가 대장을 잃었을 때, 쓰기노스케는 지휘기(指揮旗)를 집어서 다나카 쪽에 던져 주며 날아 오는 총알 속에서 임명했다.

"다나카, 대장은 그대다!"

다나카는 용약 적을 무찔러 사이타 이상의 용맹을 보였다.

여담이지만 이리자와 다쓰키치(入澤達吉)라는 메이지 다이쇼 시대에 활약한 의학자가 있다. 수필가로서도 이름이 있어, 그의 사후 《가라산 수필(加羅山隨筆)》이라는 수필집이 1939년 가이조 사(改造社)에서 출판되었다. 그것에 의하면 1900년경 메이지 의회(明治醫會)라는 의학 단체가 생겨 월급 10원에 서기를 한 사람 고용했다. 서기라곤 했지만 예순 살 가까운 노인으로 이름을 다나카 미노루라고 했다. 이리자와 박사는 에치고 이마마치 태생이었으므로 소년 시절부터 나가오카 번의 번사 이름을 많이 듣고 있었다.

──혹시

이마마치의 격전에서 사이타와 교체한 다나카 미노루가 아닐까 하여 물어보았더니, 과연 그렇다는 것이었다. 이 다나카 노인은 얼마후 중풍(中風)에 걸렸다. 이리자와 박사가 그 뒤를 봐 주었으나 너무나 오래 끌었으므로 양로원에 보냈다. 그의 최후는 박사도 모른다. 이 노 서기가 건재했을 무렵, 그를 부리던 의회 회원 의학자들이 이렇게 말하며 가엾게 여겼다고 한다.

"그 늙은이는 불쌍한 사람이야. 사쓰마 조슈 출신이었다면 지금쯤 남작 한 자리는 해먹었을 텐데."

그 다나카 미노루가 도치오에 있는 쓰기노스케를 찾아왔다.

"요네자와 번병이 총독의 욕을 하고 있다."

이 말을 알려주기 위해서였다.

"가와이 총독은 대관절 어쩔 속셈인가? 이렇게 교착 상태가 계속되면 사기가 떨어진다. 군량미와 탄약이 떨어지면 마침내는 촛불이 다 닳아 없어지듯 멸망하지 않을 수 없다. 이렇게 된 바에는 요네자와 번 단독으로 나가오카 성을 탈환해 보이겠다."

"염려없어."

쓰기노스케는 말했다. 요네자와 번이 단독으로 싸울 만한 전의가 없다는 것을 쓰기노스케는 꿰뚫어보고 있었다. 그러나 무엇보다 그를 기쁘게 만든 것은 핫초오키를 건너는 기습 계획이 여전히 누설되지 않았다는 일이었다. 누설되지 않는 한 성공하리라.

쓰기노스케의 나가오카 성 탈환 계획은 착착 진행되었다. 도치오에서 필요한 지시나 처리를 한 다음 분주하게 도치오 본진의 문을 나섰다.

"다음엔 미쓰케(見附)로 간다."

'미쓰께'란 '적을 경계하기 위한 감시소'라는 뜻인데 여기선 지명(地名)이었다. 도치오 골짜기에서 서쪽으로 20리쯤 떨어진 곳에 있는 고을로, 지형이 높아 이 고지대에 서면 에치고 평야를 한눈에 굽어볼 수 있다. 그래서 옛 전국시대 에치고의 무장들은 이곳을 탐내어 여러 차례 쟁탈전이 벌어졌다. 그러한 전략적 가치는 쓰기노스케의 이 시대에도 변함이 없어 쓰기노스케도 미쓰께를 나가오카 성 탈환 작전의 기지로 쓰려 하고 있었다.

문앞에 가마가 준비돼 있다. 이것을 타고 미쓰께로 가려는 것인데, 문득 쓰기노스케는 뒤돌아보았다.

"도라(寅)"

도라는 제자였다. 그는 떼를 쓰다시피 해서 제자가 된 사람이었다. 번사가 아니고 고누키 마을(小貫村) 촌장 아들로 쓰기노스케에게 글을 배우며 그를 따라다니는 사이에 전쟁이 터졌다. 전쟁이 터졌는데도 그는 집에 돌아가지 않고 전령 노릇을 하기도 하고 척후병이 되기도 하며 번사와 마찬가지로 활약하고 있었다.

"도라, 이젠 슬슬"

쓰기노스케는 엄한 얼굴로 말했다.

"집으로 돌아가거라."

도라는 놀랐다. 여기서 쫓겨 가면 면목이 서지 않는다고 말했다.

"사고가 생기면 안 돼."

그러자 쓰기노스케는 이렇게 말했다.

"번사는 번주님에게서 대대로 녹을 받아 왔으니까 이 싸움에서 죽어야 한다. 그러므로 번사라면 누구나 싸워야 하지만 녹도 받지 않는 도라가 죽어야 할 이유는 없다."

쓰기노스케의 논리는 명쾌했다.

"게다가 도라에게는 부모가 있다. 맏아들이기도 하다. 도라가 유탄이라도 맞다 죽는 날이면 도야마(外山) 집안의 대가 끊어진다. 그리고"

쓰기노스케는 말을 이었다. 고누키 마을 도라네 집에 처남 나기노의 가족이 신세를 지고 있었다. 쓰기노스케는 말했다.

"처남이 신세지고 있으니 그 뒤나 돌봐다오."

그러나 도라는 우겼다.

"하긴 제가 번을 위해 싸우는 것이 의(義)는 못될지 모르지만 협(俠)입니다."

쓰기노스케는 고개를 저으며 말했다.

"돌아가라."

그리고 거듭 말했다.

"무리한 짓은 결코 하지 마라."

쓰기노스케는 천천히 가마에 올랐다. 쓰기노스케로선 격전이 될 나가오카 성 탈환전에서 한방울의 피도 헛되이 흘리지 않고 싶었으리라.

쓰기노스케의 가마는 나는 듯이 미쓰케로 달렸다.

그가 미쓰케의 본전에 들어서자 정찰 내보냈던 기토가 핫초오키에서 돌아와 결론부터 말했다.

"건널 수 있습니다."

어느 부분을 어떻게 건너느냐에 대한 기토의 설명은 상세하기 이를데 없었다.

"마치 늪의 임자같군."

쓰기노스케는 그답지 않게 웃었으나, 기토는 웃지도 않고 진지한 표정으로 말했다.

"예, 그 늪에는 임자가 있지요. 잉어가 늙어서 화생(化生)을 한 자인데 저도 그 지느러미를 본 일이 있습니다."

기토는 상세한 도면을 쓰기노스케에게 건넸다. 통과할 수 있는 장소는 점선(點線)으로 표시가 되어 있고, 몸이 빠질 만한 장소에는 사다리나 널빤지를 집어 넣음으로써 그럭저럭 건널 수 있다고 한다.

"각 대장을 불러라."

쓰기노스케는 전령에게 말했다. 공격 계획을 전달하고 준비를 시킬 작정이었다.

그뒤 공격 계획을 세웠다. 작전 계획의 치밀하고도 빈틈 없는 내용은 막부 말기나 세이난 전쟁(西南戰爭)에 걸친 여러 전쟁 중에서 최고의 걸작이었으리라.

정치엔, 때로는 전쟁이 포함된다. 그럴 경우 정치가는 전쟁을 지도해야 하며 때로는 진두에 서서 야전을 지휘해야 한다는 것이 왕양명(王陽明)의 정치 철학이었다. 양명은 몸소 그것을 실행하여 성공하고 있다.

그러나 옛부터 인간의 재능 중에 장군감의 재능만큼 희유(稀有)한 것은 없다. 옛날 겐페이(源平)가 서로 싸울 무렵 그토록 무장이 쏟아져 나왔는데도 장재(將才)를 지닌 자는 겨우 미나모토 요시쓰네(源義經) 하나뿐이었다. 또 100년 동안 계속된 전국시대 역시 재능의 소유자는 몇 명밖에 나오지 않았다.

쓰기노스케는 그 희귀한 재능을 갖고 있었다. 하나 이 인물의 재미있는 점은, 자기의 재능을 사용해야만 할 이 상태를 천하와 번을 위한 최대의 불행으로 여기고 있다는 점이었다.

그는 그날 저녁 모든 명령서를 작성했다. 그것에 수정을 가하며 생각했다.

'십중팔구 이기리라.'

그러나 이긴들 무슨 소용이겠느냐, 하는 점에선 의문이 있었다. 전국시대의 전쟁에는 명확한 목적이 있었다. 영토였다. 이기면 영토가 는다. 하나 이번 오우 에치고 동맹이 신정부에 대해 항전하는 이 전쟁에는 영토 확장의 요소가 없다.

말하자면 사상전(思想戰)이었다. 모략으로써 정권을 빼앗은 사쓰마 조슈에 대하여 오우와 에치고는 그것을 잘못이라 하고 구정권에 대한 절개를 천하에 밝히겠다는, 단지 그것만이 항전의 목적인 것이다.

'이런 기묘한 싸움은 예부터 예가 없다.'

쓰기노스케는 생각했다.

준비는 면밀하기 이를 데 없었다.

적의 첩자 눈을 속이기 위해 도치오 분지에 병을 활발히 투입하는 척했다. 적은 아마 이렇게 생각하리라.

──나가오카측은 도치오를 요새화하여 거기서 관군과 대결할 셈이로구나.

나가오카 성 공격 인원은 690명이었다. 이 정도의 인원으로 성을 빼앗으려고 한다는 것은 무모한 일이라고밖에 할 수 없다. 그러나 이 이상의 병력은 갖고 있지 않다.

물론 아이즈나 요네자와 번의 부대를 이 작전에 협력은 시킨다. 이들 타번 부대를 나가오카 성 밖 각지에 매복시켜 두었다가, 나가오카병이 성 밑 거리에 돌입하면 불길을 신호로 재빨리 각처에서 공격하도록 한다.

야습인 것이다.

야간에 동지끼리 싸우지 않도록 흰 무명 자락을 허리에 감고 흰 헝겊 조각을 왼쪽 가슴에 단다. 암호는 강. "누구냐" 하고 물으면 "강"이라고 대답한다.

"천하 판가름도 이 싸움에 있으며"

이런 구절로서 시작되는 창문(長文)의 격문(檄文)을 쓰기노스케는 기안하여 전장병에게 알렸다. 놀랍게도 구어문(口語文)이었다.

일본의 관습으로서 문장이란 한문 또는 문어체(文語體)로 국한되어 있었는데 이것이 일본의 진보를 가로막는다고 하였다.

"공문서는 구어(口語)를 쓰는 편이 낫다."

이런 선각적(先覺的)인 제안을 한 최초의 사람은 마에지마 히소카(前島密)이다. 마에지마는 에치고 다카다 번사로서 에도와 교토에서 의학을 공부했다. 나중에 메이지 정부에 종사하여 일본의 우편 제도 창시자가 된 것은 누구나 다 알고 있는 일이다. 그는 게이오(慶應) 이년 도쿠가와 요시노부에게 상주문을 올려 앞서 말한 '구어 채택'의 건을 상신했지만 막부 정치가 다사다난(多事多難)한 때라 받아들여지지 않았다.

구어문이 하나의 운동으로서 일어난 것은 훨씬 뒷날인 메이지 19년(1886년)이 되고나서부터이다. 야마다 비묘(山田美妙)가 구어로 소설을 썼고 이듬해 후타바테이 시메이(二葉亭四迷)가 거의 오늘날의 구어문에 가까운 문장으로 《부운(浮雲)》을 발표했지만 공문서나 법률문은 여전한 문어체 그대로 1949년초까지 계속된다.

쓰기노스케가 쓴 구어문은 이런 것이었다.

"한껏 힘을 내어 싸웁시다."

"여러분 모두 필사적으로 싸워 이깁시다. 죽는다는 각오로 싸움을 하면 살 수 있고, 틀림없이 큰 공도 세울 수 있지만, 만일 죽기 싫다, 위험한 일은 하고 싶지 않다는 마음이 있다면 그야말로 살지도 못하고 헛되이 오명(汚名)만 후세에 남기게 되며……"

최후의 불길

이런 투의 것으로, 말하고자 하는 의미를 알기 쉽게 하기 위하여 문장의 격조(格調)는 다소 희생되어 있다. 번사 중에는 글을 모르는 자가 있으므로 그들에게도 이해시키려는 것이 이 문장의 본뜻이었으리라.

이상의 모든 것을 7월 24일 낮까지 끝냈다. 이날 저녁부터 각 번이 은밀하게 행동을 시작하여 나가오카 성 진격을 개시했다.

한편 관군측은 쓰기노스케의 은밀한 의도와는 전혀 딴판으로 전략을 크게 바꾸어 전선을 변동시키려 하고 있었다.

교토에선 짜증을 내고 있었다.

"에치고도 꽤나 고전하는 듯 몹시 걱정하고 있다."

신정부 실력자 중 한 사람인 기도 다카요시(木戶孝允)는 이와쿠라 토모미(岩倉具視)의 측근에게 편지를 써보내냈다. 그 내용은 이렇다.

"에치고에 대한 일은 참으로 중대합니다. 뭐니뭐니 해도 지금의 급선무는 크게 승리하는 일입니다. 크게 이긴다면 그 뒤의 자질구레한 일은 어떻게든지 회복시킬 수 있습니다. 만일 대패하게 된다면 각 군의 사기가 무너질 뿐 아니라 지금 진행중인 천하의 정치 구상이 와해(瓦解)되고 맙니다. 또한 외국인에게도 비웃음을 사게 되는 결과가 되겠지요."

어쨌든 전선(前線)은 신통치 않아 교토에는 패전 소식만 들려왔다. 전선의 최고 지휘관인 야마가타는 교토에 편지를 보내어 병력 증원을 외쳐대고 있다.

"조슈 기병대는 분전에 분전을 거듭해 왔으나 적은 더욱더 완강해져 기병대 장교는 거의 전사 또는 부상을 입어 장교 가운데 무사한 자는 둘밖에 남지 않았다."

이에 대하여 조슈 벌(長州閥)의 정치가인 기도나 히로사와 헤이스케(廣澤兵助)는 신정부의 보유 병력이 허락하는 한 증원해 주려고 열심히 뛰고 있었다.

하나 거기에 대해 같은 조슈인이라도 군략 전문가인 오무라 마스지로(大村益次郎)는 이렇게 냉정하게 보고 있었다.

──야마가타는 너무 허풍을 떨고 있다.

"고작 7만 4,000섬의 작은 번을 상대로 무엇을 하고 있는 거야?"

이런 비난이 마음속에 있었다.

야마가타는 전장에 있다. 예부터 싸움터에 있는 자는 대국(大局)을 모르므로 자기 담당 구역만 고전(苦戰)이라고 보는 경향이 있는데, 야마가타가 특히 그런 경향이 심하다고 오무라는 생각했다.

오무라는 신정부의 '군무관 판사(軍務官判事)'로, 말하자면 전일본의 전략 주도권을 쥐고 있었다.

──오우 쪽이 중요하다.

오무라는 이렇게 보고 있었다. 아무튼 오우 서른 몇 개 번이 하나의 동맹 정부를 갖고 교토의 정부와 대립하여 외국과 교섭을 하며, 때에 따라선 에도에 쳐들어가 에도 성을 회복시키려 하고 있다. 그 대표는 센다이 번이지만 최대의 전투 병력은 아이즈 번이었다. 이것을 격파하는 데에 신정부는 전력을 다하지 않으면 안 된다.

──에치고 따위는 그 전선(前線)에 지나지 않는다. 오우가 평정된다면 줄기가 말라 가지에 이르듯 에치고는 멸망하고 말리라. 야마가타는 그때까지 무슨 일이 있어도 대등한 입장을 지키고 있으면 된다고 오무라는 보고 있었다.

보고 있었을 뿐 아니라 그 뜻을 야마가타에게 편지로 써보냈다. 물론 "쉬 대군을 보내겠다"는 희망을 안겨주며 이렇게 썼다.

"더욱 분투할 것을 빌겠소."

관군의 새로운 총대장이 된 공경 사이온지 긴모치(西園寺公望)는 에치고 상륙 후 잠시 에치고 다카다 성에 있었는데, 가시와자키로 옮기고 싶다는 뜻을 실제 지휘관인 야마가타에게 알렸다.

"여긴 전선에서 멀기 때문에 너무 안전하다."

긴모치는 갓 스무 살이라 한창 설치고 싶었으리라. 긴모치의 인물에 대해선 교토의 오무라로부터 이런 뜻의 편지가 같은 조슈인 야마가타한테 와 있었다.

──사이온지공은 재치가 넘치며, 공경으로선 드물게 원기가 있으신 분이다. 잘 모시도록.

그런 일도 있고 해서 야마가타는 처음부터 호의를 갖고 있었다. 곧 사자에게 회답을 들려서 전했다.

"좋도록 하십시오."

어차피 가시와자키도 후방이므로 안전하기는 마찬가지다.

하긴 긴모치는, 단순히 혈기만 왕성한 게 아니라 노인 같은 조심성도 갖고 있었다. 이동할 때는 어느 번의 번사 같은 복장으로 행군을 했고 호위도 겨우 15명뿐이었다. 이렇게 하면 관군의 상징인 태정 판관이라는 것을 아무도 눈치채지 못하리라.

가시와자키에서의 숙박도 숙소 대문에 사쓰마 번의 어떤 하사관 명패를 달아 놓았다.

"내통자가 생길지도 모른다."

이런 조심성에서였다. 이를테면 관군의 위력을 겁내고 에치고 다카다 번 따위가 관군의 대열에 들어와 있는데 그들이 언제 돌아서서 긴모치를 죽일지도 모르는 것이다.

가시와자키에 있을 무렵 이전부터 이 방면에 배치되어 있는 공경 시조 다카히라(四條隆平)가 그의 숙소를 찾아왔다. 다카히라는 구원군을 청하러 교토에 갔다가 얻지를 못하고 돌아온 것이었다.

"오무라한테 따지고 왔지요."

다카히라는 말했다. 오무라란 마스지로를 말하는 것이었다. 다카히라는 에치고의 현황을 말하고 우는 소리를 잔뜩 늘어놓았던 것인데, 오무라는 얼굴빛 하나 바꾸지 않고 대답도 않았다. 마침내 다카히라가 소리질렀다.

——어떤 생각을 하고 있는 거요?

오무라는 그제야 입을 열었다.

"그렇게 전쟁이 무섭다면 그만두시는 게 좋겠지요."

"나는 그만"

다카히라는 몸을 떨었다.

"두들겨 패줄까 생각했지요."

교토와 현지의 의견은 그만큼 어긋나 있다. 현지에서도 사쓰마 조슈의 알력은 말할 수가 없다. 이를테면 긴모치가 가시와자키를 떠나 세키가하라에 가 그곳 부상병 수용소를 위문했을 때도 조슈 지휘관인 야마가타는 나타나 접대를 했는데, 사쓰마 지휘관인 구로다 료스케는 발이 아프다는 핑계를 대고 나타나지 않았다.

"조슈인은 공경에게 아첨하여 권세를 얻으려 하고 있다. 그런 자하고 동석할 수 있겠는가?"

이런 감정이 있었을 게 틀림없다. 공경에 대한 보비위(補脾胃)는 막부 말기 이래 조슈인들의 장기(長技)였다.

관군의 움직임은 날로 활발해지고 있다. 증원에 대해선 현지의 야마가타의 요구가 전부 통과되지는 않았지만 거의 만족할 만한 상황이 되었다.

사이고 다카모리도 움직였다.

——오우의 적은 도사의 이타가키 다이스케(板垣退助)에게 맡긴다. 에치고야 말로 보신전쟁(戊辰戰爭)의 승패를 판가름하는 중요한 지역이다.

에도를 떠나 교토로 달려가 사쓰마 번주 시마즈 다다요시(島津忠義)를 설득하여, 본국에 대기 중인 병력을 모조리 동원시켜 에치고로 데려가기로 했다. 사쓰마 번에는 전국시대부터 사용되어 온 독특한 군사 용어로 이런 말이 있다.

——사시히키(差引)

대장이라는 의미였다.

——총 사시히키

사이고는 번주에게서 이런 임명장을 받고, 배를 타고 가고시마를 향해 출발했다.

조슈 번도 대항하려면 가만히 있을 수 없었다. 일본 최강이라고 일컫는 기병대를 증파하는 한편 지번(支藩)인 조후 번병을 전부 에치고에 보냈다. 조슈의 요인들도 속속 모여들었다. 야마다 이치노스케(山田市之允)도 왔다.

"야마다, 군함이 짐수레 노릇만 해선 곤란해. 해상에서 에치고를 진압시킬 궁리를 해주게."

야마가타는 부탁했다.

야마다와는 쇼카 서원(松下書院) 동창이다. 스승 요시다 쇼인은 야마다에 대해서 별로 평가를 하지 않았지만, 전쟁이 일어나고 보니 이 사나이의 재능이 거기에 적합하다는 것을 모두 알았다. 참모의 재능은 없을망정 제일선의 사령관으로선 야마가타보다도 능력이 위였다. 다카스기 신사쿠의 뒤를 이어 조슈 해군을 지휘했고, 메이지 후엔 아키요시(顯義)라고 이름을 바꾸어 육군 중장이 되었다. 하나 도량이 좁은 데다가 자존심이 나무 강해 성장하지 못하고 별로 업적을 남기지 못한 채 1892년 병사했다.

마에바라 잇세이(前原日誠)도 에도에서 에치고로 왔다. 마에바라 역시 요시다 쇼인의 제자로 뛰어난 인물이 많기로 이름난 쇼카 서원 문하생들 중에서 재략(才略)은 남에게 양보한다 할지라도 인품의 뛰어남은 아마 제일이었으리라.

마에바라는 상륙하자 곧 사이온지 긴모치를 배알하고 느닷없이 어두운 정보를 전했다.

"큰일이 생겼습니다."

마에바라는 어느 때나 비관론자였다. 그가 전한 것은 간토의 정세이다. 시나가와 앞바다에 집결하고 있던 구막부 함대가 에노모토 다케아키에게 인솔되어 북으로 향했는데, 하코다테에 입항하여 홋카이도를 점령했다고 한다.

"신정부의 위기가 드디어 심각해졌습니다."

마에바라가 말하자, 매사가 낙관적인 긴모치는 미소를 띠고 대답했다.

"반가운 일이 아닌가."

――내가 겁낸 것은 에노모토 함대가 오사카만에 들어와 일본을 분단시키고 교토를 위협하는 한편, 세도 내해(瀨戶內海)의 통운을 정지시켜 에치고와 오우로 파견하는 군사 수송을 방해하는 일이었는데, 에노모토는 그렇게 하지 않고 홋카이도로 가버렸다. 말하자면 동떨어진 곳에서 낮잠을 자는 형세를 취했으니 이처럼 반가운 일은 없다.

관군의 증원군은 몇 개의 부대로 나누어져 뱃길로 에치고로 보내져 왔는데, 마지막 부대가 가시와자키에 상륙한 것은 7월 20일이었다.

――이만하면 거의 충분하다.

야마가타를 비롯한 관군 대장들은 생각했다. 그들은 이미 대규모의 공격 계획을 세우고 있었으므로 곧 그것을 발동했다. 상륙 부대는 이틀간의 휴식을 취하고 행동을 개시했다.

에치고를 멀찌감치 북쪽으로 포위한다. 포위군은 6척의 군함에 타고 각각 상륙 지점을 향해 출항했다. 일대는 니가타 북동쪽의 하마가사키 해안에, 일대는 또 그 북동쪽인 다유(大夫) 해안에, 다른 일대는 더욱 북동쪽인 시마미(島見) 해안을 향했다. 이들은 쇠고리처럼 나가오카군을 바깥쪽에서 조여댈 것이다.

이들 포위군과는 별도로 관군에선 주축이 되는 공격군 2개 군단을 만들었다. 이것을 가지고 곧장 나가오카군의 근거지를 찌른다.

"이를테면 두 자루의 창이지."

야마가타는 각 대장에게 이 개 군단의 목적을 설명했다.

"창끝처럼 날카롭게, 곧장 적의 본거지를 찌른다."

그러기 위해선 어지간한 정예 부대가 아니면 안 된다.

"다른 번의 병사들은 약해서 믿을 수가 없소. 사쓰마 조슈군으로 주력을 삼고 싶소."

야마가타는 이렇게 말하고 사쓰마의 대장 구로다에게 이야기하여 찬성을 얻었다. "나가오카군의 본거지"라고 그들이 말하는 것은 이마마치와 도치오였다. 이마마치에는 사쓰마군이 진격하고 도치오에는 조슈군이 진격한다.

이렇게 담당을 정한 뒤 이 날로 결정했다.

"총공격 개시는 7월 25일."

쓰기노스케가 총력을 기울여 나가오카 성을 공격하리라 예정하고 있는 것도 미묘한 일치이지만 같은 달, 같은 날인 이날이었다.

이 시기 관군의 본진은 세키가하라와 나가오카에 있었으며, 나가오카 성이「회의소」로 되어 있었다. 이 성에는 주로 사쓰마군이 주둔하고 있었다.

"나가오카의 수비병은 전진시켜야 한다."

조슈의 야마가타도 사쓰마의 구로다도 생각했고, 서로 양해도 하였다. 왜냐하면 총공격이 시작된다면 나가오카는 후방 진지가 되기 때문이다. 비워 둘 수는 없지만 대병력을 주둔시켜 봐야 의미가 없다.

"나는 나가오카로 옮기지."

총대장 긴모치가 말하자 야마가타는 찬성했다. 나가오카라면 안전할 테니까.

나가오카 수비의 사쓰마군이 새 작전지로 떠난 것은 7월 24일 밤이었다. 그뒤 수비 부대로서 요이타(與板)에 있던 조슈군의 일부가 들어왔다. 대장은 부상을 치료중인 미요시 군타로(三好軍太郎)였다.

이날 밤 야마가타는 나가오카 성에 있었다.

"이미 승리나 다름 없다."

야마가타, 미요시, 시게노(滋野) 등 기병대 간부와 지번인 조후 보국대(報國隊) 간부가 술좌석을 벌이고 심야까지 마음껏 마셨다. 야마가타는 남보다 빨리 잠자리에 들었다. 이것이 운명의 밤이 되었다.

"오후 5시에 첫 번째 북을 울린다. 이것으로 각 대는 식사를 하도록."

출전 날의 쓰기노스케의 군령(軍令)이었다. 두 번째 북은 오후 6시에 울린다. 그것으로 신호를 하는 것이다.

"본진 앞에 집합."

그 뒤는 출발을 알리는 세 번째 북이었다.

"탄약을 150발씩 분배해라."

쓰기노스케는 명령해 두었다. 휴대하는 식량은 떡 21개씩으로 세끼 분 식량이었다.

"떡은 너무 무겁다. 어차피 사흘도 못 살 테니 열 개면 된다."

이것이 분배되었을 때 이렇게 말하며 나머지는 버리는 자가 많았다.

이윽고 날이 저물자 오후 7시 세 번째 북이 울려퍼졌다.

진격이었다.

총원 17개 소대, 690명이었다. 그것이 네 부대로 나누어져 미쓰케의 전진 기지를 출발했다.

길은 지름길이었다.

——불은 일체 켜지 말라.

미리 명해 두었으므로, 전군이 앞사람을 더듬어 가며 걸어간다. 누구나 대막대기를 하나씩 들고 있었다. 핫초오키에서 발이 빠졌을 때 대나무로 늪 속을 짚으면 살 수 있다는 지혜였다.

총독 쓰기노스케도 도보이다. 그 역시 대막대기를 들고 있었다.

"나가오카에 사이온지 태정 판관이 들어와 있다면서?"

한 사람이 속삭였다.

"사이온지가 있다면 당연히 조슈의 야마가타도 있겠군요."

"그렇다. 그는 나가오카에 있다."

쓰기노스케가 보고 온 것처럼 단정한 것은, 첩자의 보고에 의해 관군의 주요한 움직임을 거의 파악하고 있었기 때문이었다. 물론 사쓰마군이 오늘 낮에 나가오카를 떠나 전선으로 나갔기 때문에 성내의 병력이 크게 줄어 있다는 것도 알고 있다.

'그렇지만 나가오카의 관군 병력은 아군의 갑절 이상은 된다. 공격이 성공해도 아군의 반은 죽으리라.'

쓰기노스케는 각오하고 있었다. 그만한 희생을 각오해야 할 작전이라면 대개의 경우 피해야 한다.

'그러나 이것은 특별한 경우다.'

이렇게 생각하고 있다. 성을 되빼앗아 천하에 선전한다는 데 정치적 효과가 있었다. 전력적으로도 성공을 하면 지금 관군에 붙어 있는 에치고 다카다 번 따위가 이쪽으로 돌아설 지도 모른다.

'그러나 되빼앗은 성을 얼마 동안 유지할 수 있을 것인가.'

이런 문제에 이르면 쓰기노스케도 자신이 없었다. 결국은 다시 빼앗길지도 모른다.

'그래도 좋아.'

쓰기노스케는 생각하였다. 만 가지 계책이 막혀 있는 아군의 숨통을 트자면, 자포자기이든 뭐든간에 적에게 대타격을 주어 아군에게 거대한 승리감을 안겨주어 아이즈를 포함한 오우 에치고 전선에 활력을 불어넣어야 했다.

문제의 핫초오키 북쪽 끝에 다다른 것은 밤 10시쯤이었다. 미쓰케에서 겨우 10리밖에 안 되는 길을 3시간 걸린 셈이 된다.

"이제부터 핫초오키입니다."

막료인 가토 아무개가 속삭이자, 쓰기노스케는 두 번 고개를 끄덕였다.

눈앞이 핫초오키의 늪이었다.

'달은 나오지 않겠지.'

생각했다. 음력으로 따진다면 오늘은 열나흘인 것이다. 달빛이 비치면 모처럼의 아군 비밀행동도 적에게 발각되고 마는데, 다행히도 구름이 있었다. 그 구름의 일부가 유난히 밝은 것은 달을 품고 있다는 증거이리라.

밝은 구름아래 시꺼면 늪이 바다처럼 펼쳐져 있다. 바람이 갈대를 뒤흔들고 있었다. 바람이 차츰 세어지는 것 같아 그 바람이 구름을 날려 보낼 것을 쓰기노스케는 겁냈다.

'그러나 앞 부대는 이미 무사히 건너가는 중이다.'

그것은 알 수 있다. 무사하지 않다면 적은 사정없이 총을 쏠 것이다. 적의 소부대는 이 광대한 늪의 최남단인 도미시마 마을(富島村)에 주둔하고 있다. 건너기만 하면 그 적을 격파하고 나아가야만 한다.

쓰기노스케는 진흙 속에 발을 들여놓았다.

일렬종대였다. 안내역인 선발대가 군데군데 대막대기에 종이 쪽지를 붙인 것을 표적으로 꽂아 놓고 지나갔다.

"그 늪을 건널 때만큼의 괴로운 변은 평생토록 맛본 일이 없다."

나가오카의 생존자 노인들이 입을 모아 술회했을 만큼 걸음은 곤란하기 이를데 없었다. 내디딘 발을 뽑을 때면 넓적다리가 배에 닿을 만큼 높이 올려야만 했고 올릴 때 진흙 속의 한쪽 발에 몸의 무게가 집중되지 않도록 대막대기를 지팡이 삼아 체중을 분산시켜야 했다. 한 발자국 옮길 때마다 그래야만 했다.

'아침까지 닿을 수 있을까?'

계획을 세운 쓰기노스케마저 불안해졌을 정도였다. 건너야 할 늪의 거리는 10리 길이었다. 한데 백 미터에 한 시간이 걸리는 장소도 있었다.

도중 늪 속에 강이 흐르고 있었다.

"강"

앞에서 작은 목소리의 속삭임이 전달되어 온다. 사루하시 강(猿橋川)이라는 강의 원천이라 이 근처의 늪은 더욱 더 깊다.

운이 나쁘게도 쓰기노스케와 그 막료들이 이곳에 이르렀을 때 달이 나왔다.

모두 진흙 속에 엎드렸다. 개미의 장사진(長蛇陣)처럼 길다란 일렬종대의 나가오카병이 모두 진흙 속에 엎드렸다.

하나 하늘은 쓰기노스케를 도왔다. 달이 구름 사이로 들어갔다. 나가오카병은 일제히 일어났다.

이같은 고생 끝에 선두 부대가 도미시마 마을에 상륙한 것은 새벽 3시였다. 그들은 상륙 후 여기저기 매복했다.

이윽고 쓰기노스케가 상륙했지만, 즉각 공격을 명령하지 않는다. 후속 부대의 상륙을 기다렸다. 오전 5시 상륙이 완료되었다.

쓰기노스케는 공격 명령을 내렸다.

――우리의 번사, 질풍과 같았음.

이렇게 썼다. 문자 그대로 흑선풍(黑旋風) 같은 기세로 각 진지를 엄습했다.

――총을 쏘지 말라. 칼을 뽑아들고 뛰어 들라.

쓰기노스케의 군령이었다. 야습의 절대 조건이었다. 일체 무언으로 쳐들어가면 적은 습격군을 다수로 보고 공포에 빠진다.

그런데 아군 일부 중에 군령을 잊은 자가 있어 발포를 했다. 관군은 크게 놀라 무턱대고 쏘아대며 외치면서 달아나기 시작했다.

"적이다, 적이다!"

핫초오키의 남쪽 끝 및 서쪽 부근에는 도미시마 마을, 미야시타 마을(宮

下村), 후쿠시마 마을(福島村), 쥬니가타 마을(十二瀉村), 오시키리 마을(押切村), 다이코쿠 마을(大黑村) 같은 곳에 관군이 여러 진지가 있었는데 그들의 총포가 일제히 불을 뿜어 민가는 불타고 포탄은 여기저기서 터져 대낮처럼 환해졌다. 하나 그같은 저항도 나가오카 군의 맹공에 차례차례 무너져 관군은 각지에서 후퇴했다.

"성공, 모든 것이 성공이다."

쓰기노스케는 계획대로 어긋남이 없는 속도로 본대를 전진시켜 나갔다. 각 지대는 무서운 기세로 적진을 차례로 무찔러 갔다.

"마침내 선발대가 니호(新保)에 이르렀습니다."

이런 전령의 보고를 들었을 때, 쓰기노스케의 미간은 조금 펴졌다.

니호는 나가오카 시의 북동쪽 끝이다.

니호에선 단시간의 격전이 벌어졌다. 나가오카군은 칼날을 휘두르며 저마다 부르짖으면서 적 진지에 뛰어들었다.

"나가오카에 죽으러 왔다!"

나가오카에 죽으러 왔다, 하는 구호는 쓰기노스케가 정하여 전군에게 가르친 것이었다. 이로써 아군은 죽음을 각오할 것이고 적은 결사적인 군대가 나타났다고 여겨 전율할 것이라고 보았던 것이다.

"죽여라, 죽여라!"

연속으로 부르짖으며 약진(躍進)해 가는 부대도 있었다. 이들의 분전으로 니호 수비 관군은 분쇄되었다.

니호 시민들의 기뻐하는 모습은 이루 말할 수가 없었다. 아직 날이 새지 않아 주위는 어두웠지만 길가의 집들은 모두 불을 켜고 노상에 물통을 내놓으면서 저마다 지나가는 군사들을 격려했다.

"나가오카님, 나가오카님."

울면서 이렇게 외치는 시민도 있었다.

이어서 성 북쪽 신마치(新町)까지 돌입하여 성에 육박했다.

이 공격의 성공으로 요네자와 번병도 행동을 일으켜 각 방면에서 성 밖의 관군 진지를 압박했으므로, 관군은 마침내 버티어 내지 못하고 후지 강(富士川)의 물새 소리를 듣고 놀라 달아난 헤이케(平家) 군사처럼 온갖 추태를 보이며 무너졌다. 쓰기노스케는 성 밑 거리로 들어갔다.

성의 정문 앞 길에는 시민이 떼를 지어 나와 있었고 술통이 산처럼 쌓여 있었다. 개중에는 나가오카병과 시민이 얼싸안고 '나가오카 민요'를 노래하는 광경도 볼 수 있었다.

저기 저 산 위의 벚꽃 천 그루
꽃은 천이지만 열매는 하나

날이 밝음에 따라 시내의 처녀들이 전부 나와서 노래부르고 춤을 추었다.

관군의 혼란은 극도에 달했다.
지휘고 뭐고 없었고 모두 저마다 흩어져 달아났다.
이날 밤 이와우치(石內)에 숙영(宿營)하고 있던 신슈 마쓰시로(松代)의 사나다 번(眞田藩)은 전원이 잠옷 바람으로 달아났는데, 시나노 강 기슭까지 쫓겨서 (뒤쫓겼다고 하지만 나가오카군에는 추격할 만한 병력의 여유가 없었던 것을 생각해 볼 때 아마 겁에 질린 나머지 그렇게 착각을 한 것이리라) 거의가 강물에 뛰어들었는데, 그 중에는 익사자도 많이 생겼다. 성 밑 거리 에이료사(榮涼寺)에는 관군의 병원이 있었는데 이곳 부상병(負傷兵)도 강을 헤엄쳐 건너려다가 많이 빠져 죽었다.

말을 타고 달아난 자는 거의 살았다. 도보의 병사도 기마의 병사도 무기 탄약을 버리고 달아났다. 성내에는 병기 외에도 의복이나 군량미가 산처럼 버려졌는데, 그 총액은 '수백만 냥'이라고 추산되었다.

버려진 대포는 무려 120여 문이었다. 탄약 상자는 2,500개, 노상에 버려진 시체는 200여 구, 이것들을 합치면 관군의 손해는 육칠백 명 이상에 이를 것이라고 추측되었다.

야마가타는 성내의 기병대 본부에서 벌어진 술좌석 도중 혼자 잠을 잤는데, 어수선한 소리에 잠이 깨었다. 처음엔 이렇게 생각했다.

——사쓰마 녀석들이 이동하는 것일까?

머리맡의 시계를 보았더니 새벽 1시를 지나고 있었다지만, 무언가의 착각이지 실제는 훨씬 더 지나고 있었으리라. 어쨌든 기마 척후병을 내보내어 동정을 살피게 했더니 놀랍게도 나가오카군이 성 밑 거리에 쳐들어오는 중이라고 한다. 곧 도망칠 준비를 했다. 후퇴 외에는 방법이 없었다.

"우선 묘켄의 진지까지 물러간다."

야마가타는 이렇게 말하고 직할대인 조후 보국대를 이끌고 성 밑 거리를 남쪽으로 탈출했다. 그 길로 나가오카의 남쪽 약 10리에 있는 절에 뛰어들어가 패주하는 자기 편을 기다렸다.
──시나노 강을 건너 서안인 세키가하라까지 달아나십시오.
사이온지 긴모치는 이렇게 말하는 종자 조 산슈(長三州)의 충고를 듣고 어쨌든 말에 올랐으나, 야전복이 마음에 걸렸다. 너무나 현란했다. 이 야전복을 나가오카병이 본다면 틀림없이 대장으로 보리라 생각하고 말을 탄 채 그것을 뒤집어 입고 죽어라고 달아났다. 강가에서 말을 버리고 대혼잡을 이룬 병사들 속에 끼어 배를 타자 간신히 건너편에 닿았다.
한편 나가오카에선 쓰기노스케가 귀여워하는 마스야의 딸 무쓰가 이런 골목의 외침소리를 듣고 급히 옷을 입고 뛰어나왔다.
"나가오카님이 성을 찾으시려고 쳐들어왔다."
그리고 여기저기 뛰어다니다가 시로오카(城岡)의 둑까지 오니 나가오카병이 20명 가량 나타났다. 소매에 그린 사다리 무늬로 성안 사람들인 것을 알았으나, 하나같이 적병의 피를 뒤집어쓰고 진흙 범벅이 되어 기진맥진해 있었다. 그 사람들이 말했다.
"네 얼굴을 보니 기뻐서 피로가 한꺼번에 몰려왔다."
그리고 비틀비틀 중심을 잃으며 털썩 주저 앉아 말했다.
"보라, 이렇다니까."
그러고는 손발을 일부러 허우적거리며 웃어 보였다.
쓰기노스케는 성의 간다 성문을 지휘소로 정했다.
건물이 아니다. 돌 하나였다. 그 성문 앞 돌에 걸터앉아 연신 전령을 내보내며 각 대를 지휘하고 있었다.
"싸움은 이제부터다."
병사들은 전날 밤 이래 잠을 못 잤으므로 시체의 냄새가 감도는 성내에서 번갈아 잠을 재웠다. 전선에선 쉴새없이 크고 작은 포성이 들렸지만 이미 시내에 적은 없었다.
"저 총은 어느 방면을 쏘고 있는 것일까요?"
막료 하나가 물었다.
"그건 헛총질이야."
쓰기노스케는 말했다. 어쨌든 적을 성 밖으로 몰아내면 된다. 그 때문에 위협의 포격을 쉴새없이 계속해야 한다는 것이 쓰기노스케의 이론이었다.

전리품이 잇달아 성안에 운반되어 왔다.
"작업장으로 날라라."
쓰기노스케는 처음엔 그렇게 명했다. 성내에서 창고가 될 만한 장소라면 거기밖에 없다 생각하고 명했던 것인데, 거기도 가득 차고 말았다.
"가득 찼다면 본성 광으로 날라라."
쓰기노스케는 명령을 수정했지만, 그곳도 금방 차고 말아 할 수 없이 명령을 다시 수정했다.
"나머지는 안 광에 집어넣어라."
도무지 한정이 없었다. 그것들은 모두 서양식 무기나 의복 군량류였지만 그밖에 대소도(大小刀)가 많았기 때문에 쓸모도 없는 그것들을 작업장 광장 소나무 옆에 수북히 쌓게 했다.
"무사님이 칼을 버리고 가다니 무척 당황했던 모양이지?"
운반을 거드는 시민들도 어이없어하고 있었다.
'관군은 당분간 재기하지 못하리라.'
쓰기노스케는 생각했다. 장병의 사상(死傷)도 사상이려니와 이토록 물량을 상실한 이상 차후의 싸움은 할 수가 없으리라.
하나 그것은 평범한 전쟁 이치였다. 가령 전국시대의 예로 말한다면 우에스기 겐신(上杉謙信)과 다케다 신겐(武田信玄)이 싸웠을 때 만일 어느 한 쪽이 이 정도의 손실을 입었다면 재기 불능이 되었으리라.
그러나 지금의 사태는 다르다. 그것을 쓰기노스케는 뼈저리게 알고 있다.
무서운 것은, 상대인 관군이 시세(時勢)라는 큰 물결을 타고 에치고에 와 있다는 점이다. 시세라는 마력(魔力)을 몸에 지니고 있는 이상 이 정도의 중상으로는 죽지 않는다. 죽기는커녕 머지 않아 상처가 아물면 지금 이상의 대군을 구성하여 공격해 오리라.
불행하게도 이 예상은 나가오카를 탈환하던 날 들어맞았다. 지금까지 한편이었던 에치고 10만 섬 시바타 번(新發田藩)이 이날 별안간 관군과 손을 잡고 관군 반격의 길잡이가 되어 대군을 보냈던 것이다. 이것이 전세를 역전시켰다.
그러나 이 무렵 간다 성문에서 지휘를 하고 있던 쓰기노스케에겐 그 정보가 알려지지 않았다.

뭐니뭐니해도 관군은 대군이었다. 그 중 나가오카 수비군이 패주했을 뿐 다른 지구에 있는 관군, 특히 최강(最强)으로 알려진 사쓰마 군은 무사했다.

"나가오카를 빼앗겼다."

그들은 나가오카에 오른 불길과 포성으로 그 일을 알게 되었다. 그들은 곧 북부 지방에 집결, 오후가 되자 남하하여 나가오카 북쪽 변두리에 포탄을 퍼부으며 맹렬한 반격을 가해 왔다. 보신전쟁(戊辰戰爭)을 통해 최대 격전의 하나라고 꼽는 전투가 이 나가오카 북부 전선에서 벌어졌다. 이 방면의 방어에 대해 쓰기노스케는 입성 직후 크게 염려하여, 전선을 담당할 대장 인선에 골머리를 썩였다.

"패한다면 거기서 패한다."

그때 미마 이치노신(三間市之進)이 나서며 스스로 그 곤란한 전투를 담당하겠다고 맡고 나섰다.

"장하다, 이치노신. 거기는 이치노신이 아니면 안될 곳이지."

쓰기노스케는 무릎을 치며 번정(藩政) 개혁이래 보좌해 온 젊은 관리 미마를 크게 칭찬하고 곧 임명했다. 그가 수비할 진지는 성 북쪽에 있는 신마찌(新町) 어귀였다.

관군은 북부의 시모조(下條) 부근에 집결하고 있었다. 남하가 시작된 것은 오전 7시쯤이었는데, 그것을 막고자 신마찌 어귀에 산개한 미마 부대는 이웃한 아군과 연결을 취하면서 길 위에 다다미를 쌓아 올려 총루(銃壘)로 삼았다.

"적이지만 그 용맹을 칭찬할 만하다."

나가오카 번의 진중 일기에 씌어졌을 만큼 사쓰마군은 용맹스러웠다. 쌍방에 총포가 난사되었다. 때로는 육박전을 벌여 전선은 일진일퇴(一進一退)했으나, 아무튼 나가오카병은 전날 밤부터 모두 잠을 못 잔 채 전투에 임하고 있었기 때문에 피로가 심하여 병사의 움직임이 차츰 둔해져 갔다. 소총 대장 시노하라 이자에몬(條原伊左衞門)은 쓰러졌고, 오노다 대(小野田隊)와 기토 대(鬼頭隊)도 밭 가운데 있는 진지를 버리고 시가지까지 후퇴해 왔다.

"도라"

쓰기노스케에게 그렇게 불리고 있던 도야마 슈조(外山修造)는 격전 속을 뛰어다니며 쓰기노스케의 모습을 찾았다. 그는 쓰기노스케의 명으로 일단 집으로 돌아갔지만, 다시 돌아와 스승인 쓰기노스케의 잔시중을 들려고 했다.

"총독은 간다 성문 앞에 계시다."

이 말을 듣고서 골목길을 누벼 그곳에 이르니, 쓰기노스케는 커다란 돌에 걸터앉아 애용(愛用)하는 호리병박을 기울여 포도주를 마시고 있었다.

"도라냐?"

쓰기노스케는 말했다. 도라는 친구 오사키 히코스케(大崎彦助)와 메구로 시게스케(目黑茂助)를 동반하고 있었다.

"북쪽 싸움이 어려워져 가고 있다."

쓰기노스케는 말했다. 그의 말에 의하면 미마로부터 구원병의 재촉이 와 있다는 것이었다.

"이제부터 구원대를 데리고 가야 한다."

그러면서도 쓰기노스케는 두서너 마디 히코스케와 시게스케의 신상(身上)에 대해 평소처럼 묻고 나서야 일어섰다. 그때 호리병박을 버렸다.

그 동작에 도라는 어두운 예감을 느꼈다.

쓰기노스케는 북으로 뛰기 시작했다.

도라 등도 뒤를 따랐고 병사들도 지친 몸을 앞으로 내밀고 엎어질 듯이 뛰어갔다.

나가마치 거리(長町)에 들어섰다.

쓰기노스케가 중신이 되기 전까지 살던 동네였다. 무사의 집들이 이어진다. 물론 어느 집이나 모두 빈 집이었다.

픽!

유탄이 판자벽을 꿰뚫었다. 다음 순간 쓰기노스케가 지나간 길가에 포탄이 떨어져 협죽도(夾竹桃)를 날려보냈다.

다행히도 뒤따르는 자 중에 부상자는 없었다. 포연(砲煙)이 사방에 자욱했다.

──선생님

도라가 외쳤다. 쓰기노스케의 모습이 연기에 가려 보이지 않았다.

일동이 연기 속으로 빠져나갔을 때 또다시 앞을 달리는 쓰기노스케를 보았다.

"선생님!"

도라는 또다시 외쳤지만, 그는 어쩐 셈인지 뒤돌아보지 않았다. 쓰기노스케가 달려가는 길 양쪽 집의 용마루 기와가 두서너 개 소총탄에 맞아 부서졌다.

"선생님!"

도라는 걱정이 되어 또다시 불렀지만, 쓰기노스케는 이미 달리는 일에만 정신이 팔려 있는지 돌아보지 않았다. 아시가루 거리(足輕町)의 네거리에 이르렀다. 왼쪽으로 꼬부라지면 목표인 신마치이다.

쓰기노스케는 꺾어들어갔다. 이 근처는 이미 전선이 가까웠으므로 총알이 연신 날아왔다.

"모두 따라오고 있나?"

쓰기노스케는 근처의 추녀 밑에서 비로소 발을 멈추고 돌아다보았다. 쓰기노스케의 머리 위에는 안목(雁木)이 있었다.

안목은 눈이 많이 내리는 고장의 집 구조물인데 추녀에서 챙을 길게 내대고 그 밑을 겨울철의 통로(通路)로 쓴다. 여름철에는 햇볕을 피하는 그늘이 된다. 아아치 같은 것이리라.

내댄 추녀의 뚫어진 곳에서 비치는 햇빛이 쓰기노스케의 미소에 짙은 그늘을 드리우고 있었다.

"왔구나."

쓰기노스케는 고개를 끄덕이더니 다시 뛰어가려고 했다.

맞은 편의 안목으로 옮길 작정이었다. 길을 가로질렀다.

도중 유탄이 날아왔다. 총알은 쓰기노스케의 왼쪽 다리 무릎 밑을 꿰뚫었다.

——앗!

뒤따르는 자는 모두 숨을 들이마셨다가 외쳤다. 도라는 장승처럼 우뚝 서 버렸다.

쓰기노스케는 길에 쓰러져 버렸다. 나쓰메 사다고로(夏目貞五郎), 호리다타이치로(堀忠一郎) 등이 재빨리 달려나가 쓰기노스케를 안아 일으켜 안목 밑에 옮겨 눕혔다. 피가 엄청날 만큼 쏟아지고 있었다.

나쓰메는 흰 무명으로 상처를 동였다. 그동안 도라 등은 들것을 만들었다. 멜빵은 근처 우물의 두레박 줄을 끊어 만들었는데 그렇게 급조(急造)한 들것에 쓰기노스케를 태웠다.

"뭘 그리 허둥대나?"

쓰기노스케는 비로소 입을 열었다.

"머리가 북향(北向)이 아닌가? 남쪽으로 돌려라."

북향이면 총독이 죽었다고 아군이 생각하리라. 이때 하인 마쓰조는 간다 성문에 있었다.

──가와이님이 부상을 입으셨다.

마쓰조는 소식을 듣자 허공을 날 듯 달렸다. 감색 바지에 감색 버선, 옷자락을 잔뜩 걷어붙이고 있다.

"배우처럼 잘 생긴 분이었지요."

키가 크고 뼈대가 굵으며 얼굴이 길고 턱이 듬직한 마쓰조를 기억하고 있는, 나가오카 시에 사는 사쿠마 요키라는 할머니가 필자에게 편지로 알려 주었다.

요키 할머니는 메이지 25년(1892년)생인데, 일곱 살쯤 되었을 때 마쓰조가 그녀의 집에 자주 놀러 왔었다고 한다. 그런데 무슨 까닭인지 언제나 날씨가 좋은 때만 왔었다고 요네 할머니는 말한다. 마쓰조는 나가오카에서 시나노 강을 서쪽으로 건너간 기타 마을(喜多村)의 농사꾼 출신으로, 어린 요키를 안아주며 언제나 나리님 이야기를 들려주었다고 한다. 마쓰조가 평생 나리라 부른 사람은 쓰기노스케를 말하는 것이다.

마쓰조가 달려서 신마치 근처에 이르렀을 땐 이미 아무도 없었다. 길가에 피가 엄청나게 흘러 있는 것으로 미루어 쓰기노스케의 부상 현장임이 틀림없었다.

때마침 달려온 번사가 있었다. 그자에게 쓰기노스케의 거처를 물었다.

"고히키 다리(御引橋) 옆에 있는 오두막집을 알지? 거기다."

이 말을 듣고 마쓰조는 그곳까지 달렸다. 핏발 선 눈으로 뛰어들어가니 광 속에 쓰기노스케가 반듯이 누워 있었다.

"마쓰조냐?"

눈도 움직이지 않고 쓰기노스케는 말했다. 출혈이 아직도 멎지를 않았는지 얼굴빛이 송장 같았다. 마쓰조가 그 처참한 얼굴빛에 놀라 숨결을 들이마시자 쓰기노스케는 곧 눈치를 채고 말했다.

"피를 많이 흘렸지. 그 때문에 얼굴빛이 나쁘지만 목숨에는 별 이상 없어."

왼쪽 무릎뼈가 부서졌기 때문에 몸을 움직일 수 없는 것이었다.
──전군의 사기에 영향이 있다.
이렇게 생각하여 쓰기노스케는 옆에 있는 자에게 말했다.
"상처는 가볍다고 모두에게 알려라."
그날 하루 종일 이 전선의 오두막집에 누워 있다가 이튿날 후송(後送)되었다. 나가오카의 동쪽 변두리에 시로마루(四郎丸)라는 마을이 있는데, 그곳에 쇼후쿠 사(昌福寺)라는 절이 있었다. 쓰기노스케는 그곳에 임시 야전 병원을 설치해 놓았었는데 거기까지 물러갔다.
이날 총성이 멀어졌다.
──이상하다?
아군의 누구나가 생각했다. 북방 전선의 관군이 우세한데도 불구하고 후퇴하고 말았던 것이다. 쓰기노스케는 그 이유를 알았다.
'싸움 준비를 다시 하기 위해서이겠지.'
관군이 혼란에서 몸을 일으켜 그 거대한 힘을 발휘할 때야말로 쓰기노스케의 지휘가 필요한데, 지금은 그것도 바랄 수 없게 되었다.
각 대장들이 병문안을 왔다. 모두 쓰기노스케의 상처가 의외로 중상임을 알고 얼굴을 마주 보았다.
이날 밤부터 열이 높아졌다. 상처가 곪기 시작했던 것이다.
나가오카군이 나가오카 성을 유지할 수 있었던 것은 나흘 동안에 지나지 않는다.
나가오카군의 기세가 갑자기 수그러진 것에 대해 관군측의 야마가타가 수기에 쓰고 있다.
"중상으로 가와이가 쓰러진 데 힘 입은 바 크다."
첫째는 관군의 대군이 함대에 수송되어 마쓰사키(松崎) 해안에 상륙, 즉시 진격을 개시했기 때문이었으리라. 그리고 에치고 시바타 번이 별안간 배신을 하고 나가오카 공격의 선봉을 맡은 이유도 컸으리라. 어쨌든 28일 밤부터 관군은 나가오카 성을 맹공격했다.
"총독에게는 일체 알리지 마라."
나가오카 번의 각 대장은 서로 짰지만 쓰기노스케는 적의 포성으로 모든 걸 알고 있었다. 그러나 침묵을 지키고 있었다.
"마쓰조, 칼을 갖다 다오."

쓰기노스케는 칼을 가져오게 하여 그것을 품고 누워 있었다. 쓰기노스케로선 적이 성 밑 거리에 난입했을 때 이 칼로 측근에게 자기를 찌르게 하리라 마음먹고 있었다.

상처가 참을 수 없을 만큼 아팠다.

"성을 빼앗기고서 죽을 작정이었는데 죽기 전에 이런 고통이 있을 줄은 몰랐어."

마쓰조에게 넌지시 속삭였다. 그러면서도 신음 소리 하나 내지 않고 이따금 아픔을 견딜 수 없게 되면 즐겨 부르던 두보(杜甫)의 시를 읊었다.

'아프다는 소리 대신일 거야.'

마쓰조는 생각하며, 무사란 이토록 괴로운 것인가 싶어 간호하고 있는 마쓰조 쪽이 오히려 미칠 것만 같았다.

29일, 마침내 관군의 선봉이 시나노 강 서쪽의 방어선을 돌파했다. 나가오카군은 버티어 내지를 못하고 마침내 성과 영지를 버리고 멀리 아이즈까지 후퇴를 하기로 했다. 이 후퇴가 각 대장의 합의로써 결정되자 우선 부상자를 후송하기로 했다. 그래서 쓰기노스케가 맨 먼저 쇼후쿠 사의 병원에서 들려 나왔는데 이때 비로소 고함을 쳤다.

"두고 가라!"

쓰기노스케는 '부탁이니, 나를 이 싸움터에 두고 가라'고 했다. 그러나 모두 듣지않고 들것을 나아가게 했다. 들것은 마쓰조가 만든 것으로 영락없이 베드에 지붕을 달고 막대기를 가로질러 대형 가마처럼 만든 것이었다. 밑에는 전리품인 담요를 듬뿍 깔아 충격을 덜게끔 만들었다.

미쓰케로 가 거기서 동쪽인 에보시 산(烏帽子山)을 바로보면서 며칠간이나 산마을을 지나갔다. 8월 3일 요시가히라(吉平)에 닿았다. 여기가 아이즈로 넘어가는 국경인 80리 고개였다.

──두고 가라!

쓰기노스케는 여기서도 몹시 보채었다. 전반적 전황으로 보아 아이즈에서 재기할 가능성은 이미 없다고 쓰기노스케는 체념하고 있었던데다가 패하고서 번주 부자를 대면하기란 더욱 쓰라렸으며, 그것보다도 에치고를 지키기 위해 싸웠던만큼 그의 감정으로선 이 에치고에 시체가 버려지기를 가장 바랐던 것이리라.

그러나 넘었다.

쓰기노스케의 들것은 80리 고개를 넘어갔다.

왼쪽 다리는 이미 썩어 고약한 냄새를 풍겼다. 그러나저러나 이 고개의 길고도 높은 것은 말할 수가 없었다. 눈 아래 숲은 바다처럼 펼쳐지고 길은 하늘로 이어진 듯싶었다.

80리 고개 겁쟁이 무사가 넘는 고개

쓰기노스케는 초라한 자기 모습을 스스로 비웃었다. 고열이 계속되어 이마를 수건으로 식혀야 했다. 이 때문에 마쓰조는 자주 골짜기로 내려가 수건을 적셔서 갈아 댔다. 마쓰조는 고름을 씻어내기도 했다. 농가에서 짚을 얻어 그것을 잘 추린 다음 가는 새끼를 꼬아, 그 위에 종이를 부드럽게 비벼서 감은 것으로 상처 구멍에 집어넣어 고름을 씻어내고 약을 발랐다.

"까무러칠 만큼 아팠을 텐데도 나리님은 아프다는 소리 한 마디 하지 않으셨습니다."

마쓰조는 만년까지 이야기했다.

8월 5일 아이즈 영지인 다다미 마을(只見村)에 이르렀는데, 쓰기노스케의 상처가 더욱 악화되었기 때문에 여기서 잠시 머무르기로 하였다. 이 숙소에서 마쓰조는 용기를 내어 쓰기노스케에게 애원했다.

"마님께서"

이 사나이는 울면서 말했다. 일찍부터 마쓰조는 쓰기노스케의 아내 오스가로부터 명령을 받고 있었다.

"나리님 몸에 만일의 일이 생기면 유발(遺髮)을 가져오도록 하라."

이 충성스런 하인은 만일 쓰기노스케가 죽으면 쓰기노스케의 허락없이 그의 몸에 손을 댈 수 없는 것이었다.

"그러므로 지금 머리털만 주시기 바랍니다."

쓰기노스케는 성의 함락 후 처음으로 웃었다.

"잘 보고 자르도록 해라."

이 다다미 마을에 체류 중 때마침 아이즈 와카마쓰 성(若松城)에 농성하고 있던, 구막부에서 손꼽는 양의(洋醫) 사쓰모토 료준(松本良順)이 쓰기노스케를 진찰하기 위해 찾아왔다. 그는 마쓰모토 유신 후 신정부의 청으로 다시 관직에 나가 육군 군의관 제도를 창설, 뒷날 남작에 제수 되었으며 메이지 40년(1907년)에 병사했다.

마쓰모토는 쓰기노스케의 상처를 한 번 보더니 이미 치료할 방도가 없다고 보았는지 붕대를 갈아 주었을 뿐 치료도 하지 않고 서로 오래도록 담소했다.

"귀하를 오랫동안 만나고 싶어하다가 이제야 다년간의 소원을 풀었습니다."

그날은 이상하게 쓰기노스케도 기분이 좋아 마쓰모토가 가져온 쇠고기를 전부 먹어 치웠다.

마쓰모토가 돌아간 뒤에도 기분이 좋아서 주위에 있는 자들에게 말했다.

"오랜만에 호걸의 얼굴을 보았다."

사람을 어지간히 반기는 성격이었으리라.

"도라!"

도야마 슈조에게 말한 것도 이때였다.

"이 싸움이 끝나면 곧 장사꾼이 되거라. 나가오카처럼 좁은 바닥에 살지 말고 기선을 타고 전세계를 돌아다니도록 해라. 무사는 이제 내가 죽으면 끝장이지."

쓰기노스케의 들것은 다시 아이즈 와카마쓰로 향했다. 8월 12일 시오자와 마을(塩澤村)에 이르러 그 마을의 의사 야사와(矢澤)의 집을 숙소로 정했다. 이곳이 지상에서의 그의 마지막 장소가 되었다. 막료 하나와 모토메(花輪求馬)를 머리맡에 불러 말했다.

"스넬의 배가 센다이에 와 있다."

일찍이 료운에게 말한 바 있는 마지막 계획에 대해 일러주었다. 하나와로 하여금 열 살 난 번주의 세자(世子) 에이키쓰(鋭橘)를 모시고 몰래 스넬의 기선을 타라는 것이었다. 이미 이야기도 되어 있고 돈도 주어 놓았다. 프랑스 정부를 의지하여 파리로 망명하라고 했다. 그리고 스넬에 관해서 말했다.

"교활하다. 그러나 충신(忠信)과 의인(義仁)에 있어 그만한 인물이 또 없다. 그의 장사에 손해를 입히지 않는 한 그를 신용해도 좋다."

그리고 나서 또 말했다.

"어치피 아이즈는 멸망하고 오우 동맹은 무너지리라. 우리 번은 의지할 곳 없이 슬픈 유랑을 해야 하겠지만 그때는 요네자와를 의지하지 말라. 반드시 쇼나이 번(庄內藩)을 의지해라."

다음날인 13일, 14일은 종일 담소.

'어쩌면 병세를 돌이키지 않을까?'

마쓰조도 한가닥 희망을 걸었으나 15일에는 병세가 갑자기 악화되었다. 쓰기노스케는 병석을 툇마루 가까이 옮기도록 하고 장지문을 열게 하였다.

밤엔 하늘 가득히 별이 반짝였다. 쓰기노스케는 마쓰조를 불렀다. 마쓰조는 들을 돌아 툇마루에서 몸을 기웃거렸다.

"마쓰조!"

쓰기노스케는 전에 없이 부드러운 얼굴을 돌렸다.

"오랫동안 고마웠다."

쓰기노스케는 신세진 인사를 했다. 마쓰조는 깜짝 놀라 어느틈엔가 툇마루에 뛰어올라가 꿇어 엎드리고 있었다.

"아무래도 나는 죽을 것 같다."

그런데 쓰기노스케의 정신은 이 지경이 되어서도 얼음처럼 맑기만 했다. 관군은 이미 시바타에 본진을 옮기고 각처에서 아이즈군을 압박하며 쓰가와(津川) 어귀까지 이르고 있었다.

"이제 머지 않아 관군이 온다. 나는 내 처리를 해야 한다. 내가 죽거든 시체를 묻지 마라. 지체 말고 불에 태워라."

이렇게 말했다.

"급하다."

쓰기노스케는 거듭 말한 뒤 명했다.

"지금 곧 관을 준비해라. 화장하기 위한 장작을 쌓아 올려라."

마쓰조는 놀라 울면서 희망을 가져주십시오, 울부짖었지만, 쓰기노스케는 여느 때의 쓰기노스케로 되돌아가 날카롭게 일갈(一喝)했다.

"주인의 명령이다. 내가 여기서 보고 있겠다."

마쓰조는 할 수 없이 이 집의 뜰 한구석을 빌어 쓰기노스케의 감시 아래 관을 만들지 않을 수 없었다.

마쓰조는 작업하기 위해 불을 지폈다. 장작이 누져 있는지 어둠 속에 무거운 연기가 희끄무레 퍼지며 한군데를 맴돌고 있다.

"마쓰조 불을 더 살라라."

쓰기노스케는 단 한번 목소리를 내었다.

그 뒤 눈을 크게 뜨고 머잖아 자기를 태울 어둠 속의 불을 지켜보았다.

밤중에 바람이 일었다.
8월 16일 오후 8시, 그는 죽었다.

불타라검 1

피와 칼
테라다 히로시(寺田博)

쇼와 10년대 신센구미(新選組)와 곤도이사미(近藤勇)는 큰 인기를 모으고 있었다. 나도 소년만화로 읽은 적이 있다. 곤도 이사미는 안바덴구(鞍馬天狗)의 숙적으로 등장했다. 근왕 지사의 숙적이었음에도 불구하고 왜 곤도는 전쟁 중에 히로로 떠올랐을까.

1960년대로 건너뛰어 신센구미는 커다란 붐을 일으켰다. 시바 료타로의 《불타라 검》《신센구미 혈풍록(血風錄)》이 베스트셀러가 된 데다가, 영화와 텔레비전에서도 앞다투어 드라마로 만들어졌다. 주역은 지금까지의 곤도이사미에서 히지카타 도시조(土方土歲三)로 교체된 감이 있었다.

시바 작품에서 곤도는 우습게도 지식인 지향의 남자로 그려졌는데, 신센구미의 조직을 반석 위에 올려놓은 것은 다름 아닌 부장(副長) 토시카타였다. 60년 안보 뒤의 '체제내 변혁'이란 말이 유행했을 시기라 도시조의 모습도 거기에 동참했는지 모른다.

《혈풍록(血風錄)》은 신센구미를 둘러싸고 일어나는 각종 사건을 병사 인물열전 풍의 구성으로 꾸민 연작단편집인데, 칼싸움 장면이 많아 이런 것을 좋아하는 독자는 정말 읽을 기분이 나는 책이었다. 한편 《불타라 검》은 히지카타 도시조의 반생을 그린 장편으로 배경은 신센구미를 중심으로 한 막부 말기이다.

소설은 안세이(安政) 4년, 로쿠샤묘진 제례 때 도시조가 궁사의 여동생 사에와 맺어지는 장면에서 시작된다. 그때 도시조는 약 행상을 하고 있었다. 도시조의 집안은 부슈다마의 이시다 마을에서 큰 부자로 통했는데, 그는 집안 대대로 전해내려오는 비약을 에도, 고슈, 소슈 등지로 팔러 다니며 가르침을 얻었다.

한편, 부슈 우에이시하라의 농가에서 곤도 집안에 양자로 들어온 남자는 에도 고이시가와 고이나타 야나기초에 도장을 두고 미쓰다마까지 나가서 연습을 하고 있었다. 또 부슈의 천연이심류(天然理心流)의 보호자가 도시조의 의형 사토 히코고로(佐藤彦五郞)였기 때문에 도시조도 곤도 도장에 드나들며 이사미와 의형제의 연을 맺었다.

부슈 일대에는 그밖에도 와라비를 본거지로 하는 류고류(柳剛流), 하치오지를 본거지로 하는 갑원일도류(甲源一刀流)가 있었던 까닭에 도시조는 사에의 집에서 돌아와 고하라이토류의 사범 로쿠샤 소하쿠(六車宗伯)에게 도전을 받게 되었다.

도시조는 잡다한 유의(流儀)를 배웠기 때문에 얼굴을 강타한 뒤 정강이를 치는 검법이 뛰어나 부슈 제일의 명인으로 불린 로큐샤를 쓰러뜨렸다.

이 일로 도시조는 부슈를 나와 에도의 곤도 도장에서 먹고 자며 외모도 무사로 바뀌어갔다.

곤도(近藤) 도장에는 신도무념류(神道無念流 : 검술의 일파)를 전수받은 나가쿠라 신파치(永倉新八), 호쿠신 잇토류(北辰一刀流 : 검술의 일파)의 도도 헤이스케(藤堂兵助), 야마나미 게이스케(山南敬助), 호조잉(寶藏院) 창술의 하라다 사노스케(原田左之助) 외에 죽도를 다루는 실력에 있어서는 곤도를 능가하는 오키타 소지(沖田總司) 등이 있다. 이윽고 세가와 하치로(淸河八郞)의 제안으로 막부 로시구미(浪士組)의 참가로 신선조가 설립된다.

그 후, 세리자와 가모(芹澤鴨)의 암살, 야마나미의 탈주로 인한 할복, 뒷날 참모가 된 이토 가시타로(伊藤甲子太郞) 일파의 변절로 인한 처단 등이 잇달아 발생했다. '무사도에 어긋나는 행동'이라 하여, 간부들의 금기사항을 제정하고 실행한 히지카타 도시조는 정치와 사상의 격동기에서 오로지 무사도를 관철시키려 노력했다.

메이지 2년(1869), 곤도, 오키타의 사망 후에도 에노모토 다케아키(榎本

武揚) 등과 함께 하코다테 고료카쿠(函館五稜郭 : 홋카이도 하코다테에 있는 성터)를 점거하고 관군과 싸워, 34세의 나이로 전사한 히지카타. 그의 무장으로서의 재능과 고독감의 깊이를 작가는 훌륭하게 전달하고 있다.

다음은 히지카타의 최후를 묘사한 장면이다.

도시조는 잠시 생각했다. 그런데 어찌된 까닭인지 하코다테 정부의 육군총독이라고는 말하고 싶지 않았다.

"신센조 부장 히지카타 도시조."

그러자 관군은 백주에 용이 꿈틀거리는 것을 본 것처럼 깜짝 놀랐다.

도시조는 다시 말을 몰기 시작했다.

사관은 사병을 산개시키고 사격준비를 하게 한 다음 다시 물었다.

"참모부에 간다니 어떤 용건이오? 항복의 군사라면 법도가 있을 것입니다만."

"항복?"

도시조는 말의 걸음을 늦추지 않았다.

"지금 말하지 않았는가. 신센조 부장이 참모부에 볼일 보러 간다면 쳐들어가는 것밖에 더 있겠는가."

그 순간, 전군이 사격자세를 취했다.

도시조는 그 머리 위를 뛰었다.

그러나 말이 다시 땅 위에 발굽을 내디뎠을 때, 안장 위에 있던 도시조의 몸뚱이는 처절한 소리를 내며 땅에 뒹굴었다.

다시 새벽이

 이 세상에 존재했다는 것 자체가 마치 기적과도 같은 불가사의(不可思議)라고 밖에 할 수 없는 인간들이 있다.
 죽으로 끼니를 잇기도 힘든 오막살이에서 태어난 가쓰 린타로(勝麟太郞).
 조슈(長州) 몰락무사의 집안에서 태어나 다섯 살 때부터 밭두렁으로 나가야 했던, 얼굴에 주근깨투성이인 요시다 쇼인(吉田松陰).
 큰 몸집에 왕방울눈, 그러나 한 번 만나면 1년을 사랑하게 되고, 두 번 만나면 2년을 사랑하게 되며, 여러 번 만나면 죽음을 함께 하지 않을 수 없는 마력을 지닌 사이고 다카모리(西鄕隆盛).
 희대의 책략가 에토 신페이(江藤新平).
 70명의 평민 기병대(奇兵隊)로 정규군을 깨뜨리고 정권을 쥔 다카스기 신사쿠(高杉晋作).
 종이나 다름없는 천한 신분에서 재상이 된 이토 히로부미(伊藤博文).
 하얀 칼날의 숲속에서 늘 죽음을 등에 짊어지고 뛰어다닌 가쓰라 고고로(桂小五郞)와 오쿠보 도시미치(大久保利通).
 이들을 모두 시대적 상황이 탄생시킨 인물들이라고 단적으로 평해버릴 수는 없고 아무리 생각해도 기적적인 불가사의한 존재였다고 말할 도리밖에 없다.

　들판마다 시체였고 냇물마다 핏물이었던 전국시대 미카와(三河)의 한 조그만 성에서 기구한 운명을 더듬게 되는 한 사나이가 태어났다. 그의 재산은 지혜와 인내력이었다. 그가 천하를 통일했다.
　교토(京都) 황궁의 천황은 그를 정이대장군(征夷大將軍)으로 임명했다. 그리하여 통치의 대권이 그의 손에 들어갔다. 그는 에도(江戶:東京)에 통치의 중추기관, 막부(幕府)를 세웠다.
　바로 도쿠가와 이에야스(德川家康)이다.
　전흔(戰痕)투성이, 일본 산하(山河)에서 그는 새로운 한 시대의 역사를 창조하기 시작했다. 근대 봉건체제를 정착시키며 언제 고개를 들고 무력 봉기를 할지 모르는 300 영주들의 힘을 꺾고 막부의 세력이 구석구석까지 미치도록 거미줄 같은 통치망을 짰다.
　에도 막부를 세운 것이 1603년.
　그 뒤로 260년, 각 영주들은 에도 막부의 절대적 권위를 거의 공포에 가까운 두려움으로 떠받들었고 장군을 신적인 존재로 인정하게 되어버렸다.
　에도 정권의 타도는 그 어떤 힘으로도 불가능할 것처럼 보였다.
　그러나 1853년 6월, 2세기 반의 태평연월이 굉음을 울리며 폭발했다.
　우라가(浦賀:요코스가) 항구 앞바다에 홀연히 커다란 무쇠의 성(城)들이 나타난 것이다. 그 바다의 괴물을 본 에도 막부는 호흡이 멎는 듯했다.
　그것은 미국 해군 대령 페리가 이끄는 동인도 함대였다.
　"개국(開國)하라. 아니면 무력으로 개국시키겠다."
　그는 함포로 에도 성을 겨냥하고 위협했다. 이방 세력은 한 발짝도 상륙시키지 않는다는 쇄국정책(鎖國政策)을 써온 에도 막부였지만, 서양의 현대 무력 앞에 활과 칼로 맞싸울 수는 없었다.
　불가항력이었다. 개국해서 서양의 현대문명을 받아들여 백 년 뒤의 부국강병책을 세워야 한다는 주장이 나왔다. 이 주장에 에도 막부는 쇄국정책을 누그러뜨리며 갈팡질팡 헤매기 시작했다.
　매국노들, 나라를 서양에 팔아먹을 작정이냐, 신국(神國)을 붉은 머리 푸른 눈의 괴물에게 짓밟히게 하려느냐, 에도 막부도 믿을 것이 못된다, 이제 천황을 구심점으로 뭉쳐 신국을 지켜야 한다는 존왕양이파(尊王攘夷派)가 반기를 들었다.

개국과 양이, 두 파는 황실과 에도 막부의 의사와는 아랑곳없이 칼과 칼로 맞부딪치기 시작했다. 에도와 오사카(大阪), 교토에서 피비린내가 다시 풍기기 시작했다.

개국 막부파는 존왕양이 지사의 칼날에 피를 뿜고 쓰러져 갔다. 존왕양이 지사들은 막부파의 칼과 창, 그리고 아직도 남아 있는 정치실권의 젊은 생명들을 산화시켰다. 군대와 군대를 동원한 정규전은 없었지만, 바로 난세의 혼란이었다.

이런 혼란의 소용돌이 속에서——

시골, 성씨(姓氏)마저 없는 농사꾼 집안에서 태어난 사나이와 약봉지를 둘러메고 마을마다 누비던 사나이가 홀연히 세상에 나타났다. 불학무식의 곤도 이사미(近藤勇)와 히지카타 도시조(土方歲三).

막부의 행동대 신센조(新選組)의 대장과 부장(副長). 이들의 법은 오로지 참살뿐이었다. 한 나라를 능히 휘두를 수 있는 인재들이 이들의 칼날 아래 피를 뿜었다. 천하는 공포와 함께 이 두 이름을 들었다.

신센조 대장 곤도 이사미는 부장 히지카타 도시조와 단 둘이 있는 때
"도시야."
이렇게 불렀다고 한다.
베느냐, 살려두느냐의 의논도 단 두 사람이 있을 때에는
"그놈을 어떻게 할꼬?"
태어난 고장인 무사시(武藏) 다마(多摩)의 사투리가 불쑥 튀어나왔다. 이사미는 가미이시와라(上石原), 도시조는 이시다(石田) 마을 출신이다. 두 고장 모두 고슈(甲州) 한길에 있는 마을로 30리도 채 안 되게 이웃해 있다. 첫여름이 되면 풀숲이란 풀숲이 모두 살무사 투성이가 되다시피 하는 농촌이었다.

'도시'는 어떤 사람인가.

'도시'라는, 이시다 마을의 농부 기로쿠(喜六)의 막내동생 도시조의 인생이 크게 달라진 것은, 안세이(安政) 4년(1857) 첫여름 파종기가 막 지났을 무렵, 살무사가 나오는 계절이었다.

다른 해와 달리 무더웠다.
이날 저녁 때, 도시조는 마을을 나서서, 곧 고슈 가도로 들어가 무사시(武藏) 후추(府中)로 가는 25리 길을 재촉했다.

여름 홑옷 자락을 높직이 걷어올렸다.
키가 크다. 어깨폭이 넓고 허리가 자못 유연한데 그 허리를 낮추듯이 하면서 걷는다. 웬만큼 볼 줄 아는 사람의 눈으로 보면 꽤나 칼쓰기 수련을 쌓은 자의 걸음걸이였다.
얼굴을 폭 넓은 감청색 수건으로 가리고 그 끝을 멋부리듯 가슴께까지 늘어뜨렸다.
멋을 부리는 젊은이였다.
수건 하나 쓰는 데도 자기 나름대로 연구를 하였는데 그것이 또 그럴 듯하게 어울리는 사나이였다.
멋쟁이라니 말이지만 마게(상투머리) 모양이 이색적이었다. 농사꾼의 자식답게 마땅히 옆머리를 밀고 틀어 올려야 할 텐데 마을에서도 이 사나이만은 스스로가 생각해낸 묘한 마게를 틀었다. 그것이 무엄하게도 무사들의 마게와 비슷한 것이었다.
이 색다른 마게에 대해
"분수(신분)를 알라."
고 촌장인 사토 히코고로(佐藤彦五郎)에게 꾸중을 들은 적도 있으나 도시조는 눈길만 내리깔았을 뿐 입으로는 웃으며, 이렇게 말했다.
"뭐, 어차피 무사가 될 텐데."
그 뒤로도 마게 모양을 고치지 않고 다만 감청색 수건을 쓰게 되었다. 그래서 마을에서는 '도시의 눈가림 마게'라고 제각기 손가락질을 했다. 도시조의 집과 사토 가문은 친척 관계이다. 친척이니까 촌장도 이 버릇없는 짓을 눈감아 주는구나 하는 그런 뜻이었다.
그런데 얼굴을 가린 수건보다 수건 밑에서 번뜩이는 눈이 이 사나이의 특징이었다. 쌍꺼풀진 크고 기름한 눈인데 여자들은 '시원스런 눈'이라며 사뭇 야단들이었다.
그러나 마을 사나이들은 쑤군거렸다.
"도시 녀석의 눈매는 뭘 저지를지 모를 눈이야."

사실 이 사나이는 무슨 일을 저지를지 몰랐다.

지금도 길을 걸어가고 있는 모양새는 보통 여름 홑옷 차림이었으나 그 밑에는 은밀히 유도복을 껴입고 있었다.

주막거리를 지났을 무렵 들일에서 돌아오는 마을 사람이 말을 걸어왔다.

"도시, 어딜 가는 거야?"

그러나 그는 잠자코 걸었다.

설령 여자를 겁탈하러 간다고 말할 수는 없는 일 아닌가.

이날 밤은 후추의 로쿠샤 명신(六社明神)의 축제일이었다. 속된 말로 '어둠 속의 축제'라고들 한다.

도시조의 속셈은 어둠을 틈타 참배하는 여자의 옷소매를 잡아끌어 쓰러뜨리고 범하려는 것이었다. 그때 홑옷을 벗어 여자가 밤이슬에 젖지 않도록 땅바닥에 깔고 그 위에 눕는다. 껴입고 있는 유도복은 여자의 동행인 남자하고 격투가 벌어졌을 경우의 대비책인 셈이었다.

물론 도시조만이 나쁜 것은 아니었다.

그러한 풍습의 축제였다.

이날 밤의 참배인은 후추 근처뿐 아니라 산타마(三多摩)의 마을들은 물론이고 멀리 에도(江戶)에서도 밤샘을 하러 몰려오는데, 온 마을의 불이 꺼지고 암흑 천지가 되면 사내도 계집도 고대인으로 돌아가 닥치는 대로 서로 정을 통하는 것이었다.

드디어 시모야보(下谷保)를 지났을 때쯤 되자 후추 로쿠샤 명신을 향해 가는 초롱불의 무리들이 부쩍 늘어나기 시작했다.

에도 쪽 하늘에 달이 떠올랐다.

달빛 아래 어떤 남녀이든 왼손에 초롱불을, 오른손에 대나무 지팡이를 짚고 괴상한 소리를 내면서 간다. 살무사가 나오는 철이므로 대막대 끝을 잘게 쪼개어 땅바닥을 두들겨 뱀을 쫓으며 걸어가는 것이다.

도시조도 대막대를 갖고 있었는데 이 사나이의 지팡이만은 예사 청죽이 아니라 마디를 뚫어 납물을 흘려넣었기 때문에 쇠막대처럼 묵직했다.

그것은 살무사보다도 인간을 겁주는 데 도움이 된다.

이 근방에서는 도시조를 가리켜 '이시다 마을의 바라카키(茨垣)'라고 불렀다. 가시담장이란 뜻인데 건드렸다 하면 가시에 찔리는 그런 망나니를 의미하는 은어이기도 했다.

도시조가 후추에 다다른 것은 지금 시간으로 오후 8시 조금 전이었다.

후추의 주막거리 600호는 처마마다 등불과 검붉은 색깔의 초롱불이 매달렸고, 두 마장의 참배길 양 옆의 느티나무에도 높다랗게 초롱불이 촘촘히 매달려 대낮같이 밝았다.

이를테면 여자의 야시(夜市)이다.

도시조는 여자를 물색하면서 걸었다. 이따금 같은 마을의 처녀나 아낙네들과 마주치면 여자 쪽에서 먼저 옷소매를 잡아당기는 일도 있었으나 그는 눈을 부릅뜨며 물리쳤다.

"이것 놓아."

도시조는 이상할 만큼 부끄러움을 타는 버릇이 있어 한 마을의 여자하고 정을 통한 일은 한 번도 없었다. 같은 마을이라면 언젠가는 드러나게 마련이기 때문이다. 그러므로 '도시는 얌전하다'는 평판조차 떠돌았다. 도시조는 여자 때문에 남의 입 끝에 오르는 것을 몹시 겁냈다.

이유는 없다.

일종의 버릇이리라. 그래서

"도시는 고양이야."

이렇게 빈정대는 자가 있었다. 과연 개는 노골적이지만 고양이는 자기의 성행위를 드러내지 않는다. 그러고 보면 도시조는 정사뿐만 아니라 그밖에도 어딘가, 사납고 사람을 쉽게 따르지 않는 밤짐승과 닮은 데가 있었다.

하기야 도시조가 한마을 여자와 관계하지 않는 데는 이유가 있었다. 땅이나 파는 농사꾼 여자 따위에는 아무런 욕정도 일어나지 않았던 것이다.

'여자는 지체야.'

이렇게 생각하고 있었다. 잘생기고 못생기고가 아니다. 그것은 도시조의 신앙 비슷한 것이었다.

자기보다 지체가 높은 여자에 대해서는 몸이 저려오는 매혹을 느꼈다. 이와 같은 형태의 성욕을 가진 남자도 아마 많지는 않으리라.

가령 지난해 겨울 이 사나이가 어떤 숫처녀와 정을 통한 것도 그런 상대였다.

여자는 하치오지(八王子)의 진종파(眞宗派) 큰절 주지의 딸로 그 종파의 관습상 신도들로부터 '공주님'으로 불리고 있었다. 도시조는 다만 그 말만 얻어듣고 처녀를 아직 보기도 전부터 그 처녀와 동침했으면 싶었다.

도시조는 이 처녀와 통정하기 위해 일부러 20리나 떨어진 하치오지에 며칠 동안 머물렀다.

참고로, 도시조는 하치오지 부근의 주민들로부터 '약장수'로 불리었다.

이 무렵 이 사나이는 약 행상도 했던 것이다.

하기야 도시조의 집은 농가이기는 하지만 이 고을에서는 '갑부'로 불릴 정도의 가문이어서 약 행상을 하지 않아도 살 수 있었지만 집에 '이시다 가루약'이라고 하는, 골절과 타박상에 효험이 있는 가전비방약이 전해 내려왔다.

원료는 마을을 끼고 흐르는 아사강(淺川) 기슭에서 채집되는 나팔꽃 비슷한 풀로 잎사귀에 가시가 있다. 그 풀을 입추(立秋) 전 18일까지의 축일(丑日)에 채집하여 잘 건조시킨 다음 불에 태운 뒤 약절구에 빻아 가루를 만든다. 환자에겐 뜨거운 술에 타서 단숨에 마시도록 한다. 신통할 정도로 효험이 있었다. 뒷날 이케다옥(池田屋)의 혈투가 벌어졌을 때 도시조가 부상한 신센조의 대원들에게 하나하나 입을 벌려서 먹였던 바, 이틀쯤 뒤에는 타박상의 멍이 풀리고 부러진 뼈도 쉽게 붙었다고 한다.

도시조는 그 가전(家傳)의 '이시다 가루약'을 행상하면서 부슈(武州)는 물론이고 에도와 고슈(甲州), 소슈(相州)까지 돌아다녔다.

그것이 또한 어려서부터 이 사나이의 검술 수행법으로서, 다니는 고장마다 도장에 들러 이 골절·타박상의 영약을 무료로 주고 그 대신 검술의 기법을 배웠다.

당시 도시조가 자주 그 근방까지 발길을 뻗쳐 체류하던 고후의 사쿠라마치(櫻町)에 도장을 갖고 있었던, 신도무념류(神道無念流 : 검술 유파의 하나)의 가지카와 가게쓰구(梶川景次) 등은 뒷날 교토(京都)의 신센조 소문을 듣고

"히지카타 도시조란 바로 부슈의 약장수였던가. 그 자라면 그 정도의 일쯤 해낼 거야."

이렇게 말했다고 한다.

하치오지의 진종파 사원에 들어갈 수 있었던 것도 약장수라는 편의가 있었기 때문이다.

절의 이름은 센주보(專修坊).

주지 스님은 도시조가 마음에 들었던지 선심을 베풀었다.

"절의 헛간에서라도 기거하면서 며칠 이웃에 팔아보아라."

처녀의 모습은 보이지 않았으나 낮 사이에 절간 건물과 뜰 따위의 상태를

자세히 살펴본 결과 처녀의 방이 이 절에서 객전(客殿)이라 불리는 작은 다실(茶室)풍의 안방임을 알았다.

이튿날, 처음으로 처녀의 모습을 보았다. 처녀는 물고기에 먹이를 줄 셈인지 정원의 연못가에 쪼그리고 앉아 아침 햇살을 받고 있었는데 마침 지나 가던 도시조의 기척을 알아차리고 고개를 들었다.

수상쩍다는 표정으로 눈썹을 모았다.

무리도 아니었다.

감청색 수건으로 얼굴을 가리고 줄무늬의 비단옷에 관가에 바치는 띠를 두른 것으로 봐서는 어느 모로 보나 촌장의 맏아들쯤 되어 보였지만 한편 엉덩이가 나올 만큼 옷자락을 높이 걷어붙였다. 더구나 오늘날의 속셔츠처럼 몸에 착 달라붙는 모모히키(일본 옛 작업복)를 입고 약통을 둘러메고 있는 것을 보면 아무래도 행상인으로밖에 보이지 않았다. 그런데 그렇다고만 생각할 수 없는 것은 이 젊은이가 또한 검술도구를 메고 있는 점이었다.

이런 이상야릇한 차림의 사나이는 본 적이 없었다. 그런데 이상하게도 그 차림이, 눈이 시원한 이 사나이하고 어울리는 것이었다.

'어떤 분일까?'

처녀는 말끄러미 쳐다보았다.

도시조가 보기에 그녀는 별로 예쁘지는 않았지만 자그마한 몸매에 순해 보이는 점이 그의 취향에 맞는다고 생각했다.

그러나 꾸뻑 인사도 하지 않았다.

지체 높은 여자를 좋아한다고는 하지만 이 사나이는 여자에게 머리 숙여 비위 맞추는 것을 좋아하지 않았다.

단지 두어 걸음 다가가서

"나중에 봅시다."

이렇게만 말했다.

나중에 어떻게 하겠다는 것인가.

처녀가 되물으려고 눈을 들었을 때 도시조는 등을 보이면서 산문(山門) 쪽으로 멀어져 갔다.

그날 밤 자정쯤 도시조는 처녀의 방 덧문에 오줌을 누어 축여서 소리 없이 문을 열었다. 부슈 다마 마을 젊은이들은 담을 넘어 처녀를 덮칠 때 이런 방법을 쓴다.

여자 둘이 자고 있었다.

한 사람은 처녀의 유모로 도시조가 머리맡에서 숨결을 살피자 정신없이 곯아 떨어져 있었다.

다음에 처녀의 숨결을 살폈다. 쌔근쌔근 고요하고 고른 숨결, 이 또한 깊은 잠에 빠져 있었다.

도시조는 이불 발치로 돌아갔다. 이불을 살그머니 벗기자 처녀의 아랫도리가 드러났다.

도시조는 양쪽 엄지발가락을 집어올렸다. 두 다리를 엄지발가락만으로 들어올리는 것은 몹시 무거운 법인데, 처녀의 잠을 깨우지 않기 위해서는 이렇게 할밖에 도리가 없다는 것을 도시조는 알고 있었다.

이윽고 처녀의 두 다리는 옷자락을 헤치며 무심코 벌려졌다. 시체처럼 감각이 없다.

처녀가 잠이 깨었을 때는 이미 이변이 일어난 뒤였다.

그런데 도시조에게 뜻밖이었던 것은 처녀가 떠들거나 하지 않는 일이었다. 다만 오직 몸을 굳히고 있을 뿐 숨소리조차 죽이며 소리를 내지 않는다.

"나중에……."

도시조가 말한 뜻을 처녀는 이미 알고 있었으리라. 어쩌면 이 호감이 가는 젊은 나그네가 숨어들기를 은근히 기대하고 있었는지도 모른다. 젊은이가 담을 넘어 처녀 방을 침입하는 것은 이 지방에서는 뭐 대단한 사건도 아니었다.

처녀가 뜻밖에 침착한 것을 보고

'이게 공주님이야!'

실망한 것은 도시조 쪽이었다. 그 이튿날, 절간 뒤쪽에 펼쳐져 있는 뽕밭에 파묻혀 일옷을 입고 뽕잎을 따고 있는 것을 보자 도시조는 더욱 실망했다.

'아니다.'

이처럼 생각한 것은 그가 상상하고 있던 처녀가 아니었기 때문이다. 일옷을 입고 뽕 냄새를 풍기는 처녀라면 그의 마을에도 있다. 일부러 하치오지 같은 곳까지 올 필요도 없었던 것이다. 그는 그날 저녁 하치오지를 떠난 뒤 끝내 이 센주보에는 들르지 않았다.

좀 색다르기는 하지만, 이 에피소드는 그의 지체높은 여자에 대한 동경이 그만큼 강렬했다는 것을 증명한다.

지체가 높다곤 하지만 부슈 산타마 고장은 막부의 영지 또는 절이나 신사의 추수 땅만 있고 무사 집안은 없었다. 마을에는 말똥 냄새가 풀풀 나는 농사꾼의 딸들뿐이었다. 그래서 도시조는 몇 해 전부터 후추의 로쿠샤 명신에서 방울을 흔들어대는 무녀(巫女) 고자쿠라(小櫻)를 꾀어 이따금 그녀가 사는 신사에 딸린 일자집에 숨어들곤 하였다.

오늘밤의 축제에 고자쿠라도 무녀춤을 추러 나가기 때문에 아마 만날 수 없으리라고 생각했지만 의식이 끝나는 새벽녘에는 일자집에 숨어들 작정이었다.

그 동안에 여자를 물색한다. 눈에 든 여자가 있으면 이 축제의 관습으로서 불이 밝을 때 점을 찍어 두었다가 어둠의 세계가 됨과 동시에 같이 자는 것이다.

하지만 이렇다 할 여자가 없었다.
'에도에서 온 무사집 낭자도 좋은데.'
도시조는 등불이 매달린 처마 밑을 걷고 또 경내의 숲속을 돌아다녔다.
'없잖아.'
벌써 한 시각이나 물색하고 다녔다. 그렇지만, 역시 이렇듯 난잡한 축제에에도 막부(幕府) 가신의 자녀가 올 까닭이 없었다.

하기야 모여드는 사람들은 외설스럽다 하겠으나, 그래도 이 로쿠샤 명신은 옛날부터 부슈의 총사(總社)로서, 제례의 격식도 여간 높은 것이 아닌지라 에도의 여러 신사 신관들이 이 제례에 와서 아랫사람이 되어 일해준다. 그만큼 사격(社格)이 높았다.

'다 틀렸군.'
도시조는 돌아갈까 하고 생각했다. 그야 물색하는 동안 몇 번인가 소농의 아낙인 듯싶은 여자가 추근추근 접근해 왔지만 거들떠보지도 않았.

이윽고 신사 본전의 숲 근처에서 제례 신관의 외침소리가 들리고 신주 가마의 출발을 알리는 자정의 북소리가 울려퍼지자 수많은 불등(佛燈)이 일제히 꺼지고 온 누리는 어둠 속에 잠겨 버렸다.

조용한 어둠이다.
다만 별만이 보였고 수만 명 군중은 숨을 죽여가며 남신의 신주가마가 여

신에게 이르기를 기다렸다. 남녀의 야합(野合)은 이 사이에 이루어지는 것이다. 그런 짓도 로쿠샤의 신을 번창케 하는 신사(神事)라고 참배인들은 믿었다.

그러므로 남녀는 그림자만이 포개진 채 소리 하나 내지 않는다. 신의 위엄을 더럽힐까 겁냈다. 선 채로 당하는 숫처녀도 있고 군중의 발 아래 쓰러뜨려진 유부녀도 있었다. 그렇지만 어느 여자이든 이를 악물고 소리를 내지 않는다.

도시조의 이날 밤의 행운은 불이 꺼지자마자 그의 곁에 여자가 있었다는 것이다.

어째서 그 여자가 도시조 곁에 다가와 있었는지는 모른다.

장소는 군중이 북적이고 있는 참배길이 아니고 경내의 숲속이었다. 애당초 어두웠기 때문에 불이 켜져 있었을 때도 여자의 그림자를 알아차리지 못했으며 여자 쪽도 같은 사정이었을 것이다. 끌어당겨 보고 나서, 여자가 몹시도 감촉이 부드러운 비단옷을 입고 있다는 것을 알고 도시조는 깜짝 놀랐다.

'어떤 여자일까?'

더듬더듬 옷을 만져보니 히요쿠(比翼)라 불리는 옷깃과 옷소매 등이 겹으로 되어 있는 데다 옷자락이 몇 겹 겹쳐진 것으로, 근방에서는 촌장의 자녀도 감히 입지 못하는 옷이었다. 게다가 향주머니를 품속에 간직한 듯 도시조 따위가 이제껏 맡은 일이 없는 황홀한 향기가 풍겼다.

"그대는 누구요?"

그만 금기를 깨고 그가 속삭였다.

하지만 여자는 이것이 신사(神事)임을 굳게 믿는 모양인지 잠자코 고개를 가로저었다.

"말해 줘."

"말 못합니다."

해맑은 목소리였다. 그뿐 아니라 억센 부슈의 시골 사투리가 아니고 말꼬리가 부드러웠다.

"괜찮겠소?"

"상관 없어요."

도시조는 풀 위에 여자를 쓰러뜨리고 처음으로 여자를 알았을 때의, 눈이 핑핑 도는 듯한 느낌으로 여자를 품었다. 이 여자를 품은 것이 이윽고 도시조에게는 자기의 새로운 운명까지 품고 만 것이라고는 이때는 물론 알지 못했다.

'모를 일이야.'

여자의 몸은 이미 사내를 알고 있었다. 그런데도 옷차림은 처녀였다.

도시조는 여자를 끌어안으면서 여자의 띠 사이에서 비단 주머니에 든 단검을 재빨리 뽑아냈다. 이것만 있으면 나중에라도 신분을 알 수 있으리라고 생각했던 것이다.

여자는 그것을 눈치채지 못한 채 이윽고 풀 위에서 매무새를 바로잡고 어둠 속으로 사라졌다.

의식이 끝나고 날이 새기 시작할 무렵, 도시조는 무녀의 사택 안 고자쿠라의 일자집에 들어앉아 있었다.

"이거야."

예의 단검을 고자쿠라에게 보여주었다.

칼날은 바탕쇠가 해조(海藻) 색깔로 훌륭한 것인데 노리시게(則重)라고 명각되어 있었다. 엣추(越中) 노리시게라면 이 세상에 몇 개밖에 없는 명검이다.

그러나 고자쿠라는 칼날 따위는 거들떠보지도 않고 비단 주머니를 집어 불빛에 비쳐보고서 크게 놀랐다.

"당신이 이 사람하고?"

그리고 물었다.

"틀림없이 정을 통했어요?"

"그렇다니까. 아직도 내 몸에는 그 향주머니의 향내가 배어 있어."

"이 문장(紋章)을 아세요?"

고자쿠라는 붉은 바탕 비단에 금실로 수놓은 오엽국(五葉菊) 무늬를 짚어 보였다.

"몰라."

"이 후추의 대신관(大神官) 사와타리(猿渡) 가문의 문장이에요. 당신 정말이지 큰일을 저질렀어요. 이 단검 주머니는 나도 본 적이 있지요. 당주(當主) 종4품하(從四品下)의 품계이신 사와타리 사도노카미(佐渡守)님의 매씨 사에(佐繪)님 거예요."

"그래?"
 도시조는 주머니를 집어들고 뚫어질 듯이 그 오엽국 문장을 들여다보았다.

참살(斬殺)

과연, 이 사나이의 사랑은 고양이의 그것과 비슷했다.

그 뒤, 도시조는 은밀히 후추의 로쿠샤 명신(六神明神)의 대신관인 사와타리 사도노카미(猿渡佐渡守) 저택에 숨어 들어가 모기장 안에서 혼자 자고 있는 사에와 정을 통했다.

아무도 모른다.

알려지는 것을 몹시 두려워했다. 그 점 도시조는 고양이를 닮았다.

그런데 더욱 색다른 것은 사에에게조차도 어느 마을의 누구라고 밝히지 않았다. 고양이 이상의 비밀주의였다.

다만 처음으로 숨어들어간 밤, 사에를 실컷 품은 뒤

"앞으로 도시라고 불러줘."

이 말만을 남기고 돌아갔다. 그 말하는 모습이 어찌나 수줍은지 여자의 침실을 찾아 사와타리 저택에 감히 밤중에 숨어들어올 만한 담력과는 사뭇 동떨어진 사람 같은 느낌을 사에는 받았다.

'이상한 사람이야.'

이렇게 생각하자 몹시 다정함을 느꼈다.

이 사나이가 처음으로 모기장 안에 숨어 들어왔을 때만 해도 놀라 일어나려는 사에의 입을 느닷없이 손바닥으로 틀어막고

"지난번 축제 때의 사내요. 그날 밤은 고마웠어. 당신이 잊은 물건을 돌려 주려고 왔지."

귀엣말로 천천히 속삭이고 나자 그 붉은 비단주머니에 든 단검을 칼집에서 일부러 뽑아 사에의 손에 쥐어주며 말했다.

"내가 싫으면 이 단도로 찔러도 좋아."

이런 일에 익숙한 것이다.

사에에게 공포를 느낄 틈마저 주지 않는다.

"당신은 어디 사는 누구세요?"

사에는 몇 번이나 물었다.

"혹시 아기라도 생기면 아버지의 이름도 모르게 되잖겠어요."

그러나 도시조는 언제나 입을 다문 채였다.

그러면서도 이 사나이 쪽은 사에에 대한 지식을 충분히 갖고 있는 모양이었다.

다음에 숨어 들어왔을 때 사에에게 묻는 것이었다.

"머잖아 교토에 올라가 당상가(堂上家 : 천황의 신하로 상급 공경)를 섬기게 된다면서?"

"어머, 어떻게?"

그와 같은 일은 사와타리 가문의 친척밖에 모르는 일이기 때문이다.

"누구에게서 들으셨죠?"

"……."

이 사나이가 한 말대로 가을이 오면 어떤 사정이 있어 교토의 구조(九條) 가문을 섬기기로 되어 있다.

교토에 올라가는 일은 사에 자신도 마음이 내키지는 않았지만 막부의 어떤 요인(要人)이 간곡히 부탁한다며 사에 앞에서 두 손을 짚고 간청했기 때문에 할 수 없이 그럴 생각이 들었던 것이다. 조정의 움직임을 탐색하기 위해서였다.

도시조는 물론 거기까지는 몰랐다.

"안됐습니다. 주인 양반이 살아 계셨으면, 미카와(三河) 이래의 직속무사 마쓰다이라 이오리(松平伊織)님의 부인이신 당신이오. 교토 같은 곳에 갈 리가 있겠소."

참살 445

"저에 대해 잘 아시는군요."

"그런 일쯤은 이 근방 농가의 머슴이라도 다 알고 있지요."

사에는 17세 때 혼조(本所)에 저택이 있는 고부신조(小普請組 : 막부 직속무사이면서 무보직자로 토목공사 등에 동원되는 조) 소속으로 800섬의 녹봉을 받는 마쓰다이라 이오리에게 시집을 갔지만 얼마 안 되어 남편과 사별하고 친정으로 돌아왔다.

친정인 사와타리 가문은 12세기의 가마쿠라(鎌倉) 막부보다 더 오랜 옛날에 교토에서 와서 간토(關東)에 정착한, 일본에서도 손꼽히는 명문으로서 더구나 무사가 아닌 신관 집안이라 에도의 막부 직속무사와 혼인을 하는가 하면 교토의 여러 공경(公卿)과도 서로 며느리 사위를 맞아들이고 또 보내기도 한다.

이번에 구조 가문의 시녀로 가게 된 이야기도 교토와 그러한 혈연이 있기에 나온 것이었다.

세 번째로 도시조가 숨어 들어왔을 때 그녀는 조용히 가르쳐주었다.

"저는 가을이 되면 이 집을 떠나 교토에 올라갑니다."

"가을 언제입니까?"

"9월."

"이제 얼마 남지 않았군요."

"도시님도 교토에 올라가시면?"

"교토에 말입니까?"

"네."

도시조는 소년처럼 먼 곳을 바라보는 눈이 되었다.

"내 일생에 교토에 볼일이 있는 그런 시기가 있을까?"

"남자분인 걸요, 뭐."

"무슨 뜻이오?"

"남자분의 앞일은 모르는 법입니다."

사에는 무심코 말했을 뿐, 특별히 몇 년 뒤에 신센조(新選組) 부장(副長)이 될 이 사나이의 운명을 내다보았던 것은 아니다.

그런데 도시조의 운명은 이 사에와의 인연이 실마리가 되어 크게 바뀌게 되었다. 사람을 죽인 것이다.

그 무렵 로쿠샤 명신사(明神社)에 딸린 저택의 하나인 세기 가몬(瀨木掃部)의 집에 고겐 일도류(甲源一刀流)의 검객으로서 로쿠샤 소하쿠(六車宗

伯)라는 30세 남짓한 사나이가 식객으로 늘어붙어 지냈다.

도시조도 이 사나이는 보아서 알고 있었다.

목이 밭은 몽탁한 사내로서 검술 솜씨는 에도 시내를 제외하면 부슈(武州) 제일이라는 평판이 있었다.

소하쿠는 신사 저택의 도장을 빌려 부슈 일대의 농사꾼들을 문하생으로 받아들였다.

다른 지방에서는 생각할 수도 없는 일이지만, 이 부슈에서는 농민이나 상인에 이르기까지 다투어 무예를 배운다.

대체로 무협의 풍토라고 할 수도 있겠으나 다른 한 이유는 부슈는 막부의 직할영지여서 일반 영주의 영지와는 달리 농민에 대한 통제가 한결 느슨했다.

자연히 농민인 주제에 무사를 흉내내는 자가 많았고 어느 마을에나 무예 솜씨를 자랑하는 젊은이가 있었으며, 이웃 마을과의 물꼬싸움 따위는 그들 젊은이가 도맡아하고 있는 형편이었다. 그 용맹하고 과감한 행위는 300년 태평세월을 누려온 에도의 무사가 도저히 미칠 바 못된다.

부슈 일대에는 그러한 자들에게 가르치는 시골 검법의 유파가 셋 있었다.

하나는 부슈 와라비(蕨)란 곳을 본거지로 하는 유강류(柳剛流)인데, 이것은 상대편의 정강이만 노려 치는 검법이다. 에도의 검객은 '유강류'라고 들으면 정강이 맞기가 싫어서 시합을 피했다.

또 하나는 엔슈(遠州)의 낭인 곤도 구라노스케(近藤內藏助)를 검법의 시조로 하는 천연이심류(天然理心流)이다. 기합으로써 상대의 기를 꺾고 재빨리 기술을 쓰는 것이 특징이고, 에도의 정교하고 치밀한 검법과 비교하면 촌스럽기 짝이 없는 것이지만 막상 실전을 하게 되면 여간 센 것이 아니었다. 종가인 곤도 가문은 구라노스케가 죽은 뒤 이미 3대에 이르렀는데, 농민 출신 검객이 모두 뒤를 잇고 있었다. 3대째가 곤도 슈스케(周助). 이미 70의 노령으로 후계자로는 부슈 가미이시와라(武州上石原)에서 농사를 짓는 집의 셋째아들 가쓰타(勝太)라는 자를 개명시켜 양자로 맞아들였는데, 산타마(三多摩) 일대의 젊은이들을 출장나가 가르치게 하였다. 이이가 도시조보다 한 살 위인 곤도 이사미(近藤勇)이다.

끝으로 고겐 일도류(甲源一刀流)라는 것이 있다.

부슈 지치부(秩父) 지방에 예부터 있었던 유파인데 근년에 이르러 고마군(高麗郡) 우메바라(梅原) 마을에 히루마 요하치(比留間與八)라는 달인이

나옴으로써 갑자기 융성하게 되었다.

 히루마가 죽은 뒤 그 아들인 한조(半造)가 부슈 하치오지에 본 도장을 두고 사범 대리인 로쿠샤 소하쿠를 후추에 있도록 하면서, 주로 고슈 대로를 끼고 있는 농촌에 파고 들어 곤도의 천연이심류와 제자의 수를 서로 다투었다.

 어느 날 밤, 도시조가 날이 샐 무렵까지 사에의 침실에 있다가 그만 돌아갈 작정으로 사와타리 저택의 흙담을 뛰어넘었을 때였다.

"도둑이야!"

그렇게 외치는 소리가 발 아래 풀숲에서 났다.

"……."

몸을 웅크리자 눈앞에 거뭇한 사람 그림자가 서 있었다.

'들켰구나…….'

그 순간 온몸에 식은땀이 흘렀다.

상대는 천천히 다가와 칼손잡이에 손을 댔다.

"도망치면 벨 테다."

"……."

"이름을 대라."

도시조는 말이 없다.

"요즘 이 사와타리님 저택에 어둠을 틈타 침입하는 자가 있다는 말을 듣고 은밀히 경내를 돌아보던 중인데 과연 소문대로구나. 얌전히 굴어라!"

'흥, 웃기는군!'

도시조는 발바닥을 끌듯이 뒷걸음질치면서 재빨리 손을 등으로 돌려 어깨에 둘러멘 거적말이를 풀고 그 안의 칼을 꺼냈다.

 밤길을 다닐 때는 반드시 이것을 둘러멨다.

 겉 꾸밈은 조잡했지만 알맹이는 집안에 전해 내려오는, 부슈 대장장이가 벼린 무명(無銘)의 대도인데 자형인 히노(日野) 주막거리의 촌장 사토 히코고로가 감정한 바에 의하면 혹시 야스시게(康重)가 아닐까, 하는 것이었다.

'번쩍' 하고 잡아뽑자 칼 길이 두 자 네 치, 몸 속이 얼어붙는 듯한 내음이 풍긴다.

"호오."

상대는 거리를 좁혀왔다.

"설마 너는 진심은 아니겠지. 말해 두지만 나는 이 저택에 신세지고 있는 로쿠샤 소하쿠(六車宗伯)다."

소하쿠라면 듣기만 하여도 부슈 일원에서는 몸이 오그라든다는 이름이다.

"칼을 버려라."

로쿠샤가 말했을 때 도시조에게는 운수 사납게도 구름 사이에서 때마침 열엿새의 달이 얼굴을 내밀었다.

달이 도시조의 얼굴 반 쪽을 비쳤다.

"본 얼굴이군."

로쿠샤는 전진하면서

"히노의 사토 히코고로 집에 천연이심류의 도장이 있으렷다."

"……."

"지난날 나는 곤도에게 시합을 청했다가 거절당했다. 그때 곤도 곁에 있던 것이 너였지?"

'들켰구나.'

도시조는 결심이 섰다.

로쿠샤의 생각으로는 도망칠 줄 알았는데 도시조의 발이 뜻밖에도 딱 멈추었다.

"로쿠샤, 바로 그 도시조다."

흠칫하고 로쿠샤도 전진을 중지했다.

도시조가 말했다.

"숨겨진 성(姓)은 히치카타(土方)다, 기억해 두도록. 천연이심류의 모쿠로쿠(目錄 : 검술이 일정한 수준에 오른 자, 高手)로서 스승격인 곤도와는 의형제를 맺은 사이다. 그러니까 곤도를 대신하여 타류(他流) 시합 신청을 지금 받아주마."

"애송이 놈이! 그만두지 못할까."

로쿠샤는 침착했다.

"기껏해야 계집질 아니냐! 놓아줄 테니까 두 번 다시 사와타리 저택에는 얼씬도 하지 마라. 사도노카미 어른께서도 대강 짐작은 하신 모양인지 전부터 내게 탐색을 부탁하셨다. 붙잡아 옥에 가두라는 분부였지만 오늘 밤은 특별히 눈감아주겠다."

"칼을 뽑아라!"

그러면서도 도시조 자신은 아직 겨누지도 않고 오른손에 잡은 칼을 축 늘어뜨리고 있었다. 살비듬이 두텁고 특징 있는 큰 눈꺼풀 아래 눈이 차갑게 빛났다. 정사를 들킨 이상 이 사나이를 살려둘 수는 없다.

"도시조, 다시 한번 묻겠다."

로쿠샤는 미소를 지어보였다.

"설마 내가 부슈 제일의 명인이란 걸 모르고 날뛰는 것은 아니겠지?"

"알고 있다."

"그래?"

로쿠샤는 허리를 낮추고 풀을 후리듯이 하면서 장검을 천천히 뽑았다. 겁을 줄 셈이었다. 칼 끝을 그대로 중단에서 멈추고 한 발 내디뎠다.

그에 맞추어 도시조는 오른발을 끌며 대담하게 몸통을 드러낸 채 왼쪽 어깨 위로 칼 끝을 높이 쳐들어 양손으로 잡는 자세를 취했다.

한 순간, 칼날이 울었다.

무모하게도 도시조가 내리친 것이다. 로쿠샤는 겨우 머리 위에서 막아내면서 생각했다.

'이놈 바보 아냐?'

호흡도 재지 않고 또 상대에게 가늠 틈도 주지 않는다.

휘익, 다음은 오른쪽 얼굴로 왔다. 로쿠샤는 칼코등이로 받았지만 손목이 저렸다.

다시 왼쪽 얼굴.

간신히 막았다.

어느 사이엔가 공격에 쫓겨 자꾸만 뒷걸음질쳤다.

'이럴 리가 없는데.'

자세를 바로잡으려 해도 도시조의 공격이 날카로워 좀처럼 여유를 주지 않는다.

기술의 차이는 아니었다.

배짱의 차이였다.

도시조는 약 행상을 하면서 어지간히 잡다한 유파의 검법을 두루 배운 모양으로 얼굴을 공격하는 척 하고서는 칼을 그냥 낮추어 로쿠샤의 정강이를 후렸다. 유강류에만 있는 검법으로 나기나타(薙刀 : 자루가 긴 칼창)의 기법을 가미한 것이었다.

"앗!"

껑충 뛰어오르며 피했다.

몸을 비키자 기다렸다는 듯이 그 검이 배를 찔러온다.

"기다려!"

로쿠샤는 몰리면서 말했다.

"여기는 신역(神域)이다."

"……."

"다시 뒷날에."

다시 뒷날에, 라고 말끝도 채 맺지 못하였을 때 도시조가 한 손으로 후려패듯 내리친 칼이 로쿠샤의 오른쪽 광대뼈를 베었다.

피가 로쿠샤의 눈을 보이지 않게 만들었다.

"다시 뒷날에."

로쿠샤는 등을 보였다.

도망치려고 허우적거렸다. 순간 도시조의 칼이 후두부에 콱 박혀왔다.

얕았다.

로쿠샤의 눈은 완전히 가려졌다. 의식도 정상 상태가 아니었으리라. 어쩔 작정인지 다시금 도시조 쪽으로 돌아섰다. 칼을 늘어뜨리고 서 있는 것이 고작인 모습이었다.

'이것이 부슈 일대의 명수라고 두려워들 하는 로쿠샤 소하쿠인가.'

도시조는 천천히 칼을 쳐들었다.

'으음.'

허리를 낮췄다.

도시조의 칼이 비스듬히 흐르자 소하쿠의 목은 허공으로 날아올랐고 몸통은 풀숲에 웅크렸다. 살인이란 이다지도 손쉬운 것인가 하는 생각이 들었다.

그 뒤, 하수인은 알려지지 않았다.

도시조는 그날 밤으로 당장 후추를 출발하여 자기 마을에도 돌아가지 않고 에도 시내의 고이시카와(小石川) 고개 마루턱에 있는 곤도(近藤)의 에도 도장으로 갔다.

곤도는 무슨 일이냐고도 묻지 않는다.

도시조도 입을 다물고 있다.

곤도로서는 도시조가 부슈(武州)에서 천연이심류의 보호자인 사토 히코고로(佐藤彦五郎)의 처남이므로, 제자라고는 하지만 양아버지 대부터 특별 취급을 해왔다. 성격은 서로 다르지만 이상하게도 뜻이 잘 맞아 몇 년 전에 의형제를 맺었다.

며칠이 지나자 곤도의 에도 도장에도 고겐 일도류의 로쿠샤 소하쿠(六車宗伯)가 어떤 자에게 베였다는 소문이 들려왔다.

"알고 있는가?"

곤도가 도장 한 구석에 뒹굴고 있는 도시조를 찾아와 물었다.

"믿기지 않는 일이지만 소하쿠쯤 되는 달인이 당했어. 하수인은 최근 와라비(蕨)에서 흘러들어와 있는 유강류 패들인 모양이야. 그 증거로 정강이에 상처가 많거든. 포리들은 역시 와라비 쪽을 조사하고 있다는군."

"칼 자국은……."

"크고 작은 것이 열서너 군데. 아무래도 너무 많아. 짐작컨대 혼자는 아닐 테고, 꽤 여럿이서 베었으리라는 것이 후추에 조사 나온 이노우에 겐사부로(井上源三郎)의 보고야."

"아니야."

도시조는 일어나면서 말했다.

"혼자야."

"어떻게 알지?"

"칼자국이 많은 건 솜씨가 서투른 탓일 뿐이지. 그리고 유강류는 아니야."

곤도는 도시조의 얼굴을 지그시 지켜보았다.

"그렇다면 무슨 파의 누구지?"

"나야."

도시조는 이렇게 말하지 않고 그냥 씁쓰레한 얼굴을 더욱 찌푸리며 외면해 버렸다. 뭔가 골똘히 생각에 잠겼다.

무슨 생각을 했는지 도시조는 그대로 에도 도장에 눌러앉았다. 그리고 모습도 무사처럼 고쳤다.

로쿠샤를 베고 난 뒤 도장에서 도시조의 검법은 전혀 달라졌다.

자신감이 생겼다고 할 수 있으리라. 아니면 뭔가 깨달은 바가 있었던 것이 틀림없다.

그때까지 곤도는 슈사이(周齋) 노인의 눈에 들어 양자로까지 들어갔던만큼 기량이 훨씬 앞서 있었는데 이제는 달라졌다.

도장에서의 연습에서 곤도는 열 번에 여덟 번은 지게 되었고 마침내 그를 상대하지 않게 되었다.
"도시의 검은 불쾌해."
곤도의 도장에는 신도무념류의 가이덴(皆傳 : $^{目錄의\ 위로\ 그\ 유파의}_{비전을\ 전수받은\ 면허증}$)을 받은 마쓰마에번(松前藩)의 낭인 나가쿠라 신파치(永倉新八), 북진일도류(北辰一刀流)의 모쿠로쿠인 에도 낭인 도도 헤이스케(藤堂平助) 등 곤도와 막상막하로 솜씨를 겨룰 수 있는 식객이 뒹굴고 있었는데 이들도 도시조에게는 어림도 없어
"히지카타 씨, 마치 신들린 것 같군."
이렇게 말하면서 웃었다.
가을이 되었다.
도시조는 그 사건이 있은 뒤 처음으로 고슈 가도를 서쪽으로 걸어 후추에 들어갔다.
이 해는 비가 적었으며 부슈의 하늘은 그지없이 파랬다.
도시조는 신사의 경내를 가로질러 사와타리 저택 뒷담 쪽으로 갔다.
'여기군.'
왕골갓을 벗어 풀밭 위에 버렸다.
오른쪽에 개천이 흐르고 그 옆에 어린 옻나무가 한 그루 빨갛게 물들어 간다.
이 자리에서 저 달 밝은 밤 로쿠샤 소하쿠를 베었다. 분명히 베었지만 거의 정신없이 싸웠기 때문에 아무런 기억도 없었다.
그때와 마찬가지로 도시조는 쓰윽 칼을 뽑자 좌상단으로 겨누었다.
눈을 감았다. 기억을 되살리기 위해서였다. 이윽고 눈을 뜨고 눈길을 모아 거기에 검을 겨누고 있던 소하쿠의 모습을 역력히 재현시키려고 했다.
'왜 단칼에 베지 못했던가?'
지난 몇 달 동안 그것만 궁리했다. 도장에서 곤도와 겨룰 때도, 나가쿠라나 도도 따위와 상대할 때도 상대편을 그때의 로쿠샤로 머릿속에 그리면서 공격했다.
'모르겠다.'
지금, 거기에 로쿠샤 소하쿠가 있다.
도시조는 밟아 들어갔다.

로쿠샤가 몸을 비킨다.
'얕아.'
몇 번 되풀이하여도 흡족하지 않았다. 지나치게 잔재주인 듯 싶었다. 마침내 도시조는 칼을 상단으로 겨눈 채 움직이지 않고 심기(心氣)를 집중시키며 반 시각 가까이 풀 위에 서 있었다. 바람이 도시조를 어루만지듯 지나간다.
드디어 보였다.
소하쿠의 심기가 압도되어 치명적인 틈이 생겼던 순간을 생각해냈다.
도시조는 단숨에 다가들어가 머리 위로 높이 쳐들어 오른쪽 어깨로부터 비스듬히 베어내렸다.
"탁!"
옻나무 줄기가 하늘을 쓸면서 쓰러졌다. 도시조의 영상(映像) 속에서 로쿠샤 소하쿠도 분명히 두 쪽이 났다 싶었을 때 등 뒤에서 목소리가 들렸다.
"뭘 하고 계세요?"
뒤돌아보자 사에였다. 그 말도 간신히 했다 싶을 만큼 까만 눈이 두려움에 떨고 있었다.
"아니, 장난이야."
칼을 칼집에 꽂고 슬금슬금 피하려고 했다. 그 갑작스레 풀기 없는 모습은 첫날 밤
"도시라고 불러줘."
그러고는 가버린 몹시도 수줍은 듯했던 그 도시조의 인상을 사에에게 상기시켰다. 사에는 안도의 한숨을 돌리며 미소를 지어 보였다.
"도시님. 내일 교토로 떠납니다."

적수(敵手)

　에도의 나이토 신주쿠(內藤新宿)에서 60리.
　지금의 고슈 가도 연변인 조후시(調布市)는 당시 중심지를 후다(布田)라 했으며 근방의 국령(國領)인 고지마(小倒)와 시모이시와라(下石原), 가미이시와라(上石原)를 합쳐 '후다 다섯 주막거리'라고 불렀다.
　지금도 별로 달라지지 않았지만 1년 내내 말여물 냄새가 풍기고 바람이 먼지를 일으키는 주막거리이다. 이때 가도를 따라 널빤지 지붕을 나란히 한 여인숙에서 한 집에 두셋은 '오자레(희롱)'라 불리는 창녀를 두었다. 겉으로는 밥시중을 드는 하녀이다. 그런데 이 주막거리는 이상하게도 살갗이 검은 여자들만 모였기 때문에 '후다의 검은 계집'이라는 평판이 자자했는데 고슈 가도를 오가는 행상인들이 이 주막에서 묵어 가는 것을 낙으로 삼았다.
　그날 오후.
　하지만, 도시조가 사와타리 가문의 딸 사에의 교토 상경을 배웅한 지도 벌써 반 년은 된다.
　아직 해도 높았는데 조슈옥(上州屋)이라는 여인숙 리베에(理兵衛)의 집에

쑥 들어선 것은 바로 이 사나이였다.
"나야."
말하면서 칼집째 뽑았다. 에도의 도장에서 온 것이다.
"아이고, 선생님께서……."
주인 리베가 직접 뛰어나와 2층 방으로 안내한다.
그날의 히지카타 도시조(土方歲三)는, 왼쪽에 반원을 그린 삼태극(三太極)의 가문(家紋)이 선명한 밑이 터진 검은 색 하오리에, 우단으로 된 하카마(袴:일본옛下衣) 옷자락을, 물들인 가죽으로 굽도리한 호사스러운 차림이었다. 크고 작은 두 칼집은 약간 조잡한 떡갈나무에 옷칠을 한 것이었다. 상투는 틀지 않고 머리를 어깨까지 늘어뜨림으로써, 예전 한때의 그와 비교하면 몰라보리만큼 훌륭한 무사의 모습이 되어 있었다.
도시조는 한 달에 한 번쯤 고슈 가도의 이 언저리까지 온다. 다시 말해 시골 이곳저곳에서 출장 지도를 하여 도장을 유지해 나가는 것이 곤도의 천연이심류(天然理心流)를 유지하는 빈약한 경영법이었다.
곤도 도장이 있는 에도의 고히나타(小日向) 야나기 거리(柳町) 근처는 비교적 막부 하급무사의 집들이 많지만, 어엿한 집안의 자제들은 이따위 무명 유파를 배우러 들지는 않았다. 찾아오는 사람이라야 호기심 많은 서민 아니면 무사집 하인이나 덴즈인(傳通院) 절의 시동쯤이었다. 역시 뭐니뭐니해도 도장 수입은 다마 지방 출장 지도가 큰 몫을 차지했다.
물론 곤도도 나간다. 그 밖에 히지카타 도시조와 오키타 소지(沖田總司), 이노우에 겐사부로 등 모쿠로쿠 이상의 솜씨를 가진 자가 한 달에 며칠씩 교대로 고슈 가도를 뚜벅뚜벅 걸어서 다마 방면으로 출장가는 것이었다.
후다에서는 이 조슈옥이 그들의 단골 숙소였다. 하룻저녁 묵으면서 여자하고 재미보는 게 낙이었으나 도시조만은 '검은 계집' 따위에 흥미가 없었다. 다만 술을 따르게 할 뿐 손도 잡지 않는다.
"밥은 나중에."
도시조가 말했다.
"술이나 한 병."
하기야 술은 좋아하지 않는 편이었다. 잔을 핥을 뿐, 마신다고 할 정도도 못되었다.
"그리고 여자."

이렇게 덧붙였다. 주인 리베가 놀라며 물었다.

"웬일이십니까?"

도시조는 아랑곳하지 않는다.

"오사키라는 아이가 있었지?"

"네!"

"이리 들여보내."

주인은 달려내려와 곧장 부엌문 밖으로 뛰어나갔다. 집 뒤는 논이었다.

풀숲에서 여자가 두서넛 엉덩이를 내두르며 법석을 떨고 있었다. 밤이 되면 이런 여자라도 때가 낀 비단옷을 입는데 한낮에는 낮잠을 자든가 아니면 진감색 일옷으로 갈아입고 논두렁의 물웅덩이를 헤적이며 미꾸라지를 잡았다.

물론 여자들은 미꾸라지를 끓여 먹는다. 미꾸라지만 먹으면 밤일에도 몸이 견뎌낼 수 있고 팔려온 계약 기간을 병 없이 마칠 수 있다고 한다. 그래서인지 이 고슈 가도의 주막집 갈보들은 어느 여자고 하나같이 미꾸라지 냄새를 풍겼다.

"오사키, 손을 씻어."

주인은 소를 야단치는 듯한 목소리로 말했다. 여자는 엉덩이 너머로부터 얼굴을 이리로 돌리며

'손님?'

눈살을 찌푸렸다. 대낮부터 손님이라면 어지간한 호색일 것이 뻔하다.

곧바로 옷을 갈아입고 목 언저리에 시늉만으로 분을 처덕거려 바르고 도시조 앞에 나갔을 때는 그로부터 30분은 지나서였다. 오사키는 열여덟, 아홉쯤의 입술이 얄팍한 여자인데 조슈 사투리가 심했다.

도시조는 남쪽 하늘이 보이는 방에서 혼자 술을 마시고 있다가 들어오는 오사키를 보자마자

"너구나."

흘끗 눈길을 보냈다.

"뭐가요?"

"그저께 밤에 이노우에 겐사부로와 같이 잤지?"

"네."

이노우에는, 곤도 도장에서 가장 연장자인데 검술은 대단할 것이 없지만

그 인품에 어울리는 착실한 기량으로 일종의 품격을 지니고 있었다. 곤도 도장에서는 선대 때부터 기거해가며 배우는 제자로서 근본은 역시 남부 다마의 농가 태생이다.

히지카타가 오사키를 부른 것은 그저께 밤 이 여자가 이노우에하고 자면서 심상치 않은 말을 했다고 들었기 때문이다.

"그 얘기를 여기서 자세히 말해 봐."

"싫어요."

오사키는 눈을 흘겼다.

"미안해. 난 말투가 거칠다고들 말해. 자아, 다시 부탁하겠다, 얘기 좀 해 다오."

이야기라는 것은 며칠 전 일행 셋 중의 낭인 검객 하나가 오사키와 어울린 이불 속에서 이 집에 자주 들르는 곤도 도장 사람들에 대해 꼬치꼬치 캐물었다는 것을, 그저께 밤 오사키가 이노우에 겐사부로에게 잠자리에서 이야기했던 것이다.

이노우에는 에도 도장에 돌아오자 그것을 도시조에게 전하면서 주의를 주었다.

"뭔지는 잘 모르겠지만 이번에 당신이 가면 수상한 놈이 장난을 칠지도 몰라. 다마에서는 함부로 밤길을 돌아다니지 말도록."

'로쿠샤 소하쿠와 관련이 있는 놈이구나.'

도시조는 직감했다. 하기는 로쿠샤를 죽인 일에 대해서는 도장의 아무에게도 말하지 않았다. 남의 입이 두렵다는 것을 도시조는 알고 있다. 말하면 반드시 새게 마련이다.

"어쨌든."

이노우에가 말했다.

"조슈옥의 오사키에게 물어보게나."

"어떤 걸 물었지?"

도시조는 오사키에게 말했다.

"얼굴이에요."

오사키는 술을 따르면서 말했다.

"얼굴이에요. 선생들 모두의 인상(人相). 뭐라더라, 작년 가을 후추의 로쿠샤 명신 경내 뒤쪽에서 옻나무를 벤 사람을 찾고 있나 봐요. 그 옻나무가 신목(神木)이었나 보죠."

"옻나무로 신목을 삼을 턱이 있나."

로쿠샤와 관련된 일이라고 생각했다. 도시조가 그 사건이 있은 뒤 현장에서 다시 한번 기억을 더듬어가며 검의 기법을 검토하고 있을 때, 그 고장 사람 누군가가 본 것이 분명했다.

그 소문이 고슈 가도 연변의 논두렁을 돌고 돌아 지금쯤 로쿠샤 소하쿠 문하생들 귀에 들어간 것이리라.

"그 작자는 어떤 인상이었지? 살쩍 근처가 벗겨지거나 하지 않았던가?"

"맞아요."

오사키는 고개를 끄덕였다.

살쩍 근처의 살이 벗겨질 만큼 검술 수련을 했다고 한다면 상당한 고수임에 틀림없다. 검술 연습 때는 얼굴 보호구를 쓰고 한다.

"조금 잘생긴 사내였어요. 사카야키(月代 : 무사의 앞이마 머리칼을 밀어 올린 머리 모양)도 넓고 오른쪽 눈밑에 흉터가 있었지요. 키는 다섯 자 여덟 치."

"사투리는?"

"글쎄요, 에도에도 있었던 모양이에요. 하지만 입이 무거운 걸로 봐선 조슈 태생일지도 모르지요."

도시조는 이튿날 후다(布田)를 떠났다.

가미이시와라(上石原)의 곤도 생가(生家)에서 젊은이들을 가르치고 이튿날은 렌자쿠(連雀) 마을로 갔다.

이 마을에는 도장이 없다.

촌장 집의 된장 광을 치우고 연습하는데, 도시조가 도착하자 이미 대여섯 명의 젊은이가 기다리고 있었다.

"어제 마을에 이상한 낭인이 왔었어요. 선생이 언제 가르치러 오느냐고 물었습니다."

도시조는 애써 무표정하게 말했다.

"내 이름을 대고서?"

"그렇습니다."

이미 상대는 이름까지 알아냈다.

"무슨 볼일이래?"

"한 번 가르침을 받고 싶다고 그러더군요. 오른쪽 눈밑에 흉터가 있는."

"모르겠는데."

도시조는 흥미 없다는 듯 옷을 벗고 가죽으로 만든 가슴 방호구(防護具)의 끈을 매다가 문득 생각나서 물었다.

"어디 사람인데?"

"하치오지입니다."

그렇게 단언한 젊은이는 이 마을에서 말에게 신기는 짚신을 만들어 하치오지에 자주 팔러 다니는 신기치(辰吉)였다. 하치오지에서 두서너 번 길에서 본 적이 있는 얼굴이라고 한다.

도시조는 이튿날 아침, 렌자쿠 마을을 나서자 그 길로 하치오지에 갔다.

렌자쿠에서 50리.

부슈 하치오지는 고슈와 가까운 주막거리로, 대로는 여기서부터 서쪽 산중으로 들어가 고보토케(小佛) 고개를 넘어 고슈에 다다른다.

전란이 끊이지 않았다. 옛날부터 이에야스(家康)의 에도 개도(開都) 무렵에 걸쳐 간토(關東)와 고슈 지방에서 주군을 잃은 무사들이 다수 이 고장에 모여들었다.

도쿠가와 가문에서는 이들을 '하치오지 센닌도신(八王子千人同心)'이라는 이름 아래 일괄 채용하고, 고보도케 고개를 넘어 침입해 올 가상 적에 대비하여 고슈 어귀의 요새부대로 삼아 집을 주고 사방 40리에 걸쳐 거주시켰다.

자연히 그들을 고객으로 하는 검술 도장이 생겼고 개중에 히루마 한 조(比留間牛造)의 고겐 일도류(甲源一刀流) 도장이 가장 번창했다. 도시조가 베어 버린 로쿠샤 소하쿠도 이 도장의 사범대리였다.

'생각한 대로군.'

도시조는 추측했다.

그 흥터 무사 로쿠샤의 무리로, 하치오지를 근거지로 삼는 고겐 일도류의 검객임이 틀림없다. 그들은 끈덕지게 로쿠샤를 죽인 하수인을 찾고 있으리라.

도시조는 하치오지의 센주보(專修坊)에 여장을 풀었다.

일찍이 약 행상을 다닐 때 하치오지에 오면 반드시 들렀던 사찰로, 이 절간 주지 딸의 침실에 숨어든 일도 있다.

주지 젠카이(善海)는 도시조의 변한 모습을 보고 놀라며 에도에서 무사집

집사가 되었느냐고 물었다.
"뭘요, 여행길에 도둑을 예방하기 위해 이런 모양을 한 거지요."
자기에 관한 화제는 피하고 물어보았다.
"따님은?"
굳이 물어보고 싶어서가 아니라 우선 당장의 화제가 없었기 때문이다.
"지난 가을에 시집 갔네."
이 말에는 놀라지 않았다.
"센은 이 고을 센닌 거리(千人町)에 있는 히루마 도장 주인 한조(半造)의 아내가 되었네."
'호오……'
능청스럽게
"그 도장에는 로쿠샤 소하쿠라는 분이 있었잖습니까?"
"있었지. 그러나 지난해 로쿠샤 명신의 사와타리 저택 뒤에서 누군지 모르는 자에게 죽었다네. 처음에는 정강이가 베어져 있어 와라비의 유강류 패들이 여럿 습격해서 살해되었다는 소문이었으나 지금은 또 다른 소문이 돌고 있지."
"어떤?"
"천연이심류 패들이라는 거야. 확증이 있는 모양인지 도장 측에서는 눈에 불을 켜고 찾아 헤매는 모양이더군."
"그 도장에……."
도시조는 잠시 말을 끊었다.
"살결이 희고 오른쪽 눈 아래 흉터가 있는 사람이 있다는 말을 들었습니다만……."
"사범대리인 시치리 겐노스케(七里硏之助) 말이로군."
"시치리?"
도시조는 시치미를 떼었다.
"어떤 사람입니까?"
"칼솜씨가 대단한 모양이야. 본디는 고겐 일도류가 아니고 조슈 마니와(馬庭)에서 염류(念流)를 수업한 모양인데 부슈에 흘러들어와 도장의 식객이 되었지. '뽑아치기'의 명인으로 그만한 솜씨는 에도에도 그리 흔치 않다더군."

도시조는 며칠을 묵었다. 절에서 한 발짝도 나가지 않고 안면 있는 절간 머슴들에게서 시치리 겐노스케의 동정을 수소문했다.

나이는 서른 안팎인데 간혹 도장에서 술이라도 취하게 마시는 날이면 제자들을 시켜 두 손을 뒤로 돌려 묶게 하고 허리를 홱 비틀어 칼날을 높다랗게 날아오르게 하고는 다시 달려가서 떨어지는 검을 칼집으로 받았다.

'뽑아치기'는 조슈의 아라키류(荒木流)라고 한다. 이 아라키류에서는 조슈 우마야바시(廏橋) 에키 거리(江木町)에 살고 있던 향사(鄕士) 오시마 신에몬(大島新右衞門)이 제자를 시켜 번뜩이는 검을 지붕 너머로 던지게 하고 처마끝에서 기다리고 있다가 그것을 허리의 칼집으로 받아내는 곡예 비슷한 짓을 했다. 조슈 아라키류에는 그러한 전통이 있어 시치리 겐노스케도 그와 같은 곡예 비슷한 기술을 배운 것이리라.

'뭐, 별스러울라구.'

도시조는 천성이 겁을 모르는 사나이였다. 시치리 겐노스케에게 탐색된 끝에 피살되느니 차라리 선수를 쳐서 죽여버려야겠다고 결심했다.

일단 에도의 도장에 돌아와 이미 은거하고 있는 선대(先代) 슈사이 노인에게 문의를 했다.

"만약 뽑아치기를 걸어왔을 경우 어떻게 막아야 하겠습니까?"

"첫번째도 두 번째도 물러선다."

물러서서 첫칼을 피하는 것이다. 상대방의 칼이 아직 공중에 있을 때 재빨리 육박하여 내리치면 반드시 이길 수 있다고 했다.

"만약."

도시조가 말했다.

"등 뒤에 거목, 토담 같은 것이 있어 뜻대로 물러설 수 없을 경우에는 어떻게 합니까?"

"기(氣)로 상대의 칼코등이를 제압할 수밖에 없겠지."

"그런데 그것이 모두 불가능하다면."

"베일 수밖에."

슈사이는 뽑아치기의 무서움을 알고 있었다.

며칠 있다가 도시조는 젊은 스승인 곤도에게 말했다.

"얼마 동안 전에 하던 약 행상을 할까 합니다."

승낙을 받은 뒤 머리 모양에서부터 복장에 이르기까지 행색을 완전히 바꾸고 다시 한번 하치오지로 갔다.

이번에는 센주보에도 들르지 않고 대뜸 센닌 거리(千人町)의 고겐 일도류(甲源一刀流) 히루마 도장(比留間道場)을 찾아가 대담하게 말했다.

"사범대리 시치리 겐노스케님을 뵙고 싶습니다."

시치리가 나왔다.

"뭐야, 약장수 아닌가."

그러고는 물끄러미 내려다본다.

"네네, 이시다(石田) 가루약입죠. 아시다시피 타박상에……."

약의 효능을 설명하면서 시치리의 낌새를 살폈다.

듣던 대로 오른쪽 눈밑에 흉터가 있다. 키가 크고 오른팔이 왼팔보다 약간 길다 싶은 것은 과연 뽑아치기 명수답지만, 턱에서 목줄기에 걸쳐 턱질 만큼 군살이 쪄 있는 것은 무예인답지 않았다. 서른이라면 나이보다 겉늙어 보였다.

"여기는 처음인가?"

"아뇨, 이댁 마님의 친정댁하고는 오래 전부터 단골로 거래하고 있읍지요."

"사는 곳은?"

겐노스케가 물었다. 도시조는 알아들을 수 없을 정도의 빠른 말투로 마을 이름을 말하고 덧붙였다.

"마님께서 잘 알고 계십니다요."

"그래?"

겐노스케는 제자에게 눈짓하여 안에 알리도록 하고 힐끗 쳐다본 뒤 말했다.

"약장수, 손에 죽도(竹刀)의 못이 박혀 있잖아?"

그는 싸늘하게 웃었다.

도시조는 놀라지 않았다.

"장난삼아 죽도를 약간 휘두르지요."

"무슨 유파, 어느 경지까지 갔는가?"

"너무 추켜주시면 곤란합니다. 장난삼아 했을 뿐이라 배운 스승도 없습니다."

그때 아까의 제자가 돌아와서 안주인은 나가고 집에 없다고 했다.
"약장수."
겐노스케는 뭔가 짚이는 데가 있는 모양이었다.
"마침 심심하던 참이다. 상대해줄 테니 땀 좀 흘리고 가지그래."
"이거 황송해서."
물론 바라던 바였다. 겐노스케의 기법을 보기 위해 일부러 여기까지 찾아온 것이 아닌가.
도시조는 도장 한 구석에서 두 무릎을 가지런히 꿇고 겐노스케가 던져준 보호구를 갖추기 시작했다.

와글와글 천왕(天王)

 도시조는 방호구를 입고 도장 한가운데로 나갔는데 시치리는 아직도 준비를 하지 않고 있었다.
 그뿐 아니라 도장 정면에 도복을 입은 편한 자세로 앉아 턱을 쓰다듬었다.
 "약장수, 준비가 된 모양이군."
 시치리가 큰 목소리로 말했다.
 "예예……."
 도시조는 알아듣지 못할 정도의 낮은 목소리로 말했다.
 "준비하시지요."
 "다 돼 있어."
 시치리는 도장 구석에서 머리 방호구와 손목 방호구를 끼고 있는 대여섯 명의 문하생 쪽을 턱짓으로 가리켜 보였다.
 "우선 이 자들하고 해 보게. 봐줄 필요는 없어. 모두들 이 도장에서는 모쿠로쿠 이상의 솜씨를 가진 사람들이니까."
 시치리는 이미 이 약행상이 예사놈이 아닌 것을 알아차리고 있는 모양이었다.

"심판은요?"

도시조가 묻자

"심판이라고?"

싸늘하게 웃고

"본 도장은 타류(他流)와의 시합에는 심판이 없다. 청한 자가 연거푸 도전을 받는다. 그리하여 비명을 올리는 쪽이 진다는 것이 우리 하치오지 고겐 일도류의 규칙이다."

와락, 하나가 덤벼들었다.

도시조는 뒤로 물러서며 허리를 쳤다. 그러나 승부를 가려주는 심판이 없기 때문에 사나이는 허리를 맞았지만 연방 정면 얼굴을 향해 공격해왔다.

'이거야…… 무법인데.'

피하면서 허리를 치고 뛰어들어가서는 손목을 친 뒤 뒤집어 올려 머리를 치는 등 도시조의 죽도는 자신도 놀랄 만큼 교묘하고 빈틈이 없었지만, 상대는 도시조를 지치게 하는 것이 목적이었으므로 맞아도 맞아도 굴하지 않고 뛰어들어온다.

이윽고 홱 물러났다.

그러자 재빨리 새로운 상대가 뛰어나와 공격해왔다.

함정이 없었다.

'놈이 날 죽일 셈이구나.'

도시조는 이렇게 생각한 순간 세 번째에 이르러 죽도를 고쳐잡았다. 거기에는 방식이 있었다.

세 사람째가 머리를 쳐왔을 때 도시조는 상대방의 칼 끝을 뒤쪽부터 후렸다. 순간 빙그르르 몸을 틀자 좌반신(左半身)의 자세가 되어 상대의 오른쪽 허리의 빈틈을 후려팼다.

겨드랑 밑이므로 가죽 보호구가 없다.

상대는 갈비뼈를 휘어지게 얻어맞고 붕 떠올랐다가 그대로 마룻바닥에 나가떨어져 까무라쳤다.

'얼마든지 덤벼라.'

이렇게 되면 배짱이 커지는 사나이였다.

다음 사나이는 손목을 힘껏 때려 죽도를 떨구게 한 뒤 찌르고 또 찔러대었다.

"항복."

상대는 도장 구석에 주저앉아 스스로 머리 방호구를 벗었다. 도복 깃에까지 피가 배어 있었다.

그렇지만 도시조도 지쳤다.

다섯 번째 사나이를 상대할 때는 손발의 마디가 뻣뻣해져서 기민하게 움직이지 못하고 오히려 세게 얻어맞았다.

도시조는 일방적으로 막기만 했다. 상대방의 죽도는 가차 없이 도시조의 어깨와 겨드랑, 팔꿈치 등 드러난 부분에 착착 엉겨붙었고 때로는 숨이 막혔다.

'당하고 마는구나.'

눈앞이 뿌옇게 흐려졌다. 죽도가 쇠방망이처럼 무겁기만 했다.

그러자 죽도를 정신없이 거꾸로 뒤집어서 상대방의 정강이를 후렸다.

로쿠샤 소하쿠를 베었을 때의 기법이었다. 상대는 얻어맞지 않으려고 물러서면서 발을 쳐든다.

다시금 친다.

또 다시 쳐든다.

상대는 내리치는 도시조의 죽도 위에서 다리를 쳐들고는 물러서고 쳐들고는 물러서며 마치 춤추는 듯한 모습이 되었다. 꼴불견이다 싶을 만큼 몸뚱이가 허물어져 갔다.

앞에서도 말했거니와 이 정강이치기는 검술에서 사도(邪道)라고 하여 어느 파에도 없다. 물론 이 도장의 고겐 일도류에도 없으려니와 곤도 일문의 천연이심류에도 없었다.

다만 유강류에만 있었다.

부슈 땅 와라비에서 생겨난 말하자면 체면불고의 농사꾼 검술로 와라비 출신인 오카다 소에몬(岡田總衛門)이라는 인물이 창시하였다.

유강류에 대해서는 이야기가 있다. 이 무렵 오와리 다이나곤(尾張大納言)이 베푼 대시합 때, 당시 와키자카(脇坂) 번의 검술사범으로 있던 유강류의 아무개라는 자가 이 정강이치기로 거의 모든 검사를 쓰러뜨렸다.

상대하는 자는 그만 다리에 정신을 쏟는 바람에 자세가 무너져 속수무책으로 얻어맞기만 했다. 마지막으로 맞선 것은 지바(千葉)의 작은 마왕이라고 알려진 슈사쿠(周作)의 차남 지바 에이지로(千葉榮次郎)였다.

그는 일어서자 마자
"잠깐."
손을 들어 도장 한 복판에 주저앉아 죽도를 껴안은 채 잠깐 생각에 잠겨 있었는데, 이윽고 일어서자 그야말로 눈깜짝할 사이에 유강류가 나가떨어졌다.

에이지로가 생각해낸 방어법이란 정강이를 치는 적의 칼에 대하여 넓적다리를 앞으로 내밀며 피하지 말고 자기 발뒤꿈치로 자기의 엉덩이를 걷어차는 듯한 식으로 다리를 뒤로 접어 비켜나가면 잡념도 남지 않고 막기도 신속해진다는 것으로서 이것이 지바의 북신일도류(北辰一刀流)에 새로운 비법이 되었다.

그러나 이 자리에서 도시조의 상대는 부슈 하치오지의 검객이므로 에도의 명인이 이미 확립한 그런 류의 신 비법은 알지 못했다. 여지없이 얻어 맞는 수밖에 없었다.

그런데 이것을 보고 있던 시치리 겐노스케가 일어섰다.

'그렇다, 이 사나이가 로쿠샤를 베었구나.'

도시조가 쓰는 죽도의 움직임을 보고 있으려니까 후추 사와타리 저택 뒤에서 살해당한 로쿠샤의 시체에 남은 칼자국과 일치되는 칼흐름이었다.

'그 칼자국은 유강류와 비슷했지만 조금 다른 데가 있었다. 짐작컨대 검법에 잡다한 유파가 들어 있는 자이리라.'

그것이 이 약장수라고 보았던 것이다.

'승부, 거기까지.'

시치리는 손을 들어 이미 지칠 대로 지쳐 있는 도시조의 모습을 지그시 지켜보면서 권했다.

"약장수, 안에 들어가 차라도 한잔 하지."

도시조는 도장 옆에 있는 한 방으로 안내되었는데 문득 깨닫고 보니 주위가 어둑어둑해져 있었다.

그렇지만 차도 나오지 않고 사방등에 불을 넣어주지도 않는다.

'이상하다.'

그렇게 생각한 다음 순간, 이 날랜 사나이는 창문에서 밖으로 몸을 날렸다.

'이제, 어떡한다?'

주위를 둘러보았다.

아무래도 도장 뒤쪽인 모양으로 도시조가 발바닥으로 밟은 것은 부드러운 밭 흙이었다.

바로 눈앞에 우물이 있고 저쪽으로는 고슈의 산들이 서녘 하늘에 저물기 시작했다.

고보도케 고개마루 위에 초승달이 걸려 있었다.

도시조는 어디가 어딘지 알지 못한 채 처마 밑을 서쪽으로 슬금슬금 돌아가고 나서야 앗, 하고 발길을 멈추었다. 그곳에 작은 쪽문이 있는데 그 널빤지울 너머에 도장주 히루마 한조의 안채 지붕이 보였고 흰 벽을 배경 삼아 검은 소나무가 가지를 드리우고 있었다.

도시조가 별안간 발길을 멈춘 것은 그 거대한 검은 소나무를 보았기 때문은 아니었다. 그 소나무의 큰 가지 밑에 있는 쪽문이 활짝 열리면서 여자가 나왔기 때문이다.

오셴이었다.

하치오지 센주보의 딸로 도시조와는 한두 번 정을 통한 일이 있었다. 이 히루마에게 시집온 뒤의 오셴을 보는 것은 지금이 처음이었다.

무사의 아낙답게 달라져 있었다.

게다가 도시조가 마음속으로 은근히 놀란 것은 오셴의 차분한 태도였다.

도시조를 빤히 바라보더니 아무 말 없이 손에 든 촛불을 끄고 조용조용 다가와서 낮은 목소리로 말했다.

"당신에 관한 모든 일이 이 도장에 알려져 있어요."

"……?"

"사범대리 시치리 겐노스케님이 로쿠샤 소하쿠님의 원수를 갚는다고 떠들고 있는 모양이에요. 로쿠샤님의 일에 대해 당신도 관계되는 일이 있나요?"

"……"

"어쨌든."

여자는 말했다.

"어서 여기서 빠져 나가야 합니다. 그 우물가를 곧장 가서 뛰어내리면 나지막한 언덕이 있고 그 건너편은 온통 뽕나무 밭이예요."

"당신은 분명히 오셴이라고 했지?"

"오셴이에요."

우스꽝스럽게도 이 여자는 도시조가 약장수 시절 담을 뛰어넘어 범했던 여자이니만큼 육체의 기억은 있지만 이름만은 아리송했다.

'얼굴을 보고 싶다.'

생각했지만 이미 어두워져 그 가망도 없을 성싶었다.

향주머니의 향내만은 코를 간지른다. 그 향내가 지난 날 이 여자의 침실을 엿보았을 때의 기억을 되살려주었다.

'추울 때였지.'

센주보의 뜰이 역력히 눈 속에 떠오르고 여자는 그 별채에 있었다. 도둑 계집질은 부슈 천 년의 시골 풍습이었기 때문에 도시조는 익숙했다. 여자는 깊이 잠들어 있었지만 깨어서도 도시조를 거부하지 않았다. 전날 밤부터 절에 묵고 있는 이 젊은이가 오늘밤 숨어 들어오라는 것을 여자의 육감으로 알아차리고 있었으리라.

"이봐!"

도시조는 참을 수가 없어졌다.

"안 됩니다."

히루마 한조의 아내는 말했다. 이 부슈 다마 지방의 여인은 처녀 시절에는 별의별 짓을 다하여도 일단 주인이 작정되어 집안에 들어앉아 버리면 그 어느 고장의 여인네보다 정숙하다고 한다.

도시조도 이내 쓴웃음을 지으며 순순히 사과하였다.

"미안해."

그런데 그렇게 순순히 나오자 여자 쪽에서 오히려 더 걷잡을 수 없었다. 그것을 경계하고 있던 긴장감이 한꺼번에 풀려버린 탓일까.

"히지카타님."

그렇게 부르면서 은근히 도시조의 손을 만졌다. 잡으라는 뜻이리라. 그렇지만 도시조의 눈빛은 별안간 달라졌다.

"어떻게 내 성을 알고 있지?"

"히지카타 도시조님이시죠? 진작에 알고 있었습니다."

"어떻게 알고 있느냐고?"

"어떻게라뇨?"

"어떻게 알았느냐고 묻지를 않나."

성격상 그런 일이 마음에 걸렸다.

"시치리 겐노스케님에게서 들었습니다. 당신은 약장수가 아닙니다. 에도 고이시카와 야나기 거리에 있는 곤도 도장의 사범대리 히지카타 도시조님이 틀림없잖아요."

"……?"

대꾸 없이 눈썹을 찌푸린 것은 등 뒤에서 무슨 소리가 났기 때문이었다. 그와 동시에 도시조는 오센에게서 떨어졌다.

그림자처럼 달려 도장 뒤의 언덕을 뛰어내려갔다.

오센이 도시조의 날랜 몸놀림에 혀를 내두르고 있을 때 본인은 이미 고보도케 고개 위의 달을 두려워하며 뽕밭 속을 걷고 있었다.

도시조는 에도 도장에서 며칠을 보냈다.

도시조와 교대하듯 곤도 이사미가 다마 방면에 출장지도를 나갔는데 얼마 안 되어 되돌아왔다.

농번기여서 생각보다 사람이 모이지 않았다고 한다.

"그거 헛수고였군."

도시조가 말했다.

"달리 무슨 변은 없었나."

"변이라니?"

곤도는 이 사나이 특유의 굼뜬 표정으로 말했다.

"아 참, 잊고 있었군. 히노의 사토 저택에 들렀는데 자네 형님이 와 있었네. 아냐, 기로쿠(喜六) 씨 쪽이 아니라 세키스이(石翠) 씨인데 요즘 도시조가 집에는 도무지 들르지 않는데 어떡하고 있는 건지 모르겠다고 하더군."

세키스이는 도시조의 맏형이다.

배냇병신인 소경이어서 집안 일은 둘째 아우에게 물려주고 뜰이 보이는 8조(組) 방 하나를 차지하고 들어앉아 취미인 샤미센(三味線 : 줄이 셋인 일본 고유 현악기)을 뜯기도 하고 기다유(義太夫 : 일본 고유의 판소리)를 마을 사람들에게 가르치기도 하면서 산다. 이 사람이 꽤나 세상사에 초월했을 뿐 아니라 소경으로 믿어지지 않을 만큼 세상 일에 밝았다.

도시조는 직감으로 이 세키스이 형님이 곤도에게 뭔가 말한 것으로 보았다.
"세키스이 형님이시라 하신 말이 그것뿐만이 아닐 텐데."
"흐음……."
곤도는 잠깐 생각에 잠겨 있는 눈치였지만 이윽고 불쑥 물었다.
"도시조, 자네 사람을 죽였지?"
도시조는 잠자코 있었다.
"로쿠샤 명신에게 로쿠샤 소하쿠를 죽인 것이 자네가 아닌가 하고 세키스이 씨께서 은밀히 말하더군. 요즘 하치오지의 고겐 일도류 패들이 연신 이시다 마을에 찾아와서는 집 안팎을 기웃거린다는 거야. 세키스이 씨 말로는 자네를 찾고 있다는 거였어. 나는 설마 그럴 리가 있겠느냐고 해두었지만."
"아냐, 내가 했어."
"……."
이번에는 곤도가 입을 다물 차례였다. 이 가미이시와라(上石原) 태생의 턱이 큼지막한 사나이는 가쓰타(勝太)라고 불리던 옛날부터 놀라면 표정에 나타내지 않고 엉덩이를 긁는 버릇이 있었다.
"정말인가?"
"미안한 일이지만 이제까지 숨겨왔네."
"어째서지?"
"도장에 누를 끼칠까 봐서. 이건 못 들은 것으로 해 줘. 그 결말은 내가 질 테니까."
"좋겠지."
부슈와 조슈는 유파 사이의 싸움이 끊이지 않았다. 곤도에게도 역시 놀랄 만한 일은 아니었다.
좋겠지, 라고는 했지만 그런 뒤 곤도는 오키타 소지(沖田總司)를 불러 사정을 대강 설명하고 말했다.
"도시조 녀석이 설치고 있는데 아무래도 상대방은 숫자가 많다. 도시에게 만일의 일이라도 있게 되면 우리 도장의 불명예다."
"알겠습니다. 그 방면으로 가서 탐색해두라는 말씀이겠지요."
오키타는 이 사나이 특유의 명랑한 미소로 몇 번이고 고개를 끄덕거린 뒤 그날 안으로 도장에서 자취를 감추었다.

며칠이 지나 오키타가 에도에 돌아왔다. 곤도에게 뭔가 보고한 뒤 여러 곳에 꽤나 많이 돌아다녔던 모양인지 도장 뒷방으로 들어가자마자 부지런히 이부자리를 깔고 드러누워 버렸다.

이튿날 아침 우물가에서 도시조를 보자 꾸벅 고개를 숙이고 잘 주무셨느냐고 작은 목소리로 말하며 히죽 웃었다.

"히지카타 씨도 어지간해서."

"무슨 소리야?"

"괴상한 예인(藝人)과 사귀고 계시니까 말입니다."

"뭐야, 그 예인이란?"

"와글와글 천왕 말입니다."

오키타가 무슨 말을 하는 건지 이해가 가지 않았다.

"뭐야, 와글와글 천왕이란?"

"탈바가지 말이지요."

오키타는 애교 있는 입술로 싱글벙글 웃었다.

"탈이라고! 구품불(九品佛)의?"

"그게 아니구요. 어이 갑갑해. 히지카타 씨는 민첩하지만 가끔 다른 사람처럼 어리숙한 데가 있어 탈입니다."

오키타는 세수를 마치자 성큼 도장으로 들어가 버렸다.

그리고 며칠 지나자 다마 방면의 출장교수 차례가 도시조에게 돌아왔다. 다마 출장이 있는 날엔 언제나 날이 새기 전 캄캄할 때 떠난다.

이 날은 그 누구의 차례가 되든 도장의 문을 활짝 열어젖히고 문 옆에 문장이 박힌 초롱을 높직이 건 뒤 곤도가 예복을 갖추고 현관마루까지 배웅하는 게 관례였다.

도시조가 짚신 끈을 매고 있는데 곤도가 등 너머로 말했다.

"소지도 동행하도록 일러두었네. 녀석의 준비가 좀 늦어지는 모양이니까 잠깐 기다려주게."

"소지가 어째서?"

도시조가 얼른 느껴지는 바가 있어 시무룩하게 돌아보자 곤도는 드물게 마음 약해 보이는 웃음을 입가에 띠며 말했다.

"나그네 길의 말벗이야."

"말벗 따위는 필요 없어. 첫째 소지 같은 말 많은 놈하고 함께 다니면 지쳐서 안 돼."

"온다."

소지가 도장 쪽에 돌아온 모양으로 이미 팔가리개와 각반으로 여장을 단단히 갖추고 허리에는 기마용 초롱을 꽂았으며 하카마는 입지 않은 채 옷자락을 뒤로 바짝 걷어올리고 있다. 그것이 이 갓 스무살의 젊은이에게는 썩 멋지게 어울렸다.

나이토 신주쿠를 벗어나 고슈 가도에 들어선 언저리에서 오키타 소지가 불쑥 한 마디 한다.

"이번 출장에서는 다마의 어딘가에서 틀림없이 놈들을 만날 겁니다."

"놈들이라니?"

"히지카타님의 시치미 떼는 솜씨도 어지간하시군요."

오키타는 이 사나이의 취미인 차양이 넓은 삿갓을 어리광스럽게 기울이면서

"시치리 겐노스케 등 하치오지 패지요. 실은 이렇습니다."

오키타는 탐색 결과를 털어놓았다. 그것에 의하면 하치오지 패들은 '와글와글 천왕'으로 변장하고 고슈 가도 여기저기에 출몰한다는 것이었다.

그들은 사루다히코(猿田彦: 광대 등이 福神으로서 숭앙한다)의 탈을 쓰고 있다.

안세이(安政)의 대지진이 있은 뒤 세상은 서양 오랑캐를 물리치자는 양이론(攘夷論)이 물끓듯하여 자못 소란했는데, 간토 일원에 걸쳐 이런 무리의 횡행이 부쩍 늘어나고 있었다. 일컬어 우두천왕(牛頭天王)에게 축원을 드렸다고 칭하는 한편 집안이 평안하고 병이 걸리지 않는다는 부적을 집집마다 팔고 다니는 동냥중을 가리킨다.

검은 문장이 박힌 덧옷에 하카마를 둘렀고 조잡한 칼을 두 개 차고서

'와글와글 천왕님은 왁자지껄하는 걸 좋아하신다.'

고 노래하면서 거리거리를 누비고 다닌다. 세상이 어지럽고 불안했기 때문에 이런 따위 부적이나마 사는 자가 많았다.

"그런데요,"

오키타가 말했다.

"히지카타님의 이시다 마을에는 그 작은 마을에 사흘이 멀다하고 서넛이 떼지어 찾아든다지 뭡니까. 그것이 으레 하치오지에서 온다는 겁니다."

그날은 여느때와 마찬가지로 히노의 사토 저택에 여장을 풀었다. 오키타

와 함께 저녁을 먹고 있으려니까 뜰 쪽에서 바삭바삭 발자국 소리가 들렸다.
"소지."
도시조가 눈짓을 했다.
오키타는 젓가락을 버리자마자 벌떡 일어나 장지문을 확 열어젖혔다.
툇마루에 거구의 사나이가 서 있었다.
사루다히코의 커다란 탈을 쓰고 꼼짝도 하지 않고 이쪽을 지그시 바라보았다.

결투 작전

탈을 쓴 사나이는 꼼짝 않고 서 있었다.
마루끝에서.
이글거리는 황금의 눈알을 이쪽으로 보내며 깜박이지도 않는다.
'흥, 겁주고 있네.'
도시조는 된장 국물을 후루룩 마셨다. 탈을 쓴 사나이 쪽은 쳐다보지도 않았다.
담대하다고 할 수 있겠으나 도시조는 이상하게도 이러한 사태에 직면하면 억지를 부리는 경향이 있다. 어린아이가 토라진 것 같은 얼굴을 하고 앉아 아니꼽다는 듯이 국을 들이마시고 있었다.
"히지카타 님."
오키타 소지가 견디다 못해 말했다.
"손님이 오셨잖습니까."
"오신 용건을 물어보게. 어차피 기묘한 에도 말이 섞인 조슈 사투리로 대답할 테지만."
시치리 겐노스케라는 것을 도시조는 육감으로 알아차렸다.

최근, 이 고슈 가도 연변인 다마의 마을마다 와글와글 천왕이 떼지어 나타나고 있다는 이야기를 들었을 때부터

'나를 찾고 있구나.'

눈치채고 있었다. 겐노스케를 우두머리로 하고 있는 하치오지의 고겐 일도류 패들이 도시조를 발견하는 대로 로쿠샤 소하쿠의 원수를 갚겠다는 계획을 세우고 있으리라.

'그렇긴 하지만 대담한 놈인걸.'

도시조는 적이지만 감탄했다.

이 사토 저택 안 고용인과 하인, 머슴 등 숱한 사람들이 살고 있으며 쉽사리 침입할 수도 없는 곳이다.

"무슨 용건인가?"

오키타는 '와글와글 천왕'에게 물었다.

보름 밤의 둥근 달이, 이 탈을 쓴 사나이의 오른 어깨에 걸려 있다. 안뜰 소나무가 달빛을 받아 번뜩였다.

"수고스럽지만."

비로소 사루다히코의 탈은 목소리를 냈다. 과연 목소리는 겐노스케였다.

"수고라니?"

"잠자코 따라와주기 바라오."

"어디로 말입니까?"

오키타는 좋은 가정 태생이라 말이 부드럽다. 남색(男色) 상대로 삼고 싶은 미모이기도 했다.

"그대는 언이심류의 오키타 소지군이군."

"알고 계십니까?"

오키타는 싱글벙글했다. 이 젊은이도 예사 간덩어리의 소유자는 아닌 듯싶다.

"다행히 이곳에 당신들 유파의 사범대리가 두 분씩이나 계시군. 우리는 당신들 유파에 원한이 있다. 그것을 풀고 싶은데……."

"당신은 누구요?"

"저기서 젓가락을 놀리고 있는 히지카타 도시조 군이 알고 있을 거요."

남을 가리켜 군(君)이라고 부른다.

요즘, 각처에서 존왕(尊王)이니 양이니 하고 부르짖는 낭인들 사이에서

유행하기 시작한 말인데, 의외로 시치리라는 사나이는 케케묵은 생각에 젖은 조슈 사람답지 않게 새로운 것에 민감한 자인지도 모른다.

"약장수."

이번에는 이런 호칭으로 도시조를 불렀다.

"로쿠샤에서 살인한 증거가 드러났다. 내가 관아에 고발하면 그것으로 끝장난다. 하지만 우리 히루마 도장은 자비로 그런 짓은 하지 않는다. 안심하라."

애당초 부슈 땅은 에도를 포함해서 면적이 390평방 리에 이른다. 여기서 수확되는 쌀이 128만 섬. 거의 막부의 직할 영지였다. 막부는 간토 다이칸(代官 : 지방관)과 이즈(伊豆) 땅의 니라야마(韮山) 다이칸 등의 막부 관원을 임명하여 다스리고 있었는데, 각 지방 영지의 영주와 비교하면 믿어지지 않을 만큼 너그러웠고 세금의 징수 역시 정해진 이상은 거두어들이지 않았으며 치안 단속도 허술했다.

"우리네는 예사 영주의 무지렁이 농사꾼과는 다르지. 장군님의 직속 농민이다."

농부들에게도 이런 긍지가 있었고 도쿠가와 가문에 대한 애정이 300년을 두고 배양되어 왔다. 이것은 곤도의 핏속에도 히지카타의 핏속에도 흐르고 있었다.

게다가 다이칸 정치이므로 막부의 눈이 미치기가 어려웠고 자연히 주막거리마다 노름꾼이 패거리를 이루고 마을에는 시골뜨기 검객이 힘 자랑을 하며 횡행하였다. 이런 현상은 일본의 60여 주 가운데 부슈와 조슈밖에 없었다.

시치리 겐노스케가 다이칸의 관청에 고발하지 않고 검은 검으로 해결하자고 한 것 역시 부슈 검객 특유의 해결 방식으로서 도시조로서도 알 만했다.

"소지, 문까지 배웅하도록."

도시조는 밥통을 끌어당기면서 말했다.

"장소와 시각을 잘 물어 둬."

어느 때보다 밥을 한 공기 더 먹었다.

거의 다 먹었을 무렵 오키타 소지가 돌아왔다.

"장소는 부바이(分倍) 냇가의 다리 위, 시각은 달이 중천에 다다르는 술시(戌時 : 오후 8시), 인원은 저쪽도 둘이라고 합니다."

"알았네."

도시조는 드러누웠으나 곧 일어나서 칼을 손질했다.

로쿠샤를 벨 때 칼날 이가 너무 빠져서 거의 쓸 수 없을 정도였다.

"소지, 이걸로 벨 수 있다고 생각하나?"

"글쎄요. 난 히지카타님처럼 사람을 벤 일이 없어서요."

예쁘장한 입술로 비웃듯이 웃었다. 로쿠샤 사건은 곤도에게서 들어 아는 모양이다.

"어쨌든 칼날이 엉망이군요."

오키타는 칼날을 들여다보며 태평스럽게 말한다.

"과연 벨 수 있을까요?"

헛간으로 달려가서 숫돌 너덧 종류를 찾아내더니 그것으로 우물 가에 앉아 칼날을 갈았다. 손재간이 있는 사나이이므로 공을 들이면 서투른 칼갈이보다 낫다.

달이 구름 속으로 들어갔다. 이윽고 구름 사이에서 나왔을 때 저벅저벅 다가오는 짚신 끄는 소리가 등 뒤에서 났다. 이윽고 멎었다고 생각되자 그림자는 도시조의 뒷쪽 옆에 쪼그리고 앉아 지그시 손놀림을 들여다보는 모양이었다.

'……'

오키타이겠거니 생각하고 거들떠보지도 않은 채 쓱쓱 갈고 있으니 이 집 주인 사토 히코고로가 물었다.

"이 밤중에 웬 칼갈이인가?"

몇 번이나 되풀이하는 것 같지만 사토는 도시조의 자형이다. 누님인 오노부의 남편으로 나이는 도시조보다 대여섯 살 위다.

사토 가문은 전국시대(15세기)부터 이어 내려온 명문으로 대대로 무를 숭상했다. 특히 히코고로의 선친은 대단한 검술 애호가로 곤도의 양아버지 슈스케를 경제적으로도 후원했으며 자기 집 행랑채의 일부를 헐어 도장을 만들어 주거나 가미이시와라의 농사꾼 아들 가쓰타를 슈스케의 양자로 주선하여 곤도 이사미라는 젊은 검객으로 키워낸 것도 이 사토 가문의 선대였다. 사토 가문이 아니었다면 천연이심류도 다마에서 꽃피우지 못했을 뿐 아니라 곤도 이사미도 세상에 나타나지 못했다고 하여도 과언이 아니리라.

히코고로는 아직 젊다. 이 역시 선친 못지 않은 무예 애호가로 이미 이사미의 양부에게서 모쿠로쿠 자격을 따고 있었다.

 천성적 장자풍(長者風)이 있는 사나이로 온화한 성품이지만, 그러면서도 뒷날 신센조 결성 당시의 자금이 이 인물에게서 나왔다.

 "……."

 도시조는 묵묵히 칼을 갈고 있다. 히코고로는 보비위를 하듯 말했다.

 "하지 마라, 싸움 같은 건."

 "싸움 따위는 안 합니다. 이 근처에 들개가 돌아다녀 귀찮아서 퇴치하러 가는 거지요."

 "그래, 들개 사냥이로군. 털의 결 쪽으로 베면 베어지지 않는다. 거꾸로 이렇게."

 손으로 베는 시늉을 한다.

 "베어야지. 알고 있겠지?"

 히코고로는 후천적이랄까 천성이랄까 항상 웃고 남을 의심할 줄 모른다.

 그러기에 사람이 좋지 않은 도시조나 곤도도 오히려 이 복스러운 장자를 존경하고 내세웠으며 곤도 등은 의형제를 맺었을 정도였던 것이다.

 "형님, 청이 있습니다만."

 "뭔데?"

 "부바이 냇가의 남쪽에 부바이라는 조그만 다리가 있잖습니까. 그 근처에 들개가 많다고 들었는데 처치한 놈은 모두 다리 모퉁이에 치워 놓겠어요. 날이 밝으면 하인이라도 시켜 말짱하게 치워주십시오."

 "알았다."

 도시조는 방으로 돌아왔다.

 히코고로에게 부탁한 것은 물론 자기와 오키타의 시체이다.

 부바이 냇가까지는 20리

 밤길이므로 시간이 걸린다. 도시조와 오키타는 일찌감치 히노의 사토 댁을 살그머니 빠져나왔다. 휘영청 밝은 달밤이라 길이 허옇게 보인다. 도시조는 일부러 준비한 초롱불을 불어 끄고 물었다.

 "상대는 틀림없이 둘인가?"

 "놀랐는데요."

 오키타는 언제나 명랑하다.

"뭣이 놀랍다는 건가?"

"의외로 순진하시군요. 어차피 여러 놈일 겁니다. 뻔해요. 그 지독한 하치오지의 놈들이 약속대로 둘이 온다고 생각할 수 있을까요?"

"그도 그렇군."

과연, 변장도 하필이면 거렁뱅이 중놈인 와글와글 천왕으로 꾸미거나, 천연이심류의 세력권을 침범하려 하거나, 아무튼 하는 일마다 치사하기만 했다. 원수갚음을 핑계삼아 오키타와 히지카타 도시조만 처치해버리면 다마 일대는 고겐 일도류의 세상이 될거라고 생각하는 모양인가.

"그런데 말이다."

도시조는 싱긋 웃었다.

"소지는 어느 쪽이 좋지, 상대가 많은 것하고 적은 것하고?"

"많은 쪽이죠. 단 밤에 한해서."

밤에 이쪽이 소수로 공격하면 다수 쪽은 적과 자기편을 구별할 수 없어 당황만 할 뿐으로 오히려 쉽게 칼을 맞는다. 오키타는 그러한 지혜가 있는 모양이다.

"잘 아는구나."

"얘기를 들려주는 곳에서 얻어들은 지혜이지요. 요즘 세상이 하도 어수선해서 그런지 묘하게도 그런 곳에 모여드는 손님 중에는 무사들이 많습니다. 무사들이 많으니까 예인(藝人)도 자연히 《태평기(太平記)》나 《삼국지》를 신나게 읊어대지요. 히지카타 님도 더러 들여다보시는 게 어때요. 한다하는 군략가가 될 수 있습니다."

"흥."

군략 같은 건 천성적인 것이라고 생각하고 있었다. 도시조는 남다른 자신이 있었다. 이 천분을 발휘하지 못하고 일생을 마친다면 도시조는 일찌감치 죽느니만 못하다고 믿었다.

고슈 가도를 가다가 니시후(西府) 근처에 이르렀을 때다.

"여봐, 오른쪽으로 꺾어들자."

그러고는 논둑길로 접어들었다. 예정된 결투 장소도 멀지 않은만큼 가도를 어슬렁어슬렁 걷고 있으면 적의 잠복에 걸려들지도 모른다. 기습을 당하거나 아니면 망보기에게 발견되어 도착할때까지의 행동이 고스란히 알려지고 만다.

"종적을 숨기는 거야."

밤이슬에 흠뻑 젖으면서 풀을 밟고 남으로 남으로 내려가면 거의 열대여섯 마장쯤 걸어간 곳인 들판 가운데 묘지가 있었다. 지금도 남아있지만, 절의 이름은 쇼코인(正光院)이다.

도시조는 이 절의 불목하니(절에서 밥짓고 물긷는 일을 맡아서 하는 사람) 곤(權)이라는 노인을 알고 있었다. 나이 값도 못하고 노름을 좋아하여 이웃 마을 도박판에서 뭇매를 맞고 있는 것을 마침 그 마을에 검술 지도차 나와 있던 도시조가 구해준 일이 있었다.

문을 두드려서 깨운 곤을 묘지에 데리고 가서 잘 일러 동정을 살피도록 척후로 내보냈다.

"부바이 다리까지 갔다와. 의심받지 않게시리 절 초롱을 들고 가."

부바이 다리는 이 어둠의 저편으로 5마장 가량인 동쪽에 있었는데, 거기까지는 논이 펼쳐져 있고 군데군데 물웅덩이가 반짝반짝 달빛을 반사했다.

묘지는 풀이 더부룩하다.

도시조는 석탑, 소토바(卒塔婆: 길쭉한 나무널에 亡人의 계명 따위를 쓴 것) 사이에 주저앉고 오키타도 앉게 하였다.

"소지, 초롱에 불을 켜."

그러고는 땅바닥을 비추게 했다.

도시조는 그 땅바닥에 헌 젓가락을 끄적거려 솜씨있게 지도를 그렸다.

"이것이 부바이 다리 부근이야. 보이나?"

길이 복잡하게 그려졌다.

이 부바이 냇가란, 이름이야 냇가로 불리고 있지만 실제 다마강의 냇가는 훨씬 남쪽에 있고, 이곳은 2, 3백년 전부터 논이 되어 띄엄띄엄 마을도 있는 곳이었다.

예부터 여러 번 싸움터가 되었고 지금도 가끔 땅 속에서 갑옷 쇠붙이나 칼, 사람뼈 등이 나온다는 것은 오키타도 알고 있었다.

알고 있을 뿐더러 얼마 전에 이야기꾼한테서 들은 《태평기》는 바로 그런 대목이었다. 남북조 시대인 옛날 겐코(元弘) 3년(1333) 5월, 구메강(久米川) 방향에서 밀려온 남조(南朝) 편의 닛타 요시사다(新田義貞)가 이 부바이 냇가에서 가마쿠라(鎌倉) 군과 싸웠는데 형세가 불리하자 일단 호리카네(堀兼)까지 물러갔다. 그리하여 다시 여러 고장의 군사를 모병하였는데

사가미(相模) 지방에서 미우라 요시카쓰(三浦義勝)가 6,000여 기(騎)를 이끌고 달려왔다. 요시사다는 크게 기뻐하고 10만 기의 군을 셋으로 나누어 부바이 냇가의 적진을 습격, 가마쿠라 군을 크게 격파했다. 세상에서 말하는 부바이 냇가의 싸움이란 이를 말하는 것이다.

"이 부바이 냇가는 병법에서 말하는 구지(衢地)다."

도시조가 설명했다.

구지란 여러 갈래 길이 사방에서 뻗쳐와 거기서 합류하는 지점을 말한다. 군세를 움직이기 쉽기 때문에 이와 같은 장소에서는 옛날부터 큰 전투가 벌어지는 일이 많았다. 미노(美濃) 땅의 세키가하라(關原) 또한 그러했다.

고슈 가도와 그 갈랫길 외에도 가마쿠라 가도와 시모가와라(下河原) 가도, 가와사끼(川崎) 가도 등이 이곳에서 합류하거나 이 부근을 지나게 된다.

"이것이 부바이 다리군요."

오키타는 지도를 들여다보았다. 사실 오키타는 마음속으로 감탄하고 있었다. 적이 아무리 다수라고는 하지만, 단 둘이 맞싸우는 일에 일일이 지도를 만들어 작전을 짜는 도시조에게 감탄한 것이었다.

'이 사람은 단순한 망나니가 아니다.'

이런 생각을 하는 동안 곧 영감이 돌아왔다.

"엄청납니다요."

영감은 도시조 옆에 쭈그리고 앉으며 말했다.

"밤이어서 확실한 건 말할 수 없지만, 여기저기 흩어져 있는 머릿수를 합치면 20명은 될 겁니다요."

다만 다리 위에는 둘뿐이라고 곧 노인은 말했다.

그러나 둑 아래와 그 근처에 있는 여남은 채나 되는 농가 처마밑에도 셋이나 넷씩 숨어 숨을 죽이고 있는 모양이라고 했다.

"어느 방향에 수가 많던가?"

"부바이 다리 북쪽 모퉁이입지요. 둑 아래와 느티나무 그늘 속에도 떼지어 있습니다."

"그럴 테지."

"나으리는 아시는군요."

"대강은 알지."

별반 영감에게 자랑할 마음도 없었지만, 도시조가 예상한 대로였다. 상대방은 도시조가 후추 못미쳐서 고슈 가도를 벗어날 것이고, 가마쿠라 가도로 접어든 다음 남하하여 부바이 다리에 이를 것으로 보고 있었다. 그것이 상식이었다.

"다행이다."

오키타는 콧노래를 부르기 시작했다.

"조용히 해."

"화내지 마십시오. 히지카타님은 굉장한 전략가라고 감탄한 것이니까. 아까 그대로 고슈 가도를 걸어갔더라면 그 다리 북쪽에서 포위되어 난도질을 당할 뻔했으니까."

"곤 영감."

도시조는 지도의 한 지점을 가리켰다. 다리 남쪽이다.

"여기는 방비가 허술할 테지?"

"그렇습니다요. 사람 그림자도 하나밖에 움직이고 있지 않았지요."

"흐음."

도시조는 지도를 노려보며 잠시 생각에 잠겨 있었다. 이윽고 기상(奇想)이 떠오른 모양으로 품안에서 돈주머니를 꺼내어 주며 말했다.

"영감, 받아두게나. 그리고 이 일은 입이 찢어지는 한이 있어도 말해서는 안 돼, 알겠지?"

"알고 있습니다."

영감은 어둠 속으로 사라졌다.

"소지, 강기슭을 따라 돌입한다. 자네는 강 위쪽에서, 나는 아래쪽에서 살금살금 접근하여 다리 아래서 만나도록 한다. 거기서 둑을 향해 달려올라가 둑그늘에 숨은 놈을 베는 거야."

"그렇군요."

오키타는 영리하므로 이내 납득했다. 그 작전이라면 적의 헛점을 찌를 수 있다.

그뿐 아니라 둑그늘에 숨어 있는 적은 약할 것이 아닌가. 즉 적의 포진을 상상하건대 가장 고수는 다리 위에 있다. 아마도 하나는 시치리 겐노스케이고 다른 하나는 도장 주인 히루마 한조가 아닐까. 이 두 사람은 미끼의 역할도 맡고 있다. 동시에 이 인원 배치로 보아 다리 위가 지휘소인 것이다.

그 다음으로 칼솜씨가 있는 자는 다리 북쪽에 숨어 있는 자들이다. 이 자들은 에워싸고 때려잡는 소임이기 때문이다.

그러고 보면 둑 그늘에 있는 것은, 말하자면 예비대로서 가장 쓸모 없는 자들임이 틀림없다.

적은 인원으로 적진을 습격할 경우 두 가지 방법이 있다. 곧장 달려들어 대장을 거꾸러뜨리고 달아나는 것이 상책인 경우와 약한 곳을 무너뜨려 숫자상으로 적에게 타격을 주는 두 가지 방법이다.

도시조는 후자를 택했다.

"다리 위의 녀석들은 설마 강에서 올라 오리라고는 생각지 못할거다. 가까이 있는 놈들부터 쓰러뜨리고 나서 의외로 약하다 싶으면 히루마든가 시치리든가를 베어버린다. 상대방의 대비가 튼튼하여 무리라고 생각되면 너덧 명 베고서 내빼는 거다."

"나중에 만날 장소는?"

"이 묘지야."

도시조는 옆에 놓인 보퉁이를 가리켰다.

"여기 갈아입을 옷이 들어 있네. 어차피 옷은 피투성이가 될 테니까 그냥 입고 갈 수는 없지. 여기서 갈아입고 그대로 곧장 에도로 날라버리는 거야."

그리고 호루라기를 하나 오키타에게 건네주었다.

"만일 뿔뿔이 헤어졌을 때 내가 호루라기를 불면 철수의 신호로 생각하게. 자네가 불면 자네가 위험할 때다. 즉각 구원하러 가겠다."

두 사람은 출발했다.

달과 진흙

논둑길이 끝없이 이어진다.

걷기가 힘들다.

도시조와 소지는 기다시피 하면서 적이 있는 부바이 다리로 접근했다.

하늘은 바다처럼 갠 달밤인데 그래도 구름이 서너 조각 있어서 그것이 이따금 달을 가린다.

그때마다 하계(下界)인 부슈 평야는 깜깜칠흑이 되었다.

어두워질 적마다 도시조와 오키타 소지는 서로 의논이라도 한 듯이 논으로 굴러떨어졌다. 아랫도리도 가슴팍도 흙투성이가 되었다.

"이거 너무한데요."

오키타는 울상으로 투덜거렸다.

"꼭 흙거북이군요. 이 꼴로 불쑥 뛰어나가면 그 친구들 놀라 자빠지겠지. 안그래요 히지카타 님."

"잠자코 있어."

"무모해요, 히지카타 님의 전략은. 아까는 칭찬했지만 손해 봤어. 이야기꾼의 얘기에는 이런 군담(軍談)은 없었어요! 이건 구스노기 마사시게(楠

正成)를 시조로 하는 구스노기식입니까? 아니면 다케다 신겐(武田信玄)식의 고슈류(甲州流)입니까?"

"히지카타류야."

"하하하, 차라리 흙거북류라고 하시지 그래요."

오키타 소지는 오슈(奧州)의 시라카와번(白河藩) 낭인으로 되어 있지만, 아버지는 에도에서 근무한 경호무사였으므로 그는 순수한 에도 토박이였다. 도시조와 같은 부슈의 시골 태생과는 달라 헛바닥이 잘 돌아간다.

아직도 부바이 다리까지는 서너 마장이 남았을 때였다.

별안간 발 밑 흙의 감촉이 달라졌다.

"······?"

그곳은 뽕밭이었다. 걷기가 수월했다. 이윽고 달빛 아래 부바이 다리 모퉁이에 있는 아름드리 느티나무가 보이기 시작했다.

"소지, 저기가 냇가이다. 이 근처에서 헤어지자."

도시조는 힘있게 말했다.

오키타는 이곳부터 우회하여 상류 쪽으로 가고 도시조는 하류에서 접근한다. 적의 집단을 협공하려는 것이다. 둘이 냇가를 기어 무사히 다리 밑에서 합류했을 때 칼날을 나란히 뽑아들며 단숨에 둑으로 달려올라가 공격한다는 계략이었다.

"알겠지?"

"응."

오키타는 멍청한 얼굴이었다.

무리도 아니었다. 오키타가 아무리 도장 검술의 천재라고는 하지만 칼날 아래서 싸우는 것은 지금이 처음인 것이다.

"두려운가?"

"글쎄요, 난 히지카타님처럼 베어본 적이 한 번도 없으니까요. 그러나 생각조차 못했어요. 내 일생에 사람을 죽이는 피치 못할 처지가 되리라고는. 대관절 어떻게 하면 됩니까?"

"해보면 알아. 이것만은 입으로는 가르쳐줄 수 없어. 어쨌든 상대 칼에 맞지 않는 것보다는 상대를 베어야 하는 것이 수야. 첫째도 선수, 둘째도 선수, 셋째도 선수를 쳐야 한다."

"히지카타님."

오키타는 기묘한 목소리로 말했다.
"어쩐지 이상해. 항문께가 근질근질해요. 묘하게도 그곳만이 떨리는 것 같고, 가려운 것 같고……."
"속깨나 썩이는 도련님이군."
"죄송하지만 저기 뽕밭에 가서 끝내고 올 테니까 기다려주십시오."
"빨랑 해."
그런데 도시조까지 아랫배 언저리가 이상해졌다.
'제기랄 오키타에게 전염된 모양이다.'
치러 뒤야지, 하고 늙은 뽕나무 옆에 웅크리고 앉자 놀랄 만큼 바짝 가까이에 오키타도 쪼그리고 있었다.
"히지카타님도 역시……."
"음."
"신출내기 도둑놈이 훔치러 들어가기 전에 아랫배가 그만 떨려서 오줌을 찔끔거린다고 들었는데 정말이군요."
"잠자코 있어!"
서로 생생한 냄새를 맡고 있으니 어쩐지 오한이 사라지고 배짱도 생겼다.
"그럼……."
뒷처리를 하고서 다짐삼아 칼의 '고정 못'을 살폈다.
"소지, 인제 괜찮지?"
"예, 좋습니다!"
그지없이 명랑한 목소리로 돌아갔다.
도시조는 오키타와 헤어져 개울가로 내려갔다.
냇가는 희끄무레한 모래땅으로 한복판에 한 줄기 도랑 같은 내가 흐르고 있었다. 다리 밑까지는 대략 한 마장.
한편 오키타는 뽕밭을 낮은 자세로 달렸다. 크게 우회하여 상류 쪽으로 돌기 위해서였다.
바람이 일기 시작했다.
도시조는 달이 구름 속으로 들어갈 때마다 달려 간신히 다리 밑 어둠 속으로 뛰어들었다.
머리 위에 다리 널빤지가 있었다.
삐걱삐걱 발소리를 내는 것은 히루마 한조나 시치리 겐노스케겠지.

달빛은 여기까지 미치지 못한다.

도시조는 교각 하나를 안듯이 하고 앉았다.

둑에도, 거리에도 사람이 있는 모양으로 여기저기서 낮은 속삭임이 들려온다.

'조심성 없는 놈들이로군.'

이렇게 생각했지만 그들은 또 그들대로 목소리를 냄으로써 공포를 달래려 하는 것 같았다.

'이건 이가호(伊香保) 이래의 큰 싸움이 되겠는걸.'

그와 같은 사건이 조슈에 있었다.

지바 슈사쿠가 일본 전국을 다니며 수업한 시대에, 조슈에서 발길을 멈추고 제자를 받았다. 분세이(文政) 3년(1820) 4월, 슈사쿠의 나이 29세 때이다.

조슈는 부슈와 마찬가지로 무예를 즐기는 고장이어서 이 마을 저 마을의 어중이떠중이 검객들이 앞을 다투어 입문했으며 체류 열흘 안에 백 수십 명에 이르렀다.

슈사쿠는 아직 젊었다.

노성한 뒤의 슈사쿠였다면 그런 일이 없었겠지만 당시에는 아직 객기가 있으리라. 자기가 창시한 북신일도류(北辰一刀流)의 위풍을 과시하기 위해, 입문한 조슈 검객 백 수십 명의 이름을 큰 액자에 새기고 그것을 근처 이가호 신사의 본전 처마 아래 걸려고 하였다.

놀란 것은 조슈 마니와(馬庭)의 토박이 검객인 마니와 주로자에몬(眞庭十郎左衞門)이었다. 그는 염류(念流)의 종가로서 주로자에몬은 그 종가의 18대였다.

조슈의 검단(劍壇)은 다년간 이 마니와 일문에서 지배해 왔는데, 마니와로서는 떠돌이 슈사쿠에게 그 문도의 대부분을 빼앗긴데다가 이제 그가 이름까지 새겨 신사 본전에 걸어 공표한다니 그냥 있을 수가 없었다.

이 액자 헌납을 저지하기 위해 마니와 주로자에몬은 전 지방의 문도 300여 명을 모았고 이가호(伊香保)의 여관 열한 집을 몽땅 빌려 지바 쪽의 백 수십 명과 대치하는 한편, 다시 후비(後備)로서 그 고장의 노름꾼 천여 명을 지장보살 냇가에 집결시켰다.

마치 전쟁을 방불케 하는 사건이었다.

당장에라도 지바 쪽 여관으로 쳐들어갈 듯한 기세였는데, 슈사쿠는 에도의 물을 먹은 약은 사람이라 시골 검객과 싸운대야 별로 이익되는 것이 없다고 판단하고 단신 조슈를 탈출했다.
그렇지만 도시조는 에도 사람이 아니다.
상대도 그렇다.
고겐 일도류와 천연이심류라고 하는 시골 검객의 싸움이므로 서로 피를 쏟고 쓰러질 때까지 결판을 낼 작정이었다.
'오오……'
도시조가 문득 깨닫고 보니 오키타가 발 밑까지 기어들고 있었다.
"소지입니다."
오키타는 도시조에게 안기자 귀엣말을 하면서 둑 그늘을 가리켰다.
"저기 둘 있습니다."
"좋아, 저들을 피의 제물로 삼은 다음 나는 냇물을 건너뛰어 저쪽 둑에 기어오른다. 알았나?"
"알겠습니다."
오키타와 도시조는 다리 밑의 어둠 속에서 나와 좌우로 돌아갔다.
"여봐."
말을 걸었다. 두 사람이 저마다 고개를 돌렸다.
"오키타 소지다, 받아라!"
오키타는 멋들어지게 허리를 후려 쓰러뜨렸다. 월등한 칼솜씨였다.
"히지카타 도시조다, 받아라!"
도시조는 뛰어들며 왼쪽 어깨로부터 비스듬히 베고 훌쩍 물러서자마자 냇물을 단숨에 건너뛰어 건너편 둑의 풀을 움켜잡고 크게 발을 놀려 기어올라갔다. 그 몸놀림은 마치 싸움을 하기 위해서 세상에 태어난 것 같은 사나이의 그것이었다.
길에서 떠들썩한 소리가 났다.
기습은 성공했다. 상대쪽은 도시조 등이 엉뚱한 곳에서 기어올라온 것에 당황했을 뿐 아니라 둘로 나누어져 있었기 때문에 상당수의 인원이 왔다고 생각한 모양이었다.
도시조는 길로 기어올라 갔다.
눈앞에 느티나무 거목이 있었다. 거기가 다리의 북쪽 모퉁이로 곤 영감의 말에 따르면 가장 인원이 많다. 그 일부는 둑 아래의 비명을 듣고 냇가로 뛰어내려갔다.

도시조는 재빨리 느티나무 아래로 뛰어들어가 검은 그림자 하나를 정면에서 베어 내렸다.

상대는 무시무시한 소리를 내면서 땅에 쓰러졌다. 단칼에 숨이 끊어진 모양이었다.

곧 시체에 달려들어 상대의 검을 뺏앗았다.

'이건 잘 들려나.'

자기의 칼은 칼집에 꽂았다. 거칠게, 그것도 갑작스레 갈았기 때문에 칼이 잘 들지 자신이 없었던 것이다.

도시조는 느티나무 그늘을 떠나지 않는다.

'나무 밑 어둠'이라는 말은 그야말로 적절한 형용으로, 상대로부터는 잘 보이지 않고 이쪽에서는 달빛 아래의 길이나 다리 위를 달리는 그림자가 대낮같이 잘 보인다.

'갈팡질팡 야단이구나.'

도시조는 뛰어나갔다.

가까운 놈의 몸통을 힘껏 후렸는데 어지간히도 억센 농사꾼의 뼈인 듯 칼날이 탁 퉁겨지며 베어지지 않았다. 칼을 맞은 사나이는 등을 젖히고 대여섯 걸음 비틀비틀 달리더니 그제서야 비로소 공포를 느꼈는지 꽤액 소리를 질렀다.

"저기다. 느티나무 아래다!"

'설맞았는가?'

도시조는 재빨리 나무 아래로 돌아갔다.

비명을 듣고 너덧 명이 우루루 달려왔지만 나무그늘이 짙어 접근하지 못한다. 달빛 아래에서는 나무가 성벽 역할을 하는 법이다.

"에워싸라."

침착한 목소리가 들려왔다.

시치리 겐노스케다.

그러는 사이 점점 인원이 불어나 열너덧이나 되었다.

"후카쓰(深津)!"

시치리는 제자인 듯한 사내의 이름을 불렀다.

"불을 준비해."

나무 밑을 비출 속셈인 듯.

후카쓰라고 불린 사내는 사람들 뒤로 돌아가더니 땅바닥에 쭈그리고 앉아 부싯돌을 치기 시작했다.

짚단에 연초(煙硝)를 뿌려 둔 모양이었다. 불이 붙자 확 타오르기 시작했다.

도시조는 재빨리 나무 뒤로 돌아갔지만 발 밑은 벼랑이었다.

'야단났는데.'

되돌아가려고 했을 때 후카쓰라는 불담당은 짚단 횃불을 쳐들어 나무 뿌리를 향해 던지려 하였다.

그 높이 쳐든 오른팔이 '으악' 소리와 함께 날아갔다. 등 뒤로 오키타가 돌아갔던 것이다.

'저 도련님이!'

도시조가 어처구니 없어할 정도의 날쌘 동작으로 오키타는 죽창을 가진 그 옆의 사나이를 베어 내리고 동시에 짚단 횃불을 크게 걷어차 냇가로 떨어뜨렸다.

주위는 도로 어둠에 싸였다.

어두워지자 동시에 도시조는 나무 아래에서 돌진해 나가 시치리로 짐작되는 커다란 그림자를 베어냈다.

거리가 충분했다고 생각했는데, 시치리의 공격이 더 격렬하여 도시조의 칼을 걷어냄과 동시에 자세가 무너지는 찰나 안면으로 다가왔다. 아슬아슬하게 막았을 때

"쨍그렁!"

불꽃이 튀고 도시조의 칼은 칼코등이 부분에서 부러지고 말았다.

'안 되겠다.'

뒤로 얼른 뛰었다.

'형편없는 촌놈의 칼이군.'

번쩍, 하고 자기의 칼을 뽑아드는 사이에 오른쪽의 사내가 쇄도해 왔다.

'와락' 그 근처가 무너졌는데 도시조가 소경 매질식으로 대여섯 번 칼을 휘두르는 사이 몇 사람의 손, 팔, 어깨에 상처를 입혔다.

오키타는 도시조의 등뒤로 돌아와 있었다. 서로를 보호하며 적을 접근시

키지 않는다.

"소지, 몇 놈 베었나?"

"셋."

침착하다.

"그런데 히지카타 님 이상해요."

말하면서 앞에서 오는 사나이를 오른쪽 어깨부터 비스듬히 후려쳤다.

"봐요, 이상하잖아요."

"뭐가?"

도시조도 마침내 숨이 차기 시작했다.

"칼이 막대기 같아요. 저 작자 안 죽었네요."

"기름이 끼었겠지. 슬슬."

"슬슬?"

또 하나가 오키타에게 베어 들어왔다. 그 손목을 오키타는 보기좋게 베어 버리고 획 뒤로 물러났다.

"슬슬이 뭡니까, 히지카타님?"

"달아나자는 거지."

"그게 좋아요. 나도 이제 이런 것이 싫증이 났어요. 무섭기도 하구요."

그러면서도 오키타의 칼놀림은 놀랍도록 침착하다.

"달아나!"

도시조는 뛰어들어 앞에 있는 사내의 얼굴을 오른쪽 관자놀이부터 벤 뒤 뒤로 자빠진 그 시체를 밟고 둑 위를 달렸다.

바로 아래인 뽕밭으로 뛰어내렸다.

오키타도 따라온다.

한 스무남은 걸음 떨어지자 이미 상대편은 그림자가 보이지 않는다.

아까의 쇼코인 묘지까지 뛰어돌아와서 석탑 사이에 감춰 두었던 보통이를 풀었다. 도시조의 옷은 흙과 적의 피로 범벅이 되어 가죽처럼 뻣뻣했다.

"소지, 옷 갈아입어."

"나요?"

오키타는 자기 옷을 힐끗 보고는 태연히 말했다.

"괜찮아요. 진흙이 달라붙어 있지만 이런 거야 마르면 비벼 털 수 있어요."

"……."

도시조는 고개를 돌려 오키타의 옷차림을 옷깃에서부터 옷자락까지 훑듯이 살폈으나 벌린 입을 더욱더 다물 수가 없었다. 이 사나이는 도대체 어떤 기법을 쓰는지 적의 피 한 방울 뒤집어 쓰지 않고 있었다.

"너……."

얄밉기조차 했다.

'이거 귀신의 자식 아냐?'

도시조는 사토 집에서 빌려 온 수수한 무명옷으로 갈아입고 하카마를 두른 뒤 팔가리개와 각반 끈까지 하나하나 매고 나자

"저건 몇 각(刻)이지?"

멀리 들리는 종소리에 귀를 기울였다.

"해 시(밤 10시)겠죠."

"소지."

도시조는 벌써 걷기 시작한다. 달이 기름때 묻은 양어깨를 비춘다.

"에도로 돌아가라."

"히지카타님은?"

"나도 나중에 간다."

도시조는 걸음이 빠르다. 오키타는 뒤쫓듯이 하면서 말했다.

"함께 가십시다요."

"바보 자식, 이런 일 뒤에 둘이 함께 버젓이 대로를 걸어갈 수 있을 것 같아?"

"히지카타님."

오키타는 키득키득 웃었다.

그 뒷말은 하지 않았다. 말하면 이 사나이 도시조는 버릇으로 곧이곧대로 받아들이고 만다.

'여자에게 가겠지.'

오키타는 아직 여자를 모른다. 어쩐 까닭인지 그런 일에는 천성이 담담한 듯, 도장의 다른 자들이 유곽의 여자에게 열을 올리는 것을 이상하게 여기고 있었다.

그러나 지금 도시조의 기분은 어쩐지 알 것같다는 생각이 들었다.

"그럼 여기서."

오키타는 말 잘 듣는 도련님 같은 미소를 남기고 캄캄한 뽕밭 속으로 들어가버렸다. 조심하여 큰 길에는 나가지 않고 다마강을 따라 야노구치(矢野口)까지 나간 뒤 국령(國領) 땅에서 대로로 접어들 작정이었다. 그때쯤이면 날도 새겠지.

도시조는 그대로 대로를 걸어 후추의 주막거리로 갔다.

거리에는 이미 불빛이 없었다.

달도 벌써 자취를 감춘 뒤다.

집집의 처마를 손으로 더듬어 걸으면서 로쿠샤 명신의 숲 속으로 들어갔다.

석등에 점점이 불이 켜져 있다.

이윽고 무녀(巫女)가 거처하는 일자집을 더듬거리며 찾아내자, 방울 흔들기 무녀인 고자쿠라의 집 문을 살며시 두드렸다.

두드리는 식이 있다. 약속이 돼 있었다.

고자쿠라는 금방 도시조인 줄 알아차린 모양으로 고리를 벗기고 안으로 맞아들였다.

"웬일이세요?"

도시조의 손을 잡으려 하다가

"어머, 비린내."

손을 놓았다. 피냄새가 배어 있는지도 모른다.

"약 좀 가져와."

"다쳤나요?"

무녀는 고개를 갸웃했다.

"그리고 소주도."

양 소매에서 팔을 뽑아 상반신을 드러냈다. 기묘한 허영심이 있어 오키타에게는 말하지 않았지만, 오른쪽 어깻죽지에 한 군데, 왼쪽 팔목에 한 군데 허연 비곗살이 보일 정도의 상처를 입고 있었다.

"개에게 물렸어."

"개 이빨자국이 이래요?"

고자쿠라는 치료 준비를 하려고 일어섰다. 엉덩이를 흔들듯이 하며 안으로 들어가는 것을 보자 도시조는 날카롭게 말했다.

"됐어. 이리 와."

달과 진흙

참을 수가 없었던 것이다. 부바이 다리에서의 피의 설렘이 아직도 가라앉지 않은 것같았다.

'싸움과 여자, 이것은 같은 것인 모양이야.'

피냄새가 난다, 어느쪽이나. 그렇게 생각했다.

도시조는 여자를 움켜잡아 끌듯이 하고 무릎 위에 쓰러뜨렸다.

그 무렵, 오키타는 그가 알고 있는 모든 어린이 노래를 부르면서 다마강의 남쪽 기슭을 동쪽을 향해 걷고 있었다.

도전

야나기 거리의 비탈길을 꼭대기까지 올라간 곳, 거기에 곤도의 에도 도장이 있다.

그 근처는 녹음이 울창하다.

훨씬 건너쪽에 미토번(水戶藩) 영주의 저택 숲이 보이고 주위에는 지위가 낮은 막부 가신의 집들이 몰려 있다. 배후에는 덴즈인(傳通院)의 광대한 경내가 펼쳐져 있었다.

거리에 불구상(佛具商)과 꽃집 같은 음산한 가게들이 많은 것은 덴즈인과 이웃하고 있기 때문이지만, 시내 치고는 새들도 많았다.

더욱이 저녁 나절, 도장 뒤쪽 일대는 까마귀 우짖는 소리가 요란하여 입심 사나운 이웃 사람들은 '까마귀 도장!'이라고 흉을 본다.

도시조가 다마 방면에서 돌아온 것은 다음다음날 저녁때로서 명물인 까마귀가 유난스럽게 우짖고 있을 때였다.

'허이구, 저 소리가 듣기 싫어서.'

이런 살벌한 사나이도 사물의 좋고 싫음은 느끼고 있는 모양인지 까마귀만은 좋아하지 않았다.

곧바로 도장 뒤로 돌아가 우물에서 발을 씻고 있으니 오키타 소지가 나타났다.

"굉장히 오랜만이군요."

늘 하는 식으로 이렇게 놀려댔다.

"……."

도시조는 고개를 숙이고 발을 씻었다. 오키타는 그 얼굴을 들여다보며 말했다.

"곤도 선생은 수고했다고 칭찬이 대단하십니다."

"뭐라고?"

도시조는 하얗게 눈을 뒤집었다.

"부바이 다리 사건을 곤도님에게 말했나?"

"아닙니다, 설마."

"그럼, 무엇이 수고야?"

"출장 교수 말이지요, 뭐."

"뭐라고 지껄이는 거냐!"

이 젊은이에게는 손을 들지 않을 수 없었다.

"그런데."

오키타는 여전히 빤히 보면서 말했다.

"큰일이 벌어졌어요. 돌아오시자마자 놀라시게 해서 미안하지만 이것만은 미리 알려 드려야지. 아무리 재간둥이 선생이라도 느닷없이 당하시면 낭패하실 거니까요."

"뭔데?"

도시조는 얼굴을 씻기 시작했다.

오키타는 그 뒷덜미를 흘끗 보고 혼자 중얼거렸다.

"지독한 먼지로군."

"뭐냐구, 그 큰일이라는 게?"

"먼저 얼굴이나 씻으십시오."

"말해."

첨벙 얼굴을 통에 담그었다.

"실은 조금 전에 어느 유파의 시골 검객이 한 수 가르침을 받고자 한다면서 찾아왔는데요."

"뭐야, 타류 시합이야?"

신기할 것도 없다.

요즘 한창 유행하는 것이다.

검술에 자신이 있다는 녀석들이 에도의 2류 3류 정도의 작은 도장을 겨냥하고 찾아와서는 얼마간의 노자를 뜯어가는 것이다.

그와 같은 경우에 천연이심류의 곤도 도장에서는 사범 대리인 히지카타나 오키타가 상대하기로 되어 있었다.

실력의 순서로 말하면 이 도장은 이상하게도 젊은 선생인 곤도가 비교적 서툴러, 오키타 소지가 가장 세고 그 다음으로 히지카타 도시조, 곤도 이사미의 차례가 된다. 물론 이것은 죽도를 쓸 경우이며, 진검을 쓰면 이 순서가 어떻게 될지 해보지 않고서는 모른다.

'죽도를 쓸 경우.'

이렇게 말했지만 바로 말하여 천연이심류라는 것은 촌스러운 검법으로 곤도 따위는 툭하면 입버릇처럼 말하는 것이었다.

"첫째도 정신, 둘째도 정신, 정신으로 밀고 나가면 진검이건 목검이건 반드시 우리 파가 이긴다."

그러나 도장에서 벌이는 시합에는 약했다.

검술의 교수법은 막부 말기에 이르러 눈부신 발전을 보였다.

교육자로서 지나간 옛날의 쓰카하라 보쿠덴(塚原卜傳)이니 이토 잇토사이(伊藤一刀齋)니 미야모토 무사시(宮本武藏)니 하는 명인도, 막부 말기의 대도장(大道場) 경영자였던 지바 슈사쿠나 사이토 야쿠로(齋藤彌九郞), 모모노이 슌조(桃井春藏) 등과 비교하면 문제도 안될 정도로 단순 소박하다.

특히 지바 슈사쿠 등은 극히 뛰어난 분석적인 두뇌의 소유자로 오늘날 살아도 그대로 교육 대학의 학장 정도는 하고도 남을 만한 사나이였다. 고류(古流)인 검술에서 흔히 있기 쉬운 신비적 표현을 일체 지양하고 합리적인 역학(力學)이라는 면에서 각 유파를 검토하여 불필요한 것은 제거했으며 가르치기 위한 말도 과장되거나 불가사의한 용어를 쓰지 않고 누구나가 알아들을 수 있는 논리적인 말을 썼다.

이런 까닭으로 북신일도류의 간다(神田) 다마가이케(玉池)와 오케 거리(桶町)의 양 도장을 합치면 몇 천 명이나 되는 검술 지망생이 그 문하에 모여들고 있었다. 지바의 현무관은 다른 도장에서 3년이 걸리는 기법 습득을

1년이면 마치고 5년 걸리는 기법은 3년이면 된다는 정평이 나 있었다.
하지만 천연이심류는 다르다.
그것은 곤도가 즐기는 '정신'이다.
따라서 머리나 팔에 호구(護具)를 장비하고 벌이는 도장 시합은 아무래도 당대의 유파에 뒤떨어진다.
자연히 타류 시합이라면 질색으로 여겨 조금 강해 보이는 자가 찾아오게 되면 허둥지둥 다른 유파의 도장에 심부름꾼을 보내 대리인을 빌려온다.
그와 같은 경우에 대비하여 신도무념류(神道無念流)인 사이토 야쿠로 도장과 미리부터 묵계가 돼 있어 그곳에서 사람이 왔다. 이는 당대 유파로서 이 도장은 에도의 3대 도장 가운데 하나로 일컬어질 정도이므로 단원 모두가 뛰어났다.
이 도장은 처음에 이다 거리(飯田町)에 있어서 사람을 빌리기가 썩 편리했는데 그 뒤 화재를 만났기 때문에 멀리 산반 거리(三番町)로 옮겨갔다.
그러므로 여차하면 곤도 도장에서 하인이 십여 마장을 냅다 달음박질하여, 산반 거리에 당도하기가 바쁘게 검객을 가마에 태워오기로 되어 있었다. 물론 사례금을 치른다.
"산반 거리에 모시러 갈 사람은 보냈겠지?"
도시조는 얼굴을 쳐들고 물었다.
"곤도 선생님이."
오키타는 엄지를 세우고 말했다.
"그렇게 해. 히지카타나 오키타로는 무리인 듯싶다고 하시길래 달려 보냈지요. 하기야 시합은 내일 10시니까 아직 시간은 넉넉합니다."
"그럼 그 녀석은 그때까지 이 근처에서 묵는다던가?"
"숙소는 숨기고 있지만 지금쯤 이 근처 어딘가에서 똑같은 까마귀 소리를 들으면서 술이나 마시고 있을 테죠."
"누군데, 그게."
"놀라지 마십시오!"
오키타는 킥킥 웃었다.
"유파는 고겐 일도류, 도장은 하치오지의 히루마 도장입니다."
도시조는 세수하던 손을 멈췄다. 지난 밤 부바이 다리에서 크게 싸운 그 상대가 아닌가.

"에도까지 왔단 말이냐?"
"네."
"누구야, 이름은?"
"시치리 겐노스케……."
이렇게 대답하고 나서 오키타는 훌쩍 뒤로 물러섰다.
"빌어먹을 놈!"
도시조가 냅다 통의 물을 끼얹었기 때문이다.
"왜 이제까지 잠자코 있었어?"
"잠자코 있기는요. 히지카타 씨가 늦게 돌아와서 그렇죠. 나야 이렇게 돌아오시기를 얌전히 기다리다가 급보를 하고 있지 않습니까."
"그래, 좋아."
도시조는 다른 일을 생각하였다.
"소지, 틀림없겠지? 곤도 님은 우리가 부바이 다리에서 시치리와 싸운 일을 꿈에도 알지 못하겠지?"
"정말 훌륭해요, 선생님은."
"뭐가 훌륭하다는 게야?"
"그런 따위 작은 일은 모르십니다. 히지카타 님과 달라서 역시 거물입니다."
"무슨 소릴 하는 거야?"
도시조는 잠깐 생각하고 나서 말했다.
"시치리 쪽도 입을 쓱 씻고 모르는 척하고 있나?"
"떳떳하지 못하기는 서로 마찬가지니까 시치리도 말하진 않습니다. 그보다도 시치리로서는 도장에서 시합하여 당당히 승자가 되어 그것을 다마 방면에 퍼뜨림으로써 천연이심류의 이름을 단번에 떨어드리려는 속셈일 것입니다."
"난 상대하지 않겠다."
죽도를 들고 공식적으로 하면 도시조는 절대 이길 자신이 없었다. 시치리가 두려운 것이 아니라 천연이심류가 죽도 시합에는 적합하지 않다고 하는 편이 옳으리라.
"그 대신 부바이 다리의 싸움이라면 한 번 더 해도 좋아."
"난 사절하겠어요."

오키타는 싱긋 웃고 가버렸다.

저녁 식사는 곤도가 꼭 같이 들자고 해서 방에서 먹었다.
곤도의 마누라 오쓰네가 시중을 들었는데, 말이 없고 음울하여 이 여자가 밥상 옆에 앉아 있으면 천하의 별미라도 맛이 덜한 것 같은 기분이 들었다.
도시조는 입맛이 까다로운 편으로 한번 맛이 없다고 생각하면 젓가락을 다시 가져가지 않는다.
그런데 오쓰네는 요리 솜씨가 도무지 젬병인 것이다. 그러므로 곤도 집에서 밥을 먹기보다는 근처 음식점에서 반찬을 골라 배달시키는 편을 훨씬 좋아하지만, 곤도는 그와 같은 도시조의 기분 같은 것은 알지 못했다.
오늘 저녁의 생선조림은 본 적도 없는 이상야릇한 잡어(雜魚)로 가시만 억셌다. 한 젓가락 집자 혀가 오그라들 정도로 매웠는데 곤도는 태연하게
"먹어, 먹어."
말하면서 부지런히 먹는다. 밥은 보리 4할에 묵은 쌀 6할의 비율.
성미 급한 에도 토박이의 장인(匠人)이라면 당장 뱉어버리고 말 그런 밥을 곤도는 예닐곱 공기나 먹는다. 아래턱이 엄청나게 큰 때문인지 웬만한 잔뼈 정도는 으드득 씹어 삼켜 버린다. 더구나 턱이 네모져 있기 때문에 음식을 씹고 있는 모양은 온 얼굴로 부숴대고 있는 듯한 느낌이었다.
"도시, 왜 그래. 배탈이라도 났나?"
"아니."
떫은 얼굴로 마지못한 듯이 대꾸한다.
"먹고 있어. 맛있어."
"그럴 테지. 오쓰네도 요즘에는 요리 솜씨가 많이 늘었으니까. 안 그래 오쓰네?"
"네?"
오쓰네가 눈을 들었다.
"지금의 말 들었어? 도시가 칭찬하잖나. 이 사람이 칭찬할 정도면 네 요리솜씨도 상당하지."
'무슨 소리야. 나는 좋은 사람이지만 혀만은 소가죽으로 만들었다구.'
도시조가 이렇게 생각하며 곤도의 얼굴을 물끄러미 바라보는데 별안간 곤도가 물었다.

"소지에게서 들었나."
"뭘?"
도시조는 일부러 시치미를 떼었다.
"저, 오늘 오후 하치오지에서 이상한 녀석이 왔지 뭔가. 일전의 시치리 겐노스케라는 놈이야. 대하기 싫은 놈인데 검은 잘 쓴대."
"흐음."
"그 뭔가, 로쿠샤 소하쿠의 일도 있고 해서 자네한테 가타부타 따지러 온 줄 알고 만나 봤는데 그게 아냐. 시합을 하고 싶다는 거야."
"그 말은 들었어."
"그래?"
곤도는 겨우 식사를 끝내고 버릇인 식후의 소변을 보러 일어섰다.
"잘 먹었습니다."
도시조가 오쓰네에게 절을 하자 오쓰네는 식기를 치우면서 기어들어가는 목소리로 대답했다.
"뭘요."
그것뿐이었다. 도시조는 아무래도 이 부인이 질색이었다.
이윽고 곤도도 자리로 돌아왔다. 앉으면서 손에 든 편지를 펼쳤다.
"어제 막 산반 거리에서 리하치가 돌아왔어. 거기서는 내일 일을 승낙한 모양이야."
"누가 올까?"
"이번에 새로 숙두(塾頭)가 된 자야. 젊지만 굉장한 솜씨인 듯싶어."
"이름은?"
"가쓰라 고고로(桂小五郎)라든가."
"……."
도시조도 곤도도 들은 적이 없었다.
하기는 가쓰라의 검명은 에도의 웬만한 도장이라면 그 이름이 쟁쟁하게 퍼져 있었는데 이 촌스러운 변두리 도장까지는 아직 들려오지 않았다. 삼류 도장의 서글픔이다.
'사이토 도장의 숙두(塾頭)쯤 되면 화려할 테지.'
도시조는 생각했다. 부러워하는 것은 아니지만 같은 숙두라는 이름이 붙어 있어도 웬지 모르게 자신이 초라한 것같이 느껴진다.

'사나이는 역시 배경과 문벌이야.'

그런 것을 생각하면서 도장 침실로 돌아가자 오키타 소지가 어둠침침한 등잔 가에서 뭔가 하고 있었다. 보니까 속옷을 벗어 들고 벼룩을 잡는 것이었다.

"집어치워, 소지."

화가 버럭 치밀었다. 벼룩 정도는 도시조도 잡지만, 이 경우 오키타의 자세가 자못 이삼류 도장에 너무나 잘 어울려 짜증이 났다.

"왜 그러십니까?"

쳐다보는 오키타의 얼굴이 섬뜩할 만큼 밝다. 도시조는 그 명랑함에 구원을 받은 기분이 되었다.

"내일, 이곳에 용돈을 벌러 오는 자는 가쓰라 고고로라는 녀석이래. 들은 적이 있나?"

"알고 있지요."

오키타는 역시 아는 것이 많았다.

"나가쿠라 신파치(永倉新人 : 곤도 도장의 식객, 가쓰라와 동류 별문(同流) 別門)인 신도무념류의 가이덴(皆傳) 소지자) 님에게서 들은 적이 있습니다. 민첩하기가 귀신 같다하며, 일찍이 모모노이 도장에서 대시합이 있었을 때 각 파의 검객을 거의 다 휩쓸어 버리고 끝으로 오케 거리에 있는 북신일도류의 지바 도장 숙두 사카모토 료마(坂木龍馬)의 찌르기에 져서 퇴장했다지만, 아마도 너무 지쳤기 때문일 거라는 말이 있습니다. 출신은 조슈 번이고요."

"조슈라구?"

특별히 그 번 이름을 들었다고 하여 도시조로서는 아무런 감흥도 일어나지 않는다. 조슈 번 자체가 그때는 평범한 번이었고 몇 년 뒤 일본의 정치 정세를 어지럽게 한 급진적인 존왕양이(尊王攘夷) 운동은 아직 일어나기 전이었던 것이다. 우선 도시조 자신이 그때까지는 신센조 부장(副長)도 아니었고 신센조 자체도 탄생돼 있지 않았다.

"조슈에서의 신분은?"

"가쓰라 집안은 본디 150섬의 가문이었는데 상속 형편상 90섬이 돼버린 모양입니다. 하지만 그 번에서는 어엿한 상급무사입니다. 학문에 있어서도 대단한 수재로 영주의 신임을 받고 있다고 합니다. 어쨌든 여러 모로 좋은 별 아래 태어난 준걸이라 할 만한 인물이겠지요."

"흐음."

도시조는 마음에 들지 않았다.

보통 사람이라면, 본 적도 없는 사람에 대한 평으로서,

"스승도 주군도, 문벌, 재능도 모든 점에서 여건이 좋다."

는 말을 들으면……그래, 과연 우리네와는 다르구나, 하고 씁쓰름하니 웃으면 그만일 텐데, 도시조의 마음은 약간 비뚤어져 있었다. 남다르게 혜택받고 있다는 그 자체가 마음에 들지 않았다.

"소지, 너무 지나치게 칭찬하는 것 아냐?"

"칭찬은요. 단지 나가쿠라 님에게서 들은 말을 옮겼을 뿐입니다."

"아냐, 칭찬하고 있어. 그런데 소지, 너라도 낭인의 자식으로 태어나지 않고 큰 번의 상급무사 집에 태어났더라면 제대로 교육 받고 제대로 훌륭한 인간이 되어 주군의 신념은 물론이거니와 동료의 존경도 받을 게 아닌가. 사람이란 태생이 다르면 빛깔도 달라지는 법이야."

"……."

"안 그래?"

물론, 도시조는 소지보다 자기 자신에 빗대어 말하고 있었다.

"그럴까요?"

오키타는 그런 일에는 도무지 흥미가 없는 모양이었다.

그 이튿날 아침.

시치리 겐노스케는 정각에 왔다.

여전히 얼굴에 붙은 군살은 연기에 그을린 듯한 느낌이었는데 눈만은 무시무시함을 느낄 만큼 날카롭다.

눈은 싱글싱글 웃고 있었다. 그런 눈으로 도장 현관에 섰다.

단신이다. 문하생도 데리고 있지 않았다.

오히려 곤도 도장의 안내를 맡은 제자 쪽이 당황했을 정도로 대담한 태도였다.

"곤도 선생께 전갈해 주시오. 어제 허락을 얻은 바 있는 하치오지의 시치리 겐노스케라 하오."

"어서 이리로."

곤도는 벌써 도장에서 기다리고 있었다.

그 옆에 숙두인 히지카타 도시조와 가이덴 소지자인 오키타 소지, 모쿠로

쿠인 이노우에 겐사부로, 식객인 하라다 사노스케(原田左之助), 나가쿠라 신파치 등이 늘어앉아 있다.

"이거, 처음 뵙겠습니다."

시치리는 때묻은 무명 예복에 줄무늬가 박힌 무명천의 승마용 하카마를 걸친, 그야말로 부슈·조슈의 시골 검객다운 차림이었다.

한 차례의 인사가 끝나자 시치리는 도시조 쪽으로 미소를 보내며 말했다.

"아, 히지카타 선생. 지난번에는 묘한 데서 만났었지요."

"그 때는……."

도시조는 굳어진 얼굴로 가볍게 응수했다.

"아아, 그때는 서로 무례가 많았습니다. 오오, 거기 계신 분은 오키타 선생 아닙니까. 오랜만이군."

안중에 사람이 없다는 태도였다.

이윽고 안내하는 사람도 없이 혼자, 자못 이 도장의 제자인 듯한 얼굴을 하고 맞은쪽 입구로 들어오는 사나이가 있었다.

도시조는 그 사나이를 처음으로 보았다.

가쓰라 고고로였다.

사나이는 의젓하게 말석에 앉았다.

선기(先機)

"저기, 저자는 이 도장의 문도(門徒 : 제자) 도바리 후시고로(戶張節五郞)."

곤도는 시치리 겐노스케에게 소개했다. 도바리란 바로 가쓰라 고고로(桂小五郞)이다.

"먼저 우리 유파의 검법을 참고삼아 보여 드리겠으니 저자와 상대하시기 바라오."

"알겠소."

고개를 끄덕이며 시치리는 미심쩍다는 표정을 감추지 못했다. 도바리 후시고로라는 검객의 이름은 들은 적이 없는 것이다.

보니까 몸집도 자그마하지 않은가.

"뭐 대단할라구."

시치리는 그런 표정이었다.

곤도 도장에서는, 산반 거리의 신도무념류 사이토 도장에서 사람을 빌려 올 경우, 그게 누구이든 도바리 후시고로라는 가짜 이름을 쓰기로 하고 있었다.

이윽고 도장에서 은퇴한 선대 사범 곤도 슈사이 노인이 나타났다.
"내가 곤도 슈사이라고 하오."
시치리에게 목례를 보내고 어정어정 도장 복판으로 걸어나갔다. 시합 심판을 보기 위해서이다.
63세.
그야말로 촌로(村老)다. 곤도와 히지카타, 오키타 등은 그 노인에게서 검술을 배웠고 곤도와 오키타는 각각 가이덴의 자격을 받았지만 히지카타만은 이 노인에게서 모쿠로쿠밖에 받지 못하였다.
"도시조의 기술은 훌륭해."
슈사이는 이렇게 말하곤 했다.
"진검이면 이사미도 위태로울 거다. 하지만 그건 잡동사니야. 천연이심류는 아니야. 아무리 고쳐 주어도 버릇을 고칠 도리가 없어서 그녀석은 천연이심류에서는 모쿠로쿠, 아류(我流)라면 가이덴, 그것으로 충분한 놈이다."
유파에는 여간 엄격하지 않았다.
그건 그렇고 가쓰라 고고로가 일어섰다.
이어서 시치리 겐노스케.
쌍방이 도장의 중앙으로 나가서 막부가 세운 강무소(講武所)의 예법대로 아홉 발짝 간격을 두고 목례한 다음 허리를 낮추면서 죽도를 마주 겨누었다.
가쓰라는 앞에서 말했듯 몸집이 작다. 그런 그가 보통 것보다 약간 짧은 듯한 죽도를 가볍게 머리 위로 쳐들었다.
시치리는 몸집이 클 뿐더러 넉 자짜리 대죽도를 쓴다. 아무리 보아도 겉보기엔 위압감이 가쓰라와는 다르다.
"곤도님."
도시조는 가쓰라 쪽을 보면서 낮은 목소리로 말을 걸었다.
"지는 거 아냐, 저 작자. 아무래도 허리가 너무 들떠 있어."
"그러고 보니 정신이 부족한 것 같군."
여기서 정신이란 다시 말해서 기력, 기백을 말하는 것이었다. 다른 유파의 기술 편중주의에 대하여 천연이심류에서는 이것을 가장 중시하였다. 아니, 곤도 이사미의 경우 검술 이론에서뿐 아니라 인물 감정에도 이것을 적용하여 '저자는 기백이 있다, 없다' 하는 것만으로 사나이의 가치를 규정짓는 버릇이 있었다.

"역시 작은 재사에 지나지 않잖아."

도시조는 속삭였다. 도시조는 시치리보다도 모처럼 한편으로서 돈으로 사온 가쓰라 쪽이 더 밉다는 듯한 말투였다.

"그러나, 도시."

곤도가 말했다.

"웃을 일이 아냐. 저놈이 지면 너나 소지가 시치리하고 상대해야니까."

"진검이라면 해도 좋아. 시치리 따위는 아무래도 뒷맛이 개운찮은 놈이니까. 이 기회에 혼을 단단히 내주어야 해."

"위험한 소리 함부로 하지 마라."

그때 도장 복판에서 슈사이 노인이 손을 들어 딱 잘라 선언했다.

"승부는 세 판!"

시치리 겐노스케는 뒤로 물러뛰어 하단(下段). 하단의 자세는 교활하다고들 말한다. 공격보다는 오히려 상대편의 기법을 시험하기에 알맞은 겨눔이기 때문이다. 자연히 그 겨눔이 어둡다.

가쓰라는 작달막한 체구이면서도 칼끝을 번쩍 쳐들어 화려한 좌상단을 취했다. 겨눔에 밝은 것이 있었다. 자못 양지쪽을 걸어온 사나이라는 너그러움이 그 자세에 있었다.

그러나 작은 몸집의 상단이다. 시치리는 하찮다고 보았던 것일까.

중단으로 고쳐 잡자 스르르 거리를 좁히고 가쓰라를 칼끝으로 압박하면서 손을 틀어 몸통을 치려고 했다.

"야앗!"

시치리의 약간 들어올렸다 싶은 그 손목을 가쓰라가 눈깜짝할 사이에 쳤다.

"손목에 하나!"

슈사이 노인의 손이 가쓰라 쪽에게 올라갔다.

다음은 가쓰라가 중단.

시치리는 우상단을 취했으나 발을 자연체(自然體)로 취하지 않고 옛날식 검법처럼 앞뒤로 일직선 위에 두고 겨누었는데 그 폭이 넓었다. 목검이나 진검일 때는 괜찮겠지만 죽도일 경우에는 유연성이 없다.

'촌스럽군.'

도시조조차도 이렇게 생각했다. 고겐 일도류라고 하면 제법 뭐같이 들리지만 결국은 부슈 하치오지의 논거름 냄새가 물씬거린다.

하지만 그 점 가쓰라는 전혀 달랐다. 몸에 무리가 없고 죽도가 가뿐하다. 과연 정묘하게 세련된 에도의 대류파(大流派)다.

쌩, 하고 시치리의 검이 가쓰라의 안면을 습격하였으나, 가쓰라는 몸을 뒤로 물림과 동시에 자기 검의 옆면으로 시치리의 검을 밀어올리면서 높이 쳐들고 밟아들면서 안면을 때렸다.

'정묘하구나.'

도시조는 생각했다.

하지만 때림이 약해 슈사이는 승점으로 쳐주지 않는다. 천연이심류에서는 뼈에 울릴 만큼의 때림이 아니면 베지 못한다고 쳐주지 않는다.

가쓰라는 다시 밟아들어 면(面)을 연거푸 세 번 쳤으나 이것도 슈사이는 인정하지 않는다.

다음은 시치리가 가쓰라의 면을 공격했다. 그러나 가쓰라는 순간적으로 허리를 밀어내며 오른 무릎을 마룻바닥에 꿇고 죽도를 선회시켜 시치리의 오른쪽 몸통을 탁 친 뒤, 다시 왼 발을 내디뎌 왼쪽 몸통을 치고, 일어서면서 시치리의 손목을 때렸다. 시치리는 가쓰라의 곡예와도 같은 죽도 놀림 앞에 속수무책이었다. 마지막으로 가쓰라는 죽도를 머리 위에서 빙그르르 돌리며 시치리의 옆면을 때렸다.

"머리에 일격!"

슈사이는 그 옆머리의 일격을 인정했다.

마지막 한 판은 이와 같은 타류 시합의 관습인 예절로서, 가쓰라가 손목 하나를 시치리에게 양보하고 성큼 자기의 죽도를 내렸다.

'아니꼽게 구네.'

양보라는 것이 너무나 뻔히 들여다보여서 도시조는 마음에 들지 않았다.

"그만."

슈사이는 손을 들었다.

시합이 끝나자 가쓰라는 무뚝뚝한 얼굴로 재빨리 갈아입고 도장 저쪽으로 사라지려고 했다.

"도시조, 다과를 대접하라."

곤도는 당황하면서 말했다.

"시치리는 내가 술을 대접하겠다. 자네는 가쓰라 쪽이다. 돌아갈 가마 준비도 잊지 말아야 한다."
"음."
기분 상한다 싶었으나 도시조는 도장을 나와 현관마루에서 가쓰라를 불러 세웠다.
"가쓰라 선생. 별실에 준비가 돼 있으니 잠깐 땀을 들이시지요."
"아니, 바빠서."
가쓰라는 돌아다보지도 않았다. 이 경우, 가쓰라와 도시조의 위치를 현대식으로 말하자면 종합 병원의 부원장과 시중 개업의사의 대진(代診) 관계로 상상하면 되리라.
"하지만 가쓰라 선생."
도시조는 소매를 붙잡았다. 가쓰라는 뒤돌아보고 흠칫 놀랐다.
거기에 눈이 있었고 그 눈은 증오에 불타고 있었다.
가쓰라는 마음에 걸렸다.
'왜 이 사나이는 매일 이런 눈을 하고 있을까?'
"그럼."
가쓰라는 순순히 도시조를 뒤따랐다. 준비는 슈사이 노인의 방에 되어 있었다.
도코노마(床間 : 방 한쪽을 쑥 들어가게 파서 족자를 걸거나 장식물을 놓는 곳) 옆의 기둥을 등진 상석에 앉은 가쓰라에게 도시조는 유별나게 공순히 절을 했다.
"본 도장의 사범대리 히지카타 도시조라고 합니다. 앞으로 많은 지도를 해 주십시오."
"이쪽이야말로."
가쓰라의 머리는 가볍다.
이윽고 곤도의 부인인 오쓰네가 다과를 들고 들어왔다.
음울한 여자이므로 보통 예의대로 인사는 하지만 상냥한 미소 하나 보여주지 않는다.
오쓰네는 다과 외에도 종이와 돈을 담은 쟁반을 가쓰라의 무릎 앞에 밀어 놓았다. 가쓰라는 익숙한 손놀림으로 그것을 받자 품안에 넣은 뒤 무표정하게 찻종을 집어들었다.
"가쓰라 선생."

도시조는 터무니없이 공손한 태도를 취했다. 나이는 도시조와 비슷하다.
"선생의 훌륭하신 시합을 볼 수 있어 이 눈의 복이 과분하다고 생각했습니다. 그 정도로 교묘한 죽도 솜씨는 고겐 일도류나 천연이심류 따위의 시골 검법으로는 도저히 따르지 못합니다."
"무슨 말씀을."
"덕분에 본 도장의 체면은 섰습니다. 다만 배움을 위해 여쭐 말씀이 있습니다. 선생의 정묘한 죽도 솜씨는 무기가 목검이나 진검일 경우에도 마찬가지로 발휘하는 것일까요?"
"모르겠는데요."
가쓰라는 여전히 무뚝뚝하다.
도시조는 그래도 여전히 물고 늘어졌다.
"천연이심류이건 고겐 일도류이건, 마니나 염류이건, 부슈나 조슈의 검술은 실천용으로 만들어진 것이므로 결국 도장 검술로서는 에도의 대류파에 뒤지고 있지요."
"그렇습니까?"
가쓰라는 이런 화제에 흥미가 없는 모양이다.
"만일에."
도시조는 잔뜩 노려보며 물었다.
"어떨는지요?"
"뭐가요?"
"그것이 죽도가 아니고 진검이었다면 시치리 겐노스케를 그토록 쉽게 칠 수 있었을지 어떨지······."
"모르겠는데요."
가쓰라는 대답했다.
상대하려 들지 않는다. 시골의 작은 유파에게 가르치러 가면 으레 도시조 비슷한 자가 있어
"실전에서는 어떨는지요?"
어쩌고 한다. 가쓰라는 그런 질문에 익숙했다.
"그러나 가쓰라 선생, 만약 이곳에 난폭자가 있어 선생에게 덤벼든다면 어떻게 하시겠습니까?"
"내게?"

가쓰라는 비로소 웃었다.
"달아나지요."
"……."
도시조와는 전혀 질이 다른 사나이인 모양이다.

곤도 이사미는 자기 방에서 오쓰네에게 주안상을 차려오게 하여 시치리 겐노스케를 접대하고 있었다.
시치리는 연거푸 열 잔쯤 비우고 나자 물었다.
"어떻습니까, 한 번?"
"술 말입니까?"
"아니, 시합에 관한 것이죠."
시치리는 빈정대는 투였다.
"이번엔 당신 유파의 여러분을 하치오지에 초대하고 싶은데 받아 주시겠습니까?"
"글쎄요."
"하치오지의 술은 맛이 없지만 검의 맛이라면 히루마 도장이 모두 나서서 충분히 접대를 하겠습니다. 실은 그와 같은 생각도 있어 이번에 시합을 청했던 겁니다. 어떨까요?"
"제자와 의논한 뒤에."
"의논도 좋지만."
시치리는 잔을 쭉 들이켠 뒤 이렇게 말했다.
"대리는 사절하고 싶은데요."
이렇게 말했다.
"넷?"
"얕보시면 곤란합니다. 모를 줄 알았던가요. 그와 같은 죽도 곡예사 같은 놈을 불러대시면 곤란하다 이 말씀이오."
"아하, 그렇습니까!"
곤도는 험악한 표정을 지었다. 그러고선 일체 입을 열지 않는다. 곤도의 버릇은 불리해지면 입을 꽉 다무는 것이다. 다물면 무시무시한 얼굴이 된다.
그때 오키타 소지가 들어왔다. 주석의 흥을 적당히 맞추기 위해서였다.
"소지, 이 손님은 말이다."

곤도가 입을 열었다.

"하치오지에서 시합을 하고 싶은 모양이야. 이걸 받아들이지 않으면 안 되겠는데 죽도 곡예는 질색이라고 하신다."

"시치리 선생."

소지는 서쪽으로 돌아앉으며 놀라는 시늉을 해보였다.

"진검으로 하시겠다는 말씀입니까? 그것은 좀 좋지 않은 소견 같은데요. 그건 전쟁이 돼 버립니다. 머지않아 다마는 검술 금지가 되고 말지요."

"그게 아니라,"

시치리가 말했지만 이미 때는 늦었다.

"날짜는 언제입니까?"

"추후에 초청할 날을 결정하겠소."

"그러나 전쟁에 날짜와 약정이 있을라구요."

"소지!"

곤도가 오히려 당황했다.

"물러가 있어."

예, 하고 소지는 물러나오다가 복도에서 도시조와 딱 마주쳤다.

"가쓰라 선생은 벌써 돌아가셨나요?"

"응."

"수고 많으셨습니다."

오키타는 놀리는 투였다. 이 사나이가 까불기 시작하면 변변한 일이 없다.

"히지카타 씨, 기분이 썩 좋지 않은 것 같군요. 곤도 선생도 영락없이 똑같은 얼굴로 잔뜩 찌푸리고 계시던데요."

"아직도 있는가, 시치리는?"

"있구말구요. 있을 뿐 아니라 이번에는 죽도가 아닌 전쟁이 어떠냐고 제의를 하고 있어요."

"거짓말 마."

도시조는 소리쳤지만 곧 정색하며, 시치리 같은 놈의 일이라 능히 그러고도 남지, 뭐랬는지 말해 봐, 하고 말했다.

"뭐 대단한 이야기는 아니지요. 우선 우리 파의 사람들을 하치오지에 초대한다, 날짜는 추후에 정하겠지만 죽도가 아닌 진검으로."

"하자고 그랬나?"

"네."

오키타 소지는 애교있는 턱을 당기면서 고개를 끄덕였다. 도시조는 도장의 뒤꼍으로 나갔다.

그 시커먼 흙 위에 거구인 하라다 사노스케가 웃통을 벗어붙이고 시골의 씨름꾼쯤 되는 배를 드러내놓은 채 벌렁 누워 있었다.

이것이 이 식객의 일과였다. 배에 한일자의 칼자국이 있었으며 그것이 때때로 생각난 듯이 아프기 때문에 날마다 시간을 정하여 햇볕을 쬔다.

"하라다 군."

넷, 하고 일어났다.

"자네는 분명히 사람을 베어보고 싶다고 그랬었지?"

"그랬습니다만."

무뚝뚝한 사나이다.

뚱보지만 살결이 흰 데다 수염을 민 자국이 새파랗고 눈이 의외로 서늘하다. 그러나 성급하기 이를 데 없는 사나이라 곤도나 도시조조차 이 식객과 이야기할 때에는 꽤나 말에 신경을 쓴다.

"벨 일이 생겼다."

도시조는 헌 못을 주워 들었다.

도시조는 버릇으로 걸핏하면 지도를 그린다. 그런데 그것이 누가 보아도 역력히 그 장소를 상상할 수 있을 만큼 절묘했다고 하니 당시의 인물로서는 드물게 보는 재능이었으리라.

한 줄 죽 선을 긋고서

"이것이 고슈 대로다."

"흐음."

"아사카와(淺川)가 북쪽에서 흘러오고 있어."

"하치오지군요."

하라다 사노스케는 고개를 끄덕였다.

알겠지, 하면서 도시조는 차츰 줄을 복잡하게 그어나갔고 이윽고 한 지점을 가리켰다.

"여기야, 하라다 군. 모레 밤에는 도착해서 묵고 있게. 잠만 겨우 재워주는 집인데 이름만은 훌륭한 에도옥(江戶屋)이라고 하지. 자세한 것은 오키타에게 일러두겠지만, 그러나 이 말을 젊은 선생……"

엄지손가락을 세우고

"……에게 알려서는 안 돼."

그러고서 그는 똑같은 말을 식객인 도도 헤이스케, 나가쿠라 신파치에게도 말했고 마지막으로 오키타 소지를 불러 자세히 작전을 털어놓았다.

"알겠지, 다들 데리고 하치오지로 가는 거야."

"그러니까 에도옥에 묵으면서 히지카타님의 지시를 기다렸다가 히루마 도장을 습격하자는 거군요. 그런데 히지카타님은 어떻게 할 작정입니까?"

"나 말인가?"

도시조는 잠깐 생각하고 말했다.

"떠난다."

"지금부터요?"

"응, 저 시치리 겐노스케가 이곳 도장에서 출발하기 전에 이대로 먼저 하치오지로 달려가는 거야."

"놀랐는데요."

얼굴은 조금도 놀라고 있지 않았다.

"그래서 어떻게 하지요?"

"히루마 저택을 찾아간다."

"찾아간다?"

"병(兵)은 기도(奇道)야. 상대방의 싸움 준비가 갖추어지기를 기다렸다가 습격한다면 싸움이 막상막하가 된다. 내가 먼저 출발하는 것은 그 저택에 자네들 모두를 쉽사리 끌어들여놓기 위해서야."

"대단한 군사(軍師)이시군요."

도시조는 그 길로 떠났다.

하치오지까지 130리.

도중에 히노의 사토 저택 앞을 지나게 된다. 물론 그냥 지나쳐 가는 것이다.

하치오지에 당도하면 즉각 히루마 저택을 방문한다.

하지만, 도시조도 예사로운 절차로 방문할 수 있으리라고 낙관하지는 않았다.

역(逆)의 역(逆)

'도시조의 도깨비 다리.'

히노 주막거리 일대에서 도시조의 소년시대를 아는 자라면 누구나 알고 있었다.

이 사나이의 걸음은 귀신만큼 빨랐다.

오키타 소지 등은

"히지카타님은 괴물이나 다름없지요. 위태천(韋駄天 : 불교에 나오는 부처. 걸음이 빠르기로 유명) 같은……."

놀리곤 했다. 도시조는

'뭐라고 씨부려대는 거냐.'

그러면서 들을 때는 잠자코 있지만, 이런 일도 꽁하게 생각하고 잊어 버리지 않는 성미의 사나이여서 기회만 잡았다 싶으면 앙갚음을 한다.

"오키타, 자네는 모르겠지. 걸음이 빠른 자는 머리도 빠르다는 말."

그런 건각(健脚 : 튼튼한 다리)이다. 걷기 시작하면 시무룩하게 입을 꾹 다물고 눈만 희번뜩거리면서 독특한 찌푸린 얼굴로 획획 대로를 발로 걸어차듯이 걸어간다.

그날 저녁, 시치리 겐노스케가 아직도 곤도 이사미와 이야기하고 있을 무렵 도시조는 고이시카와(小石川) 야나기 거리(柳町)의 도장을 그림자처럼 빠져나갔다.

고슈 대로 130리 길을 내내 뛰다시피 하면서 하치오지의 아사강(淺川) 다리를 건넜을 때는, 아직 날도 새기 전이었다. 확실히 위태천 같은 건각이었다.

'시치리는 아직 돌아와 있지 않을 테지.'

주막거리에 들어서자 새벽 일찍 떠나는 길손을 위한 찻집이 벌써 덧문을 열기 시작하고 있었다.

도시조는 아사강 다리를 건넌 곳에 있는 불당(佛堂) 뒤에서 옷을 갈아입고 그 '이시다 가루약'의 약장수로 둔갑했다.

감청색 수건으로 얼굴을 감싸고 있지만 한길은 아직도 어둡다. 칼은 거적으로 싸서 지니고 요코야마(橫山)의 에도옥에 들어갔다.

"나야."

어머 오랜만이에요, 하고 밥시중드는 여인들이 반색을 하며 야단들이다. 오랜 단골 여인숙이다. 물론 이 집에서는 도시조를 약장수로밖에 알지 못한다.

여기서 한 시각쯤 푹 자고 난 뒤 밥상을 가져오게 하여 밥에 된장국을 들이붓고 실컷 먹었다.

"이것으로 됐어."

한길로 나갔다. 아침 안개가 싸늘했다.

나그네가 안개 속에서 움직이고 있었다. 이곳에서 센닌 거리(千人町)의 히루마 도장까지는 2킬로쯤 된다. 하지만 도시조는 바로 찾아가지는 않는다. 일을 시작했다 하면 불티가 날 만큼 무모하기 이를데 없는 사나이지만 그때까지는 불필요할 정도로 신중하게 사전 준비를 한다.

먼저 지난번의 센주보에 들렀다. 도장의 낌새를 알아보기 위해서였다. 절 경내의 북을 걸어둔 누각 곁, 절머슴의 오두막에 들어가려 하자 방장(方丈) 툇마루에서 볕을 쬐고 있던 늙은 주지가 재빠르게 알아보고 손짓을 해 불렀다.

"약장수 아닌가."

운이 좋다. 도시조는 주지에게 웃는 얼굴을 지어 보였다.

"요즘 어찌 지내누?"
주지는 도시조를 툇마루에 앉히고 손수 차를 따라주었다.
"여전합니다."
"다행이군."
주지는 배추 짠지를 하나 집어 도시조의 손바닥에 올려놓아 주었다.
"그건 그렇고, 히루마 도장에 출가하신 공주님은 안녕하신지요."
"오센 말인가? 고마우이, 잘 있네."
말하는 주지는 부처님 같은 인물이다. 설마 이 약장수가 형편없는 악당으로 딸의 몸까지 더럽힌 작자인 줄은 모른다.
"그런데."
주지는 여전히 말하기를 좋아했다.
"히루마 도장 쪽은 꽤나 복잡한 모양이야."
"그렇습니까."
도시조는 애교있게 고개를 갸우뚱한다.
"무슨 일로요?"
"그게 노름꾼의 세력전 다툼 비슷한 것이어서 말일세. 옛날 이곳은 저쪽 아사카와(淺川)를 경계로 하여 동은 천연이심류, 서는 고겐 일도류라고 정해져 있었는데 세상이 양이(攘夷)니 하며 시끄러워지고, 거칠어진 탓인지 서로가 힘으로 세력권을 확보하려고들 하네. 겐키(元龜)·덴쇼(天正)시대의 전국시대(戰國時代)로 되돌아간 것 같은 꼴이라니까."
노승은 딸 오센과 닮은 꺼풀이 얇은 눈을 가늘게 뜨면서 말을 이었다.
"뭐, 사위 녀석의 말로는 히노의 이시다 마을 태생인 사내로서 천연이심류의 숙두로 있는 뭐라든가 하는 사나이가 형편없이 거친 악당이라나. 히루마 쪽에서도 놈을 부바이 냇가에 꾀어내어 베어버릴 계략이었던 모양인데, 오히려 이 편에 몇 명 부상자까지 내게 하고 놈은 바람같이 에도로 달아났다고 하더군."
"거 우스운 놈이로군요."
"우습긴 뭘. 어차피 낯짝을 보아도 고약한 놈일 테지."
"그렇겠지요."
도시조는 천천히 차를 마셨다.
"어때, 한 잔 더 들겠나?"

"아니 괜찮습니다…… 그런데 고슈 대로 연변의 소문으로는 히루마 도장의 숙두 시치리 겐노스케라는 사나이도 상당한 악당으로서 평이 나쁘던데요."
"그런 모양이야."
노승은 고개를 끄덕이며 말을 이었다.
"들으니 그 시치리라는 사나이는 애당초 하치오지 검객도, 고겐 일도류도 아니고 조슈에서 흘러들어온 고용 숙두라나 봐. 내 사위 히루마 한조도 마음속으로는 못마땅한 눈치인데, 그 녀석이 오고 나서 농부나 노름꾼의 제자가 훨씬 늘어나고 있기 때문에 참고 있을 거야. 그러나 칼솜씨는 상당하더군."
"호오, 그래요?"
"머지않아 하치오지의 고겐 일도류가 산타마(三多摩)의 잡다한 파들을 모조리 쓸어버리고 부슈 서부 일대에 군림한다고 큰소릴 치고 있지. 한 잔 더 하겠나?"
"네?"
도시조는 다른 생각을 하고 있었다.
"차 말일세."
"네, 됐습니다."
절을 하고서 일어나 그 길로 산문을 나와 한길께로 돌아갔다.
안개는 걷혀 있었다. 도시조는 주막거리의 처마밑을 따라 서쪽으로 걸어갔다.
하치오지는 고슈 대로에서 손꼽히는 큰 주막거리인데, 서쪽을 향해 길게 작은 주막거리로 나누면 15개의 역참(驛站)으로 나뉜다. 그 작은 주막거리인 요코야마(橫山)와 요카이치(八日市), 야하타(八幡), 야기(八木), 이렇게 걸어 무사 저택이 늘어선 센닌초 모퉁이까지 왔을 때는 이미 해가 중천에 올라 있었다.
'그럼.'
도시조는 망설이지도 않는다. 히루마 도장의 문 앞을 유유히 지나쳐 그 길로 뒷문께로 갔다. 그뿐만이 아니다. 대담하게도 저택 안으로 쑥 들어가 버렸던 것이다. 대낮의 강도질이나 다름없었다.
다행히도 사람 그림자는 없었다.

'모두 훔쳐가도 모르겠구먼.'

도시조는 양 어깨를 으쓱하고는 도장과 안채 사이에 있는 좁은 길을 천천히 빠져나갔다. 내부 구조는 훤하다. 이대로 쭉 가면 또 하나 쪽문이 있고 그것을 열면 뒤쪽에 넓은 뽕밭이 펼쳐져 있을 것이다.

거기를 지나려고 하였을 때 등 뒤에서 드르륵 문이 열렸다.

"……"

겨우 발을 멈추었다. 그러면서도 뒤돌아다보려고는 하지 않는다. 만일 웬놈이냐고 물으면

"네, 약장수입니다."

대답할 준비를 하고 있었다. 이미 이 도장에서는 그런 위장도 통하지 않게 되었지만 도시조는 뻔뻔스럽게 우기고 나갈 남다른 배짱이 있었다.

"……"

도시조는 아직도 뒤를 돌아다보지 않는다. 그런데 이상하게도 등 뒤 사람 역시 입을 열지 않고 있는 것이다. 다만 가쁜 숨소리만 들려왔다. 여자였다.

'오센이구나.'

마침 잘 됐다. 만났으면 했던 사람을 느닷없이 만나게 되다니, 역시 서로 몸을 섞은 남녀 사이에는 눈에 보이지 않는 어떤 실이 오가고 있는 것일까. 그러나 도시조는 '나야.' 하고 밝히지도 않고 걷기 시작했다.

그 약장수 차림의 등 뒤에서 오센은 입술이 파랗게 질려 떨고 있었다. 이미 연정(戀情)이니 하는 그런 감정은 아니었다. 공포라고 해도 좋았다. 이 사나이는 무엇 때문에 자기 시집에 이다지도 자주 나타나는 것일까.

물론 오센은 도시조가 실은 약장수가 아니고 천연이심류의 숙두라는 것도 알고 있으며, 로쿠샤 살해에서부터 부바이 냇가의 싸움에 이르기까지 자초지종을 모두 알고 있었다.

그런만큼 더욱 무서웠다.

통용문 못미쳐에서 이 약장수는 유유히 오른쪽으로 꺾어들었다. 거기에 헛간이 있다. 이미 옥내의 사정을 알고 있었다. 헛간은 된장 광과 그릇 광에 둘러싸여 있고 이곳에는 좀처럼 식구나 문하생도 오지 않는다는 것을 이 사나이는 익숙한 도둑처럼 잘 알고 있었다.

'반드시 따라온다.'

사실, 오센은 발자국 소리를 죽이고 끌리듯이 도시조의 뒤를 쫓았다. 헛간

과 광 사이에서 도시조는 기다렸다.

도시조는 손을 내밀어 오셴을 끌어당기고 느닷없이 껴안아 버렸다.

"곤란할 테지."

귀에 대고 속삭였다. 당연히 곤란할 것이다. 도시조는 속삭이면서 왼손으로 오셴의 옷자락을 헤치고 무참한 짓을 가하였다. 오셴은 안긴 채 서 있었다. 그녀의 맨발은 엉겅퀴의 섶을 짓밟아 그 잎사귀의 퍼런 즙이 발가락을 적셨다. 온순한 여자이다.

몸을 버둥거리며 항거하지는 않았지만 그래도 이 여자로서는 한껏 애쓰며 작은 목소리로 말했다.

"제발 다시는 오지 마세요."

그때 햇볕이 갑자기 그늘졌다. 바람이 광의 서쪽 건물에서 일어나 밤나무가 술렁거리기 시작한다.

"당신도 나쁜 사내하고 인연을 가졌지."

도시조의 목소리는 메말라 있었다.

"싫어요."

"잠시 움직이지 말라구."

도시조의 손가락에 힘이 주어졌다. 오셴은 거의 울상이 되었다. 하지만 버둥거리고자 해도 도시조의 한 팔이 그녀의 몸을 껴안고 있어 꼼짝도 할 수 없었다.

"저, 이런 대낮에……."

"밤이라면 상관 없다는 건가."

"이젠 무서워요. 이곳엔 오지 말아 주세요."

말하면서도 간신히 서 있는 오셴의 발은 엉겅퀴를 정신없이 짓밟는다.

"그러면 용서……."

"그러면 내일 밤 10시, 뽕밭으로 통하는 뒷문을 열어놓도록 해. 몰래 올 테니까. 마지막 정을 풀면 이제 다시는 안 온다. 이것은 승낙해 주겠지?"

"네."

희미하게 끄덕였다.

'이제 됐다.'

오셴에게 볼일은 끝났다. 밤의 일은, 그 열린 뒷문으로 오키타 소지와 하라다 사노스케, 나가구라 신파치 등을 끌어들이면 되는 것이다.

'이 악당.'

도시조는 자기를 비웃지 않는다. 지금의 경우 도시조에게는 싸움에 이기는 것만이 중요했다.

이튿날 저녁, 도시조가 여인숙 에도옥에서 기다리고 있으니 예정대로 오키타 등이 나타났다.

전부터 이미 약속한 대로 그들은 여인숙 사람에게 의심을 사지 않기 위해 도시조와는 전혀 다른 손님이 되어 아래층에 묵고 있었다.

식사가 끝나고 나서 오키타 혼자 도시조의 방에 찾아왔다.

"……"

도시조는 고개를 떨군 채 무릎 위에서 무엇인가 작업을 하고 있었다. 자세히 보니까 데운 술이 든 도쿠리(작은 술병)에 가루약을 집어넣는다.

"뭡니까, 그게?"

"타박상과 골절의 묘약이지. 술에 타서 미리 마셔두면 효험이 빨라."

"그것이 히지카타의 가전(家傳) 비약인 이시다 가루약이라는 겁니까?"

"내 장사 밑천이지."

여전히 무뚝뚝한 얼굴이다.

원료는 앞에서도 말한 것처럼 히지카타의 집 바로 옆을 흐르고 있는 다마강 지류 아사강의 냇가에서 채취한다. 오늘날에도 여전히 온 냇가에 번식하고 있는 가시가 있는 물풀인데, 이것은 채취하여 말린 다음 농한기에 까맣게 볶아 쇠절구로 빻아 가루약을 만든다. 히지카타의 집에서는 이 풀의 채집기나 제약 시기에 온 마을 사람을 동원하여 만드는데, 도시조는 12살 때부터 이 인원 동원에서부터 인원 배치, 지휘 일체를 도맡아하였다. 도시조가 사람 다루기에 능한 것은 이런 데서도 연유한다.

"이것은 아주 효험이 있지."

도시조는 기쁜 듯한 표정이 되었다.

"그럴까요. 하지만 히지카타님, 상대는 만만치 않습니다. 이런 걸 먹일 수 있을지 몰라."

"약은 마음이다. 배짱을 정하고 꼭 듣는다 생각하고 마시면 반드시 듣는다."

"굉장한 약이군요."

"이걸 아래층에 갖고 내려가서 대여섯 잔씩 모두 마시라고 하게."
"그러면 감격해서 울겠지요."
오키타는 낼름 혓바닥을 내밀었다.
"무기는 목검이다. 상대편이 비록 진검으로 대항한다 해도 목검으로 때려 눕히는 거야. 부바이 냇가 때는 들판이어서 괜찮았지만 이번에는 그렇지가 않아. 하치오지 주막거리니까 말이야."
"잠든 뒤에 습격하는 거로군요."
"아니야."
도시조는 말했다.
"정식 시합을 하는 거다. 다만 보통 시합과 다른 점은 상대방을 두들겨 깨워 억지로 목검을 쥐어주고 싸우는 거지."
"과연."
기발한 아이디어. 내용이야 어떻든 간에 형식은 어디까지나 시합의 모습을 갖춘 것이다. 이기면 평판이 난다. 검의 길에서 좋은 평판을 얻은 측과 못 얻은 측은 아무튼 하늘과 땅의 차가 있는 것이다.
"시치리 겐노스케가 우리 도장에 와서 큰소리를 친 이상 시합은 이미 시작됐다고 생각해도 좋아. 방심하는 쪽이 나쁜 거지."
"침입로는?"
"내가 다 생각해 두었어. 그곳에서 지시를 따르면 돼."
아직 10시까지는 시간이 있었다. 도시조는 오키타를 쫓아버리고 드러누웠다.
가물가물 잠을 청하고 있는데 도시조와 오래 전부터 안면이 있는 나이 든 밥시중 계집이 올라와서 묻는다.
"어때요?"
같이 안 자겠느냐는 것이다.
"괜찮아."
"내가 마음에 안 들어요?"
"난 분 냄새가 싫단 말이다."
"별꼴 다 보겠네. 그럼 분을 지우고 올라올 테니 얌전히 이불 속에서 기다려요. 말해 두겠지만 난 직업상 이러는 게 아녜요. 멀쩡한 남자가 혼자 자는 꼴이 정말이지 처량해서 덕을 베풀겠다는 거니까."

"고맙군그래. 하지만 난 오늘밤 밤길을 떠나 고슈로 가야 해."
"어머, 당신도 밤길을 걸어요? 제발 그만둬요. 아래층 무사들도 밤길을 떠난다고 했으니까."
"무사는 무사, 난 나다."
"그렇지만."
여자가 빤히 들여다보며 말했다.
"그자들 어딘지 이상해요. 히루마 도장하고 싸우려는 게 아닌지?"
'뭣이?'
그렇지만 도시조는 놀라움을 감추고 천천히 일어났다. 비밀이 누설되고 있다.
"어디서 들었지?"
"직감이에요."
여자는 킥킥 웃으며 애를 태웠다. 도시조는 외면해 버렸다. 주름살에 분가루가 허옇게 더덕더덕 붙다시피 한 여자의 흰 모가지가 지겹다. 몸을 팔고는 있지만 쉰은 되었으리라.
"내 직감이라니까, 당신."
여자는 자랑스럽다는 듯이 말했다.
"……."
여자라면 사족을 못쓰면서도 가끔 여자라고 하는 것이 소름끼칠 정도로 싫을 때가 있다. 본디 여자가 밉살스럽고 싫은 건지도 모른다. 도시조가 여자에게 깊이 빠지는 일이 없는 것은 여자가 두려워서 언제나 달아날 궁리부터 하기 때문인지도 모른다.
"이봐요, 더 듣고 싶지 않아?"
여자는 울퉁불퉁한 손가락으로 도시조의 무릎을 쿡쿡 찔렀다.
"재미있다니까. 나밖에 알지 못하는 연극이 머잖아 이 한길에서 벌어질 테니까."
"무슨 일인데?"
"글쎄 들어봐요."
조금 전 여자가 아래층 변소에서 용변을 보고 있으려니까 한길에 무사가 있었다. 이상하다 싶어 추녀 아래로 나가 보았더니 무사가 여러 명이었다. 볼일도 없이 한길을 왔다갔다하고 또 맞은편 여관집의 방화수(防火水) 통

뒤에 서 있거나 하는 것이 낌새가 예사롭지 않았다.

'살인강도라도 잡으러 왔을까?'

이렇게도 생각했지만 포졸들은 아니었다. 그 얼굴이 하나같이 히루마 도장에 있는 젊은이들이었다.

"히루마 도장?"

도시조는 숨을 삼켰다.

들통이 났구나.

이미 상대편은 선수를 쳐서 이 에도옥을 감시하고 있는 모양이었다. 모르기는 하지만 주막거리 끝 으슥한 곳에 충분한 인원을 배치하고 있으리라.

'누가 고자질했을까?'

도시조의 얼굴이 하얗게 질렸다. 오셴이 알린 것이 틀림없었다. 오셴은 작은 가슴에 혼자 간직할 수 없어서 어떤 형태로든 남편 한조가 아니면 시치리 겐노스케에게 알린 것이 분명했다.

"여보시오."

여자는 깔깔 웃고 손가락으로 도시조를 찔러댔다.

"여자들을 꽤나 많이 울렸을 거야."

"뭐라구?"

도시조는 흠칫 놀랐다. 가슴 속의 생각과 너무나 들어맞았기 때문이다. 그러나 여자는 별반 저의가 있어서 하는 농은 아닌 모양으로 도시조의 목에 팔을 감아오며 말했다.

"이렇게 잘났으니까 그렇지 뭐."

"비켜!"

도시조는 일어섰다. 아래층에는 오키타 소지, 하라다 사노스케, 나가쿠라 신파치, 도도 헤이스케가 있다. 이만큼의 인원이 무사히 하치오지를 탈출할 수 있을지 도시조에겐 성산(成算)이 없었다.

탈출계(脫出計)

모두들 여인숙 아래층에서 술을 마시고 있었다.

도시조는 그들의 방에 들어서자 탁주 냄새에 '음' 하면서 상을 찌푸렸다. 하라다는 누워서 배불뚝이 알몸 위에 5홉들이 술병을 올려놓고 고개를 처들면서 술잔을 홀짝홀짝 핥다시피 한다.

"하라다 군, 그게 무사의 몸가짐인가. 어서 일어나."

차가운 눈으로 말했다. 도시조에게 사나이의 취한 꼬락서니처럼 불쾌한 것은 없다. 곤도도 히지카타도 술을 즐기지 않았지만 똑같이 술을 못하는 체질이라도 곤도는 주석을 좋아했고 술꾼을 이해하는 편이었다. 하지만 히지카타는 이 창자 썩는 듯한 냄새가 견딜 수 없었다. 다소간 즐기게 된 것은 교토에 올라간 뒤의 일로, 처음으로 서울의 미주를 마셨을 때 술이란 이런 액체인가 하고 그때까지 이 액체에 대해 품고 있던 증오심을 얼마간 풀었을 정도였다.

"무슨 일이라도 있습니까?"

하라다가 물었다.

"자네들에게 얘기할 것이 있다."

도시조는 자신들의 계획이 히루마 도장에 이미 알려지게 되었다는 것을 말하고, 벌써 이 여인숙 주위와 거리의 요소요소는 고겐 일도류의 사람들로 포위되어 있다고 짤막하게 설명했다.
"그럼 어떻게 하죠?"
"달아나야지."
"난 싫소."
"자넨 취했어. 입 다물고 있어."

그 무렵, 하치오지의 센닌 거리에 있는 고겐 일도류의 히루마 도장에서는 근처에 사는 모든 문도를 소집해 놓고 있었다.
농부, 노름꾼, 하치오지 센닌 거리에 사는 향사들과 같은 잡다한 사람들로 인원이 3, 40명은 되었으리라. 저마다 목검이며 시합창 따위를 지니고 쇠사슬 갑옷을 껴입은 자도 있었다. 만약 지방관의 관아에서 단속이 있게 되면 천연이심류와의 들판 시합이라고 돌려댈 구실도 준비하고 있었다. 물론 사범대리 시치리 겐노스케의 지혜이다.
정작 도장주인 히루마 한조는 온화한 성격이어서 지휘는 일체 시치리에게 맡겼다.
안주인 오센은 감기라고 핑계대고 이불을 뒤집어 쓰고 있었다. 불안에 가슴이 조마조마했다.
그녀는 '약장수'를 배신했다. 슬기롭게 고자질을 했기 때문에 남편도 시치리도 그녀가 처녀 시절 약장수하고 관계가 있었던 것은 모르고 있다. 여자의 간사한 꾀는 몸을 지키기 위해 하늘이 내려주신 것이다. 하지만 이 지혜로운 각본이 성공한다 하더라도 그 각본의 작자인 그녀는 이제부터 무대 위에서 벌어질 연극 그 자체는 보고 싶지 않았다.
시치리는 인원을 두 패로 나누었다. 상대편이 어디로 쳐들어오든 그것을 기회삼아 그들의 아랫도리를 평생토록 써 먹지 못할 정도로 때려 눕힐 작정이었다.
그 점에서, 시치리는 도시조와 닮은 데가 있었다. 병적이라 할 만큼 싸움을 좋아하는 것이 꼭 닮았다. 시치리가 검술 장비를 갖추고 인원 배치 등을 하고 있을 때는 눈빛마저 달랐다.
시치리는 한 패를 센닌 거리의 도장에 배치하여 도장주 히루마 한조를 지키게 했다. 이것이 주력 20명.

다른 한 패는 '신사의 숲'에 매복시켰다.

이것으로 천연이심류의 5명은 물러가든 나아가든 독안에 든 쥐 꼴이 된다.

"되풀이해 말하지만 주막거리의 한길에서 싸움을 벌여서는 안 된다. 조슈에서는 그런 일이 있어 한 고을이 몽땅 검술 금지를 당할 뻔한 일이 있다. 어디까지나 상대를 도장이나 신사 숲에 끌어들여서 해치운다."

시치리는 문도들에게 주의를 주었다.

"……설마하니."

도시조는 에도옥 아래층 깊숙한 방에서 말했다.

"히루마 녀석들이 이 번잡한 하치오지의 한길에서 일을 벌이지는 않겠지. 짐작컨대 우리가 주막거리에서 벗어났을 때를 노리고 있을 거야. 즉, 위험한 것은 아사강의 다리를 건너고 나서일세. 건너자마자 왼쪽에 잡목 숲이 있는데 여기서는 신사의 숲이라고 부른다. 내가 시치리 겐노스케라면 여기에 인원을 매복시킬 거다. 거기가 위험해."

"그래서?"

하라다가 물었다.

"우리는 어떻게 합니까?"

"이제 말한다."

도시조는 좌중을 빙 둘러보았다.

"오키타군. 자네는 도도 군, 나가쿠라 군과 셋이서 먼저 출발하게. 이 셋은 '암흑조'다. 초롱불을 켜지 않는 거야."

당부했다.

"옳지, 축제 때 싸움하듯 말이죠?"

오키타는 이해가 빠르다. 도시조가 태어난 히노 주막거리 변두리에는 옛날부터 그와 같은 싸움법이 있었다.

이 산타마 지방은 이에야스(家康)가 간토 지방을 차지한 뒤로 막부령으로서 에도의 많은 인구를 먹여 살리는 농업지대로 만들어졌지만, 그 이전에는 그 근방 농민이 전쟁이 났다 하면 갑옷을 걸치고서 겐페이(源平) 이래 막강함을 자랑했던 '반도(坂東) 무사'의 용맹을 보여주었던 곳이다.

도시조의 히지카타 가문도 지금이야 농사꾼에 지나지 않지만 멀리 겐페이의 그 시절에는 히지카타 지로(土方次郎)라는 이름으로 미나모토 씨(源氏) 편의 장수가 나왔었다. 또 시대를 내려와 전국시대에는 다마 10기(十騎)의 하나로 꼽힌 집안으로서 히지카타 에치고(土方越後)니 젠시로(善四郎)니 헤이자에몬(平左衛門)이니 야하치로(彌八郎)니 등이 오다와라(小田原) 호조(北條) 씨의 개척지 사령관으로서 용맹을 근방에 떨쳤던 것이다.

이 산타마 일대는 그와같은 겐페이 무사이며, 전국 무사의 후손들이어서 성미도 거칠어 농부들이라고는 하나 조상 전래의 싸움 전법이나 소규모의 전투 방식을 이어오고 있었다. 히지카타 도시조가 지휘한 뒷날의 신센조 전술과 아이즈(會津) 전쟁, 하코다테(函館) 전쟁 등의 수법은 산타마의 토속 전법에서 나온 것이었다.

오키타 소지가 '축제의 싸움'이라고 말한 전법도 그 하나였다.

"히지카타 선생."

하라다는 불만스런 듯이 말했다.

"내 이름이 빠진 것 같습니다만."

"자네는 나하고 함께야. 즉 축제의 싸움이라는 전법에서 자네와 나는 '등불조'가 되는 걸세."

"등불조라면?"

"글쎄 내가 가르쳐 주는 대로 하는 거야. 꽤나 멋있고 재미있는 거라구."

여인숙 에도옥 주위를 감시하고 있는 히루마 도장의 무리는 7명이었다.

이자들의 임무는 단 한 가지밖에 없다.

'나오면 어느 방향인지 알리라'는 것이 시치리의 명령이었다.

도시조 일행이 센닌 거리(도장)로 향하는지, 아니면 대로를 동쪽으로 달려 에도로 돌아가 버리는지.

'어느 쪽일까?'

그들 모두가 여인숙의 나무 뒤와 방화수 통 뒤, 혹은 맞은편 여인숙의 봉당 같은 곳에서 눈을 번뜩이고 있었다. 이윽고 10시를 알리는 종이 울리고 나자 바람이 일었다. 그때 하나같이 '왕골갓'을 깊숙이 눌러 써 얼굴을 전부 가린 3명의 무사가 나왔다.

오키타와 도도, 나가쿠라, 세 사람이다. 이것이 도시조가 말하는 암흑조로 등불을 들고 있지 않았다.

"나왔다."

망보던 자들은 술렁거렸다.

밤하늘은 구름 한 점 없이 개었고 별들이 가득 뿌려진 것처럼 반짝이고 있었다. 3인조의 왕골갓은 여인숙을 나오자 에도 쪽을 향해 걷기 시작했다. 그러나 무사들의 검은 그림자는 이내 대로의 어둠 속으로 사라져 버렸다.

"고슈 대로로 에도를 향하고 있다. 즉각 도장에 가서 시치리님에게 그리 전하라."

지시를 받고 전령 담당이 추녀 밑을 누비며 뛰기 시작했을 때 에도옥에서 요상스런 물건이 나왔다.

중 모습의 거대한 인간이었다.

그것이 중 모습이라는 것은 어두워서 확인하지 못했지만 머리에 새끼줄 띠를 두르고 허리에는 금줄을 주렁주렁 둘렀으며, 등에는 거적을 비스듬히 걸머지고 허리에 커다란 기마용 등을 꽂고 있었다.

"자아 자, 여러분 선남선녀님네들."

그러면서 노래하고 춤추며 걸어가는 것이 아닌가.

이것은 하라다 사노스케가 일찍이 이요(伊予) 땅 마쓰야마번(松山藩)의 어떤 상급무사 집 하인방에서 뒹굴던 무렵에 배운 술자리의 특기였다.

지금도 취하기만 하면 곧잘 이 특기를 보여주곤 하는데 짓궂은 동료들 중에는 진지한 얼굴로 이렇게 말하는 자도 있었다.

"하라다 군, 그것은 하인방에서 배운 재간이라고 하는데 어쩌면 그것이 본업이었던 것 아닌가?"

그만큼 이 사노스케의 재간은 볼 만한 것이었다.

손바닥에 단순한 악기가 들려 있어 그것이 따닥따닥 울린다. 악기라지만 대쪽 두 개로 그것을 손가락 사이에 끼우고 놓았다 접었다 하면서

"성큼성큼, 성큼 중님이 지나갈 때에는……."

노래 부르는 것이다.

"뭐야, 저건?"

"성큼성큼 중놈이야."

하나가 말했다.

옛날에는 여러 고장에 이런 거지중이 돌아다녔는데 어느 틈엔가 자취를 감추었다가 요즘 다시 대로변에 나타나기 시작했다. 이것도 양이 소동으로

세상이 불안해졌기 때문인지도 모른다.

"성큼성큼 성큼성큼 성큼 중님이 지날 때는 허리에 칠구(七九)의 금줄을 두르고 머리에 띠를 단단히 졸라맸네. 선남선녀님네여, 대일부처님의 대리로 빌려주며 난행 고행(難行苦行)하는 중님께서 성큼성큼 성큼성큼, 터벅터벅 지나가신다."

하라다는 춤추면서 에도 쪽을 향해 걷기 시작했다. 등에 진 거적에는 이 사나이가 자랑하는 히젠(肥前) 땅의 대장장이 후지와라 요시히로(藤原吉廣)의 두 자 네 치 칼이 숨겨져 있었다.

그 등 뒤에서 도시조가 무늬 없는 기마용 등을 허리에 꽂고 감청색 수건으로 얼굴을 가린 약장수 차림으로 걸었다.

두 사람은 아사강 다리를 건넜다.

건너면 하치오지 주막거리는 끝난다. 거기서부터는 별하늘 아래에서 검은 흙의 고슈 대로가 무사시노(武藏野)의 풀과 숲 사이를 가로질러 동쪽으로 끝없이 달리고 있을 뿐이었다.

이윽고 신사의 숲에 이르렀다.

이 숲의 제신(祭神)은 야마시로(山城)와 오미(近江) 땅의 접경에 걸쳐 있는 히에이 산(比叡山)의 토지신인데 히에 명신(日枝明神)이라고 한다. 아마도 먼 옛날 이 근방 히에이 산에는 엔라쿠사(延曆寺)의 절 위답(位畓)이 있었고 그 위답의 수호를 위해 이 신사가 반도(坂東) 땅까지 신주를 모셔온 것이리라.

사당은 잡목 숲으로 둘러싸여 있다. 느티나무 가지가 무성하게 뻗어 길 위에 지붕을 덮은 것같이 되었다. 그 밑은 별빛도 없이 동굴처럼 보인다.

"하라다 군, 큰 소리로 노래해."

도시조가 말했다.

"알겠습니다."

올빼미가 울고 있었다.

"자아, 여러분."

하라다가 노래하기 시작했다.

"선남선녀님네여, 성큼성큼 성큼성큼 성큼 중님이······."

여기까지 불렀을 때 길 옆의 숲속에서 열두 명이나 되는 사내들이 나타나 두 사람을 빙 둘러쌌다.

여기까지는 도시조가 계산한 대로였다.
"야, 중놈아."
하나가 등불을 들이대며 말했다.
"어딜 가지?"
"여기가 검문소냐?"
하라다는 말했다. 시비조였다. 도시조는 식은땀이 흘렀다. 여기서는 되도록이면 무사히 통과하고 싶었다.
'이거 중으로 분장한 것이 잘못인가.'
생각했다.
"이쪽에서 묻겠다."
하라다는 차분한, 그러나 목쉰 소리로 말했다.
"이 근처는 이즈의 니라야마 행정관께서 다스리는 외떨어진 영지(막부의 직할지는 같은 관할이라도 한군데 몰려 있지 않고 군데군데 떨어져 있었다)라고 알고 있는데, 지방관이 바뀌어 이 천하의 공도(公道)에 검문소라도 생겼단 말이냐. 아니면 네놈들이 작당을 하고 함부로 길을 가로막아 통행세를 받겠다는 거냐? 그렇다면 그 죄는 구족(九族)까지 효수를 당하는 천하 제일의 중죄다. 생각해서 대답하라!"
"뭐라고 씨부리는 거야."
상대편은 주춤했으나 도시조 곁으로 다가온 한패가
"너는 이 중놈의 몸종이냐?"
등불을 내밀었을 때, '앗' 하고 소리를 지른 자가 있었다.
"이놈이다. 약장수……."
"어디 어디."
두셋이 도시조의 얼굴에 등불을 들이대고 핥듯이 살펴보기 시작했다.
"야, 약장수. 수건을 벗어 봐."
머리에 호구 자국이 있는가 보기 위해서다.
"네!"
도시조는 허리를 구부리며 들고 있던 거적을 왼옆으로 안고, 턱밑의 매듭을 푸는 시늉을 하다가 느닷없이 거적 속의 칼 손잡이를 잡고 허리를 낮추었다.
"야, 이녀석 봐라."

탈출계 533

뒤로 급히 물러서는 순간, 도시조의 칼이 상대편의 팔을 아래로부터 베어 올렸다. 한 팔이 등불을 잡은 채 날아갔다.

그때, 중 모습을 한 하라다도 성큼 뛰어들어 검을 옆으로 후려쳤다.

모두들 메뚜기처럼 뒤로 튀었다.

"물러서, 물러서!"

지휘자가 허둥지둥 외쳤다.

"멀찍감치 둘러싸라. 상대는 둘이다."

더구나 도시조와 하라다는 이 불빛을 목표 삼아 베어 달라는 듯이 엄청나게 큰 등불을 허리에 매달고 있었다.

"하라다 군, 아직 공격하지 마."

"왜요?"

"기다리는 거야."

도시조는 침착했다. 고겐 일도류의 자들은 도시조의 함정에 바야흐로 걸려들고 있었다.

이 전법은 훗날 아이즈 전쟁 당시 야마나카(山中)에서 사쓰마·조슈·도사의 관군을 꽤 괴롭힌 수법이었다.

이때 사실은 오키타, 도도, 나가쿠라의 암흑조 셋이, 오키타는 잡목 숲속에서, 도도는 논에서, 나가쿠라는 한길 동쪽에서 살금살금 접근하고 있었다.

이 근방 마을의 젊은이들은 축제일 밤같은 때 다른 마을 사람들과 싸움할라치면 대개 이런 식으로 싸운다.

세 사람은 각기 자기의 자리에서 일어났다.

소리는 지르지 않았다. 인원수가 드러나기 때문이다.

등 뒤에서 말없이, 다만 손발을 움직여 목검으로 되도록 민첩하게 후두부를 치는 것이었다.

도도가 세 녀석을 갈겼다.

나가쿠라 신파치는 오른쪽 얼굴과 왼쪽 얼굴을 번갈아 두드려패 눈깜짝할 사이에 6명을 까무러치게 하였고, 오키타 소지는 창칼을 휘둘러 등불을 베어 떨어뜨리면서 하나 하나 어둠을 만들어 갔다.

그 혼란을 틈타 도시조와 하라다 사노스케는 정면에서 공격하며 손목만을 노리고 닥치는 대로 베었다.

히루마 패는 우르르 서쪽으로 무너졌다. 어둠 속에서, 그것도 배후로부터의 말없는 기습은 많은 인원으로 착각하게 하는 법이다.

"후퇴해라!"

히루마 패의 지휘자가 소리쳤다.

걸음아 날 살려라 하고 도망치는데 도시조들도 동시에 동쪽을 향하여 나는 듯이 도망치기 시작했다. 싸움에는 고비가 있다. 우물거리고 있다가는 센닌 거리에서 응원패들이 달려올 것이 뻔하였다.

그로부터 한 달 가량이 지났다.

어느 날, 아직도 해가 높은 시각, 다마 방면의 출장 지도를 마치고 온 곤도가 뒤꼍 우물가에서 발을 씻으면서 큰 소리로 불렀다.

"거기 어디, 도시조가 없나."

도시조가 도장에서 어슬렁 어슬렁 걸어나와서 옆에 섰다.

"뭐요?"

도시조는 물었다. 곤도는 발가락 사이까지 정성껏 씻었다.

"히노의 사토 씨 댁에서 하치오지에서 들려온 소문을 들었다."

"어떤?"

도시조는 경계하고 있었다. 그 사건이 곤도의 귀에 들어간 것이 아닌가 싶었던 것이다.

"하치오지의 히루마 도장이 당분간 문을 닫는다는 소문이야. 못 들었나?"

"못 들었는데."

"이거 신기하군. 정보통인 자네가 모르고 있다니."

곤도는 입을 크게 벌리고 웃었다.

"생각보다는 둔하군."

"둔하구말구. 그런데 대체 뭣 때문에 그렇게 잘나가던 도장을 닫는다는 건가?"

"문하생의 질이 너무나 형편없다는 거야. 그 도장은 선대 때까지만 해도 하치오지의 토박이 향사만을 대상으로 겨우겨우 유지해 왔는데, 당대에 이르러 조슈에서 흘러들어온 시치리인가 뭔가 하는 자를 사범대리로 고용했기 때문에 도장의 품위가 떨어졌던 거야. 시치리 그 녀석이 도장을 번창케 한다 어쩐다 하면서 하치오지 부근에서부터 고슈에 걸친 노름꾼들까지 끌어들여 검술을 가르쳤으니 이게 탈이었지 뭔가. 도장 안팎에서 이자들의 싸움과 사고가 끊일 사이 없었다네. 그래서 마침내 하치오지 향사의 대표인 하라 산자에몬(原三左衞門)님이 중간에 나서서 도장의 규율을 바로잡게 되었다는 거야."
"시치리는?"
"쫓겨났다는군."
"흐음."
도시조는 복잡한 표정을 지었다.
"들은 얘긴데……"
곤도는 수건으로 발을 닦으면서 덧붙였다.
"도장의 녀석 두셋을 데리고 교토에 갔다나 봐. 이제부터 무사는 교토에 가야 한다면서 자못 설치고 다니는 모양이야. 보나마나 요즘 한창 유행인 양이파 무사가 되어 공경(公卿)을 떠받들면서 막부에 반항할 속셈일 테지."
'이제부터 무사는 교토라고?'
도시조는 생각에 잠겼다.
'무사는 교토에 가야만 한다.'
그러나 이때 구체적인 궁리가 있었던 것은 아니었다.
이 생각이 별안간 현실화된 것은 이듬해 가을이 되고서였다.

운명의 실

　필자는 운명론자는 아니지만, 인간의 역사라는 것에는 참으로 정교한 배후 복선이 있다고 본다.
　곤도 이사미도 히지카타 도시조도 역사의 산물이다. 더욱이 그들이 막부 말기의 역사에서 비상한 기능을 담당하게 된 데는 묘한 복선이 있었다.
　홍역과 콜레라다.
　이 두 가지 유행병이 그들로 하여금 교토에서 신센조를 결성하게 하는 운명의 기구함을 부추겼음은 그들 자신도 깨닫지 못하고 있었으리라.
　이 해, 분큐(文久) 2년(1862).
　정월쯤 나가사키에 입항한 외국배가 있었는데 병자는 남겨두고 다른 선원들은 상륙했다.
　그 중의 몇 사람이 고열로 길거리에 쓰러져 연방 기침을 하였다. 이윽고 그들은 배로 옮겨졌고 그것이 홍역이라고 판명되었다. 이 무렵, 대서양 상의 페렐 군도(덴마크 령)에서 홍역이 맹위를 떨치고 있었는데, 갑자기 전 유럽에 만연되었으므로 이 선원이 퍼뜨린 병균 역시 아마도 그러한 경로를 거친 것이 아닐까.

나가사키는 집집이 이 병균의 기습을 받았고 그것이 서부 일본을 거쳐 교토 일대 지방까지 퍼져나갔다.

때마침 교토·오사카 방면에 여행중이던 2명의 에도 중이 있었다.

이 중은 에도 시내에서도 고이시카와 야나기 거리에 있는 곤도 도장과 등을 맞대고 있는 덴즈인(天通院)의 중이었다.

이들은 여행 중 아무 일 없이 에도에 돌아왔는데, 덴즈인의 승방에서 여장을 풀자마자 발병하여 삽시간에 온 절 안의 승려와 잡인 등 태반이 동시에 이 병으로 쓰러졌다.

홍역 바이러스는 오늘날 일본 국내에 정착하여 풍토병화했지만, 쇄국시대의 일본에는 어쩌다가 중국을 경유해서 들어올 정도였으므로 면역이 된 자는 거의 없었다.

그래서 죽는 자가 많았다.

이 덴즈인의 두 승려가 갖고 돌아온 '이국에서 도래(異國渡來)'한 홍역은 눈 깜짝할 사이에 고이시카와 일대의 남녀노소를 쓰러뜨리고 온 에도에 퍼지기 시작했다. 여기에 콜레라까지 합세했다.

"이것도 막부가 천황의 칙허(勅許)를 기다리지 않고 서양 오랑캐에게 함부로 항만을 열어주었기 때문이다."

양이론자들은 이 병균을 겁내며 그런 말을 퍼뜨렸다.

에도 사람 사이토 겟신(齋藤月岑)이 엮은 '부코 연표(武江年表)'에서 분큐 2년 여름의 항목을 볼 것 같으면

'니혼바시(日本橋)를 하루 동안 건너가는 관의 수가 200개가 넘는 날도 있었다. 온 몸뚱이가 뻘개지는 자가 많았고 높은 열에 시달려 발광했을 뿐 아니라 물을 마시고자 강물에 달려가서는 빠져죽고 또 우물에 몸을 던져 죽는 자도 많았다. 해열제인 무소뿔 따위는 도무지 효력이 없었다. 7월로 접어들자 더욱더 기승을 부려 목숨을 잃는 자가 몇 천인지 셀수 없을 정도였다. 게다가 엎친 데 덮친 격으로 콜레라가 유행했다.'

"난리예요, 난리."

거리를 쏘다니다 돌아와서 도시조에게 보고하는 것은 오키타 소지였다.

오키타의 보고에 의하면, 에도의 거리거리는 집집마다 모두 덧문을 굳게 닫고 길에는 사람이 다니지 않아 마치 죽음의 도시와도 같다고 했다.

여름이건만 료코쿠 다리(兩國橋)에 바람 쐬러 가는 사람도 없고 야시도 서지 않을 뿐더러, 홍등가인 요시와라(吉原)나 싸구려 갈보집을 불문하고 창녀가 병을 앓기 때문에 가게를 닫고는 도통 손님을 받지 않았다.

첫째로, 목욕탕이나 머리를 매만져주는 곳 등 대중이 모이는 장소에는 일체 사람이 찾아들지 않는다. 이 때문에 에도의 남녀는 때투성이가 되고 두더지마냥 집 안에서 숨을 죽이고 있었다.

"온 에도 놈들이 고이시카와라면 지옥인 줄 안다니까요."

"여기가 발생지니까."

곤도는 우울한 표정을 지었다.

유행병의 발상지인 고이시카와 일대는 특히 이 환자가 많아 사람이 얼씬거리지 않는다. 곤도 도장에도 제자가 도무지 찾아들지 않게 되었다.

"덴즈인의 중놈 탓이야."

곤도는 씹어뱉듯이 말했다. 곤도는 이 병균이 대서양 상의 덴마크 령 군도에서 지구를 반 바퀴 돌아 곤도 도장 근처까지 왔으리라고는 꿈에도 생각지 못했다. 원망한다면 재작년 3월, 사쿠라다 문(櫻田門) 밖에서 암살된 막부의 실권자인 다이로(大老 : 재상) 이이 나오스케(井伊直弼)의 개국 정책을 원망해야 할 것이었다.

"그런데 이상하잖아."

곤도는 팔짱을 끼면서 중얼거렸다.

"우리 도장의 녀석들은 아무도 안 걸리잖아."

"이웃에서 미움을 받고 있어요. 저곳의 검술장이들은 하나도 걸리지 않았는데 그건 놈들이 기차게 악운이 센 탓일 거야 하고 말입니다. 하나쯤 걸려도 괜찮을 텐데, 어쩌고 하면서 마쓰도코(松床 : 이발소의 이름)의 영감이 떠벌리고 다닌다지 뭡니까."

오키타가 말했다.

"도시, 들었을 테지."

곤도가 재미있다는 얼굴이다.

"네가 일동을 대표해서 좀 앓으면 어떠냐?"

"히지카타님은 안 돼요."

오키타가 놀렸다.

"염병귀신이 꼬리를 사리고 내뺄 겁니다요. 히지카타 선생 자신이 말하자면 염병 귀신 같으니까요."

"이것을 그냥……."

"그렇지만 도시조."

곤도는 말했다. 곤도는 양자라고는 하지만 이 작은 도장의 경영주이다. 그에게는 이런 걱정이 있었다.

"이러다간 도장도 문을 닫게 되겠어. 어쩐다지?"

"기다릴 수밖에요. 쌀통이 바닥날 때까지 농성해야지요."

"농성이라……."

그러자면 돈과 쌀이 필요하다.

도시조는 그 변통을 하기 위해 히노의 대촌장인 사토 히코고로에게 몇 번씩 사람을 보내 쌀과 돈뿐만 아니라 된장과 소금, 약까지 얻어왔다.

전염병의 창궐은 7월과 8월까지도 계속되어, 매년 에도의 인기를 모으는 아사쿠사(淺草)의 조코쿠(長國)에서 열리는 오토리 명신(明神) 대도박(일종의 관인도박으로서 그 수입 일부를 신사에 바친다)도 올해는 근처의 개들만 어슬렁거렸을 정도였다고 한다.

병은 9월이 되어도 고개를 숙이지 않다가 10월로 접어들고서야 겨우 고비를 넘겼다. 그런데 한번 쇠퇴한 도장에는 이상하게도 제자가 되돌아오지 않는다.

하기는 문하생이라고 해야 어엿한 녹을 받는 무사는 선대 슈사이 시절 부교(奉行:에도 시내에 서민을 다루는 관서가 둘 있는데 부교는 그 관아의 우두머리로서 치안 행정 일체를 관찰하는 행정관이다. 승려와 무사는 이들의 감독을 받지 않는다) 휘하의 요리키(與力:부교 밑의 보좌관으로서 무사다. 모든 지위나 신분이 세습제였다) 아무개가 있었을 뿐, 실제 나머지 문하생은 상가의 젊은 주인이나 부유한 상인의 도령, 막부 직할 가신인 직속무사의 하인 나부랑이, 노름꾼(이들도 직업적 조직이 있었다), 절 무사(진짜 무인이 아닌 절의 보호를 위해 절 자체에서 고용한 무사) 같은 자들이었기 때문에 단련에서 멀어지면 더 이상 배울 마음이 나지 않는 것이었다.

가을도 가고 겨울이 왔다.

도장에는 여전히 식객이 우글거리고 있어 수호전(水滸傳)에 나오는 양산박(梁山泊)과도 같은 광경을 이루고 있었다. 이런 자들이 모여드는 것은 곤도의 기묘한 인덕(人德)이라고 할 수 있다.

어딘가 한구석 비어 있는 데가 있었다. 그 어수룩함이 도장의 기풍을 만들고 있었다. 마음이 편해서 눈치보지 않고 공밥을 먹고 있을 수 있다.

식객도 가지가지다.

이세(伊勢) 땅 쓰(津)의 번주 도도의 씨라고 자칭하는 에도 토박이 도도 헤이스케, 마쓰마에 번(松前藩)에서 도망쳐 나온(세습제인 무사는 주군에게 매인 몸이다. 따라서 그 번에서 도망치면 낭인이 되는 셈인데 장남은 그 가문을 잇는다. 하지만 2남 이하는 양자 자리라도 없으면 일생 동안 허송세월을 하게 된다. 이들이 대개 번을 탈출하여 메이지 유신을 일으키는 원동력이 된다) 신도무념류의 면허를 가진 나가쿠라 신파치, 반슈 아카시(明石)의 낭인인 사이토 하지메(齋藤一) 등은 각기 타류를 익힌 자들로서, 그들은 천연이심류의 곤도, 히지카타, 오키타와는 달리 죽도 솜씨가 뛰어났기 때문에 타류 시합을 하러 오는 자들의 상대역을 한다.

그 때문에 공짜 밥을 먹이고 있다기보다는, 죽도로써 그와 같은 역할을 했기 때문에 도장의 밥을 그냥 먹는 것이 당연했지만, 이요 마쓰야마 번의 하인 출신인 하라다 사노스케 따위는 본디가 창술을 익힌 자였다. 호조인(寶藏院)류의 창술을 오사카 마쓰야 거리(松屋町)의 도장 주인 다니 산주로(谷三十郎)에게서 배우고 면허를 받았는데 검술은 대단치 않았다.

힘이 장사이고 남다른 용기를 가진 점에서는 겐페이 시대의 승병(僧兵) 같은 사나이지만 다른 식객처럼 대리 시합을 하여 밥값을 갚는다고 할 수는 없었다.

"미안한데, 미안한데."

이러면서 부엌 한 구석에서 언제나 밥을 먹었다.

도장은 쪼들렸다.

그렇지만 하라다는 먹지 않을 수 없었다. 더구나 이만저만한 대식가가 아니었다.

"하라다 군에게는 밥통을 하나 통째로 주게."

곤도는 입버릇처럼 말했다.

"곤도님은 대장감이야."

이렇게 평한 것은 식객 중의 최연장자(29세)인 센다이(仙臺) 지역 다테 번(伊達藩)에서 도망쳐나온 야마나미 게이스케(山南敬助)로, 도시조는 얼마 안 되는 지식을 자랑삼는 이 사나이를 별반 좋아하지 않았다.

"야마나미는 여우야."

언젠가 오키타에게 그렇게 말한 적이 있었다. 잘난 체하는, 그 바짝 여윈

몸에 메마른 얼굴을 보면 도시조는 속이 메스꺼워졌다.

애당초 센다이나 아이즈 같은 큰 번은 교육열이 왕성했기 때문에 야마나미 역시 붓을 쥐어주면 참으로 훌륭한 글씨를 썼다.

"필적 좋은 놈 치고 변변한 놈 없더라."

도시조는 오키타에게 이렇게도 말했다.

도시조의 말에 따르면 글씨를 잘 쓴다는 것은 흉내를 잘 낸다는 말이 된다. 본보기를 흉내낸다는 것은 줏대 없다는 증거가 아니면 근성이 빈약하다는 증거다. 흉내는 결국 아부 근성이며 그 증거로 에도성에서 심부름을 하는 차보즈(茶坊主 : 중이 아니다. 무사의 자제)나 의사, 가인(歌人) 등 권문 세가의 아첨꾼들은 깜짝 놀랄 만큼 글씨를 잘 쓴다는 것이었다.

그럴 때 오키타는 이렇게 빈정거렸다.

"히지카타님은 무엇이든지 자기식으로 해석하니까."

야마나미는 칼은 잘 쓴다. 간다(神田) 다마가이케의 지바 도장에서 면허까지 딴 사나이다. 그러나 그 검에는 곤도가 늘 말하는 '기백'이 부족했다. 역시 성격 탓이리라.

야마나미는 안면이 넓었다.

왜냐하면 에도 제일의 대도장으로서 문하생 3,000으로 일컬어진 지바 도장 출신이었기 때문이다. 이 문하에서 기요카와 하치로(淸河八郎), 사카모토 료마, 가이호 한페이(海保帆平), 지바 주타로(千葉重太郎) 등 이른바 국가의 대사를 위해 활동한 지사가 다수 배출된 것은 여러 번에서 모여드는 비분 강개의 무리가 많아 그 상호 영향에 의한 바도 컸다.

에도 시내에 친구가 많으므로 야마나미는 일본 전국의 정세와 정보를 연신 이 야나기 거리의 비탈 위에 있는 작은 도장에 물어들였다.

만약 야마나미 게이스케라는 안면이 넓고 지혜로운 인물이 없었더라면 곤도나 히지카타 등은 결국 변두리 검객으로 끝났으리라.

"곤도 선생, 꼭 알려드릴 정보가 있습니다."

그 야마나미가 센다이 사투리로 이렇게 말한 것은 분큐 2년도 다 저물어 갈 때였다.

"무슨 애긴데?"

곤도는 야마나미의 교양에 탄복하고 있었다.

"중대한 애긴가?"

"막부의 비밀에 관한 사항입니다."
"그렇다면 히지카타를 여기에 불러 함께 듣자."
"아니, 이 일은 극비에 속합니다. 선생님 혼자 들으십시오."
"나는 그렇게 할 수가 없다. 나하고 히지카타는 히노의 사토 히코고로와 더불어 의형제를 맺은 사이니까."
"의형제. 노름꾼이나 하는 관습 같은데요."
"아냐, 예부터 무사에게도 있었어."
부르자 도시조도 왔다.
도시조와 야마나미는 서로 목례조차 하지 않았다. 그런 사이였다.
"실은 나하고 지바에서 동문이었던 수재로 기요카와 하치로(淸河八郞)라는 데와(出羽) 지방의 향사가 있습니다. 문무를 겸비하고 말 주변이 능란하며 계략 또한 뛰어난 난세의 모사가 같은 사나이로서 나이는 서른 남짓. 이 친구가 지금 간다 다마가이케에서 문무 양면의 학숙(學塾)을 열고 시내의 양이파 지사를 모으는 한편 막부의 상급 무사들과도 친교를 맺고 있습니다."
"음, 그래서?"
곤도는 모른다. 에도에서 재사 기요카와의 이름을 모른다는 것은 꽤나 정세에 어둡다고 할 수 있다.
"그 기요카와가……."
야마나미는 말했다.
막부에 운동하여 막부의 공금에 의한 낭인 부대 설립을 상신했고 그것이 로추(老中)인 이타쿠라(板倉)의 결단으로 허가가 내려졌다는 것이었다.
막부에서는 양이파 지사들의 횡행과 난동에 골머리를 썩히고 있었다. 재작년에는 다이로인 이이가 암살되었거니와 지난해부터는 외국인을 노리는 양이파 낭인이 많아, 이를테면 에도 다카나와(高輪) 도젠사(東禪寺)를 숙소로 삼고 외국인에게 난입한 일도 있었다. 교토는 이들의 난동으로 완전히 무법지대가 되었고, 막부를 편들고 개국을 주장하는 사람을 천주(天誅)라 하여 참살했으며 천황 주변의 공경을 업고 막부 타도를 부르짖는 자까지 나타나는 실정이었다.
'독(毒)은 모아 궤에 간수하는 것이 상책이다. 막부 돈으로 그들을 기르면 막부에 활을 당기는 일은 하지 않겠지.'

이것이 로추 이타쿠라의 생각이었다.

즉시 막부가 설립한 강무소 교수인 마쓰다이라 다다토시(松平忠敏) 등을 책임자로 임명하고 낭인 모집에 착수했다.

기요카와 일파의 검객이 주동이 되었는데, 표면적으로 모집방법은 그들 낭인의 사적인 자격으로 에도 시내는 물론이고 가까운 지방의 검술 도장에 격문을 띄우는 식이었다.

"격문?"

곤도는 미심쩍다는 얼굴이다.

"우리 도장에는 오지 않았는데."

"그것은……"

야마나미는 동정한다는 표정을 지었다. 에도에서는 요 몇 년 사이 검술 도장이 300개소 가까이나 생겼지만, 이런 들어본 일도 없는 농사꾼식의 검술 도장에까지 격문이 날아들 까닭이 없었다.

"그거야 무리죠."

"뭐가 무린가요, 야마나미 씨?"

옆에서 끼어든 것은 도시조다.

도시조는 애당초 이와 같은 냉대나 차별을 참지 못하는 성격이었다. 기요카와 일파에 화가 난 것이 아니라 큰 유파 출신인 야마나미 게이스케의 말투가 마음에 들지 않았다.

"아냐, 히지카타군. 누락이라는 것이 있잖은가. 그건 그쪽의 실수일 거야."

"두 사람, 말다툼은 그만두게나. 그런데 야마나미 군, 그 낭인 부대는 막부 가신으로 등용한다는 조건인가?"

"아니, 그건……"

야마나미는 고개를 저었다. 야마나미는 단순한 검객이 아니었다. 당시의 보통 지식인처럼 양이론자였다.

"막부의 가신이 되느냐 안 되느냐가 문제가 아닙니다. 일본의 무사로서 오랑캐를 물리치는 양이를 수행할 선봉대이지요."

"하지만 언젠가는 막부의 직할 가신이 될 테지."

곤도는 단순 명쾌하며 매우 고풍스러운 데가 있었다. 그의 생각에 이것은 전국시대의 낭인으로서 전쟁이 일어나면 연줄을 찾아 영주의 진지를 빌려

'임시 부하가 되고' 공을 세우면 등용될 수도 있다는 도쿠가와 이전의 관념이다 라고 머리에 떠올랐던 것이다.

"어떻게 할까?"

곤도는 반기는 표정이다. 곤도로서는 사실 막부의 가신이 되거나 되지 못하거나 아무래도 좋았다.

이대로 가면 도장이 점점 더 쪼들리고 끝내는 전원이 배를 곯게 된다. 도장주로서의 경영난이 이것으로 단숨에 해결되는 것이다.

"어떤가, 도시조?"

"참가한다고 하면 천연이심류의 우리 도장은 없어진다. 일이 너무나 중대하니까 다른 유파인 야마나미 씨가 동석한 자리에서는 의논하기가 좀 곤란해."

도시조의 심통맞은 일면이다. 싫다고 생각하면 상대방이 지상에서 사라질 때까지 견디지 못하는 끈질긴 데가 있었다.

"게다가 슈사이 선생이 계시다. 여기서 왈가왈부할 것이 아니라 우선 노인의 의견을 들어봐야 할 게 아닌가."

"그렇군."

곤도는 즉각 양아버지인 슈사이 노인에게 이야기했다. 슈사이는 노인이기 때문에 시대의 흐름을 모른다. 그러므로 야마나미 식의 주의나 사상을 들먹이기보다

"장차 막부 가신이 됩니다."

라는 한 마디로 설명했다. 슈사이는 그 한 마디로 알아들었다.

"그럼 나도 막부 가신의 아비 노릇을 하겠구먼."

그런 뒤에 곤도는 도장에 제자와 식객을 모아놓고 야마나미를 시켜 설명토록 했다.

그러자 기뻐 날뛴 것은 식객 하라다 사노스케였다. 밥줄이 생긴 것만이 아니었다. 그는 싸우기 위해 태어난 듯한 사나이였다. 전국시대라면 창술로 천 섬이나 2천 섬쯤 쉽게 녹을 받을 수 있는 무사였으리라.

"오키타 군은 어떤가?"

곤도가 물었다.

"저요? 저는 곤도 선생과 히지카타님이 가는 데라면 지옥이라도 따라가지요. 하기야 극락 쪽이 더 좋지만."

"이노우에 군은?"

"가겠습니다."

이 곤도 도장에서는 선대 때부터 집사 겸 제자로 섬기고 있는 온화한 이노우에 겐사부로가 나직이 대답했다.

"사이토 군은?"

"가맹합니다. 다만 정리할 일이 있어 아카시에 다녀와야 하니 결맹에는 늦을지도 모릅니다."

"나가쿠라 군과 도도 군은?"

"무사로서 천재일우(千載一遇)의 좋은 기회라고 생각합니다. 가맹합니다."

나머지는 참가하지 않는다.

합하여 곤도 및 히지카타 이하 9명이었다. 이것으로 도장은 없어진다고 할 수 있었다.

막부 징모의 낭인 부대는 각 도장 계통에서 응모자 300명에 다다랐는데 도장 자체가 없어진 것은 곤도의 도장인 시에이관(試衛館)뿐이었다. 하기는 징모에 의한 폐쇄라고 하기보다 고이시카와에서 발생한 홍역이 문을 닫게 만들었다고 하는 편이 정확하지 않을까.

낭사대(浪士隊)

도시조는 야마나미 게이스케(山南敬助)를 몹시 싫어했다.

야마나미가 다른 도장에서 얻어듣고 온 이 막부 후원의 '낭사대(浪士隊)' 설립 정보는 평소 어엿한 무사가 되고 싶다고 생각해 온 도시조로서는 귀가 번쩍 뜨이는 이야기였으나 덥썩 달려들지는 않았다. 제공자인 야마나미가 기분에 맞지 않았던 것이다.

그래서 곤도에게 말했다.

"다시 한 번 확인해 보자."

야마나미 게이스케는 막부의 취지를 이렇게 설명하였다.

"양이를 위해서."

이것은 책사(策士) 기요카와 하치로(淸河八郞)의 사상이다. 과연 막부도 그럴까? 도시조로서는 의문이었다.

도시조는 곤도와 함께 우시고메의 고나카라(二合半) 언덕에 있는 저택으로 이번 징모 담당자인 마쓰다이라 다다토시를 찾아갔다. 물론 그럴 만한 소개장은 소지하고 있었다.

마쓰다이라는 소탈하게 만나주었다. 이 또한 시대의 흐름이었다. 생각해

보라. 마쓰다이라의 가계(家系)는 3대 장군 이에미쓰(家光)의 아우 다다나가(忠長)의 핏줄로 녹은 불과 300섬이었지만, 격식은 도쿠가와 가문의 친척이므로 성에서는 친번(親藩 : 도쿠가와 이에야스가 막부를 두었을 때 자기 가신으로서 천하 통일에 공 있는 자를 영주로 임명했으나, 그 영지는 대개 10만 섬 이하였다. 그 대신 막부의 요직을 대대로 맡을 수 있게 하여 일본 전국을 통제하게 만들었다. 이들의 번이 친번이다) 영주의 말석을 차지할 수 있는 신분이었다. 막부의 세력이 강대했던 몇 년 전만 하더라도 낭인 검객과 만날 인물이 아니었다.

"아아, 그 일 말인가."

이 귀인은 말했다.

"임무는 장군님의 경호일세."

다다토시의 말에 의하면 머잖아 장군이 교토에 올라간다.

교토는 과격파 낭인의 소굴이다. 날마다 피묻은 칼을 휘둘러 반대파 인물을 베어죽인다. 장군의 신변에 어떠한 위험이 있을지 모른다. 따라서 무술에 이름을 떨치는 사람들을 징모한다는 것이었다.

"그것이 참말이옵니까?"

곤도는 감격했다.

이때 곤도의 감격이 얼마나 큰 것이었는지 현대 일본인이나 다른 나라 사람들로은 상상조차 하지 못할 것이다. 장군이라고 하면 신(神)이나 다름없는 존재로 2백 수십 년 동안 일본의 모든 가치와 권위의 근원이었다. 낭인 곤도 이사미는 다다미에 얼굴을 조아린 채 한동안 몸을 떨었다. 도시조가 곁눈질로 힐끗 보았더니 곤도는 눈물을 흘리고 있었다. 사실 곤도로서는 한 목숨, 아니 두 목숨을 바쳐도 아깝지 않은 심정이었다.

사나이란 때에 따라 이렇게도 되는 법이다.

곤도의 단 하나의 애독서는 라이 산요(賴山陽)의 《일본외사(日本外史)》였다. 《일본외사》는 권력 흥망의 웅대한 낭만을 그린 일종의 문학서로서 그 이야기 중에서도 곤도가 가장 좋아하는 남성상은 구스노기 마사시게(楠正成)였다.

구스노기는 일본 천황이 두 파로 갈라져 싸우는 남북조사(南北朝史)에서 어떤 시기에 홀연히 나타나는 인물이다. 그때까지 구스노기는 가와치(河內) 지방에 사는 이름도 없는 토호였지만, 유랑의 남제(南帝) 고다이고(後醍醐)

천황이 '나를 도우라'고 어깨를 두들긴 그 순간의 감격만으로 일족을 이끌고 열세인 남조를 위해 분전하여 마침내 미나토가와(湊川)에서 자살이나 다름없이 전사했다. 라이 산요는 그 저서에서 이 사람을 일본사상 최대의 쾌남아로 다루었다.

영국에도 그런 예가 있다.

전설이지만 유명한 사자왕 리처드 왕이 십자군 원정으로 나라를 비운 틈에 아우가 나라를 찬탈하려고 했다. 그 왕권 옹호를 위해 일어선 것이 셔우드의 토호인 로빈 후드로, 이 숲의 영웅이 벌이는 통쾌하기 이를 데 없는 이야기는 지금도 영국인의 사랑을 받고 있다.

도시조는 그로부터 며칠 뒤, 히노의 촌장 사토 히코고로를 찾아가 낭사대 가맹의 자초지종을 얘기한 뒤 이렇게 말했다.

"따라서 형님에게 청이 있습니다."

"내가 할 만한 일인가? 자네가 무사가 되는 일이라니 들을 만한 얘기라면 다 듣겠다. 무슨 일인데?"

"칼입니다."

"이거야 놀랍군. 청하기 전에 내가 먼저 선물했어야 하는 건데."

히코고로는 덤벙대며 불단을 모신 방으로 안내하여 떡갈나무에 쇠장식을 박은 칼궤짝을 탕 치면서 무턱대고 인심 좋은 미소를 지었다.

"서른 자루쯤은 있어. 마음에 드는 것으로 고르게."

자형이 웃는 것을 보고 도시조는 난감했다.

이런 류의 잡도(雜刀)라면 다발로 준대도 싫다. 명검을 갖고 싶었다. 그것도 이름난 것에 대한 엄청난 야심이 있었다. 잠시 생각하고 나서 그는 물었다.

"누님, 계십니까?"

"오노부 말인가? 어디 다니러 갔는데 곧 돌아올 거야. 오노부에게 무슨 볼일이라도 있나?"

"내외분이 함께 계신 자리에서 청을 드리고 싶습니다."

"아, 그래?"

이윽고 오노부가 성묘를 마치고 돌아와서, 낭인대에 참가하려는 뜻을 도시조의 입을 통해 들었다.

"그래……."

배짱이 두둑한 여자인만큼 아무 말도 하지 않았다.
오노부는 히지카타 집안의 6남매 중 넷째로 온 집안의 골칫거리인 이 막내동생을 몹시 귀여워하였다. 도시조도 이 누이를 무척 좋아하여 어릴 때부터 자기 집보다 누이의 시집인 사토 댁에 가 있는 편이 많았다.

"청이라니 뭐냐?"

오노부가 말했다.

"칼을 사렵니다. 돈을 마련해 주십시오."

"얼마나?"

"입을 뗀 이상 거절당하는 건 싫으니까 먼저 해주마고 말해 주십시오."

"좋아!"

히코고로가 선뜻 말했다.

"얼마인가?"

"백 냥."

이 말에는 내외 모두 입을 다물었다. 문전옥답을 팔아도 그만한 액수는 안 된다. 저택에서 부리는 하인의 급여가 한 해 석 냥인 시대였다.

히코고로의 목소리가 그만 거칠어졌다.

"대관절 어떤 칼을 사려는 거냐?"

"장군이나 영주님이 가진 것 같은 명검을 사고 싶습니다."

도시조는 태연하게 말했다.

"그런 터무니없는······."

"자형은 그렇게 생각하십니까?"

도시조는 태연한 표정이었다.

"하지만 액수가 너무 커."

"교토에서는 서쪽 여러 번사(藩士)들이나 건방진 낭인들이 뽐내며 거리를 멋대로 활보하고 있어요. 그들의 미친 칼날로부터 장군을 지키려는 겁니다. 호위하는 칼에는 그 일에 어울리는 품위와 예리함이 있어야 합니다."

"······."

"곤도님은 고테쓰(虎徹)를 찾고 있답니다."

"고테쓰를?"

이것도 이름난 칼이다.

"이사미가 고테쓰를?"

"네, 지금 히카게초(日陰町)의 칼장수가 열심히 찾고 있습니다. 교토에서의 일은 칼솜씨와 칼에 따라 생사가 결정납니다. 나도 고테쓰 못지않은 좋은 것을 갖고 싶습니다."

"그, 그렇기도 하겠군."

히코고로는 겁먹은 듯한 눈으로 아내를 바라보았다. 오노부는 침착하게 앉아 있었다. 실은 친정인 히지카타(土方) 집안에서 시집 올 때 아버지가 50냥의 금전을 화장대 서랍에 넣어 준 것이 있었다.

"도시조야, 자형에게서 50냥을 받도록 해라."

"50냥이면 되는가?"

오노부는 나머지 50냥은 자기 돈으로 채워 도시조에게 주었다.

"이 은혜 잊지 않겠습니다."

다른 사람에게는 오만불손한 이 사나이가, 누나가 자기도 모르게 볼을 만져 주고 싶어질만한, 어린애 같은 미소를 지으면서 그것을 받았다.

그 이튿날부터 이 사나이는 히카게초를 비롯하여 온 에도의 칼가게를 돌아다니며 물었다.

"이즈미노카미 가네사다(和泉守兼定)는 없는가?"

유명한 검이었다.

잘 든다. 잘 만든 칼은 남만철(南蠻鐵)도 자른다. 참고로, 검 중의 '명검'의 순위는 정해져 있다. 그 가운데서도 이즈미노카미 가네사다는 첫손가락 꼽는 것으로 그 칼날에는 마성(魔性)이 깃들어 있다고 하는 물건이다.

"가네사다를? 당신이?"

칼장수마다 모두 놀랐다. 한낱 낭인 주제에! 그가 지닐 것은 못된다.

"초대나 3대 때의 가네사다는 있습니다만."

이렇게 대답하는 칼 장수도 있었다. 같은 이즈미노카미 가네사다라도 초대와 3대는 평범한 물건으로 값도 싸다. 낭인 신분에는 알맞은 칼이다. 그러나 도시조는 분명히 말했다.

"'노사다'를."

2대째의 것을 가리킨다. 이른바 명검 가네사다는 별칭 '노사다'로 불리고 있었다. 도요토미 히데요시의 맹장으로 '귀신 무사시(武藏)'로 불린 모리 모사시노카미는 이 가네사다의 창을 애용하여 스스로

'인간 무골(無骨)'이라는 섬뜩한 글자를 새겨넣고 적을 감자 꿰듯 죽였던 것이다.

도시조는 그 '인간 무골'의 옛일을 들어서 알고 있었다. 명검 가네사다가 춤추는 곳에 사람의 뼈는 없는 것이나 다름없이 되는 것이리라.

"이즈미노카미 가네사다는 없는가?"

날마다 물으며 돌아다녔다.

"있습니다."

뜻밖에도 아사쿠사의 고물상 주인은 두 눈이 하얗게 먼 노인이었다.

"정말인가?"

"의심스러우면 안 사셔도 좋습니다."

"아니, 그 먼 눈으로 확실히 감정할 수 있느냐고 묻는 걸세."

"도검에 관한한."

노인은 메마른 목소리로 웃었다.

"눈 뜬 사람 쪽이 오히려 위험하지요. 나는 10년 전 나이 일흔이 되어 눈이 멀었는데 그 뒤로 칼을 잡으면 잡념이 없어집니다. 아타고의 도공도 감정하기 어려운 것이면 이 아사쿠사까지 찾아와 내게 맡길 정도입죠."

"보여주게."

노인은 안에서 만지기도 더러울 정도로 낡아빠진 나무 칼집에 든 칼을 꺼내왔다.

"보십시오."

뽑았다.

붉게 녹슬었다. 도시조는 자기 얼굴이 파랗게 질린 것을 느꼈을 정도로 화가 났다. 그러나 꾹 참고 물었다.

"값은 얼마인가?"

"다섯 냥."

도시조는 잠자코 있었다. 잠깐 이 비쩍 마른 늙은 장님을 흘겨보고 있다가 이윽고 입을 열었다.

"왜 이렇게 싸지?"

"원 세상에 별일이."

웃는 입 안에 이가 없었다.

"싸서 불만이시라니 놀랐는데요. 백 냥이라고나 하면 좋겠습니까?"

"놀리는가?"

낮은 목소리로 말했으나 노인은 놀라지도 않았다.

"칼에도 하늘이 준 운명이 있습죠. 이 칼이 태어난 에이쇼(永正 : 1504년) 연대라면 모르되 그 뒤로는 한 번도 훌륭한 무사의 소유물이 된 적이 없습니다. 오래도록 데와의 부자집 광에서 잠자다가 수백 년 뒤, 도둑이 훔쳐 내어 그때 비로소 세상에 나왔습니다. 그 도둑이 우리 집에 가지고 온, 그런 사연이 붙은 물건입죠."

노인은 심상치 않은 말을 했다. 관아에 알려지면 손목에 고랑을 차게 될 일이다. 그것을 밝히다니 어떤 속셈인 것일까.

"주인을 만난 겁니다요."

노인은 불쑥 뱉고 나서 다시 말을 이었다. 애써 이즈미노카미 가네사다를 찾고 있다는 이 낭인이 장님의 느낌으로 예삿사람이 아니라는 것을 알았다는 것이다.

"수백 년 동안 이 칼은 당신을 만나고 싶어한 겁니다. 나로선 왜 그런지 그것을 압니다. 다섯 냥, 그것이 불만이면 그냥 드려도 됩니다. 비웃는 겁니까? 고물상을 50년이나 하고 있으면 이런 도락도 더러 해보고 싶은 것입죠."

어딘가 슬기를 느끼게 하는 말투다. 한낱 고물이나 주무르는 늙은이가 아니라 뒤에서는 관아에서 마다하는 짓도 하고 있는지도 모른다.

"여기 다섯 냥 두고 가네."

도시조는 말했다.

곧 아타에 맡겨 갈게 하였다.

완성된 것은 교토 출발이 다가온 분큐(文久) 3년 정월이었다.

도신(刀身)은 실용면만 강조한 철로 하였고 칼집은 투명한 검정 옻칠을 했다. 도시조의 지시였다.

누가 보아도 어김없는 이즈미노카미 가네사다였다. 쇠붙이의 빛이 눈동자를 빨아들일 것처럼 푸르고 결이 무섭게 차가웠다.

'잘 들 것이다.'

칼을 든 손이 떨리는 것만 같았다.

도시조는 그날 밤부터 오키타 소지가 의아하게 여겼을 정도로 거동이 이상해졌다.

첫째, 밤에 도장에 돌아오지 않았다.
새벽에 돌아오면 한낮까지 쿨쿨 자고 저녁에 또 나가는 것이다.
"히지카타님."
오키타는 귀엽게 고개를 갸웃했다.
"역시 그거군요."
"뭐가?"
"여우에게 홀렸죠? 얼굴까지 비슷해졌는데요. 내 친지 중에 수도승이 있는데 부적이라도 써 달랄까요?"
"이놈이."
도시조는 칼에 숫돌가루를 뿌리고 있었다.
날이 저물기 시작하자 장지문을 등지고 있는 오키타의 얼굴이 어두워서 잘 보이지 않았다.
"오늘밤은 어느 거리입니까?"
"……?"
"안 되지요. 숨겨도."
이 젊은이는 짐작했다.
요즘 들어 길가에서 사람을 베는 일이 유행한다. 대부분 도둑은 아니고, 양이열(攘夷熱)로 살벌해졌기 때문에 낭인 검객이 이국인 내습에 대비하여 솜씨를 연마한다고 밤에 거리 모퉁이에 서 있는 것이다.
밤마다 사람이 칼을 맞았다.
피해자는 대부분이 무사였다. 이 때문에 무사가 밤중에 나다니는 일이 적어졌다.
사건은 이 고이시카와 근방에도 많았다.
혜성이 밤마다 동녘 하늘을 향하여 날아간 이 해 연말에는 고비나타 시미즈다니(小日向淸水谷)에서 1건, 오쓰카 구보마치(大塚窪町)에서 1건, 도사키마치(戸崎町)의 논두렁에서 1건, 같은 날 밤에 모두 상전을 모시는 무사가 피살되었다.
이 해 들어와 곤도 도장 앞에서 막부 가신 저택의 하인이 칼에 쓰러졌을 때는 관아의 포졸들이 이 도장을 의심하여 집요하게 찾아다녔을 정도였다.
"좋지 못한 장난이에요. 그만두는 게 좋을 것 같은데, 난……."
오키타는 심각하지도 않은 얼굴로 말했다.

그러나 도시조는 그날 밤도 나갔다.

골목에서 사람을 베는 것이 목적은 아니었다.

그러한 사나이를 만나고 싶어서 도시조는 소문난 장소를 이리저리 찾아다녔다.

마침내 만났다.

저녁 8시가 조금 지나서.

도시조가 가나스기의 사당 문앞을 지나 구보다 아무개라고 하는 막부 가신 저택의 모퉁이까지 왔을 때 별안간 등 뒤에서 칼이 날아왔다.

순간 담장께로 몸을 피해 홱 돌아섰을 때는 이미 이즈미노카미 가네사다를 뽑고 도시조의 버릇인 하단자세로 있었다.

"……?"

도시조는 입을 꽉 다문 채였다. 달이 떠 있었다. 그 밑에서 상대방의 그림자가 조용히 왼쪽으로 이동했다.

"솜씨가 있는 놈이군."

이렇게 생각한 것은 상대가 다시 칼을 칼집에 꽂고 오른손을 드리운 채 도시조의 둘레를 발소리도 없이 돌기 시작했기 때문이다. 그 다리며 허리가 뽑아치기에 익숙한 자인 모양이었다.

도시조는 노려보았다.

밤눈으로는 절대 그림자를 쏘아보는 법이 아니다. 그림자의 조금 위쪽을 쏘아보면 물체가 또렷이 시야에 들어온다.

"여봐!"

상대가 불렀다.

"묻겠다. 어느 번의 누구냐? 기왕이면 이름까지 밝히면 공양은 해줄 테다."

"퉤."

도시조는 침을 뱉었다. 그것뿐 도시조는 잠자코 있었다.

상대는 도시조가 덤벼들기를 기다리는 낌새였다. 간격은 6척밖에 안 된다. 쌍방 어느 쪽이든 치고 들면 한쪽은 시체가 될 것이다.

도시조도 들어오기를 기다린다.

이쪽이 선수를 칠 때 그 순간을 치는 것이 뽑아치기의 수였다.

'어떻게 칼을 빼게 하느냐.'

뽑아치기에는 그것밖에 수가 없다.

도시조는 살며시 무릎을 구부렸다.

그리고 다시 단숨에 무릎을 폈다.

그때는 이미 담을 따라 여섯 자나 옆으로 날고 동시에 칼을 퉁기듯이 뽑았을 때는 미친 듯이 상대방의 공격 거리인 사지(死地)에 뛰어들고 있었다.

소도(小刀)를 던졌다.

그보다도 빨리 상대는 뛰어들어 허리를 낮추고 칼날을 공중 높이 올리며 도시조의 머리 위를 똑바로 베어내렸다.

쇠가 불을 뿜었다.

어느 틈에 꺼냈는지 도시조는 왼손에 쇠부채를 거꾸로 집고 적의 칼날을 받았다.

그때는 이미 도시조의 오른손에 가볍게 쥔 이즈미노카미 가네사다가 바람처럼 선회하여 그 사나이의 오른쪽 얼굴에 파고 들어 뼈를 가르고 오른 눈자위 위까지 찢어 눈알이 튀어나오고 턱이 내려앉았다. 그 자세 그대로 사나이는 얼굴을 땅바닥에 박고 쓰러졌다. 즉사였다.

"잘 드는군."

그날 밤이 정월 30일.

며칠 뒤인 2월 8일, 도시조 등 새로 모집된 낭사 300명은 고이시카와 덴즈인(傳通院)에 집결하여 에도를 출발, 나카센도(中仙道)의 68역(驛), 1,300리 길을 걸어, 교토에 도착한 것은 분큐 3년 2월 23일 저녁나절이었다.

도시조는 미부(壬生) 숙소에 입소했다.

옷소매에는 에도의 피가 아직도 배어 있었다.

무(武)의 배신

　미부(壬生)는 교토의 서쪽 변두리로 고찰과 향사 저택, 농가로 이뤄진 마을인데 왕조(王朝) 시절에는 큰길 중심가였던만큼 어딘가 옛 화려함을 간직하고 있는 거리였다.
　도시조 등 천연이심류 계통의 여덟 장사는 미부 마을의 야기 겐노조(八木源之承) 저택에 기숙하게 되었다.
　"훌륭한 집이다."
　곤도는 몹시 기뻐했다.
　과연 도시조가 알고 있는 무사시의 그 어느 대가보다도 잘 지은 집이었다. 기둥도 그렇고 마루도 그렇고 모두 고르고 고른 좋은 나무를 마음껏 썼으며 꽃밭과 정원은 풍류인이 보면 전율을 느낄 것 같은 아취가 있었다.
　"도시조, 보아라. 정말 훌륭한 정원이다."
　풍류를 모르는 곤도가 툇마루까지 나와 감탄했다. 그런데 이 정도의 정원이라면 교토에는 쓸어버려도 아깝지 않을 정도로 많이 있다는 것을 나중에야 알고 곤도도 착잡한 표정을 지었다.
　"교토는 대단한 곳이야."

그러나 이때는 그냥 눈을 황홀하게 뜨고 바라보고 있었다.
"이봐, 도시조."
곤도가 돌아다보았다. 도시조는 서서 마당을 바라보면서 말했다.
"도시조라고 이름을 부르는 거 그만둘 수는 없을까."
교토에 와보니 아무래도 곤도는 촌스럽다. 촌스러운 데다가 뜻밖에 사람이 작아 보인다.
"그럼, 뭐라고 부르지?"
"히지카타군이라고 불러줘. 그 대신 나는 자네를 곤도님이라든가 곤도 선생이라고 부르겠어. 처음에는 좀 어색하겠지만 사물은 형식이 중요해. 우리는 이제 무사시의 감자바위가 아니야. 나는 우리들 여덟 동료도 나이와 기량에 따라 차례차례 질서를 만들었으면 하고 생각해."
"좋은 일이야."
"물론 자네가 수령이지."
"그래?"
당연하다는 표정이었다. 곤도는 개구장이 대장 때부터 한 번도 둘째 자리에 선 적이 없다.
"그 대신 수령답게 무게 있게 행동하지 않으면 안 돼."
"하지만 도시조, 난 평대원(平隊員)이야."
현실적으로는 그렇다. 에도를 떠날 때 기요카와 하치로가 막부에서 감찰관으로 와 있는 야마오카 데쓰타로(山岡鐵太郎) 등과 의논하여 대내의 제도를 정하고 각기 낭사 가운데서 조장, 감사역 등의 간사를 임명하였는데 곤도 일파는 곤도 이하 전원이 평대원이었다.
이름이 알려지지 않은 서글픔이었다.
간부 중에는 가장 시시한 예로 유텐 센노스케(祐天仙之助)가 있다. 전신은 노름꾼이다. 평소에 자기가 거느리고 있던 졸개를 다수 데리고 들어왔기 때문에 자연히 5번대의 조장이 되었다.
그 밖에 네기시 유잔이나 구로다 도민, 니미 니시키, 이시자카 슈조 등 양이를 부르짖는 에도의 낭인들 사이에서 허명을 팔고 있는 경박한 자들만이 간부로 뽑혀서 제 세상을 만난 것 같은 얼굴로 우쭐거렸다. 우국지사나 되는 것처럼 토론은 능하지만, 막상 칼을 뽑으면 꽁무니를 빼기가 일쑤이리라.
"돼먹잖은 이야기야."

도시조는 상경 도중에도 이자들과는 거의 말도 주고받지 않고 가끔 멸시의 눈으로 흘겨보았을 뿐이었다.
"오합지졸이다. 언젠가는 결속이 흐트러져서 뿔뿔이 흩어질 것이 틀림없다."
그때를 기다리자.
도시조의 투쟁은 이미 시작되었다. 무사시의 천연이심류 계통이 이 집단의 권력을 장악해야 한다.
"그러려면 어떻게 해야 할까?"
도시조는 종일토록 불쾌한 얼굴로 생각에 잠겼다.

낭사조(浪士組)는 각각 나뉘어 기숙하였다.
니부의 집들이 징발되었고 본부는 신도쿠사(新德寺)였다.
절 무사인 다나베의 저택, 향사인 나카무라, 이데, 난부 등등의 여러 저택, 그리고 호농의 집까지 점거하여 좁은 미부 지역 일원은 도고쿠(東國) 사투리의 낭사들로 법석거렸다.
그날 저녁.
즉, 도착한 23일 다음 날 저녁, 본부인 신도쿠사에서 심부름꾼이 도시조 일행의 숙소인 야기 저택으로 달려왔다.
"신도쿠사 방에서 기요카와 선생의 강연이 있습니다. 곧 모이라는 전갈입니다."
소리치고 돌아갔다.
"히지카타님, 뭘까요?"
오키타가 젓가락을 멈추었다.
모두들 곤도의 방에서 밥을 먹는 중이었다. 어느 밥상에나 이 고장 나물 반찬이 올랐다.
간토에는 없는 나물이다. 빛깔이 짙고 잎사귀와 줄기가 뻣뻣한 것 같지만 씹으면 뜻밖에 부드럽다.
"맛이 좋다."
야기 댁의 하녀를 시켜 몇 번이나 그것을 가져오게 한 것은 야마나미 게이스케였다. 도시조는 그러한 야마나미를 경멸했다.
음식뿐만 아니라 야마나미는 교토의 것이라면 무엇이든 찬미했다.

"과연 궁성이 있는 곳은 달라. 여기 와보니 우리는 도고쿠의 야만인이었어."

몇 번이나 그렇게 말했다. 도시조는 야마나미가 예찬하는 이 고장 나물을 멀찌감치 밀어놓고 손도 대지 않았다.

"야만인 좋아하네. 이런 맛대가리 없는 걸 어떻게 먹어."

물론 도시조의 속마음은 음식에 대한 혐오가 아니라 야마나미에 대한 혐오였다.

"뭐, 기요카와 선생이?"

야마나미는 젓가락을 놓았다. 이 교양인은 자기가 교양인이기 때문에 박식한 능변가 기요카와 하치로를 존경하였다.

"자아, 모두들 가세."

"아직 우리는 밥을 다 먹지 않았는데, 서두를 건 없어. 야마나미 씨, 기요카와 하치로는 우리네 주인은 아닐세. 주선꾼에 불과한 사람이야. 기다리게 하면 돼."

도시조가 말했다.

"히지카타군."

야마나미는 억지로 웃으며 말했다.

"자네도 모처럼 교토에 오지 않았는가. 교토 말은 모가 나 있지 않아. 그와 같은 마음가짐을 배워야 하지 않을까?"

"나는 내 식으로 나가겠네."

도시조는 갑자기 얼굴을 일그러뜨리고 나서 마른 생선을 뜯었다. 오키타가 옆에서 키득키득 웃었다.

"히지카타님, 그건 내 반찬입니다. 당신 건 거기 있어요."

"알고 있어."

도시조는 억지를 쓴다.

"남의 반찬이 더 맛있어 보이는 법이야. 나도 교토라면 사족을 못 쓰는 야마나미 씨 흉내를 좀 냈지."

곤도 일파는 마지막으로 물에 말아 한 공기씩 먹은 다음 천천히 숙소 현관을 나섰다. 야기 댁의 하인이 큰 대문을 열었다.

문을 나서면 바로 보조 거리(坊城路)이다. 도시조 등은 한길을 가로지르기만 하면 된다. 신도쿠사는 야기 저택과 길을 사이에 두고 마주 보고 있기 때문이다.

이미 좁은 본당에는 낭사 일동이 모여있었다. 도시조 패들은 그 말석 언저리를 헤집고 옹기종기 앉았다.

본당 불단 오른쪽으로 야마오카 등 막신(幕臣)이 늘어앉고 그 옆에 기요카와가 앉아 있다. 그는 실망한 듯이 턱을 어루만졌다. 주위에 기요카와의 심복인 이시자카 슈조와 이케다 도쿠타로, 사이토 구마사부로(기요카와의 친동생) 등이 몹시 긴장된 얼굴로 앉아 있었다. 그것을 보고 도시조는 생각했다.

'무슨 일이 있구나.'

30조(疊) 본당에 촛대가 5개 정도 놓여 있을 뿐 달리 불이 없다. 그 어두컴컴한 속에서 기요카와 무리의 이시자카 슈조가 일어섰다.

"여러분, 조용히 하기 바란다. 이제 기요카와 선생의 말씀이 있겠다."

기요카와 하치로가 일어났다. 키가 크고 허우대가 좋은 사나이였다.

천천히 불단 앞으로 나갔다.

데와 출신답게 얼굴빛이 희고 이목구비가 시원스러워 남자라도 반할 정도의 용모였다. 북신일도류(北辰一刀流)의 명수답게 눈이 날카롭다. 기력이 넘쳐흐르고 태도는 만당을 제압하고 있어 그야말로 담대하다는 느낌이 들었다. 과연 세상이 떠들 만한 데가 있었다. 당대 일류의 인물이라 해도 좋으리라.

"여러분!"

기요카와는 큰칼을 왼손에 옮겨 잡았다.

"이 말씀은 마음의 문을 열고 들어주기 바란다. 우리들 일신상의 일이다. 우리의 젊은 피를 무엇을 위해 흘리느냐 하는 것이다. 여러분은 모두 죽음을 두려워하지 않는 용감한 사나이들이다. 피를 흘리는 일을 그 누가 마다하겠는가. 그러나 길을 잘못 들어 피를 흘리면 영영 씻을 수 없는 난신적자(亂臣賊子)의 누명을 쓴다. 그래서 말인데."

기요카와는 일동을 둘러보았다.

모두 숨을 죽이고 기요카와를 지켜본다. 기요카와는 마침내 뜻밖의 말을 했다.

"우리가 에도의 덴즈인에서 결맹(決盟)한 것은 머잖아 상경하는 장군(이에모치)을 호위한다는 데 있었다. 그러나 그것은 어디까지나 표면적인 것이다. 진실은 황실의 기틀을 수호하고 존왕양이의 선봉장이 되는 데에 있다."

"앗!"

놀란 것은 일동뿐만이 아니었다. 기요카와와 손잡고 낭사조 결성을 위해 막부의 공작을 맡아 한 막부측 주선꾼들도 놀랐다. 야마오카 데쓰타로 등은 새파랗게 질렸다. 기요카와는 야마오카에게조차 말하지 않았던 것이다. 야마오카라는 사람은 몇 년 뒤에는 몰라볼 정도의 인물로 성장하지만 이 무렵에는 아직 젊었고 책사 기요카와의 말재간에 놀아나는 바가 많았다.

"우리는 과연 막부의 부름을 받고 모였다. 그러나 도쿠가와 가문의 녹은 먹고 있지 않다. 일신의 진퇴는 자유다. 따라서 우리는 천황의 병사가 되어 일한다. 만약 앞으로 막부의 집정관이 조정을 배반하고 황명을 어기는 일이 있으면 가차없이 벨 생각이다."

유신 사상 반막(反幕) 행동의 기치를 선명하게 쳐든 최초의 사나이는 이곳 미부 신도쿠사에서의 기요카와 하치로였다. 기요카와는 병력을 갖추지 못한 천황을 위해 자청하여 황실 직속이 되므로써 에도 막부보다 상위인 교토 정권을 일거에 확립하려고 했다. 말하자면 유신사상 최대의 연극이라고 할 수 있었다.

"이의는 없는가?"

좌중은 기요카와에게 먹혀 버린 꼴이었다. 사실 기요카와에게 반대하기는커녕 그의 변설을 이해할 만한 교양을 지닌 자도 거의 없었다.

그 점을 기요카와는 얕보고 있었다. 두뇌는 내게 맡겨라, 그대들은 내 손톱이나 이빨 노릇을 하면 된다는 배짱이었다.

일동은 발언 없이 모임을 끝냈다.

기요카와는 그날 밤부터 교토의 공경(公卿)들에게 공작하기 시작하여 낭사조의 뜻을 천황에게 상주해주도록 운동했다. 공경들의 정치 소양은 백치나 다름없었다. 게다가 당시의 고메이 천황(孝明天皇)은 심한 백인 공포증으로 막부의 개항 방침에 반대하고 있었다. 그러므로

'하늘의 뜻을 받들어 양이를 수행하는 선봉이 되려합니다'라는 기요카와의 건의는 천황의 마음을 크게 움직였고 '천황께서 몹시 감동하셨다'는 전갈이 기요카와들에게 하달되었다.

기요카와는 기뻐 날뛰었다.

만약 시대의 흐름이 이대로 기요카와 편을 들었다면 데와 마을의 일개 낭사 기요카와가 교토에서 새 정권의 수반이 될 수도 있었으리라.

"도시조, 어떻게 하나?"

그날 밤 곤도는 도시조를 자기 방으로 불렀다. 곤도는 이 무렵 아직 시대의 흐름을 알지 못했고 이른바 지사들의 토론 용어조차 잘 이해하지 못했었다.

도시조도 마찬가지였다. 바로 엊그제까지 무사시 다마의 촌구석에서 하치오지의 고겐 일도류와 싸움만 하던 사나이였다.

다만 도시조에게는 곤도에게 없는 천부적인 영감과 사나이다운 의분이 있었다.

"그 작자는 악당이야."

도시조가 말했다. 그 한 마디가 곤도의 이 문제에 관한 의문을 해소시켜 주었다.

"도시조, 말 잘했다. 기요카와 녀석은 퍽 어려운 말을 늘어놓았지만 한 마디로 배신자다. 제 아무리 한문 문구로 장식해도 내용은 썩은 고기가 아니던가. 어떻게 하지?"

"벨 수밖에."

"해치워."

곤도는 단순하다. 그러나 도시조는 기요카와를 죽이는 것만으로는 문제가 해결되지 않는다고 말했다.

"신당을 만들어야 해."

"신당을?"

"으음. 한데 우리는 8명뿐이야. 이 머릿수 가지고는 설사 기요카와를 벤다 해도 다수의 몰매를 맞고 자멸할 수밖에 없어. 크게 머리를 써야 해."

"어떻게 머리를 써야 하나, 도시조."

"히지카타군이라고 부르라니까."

"아 참, 그렇지."

곤도는 얼굴을 긴장시켰다.

도시조는 옆방의 기색을 살핀 뒤 종이와 붓을 꺼내왔다.

'세리자와 가모(芹澤鴨)'

라고 썼다.

"그를 끌어들이지 않으면 일이 안 돼."

세리자와 가모는 미토(水戶)의 탈번 낭사인데, 자신은 덴구당(天狗黨) 당원이었다고 말하고 있다. 거구에다 힘이 장사라고 한다.

신도무념류의 면허 소유자로서 문하생을 받을 정도의 사나이지만 하나의 흠은 일종의 이상체질이어서 기분이 상하면 무슨 난동을 부릴지 모른다는 점이었다.

"세리자와라……."

곤도는 낮게 뇌까렸다. 이자한테서 교토로 오는 도중 불쾌한 꼴을 여러 번 당했다. 이 자를 끌어들인다는 것은 유쾌하지 않았다.

도시조 역시 유쾌하지는 않았다.

곤도보다 오히려 그 흉악한 사나이를 미워하는 마음이 더 깊을지도 모르지만 이번 한 번은 세리자와와 손을 잡는 것이 후일의 비약을 위해 필요하다고 도시조는 설득했다.

"까닭은?"

"우선 그 자의 인원수야."

세리자와 계의 인원수는 고작 5명이지만 모두가 일기당천이라고 할 수 있는 검객이었고, 유파는 신도무념류이며 또 모두 미토 출신이다. 세리자와는 그들의 두목격으로 낭사조에 참가했는데 곤도 계와는 달리 2명의 낭사조 간부를 내고 있다.

"그리고."

도시조는 종이에 쓴 '세리자와 가모'의 이름을 손가락으로 가리켰다.

"이 자의 본명을 알고 있나?"

"몰라."

"기무라 쓰구지(木村繼次)라고 하네. 이 자의 친형이 기무라 덴자에몬이라는 자인데 미토 도쿠가와 가문의 교토 저택에 봉직하고 있어. 직책은 섭외관이지. 잘 들어. 섭외관이라고 하면 교토 수호직(守護職) 마쓰다이라 가타모리(松平容保) 공의 섭외관과 친하지 않겠나."

"그래서?"

"교토 수호직 마쓰다이라 가타모리 공이라고 하면……."

도시조는 말을 끊고 곤도를 바라보았다. 곤도도 알고 있다. 교토 수호직이라고 하면 교토에 있어서 막부를 대표하는 기관이다.

"알겠어."

곤도는 기쁜 얼굴이었다.

"결국 이런 말이 되겠군. 신당 결성 청원은 세리자와를 통해서 교토 수호직에게 교섭한다는 것이로군."

"세리자와는 독약 같은 사나이지만 이럴 때는 묘약이 되는 거지. 게다가 안성맞춤으로……."

도시조는 종이를 둥그렇게 만들면서 말했다.

"이 세리자와 계 5명과는 같은 숙소에 있거든."

이것은 기연이라고 할 수 있었다. 배치상의 우연이겠지만 곤도 계와 세리자와 계는 같은 야기 댁 지붕 밑에 기숙하고 있었다. 만약 이와같은 우연이 없었더라면 과연 신센조가 만들어졌을지 의문이다.

"세리자와 선생, 할 얘기가 있습니다."

곧바로 곤도는 안마당을 사이에 둔 세리자와 가모의 방에 들어갔다.

"오, 귀한 손님이시군."

세리자와가 말했다. 한지붕 밑에 있으면서도 수령끼리 변변히 말을 나눈 일도 없었다.

세리자와는 곤도의 방문을 반가워했다. 몹시 취해 있었다.

"여봐라, 곤도 선생을 위해 주안상을."

제자인 히라마 주스케에게 분부한 뒤 자기가 쓰는 주홍빛 큰 잔을 씻어 곤도에게 내밀었다.

"우선 한 잔."

"받겠습니다."

곤도는 술을 마시지 못한다. 그러나 이때 세리자와와 결맹할 수 있다면 독이라도 마셔야 한다. 곤도는 죽 잔을 비웠다.

"잘 드시는군. 그런데 용건은?"

"그 배신자에 관한 일입니다만……."

"배신자라니?"

"기요카와 말입니다."

곤도는 존칭 없이 그 이름을 불렀다. 바로 어제까지도 기요카와 선생이라고 경칭을 붙인 사람이었다.

"아아, 그 애송이 말이오?"

세리자와는 기요카와 따위는 아예 마음에도 두지 않는 모양이다. 곤도의 잔을 받으면서 말했다.

"그 애송이가 왜 배신자인가요?"

"허어, 세리자와 선생은 딴청을 부리시는군요. 그렇게 생각지 않습니까?"

"흐음."

세리자와는 고개를 갸우뚱했다. 하기는 듣고 보니 기요카와는 존왕양이라고 하는 요즘의 상식론으로 교묘하게 문제를 뒤바꾸었지만, 그것은 막부의 신임에 대한 무사로서의 배신행위였다.

"무사로서 말입니다."

"흐음."

이런 설득을 듣고 보니 세리자와의 머리속에는 기요카와 하치로의 영상이 연극에 나오는 아케치 미쓰히데와 닮아 보였다.

"베어버릴까?"

목소리를 낮추어 말했다.

"그것에 대해서는……."

곤도는 도시조의 책략을 알려주었다. 세리자와는 무릎을 탁 치면서 좋아했다.

"재미있군. 꼭 해봅시다. 이거야, 한번 교토에서 실컷 솜씨를 보여주게 됐구먼."

탄생

 히지카타 도시조와 곤도가 교토에 온 뒤, 맨 먼저 열중한 일은 기요카와를 죽이는 일이었다. 물론 암살이다.
 만약 누가 죽였는지 탄로나면 앞으로의 계획, 즉 곤도와 세리자와 양파의 밀맹(密盟)에 의한 신당 결성이 어렵게 된다.
 곤도파 8명은 날마다 어슬렁어슬렁 미부 주변을 돌아다니면서 기요카와의 동정을 살폈다.
 세리자와파 5명도 이 일에 적극 협력했으나 본디 두령인 세리자와 가모는 호방한 성격이어서 이와 같은 섬세한 탐색작업에는 적합하지 않았다.
 "곤도 군."
 세리자와는 매일처럼 곤도의 방으로 찾아와 말했다.
 "귀찮군. 이런 일은……."
 이렇게 말했다. 참을성이 없었다.
 언제나 술기운을 띠었다.
 이야기하면서 큰 쇠부채로 탁탁 무릎을 치는 버릇이 있었다. 쇠부채에는 '진충보국(盡忠報國)'

네 글자가 새겨져 있었다. 미토에서 유행하기 시작한 말이다.
"차라리 이러는 것이 어떨까."
세리자와가 다그쳤다.
"한밤중에 기요카와 놈의 숙소에 쳐들어가 다짜고짜로 죽여버리는 것이."
"암요."
"묘안이지?"
"영웅입니다, 선생은."
곤도는 필사의 노력으로 추켜올렸다. 큰일을 앞두고 세리자와 가모가 경거망동으로 나오면 모든 일은 헛일이 되어버린다.
"하지만 자중해주시기 바랍니다. 그런데 형님에게서 회답이 늦어지는 모양이 아닙니까?"
"아아, 수호직에 줄을 대는 일 말인가?"
"네."
"어제도 다녀왔네. 형도 이제 대답이 올 때가 됐다고 그러셨네. 그 해답만 받으면 곤도 군, 교토는 자네와 내 세상이 아니겠나."
"나야 뭐 벽창호지요."
곤도는 힘겹게 아첨의 말을 했다.
"그러나 선생은 교토 제일의 국사가 되실 겁니다."
"너무 추켜올리지 말게."
"내가 남에게 아첨이나 하는 사나이라고 생각하십니까?"
"하긴 그렇군."
세리자와는 얼굴이 누그러졌다.
곤도는 힘에 겨워도 한껏 아첨을 떨어야만 했다. 이것이 뒤에 숨어서 도시조가 그려낸 작전이었다. 성사시키기까지는 세리자와 가모라는 사나이가 꼭 필요하다.
"곤도님, 혹시……."
도시조는 곤도에게 다짐을 두었다.
"세리자와가 그렇게 하라면 발바닥이라도 핥아야 해. 지금은 하나에도 둘에도 그 사나이의 비위를 맞추어 줘야 하니까."
앞에서 말한 바와 같이 세리자와의 일가친척은 말하자면 줄이 좋다. 친형은 미토 도쿠가와 가문의 가신으로 현재 교토 번저(藩邸)의 섭외관을 맡고 있으니, 그 형을 통해서 교토 수호직 마쓰다이라 가타모리 공의 섭외관에게 줄을 대어 다음과 같이 밀지(密旨)를 얻어내면 된다.

'기요카와 하치로를 주살(誅殺)해도 좋다.'

이것이 이 시기에 곤도계의 소원이었다.

도시조의 관측으로는 기요카와의 기괴한 배신 행위에 막부의 각로(閣老)도 아마 분개하고 있을 것이었다. 이것은 바로 짚은 관측이었다. 도시조의 관측대로 각로 이타쿠라는 막신인 사사키 다다사부로로 하여금 은밀하게 기요카와 암살을 명하고 있었고, 교토에 있는 막부 감찰관인 교토 수호직은 당연히 기요카와를 좋아하지 않았다. 이것은 틀림이 없었다.

'밀지는 반드시 내린다.'

이렇게 보고 도시조는 세리자와를 부추기는 한편 기요카와의 암살 계획을 진행시키고 있었다.

과연 맞아떨어졌다.

그 이튿날이다.

교토 수호직 마쓰다이라 가타모리 공의 총무관 도지마 기헤(外島機兵衛)라는 자에게서 세리자와에게 전갈이 왔다.

"꼭 만나자."

다만, 남의 눈이 있으니 은밀히 하라는 세심한 주의도 덧붙여져 있었다.

"이제 일은 성사된 거나 마찬가지다."

도시조는 곤도에게 말했다. 이름 없는 낭인 검객이 에도 막부에서 각로 이상의 권위를 지닌 교토 수호직에 줄이 닿았다는 것만으로도 엄청난 수확이 아닌가.

"그렇군."

곤도도 얼굴이 벌개져 있었다. 너무나 기쁜 모양이었다.

"도시조, 이건 고향집에 알려야 하잖아? 아니, 꼭 알리자."

맹우인 히노의 촌장 사토 히코고로가 기뻐하겠지. 교토에 당도한 뒤로도 히코고로는 씀씀이가 많을거라며 돈을 보내주었다. 좋은 친구는 가지고 볼 일이다.

이튿날은 외출했다. 겉으로는 '시내 구경을 위해서'라고 신청했다.

일행은 미부에서 동쪽을 향해 걸었다. 일행은 곤도 이사미, 히지카타 도시조, 세리자와 가모, 니미 니시키의 네 사람이었다.

이 네 사람이 몇 달 뒤에 교토를 부르르 떨게 한 사나이가 되리라고는 그 당사자들도 깨닫지 못했으리라.

구로다니의 아이즈 본진(本陣)에 도착했을 때는 한낮이 조금 지나서였다.

"흐음."

쳐다보았다.

곤도는 쇠징을 박은 성문 같은 대문이 우뚝 솟아 있는 것을 올려다보았다. 아이즈 본진이라지만 실상은 정토종(淨土宗)의 별격 본산 곤카이고묘사(金戒光明寺)이다. 그런데 사원이라기보다 언덕을 등진 성곽과 같았다. 그냥 성처럼 지은 것이 아니라 여기에는 까닭이 있었다.

에도 초기에 도쿠가와 가문은 만약에 교토에 반란이 일어날 경우를 예상하고 정식 성인 니조성(二條城) 외에 2개의 의장성(擬裝城)을 만들었다. 그것이 가초산(華頂山)에 있는 지온인(知恩院)과 이 구로다니의 곤카이고묘사다.

당시 막부는 그 '만일의 때'에 이르러 있었다. 따라서 마쓰다이라 번(松平藩) 병력을 교토에 주둔시켰다. 본진은 의장성인 곤카이고묘사이다. 도쿠가와 선조의 지혜는 200여 년이 지나서 발휘되었다고 할 수 있다.

"세리자와 선생, 훌륭한 본진이군요."

"음, 그렇군."

세리자와는 건물 따위에는 흥미가 없었다.

큰방으로 안내되었다.

기다릴 것도 없이 눈빛이 날카로운 중년 무사가 나타나 아랫자리에서 인사를 했다.

"이렇게 왕림해주셔서 감사합니다. 본인이 섭외를 맡은 도지마 기헤입니다. 앞으로 많이 보살펴주십시오."

아이즈 번사답게 구식 인사를 했다.

술자리가 벌어졌다. 도지마 기헤는 겉보기와는 달리 풍류인으로 악의 없는 농을 하기도 하고 취해서 아이즈의 민요를 귀여운 목청으로 부르기도 하면서 혼자 흥을 돋우었다. 그러나 곤도는 이러한 좌석에는 처음 끼어보는지라 몹시 긴장하고 있었다.

도시조도 눈을 껌벅거릴 뿐 웃지도 않았다.

물러갈 때가 되어 도지마 기헤는 대문께까지 배웅하러 나왔다.

"오늘 저녁은 유쾌했습니다."

그는 천천히 얼굴을 문지르고 나서 갑자기 목소리를 낮추어 불렀다.

"곤도 선생."

"넷?"

"'기' 글자의 건을 잘 부탁합니다."

이렇게만 말했다. '기' 글자란 기요카와를 가리키는 말이었다. 이로써 교토 수호직이 기요카와 암살을 은밀히 명령한 것이 된다.

기요카와 하치로는 날마다 외출했다. 궁성(宮城) 방향으로 가는 것이다.

궁성에는 '학습원'이라는 신설 부서가 있었다. 공경들 가운데 머리가 좋은 사람들을 골라, 등청하여 막부 정책을 연구하고 의논하게 하는 부서이다. 그러나 공경들은 겐페이(源平) 시대 후로 700년 동안 정권을 빼앗기고 있었기 때문에 아무런 정치 훈련도 되어있지 않았고 자기 자신의 판단력 같은 것은 전혀 없었다. 요컨대 그 부서에 출입하는 '존양 낭사(尊攘浪士)'의 혀끝에 놀아날 뿐인 부서였다.

기요카와도 그 앞잡이의 한 사람이었다.

도시조는 기요카와가 다니는 길을 조사하도록 명했다.

'과연, 검객 기요카와로구나.'

감탄한 것은 기요카와가 다니는 길이 날마다 달랐기 때문이다. 자객들의 잠복을 경계하고 있는 것이리라.

탐색 결과, 날마다 반드시 통과하는 장소를 알아냈다.

구조(九條) 공 저택의 남쪽, 동서로 통하는 마루타 거리와 교차하는, 남북으로 통하는 다카쿠라 거리 모퉁이었다.

그 모퉁이는 상가 거리였는데 비어 있었다.

'이거 안성맞춤이군.'

도시조는 곤도와 세리자와에게 알리고 의논 끝에 그곳에 사람들을 숨겨두기로 했다.

"암살은 반드시 밤에 해야 합니다."

도시조는 세리자와에게 말했다.

"그것도 일격으로 끝내야 합니다. 어정거리다간 이쪽 얼굴이 알려져버립니다."

"알았네. 자넨 군사(軍師)로군."

"인원수도 적은 편이……."

"알고 있어. 자네에게 지시받을 것까지도 없겠지."

곤도와 세리자와의 양파에서도 앞에서 말한 4명밖에는 이 밀모를 아는 자가 없었다. 그러므로 암살도 4명이 할 수밖에 없었다.

넷을 2개 조로 나누었다.

곤도 이사미, 니미 니시키.

세리자와 가모, 히지카타 도시조.

이 두 패가 교대로 빈 집에 숨는다. 편성을 일부러 같은 패로 하지 않은 것은 만약 기요카와의 머리를 얻었을 경우 두 패 중 어느 한쪽의 일방적인 공이 되어 버리지 않도록 하기 위해서였다. 도시조는 그토록 용의 주도했다.

계획은 시행되었다.

그러나 기요카와도 빈틈이 없었다. 외출할 때는 반드시 몇몇 심복을 좌우에 거느렸다.

게다가 해가 진 뒤에는 나다니지 않았다.

"정말 빈틈 없는 놈이로군."

곤도까지 두손 들고 말았다. 날마다 잠복 대기했으나 주위가 너무 밝았다.

세리자와도 이를 갈았다.

널빤지 울타리 옹이구멍으로 내다보다가 세리자와는 대뜸 뛰어나갈 기세였으나 도시조는 필사적으로 말렸다.

마침내 기회가 왔다.

세리자와와 도시조 패가 맡은 날이었다. 해가 저물었는데도 기요카와는 학습원에서 돌아오지 않았다.

"아무래도 오늘밤엔 일이 될 것 같군."

세리자와는 널빤지 울타리에 굵다란 오줌 줄기를 갈기면서 말했다. 그 오줌 방울이 사정없이 도시조의 옷자락에까지 튀었으나 세리자와는 아랑곳도 하지 않았다.

도시조는 얼굴을 지푸렸다.

'빌어먹을 녀석.'

피하려고 했을 때 울타리 틈으로 보이는 길 위 풍경이 달라졌다.

초롱불이 떼지어 왔다.

웃으며 떠들어댔다.

"기요카와다."

도시조가 말했다.

"어디 어디, 나 좀 보자."

세리자와는 옹이구멍을 찾았다.

"넷이군."

그는 웃었다. 심복은 이시자카 슈조와 이케다 도쿠타로, 마스노 겐지. 모두들 검으로 넉넉히 벌어먹을 수 있는 사나이들이었다.

"히지카타 군, 내가 기요카와를 베겠다."

"그럼 나는 잡배를 맡겠습니다. 단 일격이어야 합니다. 소리내지 마시고."

"말이 많아."

세리자와는 준비한 복면을 유유히 썼다. 도시조도 검은 헝겊으로 얼굴을 가리고 눈만 내놓았다.

"히지카타 군, 간다!"

홱 울타리 밖으로 나갔다.

세리자와는 칼을 뽑은 채 달리기 시작했다. 도시조도 뛰면서 이즈미노카미 가네사다를 뽑았다.

"뭐야?"

초롱불이 멎었다. 앞에서 새까만 그림자가 둘 달려오고 있었다.

그림자 가운데 하나는 발소리가 굉장히 컸다. 땅이 울리는 것 같은 야단스러운 발소리였다.

'쯔쯔, 세리자와 녀석……'

뛰면서 도시조는 그 조심성 없는 발소리에 화가 나서 견딜 수가 없었다.

그러나 기요카와 쪽에서는 오히려 이 너무나 안하무인격인 발소리에 안심했다.

"어디 불이라도 난 건가?"

이시자카 슈조는 한가롭게 중얼거렸을 정도였다. 그러나 두령인 기요카와 하치로는 예삿일이 아니라고 보았다.

"여봐라, 초롱을 모두 땅에 내려놓아. 그리고 두어 발짝 뒤로. 거기서 기다려!"

명령했다.

탄생 573

기요카와의 지시는 옳았다. 자객은 초롱불을 겨냥하여 뛰어드는 법이다.
먼저 세리자와가 뛰어들었다.
땅 위의 초롱불 더미를 뛰어넘었다.
뛰어넘으면서 검을 멋진 상단으로 들어올려 땅에 발이 닿자마자 기요카와를 향하여 한 칼 내리쳤다.
기요카와는 두 걸음 물러섰다.
"웬놈이냐!"
외쳤다. 대꾸가 없었다.
세리자와는 화려하게 이름을 밝히고 싶었지만 입을 열지 않았다. 잠잠한 채 두어 걸음 다가들어 다시 한 칼 내리쳤다.
기요카와는 받아냈다.
도시조가 말한 '일격'은 실패였다.
'세리자와 녀석, 입만 살아서.'
도시조는 요리조리 몸을 날리면서 이시자카, 이케다, 마쓰노를 무섭게 몰아쳤으나 더 이상 시간을 끌 수는 없었다. 그러다간 신분이 드러난다.
이시자카 슈조의 칼을 피하자 그것을 기회로 뛰기 시작했다.
세리자와도 뛰기 시작했다.
다카쿠라 거리를 남쪽으로 뛰어 에비스 강 거리를 서쪽으로 달리고, 다시 니조 거리를 빠져 가와고에 번(川越藩)의 교토 번저(藩邸) 옆까지 왔을 때에야 간신히 적을 떨쳐버릴 수 있었다.
"세리자와 선생, 실수하셨군요."
"흐음."
세리자와는 숨을 몰아쉬었다. 도시조는 싸움에 익숙한 터라 언어동작이 여느 때와 조금도 다름없었다.
'신도무념류의 면허에 문하생까지 받아들였다더니 대단할 것도 없군.'
도시조의 그런 마음을 알아차린 것일까, 세리자와는 기분이 나빴다.
"자네 잘못이야."
도시조는 발끈했다.
"그건 무슨 말씀인지?"
"그대로 두 합쯤 더 했으면 난 기요카와를 베었을 거야. 자네가 도망치기에 다 잡힌 큰고기를 놓치지 않았나."

"내 잘못이라니요. 처음부터 우리 계획은 일격에 쓰러뜨리기가 아니면 도망친다는 것이었을 텐데요."

"자넨 지모가 있는 사람이야."

"아니, 무식한 사람입니다."

"아냐, 지모가 있어. 걸핏하면 군략, 군략하거든. 이를테면 용기가 없다는 증거야."

"뭣이?"

가와고에 번저의 담 너머로 적송나무 그림자가 드리워졌다.

"용기가 없는지 있는지 세리자와 선생, 한 번 해봅시다. 뽑으시지요."

"할 텐가?"

세리자와도 칼을 뽑았다.

그때 울타리 저쪽에 사람 그림자가 보였다.

몇 명이 후다닥 뛰어왔다. 세리자와도 도시조도 기요카와 일파일 거라고 보았다.

'안 되겠다.'

둘은 어깨를 나란히 도망치기 시작했다.

이튿날.

기요카와는 미부 신도쿠사에 다시 낭사대 일동을 모이게 했다.

"여러분, 기뻐해 주시오."

기요카와는 말했다.

"우리의 양이 뜻을 천황께서 들으시고 칙지(勅旨)까지 내리셨다. 대거 상경한 보람이 있었다고 하지 않을 수 없다. 그런데 그 나마무기(生麥) 소동이……."

말했다. 나마무기 사건이란 얼마 전에 도카이도(東海道)의 나마무기라는 곳에서 사쓰마 번의 시마즈 히사미쓰(島津久光) 행렬을 영국인이 말을 탄 채 가로질렀기 때문에 번사가 영국인 한 사람을 베고 두 사람에게 중상을 입힌 사건으로, 이 때문에 막부와 영국 사이에 외교문제가 얽히고 있었다.

전쟁이 일어난다고 요코하마 근방에서는 가재를 꾸려 피난가는 사람도 있었다.

"시비가 붙고 있다. 만약 영국이 싸움을 걸어올 경우, 우리는 그것을 격퇴하는 선봉이 된다. 그 지시가 상부에서 하달되었기 때문에 급히 에도로 돌

탄생 575

아간다."

이 명령은 막부 각로의 수법이었다.

책사 기요카와쯤 되는 사람이 그 술수에 넘어갔다. 그 뒤에 에도로 돌아갔을 때 낭사조는 '신초조(新徵組)'로 이름이 바뀌고 두령 기요카와는 아카바네(赤羽) 다리에서 사사키 다다사부로 등에 의해 암살된다.

미부 신도쿠사 회합에서

"우리는 거절한다."

고 일어선 것은 곤도와 세리자와, 히지카타, 니미 등 야기 겐노조의 저택을 숙소로 삼고 있는 일파였다. 그들은 곧 퇴장했다.

기요카와가 지휘하는 낭사조가 교토를 떠나 다시 기소길(木曾路)로 해서 에도를 향해 떠난 것은 분큐 3년 3월 3일로 교토 체류는 고작 20일 간이었다.

곤도 이사미파 8명.

세리자와 가모파 5명.

도합 13명만이 숙소인 야기 저택에 남았다.

두 파로 갈라졌다.

두 파라 하면 듣기는 좋지만 더 이상 막부에서 급여도 나오지 않았고 아무런 신분 보장도 없는 한낱 낭인 집단이 된 것이다.

"도시조, 어떻게 하지?"

곤도는 난감한 얼굴이었다. 식비도 없다. 쌀은 숙소인 야기 가문에 간청하여 얻어냈으나 언제까지나 신세를 질 수도 없었다.

"교토 수호직을 만나야 해."

도시조는 말했다. 도시조는 진작에 계획한 일을, 그대로 밀고 나갈 심산이었다. 세리자와의 친형을 사이에 두고 교토 수호직을 움직여 보자는 것이다. '교토 수호직 마쓰다이라 공의 직속 낭사'가 되면 어엿한 배경도 생기고 돈도 나온다. 첫째 미부에 주둔하고 있을 법적 근거가 확립되는 것이다.

"묘안이다."

세리자와는 기뻐했다.

"단, 곤도 군, 내가 총수다."

"물론 그래야지요."

당연한 일이다. 모든 것은 세리자와의 형이 있음으로써 운동이 가능하고 또 덴구당의 세리자와 가모라 하면 세상에 널리 이름이 알려져 있다. 이 시점에서는 세리자와를 간판으로 내세울 수밖에 다른 도리가 없었다.

섭외관 도지마 기혜를 통해 그 뜻을 전했는데 뜻밖에도 그 날로 탄원이 받아들여지고 부대의 명칭을 '신센조'로 쓰는 것도 공인되었다.

"도시조, 꿈만 같구나."

곤도는 도시조의 손을 잡았다. 도시조도 가만히 마주잡아 주면서 말했다.

"이제부터 시작이야."

머릿속에는 세리자와의 얼굴이 있었다.

모사(謀士) 도시조

기요카와 하치로(淸河八郞)는 죽고 신센조(新選組)가 탄생했다.

미부(壬生)의 야기 겐노조(八木源之丞) 저택 문에 야마나미 게이스케(山南敬助)의 필적으로 된 '신센조 숙(新選組宿)'이라는 큰 문패가 나붙는 것은 분큐(文久) 3년 3월 13일의 일이다. 교토(京都)는 봄이 한창이었다. 이 숙진(宿陣)에서 조금 떨어져 있는 보조(坊城) 거리 시조(四條) 모퉁이의 기온사(祇園社) 경내에 벚꽃이 활짝 피었다.

지금 미부 근방의 공기는 꽃으로 화사하게 밝았다.

그러나 도시조(歲三)의 얼굴만은 밝지 못했다.

"곤도(近藤)님, 문제는 돈인데."

도시조가 말했다.

도시조의 말대로 교토 수호직 아이즈(會津) 영주의 후원을 받고 있다고는 하지만 아직 사당(私黨)이었다. 군자금은 어떻게 되는가. 13명이 먹을 식량은 어떻게 할 것인가.

미부 마을 사람은 대원의 복장을 보고 '미부 낭사, 미부 낭사' 하면서 비웃기 시작했다는 것을 도시조는 알고 있었다. 무리도 아니다. 모두가 아직도 나그네 차림 그대로에 하카마(袴)는 닳아떨어지고 하오리(羽織)를 기워 입은 자도 있다. 초로의 이노우에 겐사부로(井上源三郞)는 칼을 차지 않으면 거지로 오인받을 모습이었다.

"돈은 예나 지금이나 군대의 밑거름이야. 양이(攘夷)가 어떻다느니 존왕(尊王)이 어떻다느니 하는 토론도 중요하겠지만……."

대원들은 날마다 할 일도 없었으므로 야마나미 게이스케를 중심으로 천하국가의 일만 토론하고 있었다. 도시조는 그것을 말한 것이다.

"그래, 돈이 문제지."

곤도는 너무나 잘 알고 있었다. 야나기 거리(柳町)의 도장 '시에이관(試衛館)' 시절에 곤도가 겪은 어려움은 돈 고생이었다. 에도(江戶)에서도 '감자도장'이라는 험담을 들었을 정도의 가난뱅이 도장이었다. 처자가 굶을 지경일 때도 양부(養父) 슈사이(周齋) 노인의 밥상에 사흘에 한 번은 생선을 올렸으나 그 생선조차 사지 못할 때가 있었다.

"또 히노(日野)에 부탁할까."

곤도가 말했다. 상경 후 이것으로 두 번째다. 시에이관 시절부터 도저히 어떻게도 안될 지경에 이르면 무사시 히노 마을의 촌장 사토 히코고로에게 손을 벌리는 것이 곤도의 단 하나의 경영법이었다.

"안될 말이야."

도시조는 말했다. 기껏 손을 벌린대야 송금액은 댓 냥, 일곱 냥 정도의 푼돈이다.

"당장 기별해야겠다."

"곤도님, 나는 말이지……."

도시조는 험상궂은 얼굴로 말했다.

"생각이 있어. 이 미부에 천하의 검객을 모아 신센조를 2, 3백 명의 큰 세대로 만들어 이 도읍의 가장 큰 의군(義軍)으로 키울 생각이야."

"도시조."

곤도는 놀랐다. 그는 생각해본 적도 없는 일이었다. 이 도시조라는 사나이는 마치 자기를 겁주기 위해서 언제나 곁에 있는 것같이 생각되었다.

"그러려면 돈."

도시조는 주먹으로 탁탁 방바닥을 쳤다.

"돈이다. 명목 있는 돈이 필요해. 써도 써도 다 쓰지 못할만큼 펑펑 쏟아지는 돈이. 그러니까……."

"뭐야?"

"맨날 히노에서 댓 냥, 일곱 냥 하고 잔돈푼이나 뜯어내는 것 같은 당신의 그 방식을 바꿔야겠어. 말해두겠지만 정예(精銳) 2, 3백 명을 양성하려면 5, 6만 석짜리 영주 정도의 경비가 들어. 안 그래?"

"그, 그렇겠지."

영주라는 말을 듣자 곤도는 희색이 만면하여 자신의 위치가 바야흐로 교토에서, 또한 천하에서 대단한 것이 돼 가고 있다는 것을 새삼스럽게 깨닫는 듯한 심정이었다. 저도 모르게 가슴이 부풀어 대답했다.

"좋아."

"그럼 곤도님, 어서 세리자와를 부추겨야 해."

그러나 도시조는 곤도에게는 즉결하는 지장이 있다고 생각하고 금방 말을 바꾸었다.

"아니, 세리자와더러 한 번 더 수고해서 마쓰다이라 공에게 그 뜻을 전하게 하면 돼. 이 시점에서 세리자와는 소중한 사람이야."

"그러지."

곤도는 당장 세리자와의 방으로 갔다.

세리자와 가모는 자기 방에서 니미 니시키와 노구치 겐지, 히라야마 고로 등 심복들과 술을 마시고 있는 중이었다.

하나하나의 무릎 앞에 호화판 술상이 놓여 있었다.

이 세리자와네의 5명은 곤도네와는 달리 먹는 것, 입는 것이 호사스러웠다. 모두가 까만 주름 비단 하오리를 입었고, 세리자와는 사흘이 멀다하고 유곽 거리를 드나든다는데 벌써 깊이 사귀는 여자까지 생겼다고 한다.

곤도는 그 자금의 출처를 알고 있다. 그자들은 시중의 그럴 듯한 부자집에 시비를 걸고 돈을 뜯어낸다는 것이다. 그건 낭인들이나 할 짓이다. 신센조는 그것을 진압하는 것이 본 임무가 아닌가.

곤도는 자리에 앉았다.

"한잔 하시겠소, 곤도 선생?"

니미 니시키가 잔을 내밀었다.

"아니, 난 괜찮아요."

"아아, 곤도 선생은 술 못하시죠. 그럼 과자라도."

"먹을 수 없습니다. 나같이 수하를 거느린 자는 아침에 일어나면 저녁상에 올릴 끼니 걱정을 하지 않으면 안될 형편입니다. 과자를 먹다니, 벌받습니다."

"흐음."

니미 니시키는 취해 있었다. 코웃음 쳤다. 이 사나이는 이로부터 반 년 뒤에 '유흥에 탐닉하고 근무 태만한 죄'라는 죄목으로 기온에서 곤도 일파의 명령으로 배를 가르게 된 사나이다.

"감탄했는데요. 과연 감자 도장 사범은……."

별수 없다고 말할 셈이었으나 스스로도 폭언이라고 깨달았던지 거기까지는 말하지 않았다.

"검소하십니다."

곤도는 잠자코 있었다.

"곤도 군, 할 이야기란?"

세리자와는 도코노마를 등지고 앉아 말을 걸었다.

"네, 그럼."

곤도는 다가앉으며 서투르지만 또렷또렷한 목소리로 도시조가 말한 계획을 털어놓았다.

"영주라?"

세리자와도 흡족한 모양이었다.

"과연 지당한 말일세. 황성을 수호하고 장군을 경호하기 위해 우리는 장차 10만 섬 영주 정도의 인원과 무비를 갖출 필요가 있네. 당장 수호직과 절충하겠네."

"나도 동행하겠습니다."

곤도가 말했다. 교토 수호직과의 절충을 언제까지나 세리자와에게만 맡겨 두면 곤도 일파는 밑으로 돌게 된다.

곤도는 곧 도시조에게 지시하여 문전에 말을 준비하게 하였다.

세 필이 준비되었다.

세리자와는 곤도가 올라탄 뒤에 남은 한 필을 보고 물었다.

"곤도 군, 이 말은?"

"글쎄요."

곤도는 능청을 떨었다.

보조 거리 쪽으로 꺾었을 때 뒤에서 도시조가 말을 타고 달려왔다.
"뭐야, 자네도야?"
"모시고 가겠습니다."
"자네가 올 줄 알았으면 우리 니미도 부를 걸 그랬지."
구로다니에 도착하여 아이즈 번저 섭외관 도지마 기혜 등과 만나서 이 건의안을 크게 역설했다. 도시조가 어디까지나 곤도 위주로 교묘하게 이야기를 이끌었기 때문에 아이즈 측도 자연히 곤도에게만 말을 걸게끔 되었다.
"잘 알겠습니다."
아이즈 인은 행동력이 있다.
즉시 별실에서 가로(家老) 요코야마 지카라(横山主税), 다나카 도사(田中土佐) 등이 협의하여 번주(藩主) 가타모리에게 진언했다. 가타모리는 즉결했다. 시기도 좋았다. 아이즈 번은 23만 섬 외에 교토 수호직을 맡게 됨과 동시에 직무급(職務給) 5만 섬이 추가되고 다시 며칠 전 5만 섬이 가봉된다는 내부 지시가 있은 참이었다. 교토 주둔 비용이 지나치게 윤택해진 바로 그때였던 것이다.

"곧 대원을 모집하자."
도시조가 말했다.
모집 방법은 '교토 수호직 직속'이라는 권위를 내세워 교토와 오사카의 검술 도장을 찾아다니며 권유하는 것이었다. 권위를 믿고 모여들 것이다.
"곤도님, 이건 중요한 일인데 징모 유세는 우리들 무사시파(武藏派)가 해야겠어."
"왜?"
"세리자와네가 하면 그 줄을 타고 오는 낭사는 모두 세리자와파가 되니까."
"흐음, 과연."
곤도는 쓴웃음을 지었다.
도시조의 조치는 신속했다. 한지붕 밑에 있는 세리자와들에게는 어디까지나 비밀이었다.
그 이튿날부터 오키타와 도도, 하라다, 사이토, 이노우에, 나가쿠라 등을 지휘하여 교토와 사카이(堺)의 도장을 이잡듯이 찾아다니며 응모를 권유했다.

본디 교토와 오사카는 도장이 많지 않은 고장이지만 그래도 수가 3, 40은 된다.

자격은 고수 이상의 자로 검이 주종이지만 유술(柔術)이나 창술도 상관없다.

"좋소."

즉석에서 입대를 응낙하는 자도 있었다.

거드름 피우는 도장주를 만나는 경우도 있다.

"기왕 오셨으니 한 수 배우고 싶다."

은근히 신센조라고 하는 낯선 집단의 실력을 시험해보려고 덤벼드는 것이다.

"원한다면."

오키타와 사이토, 도도 등은 선선히 죽도를 들고 상대하여 한 번도 진 적이 없었다.

오사카 마쓰야 거리에서 창술·검술 도장을 경영하는 다니(谷) 형제 같은 경우는 형 산주로가 하라다 사노스케의 창술 사범이었던 일도 있었던 관계로 좀처럼 응하지 않았다.

"글쎄."

제자가 간부로 있는 낭사조가 뭐 그리 대단할 거냐고 생각했던지, 아니면 대우가 미흡하다고 생각했던지 아무튼 태도가 모호했다.

오키타 소지는 영리했으므로 그런 작자들에게는 백 마디 말보다 시합을 청하는 것이 좋겠다고 생각했다.

"다니 선생, 한 수 가르쳐주시오."

맞붙어 창을 들고 들어오는 것을 세 번이나 파고 들어 멋지게 머리를 후려쳤다.

이처럼 하여 여러 도장과 교섭이 거의 끝나갈 무렵, 세리자와가 곤도에게 의논을 해왔다.

"슬슬 대원 모집에 착수해야겠네."

'이미 늦었다.'

그러나 곤도는 태연하게 동의하고 세리자와 쪽도 모집에 나서게 하였다. 그러나 세리자와 쪽 작자들은 게을러서 곤도들처럼 다리품을 팔 생각도 하지 않고 결국은 이쪽에 맡겨버리는 꼴이 되었다. 이것이 얼마 안 되어 그들의 무덤을 파게 된다.

모집 대원은 대략 100명.

방방곡곡을 유랑하다가 교토와 오사카에 모여든 자가 많아서 그 하나하나가 한가락할 듯한 생김새였다.

도시조는 야마나미 게이스케와 의논하여 이들의 숙소를 배정했다.

앞으로의 문제는 백 수십 명으로 불어난 이 대원을 어떻게 편성하느냐는 문제였다.

"곤도 군, 이들을 두 부대로 나눠서 자네가 한 부대, 내가 한 부대 맡으면 어떻겠나?"

이렇게 세리자와가 제의해서 곤도도 동의할 참이었는데, 도시조는 그것을 극력 반대했다.

"그렇게 하면 오합지졸이 됩니다."

도시조는 이자들이 오합지졸인만큼 강철 같은 조직을 만들지 않으면 안 된다고 생각했다. 그런데 어떤 형태의 조직이 좋을까.

예부터 번(藩)이라는 조직이 있다.

이것이 일본 무사의 유일한 조직이지만 참고가 되지 않았다. 그들에게는 번주라는 것이 있어 주종관계로 맺어져 있었다. 더욱이 그 번병 체제는 전국시대 그대로의 것으로 불합리한 면이 많았다. 도시조에게는 아무런 참고도 되지 않았으므로, 이때 독창적인 체제를 고안해 낼 필요가 있었다.

도시조는 구로다니의 아이즈 본진(本陣)으로 가서 섭외관 도지마 기헤의 소개로 서양식 조련에 밝은 번사를 만나 외국 군대의 제도를 알아보기로 했다.

이것은 참고가 되었다. 참고라기보다는 차라리 서양식 군대의 중대(中隊) 조직을 전면적으로 채택하고 거기에 신센조의 내부 사정과 도시조의 독창성을 가미해 보았다. 그것이 이 새로운 검객단(劍客團) 신센조가 되었다.

우선 중대소속 장교를 만든다.

거기에 '조근(助覲)'이라는 명칭을 붙였다. 명칭은 에도 유지마의 쇼헤이코(昌平黌 : 막부의 學問所, 오늘의 東京大學) 서생 숙사(書生宿舍)에서 운용하는 자치제도를 참조한 용어로서, 도시조는 이것을 학식 있는 야마나미 게이스케에게서 듣고

"그게 좋겠군."

곧 채택했다. 사관급인 '조근'이란 것은 내무(內務)로는 대장의 보좌관을 맡고 실전으로는 소대장이 되어 한 소대를 지휘하고 또한 군영 밖에서 통근할 수 있다. 그 성격은 서양 군대의 중대 소속 장교와 비슷했다.

대장을 '국장'이라고 부르기도 했다.

다만 세리자와계와 곤도계의 세력 관계로 보아 대장 세 사람을 만들지 않을 수 없었다. 세리자와 쪽에서 둘이 세리자와 가모와 니미 니시키이고 곤도 쪽은 곤도 이사미이다.

그 밑에 2명의 부장직(副長職)을 두었다. 이것은 곤도계가 차지하여, 히지카타 도시조와 야마나미 게이스케.

"도시조, 왜 대장이 안 되는 거냐?"

곤도가 화를 냈으나 도시조는 웃기만 하고 대답하지 않았다. 대내(隊內)에서 공작하여 급기야 곤도를 총수의 위치에 오르게 하기 위해서는 부장(副長)의 기능을 자유자재로 쓰는 것이 가장 빠른 길임을 도시조는 알고 있었다.

왜냐하면 부대의 직능상, '조근', '감찰'이라는 부대의 사관급을 직접 장악하고 있는 것은 대장이 아니라 부장직이었다.

조근으로는 창설 당시의 동지 전원을 이에 임명하고 거기에 새로 뽑은 대원 몇 명을 보탰다. 조근 14명, 감찰 3명, 기타 4명, 이들 사관은 곤도계가 압도적으로 충당했다.

'됐다.'

도시조는 기분이 썩 좋았다.

어느 사이에 벚꽃이 지고 교토에 첫여름이 찾아들려고 할 무렵이었다.

대기(隊旗)도 만들고 제복도 만들었다. 신센조는 명실 그대로 탄생했다. 도시조에게는 둘도 없이 소중한 작품인 것처럼 생각되었다.

벚꽃이 아직도 다 지지 않은 어느 날 저녁, 거리를 순시하던 곤도가 오키타와 야마나미와 더불어, 시조의 곤노이케(鴻池) 교토 저택 문전에서 담을 넘어 나오려고 하는 낭인 도둑 4, 5명을 베어 버린 것을 시작으로 각 부대는 밤마다 시중에서 '부랑패'를 베었다.

당시 아이즈 번 총무관의 한 사람이었던 히로자와 도미지로가 그의 수필 《앙장록(鞅掌錄)》에 '낭사들은 똑같이 외투를 입고 긴칼을 땅에 끌며 긴 머리칼을 늘어뜨리고 있어 그 형상이 무시무시했고 열을 지어 다녔다. 만나는 사람마다 모두 눈길을 피했고 그들을 두려워하였다'고 썼다.

도성의 치안은 완전히 신센조의 손아귀에 쥐어졌다. 때로는 오사카와 나라(奈良)까지 '출진'하여 낭사라고 여겨지면 그 자리에서 베었다.

이 무렵.

도시조는 겐닌사(建仁寺) 별당에서 아이즈 번 섭외관 도지마 기헤와 회담한 뒤 오키타 소지만 데리고 야마토 큰길을 북쪽으로 걸어갔다.

산들바람이 기분좋게 불었다.

"교토는 나무의 새싹 냄새까지도 다른 것 같군요."

오키타는 여전히 한가롭게 말했다.

"소지는 교토가 좋은 모양이지?"

"네."

오키타는 입속으로 웃었다. 도시조는 이 오키타가 상대가 누군지 몰라도 뭔가 사랑을 하고 있는 듯하다는 것을 그의 말이나 행동에서 짐작하고 있다.

"히지카타님은 싫은 모양이지요. 대체 교토의 어디가 싫습니까?"

"흙이 너무 빨개. 흙이란 본디 검어야 하는 거야."

"무사시 땅은 검으니까요. 히지카타님의 기호는 모두 그쪽이지요. 난 아주 난처합니다요."

"뭐가 난처해."

"별로 그렇지도 않지만."

오키타는 킥킥 웃었다.

"아마 사랑을 하지 않기 때문일 겁니다. 교토 여자를 사랑하게 되시면 히지카타님 꼭 달라질 거라고 생각합니다."

"무슨 소린지, 원."

문득 무사시의 절 사와타리 집안의 오사에가 구조 간파쿠(關白)의 저택에 있을 터인데 하고 생각했다. 그런데 그 당시 그토록 좋아했던 그녀의 얼굴이 도무지 눈앞에 그려지지 않았다. 상경한 뒤로 모든 과거가 아득한 옛일처럼 생각되었다.

"무사시에서는 별별 일이 다 많았지요."

"많았다니?"

오키타는 갑자기 화제를 바꾸었다.

"그 하치오지 히루마 도장의 시치리 겐노스케가 요즘 부지런히 가와라초의 조슈 저택에 드나들고 있다는군요."

"누가 그래?"

"도도 씨가 분명히 어제 조슈 저택으로 들어가는 것을 봤다고 했습니다."

"흐음."

도시조 일행은 보조 거리로 나왔다. 큰 다리를 건너 찻집에서 쉬었다. 초롱을 빌리기 위해서였다. 날이 저물기 시작했다. 가모강 물 위에 여기저기 요정의 불빛이 비치기 시작했다.

한길을 사람들이 오가고 있었다. 저녁녘 거리의 어수선한 발길들은 여느 때엔 한가한 거리니만큼 색다른 풍경으로 눈에 비쳤다.

초롱불이 서쪽으로 흘렀다.

다시 떼지어 동쪽으로 간다.

그 초롱불의 하나가 혹 꺼졌다.

"소지."

도시조는 일어섰다.

길바닥에 피비린내가 번지고 떨어진 초롱 곁에 사람이 죽어 있었다.

검에는 검

"소지, 시체를 봐라."

도시조가 말했다.

오키타 소지가 시체 옆에 쪼그리고 앉아 들여다보니 어엿한 무사였다.

"히지카타님, 옷이나 머리 모양으로 보아 공경 댁에 봉직하는 잡졸인가 봅니다."

"잡졸이라."

교토에는 그런 이름의 무사가 있다. 공경 무사라는 것이다. 헤이안(平安) 시대의 그 옛날에는 풋내기 무사라고 불리던 자인데 요즘은 상당한 기량을 가진 무사를 부리고 있다.

무사는 서른대여섯 살. 두어 합 겨루는 동안에 대여섯 명에게 포위되었던 모양이다.

"나리."

이 기온 일대를 세력권으로 하고 있는 포졸이 얼굴을 내밀었다.

에도라면 위풍도 당당할 이 수사관원은 줏대도 없이 떨고 있다. 이 자들도 존왕양이파의 떠돌이 지사(志士)가 설치고 다니는 데는 오랏줄마저 감추고 떨 수밖에 별 도리가 없었다. 사실 작년 윤 8월, 막부를 위해 사냥개처럼 뛰어다닌 '원숭이 분기치(文吉)'라는 자가 과격파 지사들의 손에 피살되어 산조 가와라에 그 시체가 내걸려졌다.
"여봐, 이 자를 알고 있나?"
"네."
"누구지?"
"구조 공을 섬기는 노자와 다테와키라는 자입니다."
'구조 가문이라. 사와타리의 오사에가 들어가 있는 공경 댁이군.'
주인은 구조 히사타다(九條尙忠).
교토의 좌막파(佐幕派 : 幕府 옹호파) 두목으로 일컬어지며 존왕양이파의 미움을 한몸에 받고 있던 그는, 작년 그 가문의 모신(謀臣) 시마다 사콘과 우고 겐파가 암살된 뒤로 격동하는 시세에 겁을 먹고 정계에서 일단 은퇴했다. 그런데도 여전히 존왕양이파 낭사들 중에는 집요하게 이 가문을 노리고 있는 자가 있다는 말을 도시조도 들었다.
'그래서 피살된 모양이군.'
도시조는 자리에서 일어났다.
조사는 그 정도면 된다. 교토 주재 정무관청과는 달리 신센조로서는 사건의 동기나 경위 따위는 아무래도 좋았다. 검을 휘두르는 자에게 검을 휘두르는 것 밖에 신센조로서 할 수 있는 일은 없었다.
"상대편 인원은 몇인가?"
"여섯입니다."
포졸은 보고 있었던 모양이다.
"특징은?"
"셋은 조슈 사투리, 둘은 도사(土佐), 직접 손을 쓴 한 놈은 나리와 사투리가 비슷했습니다."
"무사시 사투린가?"
교토의 존왕양이 낭사 중에 무사시 출신은 드물다.
"어디로 내뺐지?"
"내뺐다기보다 저 길로 북쪽을 향해 유유히 사라졌습니다."
"소지, 가자."
도시조는 걷기 시작했다.

'모조리 베어버릴 테다.'

가죽빛 무명 하오리를 벗어 둘둘 뭉쳐 초소에 집어던지더니 본도초의 경사진 처마 밑을 걷기 시작했다.

좁다.

긴 복도 같은 좁은 길 양옆으로 찻집의 등롱 불빛이 창살을 희끄무레 하게 비추면서 멀리 북쪽으로 뻗어 산조 거리의 어둠 속으로 빨려들고 있다.

"소지, 몸은 어때?"

"어떠냐구요?"

"움직일 수 있느냔 말이야?"

오키타 소지는 가끔 이상한 기침을 한다. 폐가 나빠진 것은 아닌가 하고 도시조는 요즘 들어 느끼기 시작했다.

"아무렇지도 않습니다."

오키타는 밝게 웃었다.

도시조가 그렇게 물어본 것은 본대에 급히 알려 증원을 부탁할 마음이 전혀 없었기 때문이다. 둘이서 할 작정이다. 지금 이 마당에 신센조의 무위(武威)를 교토에 떨치려면 적은 인원으로 해치우는 길밖에 없다고 도시조는 생각했다.

'지기리 옥(屋)'

이렇게 쓴 등롱이 걸린 집에서 예기(藝妓)가 나왔다.

도시조와 오키타는 불쑥 들어갔다.

"마쓰다이라 공 직속의 신센조다. 상부의 명령으로 검색한다."

들어가 보았으나 수상한 자는 없었다.

대여섯 집을 그런 식으로 북쪽으로 뒤져가는 동안에 본도초(先斗町)를 다 지났다.

"히지카타님, 기야마치가 아닐까요?"

오키타는 산조 다리 가에 서서 말했다.

기야마치란 여기서부터 북으로 늘어선 여인숙 거리이다.

"흐음."

도시조는 오키타의 안색을 가로등의 희미한 불빛 아래 더듬으면서 재차 다짐했다.

"자네 괜찮겠나?"

안색이 좋지 않았다.

저 앞의 기야마치라고 하면 존왕양이 낭사들의 소굴이라고 해도 좋은 지역이다. 기와라초에 정문이 있는 조슈 번저가 그 후문을 기야마치 쪽으로 트고 있다.

본디 범인들은 인원수가 많다.

게다가 거리가 거리인만큼 조슈 번저에서도 응원부대가 올 것이다. 당연히 격투가 예상된다.

오키타의 몸이 걱정이었다. 싸우는 동안 기침이 나오기라도 하면 그것으로 끝장이다.

"괜찮다니까요."

오키타는 앞장서서 기야마치로 들어갔다.

기야마치에 '베니지(紅次)'라는 요정이 있다. 베니야 지로베에(紅屋次郎兵衛)를 줄인 것이다.

"베니지."

오키타는 중얼거리며 걸음을 멈추었으나 곧 창문 앞을 천천히 걷기 시작했다.

술자리에서 부르는 노랫소리가 들려온다. 노랫소리를 다소곳이 귀담아 듣는 것 같은 표정을 지으면서 고개를 끄덕였다.

"히지카타님."

무사시의 보리밟기 노래였다.

"알았다. 소지, 여기를 지키고 있어."

말을 마치자 도시조는 드르륵 문을 열었다.

"공무로 검색한다."

외치자마자 마루턱에 뛰어올라 후다닥 장지문을 열었다.

"웬 놈이냐?"

그 자리의 무사들이 도시조를 쳐다보았다. 과연 인원은 6명. 머리 모양도 도사 식이 둘, 조슈인인 듯한 수려한 모습을 한 자가 셋, 그리고 도시조가 알 만한 자가 있다.

이름은 모른다.

분명히 무사시 하치오지의 고겐 일도류 도장에서 시치리 겐노스케의 수하였던 사나이다.

'시치리도 교토에 올라왔다는 말을 들었는데, 이상하다. 여기는 이 녀석 혼자뿐인가?'

"웬 놈이야."

입구쪽의 하나가 훌쩍 뒤로 물러섰다. 그것에 호응하듯 일제히 무릎을 세우고 칼을 잡았다. 도시조는 좌중을 죽 훑어보았다.

'모두 제법 하겠군.'

도시조는 가만히 하카마 자락을 집어올려 느릿한 동작으로 허리춤에 꽂았다.

"무례가 아닌가, 이름을 밝혀라."

"히지카타 도시조."

"옛!"

일제히 일어섰다. 도시조의 이름은 이미 교토의 존왕양이 운동자 사이에 알려져 있었다.

"조금 전에 시조 다리 가에서 구조 가문의 잡졸을 벤 건 그대들이겠지."

"그, 그것이."

입구의 키 큰 사나이가 말했다.

"어쨌다는 거냐!"

"수사하겠다. 본대까지 동행하자."

따라 나설 바보는 없었다.

문 가의 사나이가 대답 대신 칼을 뽑아 옆치기로 들어온 것을 도시조는 거들떠보지도 않고 뛰어들어 '앗' 하고 일동이 놀란 틈에 방 한가운데를 곧장 가로질러 빠져나갔다.

그대로 장지문을 걷어차 쓰러뜨리고 복도에 나가 쳇 방을 향해 돌아 막아섰다.

놓치지 않기 위해서다. 앞으로 달아나는 자는 오키타가 지키고 있다. 탄복할 만한 싸움 솜씨이다.

"상대는 하나다!"

한 사나이가 외쳤다.

"포위하고 베어버려!"

"촛대를 조심해. 불을 내면 교토에서는 3대를 두고 사람 대접 못 받는다."

이렇게 말한 것은 도시조다. 칼을 우하단으로 겨누고 있다.

아무도 덤벼들지 않는다.

도시조의 등 뒤는 툇마루.

이어서 좁은 마당이 있고 널빤지 울타리를 나가면 밖은 가모 강변이다.

"여봐, 뭘 겁내는 거야!"

아까 문가에 있던 키 큰 사나이가 칼을 중단으로 잡고 바싹 다가섰다. 손목을 칠 듯이 주먹을 쳐들었을 때 도시조도 칼을 조금 치켜올렸다. 그 순간

"받아라!"

무서운 기합과 더불어 몸뚱이째 부딪쳐 왔다.

순간 도시조는 이미 한쪽 무릎을 꿇고 목과 몸을 늘이며 칼을 힘껏 내밀어 상대방의 몸통을 찔렀다.

재빨리 칼을 뽑고 피를 뒤집어 쓴 방바닥을 건너뛰어 다시 다른 녀석의 오른쪽 어깨를 겨냥하여 내리쳤다.

그 뒤는 난전이었다.

상대도 예사 솜씨가 아니었다. 등 뒤에서 하마터면 찍히게 되었을 때 도시조의 머리 위에서 상인방(윗중방) 바닥이 울렸다.

소리에 도시조가 번쩍 덜컥 몸을 돌리니 거기에 얼굴이 있었다.

무사시 인의 얼굴이었다.

그 눈에 공포가 서려 있었다.

그 사내는 칼을 뽑자마자 마당으로 뛰어내렸다.

동시에 도시조도 뛰어내렸다. 이끼가 발바닥에 차갑게 느껴졌다.

사내는 뒷문을 밀었다.

바로 벼랑이다. 한 길 가량의 돌담이 거의 수직으로 쌓여 있었다. 뛰어내리면 다리뼈가 부러지겠지.

사내는 머뭇거렸다.

초저녁 별이 히가시 산 위에 걸려 있었다.

"여봐."

도시조가 불렀다.

"시치리 겐노스케는 잘 있나?"

"히지카타."

사내는 뒷문 밖에서 몸을 어두운 허공으로 내밀었다.

"두고 보자."

뛰어내렸다.

"……."

도시조는 방 쪽으로 돌아섰다. 오키타가 와 있었다.

오키타는 방 한가운데 우뚝서서 이미 칼을 거두고 왼손을 허리춤에 찌르고 있었다.

호쾌한 사나이다.

바닥에는 시체가 둘. 물론 오키타가 처치한 놈들이겠지.

"히지카타님, 본대로 돌아갈 겁니까?"

"응."

도시조는 하카마를 내리면서 말했다.

"방금 그 사내는 하치오지 고겐 일도류의 놈이었어."

"시치리 겐노스케의 수하겠군요."

"놓쳤어. 무사시에서의 원수를 보기좋게 갚는 건데 아깝게 놓쳐버렸다."

"히지카타님은 끈덕지군요."

"그것만은……."

도시조는 마루에 올라섰다.

"나의 장점이지."

"이상한 장점이군요."

"언제고 시치리 겐노스케와도 만나게 되겠지. 그 정도의 사내니까 놈도 그것을 아마 기대하고 있을걸."

"놀랐는데요."

오키타는 도시조의 얼굴을 살피면서 말했다.

"시골 싸움을 꽃이 가득한 교토에까지 끌어들이는 겁니까?"

"그래."

"히지카타님에게는 천하 국가의 일도 자질구레한 일도 모두 한통속이군요."

"싸움꾼이니까."

"일본 제일의 싸움꾼이군요. 그런데 애석에게도 히지카타님에게는 싸움만 있고 국가 대사에 대한 생각이 없습니다."

"야마나미에게서 그런 험구를 들었나?"

"아무러면 어떻습니까."

두 사람은 한길로 나왔다.

칼싸움에 겁을 집어먹은 모양인지 기야마치는 집집이 덧문을 닫고 숨을 죽이고 있는 듯했다.

사람 그림자도 없고 샤미센 소리도 끊어졌다.

"방금 그 사건을 뒷처리해 둘 필요가 있어. 경비초소에 들르자. 이쪽이다."

북쪽을 향해 걷기 시작했다.

꺼림칙하게도 초소 옆에 조슈 번저의 뒷담이 있었다.

'위험해.'

오키타도 그렇게 생각했다.

초소에 들어가니 방금 있은 '베니지'에서의 소동을 얻어 듣고 포졸들이 모여들었다.

"미부의 히지카타와 오키타다. 아까 시조 다리 가에서 구조(九條) 공 댁의 가신 노자와 다테와키(野澤帶刀)님을 죽인 흉한 여섯이 베니지에서 술판을 벌이고 있었지. 체포하려고 하자 대항했기 때문에 즉결 처분했어. 놓친 자는 하나뿐이다."

"네!"

모두 떨고 있었다.

"엽차 있나?"

"네에!"

하나가 달려나가 뒷박 가득히 찬술을 퍼왔다.

"이건 차가 아니잖아?"

"네."

"차라고 했어!"

도시조는 무섭게 눈을 부라렸다. 역시 사람을 죽인 바로 뒤라 살기가 등등했다. 야경꾼이 커다란 잔에 차를 따라 내오자

"소지, 마셔."

그러고는 밖으로 나갔다. 엽차가 기침약이 될 리도 없겠지만 마셔 두는 편이 나으리라고 생각한 것이다.

개가 짖는다.

도시조는 남쪽을 향해 걷기 시작했다. 되도록 냇가에 바싹 붙었다.
다카세강(高瀨川)이다.
오키타가 뒤쫓아왔을 때 마침 초롱을 매단 밤배가 지나갔다.
그 다카세강 서안에는 북쪽에서부터 차례로 조슈 번저, 가가 번저, 쓰시마(對馬) 번저, 조금 남으로 내려와서 히코네(彦根) 번저, 도사 번저, 이렇게 여러 번의 교토 저택이 흰 뒷담을 보이고 있다.
"히지카타님, 기야마치의 경비 초소 말입니다."
오키타가 나지막하게 말했다.
"거기는 조슈, 도사와 가깝게 지내기 때문에 어딘가 우리에겐 쌀쌀하게 대하더군요."
"그래서 어떻다는 거냐?"
"우리가 이쪽으로 왔다고 조슈 번저에 알릴 겁니다, 틀림없이."
"소지, 지쳤나?"
"또 그 소리."
오키타는 이렇게 말했다.
"난 히지카타님보다 튼튼해요. 아직도 한 시각은 더 싸울 수 있습니다."
도시조는 걸음을 멈추었다. 개가 여기저기서 시끄럽게 짖기 시작했다.
"소지, 온 모양이다."
"뒤쪽입니까?"
오키타는 앞을 향한 채 물었다.
"음, 뒤쪽이다."
"앞에도 있습니다."
둘은 걸어갔다.
앞뒤에서 너덧 명씩, 앞의 조는 천천히, 뒤의 조는 빠른 걸음으로 점점 간격을 좁혀왔다.
"소지, 떨어져."
도시조가 말했다. 목표를 분산시키고 치면서 빠져나갈 속셈이었다.
오키타는 왼쪽 처마 밑으로 붙어섰다. 길 양쪽에서 두 사람은 동시에 멈춰섰다.
한가운데를 그림자의 떼가 걸어간다. 하나같이 다부져 보이는 무사였다.
그들도 일제히 섰다. 절반은 오키타를 나머지 절반은 도시조를 향하여,

"무슨 일이냐?"

도시조가 물었다.

"그대들, 미부 소속인가?"

"그렇다."

"조금 전에 베니지에서 난동을 부린 자들이구나."

"수색 임무를 집행했을 뿐."

"동지의 원수다!"

칼을 뽑아 달려들자마자 그는 두 동강이 났다. 도시조는 나는 듯이 길 한복판으로 나왔다.

시체가 쓰러져 있었다.

"더 이상 살생은 할 필요없다."

칼을 거두자 터벅터벅 걷기 시작했다.

오키타의 그림자는 이미 앞장서서 가고 있다. 그의 오른쪽 어깨가 갑자기 떨렸다. 기침을 하고 있는 모양이었다.

내분(內紛)

교토는 큰 절 40개소, 작은 절 5백 개소.

음력 7월, 우란분(于蘭盆 : 조상의 영혼을 제사 지내는 불교 행사) 계절에 접어들면 교토의 모든 길은 갑자기 염불과 종소리, 독경 소리로 가득찬다.

"온통 부처 냄새로군."

도시조는 내뱉듯이 말했다. 무사시의 우란분은 촌스럽지만 이곳처럼 음울하고 적적하지는 않다.

"못견디겠는데요. 나다니면 옷솔기에까지 분향 냄새가 스밀 것 같아요."

오키타조차 툴툴거렸다. 물론 신센조에서는 우란분 때가 와도 대원들은 공양을 하지 않는다. 그래서 우란분 계절이라 해도 조용하기만 했다. 부처님은 자기 허리에 찬 칼뿐이라는 긴장이 대원들의 가슴속에 자리잡고 있었다.

그러던 어느 날 아침, 대원 중에서 죽은 사람이 나왔다. 대원으로 짐작되는 자가 센본(千本) 솔숲에서 참살당했다는 보고가 관아에서 들어왔던 것이다.

"야마자키 군, 시마다 군."

도시조는 감찰을 불렀다.

"가보게."

그들은 떠났다.

얼마 뒤에 돌아와서 부장실(副長室)의 도시조에게 보고했다.

"시체는 아카자와 모리토(赤澤守人)였습니다."

배후에서 오른쪽 어깨에 한 칼, 이것이 최초의 일격이었던 모양이다. 이어서 앞으로 왼쪽 어깨, 목에 두 군데. 이것은 목숨이 끊어진 뒤에 찌른 모양으로 피가 나오지 않고 흰 지방(脂肪)이 보였다.

"그런가……"

도시조는 잠깐 생각에 잠겼다. 이윽고 눈빛이 번쩍거리기 시작했으나 아무 말도 하지 않았다. "다시 잘 조사한 뒤에……"

감찰들도 두려운 마음이 든 모양인지 그 말을 남기고 물러갔다.

도시조는 곧 옆방으로 곤도를 찾아갔다.

"뭔가?"

이렇게 말했을 뿐 곤도는 눈을 들지 않았다.

글씨 공부를 하고 있었다. 독학이다.

'서른에 《천자문》 입문이군.'

도시조는 곧잘 놀렸다.

본디 곤도는 간토에 머물 때 글씨를 흉칙하게 썼었다. 교토에 올라온 뒤로

'신센조 대장이 이래서야.'

그리고는 갑자기 뜻을 세워 습자 공부를 시작한 것이다. 사대부(士大夫)의 유일한 장식은 글씨일 것이다. 글씨가 서투르면 업신여김을 받는 경우도 많다고 곤도는 생각했다.

"흐음."

도시조가 들여다보았다.

"꽤 늘었는데."

"본디 괜찮은 자질이지."

곤도의 습자는 철두철미 라이 산요(賴山陽) 서풍(書風)을 모방한 것이었다. 근왕(勤王) 운동의 원류가 된 이 문학자의 서풍을 곤도가 가장 숭상하였다니 재미있다.

"자네도 배우라구."

"내가?"

"자네도 언제까지나 무사시의 감자 검객은 아니잖은가."
"난 괜찮아."
"뭐가 괜찮아. 글씨는 인간을 만든다고 한다."
"그건 유학자의 거짓말이야."
"자넨 독단적이어서 골치라니까."
"뭘 이렇게 글씨나 쓰고 앉았으면 인간이 된다던가. 난 내 식으로 하겠어. 모든 일을……."
"자네 식도 좋겠지. 하지만."
"자기 식이 좋아."
"그렇지만 마음이 차분해져."
"차분하기만 해서는 안 되지. 이 난세에 멍청하게 차분히 있다가는 앉아서 고스란히 칼을 받게 될걸. 곤도님도 그 야릇한 문자깨나 배운다고 간토 사나이의 기개를 잊어서는 안 된단 말이야."
"칼이라니 말인데."
곤도는 화제를 바꾸었다.
"오늘 새벽에 센본(千本) 솔밭에서 피살된 대원이 아카사와 모리토(赤澤守人)였다지?"
"응."
도시조는 갑자기 졸린 듯한 얼굴로 대답했다. 그때 머릿속을 재빨리 스쳐 지나간 것은 감찰들을 장악하고 있는 부장직인 자기보다 한 발 앞서 대장 곤도에게 알린 자는 누구일까 하는 생각이었다. 순서가 틀리지 않는가. 순서를 문란하게 하는 짓은 조직을 다시 없이 소중하게 여기는 도시조로서는 참을 수 없는 일인 동시에 그것은 부대의 규율을 문란케 하는 최대의 악이라고 생각했다.
"누구야, 자네에게 알린 그 경망한 감찰은?"
"감찰이 아냐."
"아니라구?"
도시조는 곤도의 손에서 붓을 빼앗고 말한다.
"그건 이상한데. 나는 방금 현장에서 돌아온 감찰에게서 얘기를 들었어. 그것을 자네에게 말하려고 여기 온 거야. 그런데 자네가 감찰보다 먼저 알고 있었네. 이게 어떻게 된 까닭이지?"

"난 벌써 들었는데."

"벌써라니."

"변소에 갔을 때니까 한 시간 전이었어. 노구치 군과 복도에서 만났는데 그가 말했어. 아카사와 모리토가 조슈 놈들에게 참살당했다고 하더군."

"조슈 놈들에게? 노구치 군이 하수인까지 알고 있다니 이상하군."

"이 글씨 어때?"

곤도는 자기가 쓴 라이 산요의 시를 들어 보였다. 혼노사(本能寺)에 있는 장시(長詩) 중의 몇 구절이다.

"읽을 줄 아나?"

"사람 우습게 보지 마라."

'오이노사까(老坂)를 서쪽으로 내려오면 비추(備中)로 가는 길.'

도시조는 눈으로 읽었다.

'어쩌면?'

도시조는 곤도가 서툰 글씨로 쓴 장시를 천천히 눈으로 더듬으면서 생각했다.

'아카사와를 죽인 자는 조슈 놈들이 아니라 세리자와 일파가 아닐까. 적은 예상 외로 가까운 곳에 있을지 몰라.'

육감이었다.

도시조는 자신의 육감을 무엇보다도 믿었다.

노구치 겐지는 니미, 히라야마(平山), 히라마(平間)와 더불어 미토 이래 세리자와의 심복으로 기량도 출중했다. 구변 좋고 학문도 있고, 재간도 남못지 않다.

그런데 가볍고 줏대가 없는 사나이였다. 그런 따위의 사나이는 마음에 들지 않았다.

방에 돌아온 도시조는 하인을 불러 차를 가져오라고 일렀다. 찻잎 줄기가 곤두섰다.

"무슨 좋은 일이 있는 것 같습니다."

"고향에서도 그렇게 보는데 교토에서도 그러는가?"

도시조는 찻잔 속의 찻잎 줄기를 찌푸린 얼굴로 내려다보면서 생각에 잠겼다.

'대체 나 같은 사나이에게 무슨 길조(吉兆)가 있단 말인가?'

'그런데 아카사와 모리토…….'
죽은 아카사와 모리토는 사실 도시조도 별로 좋아하지 않았다.
신센조 중에서 그는 드물게 조슈의 탈번자였다.
지난 6월, 신센조의 주력이 오사카에 출장나갔을 때 임시 숙소에 뛰어들어왔던 사나이다.
"같은 놈들에게서 모욕을 당했습니다."
그는 말했었다.
"그런 번에는 돌아가고 싶지 않습니다. 돌아갈 마음이 추호도 없습니다. 차라리 신센조에 가맹하여 조슈번의 동정을 탐색하겠습니다. 그런 일로 공을 세우고 싶습니다."
자세히 물어보니 신분은 시모노세키의 상가 출신으로 어엿한 가문의 무사는 아니었다. 그 때문에 번에 대한 충성심도 두텁지 않았다.
"그리 하라."
세리자와도 곤도도 그렇게 말했다.
그래서 감찰부에 소속시키고 표면적으로는 신센조와 아무런 상관도 없는 듯이 꾸며 교토의 조슈 번저에 드나들게 하였다.
아카사와는 두세 가지 정보를 얻어왔는데 그것이 몹시 정확하여 처음에 의심한 것처럼 조슈가 들여보낸 첩자는 아닌성 싶었다. 이 무렵 조슈 측 첩자로 입대하는 자가 두서넛 있어 대내에서도 적발 소동이 일어났었다.
그런데 아카사와라니.
이 사나이의 품안에는 신센조에서 준 돈이 많이 있었다.
그래서 곧잘 조슈번사나 도사의 탈번자(脫藩者) 등을 거느리고 기온이며 시마바라 등의 유흥가에 놀러다녔다. 그와 같은 장소에서 조슈번사의 입으로부터 새어나온 정보를 도시조에게로 가져오는 것이다.
그런데 아카사와의 정보에는 뜻밖의 부산물이 있었다.
기온이나 시마바라에서 놀고 있으면 대개는 신센조의 작자들과 마주치게 된다는 것이다. 그것도 세리자와 가모와 그 일파이며 곤도계는 돈이 없었기 때문에 거의 모습을 보이지 않았다.
"흐음, 그거 재미있는데."
도시조는 그 방면의 정보에 흥미를 느끼게 되었다.
"아카사와 군, 어떻게들 놀던가?"

"네, 아주 대단합니다."

아카사와는 말했다. 유흥비 떼어먹기는 흔히 있는 일인 모양이다. 그보다도 주인측으로서 가장 난처한 것은, 술버릇 나쁜 세리자와는 취기가 돌면 화를 내며 기물을 부수고 옆방 손님에게 시비를 거는 것이었다.

이 때문에 기온의 어느 유곽은, 상인은커녕 여러 번의 교토 번저 가신들도 찾아오지 않게 되어 불꺼진 집꼴이 되었다고 한다.

'역시 그렇던가.'

도시조는 신센조의 후견역인 아이즈번의 중신들에게서도 그 정도의 이야기를 듣고 있었다.

곤도와 히지카타가 산본기(三本木)의 요정에서 아이즈번 섭외관 도지마 기헤와 회식할 때의 일이었다.

"곤도 선생."

도지마 기헤가 말했다.

"교토에서는 제아무리 고관 현직이라도 기온이나 혼간사(本願寺), 지온인(知恩院), 이 셋 중 어느 하나의 미움이라도 사면 관직에서 실각한다는 말이 있습니다. 알고 계십니까?"

"아니, 전혀 생소한 말입니다."

"히지카타 선생은?"

"글쎄요."

도시조는 잔을 내려놓았다. 도지마는 말했다.

"역대 교토 주재 정무관이나 지방 관원들이 외다시피 하는 처세훈입니다만 승려와 미기(美妓)는 어떤 권문 세가와 줄이 닿아 있을지도 모르며, 그들의 험구는 뜻밖에 높은 고관에게 미치는 법입니다. 사실을 말하면 우리 주군께서……."

곤도는 별안간 놀란 표정을 지었다. 교토 수호직인 마쓰다이라 가타모리(松本容保) 공이?

"세리자와 선생의 행동 일체를 우리네보다 더 소상히 알고 계시지요."

"흐음."

"두 선생은 들으시오."

도지마 기헤는 미묘한 표정으로 말했다.

"길게 얘기하지 않겠습니다. 이 일을 충분히 마음에 새겨두시도록."

"알겠습니다."

곤도는 이렇게 대답했다.

돌아오는 길에 곤도가 도시조에게 말했다.

"거기서는 선선하게 대답했지만, 도지마 씨가 말씀한 것 말인데, 그분은 어떤 뜻에서 한 말일까?"

"세리자와 가모를 베라는 거겠지."

"그렇지만 도시조. 누가 뭐래도 세리자와는 신센조 대장이고 그뿐만 아니라 천하에 이름을 떨친 양이 고취(攘夷鼓吹)의 열사로 보고들 있네. 함부로 베도 괜찮을까?"

"죄가 있으면 벤다. 비겁하면 벤다. 부대의 규율을 문란케 하는 자는 벤다. 부대 이름을 더럽힌 자는 벤다. 그렇게 하지 않으면 신센조를 반석 위에 올려놓을 수 없어."

"도시조, 묻겠는데……."

곤도는 농담인 척하면서 목을 옴츠렸다.

"내가 만일 그 네 가지에 저촉된다면 역시 베겠는가?"

"베겠어."

"벤다고? 도시조?"

"그렇지만 그때는 나, 이 히지카타 도시조의 생애도 끝나는 거야. 자네의 시체 곁에서 배를 가르고 죽겠어. 소지도 죽을 테지. 천연이심류도 신센조도 그때가 최후가 되는 거야. 곤도님."

"뭔가?"

"자네는 총수야. 육신을 가진 인간이라고 생각해서는 곤란해. 교만하지 말고 흐트러짐이 없이 만천하 무사의 귀감이 되어주기를 바래."

"알고 있어."

이런 일이 있었다.

그 뒤 도시조는 아카사와를 통하여 대장 세리자와의 비행을 여러 가지 들었다.

강제로 돈을 빌려 쓰고는 비위에 거슬린다고 마구 칼을 휘두르곤 했는데, 가장 심한 예는, 아카사와의 정보가 아니라 온 교토 천지를 떠들썩하게 한 사건이었다. 사건인즉, 세리자와는 그의 패들을 거느리고 이치조 요시야마치(一條葭屋町)의 야마토야 쇼베를 찾아가 공갈협박한 끝에 거절당하자

"그렇다면 불태워버리겠다."

그러고는 부대의 대포를 이치조 거리에 대놓고 포탄을 재어 창고에 마구 쏘아대서 마침내 창고 전부를 부순 뒤 물러갔다.

곤도는 그날 종일토록 문을 닫아건 채 대원들 앞에 얼굴도 내밀지 않고 글씨 연습만 하고 있었다.

감찰 야마자키 스스무(山崎烝)가 돌아왔다.

아카사와 모리토 사건 관계다.

"대략 알았습니다."

이 진실한 젊은이는 말했다. 야마자키는 오사카 고라이바시(高麗橋)의 유명한 침술의(鍼術醫)의 아들로 검술과 봉술을 잘 했다. 그러나 무엇보다도 재치가 있어 감찰로 알맞은 사나이였다.

"어젯밤, 시마바라의 스미옥에서 놀았다는 건 확실합니다. 조슈 놈들 몇몇과 동행이었습니다.

"흐음?"

도시조는 실망했다.

"분명코 조슈 출신과 함께였던가?"

"틀림없습니다. 조슈번사 구사카 겐즈이(久坂玄端) 외에 4명."

"거물이로군."

"만취해서 시마바라를 나선 것은 아침 8시. 여기까지는 명백합니다. 아마도 그 뒤로 센본 솔숲에 끌려가 피살당한 거겠죠."

"잠깐, 구사카 등과 같이 나갔나?"

"네에."

"확실한가?"

"뭣하시면 확인하고 오겠습니다."

"아니, 됐어."

도시조는 저녁 무렵부터 준비하고 있었다. 비단 하오리 하카마에 이즈미노카미 가네사다의 대도와 호리카와 구니히로의 소도.

시마바라의 스미옥에 가보았다. 한 번 곤도와 함께 놀러 갔을 때 가쓰라기 다유(桂木大夫)라는 기녀와 어울려 놀았다. 여자는 도시조가 꽤나 좋았던 모양으로 그 뒤에도 사람을 시켜 고가(古歌) 등을 보내오면서 다시 찾아주기를 바라고 있었다.

이날 밤, 이 가쓰라기 다유와 놀았다. 도시조는 술을 잘 하지 못한다. 입을 꽉 다물고 있다.

다유도 적이 무료했다.

"주사위놀이라도 할까요?"

영주들이나 사용하는 눈부신 금박 주사위판을 꺼냈으나 도시조는 거들떠보지도 않았다.

"혹시 배라도 아프신가요?"

"청이 있다."

"뭔데요."

"쑥스러운 말이지만."

묻고 싶은 용건을 짤막하게 말했다.

"어머, 난처한 질문이군요."

다유는 일소에 붙였다. 여기는 그야말로 선경(仙境)으로 속세의 일은 일체 입에 담지 않고 관여하지도 않는다는 불문율이 있었다.

"어렵겠나?"

"안 됩니다."

그러면서도 다유는 살그머니 일어나 가까이 지내는 하녀에게 귀엣말을 했다.

그래서 알게 되었다.

그날 밤, 아카사와는 조슈번사와 같이 나갔으나 구사카 등은 가마를 타고 가고, 아카사와 모리토는 걸어서 갔다. 그렇다면 시마바라의 대문을 나와서 서로 헤어졌다고 보아도 좋다. 도시조는 그렇게 짐작했다.

그런데 뜻밖의 사실이 드러났다. 세리자와와 그 심복인 니미 니시키도 그날 스미옥에서 놀다가 거의 그 직후에 나갔다는 것이 아닌가. 실비가 내리기 시작하고 있었다. 세리자와와 니미는 우산과 초롱을 빌렸는데 이때 니미가 물었다.

"아카사와 군은 초롱을 갖고 나갔는가?"

"네."

하인이 대답했다.

"스미옥의 초롱이겠지?"

"그렇습니다만."

그와같은 대화를 하인과 주고 받았다고 한다.
"흐음, 역시."
도시조는 생각했다. 센본 솔밭, 아카사와 모리토의 시체 옆에는 스미옥의 상호가 찍힌 초롱이 뒹굴고 있었다.
그리고 며칠이 지난 어느날 밤.

도시조는 그날 저녁 기온의 요정 '야마오(山尾)'를 느닷없이 찾아갔다.
"공무집행이다."
주인과 여자들을 잠자코 있게 했다.
"신센조 대장 니미 니시키 선생이 놀러 왔을 텐데 어느 방이냐?"
"예엣!"
주인은 기겁을 하고 놀랐다.
"벼, 별채입니다."
도시조는 재빨리 수배하여 동행한 오키타 소지와 사이토 하지메, 하라다 사노스케, 나가쿠라 신파치를 별채의 안마당에 잠복시켰다.
"주인, 떠드는 자나 소리치는 자는 벤다!"
도시조는 자기의 큰칼을 주인에게 맡기고 혼자 유유히 복도를 걸어갔다. 손에는 다른 큰칼을 쥐고 있었다.
아카사와 모리토의 유품(遺品)이었다.
장지문에 그림자가 둘.
샤미센 소리가 들렸다. 그림자의 하나는 예기(禮妓)였다.
다른 한 그림자는 그 큼직한 상투머리로 미루어 짐작이 갔다. 니미 니시키. 미토번 시절 이후부터 세리자와의 심복으로 검술은 세리자와와 같은 신도무념류. 기량은 면허를 딴 자이다.
니미의 기량에 대해 도시조는 둔영(屯營) 도장에서 한 번 상대한 일이 있었다. 죽도로는 엇비슷한 솜씨였다.
"누구야!"
니미는 기생을 밀치고 무릎을 세웠다.
"납니다."
도시조는 칼집 끝으로 쓱 문을 밀었다.

사도(士道)

"아, 히지카타 군인가."

대장 니미 니시키는 눈썹을 거꾸로 세웠다.

이상하다. 평소 별반 친하지도 않은 부장 히지카타 도시조가 왜 여기에 왔을까.

"니미 선생. 주흥을 깨뜨려 죄송합니다만 결재를 청할 일이 있어서 왔습니다."

"결재를?"

"그렇습니다."

도시조는 어디까지나 무표정했다.

"내게?"

"네."

"히지카타 군, 자네는 부장이 아닌가. 뭔지 모르지만 좀 서두르는 것 같군. 신센조에는 대장직을 맡은 사람이 셋 있네. 세리자와 선생, 곤도 군, 그리고 나. 사소한 용건이라면 어느 대장에게 상의해도 상관 없어. 일부러 이런 자리에까지 찾아다니지 않아도 되지 않겠나?"

"아니, 두 분께는 이미 의논드렸습니다."

반은 거짓말이었다. 그러나 지금쯤 둔영에서는 곤도가 좌우에 심복 무사들을 거느리고 세리자와 담판을 벌이고 있을 것이다. 그러므로 두 분께 의논 운운은 반은 거짓말이 아니다.

"아무튼 이 일은 신센조 대장이신 세 분의 승낙이 필요합니다."

도시조가 말했다.

"아아 그렇다면 나는 상관 없어. 자네들에게 맡긴다."

"분명코 내게 맡겨주시는 겁니까?"

"그렇다니까."

니미 니시키는 귀찮다는 듯이 손을 내저으면서 식은 술잔을 집어들었다. 그 손놀림을 물끄러미 바라보면서 도시조는 말했다.

"용건이란 다른 것이 아닙니다. 니미 선생은 이 자리에서 할복하셔야 되겠습니다."

"뭣이?"

손이 패도로 뻗었다.

"잠깐."

도시조는 손을 들었다.

"이제 방금 그것을 승낙하셨소. 무사에게 일구이언은 없는 법입니다."

"히, 히지카타 군."

"알고 있습니다. 가이샤쿠(介錯 : 할복할 때 뒤에서 목을 쳐주는 일)는 이 히지카타 도시조가 하겠습니다."

"왜, 왜 내가……."

"미련은 버리십시오. 니미 선생이라고 하면 지난 날에는 미토의 지사로서에도 천지를 떨게 한 이름이오. 바라건대 무사다운 면목을."

"이유를 묻고 있지 않나?"

"그것은 맡겨 주셨을 터인데요. 세리자와 선생, 곤도 선생, 그리고 니미 니시키 선생, 이 세 대장의 재가를 방금 얻었습니다. 그 세 대장의 재가에 따라, 미토 탈번 낭인 니미 니시키에게는 강도, 금품 강탈을 자행한 죄과로 할복 명령이 내려졌습니다."

"잠깐, 둔영으로 돌아가겠다."

"어느 둔영입니까?"

"뻔한 것, 미부의……."

"당신은 아직도 신센조 대장인 줄 아십니까. 이미 그것은 박탈되고 제적당했소. 그것을 재가한 것은 아까까지 여기 있었던 대장 니미 니시키입니다. 지금 여기 있는 비슷한 인물은 이미 대장이 아니오. 불령(不逞) 낭인 니미 니시키일 뿐……."

"이, 이놈이!"

"칼맛을 볼 텐가, 니미 니시키! 나는 무사답게 할복을 시켜 주려는 거다. 그 온정은 아이즈 나리께서 베푸신 것이다."

"뭐라구!"

무릎을 세우자 뽑아치기로 일격을 가해왔다. 그러나 취해 있었다. 팔이 말을 듣지 않았다.

그것을 도시조는 들고 있던 아카사와 모리토의 패도로 칼집채 받아막았다. 검은 칠을 한 칼집이 쪼개지면서 도신(刀身)이 드러났다.

"이 칼은……."

도시조는 칼을 겨누면서 육박했다.

"당신이 죽인 아카사와 모리토의 패도다. 이 칼로 가이샤쿠해 주겠다."

말을 마쳤을 때 벌써 오키타 소지가 등 뒤에 와 있었다.

동시에 옆방 문이 후딱 열리고 사이토 하지메, 하라다 사노스케, 나가쿠라 신파치가 얼굴을 내밀었다.

"칼을 버리시오."

도시조가 말했다.

니미 니시키는 새파랗게 질려서 무릎을 벌벌 떠는 것이 뚜렷이 보였으나 칼만은 버리지 않았다.

그때, 갑자기 니미의 등 뒤에서 인기척이 나더니 이어 후닥닥 내빼려고 했다.

돌아보자마자 니미는 검을 옆으로 휘둘러 그 사람을 베었다.

피가 튀고 손목이 털썩 떨어졌다. '쿵' 하고 쓰러지자 피바다 속에서 미친 듯이 아우성쳤다. 니미의 단골 기녀였다. 도망치려고 하는 것을 니미가 잘못 보고 벤 것이다.

여자는 몸부림치며 니미를 저주했다. 그 모습이 마치 귀신 같았다.

니미는 분명히 정신이 돌았다. 느닷없이 칼을 거꾸로 잡더니 여자의 가슴

꽉을 내리찔렀다.

동시에 덜렁 여자의 몸 위에 엉덩방아를 찧었다. 기녀의 시체가 꿈틀 움직였다.

"히지카타, 보아라."

니미도 신센조 대장을 맡을 정도의 사나이이다. 품속에서 천천히 종이를 꺼내 그것을 칼에 감았다.

"가이샤쿠해 드리겠소."

도시조는 등 뒤로 돌아갔다.

니미는 배를 찌르려고 했다. 그러나 손이 마음대로 움직이지 않아 다다미의 한 지점을 번들거리는 눈으로 쏘아보고 있었다.

"하라다 군, 도와드려."

"예!"

하라다 사노스케도 고향인 이요 마쓰야마에 있을 무렵, 사소한 일로 애매하게 할복할 뻔한 사나이였다. 지금도 배에 세 치 정도의 흉터가 남아 있다.

"용서하시오."

등 뒤에서 껴안고 타고난 팔심으로 니미의 두 주먹을 위에서 잡고 꼼짝도 못하게 한 채

"니미 선생, 이렇게 하겠습니다."

힘껏 칼을 꽂았다. 니미의 윗몸이 한 번 뒤로 휘어졌다가 다시 앞으로 고꾸라졌다. 그 순간 도시조의 가이샤쿠 검이 하라다의 머리 위를 지나갔다. 머리가 앞으로 툭 떨어졌다.

니미는 죽었다. 동시에 세리자와 가모의 세력은 반으로 줄었다. 성으로 말하면 외곽성이 함락되고 본성만 남은 것과 같았다.

그 세리자와는 도시조가 니미에게 간 뒤 미부 둔영의 한 방에서 곤도의 무사도 제일주의를 내세우는 강경론에 밀려 일단 니미의 처벌을 승낙하는 데까지 몰리고 있었다.

"알았네, 알았어."

세리자와는 이 시끄러운 토론을 빨리 끝내고 싶었다. 그날 밤 시마바라로 놀러 갈 생각이었던 것이다.

하지만 곤도가 물고 늘어지며 놓아주지 않았다.

"세리자와 선생, 이것은 중대한 일입니다. 분명히 하기 위해 말합니다만

신센조를 지배하고 있는 것은 누구라고 생각합니까?"

곤도는 이렇게 다그쳤다. 곤도의 생각이 아니라 도시조가 사전에 가르쳐 준 이론이었다.

'무슨 말을 하는 거야?'

이런 표정을 세리자와는 지었다. 마땅히 자기가 수석 대장이 아닌가.

"곤도 군, 자네 올바른 정신인가?"

"말짱합니다."

"그럼, 말해 보게."

"우리 부대를 지배하고 있는 것은 세리자와 선생도 아니고 니미 군도 아니고 물론 불초 곤도도 아닙니다. 육신을 가진 인간은 아무도 우리 부대의 지배자는 아닙니다."

"그럼 뭔가?"

"무사도입니다."

무사도에 비추어 부끄러움이 없는 자만이 대원일 수 있다. 무사도에 위배되는 자는, 즉 죽음뿐이다.

이렇게 곤도는 말했다.

"그렇지 않고선 여러 번에서 모여도, 비분 강개의 피끓는 검객을 모아서 황성(皇城) 밑의 한 세력으로 만들 수는 없습니다."

"그럼 묻겠는데."

세리자와는 차디차게 웃으며 말했다.

"무사도, 무사도 하는데 곤도 군이 말하는 무사도란 어떤 것이지?"

"……라고 하시면?"

"자네는 다마의 농가 출신이니까 잘 알지 못하겠지만 미토번에도 무사도가 있네. 우리는 어려서부터 그것을 배웠지. 조슈번에도 있다. 사쓰마번에도, 아이즈번에도, 그밖에 여러 번에도 있다. 물론 각기 전통에 따라 조금씩 다르지만 요컨대 무사는 주군을 위해 죽는 걸세. 이것이 무사도라는 거야. 신센조의 주군은 누구를 가리키는가?"

"신센조의 주군……"

"그렇지. 신센조의 주군은?"

"무사도입니다."

"모르고 있군. 방금 말한 대로 주군을 떠나서 무사도라는 것은 없네. 주군이 없는 신센조는 무엇을 위해 무사도를 엄격히 지켜야 한다는 건가?"

세리자와는 논객(論客)이 많은 미토번 출신이다. 조잡하기는 하지만 토론 방식은 알고 있었다.

"어떤가, 곤도 군?"

곤도는 말이 막혀 입을 다물었다.

'농사꾼 출신의 무사 녀석이.'

세리자와의 얼굴이 이렇게 말하고 있었다.

밤에 도시조가 돌아와서 세리자와와 곤도, 두 대장에게 니미 니시키의 할복을 보고했다. 이 말을 들은 세리자와의 온 얼굴이 갑자기 분노로 일그러졌다.

"해, 해치웠다는 건가?"

세리자와는 말뿐이겠지 하고 콧방귀를 뀌었다. 그런데 눈앞에 있는 부슈다마의 농사꾼 검객은 말 많은 미토인과는 전혀 달랐다. 태연하게 그것을 해치우지 않았던가. 세리자와는 난생 처음 보는 인종을 대하는 것만 같았다. 사실 곤도나 히지카타 같은 무사는 일본 무사가 생겨난 뒤로 처음 있는 일일 것이다.

세리자와는 자리를 박차고 일어났다.

이윽고 미토 이래의 부하인 세 대원을 거느리고 들어왔다.

조근(助勤), 노구치 겐지

조근, 히라야마 고로

조근, 히라마 주스케

모두가 미토의 탈번자로 세리자와와 같은 신도무념류 출신이다.

세 사람은 세리자와를 에워싸고 앉았다. 험악한 표정이었다.

히라야마 고로는 칼을 언제라도 뽑을 수 있도록 하고 있었다. 턱을 쳐들어 목을 약간 왼쪽으로 기울이고 있었다. 이 사나이가 사람을 칠 때의 버릇이다. '애꾸눈 고로'라고 불리고 있었다. 왼쪽 눈이 없었다. 화상을 입어 실명했다. 버릇은 그 때문이다.

세리자와가 말했다.

"곤도 군, 히지카타 군. 다시 한 번 니미 니시키의 할복 이유를 듣겠다."

곤도는 잠자코 있었다.

도시조가 미소를 지었다.

"무사도를 지키지 않았기 때문이오."

도시조도 곤도도 세리자와가 말했듯이 어떤 번에도 속한 일이 없다. 그런 만큼 이 두 사람에게는 무사라고 하는 것에 대하여 강렬한 이상을 가지고 있었다. 거의 300년 동안 안일과 나태의 생활을 세습해 온 막신(幕臣)이나 각 번의 번사와는 달리 '무사'라는 말에 순박한 감정을 품고 있었다.

뿐만이 아니다.

그들은 무사시의 다마 출신이다. 다마는 막부의 영지이고 세 고을 백성들은 모두 농사꾼이다. 전국(戰國)시대 이전 겐페이(源平) 시대로 거슬러 올라가기까지의 세월 동안, 이 고장은 천하에 용맹을 떨친 반토(坂東) 무사를 배출했다. 자연적으로 이 두 사람이 지닌 무사도의 이상상은 반토의 옛 무사였다.

연약한 에도 시대의 무사는 아니었다.

"세리자와 선생, 모르겠습니까?"

도시조가 말했다.

"니미 선생은 무사도에 비추어 너무나 위배된 일을 했소. 그것이 할복의 단 하나의 이유요. 동시에……."

"동시에?"

"세리자와 선생도 무사도에 어긋남이 있을 때는 물론 할복, 아니면 참수."

"뭣이?"

애꾸눈 히라야마가 일어섰다.

"히라야마군."

도시조는 천천히 손을 들었다.

"자네는 대내에서 싸움을 할 텐가. 내가 여기서 손뼉을 치면 우리 에도의 동지가 곧 쳐들어온다."

세리자와 일파는 물러갔다.

그날 밤부터 그들은 복수를 꾀해야 했으나 다른 길을 택했다. 주색에 빠져 버렸다. 세리자와의 행패는 날로 심해졌다.

신센조 대장 세리자와는 교토에서는 마치 만능의 왕과 같았다. 길거리에서 상인이 무례를 저질렀다고 트집잡아서는 목을 쳤다. 평대원의 내연녀에게 반하여 방해가 된다는 한 가지 이유만으로 대원 사사키 아이지로를 유인하여 죽여버렸다. 전부터 시조 호리카와의 포목상 히시야(菱屋)에서 옷감을 사들여왔는데 한푼도 값을 치르지 않아 독촉을 받고 있었다. 독촉 심부름은 점원이 오는 때도 있었으나 히시야의 소실이 오는 일도 있었다. 이름은 오우메. 이 여자를 겁탈하고 빚은 갚지도 않았거니와 둔영에서 오우메와 둘이 음탕한 생활을 하여 호리카와 일대의 소문거리가 되고 있었다.

도시조는 아무 말도 하지 않았다. 곤도도 잠자코 있었다. 그러나 계획은 착착 진행되고 있었다. 자객은 이미 결정되어 있었다.

곤도 이사미와 히지카타 도시조, 오키타 소지, 이노우에 겐사부로 등 4명. 나가쿠라 신파치와 도도 헤이스케는 뽑지 않았다. 이 두 사람은 에도 시절 이래의 동지로서 곤도 일파의 기밀에는 빠짐없이 가담해 왔으나 도시조는 그럴수록 더욱 조심했다. 그들은 천연이심류가 아니었다.

도도 헤이스케는 북신일도류였고 나가쿠라 신파치는 신도무념류였다. 지난날 에도에서 곤도 도장의 식객으로 있었으므로 곤도의 친위격이기는 했으나 이른바 미카와 이래의 친위는 아니었다. 생각 끝에 젖혀 놓았다.

일은 다마당(多摩黨)이 하기로 했다. 그 가난뱅이 도장을 이끌어온 천연이심류 4명의 손으로. 그러나 이 작은 인원으로는 실수할 염려가 있었다.

"하지만 조금 불안하군."

곤도가 말했다. 할 바에는 한꺼번에 세리자와 파의 전원을 살육하고 싶었다. 적은 인원으로는 한두 사람 놓칠 염려가 있다.

"도시조, 어떨까?"

곤도는 이렇게 말하고 습자지에 '사(左)'라고 썼다.

하라다 사노스케(左之助)를 가리킨다.

"참, 그것이 좋겠어."

도시조는 고개를 끄덕였다. 사나운 개 같은 사나이지만 그런만큼 곤도에 대한 맹종은 동물적인 데가 있었다.

곤도는 도시조와 동석하여 하라다 사노스케를 불렀다. 도시조가 슬그머니 요즘의 세리자와를 어떻게 생각하느냐고 물었다.

"쾌남아입니다."

하라다는 껄껄 웃었다.

곤도는 뜻밖이라는 표정을 지었다. 생각하면 하라다와 세리자와는 비슷한 성질의 인간이다. 다만 다른 점이라면 하라다는 마쓰야마번의 임시 고용 잡졸이라는 비천한 신분에서 시작하여 어려서부터 고생을 해온 사나이인만큼 어딘지 동정심이 많은 데가 있었다.
"하라다 군, 터놓고 말이지만 나는 혼자서 세리자와 가모를 베겠다."
곤도가 말했다.
호방한 하라다도 깜짝 놀랐다.
"선생님 혼자서 말입니까?"
"그렇다. 하지만 여기 있는 히지카타 군은 반대하고 있다. 자기도 같이 하겠다는 거야."
"그래야 합니다."
하라다는 단순했다.
"히지카타님의 말이 맞습니다. 세리자와 대장은 혼자가 아닙니다. 첫째 애꾸 히라야마가 있습니다. 노구치, 히라마 같은 악당도 있습니다. 만일 선생님이 다치거나 하시면 신센조는 어떻게 됩니까? ……히지카타님."
"음?"
"설득하십시오. 곤도 선생은 선생 혼자의 목숨으로 생각하시는 모양이군요."
"알았네."
도시조는 드물게 밝은 미소를 지었다.
"하라다 군, 하세."
"해보겠습니다."
수석 대장을 치는 것에 대한 시비곡직의 판단은 이 사나이의 머리에는 없었다. 어쩌면 도시조가 생각하고 있는 신센조의 '무사도'란 그 예를 찾는다면 하라다 사노스케 같은 사나이일지도 모른다.
하라다는 입이 무겁다.
그날이 오기까지 이 건에 대해서는 곤도나 히지카타와도 서로 말을 나누지 않았다.
분큐 3년 9월 18일, 해가 지자 비가 내리기 시작했다.
강풍과 함께 비는 억수같이 쏟아졌다. 가모강의 고진(荒神) 어귀에서 가교(假橋)가 떠내려갔다고 하니 상당한 호우였던 모양이다.
세리자와는 한밤중에 시마바라에서 술에 취해 돌아와 방에서 기다리고 있던 오우메와 동침했다. 둘 다 알몸으로 교접하고 그대로 잠들었다.
시마바라에 같이 갔던 히라야마와 히라마도 각각 별실에서 잠들었다. 세리자와파는 숙소로 요즘 야기 겐노조 저택을 쓰고 있었다.

길 하나 사이에 두고 곤도파의 숙소 마에가와 소지의 저택이 있었다.

오후 12시 반쯤, 하라다 사노스케가 가세한 천연이심류 5명이 회오리바람과도 같이 야기 겐노조의 저택을 습격했다.

오우메는 즉사.

세리자와에게의 첫 일격은 오키타였다. 일어나려고 하는 것을 도시조가 두 번째로 베고, 그러고서도 툇마루로 굴러 나가 문갑에 걸려 쓰러진 것을 곤도의 칼이 곧장 가슴을 찔렀다.

애꾸눈 히라야마 고로는 시마바라의 창녀 요시에와 동침하고 있었는데, 쳐들어간 하라다 사노스케가 먼저 요시에의 베개를 걷어찼다.

"도망쳐!"

하라다는 이 여자와 같이 잔 일이 있다. 요시에는 앗, 소리치며 장지문을 쓰러뜨리고 굴러나갔다.

놀라서 잠이 깬 히라야마는 날쌔게 기어가 칼에 손을 뻗었다.

그것을 쳤다.

어깨뼈에 닿아 단숨에 베어지지 않았다. 하라다는 어둠 속에서 대담하게도 몸을 내밀었다.

윽, 하고 히라야마가 고개를 쳐들었다. 그것을 쳤다. 목이 도코노마까지 날아가 뒹굴었다.

히라마 주스케는 도망. 노구치 겐지는 부재.

이 해 섣달 28일에 노구치를 '무사도를 지키지 않았다'는 이유로 할복시켰다. 세리자와 일파는 괴멸했다.

정(情)

같은 해인 분큐 3년, 교토의 가을이 깊었다.

신센조 부장 히지카타 도시조에게는 여전히 바쁜 나날이었는데 이 사나이의 묘한 버릇으로 반나절을 방문을 걸어잠근 채 사람을 들이지 않는 날이 있었다.

부대 안에서는 '부장은 동면(冬眠)중'이라고 쑥덕거렸다.

모두가 이 칩거를 불안스럽게 여겼다.

'뭘 생각하고 있을까?'

또 누군가가 숙청당하는 것이 아닌가 하는 불안이었다.

그날 아침부터 가랑비가 내렸다.

9월도 얼마 남지 않았다. 이미 신센조에서는 며칠 전에 세리자와 가모의 고별식을 끝냈다. 죽은 원인은 부대 안에서나, 아이즈(會津) 번에 대해서나 병사라고 알렸다. 신입 대원 중에는 조슈인(長州人)이 습격하지 않았는가 하고 억측하는 자도 있었다. 그러나 모두가 끝난 일이다. 끝났다는 것은 신센조의 대내 생활에 있어서는 완전한 과거라는 뜻이다. 대원 모두가 지난일을 돌이켜보는 습관은 없었다. 모두가 그날 그날을 열심히 살고 있었다.

그날 오후 오키타 소지가 순찰에서 돌아와 마루에 올라서면서 문득 대장실 견습대원을 불러세우고 물었다.
"히지카타님은 방에 있는가?"
견습대원은 순간적으로 그늘진 표정을 지었다.
"계시기는 합니다만……."
"합니다만?"
"네에."
"대답은 명확하게 해야지."
견습대원은 설명을 잘 하지 못했으나 짐작하건대 도시조는 아침부터 자기 방에 들어앉아 있는 모양이었다.
"음, 동면이구나."
오키타는 그제야 깨닫고 웃음을 터뜨렸다. 짓궂은 도락이로군, 하는 표정이었다.
오키타만은 도시조가 방에 들어앉아 무슨 작업을 하고 있는지 알고 있었다. 이 비밀은 곤도조차 알아차리지 못하고 있었다.
오키타는 복도를 지나 가운데 방의 동쪽에 이르렀을 때, 칼을 고쳐잡고 발길을 멈추었다. 도시조의 방 앞이었다.
"오키타 소지입니다."
장지 너머로 소리쳤다. 그리고 장난스럽게 귀를 기울이고 안에서 나는 소리를 들으려고 했다.
예상한 대로 당황하여 무언가를 치우는 소리가 났다. 이윽고 도시조의 헛기침이 들려오고
"소지 군인가?"
마침내 소리가 났다.
오키타는 장지문을 열었다.
"무슨 볼일인가?"
도시조는 창문을 마주보고 있었다. 창 앞에 벼루집이 하나, 오른쪽 도코노마에 칼걸이가 하나. 그것이 세간살이의 전부였다. 그야말로 도시조다운 살풍경한 방 안 풍경이다.
"오늘 시중을 순찰하던 중……."
오키타는 자리에 앉았다.

"뜻밖의 사람을 만났습니다. 누군지 맞쳐 보십시오."

"난 바쁘다니까."

오키타는 천천히 도시조의 무릎 밑으로 손을 뻗었다. 도시조는 얼른 방어하려고 했으나 이미 그 물건은 오키타의 손에 넘어가 있었다.

습자 용지였다.

오키타는 한 장 한 장 넘겼다. 거기에는 도시조의 구부정한 글씨로 가득히 하이쿠(俳句 : ^{일본 고유의} 短歌)가 적혀 있었다.

"호교쿠(豊玉 : 도시조의 아호) 대단한 공부십니다."

"이 녀석이."

도시조는 얼굴이 빨개졌다.

오키타는 킬킬대고 웃었다. 이 젊은이는 알고 있었다. 남몰래 하이쿠를 짓는 것은 도시조의 치부(恥部)인 것이다.

"소지, 이리 돌려줘."

"안 됩니다. 신센조의 부장 히지카타 선생님께서는 한 달에 한 번 학질을 앓듯 호교쿠 선생으로 돌아가신다. 그것도 대원들 모르게 공부하신다는 말입니다. 대원들은 설마하니 부장이 하이쿠를 지으시리라고는 생각지 못하고 여러 가지로 억측하고 걱정합니다. 모두를 걱정하게 하는 건 별로 좋은 일은 아닌 것 같습니다."

"소지."

도시조는 손을 내밀었다.

오키타는 다다미 두 장이나 물러서서 그 하이쿠를 들여다 보았다.

도시조의 하이쿠는 히지카타 집안으로서는 이시다 가루약과 더불어 가전(家傳)되어 온 것이다.

할아버지는 삼월정 석파(三月亭石巴)라는 아호로 그 당시 부슈의 히노 주막 거리 일대에 널리 알려졌으며 에도 아사쿠사의 나스메 나루미나 하치오지 주막거리 마쓰하라 암자의 호시후 여승 등, 이름이 알려진 시인들과 친교가 있었다.

선친 하야토(隼人)는 무취미였으나 맏형 다메사부로는 석취 맹인(石翠盲人)이라는 아호로 에도까지는 이름이 미치지 못했으나 근방에는 널리 알려져 있었다.

다메사부로는 맏형이라고 하지만 히지카타 가문을 이어받지는 않고 차남기로쿠(喜六)가 상속하여 세습명(世襲名)인 하야토라고 하였다. 다메사부로가 장님이었기 때문이다. 당시에는 법에 의하여 불구자는 가문을 이어받을 수 없었다. 다메사부로는 평소에 도시조에게도 이렇게 말했다.

"난 장님이 되기를 잘 했지. 한쪽눈이라도 보이면 방 안에서 죽지는 못할 테니까."

호탕한 장님으로 젊어서 부중(府中) 유곽에 놀러갔는데 돌아오는 길에 호우로 인해 다마 강둑이 터져 나룻배의 운항이 끊어졌다. 모두가 멍하니 홍수를 바라보고 있을 때 다메사부로는 훌훌 옷을 벗어 머리에 이고

"눈뜬 사람은 불편한 거로군."

하면서 탁류에 풍덩 뛰어들어 유유히 헤엄쳐 건너갔다는 일화가 있다.

기다유(義太夫 : 일본 고유의 판소리)에도 조예가 깊어 아마추어의 경지를 넘었다고 하는데 역시 장기는 하이쿠로서 성품 그대로 호방한 시를 읊었다.

도시조는 그 영향을 받고 있었다.

그런데 이 사나이의 기질과는 어울리지도 않게 지어내는 시는 모두 연약한 여성적인 것이 많았다. 물론 대단한 시는 아니었다. 문외한인 오키타의 눈으로 보아도 몹시 서투르고 평범한 시구(詩句)뿐이었다.

"흐흐……"

오키타는 목구멍으로 웃었다.

'내 손바닥을 벼루 삼을까, 봄날의 산.'

'저 머리의 어떤 곳에서 이런 서투른 시구가 나오는지…….'

'배추꽃 밭 사이로 떠오르는 아침해런가, 저 세상의 것인 듯 매화꽃,
봄철 밤은 가벼운 옛 이야기런가.'

'형편없군.'

오키타는 우스웠다. 오키타가 보는 바로는 도시조가 지니고 있는 오직 하나의 애교라고 할 수 있었다. 만약에 도시조가 시까지 능했더라면 더 이상 구원받을 길은 없을 것이다.

"어떤가?"

도시조는 부끄러워하면서도 오키타의 칭찬을 바라고 있었다.

"참, 이 시구는 좋군요."

오키타는 한 구절을 가리켰다.

"어디 어디."

정 621

"공용(公用)으로 떠나는 길에 봄철의 달은 그야말로 신센조 부장다운 시구입니다."
"그런가. 그건 전에 지은 것이야. 또 달리 마음에 드는 게 있으면 말해보게."
"네에."
눈길을 떨어뜨리더니 갑자기 웃음을 터뜨렸다.
"세배 드리러 가는 하늘에 소리개와 연."
"아하, 그게 마음에 들었나?"
"그렇습니다."
오키타는 웃음을 참고 또 읽었다.
'이것도 형편없군.'
'꾀꼬리 노랫소리, 먼지털이 소리도 그만 멎는구나.'
"마음에 들었나?"
"히지카타님은 귀여운 데가 있습니다."
오키타는 정색하며 얼굴을 쳐다보았다.
"뭐라고 하는 거야?"
도시조는 당황하며 얼굴을 어루만졌다.
오키타는 다시 몇 장을 넘기더니 마침내 마지막 시에 눈길이 멎었다.
먹이 축축한 것으로 미루어 방금 애써 지어낸 것이 이 시구인 모양이다.
'이거야 대단하군.'
진지한 얼굴로 쏘아보고 있었다.
도시조는 문득 들여다보고
"아, 그건 안 돼."
그러면서 빼앗는다. 빼앗자마자 부지런히 지필묵과 시첩을 치워버리고 서둘러 말했다.
"소지, 이제 나가거라. 난 바쁘다."
오키타는 움직이지 않았다.
"그 시구는……."
도시조의 표정을 유심히 살피면서 물었다.
"누굽니까?"
"몰라."

'알면 망설이고, 모르면 망설임 없는 사랑의 길.'
시첩에는 이렇게 뚜렷이 씌어 있었다.

도시조는 곧 둔영을 나섰다. 어디로 가는지 행선지는 오키타에게만 알려주었다.

도시조는 어제 그 순간만큼 인간의 마음이 불가사의함을 느낀 적은 일찍이 없었다.

사실대로 말하면 아침에 사에를 생각했다. 생각이 나자 견딜 수 없이 그리워졌다.

무사시 고을 로쿠샤 명신의 신관 사와타리 사도노카미의 누이동생 사에와는 간토에 있을 때 몇 번 정을 통했다.

정을 통한 여자는 그 무렵의 도시조로서는 몇몇 손꼽을 수 있을 정도였지만 사랑을 느낀 적은 없었다. 종치기 무녀 고사쿠라나 하치오지 센주보의 딸 오센, 그리고 도시조로서는 기억하고 싶지도 않은 일이지만 11세 때 에도의 우에노에 있는 포목점 마쓰자카옥에 잠시 점원으로 들어간 일이 있었다. 그 무렵, 그 집 하녀에게 남녀간의 일을 배웠던 것인데, 점원 우두머리에게 현장을 들켜 집으로 쫓겨왔다. 하지만 모든 것은 빛바랜 과거가 되고 말았다.

'사에만은······.'
생각이 나는 것이다. 그것도 가끔씩이기는 하지만.
'좋은 여자였어.'
교토에서는 시마바라에서도, 기온에서도 놀 만큼은 놀았다. 그러나 잠자리 솜씨가 능하다는 교토의 창녀도 사에만큼 강한 기억을 도시조의 몸에 남기지는 못했다.
'뭐, 지난 일이다.'
이렇게 생각하고 있었다.
이 때문에 사와타리 가문의 관례에 따라 사에가 교토에 올라와 구조 가문에 들어갔다는 것을 알고 있으면서도 만나러 가려고 하지 않았다.
'나는 사랑 같은 건 하지 못할 사나이다.'
자신의 냉담함을 알고 체념하고 있었다.
'그것이 대장부다.'
그런데 오늘 새벽 꿈속에서 사에를 안았다. 잠이 깨어 그 꿈의 기억을 더 듣는 동안 갑자기 사람들이 말하는 연모의 정 비슷한 것이 북받쳐올라 요 위에 뒹굴고 있던 도시조를 스스로 당황하게 만들었다.

'내게도 이런 정이 있었던가?'

일어나 옷을 차려입고 부대의 일을 보려고 했으나 만사가 귀찮기만 했다. 도시조는 가끔 이런 때가 있었다.

그럴 때는 방에 들어앉아 시를 지었다. 스스로도 잘 짓는다고는 생각지 않았으므로 시를 지을 때는 사람을 멀리했다. 한 구절을 지었다.

그것이 그 시구였다.

그런데 남녀란 묘한 것이라, 오키타 소지가 오늘 거리에서 사에를 우연히 만났다고 한다. 장소는 기요미즈.

사에는 참배객 차림으로 기요미즈의 언덕을 내려오고 있었다. 안쇼인(安祥院) 산문 앞에서 오키타와 마주쳤다. 사에가 불렀다. 오키타는 사에를 몰랐으나 사에 쪽이 알고 있었다.

"히지카타님을 한 번 만나고 싶어요."

사에는 이렇게 말하고 나중에 둔영으로 길을 안내할 하인을 보낼 테니 도시조에게 그 뜻을 전해달라고 부탁했다.

"오키타님, 들어주시는 거죠?"

무사시 여인답게 서글서글한 투로 다짐을 두듯 말했다. 오키타는 오랜만에 간토 여인의 말을 들으니 즐거웠다.

"들어 드리고말고요."

"꼭 부탁해요."

사에는 가버렸다. 머리 모양이나 여느 옷차림도 모두 무사 집안의 격식이었다고 오키타는 말했다.

사에가 시중들고 있는 전(前) 섭정관 구조 히사타다는 공주 가즈노미야를 황족 아닌 사람에게 출가시킴으로써 친막부파로 지목되어 지금은 물러나 구조 마을에 은둔하고 있다. 이에 따라 사에의 처지가 어떻게 달라졌을지. 도시조는 조금 마음에 걸렸다.

얼마 뒤에 하인이 둔영으로 맞으러 왔다.

그 사나이의 안내를 받아 도시조는 미부를 나섰다.

나올 때 오키타가 한 마디했다.

"히지카타님, 요즘의 교토는 도깨비 소굴입니다."

마음을 놓지 말라는 뜻이겠지. 오키타는 불안한 예감이 들었던 모양이다.

아야(綾) 골목을 동쪽으로 한참 가다가 후야초에 이르러 북쪽으로 꺾었다. 그 서쪽 빈터에 낡아빠진 셋집이 있었다.

'이런 데서 살고 있는가?'

안쪽 방으로 안내되었다. 세간을 둘러보니 여자 혼자 사는 집인 모양이다.

"누추합니다만."

하인이 차를 내왔다.

"사에님은 어디 계시느냐?"

"네, 이제 곧."

말끝을 흐렸다.

"여기가 사에님의 거처냐?"

"아닙니다. 사시는 데는 저 밑이라고 들었습니다."

"들었다니, 그럼 너는 모른다는 말이냐?"

"네."

품삯을 주고 얻어온 자인 모양이다.

그 증거로 이윽고 어디론가 사라져 버리고 없었다.

반 시각은 지났다.

'이상한데?'

사방이 어두워지기 시작했다. 미심쩍어서 도시조는 일어나 우선 낡은 옷장을 열어보았다.

텅 비어 있었다.

밖으로 나가 옆집 안주인에게 이 집 주인이 누구냐고 물었다.

"네, 무로 거리의 노다야 다헤라는 사람입니다."

"이 집은 빈집인가?"

"네, 오랫동안 빈집이었지만 요즘 어느 공경의 가신이 세를 얻었다고 들었습니다."

'역시 교토는 도깨비들이 살고 있군.'

다시 안으로 들어갔다.

이윽고 덧문이 열리고 사에가 초불롱을 든 채 봉당을 지나서 들어왔다.

"……?"

도시조는 캄캄한 방 안에 앉은 채 꼼짝도 하지 않았다.

"히지카타님!"
어김없는 사에의 목소리이다.
"늦었어요."
도시조는 목소리를 가라앉혔다.
"이건 어떻게 된 집인가?"
"여기요?"
사에는 밝은 목소리로
"제가 휴가 때면 여기를 휴식처로 쓰고 있어요."
"분명히 그런가?"
"네."
"그런데 옷장 속은 텅 비어 있군. 다다미도 어쩐지 곰팡내가 나는 것 같아."
도시조는 조심조심 일어나 봉당으로 내려갔다. 사에의 얼굴을 바라보았다.
"분명히……"
사에의 턱에 손가락을 갖다 대고
"얼굴만은 무사시 로쿠샤 명신 때의 사에가 틀림이 없는데 교토에 올라온 뒤로 어딘가에 여우 꼬랑지가 돋아난 것은 아닌지?"
"아이 싫어요, 그런 말씀."
"싫긴."
도시조는 눈으로만 웃었다.
"요즘의 교토는 무서워. 아무리 간토 출신 여자라고 해도 생각해 보면 사와타리 가문도 교토와는 인연이 깊은 집안이고 대대로 국학자 가문이기도 하지. 게다가 사에는 공경 가문에 봉직하고 있었어. 묘한 사상에 물들지 않았다고는 할 수 없을 거야."
"어머!"
사에는 흥이 깨졌다는 표정이었다.
"그것이 이 셋집과 무슨 상관이 있어요?"
"나를 유인해서 함정을 이 집에 파놓은 건 아니겠지?"
"돌아가겠어요."
사에는 발길을 돌렸다.

"못 보내겠어."
도시조는 사에의 손을 잡았다.
"싫어요. 어처구니없군요. 정말 저는 옛날에 '도시'라고 불러줘, 했을 때의 도시조님을 만나러 왔는데, 여기서 기다린 분은 신센조의 부장 히지카타 도시조라고 하는 어머어마한 도깨비였군요."
"그대로 있어."
도시조의 의혹은 일순간에 풀렸다.
사에를 껴안으려고 했다. 손에서 초롱이 떨어졌다.
사에는 몸을 비틀었다.
"싫어, 싫어요."
내가 잘못했어, 라고 도시조는 말하지 않았다.
다만 품에 안으려고 서둘렀다. 몸을 섞으면 이 불안은 녹아 버리겠지. 도시조는 이 눈 앞에 있는 여자를 자기의 것으로 다시금 만들어 버리고 싶었다.
"누워."
방으로 끌어올렸다.
"로쿠샤 명신 축제날 밤으로 돌아가는 거야. 나는 히노 주막 거리 이시다 마을의 악동이야."
기분을 맞추어 주듯이 말했다.
"그런 거 이미……."
"이미라니?"
"늦었어요. 이젠 싫어요."
그러면서도 사에의 저항은 점점 약해지기는 했으나 여전히 몸은 굳어 있었다.
"이상하군."
의문이 아직 도시조의 머릿속에 약간 남아 있었다. 사에의 언동은 어딘가가 거칠었다.
전에는 좀더 청아한 여자였다. 그것이 농사꾼 검객 시절에 도시조의 마음을 사로잡았었다. 확실히 사에는 달라졌다. 교토의 공경을 모신다면 좀더 닦여졌을 터인데 이것은 무슨 까닭일까.
'아무튼 몸을 보면 알 일이다.'

도시조의 손 움직임이 부드러워졌다. 지친 모양인지 사에의 몸이 다다미 위에서 조용해졌다.

근왕열녀(勤王烈女)

그 일이 끝났다.

도시조는 사에게 등을 돌리고 앉아 있었다.

사에는 등 뒤에서 매무새를 고치고 있는 모양이었다.

'너무나 허무하다.'

도시조는 빛 바랜 다다미를 물끄러미 내려다보았다. 마음이 허전했다.

'싱겁군.'

자기 자신이 그렇게 보였다.

일껏 사와타리 집안의 사에와 다시 만났는데, 이런 헐어빠진 다다미 위에서 정을 서두르다니 너무나 한심한 일이었다.

지난날 도시조는 호화스러운 정사를 동경하였다. 정사는 호화로워야 한다고 생각했었다. 무사시에서는 언제나 귀한 집 딸을 원했었다. 사에도 그 중의 하나였다.

그 두 사람이 교토에서 다시 만났는데, 이 밀회는 마굿간에서 교합하는 머슴의 그것과 뭐가 다른가.

사에도 가엾다. 강간당하듯이 도시조의 몸을 받아들이면서 사에도 비참한 마음이 들었겠지.
　일순간에 과거의 빛이 바래버렸다.
　'과거의 화려함을 빛바래게 하지 않기 위해서는 다른 장소를 마련해놓고 만났어야 했다.'
　과거에는 그만한 조심과 지혜가 필요하다고 생각했다.
　'즐겁지가 않았다.'
　마음이 처참해졌을 뿐이 아닌가.
　도시조는 허리에서 작은 칼을 뽑았다. 손톱을 깎기 시작했다. 되도록이면 손가락을 찔러 피를 흘리고 싶은 충동이 인다.
　"히지카타님."
　그녀는 그런 호칭을 쓰게끔 되어 있다. 역시 무사시 히노 주막 거리 이사다 마을의 약장수 '도시'라고 하기보다 교토 천지를 떨게 하고 있는 신센조 부장으로서의 새 인상이 사에의 눈에 짙게 비친 것일까.
　"뭔데?"
　"변하셨군요."
　약간 모멸하는 듯한 말투였다. 사에도 몹시 실망했으리라.
　"나 자신은 변하지 않았다고 생각하는데."
　"아뇨, 딴 사람처럼."
　사에는 머리카락을 쓸어올렸다.
　"어디가 어떻게 변했다는 거야?"
　"전체가."
　"알아듣도록 말해줘."
　"그 무렵 우리의 정사는 강아지 장난처럼 즐거웠어요. 히지카타님도, 아니 도시님도 강아지처럼 천진했었죠. 지금은 다릅니다."
　"어디가?"
　사에도 모를 것이다. 도시조로서도 모르는 일이었다.
　'하지만, 생각해 보면……'
　도시조는 손톱을 하나 잘라냈다.
　'나는 지난날 사에의 신분을 동경하고 있었다. 그것이 거동에 나타나 사에의 눈에 천진하게 비춰졌던 모양이다. 그러나 지금은 나의 입장이 그때와는 달라졌다. 고작 무사시의 시골 신관의 딸을 고귀하다고는 생각지 않게

되었다. 역시 변했다. 이거야말로 대단한 변신인지도 모른다.'

손톱을 또 잘라냈다.

'어리석은 짓이었다. 과거는 생각하는 것이지 껴안을 것이 못된다.'

"사에도 달라졌어."

"그거야 딴 사람이 돼버리신 히지카타님의 눈에는 변한 것처럼 보이겠지만 사에는 옛날 그대로예요."

'아니야.'

사에는 분명히 딴 사람이 되었다. 첫째 공경 저택에서 살고 있다는데 행색은 옛날 그대로 무사 집안의 격식이고 옷자락에 때가 끼어 어쩐지 살림에 쪼들리고 있다는 느낌이 들었다.

"여전히 구조 가문에서 일을 거들고 있는가?"

"네."

"거짓말이겠지."

사에는 순간 얼굴이 파래졌다.

'뻔한 거짓말이다. 하기는 교토에 올라온 것은 구조 가문에 들어가기 위해서였고 들어가 일을 보기도 했을 테지. 그러나 어떤 사정으로 거기서 나와 지금은 셋집에 살고 있는 것이 틀림없다.'

도시조는 엄지손가락 손톱에 칼날을 대고 힘을 주었다. 손톱이 퉁겨나갔다.

'사에는 몸이 달라졌다. 남편이거나 아니면 정부(情夫)를 갖고 있음이 틀림없어. 모양을 보니 살림살이도 편하지는 않은 것 같다.'

도시조는 사에를 보았다.

"남편은 조슈인이 아닌가?"

사에의 얼굴빛이 달라졌다.

"만나지 말 걸 그랬어."

도시조는 웃었다.

"오늘 일은 잊어버립시다. 사에도……."

잊어버려 달라고 하며 일어섰다. 남자의 독선일지도 모르지만 도시조는 가슴에 있는 지난날 사와타리 집안의 딸이라는 영상을 깨뜨리고 싶지 않았다.

장지문을 닫고 봉당으로 내려섰다.

근왕열녀 631

어둠 속에서 신발을 더듬고 있을 때 문득 바깥 쪽에서 인기척이 났다. 옆집 사람인가 하는 생각도 들었으나 버릇이 되어 그대로 밖으로 나갈 마음이 나지 않았다.

뒤꼍으로 나가 뒷문을 밀고 밖으로 나갔다. 거기에는 사람 그림자가 없었다.

'어쩌면 좋지 못한 끄나불이 달려 있는지도 모른다. 공경 저택에 봉직하고 있었으니 출입하는 존왕양이의 낭사도 많았으리라. 구조 섭정관이 실각하고 구조 마을에 은거한 뒤로 사에는 존왕양이 낭사 중의 한 사람과 같이 살게 되었는지도 모른다.'

도시조는 아야 골목을 서쪽으로 걷기 시작했다. 붓코사(佛光寺) 문 앞까지 가서 가마를 탈 생각이었다.

'어떤 사내일까?'

도시조는 걸었다. 몸이 쑤시는 듯한 질투를 느꼈으나 어금니를 지긋이 깨물었다.

물론 도시조는 지난 날 자기와 몸을 섞었던 그 여자가 지금은 근왕 낭사 사이에서 재녀(才女)로 이름을 날리고 있는 여장부가 되어있으리라고는 이 때 미처 알지 못했다.

사와타리 사에.

본디는 구조 가문의 우두머리 시녀.

지금은 호쿄사(寶鏡寺) 대불(大佛) 뒤의 낡은 집에 살면서 사람들에게 가학(歌學)을 가르치고 있다.

이것은 표면적인 것일 뿐, 이 일대는 각 번의 탈번자들이 숨어있는 은닉처의 하나였다. 사에는 그들의 사상에 공명하고 이 낡은 집을 관리하면서 그들을 돌보아 근왕열녀(勤王烈女) 같은 존재가 되어 있었다. 그동안 몇 번인가 남자를 갈았다. 도사의 번사도 있었고 조슈의 번사도 있었다. 그런가 하면 출생지도 확실치 않은 무뢰한이나 다를 바 없는 '지사(志士)'도 있었다. 남자를 바꿀 때마다 그들로부터의 감화가 사에 안에서 깊어졌다.

사에에게는 옛 주군 구조 가문의 뒷받침도 있었다. 공경 저택에 봉직한 덕분으로 당상관들과 안면도 있었다. 낭사들이 공경을 만나고 싶어할 때는 중개 역할을 했다. 자연히 낭사 사이에서 중요한 자리를 차지하게 되었다.

사에는 지금의 처지에 만족하고 있었다. 고향으로 돌아간다고 해도 이미 오빠가 가문을 물려받고 있는 이상 집을 나갔던 누이동생이 들어앉을 자리는 없었다. 그보다도 교토가 좋았다. 사는 보람이 있었다.

'사에는 달라졌다.'

이렇게 생각하며 도시조는 붓코사 앞의 가마 가게에 들러 가마를 불렀다.

가마 가게 주인은 도시조의 얼굴을 알고 있었다.

"아!"

두 손을 마주 비비며 젊은 점원을 기온까지 달려보냈다. 삯가마는 에도라면 흔하지만 교토에서는 유곽 부근에만 상주시켰다. 밤이면 가게에는 한 채도 없다.

시간이 오래 걸려 무료했다.

도시조는 마루 끝에 걸터앉았다. 가마 가게에서는 안주인까지 새파랗게 긴장된 얼굴로 차 심부름을 거들었다.

"누추합니다. 방으로 올라오십시오."

"괜찮아."

도시조는 자기 버릇대로 무뚝뚝하게 말했다. 더 말을 붙여볼 틈도 없는 표정이었다.

"하지만 이렇게."

내외가 어쩔 줄을 모른다. 신센조도 초기의 세리자와 시절에는 시민들이 오직 그 포악함을 두려워할 뿐이었으나 요즘에 와서는 교토 수호직 직속이라고 하는 일종의 격식에 무게가 붙었다. 그 부장이라고 하면 이제 교토에서는 쟁쟁한 명사다.

그러나 도시조라는 사나이는 언제나 둔영 안에 있기 때문에 각 번과의 교제는 일체 하지 않았다. 시의 어린아이조차도 신센조 부장 히지카타 도시조의 이름을 알고 있었으나 얼굴이나 모습까지 알고 있는 자는 드물었다. 그와 같은 음울하고 무뚝뚝한 인상이 오히려 두렵고 겁나는 이름으로 시중에 퍼지고 있었다.

가마 가게 내외의 허둥거림도 그와 같은 선입견이 있기 때문일 것이다.

오랜 시간이 흐른 뒤에야 도시조는 겨우 입을 열었다.

"주인, 안됐지만."

도시조의 눈은 어두운 봉당을 지나 한길을 응시하였다.

"가게를 누가 엿보고 있는 것 같군."

"네에?"

"놀랄 건 없어. 아마 내 뒤를 밟은 녀석인 모양이야. 미안하지만 안주인에게 폐 좀 끼쳐야겠네. 한길을 한 마장 가량 살피고 와 주지 않겠는가?"

"네에."

주인은 겁에 질린 얼굴이었다.

그런데 이런 일에 있어서는 여자 쪽이 배짱이 세지는 모양이다. 눈썹을 파랗게 밀어붙인 가마 가게 안주인이 나섰다.

"보고 오겠어요."

초롱을 들고 나갔다가 이윽고 돌아왔다.

"다케야초 모퉁이에 둘, 니조한지키 거리 모퉁이에 셋, 낯선 낭인이 있는 것 같아요."

"5명."

"네."

"좀 많군."

도시조는 슬쩍 웃었다.

안주인도 따라 웃으며 귀여운 검은 이(옛날 일본에서는 결혼한 여자는 이를 까맣게 물들였다)를 보여주었다. 아무래도 도시조에게 호감을 갖기 시작한 모양이다. 신센조 부장이라고 하면 마귀 같은 사나이인 줄 알고 있었는데 뜻밖에도 쌍거풀이 뚜렷한 시원스럽게 생긴 사나이였던 것이다.

"저어, 히지카타 선생님. 뭣하시면 집의 젊은 하인을 미부까지 급히 심부름 보낼까요?"

응원을 청하라는 뜻이다. 그러는 마누라의 옷소매를 남편이 슬그머니 잡아당겼다.

'집어치워.'

이런 시늉이리라. 신센조에 호의를 베풀었다가 나중에 낭사들이 어떤 앙갚음을 해올지 모른다.

"괜찮아."

도시조는 다시 무뚝뚝한 표정이 되었다.

이윽고 가마가 왔다.

발이 쳐져 있는 가마였다.

"주인, 힘깨나 쓸 만한 가마꾼들이로군."

"네, 단바 태생이랍니다!"
"단바 태생은 기운이 좋은가?"
"네! 그렇게들 말합니다."
"참 믿음직스럽군."
도시조는 품에서 은전을 꺼내 젊은 가마꾼에게 주었다.
"이렇게나 많이……."
"괜찮아, 받아 둬. 그런데 나는 걸어간다."
"네에?"
모두가 어안이 벙벙했다.
"그런데 부탁이 있어. 내 대신 저 통에 물을 가득 채워서 가모 강까지 날라다 주지 않겠나?"
"나리."
가마 가게 주인은 도시조의 계략을 알아차린 모양이다.
"곤란합니다요."
다케야 거리 모퉁이에 낭인이 둘 잠복하고 있다. 물통을 실은 가마를 신센조 부장으로 알고 습격하겠지. 가마꾼은 가마를 버리고 도망칠 테니 우선 다치지는 않을 것이다. 그러나 뒤에 그런 일에 협력해 주었다고 낭사들의 주먹다짐을 받게 되는 것은 주인인 자기 쪽이다.
안주인도 도시조의 속셈을 알아차렸다. 그러나 주인과는 다른 태도를 취했다.
"야스, 시치. 어서 통을 준비해라. 일부러 사람을 태운 척 발걸음을 무겁게 옮겨야 해."
"네!"
단바 출신이 가마를 봉당에 끌어들이고 물통을 준비한 다음
"어영차!"
가마를 둘러메었다. 아마 열일여덟 관은 됨직했다.
가마가 나갔다. 동쪽으로.
조금 뒤에 도시조는 봉당에서 나가 그것과는 반대 방향인 서쪽으로 향했다. 초롱은 들지 않았다. 미행자는 가마에 주의가 쏠려 도시조의 그림자는 보지도 못했을 것이다.
여남은 발짝 떼어 놓았을 때 등 뒤의 다케야 거리 모퉁이로 짐작되는 근방

에서 예상한 대로

"콰당!"

가마를 내동댕이치는 소리가 들려왔다.

'덮쳤군.'

도시조는 벌써 니조한지키 거리 모퉁이를 지나가고 있었다. 안주인이 본 바로는 이 모퉁이에 낭인 3명이 있었다는데 자취도 없었다. 가마에 정신이 팔려 어디론가 흩어졌으리라.

그때

'왔구나.'

도시조는 이미 눈치챘다. 곧 남쪽 집 처마 밑에 몸을 감추었다.

다케야 거리에서 쿵쿵거리며 이쪽으로 달려오는 너덧 명의 발소리가 났다. 물통이라는 걸 알고 되돌아오는 것이리라.

'무사히 돌아갈 수 있겠군.'

도시조는 창살문 그늘에 몸을 바싹 붙였다. 거기까지는 이 싸움에 뛰어난 도시조가 짐작한 대로였다.

그러나 그 패들이 다케야 거리와 니조한지키 거리의 중간쯤에 있는 가마 가게로 쳐들어갔으니 여기서는 도시조의 짐작이 빗나갔다.

"야단났군."

트집잡자는 심산이겠지. 목청껏 떠들어대는 소리가 그곳까지 들려왔다.

도시조는 처마 밑에서 나왔다.

그대로 모른 체하고 미부 쪽을 향해 걷기 시작했으나 마음이 무거웠다.

'안주인이 가엾게 됐어.'

그러나 오늘밤은 어서 둔영으로 돌아가고 싶었다. 만사가 귀찮았다. 술을 마시고 싶었다.

도시조는 걸었다.

짐작은 간다.

그 패들은 사에와 무슨 연결이 있는 것이 아닐까. 사에가 꾸민 일이 아닐까. 그렇게 생각하면서도 도시조는 전혀 노여움도 싸울 마음도 일어나지 않았다.

'알면 망설이고, 모르면 망설임 없는 사랑의 길.'

'내가 생각해도 서투른 시구다.'

도시조는 별을 쳐다보았다.

사랑의 길이라고 끝 구절을 맺었으나 도시조는 자기가 과연 사랑을 한 적이 있는가고 한심스러운 마음이 들었다.

여자는 있었다. 그러나 사랑이라고 할 만한 것을 해본 기억은 없다. 그나마 추억 속에 있는 사에의 경우가 그것과 비슷했으나 비슷했을 뿐이었다. 조금 전에 허무하게 깨어지고 말았다.

'나는 어딘가 병신 같은 사람이 아닌가.'

도시조는 자기 자신을 마음껏 비웃었다.

'나는 아마도 평생토록 사랑 같은 것은 해내지 못할 사나이인 모양인가.'

그래도 괜찮다고 생각했다.

'남들처럼 할 생각은 말아야지.'

도시조는 걸었다.

'본디 여자에게 박정한 사나이다. 여자 쪽에서 그것을 알고 있다. 나 같은 남자에게 반할 바보는 없다.'

그러나 검이 있다. 신센조가 있다. 그것에 대한 열의는 누구에게도 못지않다. 그것으로 충분하다. 그것만으로 충분히 보람찬 생애를 살 수 있지 않은가.

'알겠지, 도시.'

자신을 타일렀을 때 도시조는 홱 뒤돌아보았다.

허리를 낮추고 칼을 뽑았다.

너덧 명의 발자국 소리가 자기를 쫓아온다는 것을 알았던 것이다. 아마도 가마 가게 주인이 자백한 모양이다.

그림자는 다섯.

그 중 셋이 니조한지키 거리 모퉁이에서 멈춰서고 둘만 무심코 다가왔다.

"이쪽인가?"

한 사람이 다른 한 사람에게 말했다.

"아무튼 무로마치까지 나가보자."

그러나 그들은 거기까지 나갈 필요가 없었다.

몇 발짝 더 걸어간 지점에서 길 위에 웅크리고 있는 사나이를 발견했기 때문이다. 거의 맞부딪칠 정도가 되어서야 깨달았다.

"앗!"

사나이가 뒤로 주춤 물러서려 했다. 오른발을 처들고 칼을 뽑으려 했다. 순간, 그 자세 그대로 아앗, 하고 벌렁 나자빠졌다. 도시조의 이즈미노카미 가네사다가 밑에서 후려쳐 사내의 턱을 빠갰던 것이다.

도시조는 일어섰다.

"내가 히지카타 도시조다!"

"……."

살아남은 다른 사내들은 멍하니 입을 벌린 채 이 현실이 이해가 가지 않는 모양이었으나, 이윽고 괴상한 소리를 지르면서 니조한지키 거리 쪽으로 꽁지 빠지게 달아났다.

모퉁이의 셋은 우왕좌왕 어찌할 바를 모른다. 그때, 이미 도시조는 길에서 사라졌다. 북쪽 집채들의 처마 밑을 따라 걸어가 모퉁이에 다가가고 있었다.

"분명코 있었구나."

이 패거리를 지휘하고 있는 듯한 가라진 목소리가 들렸다.

도시조는 튀어나가려고 했다. 그러나 흙을 움켜잡고 자신을 억제했다.

'시치리 겐노스케가 아닌가?'

정신이 번쩍드는 놀라움이었다. 시치리가 교토에 올라와 있다는 말은 듣고 있었다. 뿐만 아니라 시치리인 듯한 사나이가 가와라 거리의 조슈 저택에 출입하고 있는 것을 도도 헤이스케도 목격했다. 그리고 현재 시치리의 하치오지 시절 패거리 하나를 도시조 자신이 기야마치에서 놓쳤다.

"시치리!"

도시조의 그림자가 그늘에서 튀어나왔다.

"나다!"

이렇게 말했을 때, 도시조는 이미 별이 반짝이는 하늘을 향해 뛰어오르고 있었다. 오로지 한 마리의 싸움꾼만이 거기 있었다. 이제 아무런 감상도 주저도 없었다.

손발이 춤출 뿐이었다. 시치리 옆에 있던 사나이의 오른쪽 어깨가 모가지 밑둥부터 뎅겅 잘려 나가떨어지고, 그 위를 건너뛰어 다음 칼이 시치리를 몰아붙였다.

시치리는 막을 겨를도 없이 네거리 가로등께까지 물러가서야 간신히 칼을 뽑았다.

사율서(死律書)

"히지카타 도시조. ……기어코 만났군."
시치리 겐노스케는 가로등을 등지고 서서 말했다. 천천히 칼끝을 하단으로 내린다.
"히지카타."
시치리는 즐거운 모양이었다.
"무사시의 감자 도장 사범대리가 지금은 화려한 도성의 신센조 부장이 되었군그래. 난세라지만 대단한 출세 아닌가."
"……."
도시조는 칼을 머리 위로 쳐든 상단 자세.
"출세했다고 이 시치리를 업신여겨서는 안 되지."
"그래서 지금 상대해주고 있다."
"좋아 좋아. 그런데 곤도는 잘 있는가? 차차 만나볼 생각이지만."
"잘 있다."
도시조는 내뱉듯 말했다.
"다행이로군. 그립다 할까. 하기는 우리 한잔 하세, 하고 말하고 싶을 정도로 서로 깊은 인연이지만. 인연은 인연이라도 굉장히 나쁜 인연이지."

"정말 악연이야."

"무사시 다마의 거름 냄새 나는 싸움을 꽃의 도성에까지 끌어들여 다시 싸우고 싶지는 않지만 자네들하고는 영 배짱이 맞지를 않아서."

"가와라초의 조슈 저택에 드나든다는 말을 들었다."

"내 외가가 조슈번의 에도 저택 가신이니까. 조슈와는 여러 가지로 인연이 있어. 무사시 촌구석에서 미꾸라지 냄새 나는 놈하고 싸우기보다 차라리 사나이답게 죽을 곳을 찾으려고 상경했더니 그 미꾸라지 냄새가 또 따라올라왔군."

"말허리를 꺾어 미안하지만……."

도시조는 말했다.

"사에를 아나?"

시치리는 잠자코 있었다.

알고 있을 거라고 도시조는 짐작했다. 시치리는 아마도 사에와 어떤 연락이 있어서 오늘 도시조의 뒤를 밟았을 것이다.

"몰라."

"금방 기운이 없어진 것 같군. 뜻밖에도 정직한 사람인가봐."

시치리는 대답 대신 검을 중단으로 고쳐 잡았다. 그 순간 도시조의 검이 전광석화처럼 상단에서 떨어졌다.

그러나 시치리는 이미 그 자리에 없었다.

쩡, 하고 도시조의 칼끝이 가로등의 받침판을 두 쪽 냈다. 잡아뽑자마자 다리를 번쩍 쳐들어 등을 걷어찬다.

가로등 저쪽에서 시치리가 튀어나왔다.

"장난 좀 쳐봤지."

시치리가 웃었다.

그러는데 도시조의 등 뒤로 돌아간 한 사내가 홱 덤벼들었다. 위기 일발, 비켰으나 하카마가 찢어졌다.

'어떻게 된 모양이다.'

칼에 힘이 들어가지 않았다. 싸움이라는 것은 먼저 기백이 있는 쪽이 승리한다. 역시 사에에 대한 복잡한 생각이 마음을 무겁게 누르고 있는 것일까.

이럴 때는 체면 불고하고 물러간다. 그것이 싸움 잘하는 사람이다. 그것은 도시조도 알고 있다. 무사시의 논두렁에서 패싸움하던 때의 그라면 생각할 것도 없이 내뺐으리라. 하지만 지금은 처지가 다르다. 신센조의 부장이다. 싸움에도 체면이 있다. 도망쳤다고 하면 교토 천지에 어떤 악평이 퍼질지 모른다.

'과연, 사에의 말대로 이런 점까지도 나는 완전히 달라졌구나.'

도시조는 칼을 오른손에 겨누어 잡고 교묘하게 하오리를 반쯤 벗었다. 하오리를 벗으려는 것이 아니다. 하오리는 도시조의 교활한 유인 작전이었다.

아니나다를까, 반쯤 벗는 틈을 노려 오른쪽 사내가 상단에서 내려쳐왔다.

'기다리고 있었다.'

기세를 탄 상대의 몸통을 한쪽 손으로 밑에서 훑듯이 올려쳤다.

"여전한 뚝심이군."

시치리가 캄캄한 그늘에서 혀를 찼다. 시치리 정도라면 알고 있다. 한쪽 손으로는 여간한 힘이 아니면 사람을 베지 못한다.

도시조는 간신히 하오리를 다 벗었다.

"시치리, 좀더 가까이 와."

"못 가겠어. 이상하게 신들린 놈에게 덤벼드는 바보가 어디 있나."

이 사내도 예사 검객은 아니다. 싸움의 고비를 알고 있다. 도시조의 기백이 이상하게 힘이 넘치기 시작한 것을 보고 칼을 끌어들이고 나서 그늘을 살금살금 걸으며 명령했다.

"물러가라!"

일제히 흩어졌다.

도시조는 추격하지 않았다.

'시치리도 많이 컸구나.'

교토에 모여든 수많은 낭사 중에는 인걸(人傑)도 많았다. 시치리 같은 사나이도 그와 같은 자들 사이에서 부대끼면서 평소에 국가 대사의 하나라도 논하고 있기 때문인지 하치오지의 그때와는 퍽이나 인생이 달라졌다.

'남자란 묘한 것이다.'

송충이에서 나비가 나오는 것 같은 탈바꿈도 때로는 있는 모양이다.

이 해 12월, 막부는 낭사 단속령을 공포했다. 교토와 오사카로 흘러들어오는 불온 낭사는 발견하는 대로 잡아죽인다는 것이었다.

이유는 곧 장군 이에모치(家茂)가 입경하므로 교토의 치안을 무력으로 진압해두지 않으면 안 된다는 것이었다.

"사정이 이렇게 되었다."

곤도는 대원 일동을 모아놓고 말했다.

"막부의 위세와 무력으로 부랑자를 일소하고 황공하옵게도 궁궐(宮闕)의 평안을 수호한다. 바야흐로 오늘부터 왕성의 큰 길, 작은 길은 모두 신센조의 싸움터라고 각오해주기 바란다."

신센조가 글자 그대로 악귀 같은 역할을 하기 시작한 것은 이때부터이다.

교토에는 날마다 피의 비가 내렸다.

인원은 대략 백 명.

물론 일류 검객뿐만이 아니었다.

미숙한 자도 있었다. 비겁한 자도 있었다. 싸움터에서 뒷걸음질친 자는 나중에 반드시 처벌했다. 처벌이라고 해도 여태까지의 무가(武家) 사회에 있었던 가문 박탈이나 근신 등의 미적지근한 것이 아니었다. 모조리 사형이었다. 하나에도 죽음, 둘에도 죽음. 300년 동안 무사안일을 누려온 이때의 무사의 눈으로 보면 전율할 형법(刑法)이었다.

대원의 입장에서는 난전(亂戰) 속에서 적의 칼에 죽든가, 아니면 돌아가 부대 안에서 목이 잘리든가, 둘 중의 하나였으므로 결사의 나날이었다.

"너무 엄하지 않은가?"

어느 날, 하루에 3명이나 참수형을 받은 자가 나왔을 때 야마나미 게이스케가 곤도와 도시조 앞에서 말한 적이 있다.

이야기의 앞뒤가 바뀌지만 이 일보다 조금 전, 세리자와 가모와 그 일파를 소탕한 바로 뒤, 부대에서는 야마나미 게이스케의 처우가 달라졌다. 이제까지는 도시조와 같은 부장이었는데 '총장(總長)'이 되었다.

승격이다. 서열로 따지면 대장 곤도 이사미, 총장 야마나미 게이스케, 부장 히지카타 도시조의 차례가 된다.

이 승격은 도시조가 곤도에게 건의한 것이었다.

"부디 야마나미를."

이렇게 말하자 곤도도 이때만은 기뻐했다. 도시조가 야마나미를 좋아하지 않는 것이 곤도의 큰 걱정거리였다. 그 도시조가 야마나미를 위해 '총장'이라는 특별한 직명을 만들어 자기 위에 둔다는 것이다.

"도시조, 비가 오겠다."

이처럼 말했을 정도였다.

"비는 오지 않을 거야."

도시조는 무표정하게 말했다. '총장직'이라고 하면 듣기에는 그럴 듯하지만 실질상으로는 곤도 개인의 상담역으로서나 참모, 고문격으로서 권한은 없다.

아니 가장 중요한 것은 이 듣기 좋은 직명에는 대원에 대한 지휘권이 없었다. 지휘권은 대장－부장－조근－평대원, 이렇게 된다. 요즘 말로 하면 총장 야마나미 게이스케는 곤도 개인의 참모일 뿐 명령권은 없다.

도시조는 야마니미를 보기 좋게 정리해버렸다. 장식물로 만들어버린 것이다. 야마나미도 처음에는 좋아했으나 점점 그 직분의 본질을 알게 되자 전보다 더 도시조를 미워하게 되었다. 그래서 곤도에게

"먼저대로 부장으로 해주시오."

이렇게 간청했고 곤도도 그럴 듯하게 생각하여 도시조와 의논했다.

"도시조, 야마나미를 격하시켜 주는 게 어떨까?"

"아냐, 그대로가 좋아."

그러고는 이상한 예를 들었다.

도시조는 소년 시절에 가전(家傳)의 이시다(石田) 가루약 원료를 채집하였는데, 제제(製制)하는 계절이 여름철 농한기였기 때문에 마을 사람들을 동원해서 썼다. 도시조는 그 사람들을 열두 살부터 지휘했다. 그 시절, 맏형이나 둘째형이 어슬렁어슬렁 와서는 뭐라고 할 때마다 작업 능률이 떨어졌던 경험을 기억하고 있었다. 명령이 두 갈래, 세 갈래가 되기 때문이다.

"부장이 둘 있으면 그렇게 돼. 곤도님, 당신 입에서 나온 명령이 바로 부장에게 전해지고 조근으로 내려가 전광석화처럼 대원이 움직이게 되지 않으면 신센조는 둔해져. 조직은 검술이나 마찬가지야. 기민하지 않으면 안 돼. 그러려면 부장은 하나가 좋아."

이것은 도시조의 독창(獨創)이었다. 막부나 번의 체제는, 가령 에도 포도청만 해도 2인제를 택했던 것처럼 모든 직분을 복수로 했다. 그것은 당시 일본을 방문한 외국 사신들이 모두 이상하게 생각한 일이기도 하다. 그 폐습을 신센조는 아무 힘도 들이지도 않고 타파했다.

"부대를 강하게 하기 위해서야. 그 대신 야마나미님을 높은 자리에 앉히지

않았나."
도시조는 다시 말했다. 이것은 여담이다.
'형(刑)이 지나치게 가혹하지 않은가' 하고 총장인 야마나미 게이스케가 곤도에게 조언했을 때 도시조는 못마땅한 눈으로 야마나미를 바라보았다.
"야마나미 선생. 야마나미 선생이 그런 말씀을 하시다니요. 부대를 약하게 만들고 싶은가요?"
"누가 그렇게 말하던가?"
야마나미는 화가 난 얼굴빛이었다. 도시조는 엄숙한 표정으로 조용하게 대꾸했다.
"내 귀에는 그렇게 들립니다."
고약한 놈, 하고 야마나미는 가슴이 부글부글 끓어오르는 것 같았다.
"야마나미님, 나는 온 일본 천지 무사들이 모두 겁장이라고 생각하고 있소. 무사, 무사라고 뽐낼 수 없는 현장을 이 눈으로 수없이 보아왔소. 가록(家祿)의 세습과 무사안일의 300년 태평세월이 그렇게 만들었겠지요. 하지만 신센조만은 그렇게 만들지 않겠소. 진짜 무사로 만들어 보겠소."
"진짜 무사란 어떤 것인가?"
"요즘 무사는 아니오. 옛날의······."
"옛날의?"
"반토 무사라든가 겐키·덴쇼(元龜天正) 때의 전국시대 무사라든가, 잘 표현은 못하겠지만 대강 그런 거요."
"히지카타님은 뜻밖에 순진하군."
어린애 같다고 내뱉고 싶었을 것이리라. 그 대신 야마나미는 얼굴에 뚜렷이 비꼬는 표정을 지었다.
도시조는 그 얼굴을 물끄러미 바라보았다. 지난날, 세리자와 가모와 무사도 토론을 했을 때 세리자와의 얼굴에 떠올랐던 것과 같은 비웃음이 야마나미의 얼굴에도 떠올라 있었다.
'농사꾼 출신인 주제에.'
사실 야마나미는 그런 느낌이었다. 그러나 도시조의 마음속에도 크게 부르짖고 싶은 것이 있었다. 이상(理想)이란 본디 어린애와 같은 것이 아니던가.
"자 그만, 술이나 하세."

곤도가 무마하고 나섰다. 곤도는 도시조를 둘도 없는 친구로 생각하고 있으나 야마나미 게이스케라는 학식을 갖춘 사람도 잃고 싶지 않았다. 교토 수호직이나 교토 정무청, 황궁의 국사계(國事係) 등에 보내는 공문서는 거의 야마나미가 기초한다. 또 여러 번의 중신과 회담할 때도 야마나미를 데리고 간다. 대원 중에 용감한 자는 많으나 격식을 갖춘 자리에서 당당하게 말을 할 수 있는 사람은 센다이(仙臺) 탈번 낭사 야마나미 게이스케뿐이었다.

사동에게 술을 가져오게 한 뒤 곤도는 야마나미와 도시조의 얼굴을 차례로 바라보며 말했다.

"나는 행복하네. 야마나미 군의 지혜와 히지카타 군의 용기, 두 바퀴를 고루 갖추고 있으니 말일세."

그러나 도시조의 기량은 단순히 용기만일까.

곤도도 이 도시조의 재능에 대해서 어느 정도까지 파악했는지는 의문이다. 야마나미의 지혜는 단순한 지식이지만 도시조에게는 창조력이 있었다.

'두고 보자. 그런 부대를 만들고야 말 테다.'

그날 밤, 도시조의 방에는 늦도록 불이 켜져 있었다.

으레껏 그렇듯이 오키타 소지가 놀려 주러 왔다.

"또 하이쿠입니까?"

오키타가 또 들여다보았다.

"아하, 신센조 규율서(規律書)라."

도시조는 초안을 잡고 있었다.

부대의 규율이다. 도시조 앞에 놓인 종이에는 이 사나이 특유의 잔글씨로 뭔가 또박또박 씌어 있었다. 50개 가량의 조항이었다. 오키타는 그것을 하나하나 눈으로 읽더니 신음을 터뜨렸다.

"굉장하군요. 히지카타님, 이걸 일일이 대원들에게 지키게 할 생각입니까?"

"그렇다!"

"쉰 개도 넘는 항목이 아닙니까?"

"아직 마무리 짓지 않았어."

"맙소사, 아직도 더 있어요?"

"아냐 지금부터 줄여 나가야지. 이것을 다섯 항 정도로 줄인다. 법은 3장이면 충분해."

"아 참, 들은 일이 있습니다. 극장에서 들었습니다. 그런데 당나라 어떤 장수의 얘기였는데 그건 야마나미님에게나 물어봐야겠군요."
"시끄럽다."
주욱 먹으로 한 줄을 지웠다.
밤이 이슥했을 때, 5개 조항이 완성되었다.

1. 무사도에 위배됨이 없을 것.
2. 부대 이탈을 하지 말 것.

그 모든 벌칙은 할복이었다.

제3조는 '자의로 돈 마련을 말 것.'
제4조는 '자의로 소송을 맡지 말 것.'
제5조는 '사적인 투쟁을 하지 말 것.'

위의 각 조항을 위배하는 자는 할복으로 다스린다.
다시 이 5개 조항에 따르는 세칙을 만들었다.
그 중에 묘한 조목이 하나 있었다. 이 조목이야말로 신센조 대원에게 기백을 넣어주는 것이라고 도시조는 믿었다.
"만약 대원이 공무에 의하지 않고 거리에서 대원 이외의 자들과 싸워……."
이런 것이었다.
"적과 칼로 맞서 적에게 상처를 입힌 뒤 죽이지 못하고 놓쳤을 경우……."
"그때는 어떻게 됩니까?"
"할복."
도시조가 말했다.
오키타는 웃었다.
"그것은 가혹합니다. 이미 적에게 상처 입힌 것만으로도 공이 아닙니까. 놓칠 수도 있는 일이지요. 놓치면 할복이라는 건 너무 가혹합니다."
"그러니까 필사적으로 싸우게 되는 거야."
"그렇지만 모처럼의 고심작이긴 해도 역효과가 나지 않을까요. 대원으로서는 적에게 상처를 입히고 놓치기보다 베지도 말고 이쪽이 내빼는 편이 몸에 이롭다는 말이 됩니다."

"그것도 할복이다."

"네?"

"제1조, 무사도에 위배됨이 없을 것."

"아하, 과연."

대원으로서는 일단 칼을 뽑은 이상 죽기를 각오하고 뛰어들어 적을 쓰러뜨리는 수밖에 도리가 없다.

"그것이 싫으면?"

"할복."

"겁 많은 놈은 부대가 무서워서 도망칠 겁니다."

"그것도 제2조에 따라 할복."

이것이 공표되었다.

혈기 왕성한 젊은 대원들은 이것을 읽고 오히려 폭포수에 살갗을 얻어맞는 것 같은 장렬함을 느낀 모양이었으나, 가입한 지 얼마 안 되는 간부급에는 은근한 동요가 있었다. 무서워진 것이다.

도시조는 그 영향을 조심스럽게 지켜보았다. 과연, 탈영자가 나왔다.

조근 사카이 효고(酒井兵庫)였다.

오사카 낭인. 신관(神官)의 아들로 신센조에서는 드물게 국학의 소양이 있었고 와카(和歌 : 일본 고유의 옛 시)에 능했다.

그가 탈영했다.

도시조는 감찰부를 총동원하여 교토와 오사카, 사카이, 나라(奈良)까지 수색하게 하였다.

이윽고 그가 오사카 스미요시 신사의 어느 절간에 숨어 있다는 것을 알아냈다.

"야마나미 군, 어떻게 하지?"

곤도는 그와 의논했다.

야마나미는 살려주자고 말했다. 야마나미는 평소 사카이 효고에게 자작시의 퇴고를 부탁하기도 한 사이였다.

곤도는 목을 베고 싶었다. 사카이는 조근으로서 부대의 주축에 참여한 자이므로 기밀을 알고 있다. 세간에 누설되면 신센조는 어떻든 교토 수호직에 화가 미친다.

"도시조, 어떠냐?"

"시가 어떻다느니 기밀이 어떻다느니 할 것도 없소. 대장, 총장 스스로 부대의 규율을 어겨서는 곤란하오."

"벨 건가?"

"당연한 일이오."

곧 오키타 소지, 하라다 사노스케, 도도 헤이스케 세 사람이 오사카로 떠났다.

스미요시의 절간으로 사카이 효고를 찾아갔다.

사카이는 체념하고 칼을 뽑았다. 그 칼을 하라다가 쳐서 떨어트려 경내에서의 싸움을 피하고, 사카이를 아비코(我孫子) 대로 연변의 대나무 숲까지 데리고 가서 다시 칼을 건네주었다.

몇 합 싸우다가 죽었다. 그 뒤부터 부대는 숙연해졌다. 부대의 규율서가 대원의 몸 속에서 살기 시작한 것은 이때부터다.

정보(情報)

"땔나무 사려."

"땔나무 사려."

오하라(大原)에서 올라온 장사치 아낙네가 가라앉은 목소리로 땔감 사라고 외치면서 가와라(河原) 거리를 지나간 뒤, 그 하얀 각반을 친 발을 뒤쫓듯이 여우비가 후둑후둑 떨어졌다.

"조용하군요."

오키타 소지가 말했다.

그림 같은 교토의 오후였다. 겐지(元治) 원년 6월 1일.

기온제(祇園祭)도 머지 않다.

도시조와 오키타는 방금 장사치 아낙네가 지나간 처마끝의 2층에 있었다.

가와라 거리 방물가게 이바라기야 시로베의 2층은 어두컴컴한 곰팡내가 났다. 2층 가득히 물건이 쌓여 있었다.

이 2층은 가와라 거리를 향해 들창이 나 있었다. 오키타는 그곳을 통해 한 길을 내려다보았다.

"아침부터 지금까지 셋입니다. 하나는 무사이고, 둘은 겉보기가 상인 비슷하지만 무사 냄새가 풍겨요."

오키타가 과자를 집으면서 말했다.

"그런가."

도시조는 막 올라와 앉은 참이었다.

이 들창에서 내려다보면 가와라 거리의 동쪽 집들과, 거기 동쪽으로 출입하는 골목 사람들이 훤히 보였다.

그 골목을 가와라 거리에서 들어가 대여섯째 집 오른쪽에 '마스야(枡屋)'라고 하는 중고품 가게가 있다.

거기를 망보고 있는 것이다. 감시자는 오키타만이 아니었다.

감찰부의 야마자키 스스무와 시마다 가이, 가와지마 쇼지, 하야시 신타로 등은 약장수나 수도승 등으로 변장하고 이 근방을 서성거렸다. 그 골목을 죽 빠져나간 니시키야초 한길에도 하라다 사노스케가 집을 빌려 노상을 오가는 사람을 감시하고 있다.

"하지만 지겹군요. 망보는 일은 내 성미에 맞지 않습니다."

"그렇겠지."

오키타는 그런 젊은이다. 남의 비위(非違)를 감시하는 것은 아무리 부대의 임무라 해도 성미에 맞지 않을 것이다.

"그대로 참고 있어. 내일 교체시킨다."

"꼭요!"

과자 한 개를 입에 넣었다.

한가로운 얼굴이다.

도시조는 쓴 웃음을 지으며 말했다.

"그 대신 오늘 하루는 게으름 피워선 안 돼."

"한데, 아무래도 좀. 아니, 내가 아니고 마스야의 주인 말입니다. 바람 부는 밤을 골라서."

"흐음."

"네, 바람 부는 밤에 말입니다."

오키타는 과자를 씹어 삼키고 나서 말했다.

"교토 시중 각처에 불을 지른 뒤 수십 명의 낭인들을 몰고 대궐에 난입한 다음 천황을 몰래 모시고 나와서 조슈로 옮겨가 막부 토벌 의군(義軍)을 일으킨다는 것이 아닙니까? 도저히 해낼 수 없는 일이 아닙니까. 그런 터무늬 없는 일을 생각해낸다는 것이, 내가 보기에 아무래도 머리가 이상한 것 같아요. 히지카타님, 혹시 마스야는 미친 사람이 아닐까요?"

"진심이겠지. 혈기 왕성한 사람들이 모여 한 가지 공상(空想)을 몇백 일 동안이나 의논하고 있으면 그것이 공상이 아니라 막부를 쓰러뜨리는 것쯤은 당장 내일이라도 해치울 수 있다는 마음이 돼 버리는 법이다."

"즉 미치광이가 된다는 거죠. 집단적으로! 참 이상한 일이로군!"

"묘한 거지. 그러나 집단이 미치면 무슨 일을 저지를지 몰라."

"신센조도 마찬가지입니다."

오키타는 킥킥 웃었다.

"히지카타님은 미치광이 두목입니다."

"무슨 소리야!"

도시조는 눈을 부라렸다. 하지만 오키타는 신센조 대원 중에서 누구나 귀신처럼 무서워하고 있는 이 도시조가 도무지 무섭지 않았다. 오키타 소지라고 하는 이 너무나도 명랑한 젊은이의 눈으로 보면 도시조가 어깨에 힘을 주면 줄수록 무섭기는커녕 우스꽝스럽게 보이는 모양이었다.

"소지, 자중해."

쓴 얼굴로 말했다.

"교토에 방화하고 일제히 봉기한다는 낭인이 쉰이나 예순 명 정도가 아니라는 정보가 들어와 있어. 이것을 어떻게 진압하느냐가 앞으로 신센조가 천하의 신센조가 되느냐 못되느냐의 고빗길이 된다."

"하나 드시지요."

오키타는 도시조의 손에 과자를 쥐어 주었다. 도시조는 마지못한 듯이 입속에 집어넣고 밖으로 나갔다.

그 뒤, 하라다 사노스케의 감시소에 들러 보고를 받고 다시 다카세 강변 길에서 약장수로 변장한 감찰 야마자키 스스무와 스쳐 지나갔다. 야마자키는 눈을 내리깔고 도시조의 옆을 지나쳐 갔다. 제법이다. 야마자키는 검술도 상당한 편이지만 본디 오사카 고라이 다리의 침술 의사 아들인만큼 장사꾼 차림이 제법 어울렸다.

야마자키와 스쳐 지나간 뒤 도시조는 기야 거리에서 삯가마를 주워 타고 미부로 돌아왔다.

"어때?"

곤도가 물었다.

"아직 모르겠어. 하지만 소지도 하라다도 무사 티가 나는 자들이 그 골목을 연신 드나들고 있다고 말했어."

"그런데 모든 것은 틀림이 없겠지?"

"암."

애당초 곤도 자신이 얻어들은 정보였다.

사실은 며칠 전, 곤도가 대원을 거느리고 시중 순찰을 한 뒤 호리카와의 혼고쿠사(本國寺 : 미토 藩兵의 교토 기숙사로 쓰고 있다) 문전까지 돌아왔을 때

"아이구, 오래간만입니다."

곤도의 말 앞을 막아선 한 무사가 있었다. 앗, 자객인가, 하고 대원이 달려오자 그 무사는 태연하게 말했다.

"접니다, 에도의 야마부시마치에 살고 있던 기시부치 효스케(岸淵兵輔)입니다. 에도에서는 댁의 도장 신세를 실컷 진……."

"오오!"

곤도는 말에서 내렸다. 생각이 났다. 에도 도장이 고라쿠엔과 가까웠기 때문에 미토 번의 사졸들이 곧잘 놀러 왔었는데 기시부치도 그 중의 한 사람이었다. 하급 무사의 자식이라고 들었으나 학문도 있고 태도도 중후하여 아무래도 그러한 출신이라고는 생각되지 않았다.

지금도 복장이 검소하여 무명 하오리에 빛이 바랜 하카마 차림새였으나 살이 쪄서 여간 의젓하지 않았다.

"작년부터 교토 근무입니다. 히지카타님도 오키타님도 크게 활약하시는 모양이더군요."

"이거 길거리라 애기도 안 되겠네. 미부로 같이 가세."

곤도라는 사람은 이렇게 인정미가 있다. 안듯이 하고 데리고 돌아갔다.

곧 주안상이 마련되고 도시조도 나왔다.

당시, 재경 무사라고 하면 둘만 모여도 국사(國事)를 논한다. 교토는 그렇게 긴장된 분위기 속에 있었다. 시대가 들끓고 있었다.

작년 8월, 이른바 분큐 정변(文久政變)이 일어나 여태까지 교토 정계를 장악하고 있던 조슈번이 하루 아침에 정계에서 실각하고 조슈계 공경 7명과 더불어 낙향했다.

그 후부터 조슈번의 소장파는 더욱 더 과격해지고 여러 번에서 탈번한 급진적 낭사들은 거의 조슈번에 합류하여 막부를 쓰러뜨릴 거병의 기회를 노리고 있었다.

그러나 사쓰마번과 도사번, 아이즈번, 그리고 에치젠번 등 정치 감각이 예민한 큰 번이 모두 반(反) 조슈의 감정을 가지고 있었다.

이 감정에는 복잡한 내용이 있었는데, 그것은 요컨대 조슈번의 권력 탈취 활동이 너무나 과격하여 독주한다는 감이 있어 조슈 영주가 막부를 찬탈하려는 의도가 있는 것이 아닌가 하는 의혹이 짙었기 때문이다. 조슈 영주 자신, 그 젊은 가신들에게 보기 좋게 속아넘어갔다는 말도 사실인 듯, 유신 뒤, 조슈의 영주가 나는 언제 대장군이 되는가 하고 측근자에게 물어보았다는 전설도 있을 정도였다.

아무튼 조슈번 단독의 군사력으로는 막부나 위의 '공무합체파(公武合體派)' 네 번을 적으로 돌릴 수가 없었다.

그와같은 정세하에 놓여 있었다.

그 때문에 조슈에 가담한 낭사단을 포함한 비밀 군사 조직이 형성되고 그들이 교토에 잠입해 한꺼번에 거리를 불살라 근왕(勤王) 혁명을 일으키려 하고 있다는 소문이 교토 천지에 퍼진 가운데, 온갖 유언비어가 난무하였고 성급한 자들은 시골로 피난갈 준비를 하고 있을 정도였다. 조슈도 궁지에 몰려 비통한 입장에 서 있었다. 이것이 성공하면 의군(義軍)이고 실패하면 조슈번이 토비(土匪)의 위치로 떨어질 것이다.

기시부치 효스케는 정세를 여러 가지로 논했다. 이 미토 번사는 아주 상식적인 '공무합체'론자로서 조슈의 반발이 도무지 못마땅한 모양이었다.

그 점, 곤도도 마찬가지였다.

그는 요즘 제법 말주변이 늘었다. 해학을 모르는 사나이이므로 입만 열었다 하면 날카로운 이론을 내세웠다.

도시조는 잠자코 있었다. 도시조로서는 공허한 논의 따위는 아무래도 좋았다. 그의 정열은 신센조를 천하 최강의 조직으로 만드는 일만이 자기의 사상을 만천하에 표현하는 단 하나의 길이라고 믿고 있었다. 무사는 구변이 필요없다.

이 자리에서 기시부치는 뜻밖의 말을 했다.

"우리 미토번은 아시는 바와 같이 정치 정세가 복잡한 번으로서 번사들은 갖가지 생각을 가지고 서로 노려보고 있소. 따라서 풍설(風說)이 들어오기 쉽지요. 그런데 어젯밤, 심상찮은 말을 들었소."

그것이 마스야 기에몬(枡屋喜右衛門)이라는 것이다.

중고품상 마스야 기에몬, 그는 사실 조슈계 지사 중에서도 거물급인 후루타카 슌타로(古高俊太郎)가 탈바꿈한 모습이라고 한다.

"더욱이······."

기시부치는 말했다.

"봉기를 위한 무기와 탄약을 이 마스야의 창고에 쌓아놓고 있어요. 이 일은 혼고쿠사의 미토번 본진에서는 누구나 다 알고 있소."

봉기파(蜂起派)는 졸속한 계획을 한 셈이다. 기시부치가 곤도와 도시조에게 알린 같은 날, 마스야의 고용인 리스케(利助)라는 자가 관아 행정관 집에 와서

"죄송하오나······."

이렇게 해서 위의 사실을 고발했다. 리스케는 고용된 지 얼마 안 되는 자로 창고에 총과 탄약, 도창(刀槍) 등이 산같이 쌓여 있는 것을 보고 놀라 그 피해가 자신에게 미칠 것이 두려워 재빨리 알려드린다고 했다.

관아 행정관은 안면이 있는 순찰 수사관에게 알렸고 그 수사관 와타나베 고에몬이라는 사내는 바로 신센조에 드나드는 자였으므로 자기의 근무처에는 알리지 않고 미부 둔영에 보고했다.

"곧 아이즈번 본진에 알리자."

곤도가 서두르는 것을 도시조가 만류하였다.

"먼저 신센조가 독자적인 손으로 탐색하고 나서 할 일이야."

만일에 사실이라면 신센조가 미부의 촌구석에서 명맥도 없이 결맹한 이래, 이제 큰 임무가 여기에 주어지는 것이 아닌가.

'공연히 아이즈번이나 교토 순찰대에게 공을 빼앗길 것은 없다.'

곤도와 도시조가 애써 쌓아올린 신센조의 실력을 세상에 물을 수가 있다.

이튿날 저녁, 염탐꾼이 돌아왔다.

"의심스럽습니다."

하라다 사노스케가 말했다. 이 사내도 염탐꾼으로서는 적임자가 아닌 모양인지 의심스럽다는 말만 연신 할 뿐이었다.

오키타는 그저 싱글거리고만 있었다. 야마자키와 시마다, 가와지마 등은

그나마 감찰을 맡고 있는만큼 자세한 정보를 보고했다.
"곧 출동하게, 히지카타 군."
곤도는 출동명령을 내렸다. 그러나 도시조는 움직이지 않았다.
"신센조의 첫 호화 무대야. 대장 자신이 현장을 지휘해야 하네. 나는 집을 지키겠어."
"그런가."
3명의 조근(助勤)이 뽑혔다. 오키타 소지와 나가쿠라 신파치, 하라다 사노스케. 그들의 대원을 합하여 20여 명이 움직였다. 현장에 당도했을 때는 이미 날이 저물었다.
곤도라는 사내는 역시 비상한 데가 있었다.
대원을 넷으로 나누어 그 무메이 골목의 동쪽과 서쪽 입구, 그리고 뒷문, 앞문에 각기 배치한 데까지는 흔히 하는 방법이지만, 먼저 리스케로 하여금 문을 두드리게 하였고 하녀가 열자 단신으로 뛰어들었다.
어두웠다. 그러나 집안 구조는 리스케에게서 들어 머릿속에 충분히 들어 있었다.
2층 8조 방에 뛰어올라가자, 이미 잠들어 있는 후루타카 슌타로의 머리맡에 우뚝서서 큰 소리로 외쳤다.
"후루타카! 자네는 은밀히 떠돌이 낭인들을 모아 이 황성에서 모반을 꾀하고 있다고 들었다. 상부의 명령이다. 오랏줄을 받으라."
"당신 누구요?"
후루타카도 이제까지 몇 번이나 칼 밑을 뚫고 나온 사나이다. 당황하지 않았다. 오히려 곤도 쪽이 흥분했다.
"교토 수호직 직속 신센조 대장 곤도 이사미."
"당신이……."
흘끗 쳐다보고
"채비를 차리겠네. 부정한 오랏줄을 받을 까닭이 없는즉 내빼지도 숨지도 않겠네. 잠깐 시간을 주기 바라네."
유유히 잠옷을 벗고 가문(家紋)이 박힌 옷으로 갈아입은 다음 머리를 매만지고 하녀를 시켜 양치질할 물까지 가져오게 하였다.
"어디로 가면 좋은가?"
후루타카는 일어섰다.

그 동안, 아래층을 수색하고 있던 대원은 후루타카의 동지 일동이 공동 날인한 연판장을 발견했다.

그날 밤, 후루타카는 미부 둔영의 옥에 갇혔다. 이튿날 교토 정무청 관원에게 호송되어 롯카쿠(六角)의 옥에 하옥되었다. 이날 밤부터 옥리의 처참한 고문을 받았으나 끝내 입을 열지 않고 그 뒤 7월 20일, 끌려나와 사형당했다.

하지만 사태는 이미 후루타카의 자백이 필요없을 정도가 되었다. 후루타카의 연판장에 의하여 일당의 이름이 빠짐없이 밝혀졌다. 이미 신센조와 아이즈번, 정무청, 포도청의 탐색이 활발하게 움직여 그 결과 산조 일대에 처마를 나란히 하고 있는 여관촌에 정체불명의 낭인이 많이 숙박하고 있다는 것도 알려졌다. 더욱이 산조의 작은 다리 서쪽 끝에 있는 이케다야 소베(池田屋惣兵衞) 여관이 아마도 그들의 활동 중심지가 되어 있는 모양이었다. 이케다야에는 야마자키가 약장수로 둔갑하여 숙박하고 있었다.

조사해보니 거의가 조슈 사투리였다.

수호직 쪽에서 하나하나 체포하면 어떠냐는 의견이 내려왔으나 신센조는 움직이지 않았다.

야마자키로부터

"그들은 이미 후루타카가 붙잡힌 것을 알고 있는 모양입니다."

이런 보고가 들어왔기 때문이다. 당연히 낭패하고 있을 것이다. 봉기를 중지하고 각각 교토를 떠나든가 아니면 급히 결행하든가, 선후책이 필요할 것이다. 그 때문에 그들은 반드시 모임을 가지리라.

"반드시 회동한다."

도시조는 말했다.

곤도는 다소 불안했다.

"이대로 흩어져버리면 모두 놓치고 만다."

"도박이야."

그러나 조슈번사와 그 여당은 너무나 소홀했다고 할 수 있다. 좁은 산조 일대의 여관 거리를 누가 보아도 알아차릴 만한 얼굴을 드러내놓고 날마다 서로서로 숙소를 찾아가곤 했다.

'장소는 이케다야, 날은 오늘 밤'이라는 것을 알게 된 것은 6월 5일이다. 그것도 저녁나절이 되어서야 야마자키의 첩보가 들어왔다.

그런데 비슷한 시각에 포도청에 의뢰해 둔 밀정에게서 또 정보가 왔다.

"오늘밤, 기야 거리의 요정 단토라(丹虎)인 모양입니다."

단토라는 여태껏 조슈나 도사 번사들이 쓰고 있는 요정으로 이케다야보다 훨씬 모일 가능성이 짙었다.

곤도도 이 보고에 얼굴빛이 파랗게 질렸다. 얼마 안 되는 병력을 둘로 나누지 않으면 안 되는 것이다.

"도시조, 이것도 도박으로 할까?"

이케다야냐, 단토라냐, 어느 한쪽에 병력을 집중시키자고 곤도는 말했다.

"그건 안 돼. 신중을 기하자면 부대를 둘로 나누어야 해. 그런데……."

병력의 안배이다.

어느 쪽에 가능성이 짙으냐에 따라 인원수는 결정된다.

"야마나미 군, 어떻게 생각하나?"

곤도는 총장인 야마나미 게이스케에게 물었다.

"단토라겠지."

대답했다. 타당한 판단이다. 단토라는 그만큼 도막파(倒幕派)의 소굴로 유명했다.

"나는 이케다야라고 생각해."

도시조가 말했다. 이유는 없다. 이 사나이 특유의 육감이다.

"그래?"

곤도도 소년 시절부터 도시조의 직감에는 일종의 신앙 비슷한 것을 갖고 있었다.

야마나미는 곤도가 도시조의 안을 채택한 것에 노골적으로 불쾌한 표정을 지었다. 곤도는 그 표정을 재빨리 알아차리고 말했다.

"야마나미 군의 말에도 일리가 있네. 그러니까 도시조, 자넨 야마나미 군이 말하는 단토라 쪽을 맡아주면 어떨까?"

재치있는 분별이다.

도시조는 고개를 끄덕였다.

"이케다야는 납니까?"

야마나미는 그럴 것으로 알고 말했다. 곤도는 빙그레 웃었다.

"그것은 내가 맡았으면 하네. 야마나미 군은 아직 설사병이 깨끗이 낫지 않았네. 소중한 사람을 잃어버리고 싶지는 않아."

야마나미는 잠자코 있었다. 야마나미가 조슈에 대해 어느 정도 동정적이라는 것을 곤도는 알고 있었다.

인원수는 단토라를 습격하는 히지카타 부대가 20여 명, 이케다야로 쳐들어가는 곤도 부대가 겨우 일여덟 명.

습격 후 곤도가 에도에 있는 양아버지 슈사이에게 보낸 편지에는 이렇게 씌어 있다.

'공교롭게 부대 안에 환자가 많아서 겨우 30명을 둘로 나누어 한 부대는 히지카타 도시조를 대장으로 삼아 인솔하게 하고, 불초 소생은 약간 명의 인원을 이끌고 나가……'

그런데 이 인원 분배는 실로 교묘하게 되어 있었다. 소수의 곤도 부대에는 오키타 소지와 도도 헤이스케, 하라다 사노스케, 나가쿠라 신파치 등 대(隊)에서도 일류로 일컫는 고수로 충당하고 히지카타 부대는 인원수는 많아도 알이 잘았다.

"도시조, 괜찮겠지?"

"괜찮아."

저녁녘에 출동.

이케다야 습격은 밤 10시였다. 곤도는 편지에서 이렇게 말했다.

'출구 수비에도 인원을 나누었기 때문에 쳐들어간 사람은 불초 소생을 비롯해 오키타와 나가쿠라, 도도, 슈헤이 등 5명이었습니다. 그리하여 많은 도당을 상대로 사투를 벌인 지 한 시각 남짓, 그 사이 나가쿠라 신파치의 칼은 부러지고 오키타 소지의 칼도 자루가 부러지고 도도 헤이스케의 칼은 이가 모두 빠져 마치 대나무 솔같이 되었으며(중략), 그 즈음에 히지카타 도시조가 달려와 그때부터는 하나하나 사로잡기로 했습니다. 인원이 불었기 때문에 목을 치는 방침을 중지했습니다. 실로 이제까지 수없이 싸웠습니다만 2합 이상 싸운 자는 드물었고……'

곤도는 검력(劍歷)을 자랑하면서

'이번의 적은 많았고 또한 그 모두 만부(萬夫)의 용사들이어서 진실로 위태로운 목숨을 건지지 않았나 하는 마음입니다.'

이렇게 끝을 맺었다.

이때의 복장은 부대의 제복인 연노랑 빛의 산 모양 무늬(신센조의 紋章)가 찍힌 삼베 하오리를 한결같이 착용하고 검술용 호구에다 그 밑에는 쇠사슬 조끼를 껴입고 머리에 갓 모양의 투구를 쓴 자가 많았다. 도시조가 사용한 투구는 도쿄 히노 시(日野市) 이시다(石田)의 히지카타 가문에 남아 있다. 두 군데 칼자국이 나 있다.

피바람

　도시조는 이케다야 습격에 앞서서 그 전날 면밀히 부근을 정찰했다.
　이 산조 대교(三條大橋)는 에도 니혼바시에서 발(發)하는 도카이도(東海道)의 숙역(宿驛)으로 대교의 양옆 한길에는 여관이 꽉 들어차 있다.
　이케다야도 그 중의 하나이다.
　폭 3칸 반, 길이 15칸의 2층 건물로 1층 정면 우측이 창살문, 좌측이 붉은 조개 껍질을 바른 벽, 2층도 빈틈없이 교토식 격자문으로 둘러쳐져 있어서 안에서 밖은 보이지만 한길에서 들여다보이지 않는 구조로 되어 있다.
　기온(祇園) 거리에는 경비 초소가 있다.
　이케다야는 지쓰조인(實成院)이라는 절간 문전에 있는데 이 근방만은 사람 내왕이 적다. 곤도와 도시조는 그곳을 공격 준비 지점으로 택하였다.
　그날, 미리 대원복(隊員服)인 하오리와 호구(護具) 등을 이 초소에 날라다 두었다. 미부(壬生)의 대원들은 저녁 무렵, 시중 순찰을 가장하고 나서는 자와 동료들과 어울려 놀러 나온 것처럼 가장한 자가 각기 서너 명씩 따로따로 미부를 출발했다.
　해가 저문 뒤, 위의 초소에 집결.

한편 이케다야의 위층에는 조슈와 도사, 히고(肥後), 하리마, 미마사카, 이나바, 야마시로(山城) 등의 번사와 낭사 20여 명이 해가 진 뒤에 모이기로 되어 있었다. 약속은 오후 8시였다고 한다. 조슈의 가쓰라 고고로(桂小五郞), 즉 본명 기도 다카요시(木戶孝允)도 그 모임에 참석할 예정이었다.
이 일에 대해서 다카요시의 수기에는
'이날 밤, 여관 이케다야에서 모임을 갖기로 약속되었다. 오후 8시에 이 집에 이르다. 동지들은 아직 오지 않았다. 따라서 일단 돌아갔다가 다시 오리라 마음먹고 쓰시마의 별저로 가다.'
이렇게 기록되어 있다.
요컨대 정각에는 갔으나 아무도 와 있지 않았기 때문에 근처 쓰시마번의 교토 번저로 친지를 방문했다는 것이다.
'그런데, 얼마 지나지 않아 신센조가 불시에 이케다야를 습격함.'
이렇게 계속 써 있다.
가쓰라는 하늘이 도와 목숨을 건진 것이다. 이 무렵에도 가쓰라는 비슷한 행운을 얻고 있다.
천운이라는 점에서 유신 사상 가쓰라만한 사람은 없다.
가쓰라가 일단 이케다야를 떠난 직후에 동지 일동이 모여들었다. 그 주요 인물은

조슈(長州)의 요시다 도시마로(吉田稔麿), 스기야마 마쓰스케, 히로오카 나미히데, 사에키 미즈오, 후쿠하라 오토노신, 아리요시 구마타로
히고(肥後)의 미야베 데이조(宮部鼎藏), 마쓰다 주스케, 나카쓰 히코타로, 다카기 겐에몬
도사(土佐)의 도코로야마 고키치로, 기타조에 요시마로, 이시카와 준지로, 후지사키 하치로, 모치즈키 기야타
하리마(播磨)의 오다카 주베, 오다카 마타지로
이나바(因幡)의 가와다 사쿠마
야마토(大和)의 오자와 잇페이
미마사카(美作)의 안도 세이노스케
오미(近江)의 니시카와 고조

피바람 661

등등으로 만약 살아 남았다면 이 가운데 절반은 유신 정부의 중직을 맡았을 사람들이다. 그들의 두령격은 요시다 도시마로와 미야베 데이조, 두 사람으로 당시 제1급 지사로 일컬어졌다.

곧이어 2층에서 주연이 벌어졌다.

의제는 먼저

'후루타카 슌타로를 어떻게 빼앗아 오느냐?'

는 것이었다.

다음 예정은 '강풍에 편승해 교토 각처에 불을 지르고 황성에 난입하여 천황을 조슈로 옮겨 모신 다음 여력이 있으면 교토 수호직을 습격하여 마쓰다이라 가타모리를 참살'한다는 '장거(壯擧)'를 후루타카 체포로 인하여 중지하느냐, 결행하느냐, 라는 것이었다.

도사파(土佐派)는 과격했다.

"의논이고 뭐고 할 것 없소. 일이 여기까지 온 이상 오늘밤에라도 결행합시다."

"그건 너무 과격한 폭거가 아니오!"

만류하고 나선 것은 교토와 야마토(大和), 미마사카파들이었던 모양이다. 가장 다수를 차지하는 조슈 측은 모두 과격파뿐이었으나, 다만 교토에 주재하는 번 섭외관인 가쓰라 고고로의 사전 저지를 받고 있었다. 시기가 아니라는 것이다. 술이 거나해지면서 원래의 과격론이 본바탕을 드러냈다.

약장수로 둔갑하여 아래층에 들어가 묵고 있는 신센조 감찰 야마자키 스스무가 술상 차리는 걸 도와주겠다며 주방에서 일을 했다. 본디 오사카의 상가(商家) 출신이므로 이런 일에는 능숙하다. 이 사건 후 옥사(獄死)하게 된 주인 이케다야 소베조차 깜박 속아 넘어갔다.

야마자키는 주석에까지 얼굴을 내밀고 하녀들을 지휘했다. 교토에는 상가의 연석(宴席)을 운영하기 위해 배선상(配膳商)이라는 독특한 장사가 있었는데, 야마자키는 말하자면 임시 배선상을 자청한 셈이다.

주연석은 2층 앞쪽 8조 방이었다. 20여 명이나 되는 많은 인원이 앉기에는 워낙 좁았다. 모두 무릎을 반쯤 세우듯이 하고 앉았다. 모두들 좌측에 칼이 놓여 있었다. 그것이 방해가 되었다. 특히 하녀가 상을 들고 다닐 때 여간 조심하지 않으면 발에 걸릴지도 몰랐다.

"어떨까요?"

야마자키가 말했다.

"혹시 계집아이들이 검을 뽑는 실수라도 저지른다면 큰일입니다. 옆방에 한데 모아두셨으면 합니다만."

"좋아."

하나가 검을 건네주었다. 야마자키는 경건하게 받들고 가서 옆방에 모셔놓고, 그 다음부터는 변변히 인사도 하지 않고 차례차례 마구 옆방으로 옮기고 그것을 모조리 벽장에 처넣어버렸다.

좌중의 아무도 이것을 탓하지 않았다. 고작 20여 명으로 교토를 점령하겠다는 장사들이 말이다.

그들은 곤도의 편지에도 있듯이 '만부 부당의 용사'이기는 하였으나 계획이 너무나도 소홀했다. 음모 반란을 꾀할 만한 치밀성은 전혀 없었다고 하여도 좋으리라.

그들은 실컷 마시고 마음껏 의논했다. 그러나 취하면 취할수록 의논이 모아지지 않고 서로 반박하기에 여념이 없었다. 그것이 또한 그들로서 느끼는 쾌감이기도 했다. 보건대 그들은 여러 번의 대표적 논객들을 지나치게 많이 끌어들였다.

한편 기온의 지쓰조인 앞 초소에서는 곤도와 히지카타 등이 초조하게 대기하고 있었다. 그들도 역시

'출동은 오후 8시.'

교토 수호직(아이즈번)과 약속해 두었다. 그 아이즈번과 정무청, 구와나(桑名)번 등의 인원수 2,000 이상이 그 시각을 기하여 일제히 움직일 예정이었다. 그러나 동원이 늦어져 아직 시중에 한 명도 나와 있지 않았다. 번의 군사 조직이 300년 태평 연월로 이렇게까지 둔화되고 말았던 것이다.

"번(藩)은 믿을 것이 못돼."

도시조가 곤도의 결심을 다그쳤다. 곤도는 말없이 일어섰다.

이미 오후 10시다.

"도시조, 단토라(丹虎)로 가게."

도시조는 투구를 썼다. 사슬막이가 어깨까지 늘어졌다. 기이한 군장(軍裝)이다.

"무운을 비네."

도시조는 눈길 깊숙이 곤도에게 미소를 보냈다. 곤도도 웃었다. 어린 시절

에 다마 강가에서 도시조와 함께 놀던 추억이 문득 곤도의 머릿속을 스쳤다.
도시조는 훌쩍 어두운 길가로 나섰다.
곤도도 밖으로.
도시조의 부대는 먼저 기야(木屋) 거리의 단토라를 습격했으나 거기엔 적이 없었다.
곤도 쪽은 이케다야로 직행했다.
이케다야에서는 약장수 야마자키가 남몰래 대문 빗장을 벗겨놓고 있었다.
2층에서 이미 술자리가 벌어진 지도 두 시간이 넘었다. 취기가 충분히 돌고 있었다.
곤도는 문을 열고 봉당에 들어섰다. 뒤를 따른 것은 오키타 소지, 도도 헤이스케, 나가쿠라 신파치, 곤도 슈헤이, 그들뿐이다. 나머지는 앞쪽, 뒤쪽을 수비하고 있었다.
"주인 있나? 공무로 수색하러 왔다."
소베가 앗, 하고 깜짝 놀라며 층계를 두어 단 올라가
"2층 손님, 순찰관들이 조사하러 왔습니다."
큰소리로 외쳤다.
곤도는 그의 따귀를 냅다 후려쳤다. 주인은 봉당에 쓰러졌다.
그 주인의 목소리는 2층 사람들의 귀에는 미치지 못했다.
다만 도사번의 기타조에 요시마로가 늦게 온 동지가 온 줄 알고 층계 입구로 얼굴을 내밀었다.
"올라오게, 여길세."
아래층에서 쳐다본 것은 곤도였다. 얼굴이 마주쳤다. 기타조에가 앗, 하고 몸을 끌어들이려고 했을 때 곤도는 층계를 두 단씩 뛰어올라가 목을 쳐서 떨어뜨렸다.
칼은 고테쓰.
2층에 있는 것은 곤도와 나가쿠라 둘뿐이었다. 8조 방으로 향했다.
주석에서는 그제야 겨우 사태가 어떤 것인지를 알았다.
그러나 칼을 집어들려고 하니 칼이 없었다. 하는 수 없이 소도를 뽑았다. 실내의 전투에는 소도 쪽이 낫다는 설도 있어 썩 불리하지만은 않았다.
좌상격인 조슈 사람 요시다 도시마로는 이때 24세였다. 요시다 쇼인(吉田松陰)이 총애한 제자로 쇼인은 가쓰라 고고로보다 오히려 요시다 도시마로를 높이 평가했다고 한다.

　요시다 도시마로는 과연 이런 급박한 상황에서도 충분히 회전시킬 수 있는 사려를 지니고 있었다. 가와라 거리의 조슈 번저가 여기서 가깝다. 먼저 원병을 청해야겠다고 생각하고 곤도와 나가쿠라의 칼날 사이를 요리조리 빠져나가 층계 입구로 뛰었다.

　곤도는 뒤돌아서자마자 어깨를 내리찍었다.

　요시다는 층계에서 굴러떨어졌다. 아래에 있던 도도 헤이스케가 한 칼 베었으나 여전히 굴하지 않고 줄달음질쳤다.

　번저 대문을 두드렸다.

　"요시다다, 어서 열어라!"

　문이 열렸다. 급히 알렸다.

　"모두 날 따르라!"

　이토록 아우성쳤으나 불행하게도 번저에는 환자와 사졸, 상노 등속이 몇몇 있을 뿐 싸우러 나갈 만한 사람이 없었다. 이때 번저의 책임자인 가쓰라 고고로는 그나마 뛰어나가려고 하는 자를 만류했다.

　"앞일이 또한 큰일이다. 함부로 이 일에 응하는 것을 허락하지 않겠다."

　(그의 自記)

　가쓰라는 요시다 패들을 버렸던 것이다. 하지만 그것도 부득이한 일이었다. 지금 움직이면 조슈 번저(藩邸) 혼자서 수천 명의 막부군과 싸우지 않으면 안 된다.

　요시다 도시마로는 하는 수 없이 창 하나를 빌려가지고 온몸이 피투성이가 된 채 동지들이 고전하는 이케다야로 되돌아갔다. 그런데, 봉당에서 불행하게도 오키타 소지와 마주쳤다.

　내지르는 요시다의 창을 오키타는 가볍게 퉁겼다. 그대로 창의 손잡이 쪽으로 칼을 들이밀면서 바싹 다가들어 오른쪽 어깨를 단칼에 찍어 쓰러뜨렸다.

　이 무렵, 도시조 부대가 이케다야에 도착했다. 도시조는 토방에 들어섰다.

　이미 낭사 측은 검을 탈취하여 싸우는 자, 창을 다루는 자, 소도를 교묘하게 쓰는 자 등등 20여 명이 죽기를 각오하고 싸웠으며, 도도 헤이스케 등은 중상을 입고 봉당에 쓰러져 있었다.

　"헤이스케, 죽으면 안 돼."

이렇게 말하자마자, 안쪽 창고에서 튀어나오는 한 사람을, 문턱에 한 발을 걸기가 무섭게 허리를 단칼에 거꾸로 후려쳐 베었다. 시체가 퉁겨 올랐다가 봉당에 떨어져 도도의 몸 위에 쓰러졌다.

2층에서 곤도가 아직도 싸우고 있었다. 곤도의 위치는 앞층계 입구.

뒤층계 입구에는 나가쿠라 신파치가 있었다. 층계참은 좁았다. 석 자 정도의 폭밖에 되지 않아, 낭사 쪽은 하나씩 곤도와 싸워야 하는 불리한 점이 있었다.

곤도와 한 덩어리가 되어 좁은 복도로 밀고 나가려는 동지를 히고 번의 미야베 데이조가 제지하고 실내의 넓은 장소에 곤도를 끌어들여 합세해서 베도록 지휘했다.

곤도는 적이 복도로 나오지 않자 다시 방으로 들어갔다.

미야베와 서로 중단으로 대치했다. 미야베도 몇 합 싸웠으나 곤도와 비할 바가 못되었다. 면상이 거의 두 쪽이 나고 그래도 여력을 떨쳐 앞층계 입구까지 더듬어 왔는데 마침 요시다 도시마로를 죽이고 뛰어올라온 오키타 소지를 만나 다시 칼을 맞았다. 미야베는 이제 끝이라고 생각한 모양으로

"무사의 최후, 방해 말라."

그러고는 검을 거꾸로 세워 배에 찌르고 그대로 층계를 거꾸로 굴러떨어졌다.

히고의 마쓰다 주스케는 2층에서 싸웠다. 무기는 단도밖에 없었다. 이날, 주스케는 변장하여 상인 복장이었다.

거기에 오키타가 뛰어들어왔다.

사납고 민첩하기 이를 데 없는 주스케는 단도 하나로 대들었으나 순식간에 떨구고 왼팔이 잘리었다. 그 순간 동지 오다카 마타지로의 시체에 발이 걸려 쓰러졌는데 쓰러지면서 시체가 대검을 잡고 있다는 것을 알아차리고 빼앗아 들고 다시 오키타와 맞섰으나 한 합에 결말이 났다.

그 후에 이 마쓰다 주스케의 아우 야마다 노부미치가 메이지 2(1869)년 교토부 지사(京都府知事)로 부임했을 때 전사자 일동의 묘비를 한 군데 모아 크게 하나로 건립했다.

이미 이케다야 주변은 아이즈와 구와나, 히코네, 마쓰야마, 가가번, 정무청 등등의 병력 3,000여 명이 겹겹이 에워쌌다.

칼날에 쫓겨 길로 나온 자도 대부분 거리에서 참살당하거나 중상 때문에

체포되는 자가 많았다.

도사번의 모치즈키 기야타는 집안에서 신센조 두 사람을 베고 난도를 피하여 조슈번저로 가던 도중, 아이즈번병에 추격당하자 노상에서 선 채 배를 갈랐다.

마찬가지로 도사번의 도코로야마 고키치로도 중상을 입고 간신히 옥내를 빠져나와 조슈번저에 이르러서 문을 열라고 소리쳤더니 문은 끝내 열리지 않았고 그러다가 문전에서 아이즈와 구와나번 병력 20여 명에게 에워싸여 역시 문전에 서서 배를 갈랐다.

지사(신센조) 측 즉사는 7명, 생포 23명에 이르렀는데 중상으로 인해 얼마 지나지 않아 죽은 자가 많다.

그들은 잘 싸웠다. 즉사자 외 나머지 겨우 20여 명으로 포위 측에 입힌 손해 쪽이 훨씬 컸다.

다마무시 사다유(玉虫左大夫)의 《관무통기(官武通紀)》에 의하면 막부병의 손해는 다음과 같다.

아이즈(會津)　즉사 4명, 부상 34명
히코네(彦根)　즉사 4명, 부상 14, 5명
구와나(桑名)　즉사 2명, 부상 약간 명

마쓰야마(松山), 요도(淀)의 두 번은 모두 약간 명의 즉사자 및 부상자를 냈다.

실제로 싸운 것은 신센조로서 현장에서 즉사한 자는 오쿠자와 신사부로, 중상을 입은 직후에 죽은 것은 안도 하야타로, 닛타 가와자에몬 등 두 사람이다. 기타 도도 헤이스케 중상.

습격 초부터 그만큼이나 싸운 곤도와 오키타는 경상도 입지 않았다. 도시조도 물론 다치지 않았다.

도시조는 이 전투 중반 전쯤에 달려왔으나 봉당에서 움직이지 않았다.

위층은 곤도, 아래층은 도시조가 지휘했다. 별반 사전에 작정한 것도 아닌데 이 두 사람은 자연히 호흡이 잘 맞았던 모양이다.

도중에 앞문의 하라다 사노스케가 문에 얼굴을 들이밀고

"히지카타 선생님, 위층은 곤도 선생과 오키타, 나가쿠라 정도로는 아무래도 고전인 모양입니다. 봉당은 제가 맡아볼 터이니 올라가 보시면 어떻겠습니까?"

이렇게 말했다. 그러나 도시조는 움직이지 않았다. 부장으로서는 아래를 지켜 곤도로 하여금 활약하기 쉽게 해줌으로써 이 전투에서 곤도의 무명(武名)을 더욱 떨치게 하고 싶었던 것이다. 곤도의 이름을 더욱 더 크게 만드는 것이 신센조를 위해 필요하다고 생각했다.

가끔 머리 위로 곤도의 처절한 기합 소리가 내려왔다.

"들어봐, 문제 없다!"

도시조는 웃었다.

도시조의 역할은 달리 또 있었다. 전투가 거의 끝나갈 무렵이 되어 아이즈와 구와나번 무사들이 자꾸 옥내에 들어오려고 했다.

이를테면 적이 무너진 뒤의 거저먹기 싸움을 하자는 것이니 비겁하기 이를 데 없는 수다.

"무슨 볼일이오?"

도시조는 그런 사나이들 앞에 번득이는 칼을 늘어뜨리고 막아섰다. 신센조의 실력으로 차지한 이 싸움터에 어느 누구도 들여놓을 수 없었다.

"돌아가시오."

쏘는 듯한 이 사나이의 눈을 보고서는 감히 아무도 그 이상 들어서려고 하지 못했다. 자연적으로 막부병 약 3,000은 길거리로 탈출하는 낭사만 체포하는 경계병이 되고, 전투와 공적은 그 모두 신센조의 독차지가 되다시피 했다.

지은이
시바 료타로(司馬遼太郎)

그린이
전성보(全聖輔)

옮긴이
박재희 창춘사도대학일문학전공 김문운 니혼대학일문학전공
김영수 와세다대학일문학전공 문호 게이오대학일문학전공
유정 조지대학일문학전공 추영현 서울대학교사회학전공
허문순 경남대학불교학전공 김인영 숙명여대미술학전공

대망 29 사무라이 2/불타라검 1
지은이 시바 료타로/책임편집 박재희 추영현 김인영
1판 1쇄/1979. 12. 1
2판 1쇄/2005. 8. 8
2판 10쇄/2022. 3. 1
발행인 고윤주/발행처 동서문화사
창업 1956. 12. 12. 등록 16-3799
서울 중구 마른내로 144(쌍림동)
☎ 546-0331~3 (FAX) 545-0331
www.dongsuhbook.com

*

이 책은 저작권법(5015호) 부칙 제4조 회복저작물 이용권에 의해 중판발행합니다.
이 책의 한국어 大멸상표등록권 문장권 의장권 편집권은 저작권법에 의해 보호받으므로
무단전재 무단복제 무단표절 할 수 없습니다.
이 책의 법적문제는「하재홍법률사무소 jhha@naralaw.net」에서 전담합니다.

*

사업자등록번호 211-87-75330
ISBN 978-89-497-0369-5 04830
ISBN 978-89-497-0364-0 (3세트)